W0020290

Né à New York en 1949, Jonathan Kellerman est devenu psychologue clinicien spécialisé en pédiatrie après des études à l'UCLA. Il est l'auteur maintes fois primé d'une trentaine de romans traduits dans le monde entier et a entamé avec son fils, Jesse Kellerman, une série à quatre mains dont *Que la bête s'éveille* et *Que la bête s'échappe*, disponibles en Points. Il vit à Los Angeles.

Jonathan Kellerman

KILLEUSE

ROMAN

Traduit de l'anglais (États-Unis)
par Freddy Michalski

Éditions du Seuil

Ce livre est édité par Marie-Caroline Aubert

TEXTE INTÉGRAL

TITRE ORIGINAL
The Murderer's Daughter

ÉDITEUR ORIGINAL
© Ballantines Books
© Jonathan Kellerman, 2015
ISBN original : 978-1-101-88533-8
This translation published by arrangement with Ballantine Books, an imprint of Random House, a division of Penguin Random House LLC

ISBN 978-2-7578-7554-4
(ISBN 978-2-02-136310-4, 1re publication)

À Judah

1

Grace avait cinq ans et elle vivait aux limites d'un désert en compagnie de deux inconnus. Ses parents soi-disant, aux yeux de la loi et de la biologie en tout cas, sauf qu'elle les avait toujours considérés comme des extraterrestres, ni plus ni moins. Un sentiment réciproque, du mieux qu'elle pouvait en juger.

Âgé de vingt-huit ans, Ardis Normand Blades était un grand échalas dégingandé aux cheveux longs avec du poil sur la figure, un vague semis de touffes blondes clairsemées sur un visage en lame de couteau que ses oreilles largement décollées rendaient presque incongru. N'étaient ces deux appendices de chauve-souris et son côté bellâtre onctueux vaguement menaçant, il avait l'air presque comme il faut. Presque, mais pas tout à fait : sa belle petite gueule, un cadeau des dieux le jour de sa naissance, n'était plus que l'ombre d'elle-même, depuis longtemps érodée par la dope et l'alcool et une succession presque parfaite de mauvais choix.

Son enfance avait été un bourbier d'apathie et de négligence. Élève à problèmes à l'école, il avait été testé à de nombreuses reprises par des conseillers aux qualifications inégales. Néanmoins, tous avaient été surpris de constater que son QI était largement supérieur à ce que laissaient présager sa mine hargneuse et son comportement d'inadapté chronique. Il savait enfin lire en CM1, était parvenu sans conviction en fin de troisième et avait abandonné l'arithmétique avant même d'avoir maîtrisé la division à plusieurs chiffres.

Autant de constats qui restreignaient ses choix de carrière : une fois épuisés ses revenus d'assisté et ses allocations chômage, ne lui restaient plus que les petits boulots, plongeur en cuisine, gardien d'immeuble ou cuistot préposé aux fritures. Avec une seule et brève exception : un emploi malheureux d'apprenti menuisier qui l'avait laissé avec un auriculaire en moins et une phobie des machines d'atelier.

Pour autant, un certain type de femme était sensible à son sourire facile et aux beaux méplats de son visage. À l'image de Dodie Funderbuck, dont le niveau d'études rivalisait sans mal avec le sien – une coïncidence qui aidait grandement à cimenter entre eux une relation d'un vide abyssal.

Ils s'étaient rencontrés alors qu'ils travaillaient tous deux dans un relais routier qui tirait le diable par la queue, le Flapper-Jack's Pancake Palace – le Palais des Gaufres –, situé aux abords d'Antilope Valley. Ardis avait pour tâche de récurer le gril et de passer la serpillière après la fermeture. Dodie assurait le poste du soir comme serveuse en salle, après quoi elle restait dans l'établissement vide jusqu'à une heure tardive afin de se gagner quelques dollars supplémentaires en nettoyant les filtres à graisse et en balayant la salle à manger. Avec pour seul avantage de partager la compagnie d'Ardis, fumant et traînant avec lui sans grande conviction dans le restau minable.

Ils avaient commencé à flirter le soir de leur première rencontre et dès le lendemain étaient passés à l'acte, elle perchée jambes écartées sur le plan de travail de la cuisine, lui tout juste assez grand pour accomplir son office sans tabouret. Il n'avait pas encore fêté son vingt-deuxième anniversaire mais c'était déjà un alcoolique confirmé qui touchait aussi à la méthédrine. Dodie, plus jeune de trois ans, n'avait jamais eu de règles régulières et, comme elle avait toujours été un peu enrobée, il lui fallut quatre mois pour comprendre qu'Ardis et elle avaient créé un embryon.

Un soir, au Flapper, vu que son ventre commençait sérieusement à s'arrondir, elle se résolut à le mettre au courant. Ardis, un joint au bec, passait la serpillière, aussi s'était-elle approchée de lui avant de soulever son T-shirt.

– Ouais, confirma-t-il. C'est des choses qui arrivent.

– Effectivement, c'est arrivé.

Ardis tira une taffe et haussa les épaules.

– J'ai pas l'argent pour nous en débarrasser.

– Okay, répondit Dodie. Peut-être que je vais le garder.

Il s'écarta à bonne distance.

– Tu m'aimes, Ardis ?

– Naturellement.

– Okay, je vais le garder.

– T'es sûre ?

– Peut-être bien.

– Comme tu voudras.

Il n'avait jamais été question de mariage. Personnellement, elle n'aurait pas forcément été contre, Ardis en revanche n'avait aucune envie de se laisser passer la corde au cou. Toutes choses étant, ils vivaient déjà ensemble par simple commodité, dans le grand mobil-home d'une pièce dont elle était propriétaire : installé sur un bel emplacement du Desert Dreams Park, il était beaucoup plus spacieux que la remorque à chevaux d'Ardis, parquée à l'arrière d'une palmeraie depuis longtemps abandonnée où il squattait depuis deux ans. Et puis les paperasses officielles, c'était toujours galère et ça coûtait de l'argent. D'ailleurs, parmi les proches de Dodie, ses propres parents inclus, personne ne s'était jamais donné la peine d'officialiser les choses. Le père de Dodie avait pris ses cliques et ses claques dès avant sa naissance et elle se disait qu'Ardis risquait fort de l'imiter. L'idée de vivre seule ne la dérangeait pas, sa mère y était bien parvenue, elle, et si cette garce attardée en avait été capable, Dodie estimait qu'elle pouvait faire aussi bien, et même mieux.

Son ventre arrondi resta des plus discrets un long moment, aussi décida-t-elle de faire comme si de rien n'était. Une décision qui, avec le temps, se révéla de plus en plus difficile à tenir au point que, parfois, en tête à tête avec elle-même, elle s'efforçait de faire contre mauvaise fortune bon cœur en essayant de trouver du plaisir à sa situation. À d'autres moments, elle sombrait au plus bas et, en son for intérieur, se sentait assaillie de songeries qui la faisaient pleurer, remontant à sa conscience comme des aigreurs d'estomac. Peut-être que ce serait chouette, un bébé, s'occuper de lui, lui choisir ses habits, lui acheter des babioles avec lesquelles elle aussi pourrait jouer. Avoir enfin quelqu'un à convaincre qu'elle était intelligente.

Faire sortir le bébé demanda à Dodie dix-huit heures de torture. Révulsé, ou mort d'ennui, à entendre ses cris et ses jurons, Ardis l'abandonna à son sort et limita sa présence dans la salle d'accouchement à de brèves incursions d'à peine quelques minutes. À dire vrai, il était surtout en manque et avait besoin d'aller fumer. Chaque fois qu'il refaisait une apparition, elle le houspillait de plus belle en hurlant des chapelets d'obscénités qui faisaient grimacer les infirmières. Mais au bout du compte, elle se retrouva si parfaitement épuisée qu'elle n'eut même plus la force de crier, réduite à l'état de vermisseau replié sur lui-même, à souffrir en solitaire – oh Seigneur, combien de temps encore pourrait-elle tenir le coup dans ces conditions ?

Habituellement, lorsque Dodie hurlait sa douleur, on l'ignorait totalement ou presque, jusqu'à ce qu'une infirmière compatissante injecte dans sa perfusion un truc qui, de toutes les façons, ne marchait pas terrible. Ce que Dodie aurait personnellement choisi d'utiliser n'était pas au menu, c'était une substance illégale.

À l'issue de ces souffrances infernales, comme le bébé ne se présentait pas bien, on dut le retourner comme un hot dog sur le gril, et qui, à votre avis, éprouva alors la sensation qu'on la déchirait en deux ? Finalement, Dodie sentit la chose visqueuse jaillir d'elle, un truc gris qui à première vue ne remuait guère.

Le médecin, un Noir qui venait de débarquer, dit :

– Ça, c'est du sérieux, le cordon s'est enroulé… à trois endroits différents.

Grand silence dans la salle. Convaincue qu'elle venait de faire sortir de son ventre un corps sans vie, Dodie crut aussitôt son problème résolu, une seule chose importait, elle n'avait plus mal, Ardis et elle allaient pouvoir reprendre leur train-train comme si de rien n'était.

Quand soudain retentit un claquement sonore suivi d'un *Waaahhh !* tonitruant.

– Et voilà, dit le médecin. Un bébé tout joli tout rose, Apgar[1] deux qui remonte à huit.

S'ensuivirent toutes sortes de murmures, cliquetis et bourdonnements tandis que Dodie, toujours sur la table de travail, se sentait comme un melon évidé n'ayant qu'une seule et unique envie, dormir à jamais.

Une des infirmières, la petite aux joues couleur tomate, lui dit :

– Voici votre petite fille, ma belle. Tout frais sortie du four, santé parfaite, belle paire de poumons, en voilà une qui sait se faire entendre.

Quelle stupidité ! Le pain et les gâteaux qu'on sort du four ne font aucun bruit et ne vous déchiquettent pas les organes comme une chaîne de tronçonneuse. Mais Dodie,

1. Test Apgar, mis au point en 1952 par le médecin américain Virginia Apgar – une échelle de un à dix qui évalue la vitalité d'un nouveau-né, avec cinq critères – apparence, pouls, grimace, activité, respiration.

trop vannée pour répliquer, ferma les yeux et sentit le poids du bébé peser sur sa poitrine.

– Tenez-la, ma belle. Tenez-la bien, avec vos deux bras, elle a besoin de votre réconfort, lui ordonna l'infirmière aux pommettes d'api.

Elle lui replia les avant-bras sur le baluchon enveloppé de couvertures, en les pressant avec force pour l'empêcher de lâcher prise.

Malgré son envie de la gifler, cette garce, Dodie garda ses mains en place jusqu'à ce que la vieille vache finisse par les libérer.

– Et voilà, ma belle, c'est très bien – oh qu'elle est mignonne, lui dit l'infirmière. Et après un travail aussi dur, un petit moment de grâce, non ?

Au moins, j'ai un nom pour ma chose, songea Dodie.

Ce soir-là, alors qu'elle avait bien précisé qu'elle voulait juste dormir, on lui apporta le bébé pour qu'elle l'allaite.

– Oh, ma petite, lui dit une autre infirmière. Vous pouvez faire une croix sur votre sommeil pour un bon moment.

Deux jours plus tard, Dodie et Ardis emmenaient le bébé à la maison.

La garce ne s'était pas trompée.

À l'âge de cinq ans, Grace ignorait totalement par quel miracle elle avait pu survivre à sa petite enfance. Dans le parc de caravanes, comme elle avait eu l'occasion de voir d'autres familles avec des bébés, la réalité des exigences qu'imposait un nourrisson à ses parents avait peu à peu pris forme dans sa tête. Est-ce que les inconnus avaient effectivement fait tout ça alors qu'elle était minuscule et impuissante ? Difficile à croire, vu que désormais, ils ne lui donnaient plus guère à manger.

Ce n'était pas tant le manque de nourriture, à proprement parler : il y avait toujours des restes du McDonald's où Ardis travaillait dorénavant et la bouffe chapardée au Dairy Queen dont Dodie balayait les sols tous les soirs. Plus des trucs que chacun des deux piquait aux étalages. C'est juste qu'il n'y avait jamais de vrai repas tous ensemble autour d'une table. Aux rares occasions où cela se produisait, Grace se goinfrait littéralement de tout ce qu'elle pouvait enfourner dans sa bouche : elle mâchait vite fait mal fait, avalait avec difficulté et recommençait de plus belle. Les jours où Ardis se sentait d'humeur câline, il lui glissait une sucrerie. Mais il était bien rare que quelqu'un se propose de cuisiner et, la plupart du temps, Grace allait se coucher l'estomac vide.

Parfois, quand les inconnus étaient endormis, elle se faufilait dans la kitchenette et s'empiffrait de tout ce qu'elle pouvait y trouver. En veillant à effacer soigneusement toutes les traces de son passage. Même si c'était bien la seule à faire le moindre ménage dans le mobil-home.

Ainsi, arrivée à l'âge de cinq ans, Grace avait appris comment subvenir à ses propres besoins.

De temps à autre, lorsqu'elle sortait du mobil-home le ventre creux, des voisines remarquaient sa présence et lui donnaient quelque chose à se mettre sous la dent. Mme Reilly était de loin la meilleure de toutes. Cette femme cuisinait, elle, elle faisait même des gâteaux, et quand elle n'avait pas son regard de folle, déshydratée par un trop-plein de vodka et fulminant contre les négros et les basanés, elle se montrait toujours généreuse envers Grace et les autres gamins du parc. Même les petits Mexicains.

Pendant la journée, Mme Reilly faisait le ménage dans les maisons modèles de lotissements tentaculaires dont la majorité des logements neufs ne trouvaient pas preneurs. Économiquement parlant, avec ses chaleurs accablantes et ses vents nocturnes glacés, Antilope Valley connaissait des hauts et des bas, mais surtout des bas.

La majorité des résidents de Desert Dreams n'occupaient que des emplois misérables. Certains étaient handicapés, mentalement, physiquement ou les deux à la fois, et passaient leurs journées assis à se demander combien il leur restait à vivre. Quelques flemmards à peu près valides occupaient leur temps à rien d'autre que boire, glander et fumer des joints. Tous les habitants du camp de caravanes connaissaient parfaitement la soupe alphabétique d'acronymes correspondant aux programmes gouvernementaux d'aide aux démunis dont tout citoyen vivant aux limites du seuil de pauvreté pouvait bénéficier.

Un de ces fonds de soutien concernait les gardes d'enfants à la journée : à Desert Dreams, cela signifiait que l'État et le comté payaient Mme Rodriguez pour veiller sur une douzaine de gamins dans son mobil-home Peach State double largeur au périmètre délimité par des cactées en pots. Vu le nombre de bambins sous sa garde, aucun d'eux n'avait droit à une attention particulière, mais la télé omniprésente diffusait sans discontinuer des dessins animés et il y avait aussi des caisses de livres et de jouets abandonnés par les enfants de Mme Rodriguez désormais adultes, plus de vieilles nippes et divers trucs récupérés dans les bennes à ordures, sans compter que dehors, si l'on prenait garde aux épines alentour, l'espace ne manquait pas pour traîner dans la poussière. Au total, Grace ne trouvait rien à redire à la garderie.

Elle n'était jamais vraiment partante pour se mêler aux jeux des autres enfants. Elle préférait regarder *Sesame Street* et *Electric Company* et dès l'âge de quatre ans, grâce à ces programmes, elle avait appris la manière de disposer les lettres dans le bon ordre afin de constituer des mots rudimentaires. Des années plus tard, elle se rendit compte que sa capacité à intégrer sans effort l'architecture de sa langue avait été un don béni des dieux. À la garderie, ce talent inné n'était à ses yeux que le plaisir de jouer avec les mots, une autre façon pour elle de bien comprendre les choses parce que comprendre, c'était ça, son truc : comprendre ses deux inconnus, trouver le moyen de se nourrir ou de rester propre, concevoir le sens que les gens donnaient à leurs gestes, leurs actes et leurs paroles.

À l'âge de cinq ans, Grace savait lire comme une élève de CP mais elle ne l'avait jamais dit à quiconque, pourquoi l'aurait-elle fait ?

Assurément, ses inconnus s'en fichaient complètement. À ce stade, Ardis était quasiment toujours ivre quand toutefois il se donnait la peine de rentrer au bercail et Dodie passait son temps à ronchonner toute seule, grommelant dans le vide qu'elle allait foutre le camp pour aller voir ailleurs, là où elle pourrait être libre.

Lorsque le poivrot et la ronchon entraient en collision, le résultat pouvait faire peur. Ardis ne cognait jamais Dodie du poing : il commençait par des séries de directs ou de crochets dans le vide comme s'il avait l'intention de l'assommer, pour se défouler ensuite avec des volées de taloches mal ajustées qui faisaient mouche au petit bonheur la chance. Par moments, c'est tout juste s'il réussissait à la toucher. À d'autres, sa paluche claquait sur sa peau nue avec un bruit sec et sonore.

Parfois les marques des coups reçus étaient visibles et Dodie se voyait contrainte de forcer sur le maquillage. À Desert Dreams, nombre de femmes se refaisaient bonne figure de la même manière.

Certains hommes aussi cachaient leurs blessures. À l'instar de M. Rodriguez, qui habituellement ne vivait pas avec madame – un jour, Grace l'avait vu saignant du nez, fuyant à toutes jambes la vaste caravane tandis que sa tendre moitié sur le seuil soulevait un cactus en pot avec apparemment l'intention de le lui balancer à la tête.

Elle n'en avait rien fait. Il avait décampé trop vite et Mme Rodriguez aimait trop ses plantes.

Entre Ardis et Dodie, le grabuge n'était jamais à sens unique, sur ce plan-là, ils se partageaient à égalité : quand elle le trouvait affalé dans la kitchenette en train de ronfler, Dodie se cognait délibérément à son fauteuil. Réveillé en sursaut, Ardis commençait par s'étrangler dans son trop-plein de bave puis se rendormait aussi vite, après quoi elle le montrait du doigt en rigolant et faisait des grimaces.

Il lui arrivait aussi de lui faire un doigt d'honneur derrière son dos, ou elle le traitait de noms d'oiseaux, sans se soucier si Grace pouvait la voir et l'entendre.

Lorsqu'il était complètement défoncé et dormait profondément, elle se faufilait derrière lui puis, du bout des ongles, lui allongeait de méchantes pichenettes à l'arrière de la tête et, lorsque cela ne suffisait pas, elle tirait ses cheveux d'un coup sec et attendait de voir ce qui allait se passer.

Quand Ardis finissait par ouvrir ses paupières trop lourdes, Dodie se plantait dans son dos en le montrant du doigt et ricanait en silence.

Grace faisait semblant de ne rien voir de toutes ces manigances. La plupart du temps, elle gagnait à quatre pattes le coin de la pièce en façade qui lui servait de quartier de nuit. D'une puanteur fétide, l'unique chambre située à l'arrière du logement était réservée à Dodie ou, quand Ardis daignait réapparaître, à tous les deux. Souvent, le soir, au lieu de dormir, Grace allumait la télévision, coupait le son et regardait en riant toute seule, toujours surprise de voir combien les gens ressemblaient à des comiques givrés quand ils remuaient les lèvres. Sinon, elle lisait un des livres qu'elle avait piqués, d'abord à Mme Rodriguez, ensuite à la maternelle.

Sa collection de mots, elle la possédait et de nouveaux termes ne cessaient d'arriver, et elle était aussi capable d'additionner des nombres, de donner un sens logique à leur fonctionnement et de comprendre les choses sans avoir à poser la question à quiconque.

Un jour, se disait-elle, elle vivrait seule et ces trucs allaient probablement se révéler utiles.

2

Le Dr Grace Blades serrait la femme dans ses bras comme une mère son enfant.

Si nombre de thérapeutes répugnaient à tout contact physique, ce n'était pas le cas de Grace car rien ne lui répugnait.

Les Hantés ne pouvaient pas se contenter de simple gentillesse entre douces paroles, regards tendres et *hum-hum* entendus, il leur fallait plus, ils méritaient plus que le mensonge pathétique connu sous le nom d'empathie.

Grace n'éprouvait pas le moindre respect pour le concept d'empathie. Elle avait vécu dans la pièce rouge.

Ses petites mains molles et moites nichées dans sa poigne ferme et fraîche, la femme continua de pleurer sur son épaule. En la voyant ainsi se dissoudre dans cette douceur apaisante, un observateur aurait peut-être deviné qu'il s'agissait bien d'une phase précoce de son traitement.

Sur le plan thérapeutique, cette patiente était une réussite mais tous les ans, consciencieusement, elle revenait la voir. Pour des séances « exhibitions », estimait Grace.

Regardez à quel point je vais bien, docteur.

Effectivement.

Cette année, fidèle à son habitude, elle avait demandé rendez-vous pour le pire de tous les jours, le jour anniversaire, et Grace savait d'avance que la majeure part des quarante-cinq minutes qu'elle lui consacrerait se passerait en larmes.

Elle s'appelait Helen. Son traitement avait débuté trois ans auparavant et elle était venue la voir aussi souvent que nécessaire, jusqu'à ce qu'elle quitte L.A. pour le Montana. Grace avait bien proposé de lui dénicher un thérapeute local mais sa patiente avait refusé, exactement comme elle l'avait supposé.

Quatre ans auparavant, au jour près, la fille de Helen âgée de dix-neuf ans avait été violée, étranglée et mutilée. L'identification du monstre responsable de ces horreurs n'avait guère demandé d'efforts aux enquêteurs. Il vivait chez ses parents à Culver City, et sa maison, située de l'autre côté de l'allée juste en face du studio occupé par la victime, disposait d'une fenêtre sur l'arrière qui offrait un point de vue imprenable sur la chambre à coucher de la jeune femme. Malgré un casier judiciaire chargé, une série de plaintes pour voyeurisme aggravé par des agressions sexuelles, les tribunaux avaient été plus que cléments à son égard en l'autorisant à vivre sa vie à son gré. Stupide et impulsif, il n'avait même pas pris la peine de se débarrasser de ses vêtements ensanglantés ni du couteau à la lame tordue encore tachée d'hémoglobine qu'il avait volé dans la cuisine de la victime.

Malgré la torture que l'expérience lui aurait infligée, un procès aurait été bien utile à Helen. Une nouvelle fois, le monstre l'avait flouée : armé d'un tournevis, il avait chargé l'escouade de policiers venus l'arrêter et fini transformé en écumoire par les balles du LAPD.

Affaire classée pour tout le monde, sauf pour la mère de la victime. Elle n'avait cessé d'appeler les bureaux de l'adjoint au procureur et éclatait en sanglots tout en s'excusant dans le même temps de n'avoir aucun motif valable pour leur téléphoner. À une ou deux reprises, elle avait même oublié l'identité de son interlocuteur.

Finalement, l'adjoint du procureur chargé de l'affaire avait cessé de prendre ses appels. Sa secrétaire, en revanche, moins bornée et plus compatissante, avait suggéré à Helen d'aller consulter Grace.

Une psychologue ? Je ne suis pas folle !

Bien sûr que non, madame. Le Dr Blades est différente.

Que voulez-vous dire ?

Elle est vraiment douée.

Grace fit en sorte que Helen, comme tous les patients qu'elle recevait, perçoive immédiatement qu'elle était devenue son unique préoccupation. La clé était toujours de dénicher le noyau d'humanité au cœur de chaque être mais, en vérité, il existait un fond commun aux Hantés et, au fil des années, Grace avait affiné ses paradigmes de traitement : faire ce qu'il faut pour établir un rapport harmonieux car, sans ce rapport, il n'existe pas de thérapie. Être disponible vingt-quatre heures sur vingt-quatre sept jours sur sept et lorsque le moment sera venu – et c'est là que l'art de la thérapie prenait le relais – commencer le processus de reconstruction. En plus de quoi il fallait se fixer des objectifs réalistes : retrouver le bonheur d'avant le monstre était hors de question.

Ce qui n'impliquait pas pour autant que le succès était aléatoire. Pratiquement n'importe qui pouvait être guidé vers l'acceptation du plaisir et le plaisir était la manne de la guérison.

Le principal final s'appliquait également à Grace : prendre fréquemment des vacances.

Le processus pouvait durer des mois, des années, des décennies. Une éternité. Certains de ses patients continuaient à lui rendre visite à l'occasion des dixième et vingtième anniversaires de leur première rencontre et faisaient revivre une horreur qui était arrivée à l'époque où Grace était encore à l'école primaire.

Pareille à une chiffe dans les bras de sa thérapeute, Helen risquait de devenir l'un de ceux-là, impossible de savoir. Concernant les humains, impossible de savoir quoi que ce soit, point final, ce qui rendait justement son travail si intéressant.

Sentant Helen se raidir, elle se mit à la bercer comme un bébé. Helen gémit et se tut, tombant dans un état second qui fit naître à ses lèvres un sourire serein. Grace s'y attendait, elle était généralement très douée pour deviner les mondes intérieurs de ses patients. Elle s'efforçait néanmoins de toujours faire preuve d'humilité, parce que le travail n'avait rien à voir avec la guérison, la guérison, on n'en parlait jamais.

Néanmoins, tous ceux qui venaient à elle voyaient leur état s'améliorer – combien d'activités humaines pouvaient se vanter de procurer ce même niveau de satisfaction ?

Ce mois-ci, Grace était dans une de ces périodes de creux si plaisantes, avec un nombre de patients réduit en peau de chagrin qui l'autorisait à organiser de nouvelles vacances. Demain serait son dernier jour avant le départ pour une absence de deux semaines.

Les vacances étaient pour elle un concept des plus lâches. Parfois elle s'envolait vers des destinations lointaines, séjournait dans des hôtels luxueux et avait des aventures. Parfois, elle restait chez elle et vivait comme un légume.

L'avantage, c'est que c'était *sa* décision et, comme elle n'avait pas de projets précis pour les deux semaines à venir, elle pouvait s'imaginer tout un éventail de possibilités allant de Malibu à la Mongolie.

Lorsqu'elle exerçait, son carnet de rendez-vous était rempli pour plusieurs mois et les seuls vides qui se libéraient correspondaient aux clients qui se décidaient à quitter le nid. Elle n'avait jamais recours à la moindre forme d'autopromotion, le bouche à oreille faisait son office et les juges comme les avocats – plus important encore, leurs assistants et secrétaires, plus perspicaces – en venaient à apprécier son travail. Elle devait cependant la majeure part de sa clientèle aux patients qui vantaient ses mérites.

Ses honoraires étaient légèrement supérieurs à la moyenne et tout le monde payait par chèque ou en liquide dès l'entrée dans son cabinet, pas d'échelle mobile adaptée aux revenus, pas de formulaires d'assurance-santé, pas de factures. Faire de l'argent n'était pas le but – elle aurait pu vivre très bien sans sa pratique. Seules importaient méthode, rigueur et éthique, et donc un critère essentiel : éviter aux patients de s'endetter jusqu'au cou.

Il était indispensable que le traitement soit un partenariat valorisé à la fois par elle et par le patient, ce qui impliquait un travail ardu pour les deux parties. Grace menait sa vie sans jamais se dérober à quoi que ce soit et, lorsque les Hantés venaient à elle, ils étaient prêts à faire ce qui serait exigé d'eux.

Dieu les bénisse.

Helen continuait à se raccrocher à Grace. Elle avait beau être son aînée de quinze ans, aujourd'hui, dans cette jolie pièce silencieuse, la thérapeute était sa mère et elle, sa fille.

Plus jeune que la plupart de ses patients, Grace se sentait plus vieille de plusieurs siècles quand elle se comparait à eux, tout en étant quasiment certaine que son âge leur importait peu. Au même titre d'ailleurs que les autres aspects de sa personnalité. Ne comptait que sa capacité à les aider. Ainsi qu'il se devait.

Elle venait d'avoir trente-quatre ans mais pouvait aisément en paraître dix de moins si les circonstances l'exigeaient. Véritable prodige pendant toute la durée de ses études, elle avait soutenu avec succès une thèse de doctorat en psychologie clinique, comprimant en quatre années un programme qui en durait normalement six, l'une des deux seuls doctorants d'USC à avoir accompli cet exploit.

Le premier était un homme dont elle avait suivi le séminaire obligatoire en clinique infantile. Travailler avec des petits n'était pas sa tasse de thé mais Alex Delaware avait rendu sa spécialité aussi intéressante qu'elle pouvait l'être. Il était de toute évidence brillant, très vraisemblablement obsessionnel, habité par son sujet et perfectionniste, le genre d'homme qui ne devait pas être des plus faciles à vivre. Cependant, Grace avait apprécié sa capacité à aller droit au but, sans détour ni arguties, et sa réussite envers et contre tous les obstacles de la bureaucratie universitaire l'avait motivée à essayer de faire le même parcours.

Désormais à un âge où les mauviettes « essayaient encore de comprendre les choses de l'existence » en retardant obstinément leur passage à une vie d'adulte, Grace était ravie de la sienne et s'en délectait.

Aucun des clichés relatifs à la maturité ne la dérangeait – sa position dans l'existence, les luxes qu'elle s'autorisait, ses rythmes et ses routines. Jusqu'à son apparence physique, sans qu'elle se traduise pour autant en aveuglement égocentrique.

Des hommes lui avaient dit qu'elle était belle mais elle mettait ça sur le compte de leurs chromosomes Y myopes en phase postorgasme. Au mieux, elle était séduisante, occupant un corps où le plat l'emportait sur la courbe. Avec des épaules trop larges et des hanches trop étroites qui avaient pour effet de neutraliser presque totalement sa fine taille, elle se situait à des années-lumière du territoire des magazines spécialisés remplis de filles sexy.

Elle avait les yeux joliment écartés mais d'un marron tout à fait banal. Elle s'était amusée d'entendre plus d'un homme prétendre y avoir découvert de minuscules paillettes d'or flottant en bordure de ses pupilles. Malgré tous ses efforts, elle ne les avait jamais trouvées.

Un prétendu poète les avait nommés « filons jumeaux de minéral précieux ». Douce illusion. De la vulgaire pyrite plutôt, et le visage qu'ils occupaient était trop long pour un ovale parfait, bien que gainé d'une peau d'ivoire très lisse parfaitement tendue sur un belle ossature. De petites taches de rousseur couleur caramel parsemaient tout son corps à des emplacements intéressants. Un autre homme avait qualifié ces semis pointillistes de « dessert » et les avait léchés jusqu'au dernier. Grace l'avait laissé faire son truc, jusqu'à ce qu'elle ait le sentiment qu'on l'avait changée en écuelle pour chien.

Sa chevelure était un plus, une généreuse crinière de soie châtain qui avait toujours belle allure quelle que fût sa coupe. Quelques mois auparavant, elle avait laissé un styliste de Beverly Hills donner libre cours à son inspiration et s'était retrouvée avec une coiffure en dégradé qui descendait librement jusqu'à ses omoplates et bougeait joliment.

Mais le gagnant était… son menton pointu, du genre fort et ferme, ciselé et parfaitement défini.

Avec ça, pas le moindre soupçon d'indécision.

Un menton thérapeutique.

Helen se libéra de son étreinte et lui offrit un visage respirant la confiance. Elle accepta le mouchoir en papier parfumé et s'appuya au dossier du fauteuil réservé aux patients. La séance avait largement dépassé le temps imparti, une chose que Grace essayait d'éviter. Mais il fallait savoir faire preuve de souplesse : il lui restait plein d'énergie pour ce qui l'attendait le soir même, Helen était son dernier rendez-vous de la journée.

Il n'empêche qu'elle écarta la tête de côté de manière à laisser à sa patiente un champ de vision dégagé sur le cartel en bronze Art nouveau posé sur le manteau de cheminée.

– Je suis tellement désolée, docteur, dit Helen, les lèvres arrondies en O. Tenez, laissez-moi vous régler le supplément.

– En aucun cas, Helen.

– Mais, docteur Blades…

– Ç'a été merveilleux de vous voir, Helen. Je suis fière de vous.

– Vraiment ? Alors que j'ai piqué ma crise ?

Toujours la même question, qu'elle posait à chaque anniversaire.

– Helen, ce que j'ai vu ce soir, ce n'était pas une crise, c'était de l'honnêteté.

Helen tenta un sourire.

– La meilleure politique ?

– Pas toujours, Helen, mais dans ce cas précis, si. Vous êtes une personne impressionnante.

– Pardon ?

Grace répéta le compliment. Helen rougit, baissant les yeux sur ses bottes de cow-girl flambant neuves qui, si elles détonnaient avec sa robe, restaient néanmoins jolies.

Elle vivait maintenant dans un ranch à l'extérieur de Bozeman en compagnie de son nouvel homme de rêve, un imposant billot de chêne avec un bloc de béton en guise de cerveau qui aimait la chasse et la pêche et racontait à qui voulait l'entendre qu'il aurait adoré mettre la main sur le salaud qui…

– Parfois, docteur, je crois que l'honnêteté peut être la pire des attitudes.

– C'est possible, mais voyez les choses de la façon suivante, Helen : l'honnêteté est comme l'une des armes de Roy. Seul quelqu'un de bien entraîné saura l'utiliser à bon escient.

– Oh, dit Helen après un instant de réflexion. Oui, je vois…

– Helen, j'estime que vous avez bien avancé et que vous êtes en bonne voie de devenir une tireuse d'élite.

– Oh… merci, docteur… je prends l'avion demain de bonne heure, il serait bon que je file.

– J'espère que vous ferez un magnifique voyage.

Nouveau sourire contrit.

– Je crois que j'y parviendrai, docteur. Comme vous le dites toujours, à un moment donné, nous devons décider de nous faire du bien.

Grace se leva et saisit les deux mains de Helen, libéra la gauche doucement au bout d'une seconde mais garda la droite dans la sienne en dirigeant sa patiente vers la sortie de son cabinet de consultation. Sans heurts et sans un geste de trop, aussi adroite qu'un champion de tango, de manière que Helen se sente guidée et non congédiée. Les deux femmes franchirent le couloir nu non éclairé qui conduisait à la salle d'attente et gagnèrent la porte d'entrée où Helen s'immobilisa.

– Docteur, me permettez-vous de… vous savez ?

Une autre sempiternelle question.

Grace sourit.

– Naturellement, e-mail ou poste lente. Ou Pony Express, si c'est ce qui vous convient.

La réponse sempiternelle que Grace lui donnait à chaque fois. Les deux femmes éclatèrent de rire.

– Et… Helen… si jamais vous vous trouvez à L.A., dites-le, ne jouez pas à l'inconnue. Même si c'est juste pour un petit bonjour.

Helen lui offrit spontanément un grand sourire chaleureux, libéré de tout conflit intérieur.

Quand ils souriaient comme ça, Grace savait qu'elle avait choisi la bonne profession.

– Une inconnue, jamais, docteur Blades. Jamais.

3

Le cabinet où Grace consultait avait été jadis la chambre à coucher principale du cottage campagnard à l'anglaise qui lui servait de QG professionnel. Jolie petite bâtisse des années 1920, la maison occupait un coin tranquille d'une obscure rue latérale de West Hollywood, à l'image de ses nombreuses voisines cachées derrière de grandes haies de verdure.

Son emplacement permettait de rejoindre à pied les Flats de Beverly Hills, mais elle était située bien à l'écart du strass et des paillettes de Beverly Hills proprement dit comme de la frénésie du quartier homosexuel de WeHo[1], Boystown. Sa situation en angle était un choix délibéré : Grace avait insisté sur ce point, afin que ses patients puissent entrer par une rue et sortir par une autre.

En apparence, les personnes qui venaient à elle pour se faire aider avaient beaucoup de points communs mais pour autant, elles ne voulaient jamais se rencontrer. Un collègue thérapeute aurait pu remettre ce principe en question, en avançant l'argument que des patients en état de choc post-traumatique pouvaient tirer avantage à partager des expériences communes.

Peut-être bien, mais dans l'esprit de Grace, c'était un détail de peu de poids face à la nécessité de sonder les profondeurs, cette magie du tête-à-tête. Parfois, elle

1. West Hollywood.

se voyait comme un vaccin émotionnel à elle toute seule.

Elle avait meublé son espace professionnel de sièges confortables sous un éclairage flatteur et choisi des teintes neutres. Seule touche personnelle : sur le mur derrière son bureau, un assortiment de cadres affichant ses diplômes, licences et distinctions honorifiques.

L'intérieur était lambrissé, avec des moulures à motif grec et des alcôves décoratives, une cheminée carrelée et des fenêtres aux vitres en pointe de diamant. Le jour où elle était devenue propriétaire, elle s'était mise à récurer et à peindre avant de terminer par le parquet en chêne qu'elle avait poncé à genoux. Après avoir appris sans l'aide de quiconque la couture – beaucoup d'essais et plus encore d'erreurs – à partir de simples restes de coupons dénichés dans un magasin d'occasions, elle avait fabriqué des draperies en soie écrue qu'elle avait ensuite suspendues à des tringles en laiton anciennes trouvées sur Internet.

Fier de moi, Malcolm ?

Résultat ? Un cadre professionnel d'une justesse de ton parfaite.

Sa journée de travail terminée, elle se servit un verre d'eau et gagna à pas glissés le salon/salle d'attente dont elle écarta deux rideaux pour contempler l'obscurité.

Pas une étoile dans le ciel : les nuits qu'elle préférait entre toutes.

Elle verrouilla la porte d'entrée à double tour et éteignit les lumières avant de retourner dans son cabinet où elle ouvrit le placard de plain-pied destiné à l'origine à servir de garde-robe mais aujourd'hui quasiment vide. Elle en sortit un petit coffret en cuir et y choisit deux lentilles de contact colorées non correctrices parmi la collection qu'elle s'était constituée.

Ce soir : bleu ciel, une teinte qui laisserait le marron naturel de ses yeux transparaître pour se changer en vert marin déconcertant.

Elle abandonna ses mocassins sang-de-bœuf, déboutonna son chemisier de travail en soie fermé au col – un parmi la douzaine que lui avait confectionnée sur mesure un tailleur de Hong Kong qui venait à L.A. deux fois l'an pour des journées malles ouvertes – et quitta son pantalon noir de coupe masculine, dont elle avait également acheté une douzaine à M. Lam. Suivirent le soutien-gorge et la culotte et elle était prête à enfiler la robe prévue pour ce soir.

Un simple fourreau en cachemire gris à longues manches doublé de soie qu'elle pouvait porter sans rien dessous et dont le gris ni clair ni foncé s'accordait parfaitement à ses cheveux châtains. L'ourlet s'arrêtait deux centimètres sous les genoux, promesse d'une exploration intéressante, et les manches flattaient ses bras.

Pas de boutons, pas de fermetures éclair, aucun froufrou d'aucune sorte. Juste enfilé par la tête, puis une glissade le long des bras avant qu'il n'épouse ses formes au plus près, aussi fluide qu'une lotion pour le corps.

Ses escarpins en daim bordeaux avaient été cousus à la main par un savetier de Barcelone spécialisé dans les chaussures de flamenco. Restait à prendre la mallette marron foncé à fermoir unique et le sac à cordon assorti qui abritait déjà argent, clés, rouge à lèvres, à côté d'un Beretta gris mat calibre .22, et elle était parée.

Playtime.

Le temps avait passé vite – des mois, à vrai dire – depuis que Grace s'était abandonnée au plaisir du Grand Saut. Qu'elle s'en soit abstenue si longtemps n'avait rien à voir avec un manque de confiance ou une quelconque retenue. Il s'agissait simplement d'une question de responsabilité professionnelle : très prise par sa pratique, sa priorité était la santé mentale de son troupeau.

Ce qui ne voulait pas dire qu'elle ne s'était pas offert quelques sauts plus petits.

Rentrer chez elle tard dans la nuit sur la Pacific Coast Highway, l'autoroute de la côte pacifique, s'assurer que la route était dégagée et appuyer délicatement sur la pédale d'accélérateur de son Aston Martin.

Pousser la voiture jusqu'à cent dix, cent trente, cent cinquante, cent quatre-vingt-dix.

Garder cette vitesse en fermant ses paupières bien serrées, toujours filant de l'avant, en aveugle.

La joie de l'apesanteur.

Deux dimanches auparavant, elle s'était réveillée au lever du jour et était partie marcher vers les hauteurs d'un canyon côté terre de la PCH, se retrouvant seule exploratrice d'une série de sentiers de randonnée bien marqués qui remontaient en lacet au cœur des montagnes de Santa Monica. Après avoir sagement respecté les règles sur trois kilomètres, elle s'était dévêtue, avait roulé ses vêtements en baluchon, les avait fourrés dans son sac à dos et s'était écartée des pistes balisées pour s'enfoncer à l'aventure dans les sous-bois.

Il ne fallut pas longtemps pour que le feuillage se densifie au point d'obscurcir toute trace de repère.

Elle avait des vertiges tant elle était désorientée.

À vouloir se perdre délibérément.

Un feulement tout proche. Un éclair de fourrure beige.

Laisser entrer la peur en elle. La traiter pour la changer en excitation.

Atteindre au plus profond de son être et se remémorer tout ce qu'elle avait enduré, tout ce qu'elle avait accompli.

Seule importait la survie. Elle continua d'avancer.

Il lui fallut un moment, mais elle finit par retrouver son chemin jusqu'à l'Aston Martin, égratignée de partout, meurtrie, sale, l'avertissement du puma résonnant encore dans sa tête.

Les écorchures furent aisément corrigées par un peu de maquillage. Le cri farouche de la bête restait planté dans son cerveau comme un barbillon de barbelé et, cette nuit-là, elle s'était endormie en imaginant la furie de l'animal sauvage et sa soif de sang. Elle avait merveilleusement dormi.

Oh, toi, mon tueur magnifique.

Peut-être qu'un jour elle retournerait là-bas à la recherche du félin. Emportant cette fois dans son sac à dos une tranche de barbaque crue.

Femme nue avec viande. Grand titre pour une peinture.

4

Pour rejoindre le monde extérieur, Grace choisit de sortir par la porte de derrière comme le faisaient ses patients. Elle passa par la cuisine puis franchit une pelouse aux bordures plantées d'impatiens et ombragée par un jacaranda. Son jardin, ou ce qui en tenait lieu.

Elle se retrouva devant le garage auquel on accédait par une étroite porte. Le cottage avait beau être minuscule, déjà dans les années 1920, sa construction obéissait aux impératifs de L.A., avec, en tête de liste, *Adorer l'automobile*, aussi disposait-il d'un espace prévu pour deux véhicules.

L'y attendaient ses carrosses jumeaux, noirs tous les deux, tous les deux immaculés, et, dans son esprit, l'un et l'autre de sexe féminin.

Le break Toyota Matrix S était logique et fonctionnel, aussi voyant qu'un arbre au milieu de la forêt.

L'Aston Martin DB7 quant à elle hurlait au monde son irrationalité.

Ce soir, le choix était évident.

Se glissant au volant de sa beauté surbaissée, elle activa par télécommande l'ouverture de la porte du garage, inséra la clé de contact, appuya sur le bouton rouge du démarreur et réveilla le moteur dont les quatre cents broncos indomptés revinrent à la vie en rugissant. Enclenchant son iPod, elle sélectionna le *Concerto brandebourgeois n° 6* de Bach et sortit en marche arrière juste au-delà de la porte. Elle inspecta la rue des deux côtés et laissa tourner le moteur au ralenti, donnant ainsi le temps aux organes subtils de son bel animal d'atteindre leur plage de fonctionnement optimale.

Préliminaires automobiles ; à précipiter les choses, une fille pouvait se dérober et devenir désagréable.

Lorsque l'Aston ronronna qu'elle était prête, Grace jeta un dernier coup d'œil alentour et appuya sur l'accélérateur.

La voiture bondit en avant comme la fusée terrestre qu'elle était. Grace parcourut une longueur d'un ou deux blocs à pleine vitesse puis ralentit à un rythme de croisière en s'engageant dans le labyrinthe de rues étroites qui débouchait sur Sunset, sur lequel elle s'engagea dans la direction opposée à sa destination tant elle avait besoin de temps pour décompresser. Elle monta le son et roula jusqu'à ce que son corps enfin apaisé et relâché la picote par tous ses pores comme à l'accoutumée, en prélude merveilleux au Grand Saut. Après un virage à gauche, rugissant de tous ses cylindres, l'Aston remonta à flanc de colline plusieurs blocs résidentiels plongés dans un noir d'encre, ignora un panneau marqué *Impasse* et finit par aboutir dans un cul-de-sac terminé par un rond-point. Grace le contourna avant de repartir aussitôt en sens inverse pour regagner Sunset, où elle se faufila dans la circulation en se laissant flotter vers l'ouest, au-delà des limites des collines de Hollywood.

Exactement comme si elle venait d'entrer dans un nouveau pays, le paysage changea, passant de clubs, cafés et immeubles de bureaux du show-business à des résidences avec grille d'entrée et verdure. Après un petit kilomètre de silence relatif, elle prit plein sud sur de larges avenues sans relief, poursuivit son chemin coupant les boulevards petits et grands de Santa Monica et pénétra dans le quartier commerçant de BH.

À cette heure de la journée, les affaires ne battaient pas vraiment leur plein ; à l'exception de quelques rares vitrines éclairées, toutes les autres étaient éteintes. Les riches disposaient de piscines, de courts de tennis, de home cinémas, de home spas, de home tout et n'importe quoi. Pourquoi aller s'aventurer dehors et se mêler aux ploucs ?

Des ploucs assez clairsemés, juste quelques touristes et des lécheurs de vitrines de-ci, de-là. Laissant filer son Aston en douceur vers Wilshire, Grace en eut plein les yeux en découvrant sa destination, mais elle s'arrêta néanmoins à un bloc de distance.

Le Beverly Opus était une ziggourat de pierre coquillière rose et de verre fumé, dont le parc de stationnement offrait les services de voituriers et un sol carrelé d'ardoises autour d'une fontaine centrale frangée de palmiers. Des étalages de chromes sur quatre roues très haut de gamme s'y affichaient régulièrement, en témoignage de la clientèle d'élite qui fréquentait l'hôtel, mais les valets en haut-de-forme et queue-de-pie étaient plus qu'heureux de garer tout véhicule en bon état aux premières loges en échange d'un pourboire de vingt dollars.

Ce n'est pas par souci d'économie que Grace se décida pour un parking public qui ne demandait que trois petits dollars à partir de vingt heures, à condition toutefois de disposer d'une carte de crédit à glisser dans l'automate à l'entrée.

Sans bonne préparation, point de salut.

Elle monta immédiatement au niveau supérieur et se mit en quête du coin le plus sombre et le plus éloigné qu'elle pût trouver, de préférence masqué aux regards immédiats par un pilier.

Elle trouva son bonheur aisément, un emplacement bien abrité et taché d'huile, flanqué par deux piliers. Le genre d'endroit que les manuels d'autodéfense demandaient aux femmes d'éviter comme la peste.

Parfait.

Le Beverly Opus avait trois ans et les rumeurs sur sa fermeture avaient commencé à circuler dès son inauguration. Elles risquaient finalement de se vérifier avant longtemps – Grace nota qu'il y avait moins de voitures frime qu'à son dernier passage, six mois auparavant.

Pas l'ombre d'un paparazzi à l'affût sur les trottoirs, autre mauvais signe.

Les démons de l'objectif ne manquaient jamais au salon de manucure de Camden Drive où Grace se rendait toutes les semaines pour sa *mani-pedi* hebdomadaire, mais l'Opus avait été abandonné.

Hum. Pas bon, ça.

Elle poursuivit son chemin devant les valets et les portiers. Six mois auparavant, elle était arrivée avec une coiffure différente, une robe différente, un maquillage différent, et une allure globalement différente. Mais même si elle n'avait pas changé de look, personne n'aurait remarqué une femme mince encore jeune avec une mallette à la main.

Voyageuse d'affaires, synonyme d'invisible.

Comme elle s'y attendait, les trois employés de la réception ne relevèrent même pas la tête à son passage.

Elle franchit le hall d'entrée en marbre à grandes enjambées, longea une table centrale démesurée en marqueterie de pierre dure et agrémentée d'un arrangement floral qui aurait suffi pour un mois de funérailles. Après un long couloir encadré de boutiques de cadeaux toujours ouvertes qui s'obstinaient à proposer des vêtements de loisir en cachemire, velours et soie malgré une absence totale de clients, elle finit par arriver au salon, un endroit caverneux rendu encore plus vaste par ses plafonds à caissons hauts de dix mètres et meublé de banquettes et de sièges indéfinissables, de brassées d'orchidées et d'un piano à queue orange brûlée, pour l'instant inoccupé.

La salle était aux deux tiers vide et les consommateurs pouvaient prendre leurs aises. Du cool jazz enregistré rivalisait avec les tintements de verres et les murmures des bavards impénitents.

Son choix se porta sur une causeuse pour deux face au piano, mais à bonne distance à la fois de l'instrument et du comptoir situé un peu plus loin, et elle s'installa, posant sa mallette en peau de serpent à ses pieds et son sac sur le canapé. Elle croisa les jambes et joua à balancer un de ses escarpins au bout d'un pied, apparemment perdue dans ses réflexions. Puis, comme si sa décision était prise, elle ouvrit la mallette et en sortit une liasse de prospectus d'investissement en Bourse que lui adressait un inconnu débile cherchant à la compter au nombre de ses clients – des âneries ennuyeuses comme la mort qu'elle conservait pour des soirées comme aujourd'hui. Elle sélectionna une brochure surchargée de jargon choisi sur les marchés émergents et fit mine d'être fascinée par ses graphiques, ses tableaux et ses tentatives malhonnêtes d'établir des pronostics.

Il ne fallut pas longtemps pour qu'une voix teintée d'un accent espagnol lui demande :

– Puis-je vous être utile, madame ?

Grace releva les yeux et sourit à un serveur petit à la taille épaisse, dont le badge discret indiquait, gravé dans le laiton, le prénom Miguel.

– Un Negroni sur glace, s'il vous plaît. Avec du gin Hendrick's, si vous en avez.

– Bien sûr que nous en avons, madame.

– Très bien. Merci.

– Vous désirez manger quelque chose ?

– Avez-vous toujours des toasts au fromage ?

– Bien sûr.

– Alors toast au fromage avec le Negroni, s'il vous plaît.

Elle lui fit la faveur d'un nouveau sourire et retourna à son pensum boursier de désinformation. Quelques minutes plus tard, Miguel déposait la commande à côté de sa main droite : elle le remercia sans trop en rajouter.

L'amertume du Campari était parfaite, coupant court aux utopies fallacieuses de sa brochure financière, et le petit parfum de concombre du gin écossais ne faisait qu'ajouter à son plaisir. L'année précédente, elle s'était offert une semaine à Florence dans une suite bien trop grande du Four Seasons. Le bar lui avait servi un truc baptisé Valentino, une improvisation à partir du Negroni avec des accents de concombre plus puissants et d'autres ajouts qu'elle n'avait pu identifier. Elle s'était promis d'apprendre la recette mais n'en avait toujours rien fait pour l'instant.

Elle était tellement prise.

Poursuivant sa pseudo-lecture de conneries boursières, elle repensa à Florence, son cerveau illuminé par des séries de flashs en accéléré comme au travers d'un objectif à obturateur rapide.

Le Grand Saut qu'elle s'y était offert.

Juste après minuit, la perfection des jardins toscans de l'hôtel.

Un homme adorable du nom d'Anthony, britannique et banquier de son état, réservé, poli et pas beau du tout. Agréablement surpris lorsqu'elle avait répondu à ses timides approches par une petite moue lèvre retroussée et un éclair de ses yeux marron-noir.

Après quoi, le reste… ce pauvre imbécile clamant qu'il l'aimait quand il jouit.

Craignant qu'il n'essaie de la retrouver le lendemain matin, elle avait quitté l'hôtel à la première heure pour aller faire les boutiques toscanes en s'offrant au passage des vêtements Prada abordables. Puis direction Rome, où elle avait mangé de la morue salée avec des fettucine au bœuf séché dans le quartier du Ghetto pour se préparer aux onze heures d'avion qui l'attendaient avant de regagner son petit nid.

Les Hantés avaient besoin d'elle. Anthony s'en remettrait.

Elle but, grignota et lut dans le salon de l'Opus très exactement pendant cinq minutes puis releva les yeux, feignit un bâillement en gardant la tête et les yeux aussi immobiles que possible et passa la salle en revue.

Près du piano, quatre multiples inutiles : trois trios genre hommes d'affaires et un quatuor de *nerds* maigrelets, probablement des fêlés d'informatique bien plus riches que ne le suggérait leur façon inepte de s'habiller.

Sur sa droite, deux femmes en solo : une blonde, la soixantaine mais encore sexy, peut-être même une professionnelle expérimentée, dotée de seins formidables, d'un bronzage prémélanome et d'une chevelure platine qui semblait lui fournir un éclairage personnel. Le tout empaqueté dans une chose noire minimaliste sans manches qui mettait en valeur sa minceur en révélant des jambes durcies par les années et un décolleté plissé par le soleil.

Tout en elle criait *Qu'on me baise, et vite !* et Grace se dit qu'elle arriverait à ses fins.

La seconde était plus banale, vêtue d'un tailleur-pantalon marron qui ne l'avantageait guère. Tout comme Grace, elle lisait ce qui ressemblait à des dossiers d'affaires. Contrairement à elle, elle s'y attelait avec le plus grand sérieux.

Enfin, à sa gauche, les deux derniers, et non des moindres, deux cibles potentielles.

Deux mâles solitaires.

Le premier, un Noir gigantesque aux jambes en échasses, peut-être un ancien athlète, buvait un Coca Light. Son regard accrocha avec intérêt celui de Grace l'espace d'une seconde avant de se détourner aussi vite vers sa droite quand il se leva pour accueillir sa superbe épouse et sa fille d'une dizaine d'années qui venaient soudain de faire leur apparition. Une dernière gorgée de Coca et Famille Heureuse s'en fut.

Le second solo chromosome Y avait au moins quatre-vingts ans. Grace n'avait pas de préjugé contre les mâles bien mûrs – des années auparavant, lors d'une convention à New York, elle avait pris dans ses filets un chirurgien français du double de son âge. Elle l'avait trouvé gentil, plein d'attentions et beaucoup plus intelligent que tous les jeunots qu'elle avait rencontrés. Mais patience, tendresse et petites pilules bleues n'étaient pas ce qu'elle brûlait de s'offrir ce soir.

En présumant qu'aucune autre cible n'apparaisse.

Pendant les vingt-deux minutes qui suivirent, il ne vint personne. Elle sirotait son verre en s'attaquant à une deuxième brochure et commençait à se demander si elle ne devrait pas changer de terrain de chasse. Retourner à West Hollywood, dans un des grands hôtels tape-à-l'œil qui s'alignaient de chaque côté de Sunset. Et si ça, ça ne marchait pas, peut-être serait-elle obligée de se rabattre sur un de ces bars à cocktails rétro que fréquentaient les glandeurs des fonds de placement.

Ou sinon, se satisfaire de n'avoir rien à se mettre sous la dent.

Il s'écoula encore un moment et elle se résignait déjà à rentrer bredouille quand elle releva les yeux. Il était là.

5

L'air quelque peu désorienté, il s'engagea dans le salon d'un pas indécis, hésita un moment à choisir sa place et finit par se décider pour un fauteuil placé dans la diagonale du poste de surveillance de Grace.

Un bel homme. Taille moyenne, à peu près du même âge qu'elle ou légèrement plus vieux, avec une belle crinière de cheveux noirs dont la longueur évoquait plus un désintérêt flagrant pour le coiffeur qu'une volonté calculée de paraître. Sa tenue témoignait du même manque de préoccupation esthétique : veste sport en tweed bien trop épais pour L.A., chemise bleue à col aux pointes boutonnées, pantalon de toile fripé et mocassins marron.

Malgré cela, ce n'était en rien le look apprêté qu'affectaient les prétentieux sur le modèle étudiant chiffonné avec style. Cet homme n'était pas de ceux qui s'attardaient devant le miroir.

Les choses prenaient meilleure tournure.

Elle poursuivit sa lecture en l'agrémentant de petits coups d'œil discrets par-dessus sa brochure. Elle le vit dire quelques mots après avoir regardé la carte que lui présentait la serveuse – Miguel n'était pas de service, il avait été remplacé par une poulette en minijupe dont le maintien affichait clairement un talent éprouvé pour le flirt afin de se gagner de beaux pourboires.

Avec ce gars, c'était peine perdue.

Rien ne valait un beau défi.

Il mit la carte de côté, s'affala dans son fauteuil, plissa les yeux sans objectif précis et finit par les fermer comme pour se préparer à un petit somme.

Poulette revint avec un verre de bière, ses courbes en pleine action. Cette fois, il accrocha son regard, lui offrit un bref sourire et régla sur-le-champ – comme pour lui signifier qu'il ne prendrait rien d'autre et ne voulait pas qu'on l'enquiquine.

Sitôt la première gorgée avalée, il referma les yeux.

Quelques instants plus tard, il en prit une deuxième sous le regard de Grace, toujours masquée par sa brochure. Lorsqu'il rouvrit les paupières, l'air impatient, elle baissa son bout de papier, sirota son Negroni et recroisa les jambes, exposant un mollet d'ivoire et deux centimètres de cuisse.

L'escarpin bordeaux pendouillait et se balançait dans le vide comme un pendule en daim.

Grace élargit ses oscillations, laissant sa robe grise remonter juste d'un cran. Un mouvement qui accrocha l'œil de Tweed. Il s'attarda une seconde, détourna la tête. Revint sur elle qui faisait mine de s'être replongée dans son univers de compensations.

Jusque-là, il avait bu sa bière à petites gorgées, cette fois il s'en offrit une longue goulée. Essuya d'un doigt la mousse à ses lèvres. Un doigt qu'il contempla avec attention avant de l'essuyer avec soin sur une serviette en papier.

Grace tourna une page, fit semblant de goûter son cocktail et le surprit qui détournait les yeux précipitamment. La fois suivante, elle le prit au piège avant qu'il puisse s'échapper, soutint son regard puis, comme si de rien n'était, entreprit de l'ignorer complètement. En croisant à nouveau les jambes.

Avant de se redresser et d'arquer le dos très légèrement, étirant le cachemire qui moula son corps comme une seconde peau.

Il finit son verre. Repoussa les cheveux sur son front jusqu'à ce que sa mèche ait retrouvé sa juste place.

Grace poursuivit sa lecture en faisant penduler son second escarpin. Tourna délicatement la tête de manière que ses cheveux retombent en cascade.

Leurs yeux se croisèrent de nouveau.

Cette fois, elle soutint son regard sans rompre le duel, la ligne de ses lèvres parfaitement neutre. Il parut sidéré d'avoir été piégé.

Grace sourit.

Il lui offrit en retour un sourire reconnaissant. Reprit son verre. Se rendit compte qu'il était vide, revint sur Grace et haussa les épaules.

Elle rit.

Elle ne savait pas chanter mais en revanche, dès qu'elle prenait la parole, sa voix sonnait à la perfection, un demi-ton au-dessus de l'alto, aussi lisse qu'un flan moulé. Et son rire de Grand Saut dégageait la même séduction, une explosion rauque en fond de gorge que les hommes trouvaient ensorcelante.

Elle s'assura que son rire continue à résonner par-dessus le bourdonnement des conversations puis, vidant son propre verre, le leva avec un grand sourire chaleureux.

Nous sommes ensemble sur ce coup, l'ami.

Il sourit à son tour et sa bouche s'étira joliment. Grace se fit le pari que ses lèvres étaient douces.

Et maintenant qu'elle pouvait le détailler de plus près, elle se rendit compte qu'en fait, cet homme était beau. Ce qui en soi était sans importance. Anthony avait bien fait hurler son corps à Florence alors qu'il avait un visage de crapaud.

Prise d'un coup de timidité soudaine, la cible détourna le regard.

Émouvant.

Beau mec, absolument. Certainement pas sur le mode hyper Y, anguleux et buriné, forte mâchoire et sourcils en crête épaisse. Plutôt du genre… aucun trait du visage particulièrement remarquable mais, au total, une belle composition, élégante et harmonieuse. Symétrique. En dernier ressort, la séduction se résumait à la symétrie.

Elle présuma que certaines femmes lui auraient trouvé un côté encore gamin. Des femmes qui aimaient le look ado monté en graine.

Au cours des quatre minutes qui suivirent, elle alterna de brefs croisements de prunelles, certains suivis d'un sourire chaleureux, d'autres d'un regard neutre.

Ses doigts tambourinant sur la lampe qui éclairait sa table, il se mit à opiner du chef avec une discrétion exemplaire.

La danse venait de débuter.

Quand Poulette – le diable l'emporte – refit son apparition et lui demanda s'il désirait une autre bière, il commença par faire non de la tête puis son regard se porta au-delà de la serveuse, sur Grace.

Laquelle leva son propre verre, montra le demi de bière vide et fit pivoter sa main libre paume vers le haut.

Oh, et puis zut, on se fait ça ensemble, tous les deux.

Il dit quelque chose à Poulette, régla les deux consommations et pointa le doigt. Poulette pivota sur place, vit Grace, fit la grimace et débarrassa le plancher.

Il dévorait visiblement Grace des yeux, sans même la jouer cool pour donner le change. D'un index en crochet, Grace lui signifia de venir la rejoindre.

Il montra sa poitrine.

Qui, moi ?

À son arrivée, il avait le souffle court.

Elle tapota le coussin tout à côté d'elle.

– Merci, dit-il après s'être assis.

Belle voix, douce, un vrai velours. Légèrement tremblotante – rien de l'étalon coutumier de ce genre d'aventure.

Grace n'aurait su faire meilleur choix en passant commande en personne.

6

Grace avait parfaitement préparé les mensonges qu'elle tenait en réserve.

Elle se prénommait Helen, travaillait « dans la finance » et se trouvait à L.A. pour une conférence. Lorsqu'il lui en demanda le thème, elle lui répondit avec un grand sourire :

– Faites-moi confiance, vous n'avez aucune envie de savoir. Sauf si vous voulez vous endormir sur-le-champ.

Il rit.

– Je crois que je préférerais rester éveillé.

Elle rejeta sa crinière en arrière.

– D'accord, à votre tour.

– Si vous tenez absolument à mourir d'ennui…

Il eut droit à un sourire aveuglant.

– Laissez-moi libre d'en juger.

Ingénieur en génie civil de son état, il s'appelait Roger et se trouvait à L.A. pour un séminaire relatif à « un projet industriel » – « croyez-moi, vous n'avez aucune envie de savoir ».

Visiblement, il cherchait à établir un rapport facile et léger mais son expression s'était assombrie.

– Le projet est complexe ? demanda Grace.

Le visage crispé, il força un sourire contrit à ses lèvres.

– Non, ça va, toujours la même chose.

Grace attendit.

Il prit une gorgée de bière.

– Je crois que je suis un peu vaseux – à cause du décalage horaire. Désolé.

– Le vol a été long ?

– Ils ne le sont pas tous, aujourd'hui ?

– Vous n'appréciez pas la nourriture sous plastique ni le fait qu'on vous traite comme un criminel, si je comprends bien ? Le genre chipoteur, c'est ça, dit Grace.

Elle pointa sur lui une main-pistolet, le pouce relevé en percuteur puis, laissant retomber le bras, s'autorisa un léger frôlement du bout des doigts sur son pantalon au niveau du genou. Un contact d'à peine une seconde qu'il sentit parfaitement au point de baisser les yeux aussitôt.

Devant ses lèvres sèches et ses épaules rentrées, elle leva son verre, image parfaite de l'innocence la plus pure.

Après une nouvelle gorgée de bière, il laissa son regard s'égarer sur ses jambes avant de s'en détourner à contrecœur. Elle remit sa brochure débile dans sa mallette, fit mine de s'apercevoir combien de peau nue elle avait exposé et, une nouvelle fois, tira sur l'ourlet de sa robe ; le lainage souple moula ses seins sans rien laisser à deviner.

La pomme d'Adam de Roger l'Ingénieur fit un aller-retour. Deux yeux bleus aux pupilles largement dilatées : facile de déchiffrer le message sous-entendu. Intérêt évident.

Mission accomplie.

Il s'éclaircit la gorge.

– Eh bien… merci pour votre compagnie, Helen.

– Pareil pour moi, Roger.

– Je me sens un peu… dit-il en secouant la tête.

– Un peu quoi, Roger ?

Haussement d'épaules.

– C'est chouette.

– Effectivement, mais ce n'est pas ce que vous vouliez dire.

Il détourna les yeux.

Grace lui frôla l'épaule.

– Qu'est-ce qu'il y a ?

– Rien. Je vous assure. Vous reprenez un verre ?

Comme Grace n'avait pas encore touché son second Negroni, elle lui montra le cocktail toujours intact avec un sourire.

Roger rougit.

– Rien ne m'échappe, pas vrai… je voulais juste dire… je me sens un peu… okay, disons que je me sens en dessous de tout. Un peu nul, le parfait amateur.

– C'est gentil comme tout.

– Non, je suis sérieux.

– Passer pro ne vous intéresse pas ?

Il fit non de la tête.

– Franchement, pas du tout. Ce que je raconte n'a ni queue ni tête, n'est-ce pas ? dit-il en reposant sa bière. Vous allez trouver cela parfaitement saugrenu mais je ne fais pas ça au quotidien.

Étrange manière de s'exprimer, presque archaïque. Cette fois elle lui sourit d'un air amusé, presque malgré elle.

– Vous ne faites pas quoi ?

– Aborder la première venue – oh zut, désolé, le terme est mal choisi… Engager la conversation avec quelqu'un… que je ne connais pas… dit-il en agitant les doigts d'un geste presque efféminé. Je ne suis pas très doué pour ce genre de choses.

Grace abaissa la main et la posa délicatement sur la sienne. À son contact, il sursauta.

– Être doué dans ce domaine est inutile, nous bavardons, sans plus.

Quand elle le vit se mordre la lèvre, elle pensa qu'il allait rentrer dans sa coquille. Aurait-elle surjoué son numéro de vamp ? Avec, pour résultat, une belle occasion ratée ?

Mais il se décontracta. Reprit son verre et le leva.

– À votre santé, dit-il.

Grace libéra sa main. Il but, elle fit juste semblant. Ils étaient assis côte à côte, insensibles à la musique en boîte comme au reste des clients du salon. Grace finit par déguster quelques gouttes de Negroni en songeant à Florence et au Valentino qu'elle y avait dégusté. À tous ceux qu'elle avait bus. Quel régal.

Roger vida son verre. Ravala un renvoi. Fit la grimace et murmura :

– Tout baigne. Bon sang, c'est…

– Je déteste quand tout baigne, Roger.

– Vraiment ? fit-il, la voix un peu pâteuse. Et pourquoi ?

– Parce que tout baigne, c'est synonyme de bidon, Roger. Exactement comme le charisme. Et quoi de pire que le charisme ?

Il tiqua. Releva les yeux.

– Entièrement d'accord, le charisme, c'est nul.

Sa voix était plus grave. À croire que les commentaires de Grace l'avaient boosté comme un turbo.

– Absolument, Roger. Vous faites de la politique ?

– Dieu m'en garde, répondit-il avec une véhémence inattendue. J'essaie de rester à l'écart de tout ça.

– Non affilié ?

– Pardon ?

– Pas d'engagement important ?

– Aucun. Ni politique ni personnel.

– C'est vrai pour moi aussi, Roger, dit-elle en lui montrant ses mains vierges de bagues et d'alliance. Ainsi, je suis assurée de trouver une compagnie agréable à l'issue d'une journée de travail assommante.

Il rit.

– J'espère ne pas déroger à la règle.

Grace laissa filer un instant avant de répondre.

– Vous vous excusez bien souvent, Roger, finit-elle par lui dire.

– Vraiment ? Dés…

Il ouvrit la bouche… et s'esclaffa.

Grace lui frôla une nouvelle fois le genou du bout des ongles, reposa sa main sur la sienne, pressa délicatement ses doigts. Il passa la langue sur sa lèvre inférieure, son pouls bien visible battant sa carotide, jugement sans appel du système nerveux parasympathique, ce parangon de l'honnêteté.

Grace laissa passer un temps avant de murmurer à mi-voix :

– Roger ?

Il se pencha vers elle. Pas d'after-shave, juste un léger effluve d'eau savonneuse.

– Oui ?

– Auriez-vous l'obligeance de m'accompagner à ma voiture ?

– Pardon…

Grace pressa ses doigts à nouveau.

– La journée a été longue. Vous voulez bien me raccompagner ?

Elle se leva, prit son sac et sa mallette. Roger resta sur la chauffeuse, le visage comme un masque, incarnation pitoyable de toute la déception du monde.

Totalement anéanti, le charme de l'adolescence. Grace se sentit presque désolée pour lui.

– Si ça vous embête vraiment trop, Roger…

– Non, non, bien sûr que non, pas de problème.

Il ne bougea pas d'un pouce cependant.

– Je ne prends pas la tangente, Roger. C'est juste à un demi-bloc d'ici, mais une fille n'est jamais trop prudente.

Il se leva d'un bond. Vacilla une seconde, jeta les épaules en arrière et se redressa de toute sa hauteur.

– Absolument. Avec plaisir. Allons-y.

Grace lui prit le bras. Sentit un frisson sur le biceps de son cavalier. Jolis muscles, plus forts qu'il n'y paraissait.

Ils quittèrent le salon ensemble.

Personne ne les remarqua.

Le bref trajet se passa en silence. Complètement dérouté, Roger se donnait du mal pour n'en rien laisser paraître, jetant de brefs coups d'œil en douce en essayant de comprendre le comportement de cette femme. Mais il veillait à suivre le rythme de ses pas. Grace le testa, ralentit, accéléra, ralentit à nouveau.

Peut-être une petite seconde d'hésitation mais, immanquablement, il reprenait la juste cadence. Un bon choix.

Roger, si vous ne savez pas danser, il vous sera facile d'apprendre.

À l'approche du parc de stationnement municipal, Grace raffermit sa prise sur son biceps. Il tressaillit, trébucha l'espace d'un demi-pas, se rattrapa avec une belle élégance mais son équilibre perdit de sa superbe à leur entrée dans le bâtiment.

Un bref regard vers le sol, deux yeux qui se lèvent au ciel un temps encore plus bref et une explication logique.

À l'évidence, le pantalon en toile n'était pas vraiment le bouclier adéquat pour le renflement qui le déformait. Grace ralentit un peu plus, savourant l'instant.

Une fois dans le parking, elle se dirigea vers l'ascenseur.

– Je suis au dernier étage. Cela vous dérangerait de m'accompagner, Roger ?

– Bien sûr que non, pas de problème.

Elle contourna l'ascenseur et le conduisit vers l'escalier en s'accrochant à son bras dans la montée.

– C'est ici que je m'arrête.

L'Aston Martin l'attendait au niveau supérieur.

Après l'avoir guidé jusqu'au coin inoccupé le plus sombre et le plus éloigné, elle le tira dans l'espace libre puis, le pressant dos au mur, secoua sa chevelure qui s'étala en bel éventail sur son visage avant de s'écarter, révélant le feu qui brûlait son regard.

Elle connaissait le parking sur le bout des doigts. Chaque emplacement était équipé d'un plot en béton.

Un perchoir parfait pour son pied droit. Elle l'y monta et ploya une jambe à l'équerre.

Femme géométrique. Étrange posture à première vue.

Les beaux yeux bleus de Roger fusaient en tous sens. Complètement déboussolés.

– Merci mille fois de vous être conduit en gentilhomme.

– Mais il n'y a pas de voiture ici…

Elle lui prit la tête entre ses mains et l'embrassa sur la bouche, doucement puis plus fort. Il résista un instant avant de s'abandonner. Elle insinua sa langue entre ses lèvres sans rencontrer de résistance.

Il s'amollit comme une meringue. Posa une main hésitante sur son épaule, la descendit sur son sein. Elle pressa doucement, lui faisant savoir qu'il était sur la bonne voie.

Il malaxa avec délicatesse.

Beau geste, Roger, belle et douce main, tout en subtilité. Un champion, finalement, oserais-je dire. Tu gagnes à être connu.

Elle lui ouvrit la braguette, libéra sa queue, la caressa avec délicatesse. Le souffle de Roger se noua dans sa gorge. Paupières verrouillées serrées, il cherchait à tâtons l'ourlet de la robe grise. Mais elle l'avait précédé et, remontant d'un coup le fourreau en cachemire au-dessus de ses hanches, elle garda la jambe droite levée et la gauche bien droite, avant de pousser le bassin en avant quand elle sentit ses doigts au contact.

Elle s'offrit à sa caresse et le guida en elle. Il rouvrit les paupières, ses yeux aussi ronds et brillants que ceux d'un enfant effrayé.

Bleu authentique : pas de lentilles pour Roger.

Grace donna le rythme, commençant lentement pour accélérer à mesure, une main autour de sa nuque.

– Oh, mon Dieu, dit-il, et il referma les yeux, Grace le serrant contre elle avant de précipiter les choses.

– Oh… Dieu.

Un filet de voix haletant, déconcerté, extatique.

Il parut chanceler à nouveau.

Elle le soutint d'une main sur les fesses.

– Vas-y, Roger, lui murmura-t-elle à l'oreille.

Il obéit. Ils obéissaient toujours.

Grand Saut dans l'or en fusion quand il trembla et lâcha un bruit mi-gratitude, mi-cri de guerre triomphant et Grace l'embrassa comme une affamée, maintenant sa prise de ses lèvres d'en haut et d'en bas pour lui donner le temps de conclure.

Savoir-vivre élémentaire. Elle n'avait plus besoin de lui, elle avait terminé plus tôt, en l'espace de quelques secondes.

7

Lorsque la respiration de Roger s'apaisa et qu'elle le sentit se ramollir, elle rompit leur enlacement. L'embrassa sur la joue, remonta sa braguette et vit ses yeux toujours fermés. Tapota sa robe pour la remettre en place et, lui prenant la main, la garda dans la sienne jusqu'à ce que son pouls reprenne un rythme plus normal.

– Roger ?

Il battit des paupières, luttant pour garder les yeux ouverts, et un petit sourire triste infléchit ses lèvres. Il lâcha un profond soupir et elle sentit sa propre odeur qui s'échappait de lui.

– Merci, Roger. Il faut vraiment que j'y aille maintenant.

– Votre voiture…

Elle le fit taire d'un doigt sur sa bouche. Lui déposa un léger baiser sur le bout du nez, le saisit par les épaules et le dirigea vers la cage d'escalier, à l'image d'une étalagiste positionnant un mannequin dans une vitrine.

– Helen ? dit-il d'une voix rauque, un geignement.

– Ç'a été vraiment un plaisir de te rencontrer, Roger. Bonne chance avec ton projet.

De nouveau la grimace. Craignait-il de se confronter à la situation qui l'avait conduit à L.A. ? Elle le poussa gentiment de l'avant et le vit avancer de quelques pas chancelants.

Il s'immobilisa. Se retourna vers elle.

– Bonne nuit, Roger.

Avec ce qui lui restait de fierté, il franchit l'étage du parking à grandes enjambées, ouvrit brutalement la porte de l'escalier et disparut.

Toujours cachée dans la pénombre, Grace attendit quelques instants avant d'emprunter la rampe qui conduisait à son Aston. Tandis qu'elle montait à bord, sa tête s'emplit d'une délicieuse sensation de déjà-vu, tout en puissance et en joie : nouvelle rencontre, nouveau triomphe.

Elle passait ses journées à guider, aider, soutenir les autres, elle méritait aussi de se sentir bien. De se sentir elle-même, pleine et entière – une personne discrète séparée du restant de l'univers par sa peau, ses limites mentales et de délicieux pics de sensation et de plaisir.

Autant de Sauts de Hasard dans le puits sans fond de tous les possibles.

Elle sortit du parking, écoutant Bach un sourire aux lèvres.

Encore un succès à porter au compte de l'intuition. Depuis le temps qu'elle pratiquait les Grands Sauts, elle ne s'était sentie menacée qu'à deux reprises.

La première fois, la cible s'était révélée être un lourdaud aux mains brusques, un banquier en costard à trois mille dollars qui avait jadis joué au football à l'université et se prenait encore pour un tas de viande irrésistible. Il avait commencé plutôt gentiment avant de virer trop enthousiaste, le regard porcin, ses paluches épaisses s'approchant un peu trop près de son cou.

Plus ils sont baraqués, plus ils tombent de…

Grace l'avait laissé par terre se tordant de douleur.

Mais le vrai méchant à qui elle avait eu affaire, qui avait sérieusement ébranlé son assurance, était un attaché d'ambassade hongrois, le genre poète efflanqué à cheveux longs et cœur meurtri, qui s'était débrouillé pour informer d'un coup d'œil discret un pote invisible sans que Grace le remarque. Lorsque ledit pote s'était matérialisé dans une allée discrète avec l'intention de transformer un tête-à-tête en activité de groupe, en refusant à tout crin d'accepter un non pour réponse, Grace, pour la première fois, s'était offert une belle frayeur, chose qui ne lui ressemblait pas.

Une sensation pas complètement déplaisante. Mais...

Sur ce coup-là, elle s'en était sortie de justesse, même si tout s'était bien terminé, et elle avait intégré l'événement comme une séance de travaux pratiques à porter au compte des expériences de la vie. Aucun des deux Hongrois ne marcherait avant un moment et elle se délectait des dégâts qu'elle avait infligés.

Elle s'était déniché une nouvelle cible peu de temps après. Toujours remonter en selle au plus vite.

Au total, deux moins seulement face à tous ces plus et, à y regarder de près, un facteur incertitude qui nourrissait son excitation. Toutes ses interrogations psychosexuelles étouffées par la certitude pleine et entière d'après le Saut, cet état de satiété bienheureuse qui n'était pas sans évoquer un nirvana dans lequel elle se sentait tout à la fois soumise et dominante.

En regardant ses amants s'éloigner, elle éprouvait le même sentiment d'arrogance qu'une fanatique religieuse à la foi sans faille, assurée que la Terre en rotation sur elle-même et autour du Soleil poursuivrait sa course exactement au gré de ses désirs.

Roulant maintenant vers l'ouest sur Wilshire à vitesse de croisière, elle ressemblait à l'une de ces jolies jeunes femmes trop gâtées, bien à l'abri derrière les vitres teintées de sa voiture noire déraisonnablement coûteuse.

Se dirigeant vers une maison sur la plage et la plus merveilleuse nuit de sommeil qui se puisse imaginer.

Vingt-huit minutes après avoir traversé Beverly Hills, l'Aston Martin filait le long de la Pacific Coast Highway avec, à l'ouest, l'océan réduit à une série de vagues crénelées de gris sur fond de satin noir et, à l'est, les montagnes pareilles à une barre de chocolat sans fin.

Les yeux bien ouverts, Grace n'excédait quasiment pas la limite de vitesse autorisée. À cette heure de la nuit, il n'y avait guère de circulation sur l'autoroute et sa DB7 n'eut aucun problème à conserver une trajectoire rectiligne jusqu'à sa boîte de verre et de béton sur la plage de La Costa.

En dépit de sa réputation de lieu où se menait la belle vie, Malibu était une ville de ploucs qui se couchaient tôt et les seuls véhicules qu'elle croisa sur sa route se limitaient à un semi-remorque transportant ses marchandises au départ d'Oxnard, une voiture de-ci, de-là et aussi un frimeur de la patrouille des autoroutes qui l'avait collée sur huit cents mètres avant de la doubler et de s'éloigner pied au plancher.

Un idiot en uniforme qui se la jouait. Une fois qu'il fut hors de vue, d'un bout d'escarpin bordeaux, Grace augmenta sa vitesse et laissa la voiture vivre sa vie. Son iPod marchait sur le mode *shuffle* depuis sa sortie du parking et elle poursuivit sa route accompagnée par une sono aux sélections aléatoires : « Crossroads » de Stevie Ray Vaughan suivi par le « Clair de lune » de Debussy puis par « I'll Take You There » des Staple Singers. Elle approchait de son domicile quand retentit un super hit des années 1950, « Little Darlin », dans la version des Diamonds.

Un des titres préférés de Malcolm. À l'instar de Grace, ses goûts musicaux avaient été éclectiques.

Malcolm… elle plissa les yeux en apercevant sa maison et, coupant les voies de la PCH, ouvrit son garage à distance et s'y engagea.

Elle arrêta le moteur, ferma la porte et resta dans la voiture en attendant la fin de la chanson.

Vieille d'un demi-siècle et reprise par un groupe de Canadiens proprets, cette resucée doo-wop était devenue leur seul et unique hit de proportions dantesques. Bien avant son époque, mais elle connaissait tous ces détails, c'est Malcolm qui les lui avait donnés. Une leçon, s'était-elle rendu compte, bien des années plus tard.

La vie ne pouvait se prédire que jusqu'à un certain point.

– En plus, lui avait-il précisé, quand on arrive au passage parlé par la voix de basse, c'est à mourir de rire.

La chanson se termina sur un rythme de cha-cha-cha sans appel et elle sortit de l'Aston en fredonnant comme une casserole. Même à ses propres oreilles, sa voix chantée était horripilante !

Elle gloussait en prenant son sac et sa mallette dans le coffre et quitta le garage en dansant sur le mètre cinquante d'allée qui menait à sa porte d'entrée.

Un tour de clé, désamorçage de l'alarme, *home sweet home*.

Comme toujours, elle avait laissé la maison dans l'obscurité à l'exception de l'unique ampoule de faible puissance qui jaunissait la terrasse ceinturant la bâtisse côté océan, un simple planchéiage en lames gauchies de séquoia haut de trois mètres et soutenu par des piles en bois passées à la créosote. Au-delà, la lueur sourde du maigre fanal soulignait la présence des eaux, témoignage concret d'un fait toujours extraordinaire aux yeux de Grace : elle vivait bien en bordure d'un continent. Elle donnait juste assez de lumière pour qu'elle puisse rejoindre l'espace dont elle avait choisi de faire ses quartiers de nuit.

En chemin, elle se dévêtit, se retrouva complètement nue en arrivant à son lit, apaisée et rayonnante d'avoir vécu cette journée aussi pleinement.

S'endormir sur-le-champ aurait été facile, mais elle suivit sa routine quotidienne et appela son service de messagerie. Les messages, c'était toujours important.

Rien. Magnifique. Elle rappela à l'opératrice que son bureau serait fermé pour la quinzaine à venir.

– Je l'ai noté, docteur Blades. Prenez du bon temps.

– Vous également.

– Merci à vous. Vous êtes toujours si prévenante.

Grace enfila son kimono de soie jaune et réussit un semblant de queue-de-cheval courte à partir de sa nouvelle coupe, s'imposa des étirements pendant quelques minutes et quarante pompes pour fille. Tout en se brossant les dents, elle fit le tour de la maison. Ce fut rapide, son cube occupait une surface de cinquante-cinq mètres carrés sur une parcelle large de neuf mètres, une bâtisse naine comparée à toutes celles de La Costa. Mais elle comptait parmi les rares résidents permanents, la plupart des demeures tape-à-l'œil alentour restaient vides.

Dans une vie antérieure, la maison avait servi de quartiers aux serviteurs d'un vaste domaine. Assemblage minimaliste de bois et de verre, elle trônait désormais sur la silice semi-précieuse de Malibu, arbitrairement divisée en salon, kitchenette et emplacement pour son lit étroit. Un seul espace cloisonné par une paroi en fibre de verre : un recoin qui abritait la salle de bains, tout juste assez grand pour la baignoire sabot avec douchette qu'elle avait installée peu après avoir emménagé.

Sinon, elle n'avait pas fait grand-chose du reste et s'était rabattue sur un décor blanc sur blanc, pour la simple raison que le choix d'un coloris était une prise de tête inutile : face à un océan bleu qui emplissait vos fenêtres, toute autre teinte aurait fait l'effet d'une intrusion. Même le sol était blanc, couvert d'un reste de moquette qu'elle avait installée elle-même, bien trop somptueuse pour être au goût du jour, sauf qu'elle aimait la façon dont elle lui embrassait les chevilles.

La structure proprement dite n'avait rien de particulier, n'était le plafond asymétrique aux poutres apparentes, haut de presque quatre mètres à son faîte, qui donnait l'illusion d'un espace plus grand. Même sans cela, Grace n'aurait rien trouvé à redire à ce mouchoir de poche, elle aimait bien le refuge de sa taupinière.

Confortée en cela par ses souvenirs du temps où elle se cachait au vu et au su du monde.

Sur le marché, la valeur de la maison avoisinait les trois millions de dollars mais ce chiffre ne signifiait rien, Grace n'avait aucune intention de jamais en partir. Pas plus que d'y recevoir des visites. Raison supplémentaire pour ne pas gaspiller temps et argent en décoration intérieure.

Depuis quatre ans qu'elle vivait là, personne n'y était entré hormis, parce que les circonstances l'exigeaient, le plombier, l'électricien ou l'installateur du câble. Après un accueil amical, Grace les avait évités en battant en retraite sur sa terrasse pour lire un livre.

Ce qui n'avait pas empêché le gugusse du câble passé l'année précédente – look surfeur et voix nasillarde – de flirter avec elle et de la lui jouer tendre et suave en se croyant irrésistible. Elle lui avait tendu une bière avant de le virer aussi vite.

Pas de bol, frimeur.

Le foyer se situe là où le cœur se trouve et le cœur de Grace était un bloc de muscles qui fonctionnait parfaitement tout seul.

Après s'être fait couler un bain, elle s'immergea dans la baignoire sabot en comptant jusqu'à mille avant de se sécher puis se saisit de sa mallette et vérifia son carnet de rendez-vous pour le lendemain.

Une veille de vacances, peu chargée : six patients, trois avant midi, trois ensuite, tous en traitement suivi sauf une exception. Un nouveau venu : son service l'avait pourtant informé de son absence imminente mais il avait insisté pour avoir son rendez-vous malgré tout. Peut-être une de ces « consultations » ambivalentes.

Elle planifia sa journée du lendemain allongée sur son lit : elle commencerait sa matinée en scrutant le doux regard de Bev, une femme de trente-huit ans dont le mari était décédé d'un cancer rare des tissus conjonctifs et la maladie les avait occupés quasiment à plein temps. Il avait finalement abandonné la lutte quatorze mois après leur lune de miel. Aujourd'hui nouvellement fiancée, son second mariage approchait, elle venait de l'Oregon par avion.

La crainte bien sûr de convoler en justes noces, mais on était loin du compte. Il y avait plus et Grace était prête pour tout ce qui se présenterait. *Check.*

Patient numéro deux : un homme de soixante-quatre ans du nom de Roosevelt dont l'épouse avait été assassinée par un cambrioleur armé alors qu'elle tenait la caisse du magasin de spiritueux que le couple possédait à South L.A. Là, gros problème de culpabilité, car le poste du soir incombait depuis toujours à Roosevelt et Lucretia avait pris le relais afin de permettre à son mari d'assister à une réunion d'anciens membres de l'équipe de football du lycée.

La malheureuse avait été abattue d'une balle dans la tête à peine arrivée dans le magasin. Six années auparavant, la thérapie de Roosevelt avait duré trois ans. Grace connaissait la date du meurtre par cœur. Encore un anniversaire.

Un homme adorable, Roosevelt, paisible, gentil, travailleur. Grace l'appréciait beaucoup. Mais qu'elle apprécie ou non le client importait peu. Elle aurait réussi à réconforter un glouton si la situation l'avait exigé.

Séance numéro trois : un couple marié, Stan et Barb, dont Ian, le fils unique, s'était suicidé en s'entaillant les poignets. De la part de Ian, pas l'ombre d'une hésitation, rien à voir avec un appel au secours, mais bien un charcutage en profondeur avec sectionnement d'artère qui l'avait conduit à se vider rapidement de son sang. Avant la fin de l'hémorragie, il était entré en chancelant dans la chambre où dormaient ses parents, avait réussi à allumer la lumière et là, de glouglous en gargouillis, était passé de vie à trépas devant les personnes qui lui avaient donné la vie.

Grace avait obtenu les dossiers psychiatriques du pauvre gamin et y avait trouvé la confirmation d'une schizophrénie galopante. Donc, cliniquement parlant, pas de surprise, mais pour Stan et Barb, cela n'effaçait en rien l'horreur qu'ils avaient vécue. Les souvenirs de ce que Stan appelait leur « eau-forte sadique ». Une expression qui révulsait Barb au point de lui donner des nausées. À plusieurs reprises, elle s'était précipitée dans les toilettes réservées aux patients et avait vomi.

Naturellement, ni Stan ni Barb n'auraient pu faire grand-chose pour aider leur enfant tant son cerveau se détériorait. Pour autant, cela ne les empêchait pas de se tourmenter. Il avait fallu exactement deux années à Grace pour réussir à leur faire dépasser ce stade et leurs séances s'étaient réduites à deux sessions par mois. Pourvu que ça dure.

Son patient numéro quatre était Dexter, un jeune homme qui avait perdu ses deux parents dans un accident d'avion. Désastre classique de petit avion en vol avec Papa pilote amateur aux commandes d'un monomoteur, crise cardiaque probable. Mais là, des tonnes de colère contenue.

Le numéro cinq était une femme dont le seul enfant, conçu *in vitro*, avait péri tout bébé des suites d'une malformation rare du foie. Grace n'avait pas très envie de s'attarder sur ce cas car les enfants la dérangeaient et elle avait besoin de se préserver pour rester efficace. Si elle estimait qu'elle manquait de l'expertise nécessaire, elle pourrait appeler Delaware.

Son dernier patient, peut-être le moins important de tous, était le nouveau, un dénommé Andrew Toner de San Antonio, Texas, qui avait attendu sept semaines qu'une place se libère. À y réfléchir à tête reposée, cela ne cadrait pas vraiment avec un comportement ambivalent, mais sait-on jamais ; elle connaîtrait les détails demain.

Ce qu'elle savait, en revanche, c'est que cet inconnu sans référent aucun, s'il fallait en croire les renseignements collectés par son service de messagerie, l'avait choisie après avoir lu une recherche qu'elle avait publiée. Rien à voir avec les traités classiques sur le stress et la manière d'y faire face que Malcolm et elle avaient concoctés des années durant.

Mais bien avec le papier qu'à son insistance, elle avait rédigé seule.

Grace considérait cet article – ainsi que toutes ses publications – comme de l'histoire ancienne, mais un patient y faisant référence lui disait au moins une chose sur M. Toner : il y avait fort à parier qu'il venait d'une famille effroyablement pourrie.

Peut-être avait-il seulement besoin de rompre les ponts avec des membres toxiques de sa famille. Si oui, son problème n'avait rien de la complexité de celui de Bev ou de Helen ou des pauvres parents du tailladeur d'avant-bras.

Grace pouvait l'affirmer avec assurance.

Elle replaça son carnet de rendez-vous dans son sac et, bien réchauffée par le bain qu'elle avait pris, quitta son kimono d'un mouvement d'épaules et alla jusqu'à la porte-fenêtre ouvrant sur sa terrasse. Elle alluma l'ampoule qui l'éclairait à peine et sortit sur les lames de bois patinées, aussi nue et vulnérable qu'un nouveau-né.

S'imprégnant tout entière du murmure réconfortant des vagues à leur approche et de leur chuintement d'adieu quand elles repartaient vers l'Asie.

Une bourrasque remonta des eaux. Une explosion d'énergie soudaine venue d'où – Hawaï ? Le Japon ?

Elle resta sur cette terrasse où passait autre chose que le temps. Finalement, elle se sentit somnolente et regagna l'intérieur de la maison. Elle aurait dû avoir faim, mais bon. Se coucher le ventre vide ne lui posait pas de problème. Elle n'avait pas manqué de pratique.

Et dorénavant, un estomac criant famine pouvait se rassasier d'un monstrueux petit déjeuner. Le lendemain matin. Dieu que la vie était merveilleuse quand on tenait les rênes de sa propre destinée.

Elle verrouilla la porte-fenêtre, se mit au lit en se faufilant sous les couvertures qu'elle tira au-dessus de sa tête. Prenant le temps comme à l'accoutumée de glisser la main sous le matelas à ressorts et de tapoter la masse rassurante de plastique noir rigide posée sur la moquette sous le lit.

Son arme de maison, un Glock 9 mm, comme ceux qu'utilisait la police. Non déclaré et parfaitement entretenu, de même que le .22. Il était plus que probable qu'elle n'aurait jamais l'occasion de se servir de l'un comme de l'autre. Idem pour les Smith & Wesson jumeaux calibre .38 qu'elle avait achetés dans une foire aux armes au Nevada l'année précédente et cachés dans le classeur à dossiers de son bureau.

Belle et douce nuit, mes beaux instruments de destruction adorés.

Elle se roula en fœtus et glissa un pouce entre ses lèvres. En le suçant avec ardeur.

8

Elle se leva à l'aube, affamée, et admira par la porte-fenêtre un pélican gris qui plongeait à la recherche de son petit déjeuner. Les oiseaux du littoral planaient le long de la ligne des vagues. Un point en mouvement attira son attention et elle se leva en s'enveloppant de son kimono jaune pour y regarder de plus près.

Fixant sa dernière position, elle attendit. Le voilà qui réapparaissait, quelques mètres plus au nord. Une otarie de Californie qui se laissait paisiblement dériver et submerger. Tout en lenteur, adorable, en vrai prédateur digne de ce nom.

Grace l'observa un moment, se fit du café et but la première de ses trois tasses tout en brouillant quatre œufs mélangés à du fromage, du salami de Gênes, des cèpes italiens réhydratés et de la ciboulette. Après avoir beurré deux petits pains ronds, elle engloutit le tout sans en laisser une miette. À sept heures trente, de retour sur la PCH, elle laissa son Aston vivre sa vie, se laissant porter sans déplaisir par ses réflexions relatives aux conseils et suggestions qu'elle allait prodiguer toute la journée.

Bev, aujourd'hui sur le point de se marier, était autrement mieux coiffée et habillée et, à l'évidence, plus apaisée et davantage maîtresse de ses émotions que la jeune veuve aux yeux rouges apparue un jour à son cabinet, toute tremblante et incapable de parler. Ce matin, ces mêmes yeux étaient limpides et rayonnaient du plaisir de l'attente dont la chaleur sereine alternait avec des éclairs furtifs que Grace reconnaissait comme autant de bouffées de culpabilité.

Le genre de mystère pas vraiment insoluble : à un moment où cette pauvre femme percevait clairement que son futur mari devait avoir la primauté, elle ne songeait qu'à son époux passé.

Pompier de son état et âgé de trente ans quand Bev l'avait rencontré, Greg avait l'équilibre et l'assurance tranquille d'un homme dont le corps fonctionnait à la perfection. Jusqu'à ce que la machine s'enraie.

Le cancer qui l'avait emporté était si rare qu'il n'existait pas de protocole pour son traitement. Bev l'avait regardé dépérir et disparaître à jamais.

Qui pouvait la blâmer d'avoir abandonné tout espoir ? Il avait fallu un long moment à Grace pour obtenir de la douce et chaleureuse jeune femme qu'elle envisage le concept d'avenir comme pertinent et toujours d'actualité. Aujourd'hui, Bev était sur le point de faire confiance au destin pour un second essai, tant mieux pour elle !

– Je ne suis pas terrifiée, docteur Blades. Je crois que je suis juste… un peu inquiète. Okay, pour être honnête ? Je meurs de trouille.

– En ce cas, vous avez l'avantage.

– Je vous demande pardon ?

– Si vous étiez complètement terrifiée, ce serait compréhensible, Bev. Tout ce qui n'est pas terreur est héroïsme.

– Vous parlez sérieusement ? fit Bev, les yeux comme des soucoupes.

– Tout à fait.

Bev eut l'air dubitative.

– Quand avez-vous commencé à éprouver cette inquiétude ?

Grace choisit ce terme délibérément, baissant d'un cran par rapport à « trouille ». C'était son travail de remettre les choses dans leur juste contexte.

– Je dirais… il y a quelques semaines.

– À mesure que la date du mariage se faisait plus proche.

Acquiescement.

– Jusqu'alors, pour l'essentiel, diriez-vous que vous étiez plutôt heureuse ?

– Oui. Naturellement.

– Naturellement…

– J'épouse Brian. Il est merveilleux.

– Mais…

– Pas de mais, dit Bev en fondant en larmes. Je me sens déloyale ! C'est comme si je trompais Greg !

– Vous aimiez Greg. Il est tout à fait naturel que vous vous sentiez des obligations à son égard.

Bev renifla.

– Pour le reste du monde, Greg est un souvenir. Pour vous, c'est l'autre homme.

Une expression qui déclencha un nouveau torrent de sanglots.

Grace laissa Bev pleurer un moment puis, se penchant auprès d'elle, sécha ses larmes en lui pressant la main. Elle la vit prendre une profonde inspiration et la replaça dans son fauteuil en l'obligeant à adopter une posture décontractée.

En termes de guérison, c'est le corps qui prend l'initiative et l'esprit suit. Une phrase de Malcolm. Il ne l'avait dite qu'une seule fois mais elle était restée gravée.

Et ça marchait : les muscles du visage de Bev se relâchèrent. Plus de larmes.

Grace lui offrit le sourire le plus tendre qu'elle pût trouver. Un sourire que Bev lui rendit.

Un œil distrait n'aurait vu qu'un duo de jolies jeunes femmes dans une pièce agréable et bien éclairée.

Au moment opportun, Grace lui dit :

– Parce que Greg vous aimait tant, nous savons une chose avec certitude.

Bev la regarda au travers d'un voile de larmes.

– Laquelle ? demanda-t-elle.

– Il tient absolument à ce que vous soyez heureuse.

Silence.

– Oui, je sais, consentit à dire Bev comme si l'aveu lui coûtait.

– Il n'empêche que ça vous chagrine.

Pas de réponse.

Grace tenta une nouvelle approche.

– Au lieu de voir en Greg un assiégeant, vous pourriez peut-être commencer à le considérer comme votre partenaire.

– Un partenaire dans quoi ?

– La vie qui vous attend, dit Grace.

– La vie, répliqua Bev, à croire que le mot lui déplaisait souverainement.

– Soyons claires : ce que Greg et vous partagiez était profond. Et les choses profondes ne disparaissent pas par magie parce que les conventions sociales exigent qu'il en soit ainsi. Cela ne signifie pas que vous soyez infidèle à Greg. Ou à Brian.

– Et pourtant, si, dit Bev, je me sens infidèle. Et, oui, vous avez raison, infidèle aux deux.

– Envers Greg pour laisser rentrer la joie dans votre vie. Envers Brian parce que vous pensez à Greg.

– Oui.

– C'est parfaitement logique, ma chère. Mais voyez les choses de la façon suivante : tous les trois – Brian, vous-même et Greg –, attaquez-vous au projet en équipe.

– Je… quel projet ?

– Le projet qui attend Bev. Le projet personnel de Bev qui mérite d'être heureuse, dit Grace. Approuvé par un vote unanime. (Elle sourit.) Pour ce que ça vaut, je soutiens la motion.

Bev remua dans son fauteuil, ses lèvres pincées en un filet maussade.

– Peut-être bien.

Grace comprit qu'elle était allée trop loin, trop vite, et laissa Bev méditer un moment. Voyant qu'elle n'avait pas quitté sa position décontractée, le visage à nouveau relâché, elle tenta une nouvelle approche.

– Officiellement, votre mariage est une célébration. Pour autant, cela n'implique pas que vous deviez instantanément rayonner de joie du simple fait que vous avez fait imprimer les invitations à la cérémonie et que des gens viendront s'asseoir à l'église. Une personne émotionnellement creuse pourrait y parvenir sans problème. Mais souvenez-vous de ce que je vous ai dit l'année dernière : émotionnellement, vous êtes un être de substance.

Silence.

– Vous ressentez les choses en profondeur, Bev. Il en a toujours été ainsi. Pour preuve, les histoires que vous m'avez racontées sur les soins que vous apportez aux animaux blessés.

Vous n'êtes pas la seule, chère amie.

Pas de réaction de la part de Bev. Puis, finalement, un lent acquiescement.

– Ressentir en profondeur est une vertu. C'est ce qui permet à la vie de prendre toute sa signification et viendra inévitablement le moment où votre joie sera bien plus grande que si vous vous étiez contentée de suivre le mouvement.

Long silence.

– Je l'espère, très sincèrement.

Grace posa une main sur l'épaule de sa patiente.

– Naturellement, il vous est impossible de le percevoir pour l'instant. Comment le pourriez-vous ? Mais c'est une certitude, la joie reviendra dans votre vie future, sauf qu'elle sera empreinte d'une profondeur bien plus grande que si vous n'aviez pas traversé ce que vous vivez là, en cet instant. Et ce sera tendre et délicieux.

Bev la regarda bien en face.

– Merci, marmonna-t-elle.

Grace garda la main sur l'épaule de sa patiente. En exerçant une pression juste suffisante pour que Bev comprenne qu'on se souciait d'elle. Qu'elle comptait pour quelqu'un.

– Prenez votre temps. Ressentez ce que vous avez besoin de ressentir. Au bout du compte, vous allez percevoir que Greg est monté à bord. Qu'il approuve et veut que vous soyez heureuse parce que c'est ce que font les êtres qui aiment inconditionnellement.

Les commissures des lèvres de Bev s'étirèrent plus largement, comme manipulées par un marionnettiste.

– Vous me faites peur, docteur Blades.

Une phrase que Grace avait entendue des milliers de fois.

– Moi ? fit-elle en toute innocence.

– Douée à faire peur, c'est ça que je veux dire. On dirait que vous avez un accès direct à ce qui se cache ici, dit-elle en se tapotant la poitrine.

– Merci du compliment, Bev, mais la perspicacité n'a rien à voir avec ça. Tout ce que je sais me vient de ma volonté à vouloir comprendre les gens.

Grace se pencha vers l'avant.

– Parce qu'une fois dépassées les petites bêtises, nous sommes tous pareils. Et dans le même temps, tous uniques. Personne n'a vécu votre vie, pensé vos pensées, senti vos sentiments. Il n'empêche que si j'étais dans votre situation, je suis pratiquement certaine que j'éprouverais la même chose.

– Vraiment ?

Réponse honnête : *Qui sait ?*

– Bien sûr, répondit Grace.

– Et que feriez-vous en ce cas ?

Grace sourit.

– J'irais parler à une personne douée qui me ferait peur. Parce que nous avons tous besoin d'aide de temps à autre.

Flash-back sur Malcolm. Sophie. L'expérience toute nouvelle de pouvoir dormir dans un lit propre qui sentait bon. Un petit déjeuner. Un dîner. Quelques tentatives d'accolade, pour brèves qu'elles fussent.

Un contact humain que Grace avait dû apprendre à tolérer. De repenser à tout cela fit naître un sourire à ses lèvres, ce qui était parfait tant le moment était bien choisi : que Bev croie donc qu'il ne concernait qu'elle.

Bev poussa un soupir et croisa les bras sur sa poitrine.

– J'apprécie ce que vous me dites, docteur Blades, mais une fois de retour chez moi… ça risque d'être difficile.

– Un risque à courir. Mais vous y ferez face. Comme toujours.

Bev pressa d'un doigt sa lèvre inférieure. Le doigt qui portait une bague en diamant. Brian, aide-plombier, avait fait des folies chez Zales.

– Vous voulez dire que la vie a parfois besoin d'être difficile pour prendre tout son sens.

– Je dis que lorsque nous sommes émotionnellement bien structurés, Bev – ainsi que vous l'êtes –, nous apprenons à avoir confiance en nous-mêmes.

Oh, vraiment…

Bev prit son temps avant de parler.

– Je crois que j'ai juste besoin d'accepter ce qui arrive.

Grace ne dit rien.

– Okay, j'ai juste besoin d'accepter ce qui arrive même si cela implique de penser à Greg.

– Ne luttez pas contre vos souvenirs de Greg. Greg vous était précieux, dit Grace. Pourquoi iriez-vous l'exiler de votre conscience ?

Bev se replongea dans ses réflexions, le visage crispé comme si elle bataillait contre un casse-tête récalcitrant.

– Au cours du vol au départ de Portland, docteur Blades, j'ai passé pratiquement tout mon temps à me remémorer le passé. Un souvenir m'est resté. Exactement comme s'il s'était collé à mon cerveau. Il y avait un lac où il nous arrivait souvent de faire des balades en canoë, c'est Greg qui pagayait. Il était tellement costaud. Des couches de muscles sur des muscles. Qui jouaient comme des vagues miroitant à la lumière chaque fois qu'il plongeait sa pagaie dans l'eau. Parfois, la balade commençait sous un ciel sans nuages, mais quand il se mettait à pleuvoir, il dégoulinait de sueur et de pluie, il brillait comme un soleil.

Elle prit une longue inspiration.

– Moi, j'étais assise dans le canoë et je le regardais et… j'avais envie de lui. Là, sur-le-champ… (Elle rougit.)… Nous n'avons jamais rien fait de ce genre. Je ne lui ai jamais rien dit.

Grace sourit.

– Vous ne vouliez pas chavirer ni faire de vagues. Au sens littéral et au sens figuré. Vous attachez de l'importance à l'équilibre et, en cet instant, vous vous sentez en déséquilibre parce que la vie a pris un nouveau tournant.

Bev en resta bouche bée. Sourit.

– Vous ne faites pas simplement peur, docteur Blades. Je bénis le dieu qui m'a conduite à vous.

Le restant de la journée s'écoula sans heurts, prévisible et rassurant par sa normalité. Grace avait beau savoir en toute objectivité qu'elle était jeune, elle avait parfois la sensation d'avoir tout vu. Un sentiment qui ne l'aigrissait en rien dans sa pratique, pas plus qu'il ne l'ennuyait. Bien au contraire, elle le trouvait rassurant et revigorant.

Voici ce pour quoi j'ai été créée.

Néanmoins, elle devait faire en sorte que son assurance ne se transforme jamais en suffisance. De la même façon qu'elle ne permettrait jamais aux Hantés de s'immiscer ne fût-ce que d'un millimètre dans son monde privé.

Amicale, certes. Amie, jamais.

Parce que le concept d'amitié avait ses limites : potes, copains et confidents – ce que les textes de référence stérilisaient sous le terme *système social de soutien* –, c'était très bien quand on se cognait le gros orteil émotionnel. Dès qu'il s'agissait de blessures profondes, il fallait un chirurgien, pas un barbier.

Aux yeux de Grace, le concept de thérapie comme amitié contre paiement était un cliché à bannir. La dernière chose dont avaient besoin les patients, c'était d'un bon Samaritain gentillet manquant de rigueur et rempli de bonnes intentions. Le genre d'individu qui déborde de sourires tendres jusqu'à la nausée entre deux pauses contrites et affiche la gravité factice d'une sympathie de circonstance en psalmodiant d'une voix mielleuse sa litanie de clichés.

J'entends bien ce que vous me dites...

Si vous fourrez trop de sucreries dans la gorge d'un patient, il va s'étrangler.

Deux catégories se partageaient ce genre de pratique : les charlatans avides d'argent ou les clowns qui voulaient simplement avoir bonne opinion d'eux-mêmes. Raison pour laquelle tant d'individus foireux se cherchaient une seconde carrière comme conseillers d'occasion tout juste bons à dire amen à tout.

Parmi les Hantés qui venaient à elle, certains cherchaient obstinément le fantasme d'une sollicitude outrageusement théâtralisée par des regards qui se verrouillent, ainsi qu'ils l'avaient vu faire dans les talk-shows et les films de la semaine.

Je ne suis pas psy mais j'en interprète un à la télé.

Quant à ceux qui espéraient trouver un Dr Voix de Velours, Grace jetait gentiment leurs fantasmes au panier en leur proposant plutôt une réalité constructive. À quatre cent cinquante sacs la séance, le patient méritait plus qu'une couche-culotte émotionnelle pour adulte.

Un véritable adulte se méritait.

Ayant jeté un coup d'œil à l'horloge, elle prépara un expresso serré qu'elle but d'un trait, juste à temps avant que ne s'allume la lampe rouge sur le mur au-dessus de son bureau.

L'heure de Roosevelt. Prévenant, gracieux, poli. Assez âgé pour être son père.

Si seulement elle avait eu un père digne de ce nom…

Grace sentit son souffle se couper. Son cœur eut un raté, trop de caféine de toute évidence, elle allait restreindre la dose.

Elle se leva, lissa sa chevelure, se redressa sur son siège.

En avant.

La fin de la journée tirait à sa fin et elle se sentait anormalement fatiguée. La séance avec Stan et Barb avait été plus pénible qu'elle ne l'escomptait : dès leur entrée dans le cabinet, mari et femme avaient ouvertement manifesté leur hostilité réciproque d'une façon qu'elle ne leur avait encore jamais connue.

Les questions étaient inutiles, lui avaient-ils déclaré d'emblée : l'un et l'autre avaient un long passé de liaisons, une double infidélité qu'ils lui avaient soigneusement cachée, et finalement, ils divorçaient. Ils étaient d'avis que ce détail n'avait aucune importance, ils avaient commencé bien avant le suicide de Ian.

Un duo d'imbéciles qui croyaient sincèrement que Ian n'en avait jamais rien su, après tout il était cinglé, tout le monde le leur avait dit.

Leur mariage passait aux oubliettes mais, en dépit de leur décision mutuelle, Stan et Barb étaient en colère.

Contre eux-mêmes pour avoir échoué.

Parce qu'ils s'étaient embarqués au départ dans un mariage qui ne leur convenait pas.

Avant l'inévitable enchaînement : colère contre Ian pour être entré dans leur chambre et les avoir réveillés en s'effondrant sur leur couette, au milieu d'un flot de sang qui jaillissait, suintait, dégouttait de ses plaies, avant de mourir.

Grace ne s'était pas interrogée bien longtemps sur ce qui avait pu conduire un garçon de dix-neuf ans à cette autodestruction en famille. Ian n'était plus, la vie était pour les vivants, si elle n'en avait pas été convaincue, elle aurait choisi de faire des études de croque-mort.

Aujourd'hui, elle se demandait ce qu'elle avait pu rater d'autre.

– Donc c'est décidé, nous partageons tout en deux et voilà, point final, nous nous conduisons comme deux adultes raisonnables, disait Stan en crispant des mâchoires.

– Fini, n-i-ni, le coupa sèchement Barb. La boucle est bouclée, inutile de revenir là-dessus.

Stan lui lança un regard mauvais.

Grace connaissait d'avance la réponse à sa question suivante, mais elle la posa quand même.

– Donc, l'un et l'autre, vous êtes bien du même avis sur la question ?

– Oui, tout à fait.

– Oui.

Deux menteurs minables. Alors pourquoi diable êtes-vous ici ?

Elle le leur demanda.

– Nous avons décidé que nous en avions besoin pour tourner la page une bonne fois pour toutes, déclara Barb. Dans la mesure où vous avez été une part importante de notre famille pendant ces dernières années et de famille, il n'y en a plus.

D'abord divorcer de Grace. Elle sourit intérieurement.

– Nous ne voulions pas que vous pensiez nous avoir déçus, tout ceci n'a rien à voir avec Ian.

– Absolument rien du tout, confirma Barb.

– Nous sommes restés amis, mentit Stan. Ce qui à mes yeux est une réussite en soi.

Pour le prouver, il tendit le bras vers la main de Barb. Le sourcil froncé, elle lui pressa les doigts et se dépêcha de les lâcher pour aussitôt se placer hors de sa portée.

– Vous allez de l'avant et vous avez eu la gentillesse de penser à moi.

– Oui, effectivement ! clama Barb. L'expression est parfaite, nous allons de l'avant.

– Absolument, ajouta Stan, avec peut-être un peu moins de conviction.

– Eh bien, dit Grace, j'apprécie le travail de réflexion qui vous a conduits à cette décision et je souhaite que tout se passe pour le mieux. Je veux également que vous sachiez que je suis toujours là pour vous.

Faites-moi confiance, les gars. Je finirai par vous revoir, l'un et l'autre. Séparément.

Des papiers allaient se remplir, des propriétés se diviser, mais ces deux-là ne mèneraient jamais des existences séparées.

Ian y avait veillé.

Lorsque Grace eut terminé la rédaction des quelques notes que méritait le cas en attendant que s'allume le voyant qui annonçait son dernier patient, elle planifiait déjà sa soirée.

Un arrêt rapide au petit restau de poisson proche de Dog Beach où elle s'offrirait un flétan, des frites et un cocktail, un repas qu'elle dégusterait dans un box à bonne distance du comptoir. Concentrée sur sa nourriture et dissuadant d'un éclair de prunelle tout homme qui chercherait à l'approcher.

Oh, ouais, une salade pour commencer. Et peut-être pas du flétan, mais plutôt une sole si elle était bien fraîche. Ou alors un mélange noix de Saint-Jacques et crabe. Puis retour rapide à la maison, se changer, enfiler un short et un T-shirt et aller courir sur la plage de nuit. Après quoi, une longue douche en se masturbant sous le jet. Suivie par un balayage rapide de la pile de revues psy qui était montée bien trop haut à son gré, et quand ses paupières capituleraient, un peu de télé daube en guise de dernier verre avant de dormir.

Peut-être repenserait-elle à la pièce rouge, peut-être pas.

Elle bâilla et retoucha son maquillage devant le miroir du placard, glissa son chemisier blanc dans son pantalon noir et se rappela qu'elle était une figure d'autorité fin prête pour M. Andrew Toner de San Antonio, qui l'avait dénichée par le biais d'un article ésotérique dans une revue obscure.

Rédigé sans l'aide de Malcolm mais en imitant son style parce que Grace, pourtant douée pour la prose psy, détestait ça et répugnait à trouver son propre style. À ses débuts, elle était impatiente de voir son nom imprimé et lisait toutes les publications sans en sauter une ligne, tout en les trouvant immanquablement arides.

Malcolm, en dépit de ses nombreuses qualités, était le type même du scribe professionnel : il aurait été incapable de faire passer la moindre émotion, crainte ou excitation en rapportant la chute d'un astéroïde.

Pour qu'un non-initié parvienne à dénicher le cabinet où elle exerçait en solitaire, la motivation devait être forte.

De toute évidence, Andrew Toner n'en manquait pas puisqu'il avait fait tout ce chemin depuis le grand État du Texas.

Lorsque des patients extérieurs à L.A. venaient solliciter son aide – le cas était moins rare qu'on aurait pu le penser –, il s'agissait souvent de perfectionnistes compulsifs. Le genre d'individus à taper *traitement psychologique après violences* sur Google avant de passer en revue toutes les entrées des heures durant.

Voyons si elle ne s'était pas trompée à propos de M. Andrew Toner.

Elle franchit le couloir spartiate qui servait de sas de décompression aux patients, sourit et ouvrit la porte de la salle d'attente.

Où elle se retrouva nez à nez avec Roger, l'homme qu'elle avait baisé à chatte rabattue la veille au soir en le congédiant sans ménagement une fois son affaire faite.

Désormais, impossible de le congédier d'aucune façon. Plus jamais.

Quand il posa les yeux sur elle, il parut rétrécir sur place. Avant d'emplir tout son champ de vision comme une menace.

Lui. Oh, Seigneur. Grace sentait ses neurones grésiller à mesure que son cerveau s'efforçait de donner un sens à l'événement. Avec pour résultat de toute cette activité mentale… un grand rien du tout.

Roger/Andrew ne s'en sortait pas mieux. Toujours assis, une revue sur les genoux, bouche bée de stupeur, le visage d'une pâleur de spectre face à Grace qui sentait, elle aussi, sa mâchoire s'affaisser sans rien pouvoir y faire.

Elle, singer un patient ? Le pouvoir de la suggestion n'avait jamais eu le moindre effet sur elle. Que se passait-il ?

Elle devait avoir l'air d'une idiote à cause de ce même sourire plein d'autorité qu'elle arborait depuis son entrée et qui ne l'avait pas quittée. Elle s'obligea à serrer les lèvres, sans trop savoir le genre d'expression qui s'affichait sur sa figure.

Elle avait l'impression d'être changée en mannequin de cire inanimé, figée de la tête aux pieds. Sans la moindre idée de ce qu'il fallait dire. Même si elle était parvenue à former des mots, ils se seraient retrouvés pris au piège de son larynx étranglé.

Roger/Andrew ne la quittait pas des yeux et finit par remuer les lèvres. En sortit un couinement d'humiliation pareil à un cri de souris.

Grace sentit monter une bouffée de chaleur. Puis de froid. Puis de glace.

Andrew et Grace.

Roger et Helen.

Lui aussi avait menti sur son nom.

Pas de réconfort possible, là. Les membres de Grace s'étaient changés en permafrost.

Un bruit filtra par une fenêtre. Une voiture au pot d'échappement défectueux qui passait en grondant.

Heureuse de cette petite distraction, elle pria pour en entendre d'autres. Rien. Elle resta enracinée. Paralysée.

La situation était nouvelle, différente, une différence qui l'emplissait d'effroi.

La sueur mouillait ses aisselles. Coulait le long de sa cage thoracique. Tous ses pores ouverts, elle se sentait baignée de transpiration.

Elle qui ne transpirait jamais.

La poitrine oppressée, comme prise dans un étau, respirer était devenu difficile. À croire qu'un animal énorme avait pris position sur son diaphragme.

Andrew Toner continuait à la fixer. Elle le fixait en retour. Deux coupables… impuissants ?

Non, non, non, elle était plus forte que ça, il existait toujours une solution.

Il ne lui en vint aucune.

Stupide fille.

Rougerougerougerougerouge.

Grace restait plantée sur le seuil. Andrew restait assis.

L'un et l'autre enfermés dans un aspic de honte.

Une nouvelle fois, il fut le premier à retrouver sa voix. Coassa la gorge sèche :

– Mon Dieu.

Grace songea : *Si Dieu existe, Il doit rigoler à se faire péter Sa tête déifiée.*

– Eh bien… fut sa brillante réponse.

Pourquoi avait-elle dit ça ?

Que pouvait-elle dire ?

Fille stupide. *Non non non je suis intelligente.*

Et je n'ai rien fait de mal, délibérément.

Bien loin d'en être convaincue, elle déterra au fond d'elle suffisamment de bon sens logique et rationnel pour se plonger dans les jolis yeux bleus d'Andrew de San Antonio, Texas. Un homme qui avait fait un long voyage pour la voir parce qu'elle avait des choses importantes à dire sur… le même veston sport en tweed et le même pantalon en toile tout fripé qu'il portait la veille au soir.

Chemise différente.

Donc il prend soin de son hygiène. Qu'est-ce qu'on en a à foutre !

Grace força une goulée d'air à descendre dans ses poumons en béton. Réfléchissant à la façon de formuler ses excuses.

Et une fois encore, il la battit sur le fil.

– Je suis tellement désolé.

De quoi devait-il s'excuser, lui ?

– Vous feriez mieux d'entrer, lui dit Grace.

Il ne bougea pas.

– Vraiment, je vous assure. Ce n'est pas la fin du monde. Il faut que nous trouvions une solution.

Sans rien de plus qu'espoir et bravade pour l'obliger à se mouvoir, elle regagna le cabinet de thérapie.

Entendit des bruits de pas derrière elle.

C'était lui. Qui suivait ses instructions.

Tout comme la veille au soir.

9

Grace, cinq ans et demi, était passée maîtresse dans l'art de se cacher.

Sans alcôve ni recoin dans l'unique pièce du mobil-home et avec une seule porte pour entrer et sortir, la clé de la réussite était de se cantonner au plus près des murs. Aussi loin que possible des deux inconnus.

Hors de portée de leurs mains, si possible.

Elle ne possédait pas de mot pour ce concept mais elle avait appris le sens d'« être à portée de main » en accumulant une variété d'hématomes et de points douloureux, un nez en sang à deux occasions et une dent perdue. Une dent de lait, le jour où la main d'Ardis avait jailli pour gifler Dodie en pleine figure, sauf que whiskey, herbe et furie combinés avaient fait dévier son coup : ses phalanges étaient entrées en contact avec la bouche de Grace et ça lui avait fait un mal de chien.

Elle n'avait pas pleuré. Les larmes ne lui venaient pas naturellement et, de plus, elle ne tenait pas à se faire remarquer. Son esquimau au chocolat était tombé par terre et elle s'était penchée pour le ramasser.

Le coup avait également fait très mal à Ardis, à le voir secouer sa main en hurlant de douleur.

L'éclat de rire de Dodie le rendit plus furieux encore et c'est à elle qu'il s'en prit ensuite, d'un coup de poing en plein front. Ce fut au tour de Dodie de hurler en l'insultant comme pas possible.

Il ricana à entendre sa volée d'épithètes choisies et bondit sur elle une fois de plus. Elle esquiva et essaya de le décourager en ricanant plus fort et plus longtemps. En pure perte. Toujours plus enragé, il chercha à l'aligner pour le compte d'un grand crochet dont l'impact la laisserait inévitablement avec un visage enflé qui virerait au bleu-noir dès le lendemain.

Mais il avait mal ajusté son coup, s'emmêla les jambes et finit le cul par terre alors que Dodie s'en tirait avec juste une éraflure d'ongle.

Grace songea : *Il se sert tout le temps de son poing à présent. Comme ils sont stupides tous les deux.*

En plein crêpage de chignon, ni lui ni elle ne remarquèrent que Grace avait reculé dans le coin le plus éloigné, le sang mêlé au chocolat de son Fudgsicle dégoulinant sur son visage en coulures d'une répugnante boue sucrée.

Sa bouche lui faisait très mal mais, comme à son habitude, elle garda sa douleur pour elle, sachant pertinemment que ce serait pire si elle se plaignait. Ils – tout particulièrement Dodie – risquaient de péter les plombs et de se retourner contre elle.

Elle préféra penser à des choses agréables, tout ce qui ne faisait pas mal.

Parfois c'étaient des shows qu'elle avait vus à la télé ou des livres qu'elle avait lus à la maternelle. Parfois elle s'imaginait que les inconnus n'étaient plus là. Comme ce soir.

Quand elle voulut manger un peu de Fudgsicle, sa dent cassa et se tordit : Grace glissa un doigt dans sa bouche et l'arracha sans difficulté, sentant l'air siffler dans l'espace ainsi libéré.

Plus de sang que de chocolat désormais et le Fudgsicle avait un goût de foie cru. Elle n'en voulait plus.

C'était là tout son dîner mais elle avait l'appétit coupé.

Dans la caravane étriquée, Dodie se moquait bruyamment d'Ardis, toujours sur le cul et l'air complètement hébété, jusqu'au moment où ils explosèrent de rire l'un et l'autre. Lorsque Dodie l'aida à se relever, elle effleura sa braguette au passage, une main d'Ardis posée sur un sein.

Tels deux ivrognes sur un pas de valse, ils se dirigèrent vers leur espace de couchage, Dodie tirant le rideau au passage et gloussant quand Ardis lui donna un coup de main. Le rideau ne se ferma pas complètement et, si elle l'avait voulu, Grace aurait pu tout voir.

Elle s'essuya le visage avec un morceau du papier-toilette qu'Ardis dérobait par rouleaux entiers au McDonald's, sortit de la caravane et s'enfonça dans la nuit.

Sans même se préoccuper de ne pas faire de bruit ; personne ne s'intéressait à elle.

Elle parcourut quelques mètres, trouva un coin sur la terre sèche où elle put s'asseoir et éponger le sang à l'aide de serviettes en papier jusqu'à ce qu'il ne reste dans sa bouche qu'un goût de pièce de monnaie en cuivre.

Il ne faisait pas chaud. Elle entendait des bruits en provenance des autres caravanes, la plupart électroniques. Elle frissonna. Ouvrit la bouche et se créa sa petite brise personnelle en faisant siffler l'air par le nouveau trou dans sa mâchoire.

Après cette bagarre, elles ne virent plus guère Ardis dans les parages et, de temps à autre, Dodie dévidait ses griefs contre lui, avec Grace pour seul témoin car elle n'avait personne d'autre pour l'écouter.

– Une méchante ordure de moins, bon débarras. Tu sais ce que ça veut dire ?

– Hum-mm.

– Et c'est quoi ? exigea de savoir Dodie.

Ça puait dans la caravane et elle jurait comme une dératée : elle venait de tripatouiller les toilettes chimiques, l'odeur était infecte et des trucs restaient collés à ses mains. Résultat, elle était complètement remontée. Et ça ne ratait jamais quand elle était dans cet état : elle exigeait toujours de Grace qu'elle lui dise ce qu'elle voulait entendre.

– Quoi ? répéta Dodie. Réponds-moi tout de suite, ça signifie quoi à ton avis ?

– Tu es heureuse qu'il ne soit plus là.

– Ouais, lui concéda Dodie. Mais c'est plus que ça, t'es encore gamine, tu ne peux pas comprendre.

– Comprendre quoi ? dit alors une voix depuis la porte.

C'était Ardis. Il était de retour, chargé d'un seau de poulet frit. Après un bref coup d'œil à Grace, il haussa les sourcils, apparemment surpris de la trouver encore là. Puis, lançant un regard appuyé à Dodie, il commença à se déhancher en faisant penduler son seau.

Dodie se plaqua les mains sur les hanches et ne bougea pas d'un pouce. Plus Ardis se tortillait, plus elle se raidissait. Elle renifla ses doigts, jura, grimaça et les lava une nouvelle fois.

– Vise-moi un peu ce que le vent nous a amené. Je peux pas dire que ça me surprenne.

– Hé, le dîner, fit Ardis en pinçant le nez. Ça pue la merde ici.

– Ouais, ben c'est comme ça qu'on vit dans un appart de luxe, répondit Dodie en reluquant le seau. Tu bosses au KFC maintenant ? Ils t'ont viré du Mickey D ?

– Nan, ch'uis toujours au Mickey D, mais j'ai des relations.

– Des relations qui t'offrent du foutu poulet, dit Dodie, le doigt en crochet. Whoopy doo.

– Poitrine et cuisses, lui fit Ardis avec un clin d'œil avant de vérifier si Grace avait capté quelque chose.

Elle n'en avait pas perdu une miette mais ne réagit pas pour autant, en faisant mine de n'avoir rien vu.

– Poitrine et cuisses, cuisses et poitrine, dit Dodie, la voix plus légère.

– Hum-mm.

Sans se presser, ils gagnèrent de concert le coin couchage, Ardis prenant le temps de déposer le seau sur le comptoir de la kitchenette.

Grace sortit. Quand elle passa devant la caravane de Mme Washington, celle-ci était sobre et lui cria :

– Petite ? Viens ici.

Elle lui glissa dans la main une côtelette d'une fournée cuite la veille sur son gril en plein air fabriqué à partir d'un bidon d'huile.

– Merci.

– C'est le moins que je puisse faire, vu que tu vis avec ces… peu importe, va te trouver un coin pour manger.

Grace ne s'assit pas, elle se contenta de marcher dans le camp pour déguster sa côtelette en chemin, grignotant l'os longtemps après l'avoir dépouillé de toute trace de viande. Sa dent définitive n'était toujours pas sortie complètement et le vide qu'elle devait au poing d'Ardis se mit à la piquer douloureusement à cause de la sauce pimentée.

De retour dans la caravane, elle trouva Ardis installé dans un fauteuil de jardin devant une bouteille de whiskey tandis que Dodie débitait le poulet dans la kitchenette.

Il avait un air mauvais et Grace resta à bonne distance, loin de sa portée.

– Putain de KFC, disait Dodie, y a que des os.

– Les poulets ont des os, répondit Ardis, sinon, ce serait du poulet désossé.

Il jeta la tête en arrière, éclata de rire et but une gorgée de whiskey au goulot.

Dodie interrompit ses découpes.

– Tu viens de me traiter d'idiote ?

Pas de réponse d'Ardis.

– Je t'ai posé une question. Tu me traites d'idiote, c'est ça ?

– Ouais, si tu veux.

– Si je veux ?

– Hé, dit Ardis en prenant une autre gorgée. C'est à ses idioties qu'on reconnaît une idiote.

– Rien à foutre, dit Dodie. Va te faire mettre – c'est ça qu'y faut que j'encaisse de la bouche d'un demeuré ?

– C'est qui que tu traites de demeuré ?

Pas de réponse de Dodie.

Ardis répéta sa question.

– Y a que la vérité qui blesse, ricana Dodie.

Leur duel de vannes grossières trop faciles avait pris son rythme de croisière : des expressions difficiles à saisir, la façon vulgaire et relâchée qu'ils avaient de s'adresser l'un à l'autre dès qu'ils avaient trop bu ou trop fumé d'herbe ou pris des cachets. Ce qui arrivait pratiquement toujours quand ils émergeaient de leur lit.

– Ce qui blesse, rétorqua Ardis, c'est ma queue dans ton gros cul.

Silence.

– C'est quoi la merde que tu viens de sortir de ton clapet ? Espèce de demeuré, dit Dodie.

Ardis répéta son insulte. Se leva et s'avança vers la kitchenette.

– Tu sais, lui dit Dodie, faut juste que tu partes d'ici. Pour ne plus jamais revenir. Espèce de demeuré.

– Rien à foutre. Ici, c'est chez moi.

– Que dalle, oui, dit Dodie avant de se mettre à hurler : C'est moi qui paie, toi, t'en fous pas une rame. Ton chez-toi, c'est là où on colle les demeurés inutiles.

– C'est toi qui paies ? gueula Ardis. C'est tes allocs qui paient, salope. T'es bonne à rien, à rester assise sur ton cul qui devient plus gros de jour en jour, bientôt tu pourras même plus passer c'te putain de porte.

Dodie laissa tomber son poulet et lui fit face.

– Quoi ? dit Ardis.

– Tu vaux même pas la salive… allez, fiche le camp, c'est tout.

– Je m'en irai quand je dirai que je m'en vais, déclara Ardis avec un sourire de guingois. Et t'auras ma queue dans ton cul quand je dirai que c'est le moment de s'amuser.

Il rit.

Dodie était devenue aussi rouge que le ketchup.

– Regarde-toi, ricana Ardis. On dirait… une tomate. T'es qu'un laideron, bordel, t'as été fabriquée à coups de bâton, putain, le plus gros et le plus laid de la plus grosse foutue planète de toutes.

– Cette planète, c'est la Terre ! hurla Dodie. On peut pas vivre sur une autre pasqu'y a pas d'air. Demeuré. Tu connais que dalle à la science ou à autre chose pasque t'es stupide, tu sais comment on t'appelle, même les gens que tu crois qu'y t'aiment bien ? Cerveau mort ! Le demeuré au cerveau mort.

– Conneries !

– C'est pas des conneries.

Rapide comme un serpent à sonnettes, Ardis se jeta sur Dodie en lançant une main tremblante qui la toucha malgré tout sur le nez. Le sang jaillit. Le nez de Dodie avait complètement changé de forme. Tout plat. Écrabouillé.

Le simple fait de respirer devait lui faire mal car elle se mit à pleurer en essayant d'éponger l'hémorragie à l'aide des serviettes en papier du KFC dont la blancheur se teinta très vite d'écarlate.

Ardis rigola et la frappa de nouveau, cette fois main ouverte comme à son habitude, comme s'il s'en fichait. Mais avec force, claquant violemment le côté de la figure de Dodie, et faisant gicler le sang qui coulait de son nez démoli.

Cette fois, c'est différent, songea Grace.

Juste avant que ne se produise une chose réellement différente. Dodie se retourna, tout le poids du corps derrière son geste, et frappa Ardis à son tour. Un coup de taille rapide vers le haut.

Qui lui dessina une trace dans l'espace sous le menton.

Bizarre comme endroit pour frapper quelqu'un. Puis Grace vit.

La ligne rouge qui se formait, les yeux d'Ardis qui s'ouvraient d'étonnement à mesure qu'elle commençait à sourdre : il recula et la ligne s'élargit en entaille béante.

Une seconde bouche s'ouvrait dans son cou.

Dont le sang jaillissait bien plus vite que du nez de Dodie.

Il chancela, essaya de parler. Pas un son ne sortit d'entre ses lèvres. Sa main vola vers sa gorge mais retomba avant d'avoir atteint son but. Il menaça Dodie d'un poing sans force.

Et s'effondra sur place. Une flaque de sang s'élargit sous lui.

Dodie le contemplait sans ciller. Regarda le couteau qu'elle tenait à la main. Sa lame maculée de débris et de taches – la panade des morceaux de poulet – qui se changèrent en boulettes rouges en se mélangeant au sang.

Dodie baissa les yeux sur Ardis au sol. Hurla son nom, s'approcha pour le secouer.

Il ne bougea pas. À plat dos, des yeux qui ne voyaient plus, la bouche béante. Le sang continuait à gicler de son cou.

Dodie reporta son attention sur Grace qui enserrait sa poitrine de ses bras croisés. Collée à la paroi, en regrettant de ne pas pouvoir pousser plus fort et passer au travers.

– Tu l'as vu de tes yeux, dit Dodie. J'ai été obligée.

Grace ne répondit pas.

– Quoi ? Tu crois que c'est moi qui ai commencé ?

Grace aurait voulu rapetisser jusqu'à se fondre dans le néant.

– Quoi ? hurla Dodie en avançant sur elle. Tu veux dire que c'est de ma faute ? C'est ça que tu veux dire ?

Grace garda le silence.

– Cette expression que tu as et puis, t'arrêtes pas de me regarder. Comme si j'étais… très bien, comme tu voudras, mais n'oublie jamais ceci.

Un étrange sourire d'ivrogne aux lèvres, Dodie empoigna le couteau des deux mains et le leva très haut. Lâcha un rire qui ressemblait au hurlement d'un coyote, raidit les poignets et plongea la lame dans son propre ventre.

Son rire se changea en cri de souffrance suraigu quand la douleur l'envahit et, baissant les yeux, elle vit ce qu'elle venait de faire. De ses mains tremblantes qu'elle ne contrôlait plus, elle chercha à dégager la lame enfouie jusqu'à la garde dans son abdomen. À chaque tentative, elle la tordait un peu plus, s'infligeant de nouvelles blessures.

Elle tomba à genoux. À quelques centimètres d'Ardis.

Ses mains n'avaient plus de force et retombèrent, le couteau toujours enfoncé mais vrillé sur le côté.

– Aide-moi. Sors le couteau, coassa-t-elle en baissant les yeux vers la lame.

Elle râlait de douleur.

Debout, Grace ne bougeait pas.

Dodie battit des paupières. Les verrouilla. Pas un bruit dans la caravane, n'était le goutte-à-goutte de son sang sur le sol en linoléum.

Grace regarda la pièce virer au rouge.

10

Le temps que Grace s'asseye derrière le précieux rempart que lui offrait son bureau, Andrew Toner s'était perché tout au bord du fauteuil réservé aux patients, les épaules raides comme les entretoises d'un pont, et regardait tout alentour… tout, sauf Grace.

Comme elle n'avait pas tout à fait terminé de remettre ses réflexions en bon ordre, elle entama un petit baratin convenu qui valait mieux que rien.

– De toute évidence, attaqua-t-elle, cette situation est gênante pour vous comme pour moi. Permettez-moi de dire d'abord que je suis désolée.

– Inutile, vous ne saviez pas, dit-il. Comment auriez-vous pu ?

– Je ne le pouvais pas, répondit-elle. Il n'empêche. Vous avez fait un long trajet pour venir me demander mon aide.

Il chassa une mèche de cheveux tombée sur son front lisse et resta un long moment silencieux avant de réussir un sourire des plus timides.

– Je me dis qu'il existe toutes sortes de thérapies.

Un petit connard impertinent, c'est ça ? Le genre à se vanter auprès de ses amis dès qu'il serait dehors ? Facebook, Twitter ou quelque autre variante infâme de communication ?

Les mecs, vous ne devinerez jamais ce qui m'est arrivé, sans déconner, un truc qui sortait tout droit d'un mauvais porno. Je prends l'avion pour L.A. pour rencontrer cette psy, je vais boire un verre la veille du rendez-vous et...

Juste avant qu'il n'ajoute :

– Excusez-moi, c'était un peu cavalier. Je crois que… tout simplement, je n'ai jamais été très doué pour la conversation.

Pas le genre butor. Tant pis. Insister sur ses manques aurait été pour elle une façon pathétique de se sentir moins stupide…

Elle s'éclaircit la gorge. Il releva les yeux. Il pinçait les lèvres. Rien d'autre à dire.

– Je suis affreusement désolée, Andrew. Mais ce qui est arrivé est arrivé, inutile de s'attarder sur ce point. Bien au contraire, je pense que nous pourrions essayer d'utiliser ce moment de manière constructive.

Il haussa légèrement le sourcil.

Oh non, pas ça, pas du tout ça.

Elle se pencha en avant, apparemment calme et autoritaire… une façade… très professionnelle.

– Ce que je veux dire, poursuivit-elle, c'est que vous avez parcouru une longue distance à cause des questions qui vous préoccupent. Si vous êtes capable de mettre cette distraction de côté, je serais heureuse de connaître leur nature. À l'évidence, je ne peux pas vous traiter sur le long terme mais je peux faire de mon mieux pour vous rediriger vers le meilleur thérapeute qui se puisse trouver chez vous.

Elle ne connaissait pas de spécialistes fiables au Texas mais, nom d'un chien, elle lui en trouverait un.

Andrew Toner ne dit rien.

– D'un autre côté, dit-elle, si vous trouvez cela trop pénible, je comprendrai.

– Je… peut-être que…

Pinçant la toile du pantalon, il commença à croiser les jambes. Changea d'avis et planta ses deux pieds bien à plat sur la moquette.

– Avez-vous la moindre idée de ce que je recherche ? demanda-t-il.

– À condition toutefois que l'article que vous avez mentionné auprès de mon service de messagerie soit pertinent, c'est bien possible.

– Oui !

À peine un murmure, un seul mot, emphatique. Il se redressa sur son siège.

– Lorsque je suis tombé sur cet article, je me suis dit aussitôt : Voilà la personne à laquelle j'ai besoin de parler.

Il se tourna sur le côté.

– Il m'a fallu un moment avant de le trouver. Ce n'est pas un sujet auquel les psychologues semblent attacher beaucoup d'intérêt... (Un temps de silence.)... Pour quelle raison ?

– Difficile de savoir avec certitude, répondit Grace, heureuse de discuter de n'importe quoi sauf de la soirée de la veille. Je soupçonne pour une part que c'est dû au fait que le sujet traité relève d'un échantillonnage très limité. Il n'y a pas suffisamment de gens pour effectuer le genre de recherches qui bénéficieraient d'une bourse.

– Vraiment ? dit Andrew. Avec tout ce qui se passe, on pourrait croire le contraire.

– J'imagine aussi que la plupart des individus dans cette situation ne tiennent pas vraiment à devenir des sujets d'étude.

– Hum. Oui, je peux comprendre ça.

Oh, vous n'avez pas idée, Andrew.

Ou peut-être que si... puisque vous êtes là.

– Toujours est-il que c'est comme ça que je vous ai trouvée. En faisant des recherches.

Grace se l'imagina en train de cliquer page après page sur son ordinateur, méthodiquement, à l'image d'un ingénieur dans ses œuvres. Si toutefois il était réellement ingénieur... détail sans importance au demeurant, c'est à cause de sa situation personnelle qu'il avait entamé son enquête pour finir par tomber sur cet article.

Vieille de six ans, sa communication avait été reléguée aux dernières pages d'une obscure revue de criminologie britannique aujourd'hui disparue de la circulation. Parce que Malcolm avait deviné, probablement à raison, que les revues de psychologie risquaient d'avoir quelque réticence à le publier.

Une anomalie, la seule tentative de Grace en solo. Malcolm lui suggérait de passer à l'acte depuis un moment et elle avait fini par y consentir.

Il avait été tellement content de voir le papier publié.

Vivre avec le mal
Aspects émotionnels de la parenté avec un meurtrier

Ce que le comité éditorial ignorait – ce que personne ne savait hormis Grace, Malcolm et Sophie –, c'est que Grace portait une double casquette.

Auteur *et* sujet d'étude.

Se référant à sa propre personne sous le pseudo de Jane X et après avoir modifié des détails spécifiques de manière que personne ne puisse jamais détecter la biographie sous le masque d'une analyse de cas clinique.

Elle avait placé l'événement « déclencheur » dans un autre État, transformé le père en tueur et suicidé, la mère en victime malheureuse – en plus du camouflage des faits réels, cela passerait bien auprès de l'éditrice féministe de la revue. Et, pour dire toute la vérité, Ardis avait effectivement été la vedette de ce mélodrame sordide qui s'était conclu par un cadavre à la gorge tranchée, le sien. Toute cette stupide testostérone libérée par un trop-plein de gnôle et de dope. Toutes ces gifles du revers de la main.

Cette puanteur de tension et de peur dès qu'il entrait dans la caravane.

Andrew était assis face à elle et Grace se rendit compte qu'elle s'était égarée trop loin dans le passé. Elle repoussa son fauteuil à roulettes, s'appuya contre le cuir du dossier en regrettant de ne pas pouvoir se dissoudre sur place et disparaître dans l'oubli.

Sa gêne était-elle visible ? Dans les yeux bleus d'Andrew, elle lut l'inquiétude.

Oh, chouette, manquait plus que ça. Non seulement elle l'avait déçu mais voilà qu'elle l'encombrait du fardeau de ses merdes personnelles.

Elle avança de nouveau son siège en psalmodiant le titre de l'article. Avec l'espoir que son incantation la libérerait de sa subjectivité.

Andrew hocha la tête. Tout à coup, Grace crut qu'elle allait s'étrangler. Elle masqua son malaise par un toussotement de circonstance, marmonna : « Excusez-moi » et, plaçant la main sur sa bouche, entreprit d'inhaler à longues et lentes goulées en respirant par le nez pour masquer son désir d'oxygène.

Une victime. Pas question, pas question…

Andrew Toner continuait à la regarder avec… sollicitude ?

Je vais bien, espèce de petit connard au cœur tendre.

Elle savait qu'elle devait redevenir maîtresse d'elle-même sinon… sinon quoi ?

C'est la distraction, l'ennemie. Reste concentrée.

– Donc, dit-elle de sa plus belle voix de thérapeute, quel est le méchant qui occupe vos pensées et vos rêves depuis si longtemps ?

– Je ne suis pas sûr d'être prêt à en parler.

– Je comprends.

– C'est en partie le sujet que vous avez traité, non ? Cette femme – Jane – n'était jamais sûre d'être prête à affronter son problème. Elle n'avait aucun moyen de savoir. Qui aurait pu lui fournir un canevas d'analyse ?

Grace acquiesça. C'était bon de retomber dans sa routine. Psy, psy, psycho, psy.

Andrew poursuivit :

– C'est une chose que je peux absolument comprendre. Parfois je me réveille au milieu de la nuit en songeant : C'est maintenant le moment dont j'ai besoin pour… affronter la réalité. Puis cette impulsion soudaine disparaît et je me convaincs que je suis capable de simplement oublier ça.

– Naturellement, dit Grace.

Elle fut surprise par la chaleur de sa propre voix. Sans besoin de l'analyser par le détail. Se contenter d'être.

Peut-être Andrew avait-il perçu l'assurance qu'elle venait de retrouver car il se décontracta un peu.

Mais ses yeux étaient humides.

Grace en devina la raison : un afflux brutal de souvenirs.

Lorsqu'il reprit la parole, elle comprit qu'elle s'était trompée.

– Il ne s'agit pas de moi. Il y a un… paramètre moral.

Grace attendit.

Andrew secouait la tête.

– Ce n'est pas important.

– Suffisamment pour que vous soyez venu de San Antonio.

Le regard d'Andrew fusa vers la gauche. Un mensonge, sa référence au Texas ? Y avait-il autre chose qu'il ne lui disait pas ?

Tout. Bien sûr.

– Sans entrer dans les détails, poursuivit-elle, pouvez-vous me parler du méchant ?

– Ce n'est pas aussi simple, répondit-il après un temps de réflexion.

– Ce n'est jamais simple.

– Je sais, je sais… Écoutez, je suis désolé, expliqua-t-il avant de rire sans joie. Encore une excuse détestable.

Ça m'arrive trop souvent, c'est mon problème. (Nouvel éclat de rire… un aboiement furieux, en réalité.) Un de mes problèmes… en tout cas, je suis heureux d'avoir fait ce voyage parce qu'il m'a donné le temps de réfléchir mais ça ne va pas marcher, c'est tout.

Sa main trancha l'air à l'horizontale.

– Ça n'a rien à voir avec vous, croyez-moi s'il vous plaît, pas de… regrets. C'est juste que… je ne peux pas. Pas encore prêt, j'imagine, dit-il avec un sourire. Vous devez entendre ça tout le temps.

Il essayait de normaliser la situation. Pour elle autant que pour lui. Un homme qui se soucie des autres. Ce qui rendait les choses encore plus difficiles.

Il se leva, le visage empourpré. Il se souvenait d'elle ? De sa langue, de ses jambes, de tout ?

– Nous avons le temps, dit Grace. Vous pouvez prendre le temps.

Il secoua la tête avec violence.

– Impossible, désolé… et voilà, c'est reparti pour un tour. Toujours à présenter mes excuses à ce fichu monde tout entier, à croire que je me sens…

– Différent.

– Non, non, dit-il avec une colère qui la surprit. C'est… (Un geste d'impatience de la main.) Tout le monde est différent, différent ne signifie rien, je me sens… pollué.

– C'est compréhensible, dit Grace.

– Vraiment ? Est-ce que Jane X se sentait polluée ? Parce que cela ne ressort pas de votre article, vous parlez seulement de tout ce qu'elle a été contrainte de faire afin de construire son propre système de moralité. Toutes les étapes qu'elle a dû franchir pour s'en sortir.

– Un article a ses limites, Andrew, répondit Grace. Pourquoi ne pas vous rasseoir, vous donner un peu de temps ?

Andrew balaya du regard le cabinet de consultation.

– Vous avez les meilleures intentions du monde. Je le sais. Peut-être avez-vous raison, je devrais peut-être. Mais je ne peux pas. Merci pour le temps que vous m'avez consacré. Sincèrement.

D'un pas décidé, il se dirigea vers la porte. Pas la bonne, celle-ci ouvrait sur la salle d'attente en façade et non vers la sortie dans la rue adjacente.

Personne aux environs, inutile de faire des chichis. Grace se leva.

– Je suis capable de sortir tout seul. Je vous en prie.

Elle ne bougea pas et l'observa qui ouvrait délicatement la porte avant de prendre les deux marches conduisant à la salle d'attente, puis tourner la tête en lui offrant un profil de son beau visage agréable et torturé.

– Andrew ?

– Je… serait-il possible… dites simplement non si ce n'est pas le cas… serait-il possible si demain je me sentais capable de revenir… pourriez-vous trouver un moment ? Je comprends bien que vous devez être très occupée, et si ça ne convient pas…

Demain : la première journée des vacances qu'elle projetait de prendre.

– Naturellement, dit-elle, je trouverai le temps de vous voir, Andrew. Aussi longtemps que vous le jugerez nécessaire.

– Merci, dit-il. Vous êtes… tout à fait… je crois que vous pourriez peut-être m'aider.

Rougissant, il prit la fuite.

Soulagée qu'il n'ait pas essayé de régler la séance, elle retourna dans son bureau et y resta un long moment debout. Avec l'espoir de revenir à la normale, en pure perte. Elle sortit et gagna le garage d'un pas pesant.

En se demandant s'il allait appeler.

Consciente des significations multiples que cette question pouvait soulever.

Elle espérait le revoir. Espérait aussi qu'elle se montrait honnête quant à ses raisons.

Elle sortait l'Aston en marche arrière dans la rue quand une berline à la silhouette carrée, garée quelques maisons plus loin, alluma ses phares et roula vers elle.

Inhabituel, dans ce quartier paisible, mais ça arrivait.

Néanmoins, toujours sur ses gardes ainsi que toute femme se devait de l'être, elle s'assura que les portières de la DB7 étaient bien verrouillées, en s'engageant doucement vers l'est.

La voiture continua de la suivre et elle se préparait à détaler au plus vite si nécessaire. Mais la berline s'arrêta un instant, exécuta un demi-tour complet dans une allée voisine et prit la direction opposée.

Grace regarda ses feux arrière diminuer d'intensité avant de disparaître. Peut-être venait-elle de voir la bagnole d'un flic prétendument sous couverture, une sorte de planque en prévision d'un cambriolage, WeHo avait eu sa part d'effractions.

Ou juste une voiture qui avait une raison parfaitement logique pour se trouver là, et elle, elle laissait ses pensées dériver doucement vers une angoisse irrationnelle parce que la journée d'aujourd'hui avait été… différente.

Nouvelle journée, nouvelle aurore.

Allait-il appeler ?

11

Le huitième anniversaire de Grace passa inaperçu. Depuis la pièce rouge, elle avait vécu dans plusieurs foyers d'accueil. Tous étaient de petites entreprises dirigées par des gens très ordinaires que l'argent du gouvernement, ce miroir aux alouettes, avait pris au piège. Pour certains, c'était aussi l'occasion de se sentir nobles et généreux.

Elle avait entendu les récits d'autres enfants placés en foyer sur des hommes répugnants qui se faufilaient dans les chambres au beau milieu de la nuit, des femmes tout aussi répugnantes qui faisaient semblant de n'en rien voir. Peu de temps après son arrivée, l'une de ses nombreuses compagnes de chambre, une fille de onze ans prénommée Brittany, avait soulevé son chemisier pour lui montrer une boule de tissus cicatriciels en lui expliquant que sa mère d'adoption l'avait brûlée délibérément.

Grace n'avait eu aucun mal à la croire. De ce qu'elle avait pu voir, les gens étaient capables de tout. Le problème, c'est que Brittany aimait mentir, même à propos de détails débiles comme ce qu'elle avait mangé à l'école pour le goûter, et en plus, elle volait ses dessous, ce qui explique pourquoi Grace ne lui prêtait guère attention.

En l'espace de trois ans, elle n'avait jamais été physiquement ou sexuellement abusée. La plupart du temps, on l'ignorait en la laissant livrée à elle-même, à condition qu'elle n'embête personne, car un enfant de l'Assistance représentait un revenu substantiel pour les familles d'accueil, qui s'efforçaient d'entasser un maximum de gamins à leur domicile pour aussi longtemps que possible.

Ce qui n'expliquait pas la raison pour laquelle les assistants sociaux la déplaçaient sans cesse de foyer en foyer. Pour autant, elle n'avait jamais posé la question car elle s'en fichait. Tous ces lieux se valaient, aussi longtemps qu'on la laissait lire et vivre à sa guise.

Un jour, un dénommé Wayne Knutsen, un assistant social qui l'avait déplacée de la Maison Six à la Maison Sept, débarqua et lui sourit d'un air gêné.

– Devine ? Ouais, désolé, petite.

Chaque fois qu'il débarquait, gros bide en avant et queue-de-cheval à l'arrière, il émanait de lui un parfum de menthe parfois mêlé des relents rassis de sa sueur et ses verres de lunettes en cul-de-bouteille lui faisaient d'énormes yeux de poisson. Même quand il souriait, il avait l'air inquiet et aujourd'hui n'échappait pas à la règle.

Grace se prépara à emballer ses affaires, mais Wayne lui dit :

– Assieds-toi une seconde.

Elle s'exécuta et il lui offrit un Tootsie Roll.

Grace empocha la sucrerie.

– Tu économises pour ta retraite, c'est ça ?

Grace avait compris que certaines questions ne nécessitaient pas de réponse, aussi resta-t-elle coite. Wayne soupira d'un air triste.

– Tes grands yeux d'enfant déjà vieux, Miss Grace Blades. Comme si tu cherchais à me faire comprendre que c'est ma faute… Je sais que tu n'es restée ici que quatre mois… ça s'est bien passé ?

Grace acquiesça.

– Bon sang. Je me sens comme une crotte de chien vieille d'une semaine quand je dois te faire changer de foyer une fois de plus.

Elle ne répondit rien. Ce n'était pas son boulot de réconforter quiconque.

– Toujours est-il que j'ai consulté ton dossier, ça va faire ton huitième déménagement. Tu comprends ?

Grace ne bougea pas.

– En tout cas, reprit Wayne, ben... je me dis que tu es suffisamment âgée pour savoir comment le système fonctionne. Ça craint. Tu l'es ? Suffisamment âgée ?

Grace acquiesça.

– Seigneur, t'es pas bavarde... Bon, voici comment ça se passe, petite : les génies de la législature d'État – c'est là que se retrouvent les imbéciles et c'est là qu'ils votent leurs lois imbéciles parce que des intérêts privés les paient pour faire exactement ça.

– Des hommes politiques, dit Grace.

– Ouais, tu as oublié d'être bête. Donc tu sais de quoi je parle ?

– Les riches paient d'autres gens pour qu'ils les écoutent.

– Hey ! dit Wayne avec une tape un peu forte dans le dos de Grace. Tu es vraiment un génie. Ouais, c'est tout à fait ça, petite. Et donc une des lois que ces imbéciles ont votées donne plus d'argent aux gens qui prennent en charge des enfants aux besoins particuliers. Tu sais ce que c'est ?

– Des enfants malades ?

– Parfois mais pas nécessairement. Ils peuvent être malades ou ça peut être autre chose... des enfants différents. Je veux dire par là, il est logique qu'à un certain niveau, des gamins puissent exiger un soutien plus suivi. Mais les besoins particuliers, c'est plus complexe, Miss Grace Blades. Ça peut être quelque chose de sérieux – un gamin avec une seule jambe, un borgne, tu peux comprendre que ce soit justifié dans leur cas, ils ont vraiment besoin d'une aide supplémentaire. Mais vu la façon dont la loi est rédigée, on peut la subvertir – s'en servir à l'envers. Suffit de connaître le bon médecin et tu peux faire certifier un gamin BP pour n'importe quoi – maladresse ou idiotie complète, la liste est longue. Ce qui importe, c'est qu'il y a plus de pognon à se faire avec les besoins particuliers qu'avec des mômes standard et, malheureusement pour toi, tu es une gamine standard.

Il lui fit un clin d'œil.

– En tout cas, c'est ce qu'on m'a dit. C'est vrai ? T'es normale ?

Grace acquiesça.

– Une silencieuse, dit-il. L'eau qui dort… Peu importe, la situation est la suivante, Miss Grace Blades. Tu vas être déplacée parce que M. et Mme Samah peuvent augmenter leurs revenus de façon substantielle en prenant chez eux un nouveau gamin disponible qui souffre de crises d'épilepsie – tu sais ce que c'est ? Nan, oublie, tu n'as pas besoin de connaître toutes ces conneries.

– D'accord.

– D'accord ?

– Je pars. C'est d'accord.

De toute façon, les Samah, elle ne les aimait pas. Deux individus ennuyeux à mourir qui avaient deux chiens puants et agressifs et servaient chichement de la nourriture sans goût, un lit dur comme du béton. Parfois Mme Samah prenait le temps de sourire, mais il était difficile de comprendre pour quelle raison elle faisait ça.

– Très bien, dit Wayne. Alors on boucle les bagages et on va de l'avant.

– Je vais où ?

– Eh bien, dit Wayne, peut-être que cette fois sera la bonne, c'est en tout cas ce que j'espère sincèrement – un truc à long terme. Parce que je te tiens à l'œil depuis que j'ai été contraint de te faire quitter la maison des Kennedy après qu'ils ont accepté de prendre un bébé aux besoins particuliers. Un bébé de Niveau Cinq, le plus haut de tous, sous-entendu le max de fric. Le gamin est né avec une sorte de défaut et les Kennedy sont payés pour les bonbonnes d'oxygène et toutes sortes de médicaments que son cas nécessite. Je veux dire ça, c'est okay, un bébé incapable de respirer a besoin d'une surveillance spécifique. Mais je continue à penser que ça craint, pourquoi c'est toi qui devrais être pénalisée parce que tu es normale ? Et en plus, même le fait que tu sois intelligente ne t'aide en rien, si c'était le cas, c'est moi qui remplirais tes papiers, en personne. Besoins particuliers parce que tu en as dans le crâne, tu comprends ?

Grace acquiesça.

– Mais pas moyen, c'est ça qui est dingue. Si tu étais débile mentale, ta situation serait bien meilleure, mais il n'existe pas de lois qui avantagent les enfants intelligents, tu ne trouves pas ça débile ? Tu ne trouves pas que c'est notre monde qui est débile ? C'est la raison pour laquelle tu seras mon dernier cas : une fois que je t'aurai sortie d'ici, je laisse tomber et je m'inscris à la fac de droit. Tu sais pourquoi ?

Grace fit non de la tête.

– Bien sûr que non, comment le pourrais-tu ?

Nouveau clin d'œil. Nouveau Tootsie Roll qu'elle rangea à côté du précédent, on ne savait jamais le moment où on allait avoir faim.

– Cette friandise, expliqua Wayne Knutsen, c'est ce qu'on appelle un cadeau par culpabilité, petite. J'aimerais bien pouvoir te dire que je veux devenir avocat pour transformer le système et changer l'eau en jus de raisin, mais je ne suis pas meilleur qu'un autre, j'ai la ferme intention d'amasser plein d'argent en poursuivant en justice des gens riches, en essayant de ne pas trop penser à tout le temps que j'ai passé dans ce fichu système. Au départ, c'était censé être un boulot temporaire, sans plus.

– Très bien, dit Grace.

– Tu n'arrêtes pas de te répéter.

– Je me sens très bien.

– Pour toi, le système est très bien.

– C'est comme les animaux, répondit-elle. La jungle. Chacun s'occupe de soi.

Wayne la fixa des yeux, interloqué, avant de lâcher un petit sifflement.

– Tu sais qu'il y a des choses de Niveau Un que j'avais l'intention de mettre dans ton dossier – surtout des trucs psy, des trucs émotionnels – peu importe. Dépendance excessive. Mais ce n'est pas toi, ça. J'aurais aussi pu essayer de marquer « irritable à l'excès », mais ce n'est pas toi non plus. Ensuite je me suis dit, pourquoi aller coller des trucs dans ton dossier, tu t'es bien débrouillée jusqu'ici, tu as de bonnes chances de t'en sortir. Je n'ai pas raison ?

Sans trop savoir de quoi il parlait, Grace se contenta d'acquiescer en silence, une fois de plus.

– Excellente estime de soi, dit Wayne. C'est bien ce que je pensais. En tout cas, même si je t'avais classée en Niveau Un, ça ne t'aurait servi à rien parce que ce nouveau gamin, l'épileptique, est Niveau Cinq et ton cas aurait été impossible à défendre. Allez, on emballe tes affaires. Cette fois, peut-être que ce sera le bon foyer. C'est ce que je pense. Sinon, désolé, j'aurai essayé.

12

Andrew Toner n'appela pas et, à la nuit tombée, de retour chez elle, Grace était tellement à cran qu'elle craignait de péter un plomb. La télé débile ne l'aida en rien. Pas plus que la musique, l'exercice, le vin ou sa pile de journaux spécialisés. Finalement, il était un peu plus d'une heure du matin quand elle décida d'aller se coucher. Elle se glissa sous ses couvertures, étira son corps au maximum et décontracta ses membres, avec l'espoir que ses ondes cérébrales accepteraient de se conformer à sa posture.

Elle se réveilla à 2 h 15, 3 h 19, 4 h 37, 6 h 09.

Un sommeil découpé en tranches n'était pas une nouveauté pour elle. À cause de la façon dont elle avait grandi – une succession de chambres, de lits et de présences diverses à côté d'elle, dont un bon nombre de gamins qui hurlaient de terreur –, ses nuits d'adulte obéissaient à deux modèles. La plupart du temps, elle faisait ses huit heures d'affilée pour se lever en pleine forme, mais, de temps à autre, elle alternait sommeil et veille comme un nouveau-né. Elle en était arrivée à accepter ses nuits en dents de scie, dans la mesure où elles ne semblaient avoir aucun lien avec des événements de sa journée et ne lui posaient pas de vrai problème. Elle n'avait jamais éprouvé de difficultés à replonger dans le néant.

Mais la nuit qui avait suivi sa rencontre avec Andrew – la seconde fois – se transforma en torture, à force de s'entortiller dans ses draps et de se défouler sur ses oreillers, une succession de moments de somnolence suivis de réveils soudains, les yeux grands ouverts. Pas de cauchemars, aucun résidu d'images révoltantes. Juste éveillée.

Quand le jour finit par se lever, elle avait depuis longtemps abandonné tout espoir de sommeil paradoxal.

Bienvenue à ton premier jour de vacances.

Ou peut-être pas, il était encore possible qu'Andrew l'appelle pour une nouvelle tentative, peut-être avait-il juste besoin de temps.

Afin de régler son problème de paramètres moraux. Quoi que cela puisse signifier.

Incapable d'ingérer un vrai petit déjeuner sans vomir, elle téléphona à son service de messagerie à neuf heures. Pas le moindre message. Elle fut surprise de se découvrir déçue.

Avec le sentiment qu'il lui avait posé un lapin.

Elle enfila un survêtement, sortit sur la terrasse et inspecta la plage. Le sable sec ne manquait pas, aussi consacra-t-elle une heure à courir sur toute la longueur de La Costa, dans un sens puis l'autre. En rien apaisée à son retour, elle prépara du café, essaya de nouveau sa messagerie.

Rien, docteur Blades.

Tu n'écris pas, tu n'appelles pas.

Comme la culpabilité n'était pas vraiment un élément constitutif de son être, elle prit la résolution de tout oublier de cet épisode malencontreux.

Donc. Et maintenant quoi ?

Retenter le coup du petit déjeuner ? Ailleurs. Pas ici. Le simple fait de sortir lui stimulerait peut-être l'appétit. Le Beach Cafe à Paradise Cove ? Ou le Neptune's Net, à la pointe nord-ouest de Malibu ?

En théorie, l'un et l'autre lui paraissaient parfaits, ne lui manquait que l'envie de passer à l'acte.

Étouffant un désir impérieux d'appeler son service de messagerie pour la troisième fois, elle se dévêtit, ne gardant que sa culotte et son soutien-gorge, et se décida pour quelques enchaînements d'autodéfense, s'imaginant des hommes terribles avançant sur elle, toutes les choses vicieuses qu'elle leur ferait aux yeux, aux parties génitales et au point vulnérable situé sous le nez.

Elle exécuta ses mouvements dans les règles sans toutefois parvenir à y injecter une once de passion.

Si un psychopathe débarquait maintenant, elle serait transformée en chair à pâté.

Une longue douche l'occupa un laps de temps pitoyable. Confrontée à deux semaines de grand vide, elle n'avait toujours pas décidé si elle allait traîner chez elle ou prendre un billet au hasard pour quelque petite retraite de luxe.

Quand elle voyageait, elle se dénichait presque toujours un homme pour faire le Grand Saut.

Son estomac dansa la retourne.

Pas d'appétit pour ça non plus.

Elle s'assit par terre, essaya de comprendre ce qu'au plus profond d'elle, elle avait envie de faire et se retrouva au bout du compte complètement vide, minuscule, recroquevillée sur elle-même, une petite chose de rien du tout.

Sans être brisée pour autant ; juste un fragment de peluche désagrégée à mesure et porté loin par un vent cruel et persistant.

Mauvais cheminement de pensée, Grace. Efface efface efface, puis remplace.

Qu'avait-elle répété à de si nombreux patients ? La clé était toujours de faire *quelque chose*.

Elle pouvait se rendre au stand de Sylmar pour une séance de tir dont elle n'avait pas vraiment besoin. Dimanche, cela ferait trois semaines qu'elle y était allée : ce jour-là, elle avait transformé la tête de sa cible, une silhouette d'homme blanc, neutre et politiquement correcte, en passoire. Sa précision lui avait valu un silence stupéfait suivi par un « Whaouh ! » du mec au crâne rasé qui occupait le box voisin, tatoué de partout comme les membres de gangs, qui essayait de jouer au dur avec son .357 Magnum.

Grace l'avait ignoré avant de démolir une deuxième cible de la même façon et Mister Gang avait alors marmonné « *Mama loca* » d'une voix où la haine se mêlait à l'admiration, avant de foirer complètement ses tirs de toutes les façons possibles, plus humiliantes les unes que les autres.

Lorsqu'elle avait remballé ses armes et quitté le stand, il commençait à s'améliorer.

En faisant semblant de ne l'avoir jamais vue.

Grace avait commencé le tir et l'autodéfense digne de ce nom après avoir acheté la maison et le bureau. Se trouvant seule, un statut qui risquait fort de ne jamais changer, elle ne savait par où commencer et s'était tournée vers Alex Delaware parce qu'elle avait entendu dire que c'était une sorte de cador au karaté et que, de temps à autre, il travaillait avec la police.

Un sac à dos à l'épaule, il portait un col roulé noir sur un jean et elle l'avait repéré qui quittait Seely Mud, le bâtiment de psycho, en compagnie de deux étudiantes diplômées.

Ils bavardèrent tous les trois jusqu'à ce que les deux femmes le quittent et Delaware poursuivit son chemin, lentement mais sûrement, à longues enjambées. Il n'était pas spécialement imposant, mais se mouvait comme un homme plus grand.

Grace se plaça dans son champ de vision et le salua de la main. Il lui rendit son bonjour et attendit qu'elle le rejoigne.

– Salut, Grace.

– Tu as une seconde ?

– Bien sûr. Qu'est-ce qui t'arrive ?

– Je songe à me lancer dans les arts martiaux, je me demandais si tu avais des conseils à me donner.

Les yeux de Delaware étaient d'un gris-bleu qui aurait dû être glacial, mais ne l'était pas. Ses pupilles s'étaient rapidement dilatées. Un intérêt sérieux, mais Grace n'y détecta rien de sexuel, plutôt l'expression d'un vrai travail de réflexion sur la question qu'elle venait de poser.

– On t'a dit que j'étais *sensei* ? demanda-t-il avec un sourire.

– Quelque chose comme ça.

– Désolé de te décevoir, je touche un peu, sans plus, je n'ai pas fait grand-chose depuis un bon moment.

– Quoi que tu saches, je ne le connais pas.

– C'est juste, dit-il. Tu recherches quoi ? Un bon entraînement physique ou un moyen de défense ?

Ils croisèrent deux étudiantes de premier cycle en shorts très courts qui gloussaient tant qu'elles pouvaient. Au passage, elles lui jetèrent un regard qu'il ne remarqua même pas. Il guida Grace vers un banc à l'ombre face à Seeley et dit :

– Je ne veux pas me montrer indiscret, mais je ne peux pas te donner la meilleure réponse sans savoir si tu crains une menace spécifique.

– Ce n'est pas le cas, répondit-elle. Je vis seule et c'est L.A.

Tout le monde connaissait la raison pour laquelle Grace était seule. Un point cent fois remis sur le tapis qui lui donnait la nausée et elle espérait que Delaware ne l'aborderait pas. Dieu merci, il se cantonna à son sujet.

– Voici ce que tu dois savoir à propos du karaté et des autres arts martiaux : c'est super pour la forme physique et la discipline personnelle, mais si on oublie les scènes de combat au cinéma, ça ne sert pratiquement à rien contre un voyou armé. Donc si c'est là ton but premier, je te suggérerais de t'entraîner aux combats mortels – similaire à ce que font les Israéliens avec le krav maga, mais encore plus coriace.

– Droit à la jugulaire, ce genre de chose.

Nouveau sourire de Delaware.

– La carotide est une cible facile. Une parmi beaucoup d'autres.

– Ça me paraît bien, dit-elle. Tu connais quelqu'un ?

– Encore une chose. Si tu veux aller plus loin, achète une arme à feu et apprends à tirer.

– Tu en as une, toi ?

– Non. Mais ce n'est pas parce que j'ai fait du karaté jadis.

– Tu n'y vois plus d'intérêt ?

– Mon professeur a vieilli et, quand il est décédé, je me répétais sans cesse que j'allais me trouver un autre dojo quand finalement j'ai compris que je ne voulais pas. Physiquement, l'entraînement est fantastique, en particulier sur le plan de l'équilibre, donc il est possible que je m'y remette un jour. Mais contre un poignard ou une arme à feu ?

Il secoua la tête.

– Où pourrais-je aller pour m'entraîner sérieusement au combat mortel ?

Il ôta son sac à dos, sortit un calepin et un stylo, et inscrivit un nom.

Shoshana Yaroslav.

– C'est la fille de mon professeur. À l'époque où j'étais en formation, ce n'était qu'une gamine, mais elle a grandi.

– Elle connaît les armes à feu ?

– Entre autres.

– Merci, Alex.

– Autre chose ?

– Non, c'est tout.

– J'espère que tu trouveras ce que tu cherches, dit-il. En espérant que tu n'auras jamais besoin de le mettre en pratique.

13

À midi, la beauté paisible de la plage avait sérieusement entamé la patience de Grace, et une heure plus tard, toute maîtrise l'avait abandonnée : à chaque nouvelle vague, elle serrait les mâchoires, ses mains crispées par les pépiements et les cris rauques des oiseaux du rivage.

Elle verrouilla la maison, toujours l'estomac vide et sans le moindre désir d'avaler quoi que ce soit, monta dans son Aston et prit vers le nord sans destination précise. Elle passa à toute vitesse devant le Neptune's Net et poursuivit sa route sur l'andain de forêt domaniale dynamitée des décennies auparavant pour permettre la continuation de l'autoroute – bel exemple de passage en force.

Elle longeait la dune de Thornhill Broome, un Everest de sable mou qui permettait aux adeptes du fitness de tester leur endurance, et se rappela une chose qu'elle y avait vue l'année précédente : le corps écrasé d'un bébé phoque qui s'était égaré sur l'asphalte.

Les vacances étaient peut-être une mauvaise idée : en cet instant elle aurait payé cher pour pouvoir venir en aide à n'importe qui.

Elle aussi s'était attaquée à la dune, à une seule et unique occasion, en évitant d'échanger des banalités avec le seul grimpeur présent ce jour-là, le genre frimeur shooté aux stéroïdes qui remontait la pente presque verticale au pas de course. Un peu plus tard, après avoir terminé son circuit, alors qu'elle redescendait vers sa voiture sur la PCH, elle l'avait revu derrière sa Jeep qui bataillait pour trouver un peu d'air, plié en deux par la souffrance et les haut-le-cœur.

Elle aussi avait le souffle court à l'issue de la montée, mais comme elle n'avait rien à prouver à quiconque, sa vie s'en trouvait d'autant plus belle, un fleuve tranquille sans écueils ni remous.

Au bout du compte, personne ne se souciait de vous.

Vingt-cinq kilomètres plus tard, l'autoroute de bord de mer se scindait en deux : vers l'ouest, Rice Avenue et les champs de fraises d'Oxnard, des entrepôts de stockage, des stations-service ; vers l'est, Las Posas Road, dont le plateau agricole annonçait la ville propre et lumineuse qui lui donnait son nom, Camarillo. Elle choisit de s'y rendre, en poussant l'Aston jusqu'à cent dix le long des champs d'artichauts, de poivrons et de tomates. À l'approche des premiers commerces, elle ralentit, c'est là que planquaient les flics pour remplir leur quota de P-V.

Elle ne se trompait pas, juste derrière une cahute en bois, elle vit une voiture de patrouille garée. Elle réduisit sa vitesse à dix kilomètres en dessous de la limite autorisée, franchit deux intersections et s'engagea sur la bretelle menant à la 101.

Nouveau choix : nord ou sud. Sans réfléchir, elle opta pour le sud.

Gros mensonge : sa décision était tout sauf un résultat du hasard. Mais il lui fallut trente kilomètres pour le comprendre.

Une heure après son départ, elle était de retour à son bureau.

En l'absence de toute interaction avec des humains, son bungalow lui fit l'effet d'une maison stérile et froide qui, à la longue, finit par l'apaiser.

Un abri où elle se sentait en sécurité. Un lieu où elle seule définissait les règles.

Elle pourrait téléphoner à son service de messagerie, une fois de plus, sans passer pour une névrosée aux yeux de quiconque parce qu'elle faisait tout bonnement son travail en praticienne responsable.

Elle passa cinq minutes horripilantes à s'agacer avant de se décider, convaincue qu'elle avait besoin de se tester, la journée de la veille et la matinée avaient été… si différentes.

Différentes et, donc, exigeant qu'elle s'y adapte.

Pas de message d'Andrew Toner ni d'autres patients. Mais un inspecteur de police du nom de Henke lui avait demandé de rappeler un numéro avec indicatif 213.

– A-t-il dit de quoi il s'agissait ? demanda Grace à l'opératrice.

– Non, docteur. Et c'est une femme.

Elle chercha Henke sur Google : pas de page Facebook, mais elle tomba sur une citation, une seule, dans un article du *Daily News* vieux de trois ans à propos de l'élimination d'un gang par la division de North Hollywood. Des arrestations qui, selon les propres termes de l'inspecteur Eileen Henke, « étaient le résultat d'un long travail de fond en collaboration avec plusieurs agences de police, le LAPD, les services du procureur et les shérifs des comtés ».

Elle avait probablement été choisie pour s'adresser à la presse parce qu'on pouvait compter sur elle, les médias l'appréciaient et elle connaissait le jargon bureaucrate.

Trois ans auparavant, elle travaillait à North Hollywood. Aujourd'hui, elle lui avait laissé un numéro du centre-ville.

Probablement un patient que lui adressaient les autorités. Grace ne connaissait que deux personnes au centre-ville, le représentant du ministère public et la secrétaire du procureur. À l'occasion, ils l'appelaient pour lui demander de prendre en charge un patient.

Désolée, inspecteur, je suis en vacances.

Ou pas. Écoutons ce qu'Eileen a à dire.

Elle composa le numéro. Entendit au bout du fil une voix mélodieuse aux inflexions de petite fille :

– Inspecteur Henke.

– Dr Grace Blades. Vous m'avez laissé un message en me demandant de vous rappeler.

– Docteur, je vous remercie, dit la femme, sérieuse tout à coup.

– S'il s'agit d'un patient recommandé par un tiers, sachez que j'avais l'intention de fermer mon cabinet une semaine ou deux. Mais si c'est une urgence…

– En fait, dit Henke, je vous ai contactée parce que j'enquête sur un homicide qui s'est produit au centre-ville, la nuit dernière – au petit matin pour être précise. La victime est un homme, blanc, entre trente et trente-cinq ans, mais sans papiers d'identité, ce qui est pour nous la pire des choses. Vous pouvez peut-être nous aider sur ce point, docteur. On l'a transporté à la morgue et, quand on l'a dévêtu, une de vos cartes professionnelles se trouvait dans sa chaussure gauche.

– Sa chaussure, dit Grace, en s'efforçant de garder une voix égale.

– Étrange, non ? Est-ce que ce signalement vous évoque quelque chose ?

Les vagues de vertiges nauséeux qui l'avaient taraudée depuis la veille furent remplacées par une variante de mal-être toute nouvelle : un coup de poignard soudain qui la transperça de… désespoir ?

La réalité avait fini par rattraper les signaux que son corps lui faisait passer.

En luttant pour garder son calme, elle demanda :

– Pouvez-vous m'en dire plus ?

– Hum, d'accord, dit Henke. Ne quittez pas… cheveux bruns, yeux bleus, vêtu d'un veston sport en tweed Harris et d'un pantalon en toile… chaussures marron. Modèle standard, docteur, et je crains que ce ne soit tout. Si seulement il avait eu des tatouages…

– Je ne suis pas sûre. *Oh que si, je le suis.* Il est possible que ce soit un patient que j'ai vu hier soir.

– Son nom ?

– Si ce n'est pas lui, je suis liée par le secret professionnel.

– Hum, fit Henke. Je peux vous envoyer une photo immédiatement. Je vous promets de choisir l'une des… moins macabres. Restez en ligne. Vous êtes d'accord, docteur ?

– Bien sûr, dit Grace en lui donnant ses coordonnées.

Quelques instants plus tard, l'abominable vérité s'affichait à l'écran. Un gros plan du beau visage d'Andrew, affaissé et rendu gris par la mort. Pas de sang, pas de blessures visibles, les dégâts se situaient peut-être plus bas.

– Le nom qu'il m'a donné est Andrew Toner. Il m'a dit qu'il venait de San Antonio, Texas.

– Il vous a dit ? Parce que vous avez des raisons d'en douter ?

Eh bien, son véritable nom pourrait être Roger. Ou Beano[1]*. Ou Rumpelstilskin*[2]*.*

– Non… C'est juste que… je ne sais trop que penser. Je l'ai vu hier soir à dix-huit heures et il est reparti quinze minutes plus tard.

– Un peu bref pour une séance, non ? dit Henke. Pour une psychologue, je veux dire. À moins que ce ne soit pour une prescription de médicaments – mais non, ça, vous ne le faites pas, c'est réservé aux psychiatres, je me trompe ?

– M. Toner a quitté la séance avant la fin.

1. « Fiesta » ou « bringue », en argot.
2. *Nain Tracassin*, titre d'un conte des frères Grimm.

– Puis-je vous demander pourquoi ?

– C'était sa première visite, ce sont des choses qui arrivent.

– A-t-il pris un second rendez-vous ?

Très pro, Eileen.

– Non.

– Venu du Texas, reprit Henke. Ça fait loin pour une thérapie.

– Effectivement.

– Que pouvez-vous me dire d'autre sur M. Toner ?

– C'est tout, malheureusement.

– Il est mort, docteur, inutile de vous tracasser pour le secret professionnel.

– Il ne s'agit pas de ça, répondit Grace. Comme je vous l'ai dit, je ne l'ai vu qu'une fois et encore, pas très longtemps.

Deux fois, en réalité, mais inutile d'aborder ce point, Eileen.

Même soutenue par le berceau de son fauteuil, Grace sentit son équilibre battre de l'aile. Sa tête vacillait, libérée de son ancrage, pareille à un fruit trop mûr sur une tige trop frêle, et elle dut agripper le rebord du bureau pour se stabiliser.

– Eh bien, dit Henke, à ce stade, vous êtes tout ce que j'ai à ma disposition. Cela vous dérangerait si nous bavardions ensemble un peu plus longtemps ? Je suis dans le quartier.

Le meurtre s'était produit en centre-ville. Pour quelle raison Henke se trouverait-elle à West Hollywood ? À moins que Grace ne soit devenue – quel était le terme qu'employait la police – une personne d'intérêt ?

La dernière personne à avoir vu Andrew vivant. Bien sûr qu'elle l'avait vu.

Ou alors était-ce une chose qu'elle avait dite ? Ou pas dite ? Est-ce que sa voix, malgré tous ses efforts, avait trahi le trouble qui l'avait envahie ?

Ou peut-être que Henke se montrait simplement minutieuse.

– Bien sûr, dit Grace. Je peux vous voir immédiatement.

– Bon, dit Henke. Dans une heure, c'est possible, docteur ?

Dans le quartier, c'est ça.

Dès que l'inspecteur Henke eut raccroché, Grace téléphona au Beverly Opus et lui offrit sa version personnelle d'une voix de minette enjouée.

– Andrew Toner, s'il vous plaît.

Le réceptionniste cliqua sur une souris.

– Désolée, nous n'avons personne de ce nom chez nous.

– Vous êtes sûre ?

– Absolument, mademoiselle.

– Oh, bon sang, comment est-ce possible ? Il a pourtant dit qu'il serait là – au Beverly Opus ?

– Je ne sais que vous dire… mademoiselle…

– Aïe, dit Grace. Oh, oui, c'est vrai, parfois, Andy utilise son surnom, Roger.

– J'ai fait ma recherche à partir de son nom de famille, mademoiselle, dit le réceptionniste. Cela ne ferait aucune différence.

– C'est bizarre. Est-ce qu'il aurait par hasard pris une chambre il y a quelques jours et serait parti plus tôt pour une raison ou pour une autre ? Pourquoi ne m'en a-t-il rien dit ? Il était censé passer me chercher pour la réunion d'anciens élèves ?

– Ne quittez pas. (Clic-clic, des voix étouffées.) Personne de ce nom n'a séjourné ici, mademoiselle.

– Bon… Il y a bien d'autres hôtels là où vous êtes, non ?

– Ici, c'est Beverly Hills, dit le réceptionniste avant de raccrocher.

Andrew Roger, Roger Andrew.

Grace avait présumé qu'il résidait à l'Opus, mais de toute évidence, il passait juste par là pour… boire un verre ? Un petit coup derrière la cravate qui le requinquerait avant la thérapie du lendemain quand il devrait se confronter à des *paramètres moraux* ?

Il y avait trouvé beaucoup plus qu'un coup de gnôle.

Roger, l'ingénieur. Si le nom était faux, la même chose pouvait s'appliquer à sa profession. Idem pour le vol depuis le Texas.

Lui avait-il seulement dit une seule chose de vraie ? Qui des deux était le dindon de la farce ?

Mais elle se souvenait de son choc quand il l'avait vue dans son cabinet : personne n'aurait pu jouer ça aussi bien. Donc la part ayant trait à son problème n'était probablement pas un mensonge. Et le fait qu'il ait été incité à faire tout ce trajet par l'article sur Jane X jetait un peu de lumière sur le problème : un parent criminel potentiellement dangereux.

Des paramètres moraux… non pas une explosion dans son passé, mais une chose bien réelle qui suivait son cours, ici et maintenant. Et lui qui se torturait les méninges sans pouvoir se décider si oui ou non il allait en parler.

Et voilà qu'il n'était plus de ce monde.

Juste pour s'assurer qu'il n'avait pas appris son existence de quelque autre manière, Grace fit une chose qu'elle abhorrait : se googler elle-même. Elle n'obtint pour tout résultat que des extraits d'articles universitaires et pas une seule image, ce qui donna quelque crédit à une partie au moins du récit d'Andrew.

Elle réfléchit à la géographie de son dernier jour sur cette terre.

Quelques verres à BH, thérapie à West Hollywood.

Mort en centre-ville. Du plus loin qu'elle se souvînt, le quartier était perpétuellement en rénovation, une entreprise sans fin dont les objectifs premiers se révélaient au bout du compte beaucoup trop optimistes. Malgré Staples Center, les lofts reconvertis, les appartements de yuppies et les bars, d'énormes portions du centre-ville de L.A. restaient toujours aussi sinistres et dangereuses passé l'heure de pointe, lorsque les rues redevenaient le territoire de chasse d'une faune de sans-abri schizophrènes, clandestins criminels, drogués, revendeurs de came et autres.

Et si Andrew, ignorant tout de cette ville, s'était simplement aventuré dans un mauvais coin pour y tomber sur un psychopathe obéissant à ses hallucinations personnelles ?

Une façon de mourir indigne, pitoyable.

Sinon, son meurtre aurait-il effectivement un rapport direct avec sa quête morale, ses bonnes intentions et tout ce qui allait avec ?

La soif de comprendre de Grace fut la plus forte et elle sentit un tourbillon de curiosité l'envahir soudain, résorbant une part de son angoisse.

À condition que Henke soit de parole sur l'heure de son arrivée, il lui restait cinquante et une minutes avant de faire la connaissance de son premier inspecteur de la Criminelle.

D'ici là… une balade revigorante dans le quartier lui permettrait de tuer le temps, mais elle se sentait étrangement peu encline à se bouger. Elle essaya bien de se plonger dans ses revues professionnelles, en vain. Impossible de se concentrer.

Andrew Toner.

Quelque chose dans le nom la fit tiquer, mais elle fut incapable de savoir quoi jusqu'à ce que son regard accroche l'inscription reportée de sa main sur son agenda.

L'identité de son patient suivie par le numéro de téléphone qu'il avait donné à son service.

A. Toner. Vu comme une simple association de lettres, la réponse sautait aux yeux :

Atoner[1].

Un homme qui cherchait l'expiation.

Ce que l'inspecteur Henke considérerait comme un indice.

Grace décida de ne pas en parler à la policière. Bizarrement, elle se retrouvait déjà plus qu'impliquée dans l'affaire et était devenue de fait une personne d'intérêt premier.

Victime expiatoire.

Était-ce là ton péché, Andrew ? Ou t'es-tu chargé des iniquités de quelqu'un d'autre ?

Étant donné ce que nous avons fait dans le parking, ai-je vraiment envie de savoir ?

Il est un fait que l'ignorance pouvait véritablement être une félicité[2]. Mais elle appela néanmoins le numéro qu'il avait laissé.

Pas en service.

1. Celui qui expie. Du verbe *to atone*, expier.

2. Référence à un vers d'un poème de Thomas Gray, « *Where ignorance is bliss, 'tis folly to be wise* » – là où l'ignorance est félicité, c'est folie que d'être sage –, aujourd'hui devenu cliché.

14

Une fois les modestes possessions de Grace chargées dans la voiture de l'assistant social, le soleil basculait derrière l'horizon, et le gris gagnait la vallée au point de tout rendre pesant, presque liquide.

Wayne démarra et se retourna vers elle :

– T'es okay ? lui demanda-t-il.

Grace acquiesça.

– J'ai rien entendu, petite.

– Ch'uis okay.

Quand on la changeait de famille d'accueil, le trajet était habituellement court – de petits sauts de puce d'une maison quelconque à une autre tout aussi médiocre. Cette fois, Wayne emprunta l'autoroute et roula un long moment.

Grace espérait que ce ne serait pas un changement majeur, une sorte d'endroit spécialisé. Elle ne demandait qu'une chose, que ces gens lui donnent à manger et la laissent tranquille afin qu'elle puisse réfléchir, lire et imaginer.

Lorsque Wayne quitta l'autoroute, les attentes de Grace étaient toujours au plus haut, jusqu'à ce qu'elle lise le panneau de l'intersection : une douleur soudaine saisit le haut de son ventre. Le temps avait pourtant passé, mais le panneau brillait malgré l'obscurité alentour et elle se souvenait : les rares fois où Dodie ou Ardis l'avaient emmenée hors de la caravane, c'était le chemin qu'ils prenaient toujours pour rentrer à la maison.

Elle entrouvrit sa vitre, laissant entrer poussière, chaleur et relents de diesel. Le soleil avait disparu, mais on distinguait encore des choses qui elles aussi lui revenaient en mémoire comme des piqûres douloureuses : les sommets effrangés des plantes ratatinées aux feuilles grises. Les bidons d'huile abandonnés et autres objets en métal entassés sur le bas-côté.

Un désert, sur des kilomètres.

Quand son chauffeur changea une nouvelle fois de direction, son cœur se mit à battre la chamade : un panneau signalait l'embranchement vers *Desert Dreams*. S'il n'avait pas roulé aussi vite, elle aurait tenté de sauter du véhicule.

Elle savait qu'elle ne pouvait pas s'échapper, mais elle imagina sa fuite. Serrant les poings pour cogner la nuque grasse de Wayne et l'obliger à s'arrêter.

Le désert. Combien de temps pourrait-elle y survivre livrée à elle-même ?

Pas longtemps. Aucune cachette possible. À moins qu'elle ne parvienne à rejoindre les montagnes. Mais là-haut, c'était peut-être pire, elle n'y avait jamais mis les pieds.

Tout ce qu'elle avait sur le dos se limitait à un T-shirt Disneyland, un short et des tennis. Dans les montagnes, il devait faire très froid, même en été.

Une chose qu'elle savait : elle voyait la neige sur les sommets quand Dodie commençait à se plaindre de vivre dans un fichu four.

Il faisait trop sombre pour vérifier s'il y avait effectivement de la neige et tout ce qu'elle distinguait se limitait aux contours des montagnes, énormes et effilées.

Comme des couteaux.

– On y est presque, dit Wayne. Comment ça va ?

C'est l'horreur, monsieur l'assistant social débile.

– Très bien, dit-elle.

– Un peu nerveuse, hein ? C'est naturel, un nouvel environnement. Pour te dire la vérité, petite, je ne sais pas comment vous tenez le coup, vous autres les gamins, toujours à changer de lieu, tous ces déplacements qu'on vous impose… (Il gloussa.) Comme les cartes qu'on mélange avant une nouvelle donne. En y réfléchissant, on pourrait presque y voir une sorte de jeu de hasard.

Grace fixa sa nuque. Repéra un bouton à côté de sa queue-de-cheval. Si elle le frappait d'une pichenette avec son ongle, la douleur serait peut-être suffisante pour…

Elle se rendit compte soudain qu'il n'avait pas pris l'embranchement vers Desert Dreams, car ils roulaient sur une route qu'elle n'avait encore jamais vue. Presque un chemin, très sombre, et Wayne qui marmonnait « c'est vraiment la cambrousse » en passant en mode pleins phares, et la zone illuminée devant la voiture se transforma en tube blanc et froid.

Les pneus faisaient voler la poussière, comme une pluie inversée. Le sable s'étirait sans fin.

Pourquoi l'emmenait-il dans cet endroit ?

Une nouvelle variante de peur s'insinua dans le ventre de Grace avant d'aller se loger dans sa gorge.

Est-ce qu'il faisait partie de ces hommes-là ?

Elle chercha un détail à garder en mémoire, mais il se passa un long moment avant que n'apparaisse une excroissance à la surface du désert : un énorme enclos plein de rebuts métalliques. Des camions désossés. Un morceau de vieux bus, aussi. Des piles de roues, de grilles de radiateurs et d'objets qui ressemblaient à des branches en acier.

Dès que le dépôt de ferraille fut derrière eux, apparurent une zone clôturée et une pancarte qui disait : *Poste d'approvisionnement en eau. Entrée interdite.*

Grace posa une main sur le cliquet de sa ceinture de sécurité de manière à la défaire au plus vite si besoin était.

Wayne était gros, elle se disait qu'à la course, il ne la rattraperait pas.

Il se mit à fredonner faux.

D'un coup, elle vit apparaître à sa vitre d'autres bâtiments au loin. Un parc de caravanes tout pareil à Desert Dreams, sauf qu'il s'appelait Antelope Palms, mais sans palmiers ni autres plantes aux alentours. À sa grande surprise, elle fut heureuse de voir les mobil-homes.

Wayne poursuivit sa route en fredonnant plus fort. Encore de l'espace vide avant un nouveau camp de mobil-homes. Puis encore un autre. Des panneaux lumineux essayaient de mordre sur les ténèbres.

Sunrise Motor Estates.

Morningview Motorhaven.

Très bien, donc elle allait se retrouver dans un endroit comme Desert Dreams, mais sans les souvenirs… okay, ça serait okay.

Elle avait beau se le répéter, elle frissonna. Croisa ses deux bras au plus près de son corps et essaya de ne pas vomir.

Le temps était venu des pensées heureuses, une méthode à elle destinée à chasser les mauvaises. Pratique difficile, certes, mais elle faisait des progrès.

Okay. Respire bien. Plus de pensées négatives… sa nouvelle famille d'accueil habitait peut-être un mobil-home double largeur et elle aurait un vrai lit rien qu'à elle… et peut-être aussi un réfrigérateur suffisamment grand pour qu'elle ne soit pas obligée d'attendre qu'on lui refile des restes. Peut-être… Wayne vira soudain de bord et s'engagea sur encore une autre route, qui elle ne manquait pas de bosses ni d'ornières.

Ils se rapprochaient des montagnes.

Rien alentour, uniquement ces arbres effrangés – elle se souvint brusquement de leur nom. Des *Joshuas*, des yuccas. Ils traversaient une forêt de yuccas. Nouveau virage, puis un autre, et apparurent des arbres plus grands – et là c'étaient des palmiers et aussi d'autres arbres en forme de boule avec des grappes de petites feuilles.

La route était redevenue rectiligne, avec moins de bosses, et Wayne avait cessé de fredonner.

Une grille se dressa devant eux. Il freina délicatement, laissant glisser la voiture jusqu'à l'arrêt. La grille était reliée à une clôture métallique, exactement comme un corral à chevaux, mais elle ne vit pas l'ombre d'un équidé.

Peut-être dormaient-ils dans une grange ou ailleurs.

Au-dessus de la grille, un projecteur éclairait une plaque en bois avec deux mots pyrogravés en lettres cursives.

Stagecoach[1] *Ranch*

Son assistant social l'avait emmenée ici pour qu'elle devienne cow-girl ?

Il laissa tourner le moteur au ralenti, sortit, poussa la grille et regagna son siège.

– Plutôt cool, tu trouves pas ? lui demanda-t-il. Je me dis qu'après tout ce que tu avais enduré, tu méritais mieux, petite. Devine un peu à quoi servait cet endroit dans le temps.

– Aux animaux ? dit Grace.

– Bonne réponse, mais c'est encore mieux que ça, Miss Grace Blades. Le ranch était utilisé pour le cinéma, on y tournait des films, expliqua-t-il en riant. Qui sait, peut-être même que tu y trouveras de vieux souvenirs – et ça peut être intéressant.

Il franchit la grille. Droit devant se dressait une maison, plus grande que tout ce que Grace avait vu jusqu'alors, sauf dans les livres. Sur deux niveaux, aussi large qu'une

1. Diligence.

maison normale, avec des bardeaux en bois sur toute la façade et pour y accéder, un perron précédé de trois marches qui penchait d'un côté.

Wayne sifflota entre ses dents.

– *Home sweet home*, petite.

Il donna un bref coup d'avertisseur. La femme qui sortit essuyait un plat à l'aide d'un torchon. Petite et âgée, des cheveux blancs descendant plus bas que sa taille, un nez effilé qui évoqua chez Grace un oiseau et des bras maigres qui s'activaient pour bien sécher le plat.

Wayne descendit de voiture et lui tendit la main. La femme toucha à peine ses doigts et reprit sa tâche.

– Vous êtes un peu en retard, *amigo*.

– Ouais, désolé.

– Bof, dit la femme, mon carnet de rendez-vous n'est pas vraiment rempli.

Elle s'approcha de la voiture d'un pas leste malgré son âge. Elle se plia en deux, mais pas trop à cause de sa petite taille, elle n'avait pas à se baisser beaucoup pour voir à l'intérieur du véhicule.

Les yeux fixés sur Grace, elle dessina un cercle en l'air – très certainement pour que je baisse la vitre, estima Grace.

Elle obéit et la vieille femme l'étudia de près.

– Tu es jolie comme un cœur, dis-moi. C'est bien d'avoir les deux, un bon cerveau et une belle figure. Et je te dis ça par expérience.

Elle éclata d'un rire de femme beaucoup plus jeune.

– Alors comment veux-tu qu'on t'appelle ?

– Grace.

– Tout simplement. Moi, je suis Ramona Stage et, en général, tu peux te contenter de Ramona. Mais quand je suis grognon – ça arrive, je suis humaine –, tu peux essayer de m'appeler madame Stage. Mais Ramona devrait suffire la plupart du temps.

– D'accord.
– Prends tes affaires, je vais te montrer ta chambre.

L'intérieur de la maison était plus vaste encore, avec de gros meubles massifs en bois sombre et des murs en planches couverts de peintures de fleurs et de photos d'un homme – toujours le même, partout – en chemise noire un peu frime et chapeau de cow-boy blanc. Grace n'eut pas l'occasion d'en voir plus, elle grimpait l'escalier quatre à quatre sur les talons de Ramona Stage qui s'était saisie de ses sacs et montait devant elle, légère comme une plume.

À l'étage, un large palier recouvert d'un tapis marron et six portes. L'air sentait la soupe à la tomate et peut-être aussi un parfum de lessive.

– Ça, dit Ramona en pointant le doigt sur la porte la plus proche, c'est ma chambre. La porte est ouverte, tu peux frapper. Si je dis « oui » ou « entre » ou « vas-y » ou quelque chose du genre, tu peux entrer. Si tu trouves la porte fermée, n'essaie même pas. La pièce tout au bout, c'est le placard à linge. Celle d'à côté, la salle de bains. J'ai ma salle de bains personnelle donc celle-là est uniquement pour les enfants. Ce qui laisse trois chambres et, en ce moment, j'ai deux petiots dans celle de gauche et un autre qui est tout seul là-bas, sa situation est particulière. Que des garçons, mais ça pourrait changer. D'ici là, toi, comme tu es une fille, tu as droit à ton espace personnel, une chose que je ne peux pas toujours promettre. De toute évidence, ta chambre sera la plus petite. Ça te paraît injuste ?

Grace fit non de la tête.

– Tu n'aimes pas parler ? demanda Ramona. Ce n'est pas un problème, un signe de tête pour oui ou pour non, ça marche aussi. Tant que nous nous comprenons bien. Quoi que tu puisses en penser, j'essaie toujours d'être juste et équitable et pas simplement avec les gamins.

Je traite tout le monde de la même façon, les gens importants, les enfants ou les vieux ouvriers.

Elle attendit.

Grace ne dit rien.

– Tu piges, Grace ? Ça peut être Gary Cooper ou le couvreur qui vient refaire mon toit, je les traite pareil. Tu comprends ?

– Oui, m'dame.

Ramona Stage éclata de rire et se claqua les cuisses.

– Voyez-vous ça, elle a une voix et on l'entend. J'ai connu Gary Cooper et je ne l'ai jamais vu demander un traitement de faveur. Tu me suis, là ?

– Un acteur de cinéma, mais il est okay.

Ramona jeta la tête en arrière.

– Tu n'as pas la moindre idée de l'homme qu'était Gary Cooper, hein ? Les gosses de ton âge ne l'ont jamais vu sur un écran.

Grace secoua la tête.

– J'ai juste pensé que c'était logique.

– Ah, tu réfléchis juste, dit Ramona en la regardant de la tête aux pieds. Vu ce que je t'ai dit, c'est effectivement logique.

Un bruit de pas lourds. Apparut le visage bien en chair de Wayne en haut des marches, puis le reste de son corps.

– Tout se passe à merveille, dit Ramona.

– Super, madame Stage. Si vous pouviez m'accorder une minute, j'aimerais dire un mot à Gracie.

Personne ne l'avait jamais appelée Gracie. Même pas lui. Inutile de mettre ça sur le tapis.

– Je pose ses affaires dans sa chambre et vous pourrez lui dire au revoir, dit Ramona.

Elle ouvrit la porte de la plus petite chambre et y entra.

– Ça te plaît ? demanda Wayne à Grace.

– Oui.

Il tambourina du bout des doigts sur sa cuisse. Comme s'il en attendait plus.

– Merci, ajouta Grace.

– De rien, Gracie. Écoute bien, tu as réellement une vraie chance de rester ici parce que cette femme ne fait pas ça pour l'argent. Je ne suis pas sûr de savoir vraiment pourquoi elle le fait, car elle a largement de quoi bien vivre – ce qui signifie qu'elle a son propre pognon. D'accord ?

– D'accord, répondit Grace sans trop bien savoir à quoi elle acquiesçait.

– Seul problème, si jamais ça ne marchait pas, et je ne vois pas de raisons pour que ça arrive, mais si ça ne marchait pas, tu ne pourrais plus m'appeler parce que, comme je te l'ai dit, je quitte le service.

– Je sais.

– Bien… je voulais quand même finir ma carrière sur une note positive, dit Wayne. Faire pour toi une chose qui n'est pas toujours possible. Tu en as vraiment dans le crâne, petite. Si tout se passe bien, tu pourrais devenir quelqu'un.

– Vous aussi, dit Grace.

– Moi ?

– Comme avocat. Vous gagnerez plus d'argent.

Wayne en resta bouche bée.

– C'est vrai que tu es à l'écoute, tu sais ?

Ce n'était pas la dernière fois que Grace entendait ces paroles.

Ramona Stage et Grace regardèrent Wayne s'éloigner dans sa voiture.

– Cet homme a un cœur de guimauve, mais au moins, il essaie. Bien, direction tes quartiers, il est plus que l'heure d'aller se coucher.

La chambre était étroite, à l'image d'un placard de plain-pied. Une seule lucarne drapée de mousseline blanche ne laissait rien passer de la nuit. Mme Stage lui fit remarquer le toit en pente raide et dit :

– Vu ta taille, tu seras à l'aise à moins que tu ne te redresses trop brusquement sur ton lit, mais veille à ne pas te cogner la tête, c'est la chose la plus importante que Dieu t'ait donnée.

Grace contemplait déjà le lit de tous ses yeux. Plus grand que tous ceux dans lesquels elle avait dormi, avec un cadre en laiton qui avait viré au marron verdâtre. Deux gros oreillers sous des taies roses à fleurs étaient placés contre la tête du lit, chacun avec un creux en son milieu. Le couvre-lit était rose à rayures blanches et avait l'air neuf. Un portant métallique près de la fenêtre faisait office de penderie. Une commode en chêne à deux tiroirs suffisait pour ce que Mme Stage appelait les « pliables ».

Avec son aide, Grace rangea ses affaires et, plusieurs fois, Mme Stage reprit un vêtement que Grace estimait avoir bien plié.

Quand ce fut terminé, elle accompagna Grace jusqu'à la salle de bains collective et renifla.

– Ah, les garçons, ils ne sauront donc jamais viser juste.

Grace ne sentit rien, mais elle garda ça pour elle.

– Brosse-toi bien les dents, lui recommanda Ramona Stage en attendant qu'elle ait terminé. Un brossage soigneux, excellent. Prends toujours soin du corps qui t'a été donné. Et maintenant, au lit.

Mais avant d'avoir atteint la chambrette, Ramona arrêta Grace d'un doigt, entrouvrit la porte derrière laquelle dormait le garçon solitaire et passa la tête par l'entrebâillement.

Grace entendit un léger sifflement, comme un pneu crevé laissant échapper l'air.

Ramona referma doucement la porte.

– Bon. Tu veux que je te borde ?

– Je suis très bien.

– Je vais le faire quand même.

La border consista à lui ordonner de se glisser dans son lit avant quelques recommandations :

– Dispose tes oreillers à ta guise puis assure-toi d'avoir la tête pleine de choses agréables parce que, crois-moi, la vie est trop courte pour ressasser des pensées désespérées.

Les draps sentaient bon, comme si elle s'était allongée dans un parterre de fleurs. Ramona Stage éteignit la lumière et Grace remonta ses couvertures jusqu'au menton. Maintenant que la chambre était d'un noir d'encre, quelque chose filtrait au travers des rideaux de mousseline.

Les lueurs de la lune d'argent satinaient le visage de Ramona Stage debout dans l'embrasure de la porte et adoucissaient ses traits comme si elle avait rajeuni.

Elle s'approcha du lit.

– Tu as le droit de faire ce que tu veux, mais voici ce que je te suggère pour un confort ultime, dit-elle.

Elle replia les couvertures en formant un beau V bien net qui tranchait par son milieu la poitrine de Grace. Puis elle plaça les mains de la fillette sur son ventre, les bouts de ses doigts se touchant à peine, et dit :

– Tu formes une lettre V, tu vois ? Comme dans Valeur. Quelque chose qui donne à réfléchir, Grace. Et maintenant, tu peux te laisser aller et dormir comme un ange.

À la surprise de Grace, c'est bien ce qui se passa.

Historiquement, sa propriété avait bien été un ranch, autrefois, mais Ramona n'y gardait plus d'animaux.

– Les chevaux sont partis les premiers, puis ce fut le tour des chèvres et des oies. Et finalement, les poules : j'ai du cholestérol et je ne mange plus d'œufs. J'ai gardé mes chiens jusqu'à la fin, quand ils sont morts de vieillesse.

En ce premier matin au Stagecoach Ranch, il était six heures quand Grace risqua un coup d'œil derrière la porte de sa chambre. Ramona était sur le palier, en chemise à carreaux, jean et chaussures plates, ses longs cheveux blancs tressés et remontés sur le haut de sa tête. Une tasse de café à la main, comme si elle attendait que la fillette fasse son apparition. Elles descendirent toutes deux à la cuisine où Ramona but son café et Grace un jus d'orange pour accompagner son toast.

– T'es sûre que tu ne veux pas d'œufs ni de viande ?

– Non, merci.

– Les petits déjeuners copieux, c'est pas ton genre, hein ? Comme tu voudras, mais tu risques de changer d'avis.

La cuisine était immense, avec vue sur les montagnes. Les appareils ménagers étaient blancs et pas tout neufs. Au-dessus d'une table réservée au courrier était accrochée une autre photo du même homme en chemise fantaisie et chapeau de cow-boy, plus âgé que dans son souvenir, le visage plus plein.

– Donc, plus de chiens, dit Ramona. Tu aimes les chiens ?

– Je n'en ai jamais eu.

– Moi, j'en ai eu des quantités, ils sont aussi individualistes que les humains.

Elle se leva, sortit d'un tiroir quelque chose qu'elle montra à Grace. Une photo défraîchie de deux énormes bâtards à l'air triste allongés sur le porche d'entrée.

– Celui-là, c'est Hercule même s'il ne méritait pas son nom, l'autre, Jody, c'est une équipe de cinéma qui me l'a donné, parfois il mangeait son propre caca, et on ne pouvait jamais dire quand, ce qui rendait les choses encore plus difficiles. Après qu'ils sont partis rejoindre le paradis des toutous, je me suis dit que j'allais en avoir encore un au moins, parce que la propriété est vaste sans plus rien qui respire alentour. Mais j'avais commencé à apprécier de ne plus avoir de problèmes à régler et donc les seuls spécimens de zoologie que tu vas voir par ici se limitent à de la vermine indésirable comme les souris et les rats, des opossums, des écureuils, des spermophiles et des mouffettes. Contre lesquels j'utilise les services d'un dénommé El Gonzales et il dératise régulièrement. Je te dis tout ça au cas où tu tomberais sur un Mexicain maigre comme un clou avec un équipement bizarre qui semble traîner dans les parages, alors inutile d'avoir peur.

– D'accord.

Ramona la regarda avec attention.

– Ton toast est trop grillé ?

Le toast avait un goût de carton.

– C'est bon, répondit Grace en en prenant une bouchée pour preuve.

– Je parierais qu'il n'y a pas grand-chose qui te fasse peur, j'ai raison ?

– Je crois bien.

Grace tourna son regard vers l'homme au chapeau de cow-boy.

– C'est qui à ton avis ? lui demanda Ramona.

– Votre mari ?

Les yeux de Ramona se mirent à danser et, pour la première fois, Grace remarqua leur couleur : d'un brun si foncé qu'il était presque noir.

– Tu es intelligente, petite. Même s'il est logique de le deviner vu qu'il est présent partout et que je suis trop vieille pour une passion adolescente.

Nouveau rire de jeunette. Puis sa lèvre inférieure se mit à trembloter et elle cligna des paupières. Avant un sourire aux dents blanches, comme pour prouver qu'elle était heureuse.

– Il était cow-boy ? demanda Grace.

– Il est sûr qu'il aimait à s'en convaincre. Il se prenait aussi pour un acteur et il a même fait quelques films de cow-boys de série B – ce qui veut dire des westerns pas vraiment célèbres quand les westerns étaient à la mode. T'as déjà vu un western ?

Grace fit non de la tête.

– Il en a fait quatorze, dit Ramona en regardant la photo. Mais il n'avait rien d'un Gary Cooper et, au bout du compte, il a fait preuve d'intelligence en achetant cet endroit, puis il a commencé à le louer à des metteurs en scène célèbres et nous avons bien vécu. Son nom d'acteur était Steve Stage. Tu penses que c'était son vrai nom ?

Grace fit non de la tête encore une fois.

– Tu as raison, dit Ramona. Mais il en a fait son nom véritable, légalement et tout, et quand je l'ai rencontré, comme il s'appelait Steve Stage, je suis devenue Mme Stage. En fait, il me l'avait caché jusqu'à notre départ pour Las Vegas, c'est là que nous nous sommes mariés et ç'a n'a pas pris longtemps, tu peux me croire.

Elle sourit.

– Quatre-vingts kilomètres avant Vegas, voilà qu'il me donne la bague et moi je lui dis oui, donc il a dû penser qu'il pouvait courir le risque de tout me raconter.

Elle montra sa main à Grace. Y miroitait un brillant serti dans un métal blanc, lumineux et lisse sur sa peau sèche et ridée.

– Jolie, dit Grace.

– Dénichée chez un prêteur sur gages, dit Ramona. Une boutique non loin du studio – Paramount, c'est à Hollywood. Toujours est-il qu'au bout de quatre-vingts kilomètres, il se décide à tout me dire. Pas seulement sur son nom, mais aussi sur sa famille, l'endroit d'où il est originaire, la totale. Devine un peu d'où il venait.

– Du Texas.

– Bien deviné, ma belle. Et complètement faux. De New York. Il s'avère que le beau desperado que je connaissais sous le nom de Steve Stage s'appelait en réalité Sidney Bluestone. Que penses-tu de ça ?

Grace haussa les épaules.

– Il a estimé – à juste titre – que Sidney Bluestone ne trouverait guère de rôles dans les westerns de série B, donc il est allé au tribunal et *voilà*[1], Steve Stage. Lorsque je voulais me moquer de lui, je l'appelais Sid de Brooklyn. C'était une bonne nature et il l'acceptait, mais ce n'était pas ce qu'il préférait. Se souvenir peut se révéler difficile.

Elle regarda Grace.

Laquelle n'avait pas envie de sourire, mais elle se força.

– Laissons ça. Parlons un peu de l'école, dit Ramona. Wayne Knutsen m'a raconté ton histoire, sans cesse à changer de famille d'accueil, mais pour l'essentiel, toujours la même école parce que tous ces autres gens vivaient près les uns des autres. Malheureusement, nous avons un problème. Tu es trop loin de cet établissement désormais. De tout établissement scolaire, point final, parce que le bus de ramassage municipal ne viendra pas jusqu'ici et que le comté ne veut pas cracher au bassinet pour les transports privés. J'irais volontiers te chercher en voiture, mais il n'y a que moi et Marie-Luz – c'est ma femme de ménage –, et il faut que nous soyons ici toutes les deux. En plus de quoi, elle ne conduit pas, son mari la dépose et vient la rechercher. Si tu étais un peu plus jeune, ça irait. Il y a une école maternelle à Desert Dreams, un camp de mobil-homes, c'est là que vont les deux garçons, mais ça se résume à une femme qui les occupe, rien sur le plan éducatif. Donc nous avons un problème. Tu aimes l'école ?

Quand personne ne m'embête et que je peux apprendre.

– C'est bon, dit Grace, ne voulant pas que Ramona Stage se sente coupable.

– Donc c'est réglé. Vu ton QI, il y a de fortes chances que tu sois en avance sur ta classe d'âge de toute façon

1. En français dans le texte.

et tu as probablement appris toute seule la plus grande part de ce que tu sais. J'ai raison ?

– Oui, m'dame, répondit Grace, cette fois avec un vrai sourire.

– Donc à mon avis, on choisit la scolarisation à domicile. J'ai déjà fait la demande et c'est passé comme une lettre à la poste. En quelques mots, nous nous procurons les livres et les plans de leçons et nous faisons ça nous-mêmes. Je suis allée à l'université, je suis diplômée de Cal State donc j'imagine que je serai capable d'enseigner niveau CM1-CM2, même les maths, avec une réserve cependant : je ne suis pas très douée pour l'algèbre. Qu'en penses-tu ?

Être seule avec des livres, mais ce serait le paradis. N'en croyant pas ses oreilles, Grace demanda :

– Je lis et c'est tout ?

– Il y aura beaucoup de lecture, mais il faudra également que tu fasses des exercices et que tu subisses des contrôles comme si tu étais réellement dans une école et moi, je dois tout noter. Je ne vais pas tricher, tu auras ce que tu te seras gagné. Tu te sens de taille à faire ça ?

– Oui, m'dame.

– Je pense que ce sera facile une fois que j'aurai une idée de ton niveau de connaissances. Et pour ça, je fais venir un expert qui te fera passer des tests. Une sorte de docteur, mais pas de ceux qui font des piqûres ou qui touchent ton corps, non, rien de tout ça, il va juste te poser des questions.

– Un psychologue.

Ramona haussa ses blancs sourcils, deux nuages soulevés par une brise.

– Tu sais ce qu'est un psychologue ?

Grace acquiesça.

– Puis-je te demander comment tu sais ça ?

– Il arrivait parfois que les enfants aient des problèmes – dans les autres familles d'accueil – et on les envoyait chez le psychologue.

– À t'entendre, on croirait une punition.

Les gamins qui m'en ont parlé étaient de cet avis.

Grace se tut.

– D'autres enfants, dit Ramona.

Grace comprit où elle voulait en venir.

– Moi, on ne m'a jamais envoyée.

– Tu as d'autres opinions sur les psychologues ?

– Non.

– Eh bien, celui dont je te parle, il ne ressemblera pas à une punition. Je ne parle pas sans savoir, je le connais personnellement, comme individu et pas uniquement comme docteur. C'est le plus jeune frère de mon mari, mais ce n'est pas la raison pour laquelle je l'ai choisi. Il est professeur d'université, Grace. Ce qui signifie qu'il enseigne aux gens à devenir psychologues, donc nous parlons là d'un expert de premier ordre.

Ramona attendit.

Grace acquiesça.

– C'est le Dr Malcolm Bluestone et, permets-moi de te dire, il est brillant.

Ramona lui offrit un nouveau sourire facile.

– Peut-être même aussi brillant que toi, jeune dame.

Peu après avoir fini son toast, Grace fit la connaissance des deux garçons qui partageaient une chambre. Deux petits Noirs âgés de cinq ans, elle le savait parce que Ramona le lui avait dit.

– Ils se ressemblent, mais ils ne sont que cousins, pas frères, ils ont eu des vies difficiles, crois-moi, tu ne tiens pas à savoir, j'espère que leurs adoptions seront acceptées.

Grace ne voyait aucune ressemblance entre les enfants. Rollo était beaucoup plus grand que DeShawn et il avait la peau plus claire. Ils entrèrent dans la cuisine, les yeux encore pleins de sommeil. Rollo se raccrochait à un bout de couverture bleue et, à voir DeShawn, lui aussi aurait aimé se raccrocher à quelque chose.

– Mes petits soldats, on se réveille, un peu d'énergie, dit Ramona.

Elle fit les présentations. Les cousins saluèrent Grace en hochant la tête d'un air absent et s'assirent à table. DeShawn réussit un sourire timide et Grace fit mine de n'avoir rien vu.

Les garçons déplièrent leurs serviettes sur leurs genoux et attendirent que Ramona leur serve œufs brouillés, petites crépinettes et saucisses. Ils mangèrent en silence, commençant tout juste à se réveiller.

– Vous trois, vous restez tranquillement ici, d'accord ? Il est temps que j'aille voir comment va Bobby.

À la mention du nom de Bobby, Rollo et DeShawn échangèrent un bref regard inquiet. Ramona partit et la cuisine redevint silencieuse. Grace n'avait rien à faire, hormis rester assise sur sa chaise. Les garçons l'ignoraient et continuaient à manger, lentement, mais sans s'arrêter, comme des robots. Les œufs avaient l'air trop cuits et caoutchouteux et Grace connaissait déjà le goût des toasts de Ramona. Ce qui n'arrêtait pas les cousins et elle se demanda s'ils s'étaient jamais remis d'avoir eu faim.

Il y avait un moment qu'elle n'avait pas éprouvé cette sensation, mais c'était le genre de chose qu'on n'oubliait pas.

Elle se détourna des deux petits Noirs et regarda par la fenêtre au-dessus de l'évier. Un de ces arbres arrondis à petites feuilles se dressait à quelques dizaines de centimètres de la vitre.

Elle se leva pour y regarder de plus près.

– Chêne de Californie, entendit-elle Ramona lui dire dans son dos. Tu les arroses trop, ils meurent.

N'ayant pas vu la vieille femme entrer, elle eut le sentiment d'avoir été prise en faute. Elle pivota sur place et vit Ramona qui tenait la main d'un garçon bien différent.

Petit – pas plus grand que DeShawn –, un visage d'enfant plus âgé, voire d'un adolescent, avec des boutons, un large maxillaire et un front protubérant qui ombrait des yeux bigles décalés de presque un centimètre l'un par rapport à l'autre. Des cheveux roux bouclés qui se dégarnissaient par endroits, comme chez un vieillard. Sa bouche pendait ouverte en une sorte de sourire, mais Grace n'était pas convaincue que ce fût une expression de bonheur. Des dents jaunes largement espacées séparées par une langue démesurée. Son corps – presque en creux et tordu – vacillait sur place, à croire qu'il avait besoin de bouger pour s'empêcher de tomber. Alors même que Ramona lui tenait la main.

Grace se rendit compte qu'elle le fixait intensément. Mais pas les cousins.

Elle détourna la tête à son tour.

Le nouveau garçon – Bobby – lâcha un rire rauque. Une fois encore, difficile d'appeler ça une expression de bonheur.

– Bobby, dit Ramona, voici Grace, elle a huit ans et demi, donc c'est toujours toi l'aîné.

Elle tapota la tête de Bobby qui sourit de nouveau, vacilla plus violemment et lâcha une quinte de toux, une seule, avant de se plier en deux quand il se mit à tousser pour de bon.

Rollo et DeShawn fixaient leur assiette.

– Ce pauvre Bobby a eu une nuit difficile, expliqua Ramona, même avec l'oxygène.

Rollo dit quelque chose.

– Tu disais quoi, mon petit ?

– Je suis désolé.

– Pour…

– Lui parce qu'il est malade.

– Eh bien, c'est gentil de ta part, chéri. Et très courtois, Rollo, je suis extrêmement fière de toi.

Rollo hocha la tête plusieurs fois.

Grace repensa au sifflement quand Ramona avait jeté un coup d'œil à Bobby dans son lit. L'oxygène. Donc il devait avoir des difficultés respiratoires, mais apparemment ce n'était pas le seul de ses problèmes.

Elle étudia les yeux de Bobby. Leurs iris étaient d'un étrange marron jaunâtre, comme couverts d'une matière cireuse.

Elle sourit.

Il lui rendit son sourire. Cette fois, il lui parut presque heureux.

15

Soixante-treize minutes après le coup de fil de l'inspecteur Eileen Henke, la lampe verte du cabinet de thérapie s'alluma.

Grace patienta deux minutes avant d'entrouvrir la porte de la salle d'attente. Sur un présentoir mural, elle gardait un assortiment de revues couvrant une variété de sujets, de la mode à la rénovation intérieure, et elle trouvait intéressant, voire instructif, de noter ce que choisissaient ses patients.

La femme assise dans le fauteuil en coin avait pris *Car and Driver*. Les nouvelles Corvette.

– Docteur ? Eileen Henke.

Elle se leva et reposa la revue sur le présentoir. Poignée de main sèche et ferme.

Environ quarante-cinq ans, petite et trapue, les muscles toniques et fermes comme chez les gymnastes qui ont dépassé la quarantaine. Le teint clair, des traits ordinaires et le teint rose, des cheveux blond cendré coupés au carré qui renforçaient la ligne nette des maxillaires et donnaient du caractère à un visage un peu rond. Tailleur-pantalon beige, chaussures noires et sac à main en patchwork des deux coloris.

Un insigne doré était agrafé à la poche de poitrine de sa veste taillée un peu lâche, probablement pour masquer le renflement de son étui près du sein gauche.

Belle tentative, mais un peu juste. À moins que les flics n'aiment rappeler aux gens qu'ils portaient une arme.

Deux yeux presque noisette brillant de curiosité la fixèrent, essayant de ne pas paraître trop inquisiteurs, mais Grace savait qu'ils la passaient aux rayons X.

– Entrez, je vous prie, inspecteur.

– Eileen, ce sera parfait.

Uniquement si nous étions copines. Je n'ai pas de copines.

– Je ne suis encore jamais entrée dans un cabinet de psychologue, dit Henke.

Elle s'était installée dans le fauteuil face au bureau de Grace et étudiait ses diplômes et certificats accrochés au mur.

– Il y a toujours une première fois, inspecteur.

Henke gloussa.

– Merci d'avoir accepté de me rencontrer aussi rapidement.

– C'est naturel. C'est une chose abominable. Avez-vous une idée de l'identité du meurtrier de M. Toner ?

– Malheureusement non, docteur. Et il est possible qu'Andrew Toner ne soit pas son véritable nom.

Elle avait fait vite.

– Vraiment ?

– Eh bien, poursuivit Henke, il vous a déclaré qu'il venait de San Antonio, mais nous n'avons trouvé aucun Andrew Toner habitant cette ville. D'après nos recherches, il y a d'autres Andrew Toner dans différentes villes du Texas, mais ils n'ont aucun lien avec lui.

– Je ne comprends pas pourquoi il s'est présenté sous un faux nom.

– Vous êtes sûre de San Antonio ?

– Il m'a contactée par l'intermédiaire de mon service de messagerie qui habituellement ne commet pas d'erreurs. Ce n'est pas tout, il m'a également donné son numéro pour que je le rappelle.

Elle remit à Henke un papier portant les dix chiffres qu'elle avait composés trois quarts d'heure auparavant.

– Deux-dix comme indicatif de région, dit Henke.

– C'est bien San Antonio, dit Grace. Malheureusement, le numéro n'est pas en service.

– Vous avez essayé ?

– J'étais curieuse.

Le regard de Henke s'attarda sur son visage impassible puis elle sortit son portable, pianota le numéro, fronça les sourcils et coupa la communication.

– Eh bien, je vous remercie, en tout cas. Il est possible qu'avec ça, je puisse remonter à un indice utile.

Elle glissa le morceau de papier dans une poche de sa veste.

– Bon, je reviens sur ce que je vous ai dit précédemment : vous ne trouvez pas bizarre qu'il ait fait tout ce chemin pour une thérapie ?

– Ce n'est pas très courant, mais il n'y a rien de bizarre à ça. Dans ma profession, c'est une chose qui arrive plus souvent que vous ne pourriez le croire.

– Et pour quelle raison, docteur ?

– Je traite les victimes de traumas et leurs proches les plus chers. Ce qui peut attirer des gens habitant très loin.

– Parce que vous êtes la meilleure ? demanda Henke en souriant.

– J'aimerais bien le croire, mais c'est probablement parce que je me suis spécialisée. Et comme nombre de mes cas sont à court terme, le voyage devient un problème secondaire.

– Vous parvenez à leur faire surmonter leurs écueils rapidement ?

– Je fais de mon mieux.

– Trauma, dit Henke. Vous voulez parler de PTSD[1] ?
– Ça peut en faire partie, inspecteur.
– Et quant au reste ?
– De toute évidence, je ne peux entrer dans le détail concernant des patients précis, mais souvent, ce sont des victimes de crimes ou des parents de victimes, des gens qui ont subi des accidents dévastateurs ou perdu des êtres chers à cause de maladies soudaines.
– Plutôt intense comme travail, j'imagine, dit Henke.
– Je suis sûre que cela s'applique également au vôtre, inspecteur.
– C'est vrai. Donc, M. Toner – appelons-le par ce nom-là jusqu'à plus ample informé – a traversé une passe effrayante ou alors il connaissait quelqu'un qui a vécu ça et il est possible qu'il soit venu du Texas pour se faire soigner. Ce serait bien de connaître la nature du trauma en question.
– Je pourrais peut-être vous apporter un peu d'aide sur ce point. Il y a des années, j'ai publié un article sur les effets psychologiques d'une parenté avec un meurtrier. En m'appuyant sur le cas d'un patient que je connaissais. Andrew Toner a cité cet article quand il est venu me voir. Malheureusement, quand j'ai cherché à avoir plus de détails, il a mis un terme à la séance.
– Mis un terme ?
– L'angoisse a été trop forte et il est parti.
– Une angoisse relative à quoi ?
– J'aimerais pouvoir vous répondre.
Henke décompta sur ses doigts.
– Il prend l'avion depuis le Texas, pique une crise, fiche le camp.
– Piquer une crise est trop fort, inspecteur. Son malaise n'a fait que croître.
– Et ça arrive souvent chez vos patients ? Des gens qui changent d'avis brusquement ?

1. Post-Traumatic Stress Disorder.

– Dans ma profession, tout peut arriver.

Henke digéra l'information.

– Combien de temps est-il resté au total ?

– Juste quelques minutes – je dirais dix, ou quinze.

– Assez longtemps pour que vous vous souveniez de la façon dont il était habillé.

– J'essaie d'être observatrice.

– Excellente chose. Qu'avez-vous remarqué d'autre chez lui ?

– Il m'a fait l'effet d'un homme gentil taraudé par quelque chose.

Henke se lissa glisser au fond de son fauteuil. Prenant ses aises, à croire qu'elle s'installait pour un long moment.

– Une idée pour expliquer pourquoi il a glissé votre carte dans sa chaussure ?

– Pas la moindre. À première vue, je dirais qu'il voulait cacher le fait qu'il cherchait un thérapeute.

– Par exemple à un compagnon de voyage ? A-t-il dit s'il voyageait avec quelqu'un ?

Grace secoua la tête.

– Et vous n'avez aucune idée des causes exactes de son anxiété ?

Quand il m'a reconnue comme étant la nana qu'il...

– Non, je regrette.

– Il s'est mis sur la défensive et s'est envolé, dit Henke.

Une femme obstinée. Excellent trait de caractère pour un inspecteur de police. Déplaisant dès qu'on devenait l'objet de ses furetages.

– J'aimerais bien pouvoir vous en dire plus.

Henke glissa la main dans son sac en patchwork et sortit un calepin. Parcourut une page, puis une autre et dit :

– Je ne veux pas abuser de votre temps, mais ce sont les détails qu'on rate qui reviennent vous obséder ensuite.

– Je comprends.

Henke lut quelques notes de plus avant de refermer son calepin.

– Je reviens toujours à cette carte dans sa chaussure. Jamais vu ça encore, ça fait très roman d'espionnage, non ?

– Effectivement.

– Et vous me dites que cet homme pourrait être le parent d'un meurtrier… Avez-vous l'article que vous avez publié, à propos ? Ça me semble intéressant.

– Pas à portée de main, mais voici la référence.

Grace dicta et l'inspecteur nota.

– Puis-je vous poser une question à propos du meurtre ?

Henke releva les yeux.

– À condition que je puisse y répondre.

– Sur la photo que vous m'avez montrée, il n'y a pas de blessures.

– Comment est-il mort ? Des coups de lame multiples par tout le corps. C'est une des raisons pour lesquelles je suis intéressée par ce que vous m'avez dit – un voyou dans la famille. C'est ce que nous autres nous appelons une boucherie. Plus de blessures que nécessaire pour venir à bout de la victime.

– Quelque chose de personnel, donc, dit Grace.

– Exactement, docteur.

Grace craignit d'avoir outrepassé son rôle en voyant se durcir le regard de Henke qui ajouta :

– Si M. Toner avait effectivement des liens de famille avec un truand dangereux, la boucherie pourrait être logique. Tout particulièrement si M. Toner envisageait de le dénoncer.

Il essayait de mettre de la distance entre lui-même et l'objet de ses frayeurs. Excellente raison pour venir par avion depuis une autre ville.

– Pauvre homme, dit Grace.

Henke fit passer son calepin d'une main à l'autre et s'intéressa à quelques pages supplémentaires.

– Ou alors je fais complètement fausse route et ce pauvre M. Toner s'est trouvé au mauvais endroit au mauvais moment… Vous avez dit que vous seriez absente pour deux semaines.

– Vacances.

– Planifiées depuis longtemps ?

– Pas de véritables projets, j'essaie juste de me libérer pour recharger les batteries.

– Où avez-vous l'intention de les recharger ?

Grace sourit.

– Je suis ouverte à toute suggestion.

– Hum, dit Henke. Moi, j'aime bien Hawaï.

– J'y réfléchirai.

– Donc pas de destination précise pour l'instant, mais le cabinet sera fermé.

– Absolument.

– M. Toner le savait et il a quand même pris rendez-vous.

– On l'en a informé, mais il a insisté pour venir malgré tout.

– Ce qui me laisse à penser qu'il n'avait peut-être pas l'intention de revenir.

– Bonne remarque.

– Y a-t-il autre chose qui vous revienne en mémoire à son sujet, docteur ? Même un détail infime.

Grace fit mine de réfléchir à la question avant de secouer la tête.

– Non, dit-elle.

– Un meurtre sordide, dit Henke. Le sans-abri qui a découvert le corps a sérieusement flippé – oh, auriez-vous remarqué quelle voiture M. Toner conduisait ?

– Je ne l'ai pas raccompagné jusqu'à la rue.

– Pourquoi l'auriez-vous fait ?

Henke glissa son calepin dans son sac et se leva.

– Je me raccroche à des fétus de paille, docteur. Merci encore pour le temps que vous m'avez consacré.

Si quelque chose vous revient, même un détail mineur, appelez-moi, s'il vous plaît.

J'en ai un paquet. « Atoner » pour commencer.

Henke allait-elle faire le lien elle aussi ? Grace imagina sa réaction si elle lui révélait sa découverte.

Vraiment, docteur. Vous avez fait le lien. Impressionnant.

Une femme payée pour voir le pire chez tout le monde considérerait n'importe quel cadeau avec suspicion.

Grace raccompagna Henke jusqu'à l'entrée de la salle d'attente mais la laissa gagner seule la porte donnant sur la rue.

– Bonne chance, inspecteur – Eileen.

– Merci, docteur, je vais en avoir besoin.

16

Grace écarta les rideaux de quelques centimètres et regarda Henke s'éloigner au volant d'une Taurus blanche avant de retourner dans le cabinet de thérapie. Son espace lui parut différent, indigne de confiance désormais, comme un lieu dont le code de sécurité aurait été violé.

En un sens, c'était la vérité : pour la première fois de sa vie, malgré le renfort de ses diplômes et certificats suspendus au mur derrière son bureau, à aucun moment son statut d'experte n'avait été pris en compte.

Et ce n'était pas tout : elle ignorait totalement si la rencontre avec Henke l'avait libérée de ce… ce… bazar. L'inspecteur la considérait-elle « d'intérêt » ?

Sa situation avait-elle empiré ? Un départ en vacances, mais aucune destination prévue ? En toute objectivité, c'était bizarre. Comment quiconque, et plus encore un flic, pourrait comprendre la façon dont elle vivait ?

Le gros risque était que l'inspecteur Henke parvienne, d'une façon ou d'une autre, à découvrir qu'un homme aux cheveux sombres en veste de tweed et pantalon en toile avait quitté le salon de l'Opus bras dessus bras dessous avec une femme mince à la chevelure châtain.

Pour infime qu'elle fût, la probabilité existait. Car en l'absence d'une piste digne de ce nom, on pouvait compter sur quelqu'un comme Henke – probablement compétente sinon brillante, elle avait choisi le travail de police parce qu'elle aimait les systèmes bien structurés – pour se focaliser sur un individu précis et continuer à fouiller ce qu'elle avait à sa disposition.

Un point positif cependant : les détails de ce qui s'était passé dans le parking ne verraient jamais le jour.

À moins qu'Andrew n'en ait parlé à quelqu'un…

Aucune raison de le penser, mais si jamais Henke parvenait à faire le lien entre lui et l'hôtel – son visage diffusé aux infos de la télé, un article de journal accompagné d'une photo –, Grace allait devoir affronter l'éventualité que quelqu'un – Poulette, un consommateur du salon – puisse lui créer des problèmes.

Le simple fait qu'elle ait omis de mentionner leur rencontre précédente lui serait plus que dommageable.

Scénario dans le pire des cas : un cauchemar kafkaïen.

Dans le meilleur : sa carrière en prendrait un coup dans l'aile.

Avait-elle fait preuve d'un excès d'assurance ?

Grace sentit son ventre se nouer encore une fois. Un signe avant-coureur, comme un prodrome avant une attaque. Elle respira profondément, exécuta deux séries d'exercices de relaxation musculaire et aboutit au mieux à une vague stimulation de son système parasympathique.

Oublie toutes ces conneries – corps-esprit. Fais travailler ton cerveau.

Concentre-toi.

La préparation de deux tasses de thé fort lui fut d'une aide précieuse. Ainsi que de s'imaginer revenue à son statut d'experte. Assise dans ce fauteuil derrière ce bureau dans cette pièce.

Sa pièce.

Son univers : aider les autres.

Une erreur stupide ne devrait pas perturber un ordre aussi bien établi.

Alors, *réfléchis*. Comment minimiser les risques ?

Elle lava sa tasse, retourna à son bureau, ferma les yeux et se créa mentalement une liste de stratégies.

Pour les rejeter toutes sauf une. Le seul plan logique était d'écarter Eileen Henke de l'Opus en lui offrant une solution de rechange : l'endroit où Andrew avait logé.

Et à cet effet, la clé du problème serait peut-être une microanalyse du comportement d'Andrew.

Il ne s'était pas installé à l'Opus, mais l'avait choisi pour prendre un en-cas au comptoir et boire une bière. Peut-être que sa chambre manquait de charme ou de confort ?

Son hôtel n'avait-il à lui offrir que de la gnôle bon marché dans un minibar fonctionnant avec des pièces ?

À moins qu'il n'ait résidé dans un lieu tout à fait agréable, mais qu'il n'ait eu envie de changer de décor.

Dans un cas comme dans l'autre, les températures étaient douces et un jeune gars en parfaite santé venu de loin pouvait parfaitement avoir eu envie d'une petite promenade à pied. D'un autre côté, il avait été poignardé à mort au centre-ville. Cela impliquait-il que son hôtel se situait dans ce secteur ?

Quand on cherchait à se détendre après un long voyage, traverser une ville à pied n'avait aucun sens, c'était bien trop galère. Mais peut-être l'avait-on conduit jusque-là en voiture avant de l'éliminer dans le but d'empêcher toute identification.

Sauf que son meurtrier n'avait pas pu penser à une carte professionnelle glissée dans une chaussure.

Pourquoi Andrew avait-il fait une chose pareille ?

Venir chercher l'aide de Grace en sachant pertinemment que c'était dangereux ?

Elle mit ces questions de côté et se concentra sur une tâche plus immédiate : découvrir où il avait résidé et commencer par une recherche de proximité.

En se servant de l'Opus comme point de départ, elle chercha d'autres lieux de résidence possibles dans le voisinage. Internet lui fournit une liste de candidats dans un rayon de six kilomètres de l'hôtel et les pages jaunes lui fournirent les établissements qu'elle avait ratés. Il ne lui fallut pas longtemps pour compiler une liste alphabétique qu'elle rédigea à la main en chassant délibérément les incertitudes qui l'assaillaient sans cesse.

Et s'il n'avait pas pris d'hôtel et qu'il se soit installé chez un ami ou un parent ?

Et si l'hypothèse d'une balade agréable se résumait à un départ précipité et qu'il ne soit pas fatigué par un trajet en avion tout simplement parce qu'il vivait ici, à L.A. ?

Atoner. La victime expiatoire.

Roger. Le pendant du nom d'emprunt Helen choisi par Grace.

Un choix qui s'expliquait : une patiente du même nom avait été la dernière personne à qui elle ait parlé avant de partir en chasse. Sur le moment, rien de plus qu'une malicieuse plaisanterie toute personnelle qui lui paraissait maintenant de mauvais goût. Et si Andrew avait employé une ruse similaire ? Quelque chose permettant de l'identifier.

Aurait-il pu être aussi sournois ? Le détecteur à conneries de Grace était d'une finesse à toute épreuve et, pourtant, il n'avait rien déclenché en elle. Commençait-elle à faiblir et avoir des ratés ? Ou Andrew était-il tout bonnement un honnête homme cherchant de l'aide ?

Un fils/frère/cousin d'un meurtrier inspiré par le récit de la fille d'un assassin ?

Inutile de s'appesantir plus avant. Elle avait du pain sur la planche.

En se servant du même pseudonyme de minette un peu bêta qu'elle avait donné au réceptionniste de l'Opus, elle entama sa liste de coups de fil.

L'accueil de l'Alastair, « une maison d'hôtes six étoiles » sur Burton Way, était assuré par un homme à la voix chaude qui regretta que sa maison n'ait pas compté d'Andrew Toner ni aucun Roger parmi sa clientèle.

Idem pour le Beverly Carlton, le Beverly Carlisle, le Beverly Dumont et quatorze autres établissements.

Mais quatre-vingts minutes plus tard, le réceptionniste, à l'accent d'Europe centrale, du St. Germain, situé dans le bloc des numéros 400 sur North Maple Drive, rit de façon déplaisante.

– C'est drôle que vous me posiez cette question, mademoiselle. Votre M. Toner a réglé pour deux jours puis a demandé à prolonger d'un jour. Lorsque la femme de ménage est passée dans sa chambre ce matin, il avait disparu avec toutes ses affaires. Nous avions accepté un règlement en liquide par courtoisie. Où pourrions-nous le trouver, mademoiselle ?

– J'espérais justement que vous pourriez me le dire.

– Eh bien, si vous le voyez, dites-lui que ce n'est pas correct.

Comme elle tenait obstinément à ne pas attirer l'attention, elle laissa l'Aston dans le garage, choisit de prendre la Toyota et s'engagea direction plein sud sur Doheny Drive.

Situé entre Civic Center et Alden, Maple n'était pas accessible depuis le nord à cause d'une longue zone clôturée depuis longtemps inoccupée, propriété de la compagnie de chemin de fer Southern Pacific. L'accès par la Troisième Rue vers le sud conduisit Grace à une zone résidentielle sombre et silencieuse côté ouest, mais avec d'énormes immeubles de bureaux sur le trottoir opposé.

Un quartier où l'on ne s'attendait pas à trouver un hôtel, mais la raison lui apparut soudain : son cabinet était tout proche. Une petite balade à pied si l'on savait se cantonner tout contre la zone ferroviaire pour ressortir à l'échangeur cauchemardesque qui reliait Melrose Avenue et Santa Monica Boulevard.

Le GPS pouvait transformer n'importe qui en navigateur.

Elle longea le bloc à une vitesse de croisière, trouva l'adresse peinte sur le rebord du trottoir et vérifia dans ses notes qu'elle ne s'était pas trompée. Elle poursuivit sa route, fit demi-tour et revint sur ses pas pour s'arrêter du côté opposé un peu au-delà.

Le bâtiment de style renouveau géorgien remontait aux années 1920, une bâtisse à un étage parmi beaucoup d'autres sur toute la longueur du pâté de maisons, mais rien qui puisse indiquer une entreprise commerciale. Une lueur sourde couleur de whiskey émanant d'une fenêtre au rez-de-chaussée s'éclaircit quand Grace se gara pour jeter un coup d'œil : la lumière filtrait par les lamelles un peu gauchies de stores vénitiens à l'ancienne mode.

Une seule entrée : une porte recouverte d'une peinture foncée, mais il devait exister une sortie sur l'arrière qui donnait sur un jardin. La plaque en forme d'écusson plantée au milieu d'une allée bétonnée était quasiment illisible.

Le St. Germain

Dessous, un petit panneau.

Chambres libres

Grace hasarda deux pas en avant. Au-dessus de la porte, on pouvait lire :

Réception. Sonnez.

Pas vraiment accueillant et chaleureux, mais parfait si l'on voulait rester anonyme.

Les avis qu'elle avait relevés sur Internet variaient : honnête, logements propres mais pas de restaurant, pas de salon, pas de service de chambre.

Conforme à l'une de ses hypothèses : un mec commence à avoir soif, il a faim, il se sent seul. Il sort pour explorer les environs.

Elle remonta dans son break et s'éloigna en pensant au trajet probable d'Andrew le premier soir. Direction nord, il aurait été bloqué par le grillage, mais au sud-sud-ouest il se serait retrouvé en plein dans le quartier commerçant de Beverly Hills et, une fois là-bas, l'Opus lui serait apparu comme un signal immanquable, porteur de promesses.

Tu entres, tu t'installes dans un fauteuil confortable.

Tu vois une femme.

Elle te voit elle aussi.

Tout change.

17

Rien ne vaut une victoire pour vous remettre l'estomac en place. Grace sentit finalement un petit creux et se rendit dans un restaurant indien à WeHo, très fréquenté à l'heure du déjeuner, mais dont la clientèle se raréfiait à l'heure du dîner.

Ce soir, ladite clientèle se limitait à trois branchés tatoués, l'air maussade devant leurs assiettes, et d'un couple plus âgé, bien habillé, qui se tenait la main. Le propriétaire, un sikh enturbanné, lui sourit avec gentillesse et la guida jusqu'à un coin tranquille où elle refusa le menu pour commander la spécialité de crevettes avec du *chai*. Grignotant les *namak pare*[1], elle réfléchit au moment où elle révélerait à Henke sa découverte.

Double cadeau : non seulement elle avait appris où Andrew s'était installé, mais aussi le fait qu'il ait réservé sa chambre trois jours auparavant pourrait aider l'inspecteur pour vérifier les horaires d'avion.

Le propriétaire lui apporta le thé au lait épicé en lui assurant que le plat allait suivre rapidement – tout était préparé à la demande.

Devait-elle informer l'inspecteur de sa découverte ? Si oui, pas ce soir, peut-être demain matin. En fin de matinée plutôt, prouvant ainsi que cela avait éveillé sa

1. Bâtonnets frits à tremper dans une sauce ou à déguster tels quels.

curiosité sans qu'elle passe pour autant toute la nuit à chercher.

Elle élabora son histoire : sur le point de partir en vacances, l'horreur de la mort d'Andrew l'avait ébranlée au point de modifier ses projets et elle avait pris le temps d'enquêter, de cette façon, elle aussi faisait *sa petite part*.

Trop guimauve ? Ou devrait-elle plutôt prétendre qu'elle avait agi par curiosité intellectuelle, mêlée d'empathie ? Elle trouverait bien.

Soyez reconnaissante, inspecteur Henke. Montrez-moi votre gratitude en m'oubliant complètement.

Un obstacle lui apparut soudain : Henke passerait inévitablement au St. Germain et il était probable que le veilleur de nuit grognon lui révèle la ruse de la cousine de Grace qui se faisait tant de souci. Avec le risque que l'information ranime les soupçons de l'inspecteur ?

Donc sois franche jusqu'au bout, et tu verras peut-être Henke rire de ton stratagème, la thérapeute excentrique qui se la joue détective – en vérité, est-ce que tous les psys n'étaient pas un peu à côté de la plaque ? La meilleure politique ? Une honnêteté partielle. On lui apporta son repas. Délicieux. Les choses prenaient meilleure tournure.

Elle retourna chercher l'Aston chez elle et en profita pour consulter son service de messagerie : c'est ce qu'on attend d'une thérapeute responsable, n'est-ce pas ?

– Un seul appel, docteur Blades. Une certaine Eileen Henke. Elle a dit de la rappeler à l'heure que vous voulez. Elle travaillera tard.

À dix heures et demie du soir, Henke était toujours à son bureau.

– Un autre détail vous est revenu, docteur Blades ?

– En fait, répondit Grace, j'ai juste tenté quelque chose de différent. Mais ça pourrait vous aider.

Henke écouta.

– Eh bien ! Je suis impressionnée, docteur. J'aime bien le coup de la cousine, je pourrais peut-être l'utiliser un jour.

Grace rit.

– Passez une bonne nuit.

– Le St. Germain. Jamais entendu parler.

– Pareil pour moi.

– Un faux nom, règlement en liquide, peut-être n'était-il pas très net – vous aviez fait le rapprochement ?

– Pas du tout, répondit Grace, en se sentant étrangement sur la défensive s'agissant d'Andrew.

– C'est normal après un si bref… oh, j'ai oublié de vous dire, docteur. J'ai trouvé quelque chose, de mon côté. Je fixais le nom de la victime inscrit sur un morceau de papier, un détail me tracassait, mais je ne savais pas quoi. Puis j'ai fini par trouver. Heureusement que j'avais noté l'initiale – A – au lieu du prénom entier. A. Toner. Vous comprenez ?

– Pas vraiment, dit Grace.

– A. Toner. *Atoner*, docteur. S'il s'agit bien de ça, pas étonnant qu'il ne se soit pas présenté sous ce nom-là.

– Mais vous aviez dit qu'au Texas il y avait des gens qui portaient le même nom.

– C'est vrai, répondit Henke, légèrement déçue. Vous avez peut-être raison… Mais contrairement à lui, ceux-là n'ont pas fini assassinés. En plus, vous m'avez parlé de cet article qu'il a mentionné, le fait qu'il appartenait peut-être à une famille de criminels. Quant au numéro hors service, il semblerait qu'il remonte à un portable prépayé – un appareil jetable, un must chez les trafiquants de drogue. Donc tout ce que j'ai, c'est le vague sentiment qu'il y a du louche là-dessous.

– Je serais assez de votre avis.

– C'est toujours comme ça d'habitude, docteur. Les gens commettent des erreurs et ils paient pour elles.

En tout cas, merci d'avoir trouvé l'hôtel, ça me donne un point de départ.

– Je vous en prie.

– Ses nerfs ont pris le dessus, m'avez-vous dit, et il est parti. La drogue peut vous rendre nerveux. La cocaïne, les amphétamines. Avez-vous remarqué ses pupilles ?

La nuit précédente, ça ne fait aucun doute, Eileen. Dilatées un max, pleines d'intérêt.

– Non, répondit Grace, et je n'ai vu aucun signe évident qu'il ait pris de la drogue.

– Vous l'auriez remarqué, dit Henke. Très bien, merci encore, je vais d'abord aller vérifier cet hôtel. Vous avez amplement mérité vos vacances, alors prenez du bon temps – vous avez décidé où vous alliez ?

Mentir ne fut pas difficile.

– Ce sera peut-être Hawaï.

– Quand j'étais encore mariée, mon mari et moi y allions régulièrement.

C'était quoi, ça, un bavardage entre copines ?

– Des recommandations ?

– J'aime bien Big Island – oh, oui, un autre détail. Auriez-vous remarqué si M. Atoner se teignait les cheveux ?

– Non, dit Grace, avec une surprise non feinte.

– Le coroner a repéré des racines plus claires. Il a confirmé que sa couleur naturelle était châtain foncé. Qu'en pensez-vous ?

– Les hommes font ça aujourd'hui.

– Si c'était un vieux qui cherchait à masquer ses cheveux gris, je dirais, normal, petite vanité masculine. Mais juste foncer ce qui l'est déjà, à quoi ça sert si ce n'est à délibérément se déguiser ? Je commence à avoir des doutes sur ce garçon. Bonnes vacances.

18

Grace s'attarda à son bureau, réfléchissant aux comportements d'Andrew qui avaient conduit Henke à avoir des soupçons à son égard. Elle savait qu'on pouvait les interpréter d'une tout autre façon : embarqué dans un périple dangereux – une quête d'expiation –, il essayait de se protéger.

Et la carte professionnelle de Grace dans sa chaussure ? Il cherchait à la protéger, elle ?

Elle ne voyait pas d'autre explication.

Mon héros ?

Les yeux de plus en plus douloureux, chaque articulation de son corps de plus en plus nouée, elle n'eut qu'une seule envie : fuir – loin de son cabinet, loin de cette ville. De ses propres pensées. De tout.

Elle allait peut-être finir par essayer Big Island, après tout. Ou le Costa Rica, ses forêts tropicales ne devaient pas manquer d'intérêt.

Elle verrouilla sa porte, rejoignit le garage en hâte et monta dans la DB7. Elle prendrait Sunset jusqu'à Malibu et ferait durer sa balade, elle avait besoin de décompresser.

La voiture la traita comme l'amante souple et déliée qu'elle était, attaquant chaque courbe à trop grande vitesse. Garder le contrôle de l'Aston en testant ses limites détourna Grace de ses préoccupations et, lorsqu'elle atteignit la côte, elle commença à se sentir de nouveau elle-même.

Il se passa un moment – lorsqu'elle traversa Las Tunas Beach, en fait – avant qu'elle ne remarque qu'on la suivait.

Quand elle était seule en voiture, Grace se faisait un point d'honneur d'être vigilante. Sauf ce soir.

Une grosse bourde ?

Ou cette intrusion soudaine dans son univers était-elle le produit de son imagination ? Deux phares qui sautillaient pour cause de suspension spongieuse, depuis quelques kilomètres…

Elle vérifia dans le rétroviseur intérieur. Les lumières étaient toujours là, deux lunes ambrées scintillantes.

Avant de s'amenuiser quand un véhicule s'interposa devant elles. Puis un autre.

Détail non significatif ? Ou venait-elle de voir justement ce que Shoshana Yaroslav lui avait enseigné : une manœuvre d'évitement ? Avec pour objectif de ne pas se faire repérer. C'était raté, en tout cas, c'est le contraire qui s'était produit : elle ne pouvait plus s'empêcher de vérifier.

Elle accéléra et la voiture aux phares qui tanguaient reprit du terrain. Se laissa distancer. Pour la seconde fois en l'espace de huit kilomètres. Trop de changements de position et d'allure vu la circulation sur la PCH, plus que fluide à cette heure de la nuit.

Grace se rappela la berline carrée repérée le soir du rendez-vous d'Andrew. Celle qui s'était avancée vers elle, déclenchant son alarme interne, avant de faire demi-tour et de disparaître. Si quelqu'un l'avait effectivement prise en filature, la chasse avait-elle commencé à son départ de West Hollywood ?

Se pouvait-il que ce soit la même voiture ? L'écartement des phares correspondait, mais c'est tout ce qu'elle pouvait distinguer.

Elle se rabattit sur la file de droite.

Quatre-vingt-dix secondes plus tard, son poursuivant fit de même. Son véhicule apparut clairement.

Pas une compacte ni un pick-up à l'évidence, et donc… Elle prit la voiture au dépourvu en ralentissant brutalement et réussit à la voir de plus près.

Une berline. Carrée ? Probablement.

La première fois qu'elle l'avait remarquée, elle était garée près de son bureau, bien après le départ d'Andrew. À un moment donné ce soir-là, on avait pris Andrew en filature et il avait fini à l'état de débris humain avant que son cadavre ne soit largué dans un endroit sombre et froid.

Le timing ne collait pas. Donc peut-être se laissait-elle emporter par ses divagations – à moins qu'il n'y ait deux individus distincts impliqués dans l'affaire.

Un pour Andrew, l'autre pour nettoyer le bazar qu'il laissait derrière lui.

Si on avait suivi son patient jusqu'au cabinet, découvrir la raison de sa venue chez elle n'avait rien de sorcier : sa plaque professionnelle – en bronze, petite et discrète – ornait sa porte d'entrée.

Parler à une psy, le péché suprême ? On avait d'abord puni Andrew et il fallait maintenant qu'on s'occupe d'elle ? La berline gagna doucement du terrain et elle appuya sur l'accélérateur pour la distancer… jusqu'à permettre à une voiture plus petite de se rabattre dans l'espace ainsi dégagé.

Grace changea une nouvelle fois de file.

La berline prit son temps pour revenir directement sur ses arrières, mais elle était bien là, plus proche que jamais. Grace leva le pied, obligeant sa suiveuse à freiner puis ralentir, laissant un pick-up la doubler.

Dans l'esprit de Grace, le pick-up faisait lui aussi partie de l'équipe.

Mais elle ne pouvait se permettre de laisser la peur s'installer, aussi s'efforça-t-elle de faire monter sa colère au plus vite. Le culot de ces salopards… La Costa Beach approchait, c'était le moment d'avoir les idées claires.

À l'évidence, rentrer chez elle était exclu. Une fois qu'elle aurait franchi le seuil, elle serait aussi vulnérable qu'une cible dans un stand de tir. Mais les seules échappées possibles sur la PCH se résumaient à de petites routes sombres tout en virages serpentant vers des canyons et des culs-de-sac.

Donc un seul choix possible : continuer. Mais c'était tout sauf une solution à long terme : une fois passé la Colony et les collines rondes devant Pepperpine University, la circulation se réduirait encore plus et l'autoroute plongerait dans les ténèbres. Dès lors, elle serait à la merci d'un coup de pare-chocs ou d'une embardée intempestive qui la forcerait à se rabattre et à quitter la route.

Une arme à feu braquée par une vitre.

À moins qu'elle ne se trompe du tout au tout. Elle l'espérait vraiment, mais quand la berline se rapprocha une nouvelle fois en l'obligeant à pousser l'Aston au-delà de la limite de vitesse, tout espoir s'était envolé.

Elle savait.

Pourquoi avait-elle baissé sa garde ? La raison qui la poussait à réfléchir à cette question n'était pas le désir malsain de battre sa coulpe, il s'agissait simplement d'empêcher sa propre stupidité de reprendre les rênes.

Une réponse évidente : ce que les Britanniques appelaient *brain fog* – le brouillard du cerveau. Une fatigue excessive des circuits. Ses neurones moteurs étaient préoccupés par le sort d'Andrew. Après quoi ses pensées s'étaient focalisées sur lui, à l'exclusion de tout le reste.

Toute cette énergie mentale avait surchargé ses circuits au point de lui faire oublier le premier commandement de Shoshana Yaroslav : *Je me fiche bien que tu te prennes pour une femme dure et libérée, tu es une femme, donc toujours vulnérable. Alors fais attention à ton environnement.*

Le commandement numéro deux était : *Fais ce qu'il faut. À moins de croire en la réincarnation et d'entretenir la pensée de revenir un jour sous la forme d'un insecte rampant.*

Les huit autres étaient inutiles.

Quand elle se coula doucement vers la droite afin de mieux voir la voie la moins rapide, Grace constata qu'elle était vide. Aussitôt, brusquement, elle mit pied au plancher et monta à deux cents à l'heure en l'espace de quelques secondes. Laissant loin derrière elle le pick-up, la voiture aux phares dansants et tous les autres.

Même à cette vitesse, la DB7 n'avait guère pris de tours. Les poteaux électriques défilaient comme des rayures sur un rideau, ses douze cylindres ronronnaient de satisfaction – *enfin, un peu d'exercice* – et Grace sourit. À ce niveau, la vitesse lui semblait un état naturel, sans compter que, par le passé, elle avait déjà volé en rase-mottes sur cette même route, les yeux littéralement fermés, reconnaissant au passage bosses, virages et petites bizarreries du revêtement, et si jamais une voiture de la patrouille des autoroutes activait sa rampe bleutée pour qu'elle s'arrête, tant mieux : elle se montrerait la plus coopérative des conductrices et ferait mine d'écouter avec la plus grande attention le petit sermon moralisateur que lui servirait le policier, tout en suivant du regard, depuis le bas-côté, le passage de la voiture à la suspension trop molle.

Mais en arrivant à La Costa, sa maison réduite au passage à un brouillis d'une nanoseconde, elle poursuivit sa route jusqu'à la jetée de Malibu Pier et Surfrider et ne vit pas l'ombre d'un représentant des forces de l'ordre.

Et puis soudain, derrière elle, à une dizaine de voitures de distance, il ne resta plus qu'une seule et unique paire de phares, comme après une purge drastique du flot de véhicules.

Ce n'était plus des lunes désormais. Mais bien une paire d'yeux. Deux fanaux ambrés qui la surveillaient sans faillir.

Elle décéléra jusqu'à cent dix et le plongeon soudain des phares de la voiture mal amortie lui apprit qu'elle avait dû freiner précipitamment, une nouvelle fois. Grace remonta à cent trente et utilisa à son avantage l'agilité innée de son bolide en testant les techniques de conduite rapide apprises auprès de Shoshana au cours d'une journée épuisante sur le circuit de Laguna Seca à Salinas. Elle lui avait expliqué que ce ne sont pas les voitures qui perdent le contrôle, mais bien leurs conducteurs.

Donc tu évites de freiner, sauf en cas de nécessité, parce que freinage et accélération secouent la voiture comme un berceau et, à haute vitesse, tu risques fort de perdre adhérence et puissance : si tu dois absolument freiner, fais-le brièvement, au sommet de la courbe, puis tu accélères.

Une expérience marrante sur le moment. Mais utile en cet instant. Grace traversa comme un bolide les plages ouest de Malibu, sans perdre l'espoir de tomber sur un flic, mais elle constata avec plaisir que les phares avaient disparu.

Puis elle passa à une longue ligne droite près des clôtures de la plage publique tentaculaire de Zuma et, brusquement, ils réapparurent.

Gagnant sur elle.

D'un coup de volant brutal, elle s'engagea sur le bas-côté et n'apprécia guère le bruit de friction et de crissement qui s'ensuivit, en priant pour que le dessous de caisse surbaissé de l'Aston n'ait pas subi de dégâts.

Moteur au ralenti, elle coupa les phares, leva le pied de la pédale de frein et se fia à son frein à main pour contenir sa bête fougueuse à l'arrêt. Nuit sombre, voiture noire, elle était sûre de rester invisible.

L'Aston continuait à gronder pour se libérer, mais resta sur place. Grace serait prête quand sa suiveuse passerait à toute allure.

Mais rien. La berline avait-elle éventé le stratagème – un reflet d'étoiles sur la peinture brillante, le chrome des roues ou une vitre trop luisante ?

Ce qui l'avait trahie importait peu, ce qui comptait, c'était le résultat : son poursuivant fonçait à nouveau droit sur elle.

Elle relâcha le frein à main, regarda dans son rétroviseur, attendit et, au bon moment, braqua à fond et fit un demi-tour complet presque sur place, obligeant l'Aston à chasser de l'arrière dans un gémissement de pneus.

Mais sa voiture se redressa vite et Grace avait juste franchi la médiane de l'autoroute et atteint les voies opposées vers le sud qu'une forme massive venant du nord déboula plein pot.

Au cours des quelques secondes qu'il lui fallut pour accélérer et s'écarter de sa trajectoire, le semi-remorque qu'elle avait raté de peu fit résonner ses avertisseurs et passa en trombe, comme un monstre furieux.

Dix-huit roues et, s'il fallait en croire le joyeux panneau sur son flanc, une compagnie qui distribuait des produits de restauration. Elle ne savait pas trop comment elle avait pu lire tout ça en moins d'une seconde.

Elle avait également noté les caractéristiques de sa suiveuse mal suspendue : une berline sombre, probablement grise, aux lignes carrées comme elle l'avait imaginé, peut-être une Chrysler 300.

Dont les roues patinaient dans la poussière du bas-côté alors qu'elle essayait de reculer pour dégager son avant d'un talus. Trop sombre pour lire son immatriculation.

Vitres teintées.

Roues d'origine.

La berline refusait de bouger. Les pneus cessèrent de cracher la poussière. Un homme descendit, massif, large.

Il serrait quelque chose à son côté.

Grace fila au plus vite.

Elle respecta la limite de vitesse, arriva assez rapidement à Kanan Dume Road et bifurqua pour se diriger au-delà des montagnes jusque dans la Valley, où elle rattrapa la 101 vers l'est. Même à cette heure, la voie rapide lui offrit un environnement social plus agréable – un flux ténu mais constant de compatriotes automobilistes et, oui, les flics étaient là, dans la file centrale, sous la forme d'une voiture pie de la police de la route. C'est avant qu'elle aurait eu besoin d'elle.

Quelques kilomètres plus loin, elle repéra une autre voiture de patrouille qui sommeillait dans un coin sombre sur l'accotement nord.

Essaie un peu de venir m'embêter maintenant, Monsieur Berline.

Elle franchit complètement la Valley, toujours sur la 101 qui se transforma en 134, traversa Burbank et continua pour sortir sur Central Avenue à Glendale. Presque immédiatement, elle repéra un grand bâtiment en stuc aux vitrages verts qui se proclamait nouvel Embassy Suites. Elle se gara dans le parking souterrain, emprunta l'escalier pour gagner le hall de l'hôtel et prit une chambre auprès d'une réceptionniste au look de femme d'affaires.

En fait une suite de deux chambres, dont la surface totale était supérieure à celle de sa maison de plage : l'endroit méritait effectivement son nom. Une belle cachette stérile, l'odeur bienvenue de l'air nettoyé chimiquement et une carte de services divers dont un accès Internet ADSL, une télévision à écran plat et un « petit déjeuner cuisiné à la demande dans notre luxuriant atrium en plein air ».

Grace mit son ordinateur portable en charge, ôta ses vêtements et se glissa sous les couvertures.

Elle dormit profondément.

Elle se leva à six heures du matin, alerte, mais sans avoir faim, et utilisa l'accès ADSL à Internet pour dénicher une pharmacie ouverte vingt-quatre heures sur vingt-quatre à deux kilomètres sur Glendale Avenue. Elle s'y rendit à pied, d'un pas vif, tous ses sens en éveil même si elle ne sentait aucune menace. Elle acheta ce dont elle avait besoin et prit un itinéraire différent pour regagner sa suite.

À neuf heures, une jolie femme aux cheveux marron foncé coupés court à la garçonne, mince, très bronzée mais un peu trop maquillée, entra dans le luxuriant atrium en plein air et demanda une table en coin qui lui permettait d'avoir une vue d'ensemble de la salle à manger.

Une fois installée, elle lut deux journaux et apprécia son petit déjeuner copieux.

Sa seule distraction pendant son travail de coupe et de teinture maison avait été des pensées d'Andrew appliquant de la teinture sur ses boucles épaisses.

Une fois encore, ils semblaient être liés.

Et autre chose aussi : le fait de l'imaginer avec des cheveux plus clairs réveilla un recoin de sa mémoire. Comme si elle l'avait déjà vu. Mais bien sûr ça n'était jamais arrivé.

Tout ce qui importait à Andrew se limitait à trouver une inconnue qui ne le jugerait pas.

19

À dix heures du matin, Grace reprit la voie rapide et quitta Glendale, cette fois en direction de l'ouest. Arrivée à LAX, elle trouva un parc de stationnement longue durée, couvert, à distance de l'aéroport. Elle gara l'Aston sur un emplacement d'angle et regarda alentour, s'assurant qu'elle était à l'abri des caméras de sécurité et des regards indiscrets, avant de sortir la boîte de balles calibre .22 qu'elle gardait dans un compartiment masqué – un boîtier qui avait jadis contenu un lecteur CD. Elle glissa les munitions dans son sac, avec le petit pistolet, ses télécommandes de garage, une Maglite, une vieille carte de l'AAA[1] qu'elle n'avait pas consultée depuis des années, des lunettes Ray-Ban et une casquette de baseball noire sans insigne réservée aux promenades le long des plages, visière baissée.

Un tram la conduisit dans le secteur des agences de location de voitures. Elle marcha jusqu'à la concession Enterprise où elle choisit une Jeep Grand Cherokee noire avec seize mille kilomètres au compteur.

L'arrêt suivant fut Macy's à Culver City où elle fit quelques achats : des chaussures pour courir, une paire de talons plats à semelles en caoutchouc, de la lingerie, un pantalon cargo en toile noire, un jean stretch, des T-shirts et des pulls à col cheminée de la même couleur.

1. American Automobile Association.

Un mince blouson en nylon un peu trop grand muni de quatre grandes poches. Et pour ranger ses acquisitions, une valise marron bon marché, mais solide.

Un arrêt dans un magasin d'alimentation sur Sepulveda lui fournit barres énergétiques, bonbons caramel à la caféine, un pack de bouteilles d'eau et deux portables jetables bas de gamme. Elle en trouva un troisième dans une boutique d'électronique discount tenue par un Persan, puis elle acheta de la viande séchée de dinde et de bœuf ainsi que du salami sec chez un traiteur près de Washington Boulevard.

Elle était désormais prête. À foncer ou à fuir.

À vingt-deux heures, elle était de retour à WeHo. L'obscurité jouait en sa faveur tandis qu'elle inspectait les rues à proximité de son bureau. Au bout d'une heure de surveillance, elle eut la certitude que la berline carrée n'était pas garée dans les parages. Elle s'était déjà convaincue que deux ennemis étaient un scénario plausible et, donc, une seconde voiture, une possibilité. Une demi-heure supplémentaire de tours et détours ne lui apprit rien de plus, sinon qu'elle n'avait rien vu, véhicule ou individu, qui détonnait dans le paysage.

Son poursuivant – M. Balèze – présumait probablement que c'était le dernier endroit où elle viendrait se réfugier, en particulier à la nuit tombée. Ce qui en faisait peut-être le lieu le plus sûr de toute la ville.

Elle se gara à un bloc du bungalow, coiffa la casquette et enfila le blouson léger avant de glisser le Beretta dans la poche droite inférieure.

Après un long détour, elle arriva à la porte côté jardin, inspecta les alentours et entra, attendant que le pêne dormant se remette en place avec un déclic.

L'alarme était toujours branchée. Aucun signe d'interférence.

Elle n'alluma pas et utilisa le faisceau étroit de sa Maglite pour se guider dans l'obscurité, gagna son bureau et déverrouilla le classeur massif à cinq tiroirs rangé dans le placard.

Au fond du tiroir inférieur, caché par ses papiers personnels, se trouvait un coffret blindé d'où elle sortit le Glock, une boîte de balles 9 mm et ses économies en liquide, un peu plus de trois mille huit cents dollars. Après un passage à la salle de bains, elle sortit par l'avant de la maison, rejoignit sa Jeep par un chemin différent de l'aller, roula un quart d'heure et revint en se garant de manière à avoir les deux portes du bungalow dans son champ de vision.

Ensuite, elle attendit.

En pure perte. Il ne se produisit rien et elle quitta son poste avant le lever du jour. D'être restée assise là en mangeant du bœuf séché et des caramels à la caféine entre deux gorgées d'eau lui avait donné amplement le temps de mettre de l'ordre dans ses pensées.

Il ne faisait plus de doute dans l'esprit de Grace que la visite d'Andrew, pour brève qu'elle ait été, l'avait placée dans le collimateur d'individus aux secrets suffisamment lourds pour qu'ils en viennent à tuer un homme.

Atoner. Une chose terrible dans son passé. Une chose violente. Neuf fois sur dix, c'étaient les mâles qui étaient les responsables des bains de sang, donc probablement un frère, neveu, cousin. Même un père.

Alors que faire ?

Des vacances – n'importe quelle variante d'échappée – ne résoudraient rien. Bien au contraire, elles la laisseraient coupée de tout, vulnérable et très mal préparée à son retour.

Son poursuivant savait où elle travaillait. Peut-être aussi où elle vivait. Car, soyons sérieux, n'importe quel gamin en âge d'utiliser un ordinateur était capable de trouver l'adresse de n'importe qui.

Une situation détestable.

Elle chercha un élément positif et finit par penser au message que son service allait diffuser auprès de tous les appelants : le Dr Blades sera absente pour deux semaines.

Ce qui lui donnait quatorze jours pour accomplir quelque chose.

Une autre femme qu'elle aurait probablement appelé la police.

Inspecteur, ici Grace Blades. Quelqu'un m'a suivie la nuit dernière.

Vraiment, docteur ? Qui ça ?

Quelqu'un qui conduit ce qui ressemble à une Chrysler 300, je n'ai pas bien vu.

Avez-vous relevé le numéro de la plaque minéralogique ?

Non.

Où est-ce arrivé ?

À Malibu, sur la Pacific Coast Highway.

C'est le territoire du shérif. Puis-je vous demander ce que vous faisiez là-bas, docteur ?

Je rentrais chez moi. Je me fais du souci, ils savent où j'habite.

Ils. Ils seraient donc plusieurs ?

Ils ou il, vraiment je ne sais pas.

Avez-vous appelé les services du shérif ?

Non...

Chacun des mots qu'elle prononcerait convaincrait un peu plus Eileen Henke de la faiblesse de son jugement, ou alors de sa duplicité. Pis encore, de son instabilité mentale, vous savez, les psys...

Le fait de recontacter Henke risquait tout simplement de renverser la vapeur et d'annuler tous ses beaux efforts pour ne plus être considérée comme une personne digne d'intérêt.

Avez-vous une alarme, docteur ? Un chien peut-être ?

Et donc vers qui se tourner ? Shoshana Yaroslav aurait pu être de bon conseil, mais deux ans plus tôt, elle avait épousé un Israélien, une grosse tête en technologies de pointe, et déménagé à Tel-Aviv.

Delaware pourrait l'introduire auprès de son contact dans la police, mais le mec travaillait à la Criminelle de West L.A. et considérerait son petit récit comme une épine dans le pied qui ne relevait pas de sa juridiction.

Une grande question : que pourrait-on faire pour elle, et qui ?

Réponse : comme d'habitude.

Elle était livrée à elle-même. Exactement comme elle aimait.

Ainsi qu'il en avait toujours été avant que Malcolm n'apparaisse dans sa vie.

Ses prétendues années de formation.

20

À la fin de son deuxième mois au Stagecoach Ranch, Grace apprit la nouvelle de la bouche de Ramona à la table du petit déjeuner :

– Il vient aujourd'hui.

– Qui ça ?

– Le Pr Bluestone.

Le matin, elles démarraient la journée toutes les deux parce qu'elles se levaient plus tôt que les autres.

Rollo et DeShawn partaient dans quelques jours, une tante ayant accepté de les adopter, et la nouvelle pensionnaire, une petite fille de cinq ans nommée Amber, pleurait pour un rien et n'aimait pas quitter son lit. Bobby avait besoin de l'aide de Ramona pour descendre au rez-de-chaussée, mais comme il devait parfois rester sous oxygène toute la journée, Grace ne le voyait quasiment pas.

Elle étalait de la confiture de fraises sur un morceau de toast quand Ramona lui répéta :

– Le Pr Bluestone.

Comme si elle espérait une réaction de sa part.

– Tu ne te souviens pas ? Le psychologue dont je t'ai parlé ? Il est allé en Europe faire des conférences. Pour enseigner à d'autres professeurs.

Grace tendit le bras vers le pot de confiture, y trouva une fraise entière toute molle qu'elle savait être goûteuse et sucrée à point et l'empala de la pointe de son couteau.

– Toujours est-il qu'il vient aujourd'hui, reprit Ramona. J'espère que sa venue t'aidera à enrichir tes connaissances.

Au cours de ces deux mois, Grace avait bouclé en accéléré le programme scolaire que Ramona lui remettait par paquets toutes les semaines. Elle en avait trouvé le contenu trop facile et plutôt ennuyeux, mais elle appréciait le fait d'avoir pu terminer son pensum au plus vite, cela lui permettait d'aller se promener dans le ranch et de pratiquer son activité favorite, être seule.

La propriété était gigantesque : elle n'avait jamais vu autant de terrain autour d'une maison et, lorsqu'elle plissait les yeux pour faire abstraction des clôtures en fil de fer, elle pouvait s'imaginer propriétaire de tout le domaine jusqu'aux montagnes.

Les clôtures n'empêchaient pas les petits animaux de passer et les insectes étaient omniprésents, y compris des moucherons, des araignées et même des moustiques dans sa propre chambre. Même quand El venait asperger le terrain de son produit à l'odeur abominable, il en restait toujours. Mais elle supposait que son poison était efficace contre les animaux plus gros comme les coyotes ou, de temps à autre, un chien errant à l'air pas commode qu'elle voyait rôder au loin avant le coucher du soleil.

Un jour, Ramona était sortie pour venir se poster à côté d'elle alors qu'elle observait un grand coyote mâle : elles virent la créature se déplacer furtivement, entrant et sortant des buissons gris, avant de disparaître parmi les grandes ombres pointues à l'est, au pied des montagnes.

– Tu sais pourquoi il sort à cette heure-ci, Grace ?

– Il cherche de quoi manger.

– Absolument, pour eux, c'est l'heure de dîner, ils ont leur horaire tout comme nous sauf qu'ils n'ont pas besoin d'horloge ni de montre. Sans compter que personne ne vient les servir, il faut qu'ils gagnent tout ce qu'ils se mettent dans la gueule. Ça les rend intelligents.

– Je sais, dit Grace.

Elle s'écarta de Ramona et essaya de regagner la niche de ses pensées très privées.

Il arrivait parfois à Grace de lire des ouvrages de la bibliothèque du salon, essentiellement des livres de poche traitant de crimes et de détectives ou de gens qui tombaient amoureux avant de rompre pour mieux retomber amoureux ensuite. Elle parvenait à comprendre la plupart des mots nouveaux qu'elle rencontrait et allait chercher dans le gros dictionnaire Webster de Ramona ceux qui restaient obscurs. Parfois, elle lisait le dictionnaire par pur plaisir et y découvrait des mots nouveaux totalement inconnus. Il y avait aussi la télé. Elle avait le droit de la regarder si elle demandait la permission, mais ça ne lui arrivait pas souvent, la télé était presque aussi ennuyeuse que ses paquets de cours hebdomadaires.

À l'extérieur, sur le côté gauche de la maison, une zone de terre sèche proposait un portique en bois avec balançoire, un toboggan et un tape-cul, le tout installé au-dessus de tapis en caoutchouc sous un arbre énorme qui perdait tout le temps ses feuilles.

Jusqu'à ce que Ramona l'appelle pour le repas ou autre chose, il arrivait souvent à Grace d'aller s'y balancer en s'imaginant qu'elle pouvait voler. De temps à autre, elle songeait à tout lâcher une fois au sommet de sa trajectoire, en se demandant ce qu'elle ressentirait si elle s'envolait avant de s'écraser, mais elle savait que c'était stupide, aussi s'obligea-t-elle à ne plus entretenir ce genre d'idées.

Au-delà de la petite aire de jeu, derrière ce qui avait été un corral à chèvres, se trouvait une grande piscine rectangulaire qui changeait de couleur sous la chaleur : son eau se chargeait de matière verdâtre quand les températures grimpaient, quelle que fût la quantité de produits chimiques que Ramona y déversait en ronchonnant.

L'eau était verte et suffisamment chaude pour s'y baigner et, un jour, alors que la chaleur avait changé le désert en un miroir presque aussi brillant que le métal, Grace demanda à Ramona si elle pouvait aller nager.

– Dans cette purée de pois cassés ? Tu plaisantes ?

– Non, répondit Grace.

– Ouais, d'accord. Si je te laisse faire ça, le comté pourra m'accuser d'avoir mis ta santé en danger.

– Il y a des microbes ?

– En fait, dit Ramona, probablement pas, rien que cette pâte molle dégoûtante, ça s'appelle des algues et qui sait quelles bestioles se reproduisent là-dedans.

– Les algues, c'est des plantes, m'dame.

– Et alors ?

– Si elles ne sont pas empoisonnées, elles ne peuvent pas me faire de mal.

– Elles pourraient être empoisonnées.

– Celles qui le sont se trouvent dans l'océan, elles sentent mauvais et elles sont rouges.

– Tu es experte en algues ? demanda Ramona en la fixant des yeux.

– C'était dans le paquet d'il y a deux semaines. Des organismes monocellulaires.

– Doux Jésus, petite, dit Ramona, les yeux rivés sur la gamine.

– Alors je peux ?

– Quoi ?

– Nager ?

– Pas question, n'y compte pas. Regarde de plus près, une peau s'est formée à la surface, on ne voit plus le fond et s'il t'arrive quelque chose, je n'aurai aucun moyen de savoir.

Grace s'éloigna.

Ramona s'écria derrière elle :

– Tu es furieuse contre moi ? Je prends soin de toi, je ne fais que mon travail.

Grace s'immobilisa et pivota sur place, sachant qu'elle devait s'efforcer de satisfaire Ramona, car ce ranch était le meilleur endroit qu'elle ait jamais connu. Personne ne lui cherchait de crosses et elle pouvait passer presque tout son temps seule, livrée à elle-même.

– Bien sûr que non, madame Stage. Je comprends, répondit-elle.

Ramona plissa les yeux dans sa direction et força un sourire à ses lèvres.

– J'apprécie que tu comprennes, Miss Blades.

Le lendemain, Ramona surprit Grace qui quittait la maison après son temps d'étude.

– Tu veux toujours aller nager ? J'ai fait quelques recherches et tu as raison, il n'y a pas de danger, c'est juste dégoûtant, alors si ça ne te pose pas de problème et que tu restes dans le petit bain tout le temps que je serai à côté de toi…

– Ça ne me pose pas de problème.

– Ne te méprends pas, Grace, il va falloir que je te surveille comme un faucon sa proie et il faudra que tu restes en surface absolument tout le temps. Et je veux dire à chaque seconde. Tu ne plonges pas, tu ne piques pas de tête dans l'eau, pas même une fraction de seconde. Compris ?

– Compris.

Ramona haussa les épaules.

– Très bien alors. Je ne vois toujours pas pourquoi tu veux faire ça, mais c'est ton choix. Il va falloir aussi que tu prennes une vieille serviette pour t'essuyer, pas question que je colle ces trucs visqueux sur mon beau linge.

– La grise ? demanda Grace.

– Pardon ?

– La serviette grise que vous gardez dans le placard à linge et que vous n'utilisez jamais ?

– En fait oui, dit Ramona. Bon sang, mais rien ne t'échappe, dis-moi ? Tu as l'œil à tout, pas vrai ?

– Non.

– Qu'est-ce que tu ne remarques pas ?

– Si je ne remarque pas, je ne peux pas savoir.

Ramona la fixa une nouvelle fois, en jouant avec ses longs cheveux blancs.

– Une juriste, dit-elle. Les choses pourraient devenir intéressantes par ici.

Le professeur n'arriva pas ce jour-là ni le lendemain. Ni les vingt jours qui suivirent.

– Désolée si je t'ai donné de faux espoirs, on l'a appelé pour d'autres voyages.

– Très bien, dit Grace.

Rares étaient les choses dont elle se préoccupait vraiment. Aucune n'avait jamais trait à d'autres êtres humains.

Un matin, elle descendit pour le petit déjeuner et le plus gigantesque humain qu'elle eût jamais vu buvait du café à côté de Ramona à la table de cuisine. Un homme déjà un peu âgé, moins que Ramona, mais pas vraiment jeune. Les doigts qui tenaient le mug de café étaient si épais et si larges qu'ils recouvraient complètement l'anse. Même sa chevelure était imposante, un monceau de boucles et de vagues gris sombre qui s'échappaient dans toutes les directions. Lorsqu'il se mit debout, il remplit un espace colossal et, une seconde, Grace crut qu'il allait se cogner la tête au plafond, mais elle se trompait, il était trop petit pour l'atteindre. N'empêche, cet homme était énorme.

– Lève-toi et sois heureuse, Grace. Je te présente le Pr Bluestone.

– Bonjour, dit Grace, de sa voix douce et agréable, celle qu'elle avait appris à utiliser depuis bien longtemps en présence d'inconnus.

– Bonjour, Grace. Je m'appelle Malcolm. Désolé de te surprendre, sourit-il.

Grace contempla la table. Toast, confiture et œufs caoutchouteux comme à l'accoutumée, à côté d'un empilement de grosses crêpes et d'un bocal de sirop d'érable en forme d'ours. En voyant le bocal, elle se rendit compte que l'homme lui aussi ressemblait un peu à un ours, des traits épais sur un visage rond, de grands yeux tendres de couleur marron et de longs bras épais qui se balançaient mollement. Même ses vêtements lui évoquaient l'animal : un chandail marron pelucheux tout mollasse, un large pantalon en toile grise qui pochait de partout, des chaussures marron dont les bouts usés avaient viré au beige.

Un détail le différenciait d'un ours : ses lunettes, rondes avec des montures en imitation écaille, bien trop petites pour son visage large. Grace s'en voulut aussitôt d'avoir pensé une chose aussi stupide – le fait qu'un seul détail était différent. Il portait des vêtements, il parlait, c'était un humain.

Mais quand même, on aurait dit une sorte d'ours.

– Prends ton petit déjeuner, jeune dame.

Lorsqu'il regagna sa chaise, Malcolm Bluestone cogna sa chaussure dans un pied de la table, comme si le monde était trop petit pour lui. Quand Grace s'installa et tendit la main vers le toast et la confiture, il empala deux crêpes de sa fourchette, les noya sous le sirop et se mit à manger à toute vitesse.

Exactement à l'image d'un ours – et d'ailleurs le sirop correspondait au personnage, on aurait cru du miel, ce miel qui rendait les ours dingues quand ils sortaient d'hibernation.

Leçon vingt-huit : « Les mammifères à sang chaud et l'adaptation à la température ».

Pendant un moment, pas une parole ne fut échangée. Puis Malcolm Bluestone montra les crêpes.

– Quelqu'un en veut ?

Grace fit non de la tête.

– Sers-toi, mon garçon, elles sont à toi, dit Ramona.

C'était comique d'appeler un vieux comme ça. Puis Grace se rappela que c'était le plus jeune frère du défunt mari de Ramona et que, pour elle, il resterait peut-être toujours un gamin.

Malcolm termina l'assiette de crêpes, s'essuya les lèvres, se reversa du café.

Ramona se leva.

– Il faut que j'aille m'occuper de Bobby et de cette pauvre petite Amber – celle dont je t'ai parlé, Malcolm, c'est toi l'expert, mais elle a l'air… abattue, comme qui dirait.

– J'irai la voir plus tard, dit Malcolm.

– Je te remercie, dit Ramona en partant.

Grace grignota son toast sans vraiment d'appétit.

– Je sais ce que Ramona t'a expliqué à mon sujet, déclara Malcolm Bluestone, mais si tu as des questions, je serai heureux d'y répondre.

Grace fit non de la tête.

– Pas de questions, hein ?

– Non.

– Comprends-tu la raison de ma présence ici ?

– Vous êtes le frère de Steve Stage, vous êtes psychologue et vous êtes ici pour me faire passer des tests.

Il éclata de rire.

– Ça couvre à peu près le sujet. Donc tu sais ce qu'est un psychologue.

– Un docteur à qui on parle si on est tracassé par quelque chose, dit Grace. Et qui fait passer des tests.

Malcolm Bluestone s'essuya les lèvres avec une serviette. Une petite trace de sirop brillant resta accrochée à sa lèvre supérieure.

– As-tu déjà rencontré un psychologue ?

– Non.

– Passer des tests ne te dérange pas ?
– Non.
– Tu comprends pourquoi tu vas être testée ?
– Oui.
– Je ne veux pas t'ennuyer, mais pourrais-tu s'il te plaît me dire ce que tu comprends ? Juste pour que je sois bien sûr.
Grace soupira et reposa son toast.
– Je t'ennuie, dit Malcolm Bluestone. Désolé.
Aucun adulte ne lui avait jamais présenté d'excuses. Elle en resta d'abord un peu interloquée, mais très vite, il n'en resta plus rien, comme au passage d'un courant d'air.
– Les paquets d'exercices des programmes scolaires sont faciles et Ramona veut savoir par votre intermédiaire ce que je peux étudier et apprendre de plus.
Le Dr Bluestone hocha la tête.
– C'est excellent, Grace. Mais ces tests ne ressemblent pas à ceux qu'on t'a donnés à l'école. Tu ne seras pas notée et les questions sont structurées – elles sont fabriquées de telle façon que personne ne puisse trouver toutes les réponses. Tu es d'accord avec ça ?
– Oui.
– Ça ne te gêne pas de faire quelques fautes dans tes réponses ?
– Tout le monde fait des fautes.
Malcolm Bluestone cilla et remonta ses lunettes.
– Eh bien, voilà sans aucun doute une profonde vérité. Parfait, Grace, dès que tu seras prête, nous irons dans le salon et nous nous mettrons au travail. Mme Stage a promis de nous laisser tranquilles.
– Je suis prête, répondit Grace.

On avait déplacé les meubles de sorte qu'une table habituellement placée près d'un canapé se trouvait désormais au centre de la pièce, deux chaises pliantes installées de part et d'autre. Posée sur le sol, une mallette vert foncé sur laquelle WISC-R était inscrit en lettres dorées[1].

Malcolm Bluestone ferma la porte et dit :

– Assieds-toi où tu le désires, Grace.

Il prit le siège qui lui faisait face. Même assis, son volume emplissait la pièce.

– Allons-y, dit-il. Ce test est découpé en plusieurs sections. Pour certaines, je vais utiliser ceci.

Il souleva la mallette de deux doigts comme si elle était faite de plumes et en sortit une montre ronde en argent.

– C'est un chronomètre. Pour certains tests, je vais te dire que ton temps est fini, ne t'en fais pas si tu n'as pas terminé. Je te préviendrai d'avance quand tu seras chronométrée, c'est bon ?

– C'est bon.

– Bien… Encore une chose : si tu es fatiguée ou si tu as besoin d'aller aux toilettes ou envie de boire de l'eau – j'en ai apporté, dit-il en montrant plusieurs bouteilles dans le coin –, n'hésite pas à me le dire.

– Je suis très bien.

– Je le sais, mais si jamais… Aucune importance, Grace. J'ai le sentiment que tu sais prendre soin de toi.

Certains tests étaient marrants, d'autres ennuyeux. Certaines questions étaient si faciles que Grace n'arrivait pas à croire qu'on soit incapable d'y répondre, d'autres plus difficiles, mais elle estimait que ses réponses là aussi étaient bonnes. Un test consistait juste en mots de vocabulaire comme à l'école, un autre à reconstituer des puzzles. Il y avait aussi des maths comme dans le programme scolaire, ensuite elle avait dû raconter des

1. Weschler Intelligence Scale for Children, échelle d'intelligence de Weschler pour les enfants.

histoires avec des images et fabriquer des formes à l'aide de blocs en plastique coloré.

Comme promis, Malcolm Bluestone l'avertit qu'il allait utiliser le chronomètre. Grace s'en fichait, elle avait largement le temps de pratiquement tout faire et, quand elle coinçait sur quelque chose, c'était sans problème parce qu'il lui avait dit que ce serait comme ça. Et aussi parce qu'elle s'en fichait.

Quand il annonça : « C'est terminé », Grace décida qu'elle venait de passer un moment okay. Elle lui trouva l'air fatigué et quand il lui proposa de l'eau pour s'entendre répondre : « Non, merci », il lui dit : « Eh bien moi, je meurs de soif » avant de vider deux bouteilles à lui seul.

Après avoir fini la seconde, il masqua sa bouche de la main pour étouffer un renvoi, mais un petit coassement parvint à s'en échapper et Grace dut lutter pour ne pas éclater de rire.

Lui, en revanche, ne se gêna pas.

– Excuse-moi – des questions ?

– Non, monsieur.

– Pas l'ombre d'une seule, hein ? Écoute, je peux évaluer ça en quelques minutes et je te donnerai ensuite quelques explications – je te dirai les sujets que tu as particulièrement bien réussis. Ça t'intéresse ?

– Si ça m'aide à obtenir un meilleur programme d'études.

– Ouais, dit-il. Je parierais que tu meurs d'ennui.

– Parfois.

– Moi, je dirais presque tout le temps.

Ses grands yeux d'ours s'étaient fixés sur elle, pleins de ferveur et d'attente, comme s'il voulait à tout prix qu'elle soit d'accord avec lui.

– Oui, monsieur, répondit-elle, la plupart du temps.

– Bon, tu peux aller dehors et prendre l'air, et je t'appellerai.

Au lieu de lui obéir – parce qu'elle n'avait plus envie d'obéir à de nouvelles consignes – elle se rendit dans la cuisine où elle trouva Bobby affalé, sanglé sur sa chaise spéciale, et Ramona qui essayait de faire avaler à Amber de petits morceaux d'œuf alors que l'enfant secouait la tête en geignant : « Non, non, non. »

– Tu veux quelque chose, Grace ?

– Je pourrais avoir du jus de fruits, madame Stage ?

– Sers-toi.

Bobby lâcha un bruit incongru et se remit à boire un milk-shake servi dans une petite tasse, plus facile à tenir qu'un bol.

Grace se servit un peu de jus de fruits, s'attarda près de l'évier et contempla distraitement le désert sans intérêt particulier.

En songeant, comme elle l'avait fait des milliers de fois : *Besoins particuliers, elle est comme les autres, elle ramasse plus d'argent.*

Avant la question qui la tracassait : *Et mon besoin particulier à moi, c'est quoi ?*

Bobby se racla la gorge, crachota, toussa et Ramona se précipita pour lui tapoter gentiment le dos jusqu'à ce qu'il se calme. Quand Amber se mit à pleurer, Ramona lui dit :

– Une seconde, chérie.

Il y avait un moment que Grace s'interrogeait sur ce qui rendait Bobby aussi faible et lui créait des problèmes respiratoires, mais elle n'était pas assez bête pour aller poser à Ramona une question sur un sujet qui ne la regardait pas. Aussi, un après-midi, alors que Ramona était occupée au rez-de-chaussée avec Bobby, elle en avait profité pour se faufiler dans la chambre du garçon et jeter un coup d'œil aux médicaments que Ramona lui donnait. Les mots sur les étiquettes ne lui disaient rien et elle était déjà au courant de la bonbonne d'oxygène près de son lit – un lit clos sur les côtés pour l'empêcher de tomber. Mais sur la commode, elle avait remarqué un morceau de papier orné d'un symbole en forme de serpent comme chez les médecins.

La première ligne disait : *Rapport du comté sur le statut de dépendant médical : Robert Evan Canova.*

La deuxième ligne commençait ainsi : *Le sujet, un garçon blanc âgé de douze ans, souffrant de multiples anomalies congénitales...*

Entendant Ramona monter l'escalier, elle avait filé dans sa propre chambre. Plus tard, elle avait ouvert le gros dictionnaire, vérifié les mots « congénital » et « anomalie » et tout compris : Bobby était né avec des problèmes. Ce qui n'avait pas vraiment éclairé sa lanterne, mais elle avait supposé qu'elle ne serait pas capable d'en apprendre plus.

Malcolm Bluestone entra dans la cuisine.

– Ah, te voilà. Tu es prête ?

Ramona le regarda, haussant les sourcils, comme si elle voulait partager le secret.

Le Dr Malcolm Bluestone ne remarqua rien, il ne regardait que Grace et, d'un geste de son énorme bras, l'engagea à revenir au salon.

Elle finit son jus de fruits, lava le verre et l'essuya avant de le suivre.

– Vitamine C, dit-il. C'est bon pour toi.

De retour à la table du test, il dit :

– Tout d'abord, tu t'en es superbement sortie, c'est vraiment très bon, prodigieusement bon en vérité.

Il attendit.

– Étonnamment bon.

– C'est bien, dit Grace.

– Disons ça autrement, Grace, si nous testions un millier d'enfants, tu obtiendrais probablement le meilleur score de tous.

Encore une fois, il attendit.

Grace hocha la tête.

– Puis-je te demander comment tu te sens ?

– Bien.

– Tu peux, je te l'assure. C'est stupéfiant, tu as... plus que ça, tes capacités sont uniformes, tous tes résultats sont excellents. Parfois, il arrive qu'on réussisse très bien une partie, mais pas aussi bien une autre. Rien de mal à ça. Mais toi, tu as excellé partout. J'espère que tu te sens fière.

« Fier » était un mot qu'elle comprenait. Mais en ce qui la concernait, il ne signifiait rien.

– Bien sûr.

Les pupilles de Malcolm s'étrécirent.

– Permets-moi d'exprimer ça d'une autre façon. Tu as presque neuf ans, mais pour certains de ces tests – la plupart, en fait – tu as les connaissances d'une enfant de quatorze ou quinze ans. Et dans certains cas, de dix-sept ans. Je veux dire que ton vocabulaire est remarquable.

Il sourit.

– J'ai toujours tendance à surexpliquer parce que la plupart des enfants auxquels j'ai affaire en ont besoin. Donc, avec toi, il va falloir que je me surveille. Par exemple, éviter de définir « uniforme » alors que tu sais exactement ce que cela signifie.

Sans réfléchir, Grace laissa les mots jaillir de sa bouche :

– « Ayant même forme, manière ou degré. »

Malcolm sourit.

– Tu lis le dictionnaire.

Grace sentit son estomac se nouer. Comment avait-il réussi à lire en elle aussi facilement ? Maintenant, il allait penser qu'elle était bizarre et il inscrirait ça dans un rapport au comté.

D'un autre côté, être classée bizarre pourrait peut-être l'avantager, ça l'aiderait à conserver son statut de pupille aux besoins particuliers et, comme ça, Mme Stage recevrait plus d'argent et elle pourrait rester au ranch.

– Mais c'est fantastique, tu sais, Grace, lui déclara-t-il. C'est un moyen superbe de se constituer un vocabulaire riche, d'apprendre la structure du langage, la philologie, l'étymologie – là d'où viennent les mots, comment ils sont construits. Je faisais la même chose quand j'étais gamin et que je mourais d'ennui. Quasiment tout le temps, en fait. Pour les gens comme nous – non pas que je sois aussi intelligent que toi – la vie peut être une vraie galère si on nous oblige à aller trop lentement. Et c'est là que je vais pouvoir t'aider. Tu es une voiture de course, pas une bicyclette.

Grace sentit son estomac se détendre.

– Je suis sérieux, Grace. Tu mérites que le monde te considère selon tes propres termes.

La semaine suivante, il lui apporta son nouveau programme scolaire. Une semaine plus tard, il lui demanda :

– Comment as-tu trouvé ça ?

– Bien.

– Écoute, cela t'ennuierait si je te faisais passer d'autres tests – juste quelques questions sur le contenu du programme. Que je sache jusqu'où nous pouvons aller.

– D'accord.

Après dix questions, il sourit largement :

– Eh bien, il est temps d'aller de l'avant.

Cinq jours plus tard, Ramona apporta une nouvelle boîte dans la chambre de Grace en expliquant :

– C'est le professeur qui te l'envoie, apparemment, il te trouve drôlement intelligente.

Elle sortit un cahier d'exercices et dit :

– Des problèmes de sciences niveau universitaire, jeune dame. Comment en as-tu appris autant pour arriver à ce niveau ?

– Je lis, répondit Grace.

– J'imagine que ça explique tout, dit Ramona avec un haussement d'épaules.

Trois boîtes plus tard, Malcolm revint et lui demanda :

– Comment ça se passe ?

Grace se trouvait près de la clôture de la piscine verte, se demandant si ça valait vraiment la peine de se coller cette vase verdâtre sur le corps.

– Bien, répondit-elle.

– Je ne vais pas te tester sur ton programme d'enseignement, Grace, pas avant un moment en tout cas. Tu me dis que tu sais, ça me suffit.

– Je ne sais pas tout.

Le professeur se mit à rire, un grondement sourd et grave qui sembla sortir du fond de son énorme carcasse.

– Personne ne sait tout, ce serait la pire des choses, tu ne penses pas ?

– De tout savoir ? demanda Grace, convaincue que ce serait la meilleure des choses.

– De ne plus rien avoir à apprendre, Grace. Je veux dire pour des gens comme nous, apprendre c'est tout.

À pratiquement chacune de ses visites, il répétait ça. *Comme nous.* À croire qu'elle et lui étaient membres du même club. À croire que lui aussi avait des besoins particuliers.

– Oui, monsieur, répondit-elle.

Devant l'expression de son visage, elle comprit qu'il savait : la réponse qu'elle venait de lui faire était de pure forme, elle n'en croyait pas un mot. Pour autant, il ne se mit pas en colère, son regard s'adoucit encore.

– Écoute, j'ai une faveur à te demander. Puis-je te tester encore une fois ? Pas sur ton programme, des tests d'un type différent.

– D'accord.

– Tu ne veux rien savoir sur ces tests ?

– Vous ne me faites pas de piqûres, dit Grace. Vous ne pouvez pas me faire de mal.

Il jeta la tête en arrière et éclata d'un rire tonitruant.

– Oui, c'est vrai, il est sûr qu'ils ne te feront aucun mal. Mais ils sont un peu différents, il n'y a pas de vrai ou faux. Je vais te montrer des images et tu inventeras des histoires. Ça te va ?

– Quel genre d'histoires ?

– Tout ce que tu voudras.

Elle trouva ça stupide et, malgré elle, fronça les sourcils.

– Très bien, pas de problème, oublions ça, dit Malcolm Bluestone. Parce qu'en toute honnêteté, je ne peux pas savoir s'ils vont t'aider.

Alors pourquoi perdre son temps ?

– C'est juste pour moi, personnellement, Grace. Je suis curieux, j'essaie toujours de comprendre les gens et, parfois, ces tests m'aident.

– Quand quelqu'un invente des histoires ?

– Crois-le ou non, Grace, mais oui. Si tu ne veux pas, ça ira aussi, vraiment, cela ne changera rien à notre... je continuerai à t'apporter tes boîtes d'exercices.

– Je vais le faire.

– Eh bien, c'est gentil de ta part, mais prends un peu de temps pour réfléchir et, la prochaine fois, tu me diras.

– Je vais les faire tout de suite, monsieur.

– Il est tout à fait inutile de m'appeler monsieur. À moins que tu ne veuilles que je t'appelle mademoiselle ou *señorita* ou quelque chose du même genre.

Une nouvelle fois, un mot jaillit de la bouche de Grace.

– *Fräulein.*

– Tu connais l'allemand ?

– C'était dans le paquet que vous m'avez apporté la semaine dernière. Salutations internationales.

– Ah ? fit-il. Je crois que je ferais mieux de lire les leçons, moi aussi. En tout cas, la prochaine fois...

– Je peux faire ça maintenant, professeur Bluestone.
– Faire… oh, les tests à images. Tu es sûre ?
Grace regarda la piscine verte. Plus visqueuse que jamais. S'il repartait, elle n'aurait plus grand-chose à faire sinon démarrer un nouveau programme.
– Certaine, répondit-elle.

Les tests à images étaient exactement comme il l'avait dit. Bizarres. Pas de photographies, juste des dessins en noir et blanc de personnes à partir desquels elle devait bâtir des histoires. Puis un autre test avec des formes étranges qui ressemblaient à des chauves-souris ou des chats et, pendant que Grace parlait, Malcolm Bluestone notait des trucs dans un petit calepin.
Quand ce fut terminé, il lui dit :
– Si tu en as l'énergie, tu peux faire quelque chose de complètement différent. Te déplacer dans un labyrinthe – tu pourrais trouver ça amusant.
– D'accord.
Il alla chercher de nouveaux tests dans son gros break marron. Ils n'étaient pas drôles, mais ils occupèrent son temps et, quand il s'éloigna au volant, elle regretta un peu que ce soit fini.

21

Lors de sa première rencontre avec Shoshana Yaroslav, Grace eut l'occasion de regarder cette femme – à peine un mètre cinquante, cinquante kilos au mieux, l'air douce, innocente et si juvénile que personne ne lui aurait donné ses quarante ans – mettre hors d'état de nuire un de ses élèves de niveau moyen qui s'était porté volontaire pour jouer le rôle de l'agresseur. Mac était deux fois plus lourd qu'elle, c'était un ancien médecin militaire, une montagne de muscles que rien ne semblait pouvoir inquiéter.

Shoshana se déplaçait si vite qu'il était impossible de savoir ce qu'elle lui avait fait subir. Étalé au sol, le nez dans le tapis, Mac reprit son souffle et dit avec un large sourire :

– Nom de Dieu, pourquoi est-ce que je continue à faire ça ?

– Parce que tu es un vrai gentleman, lui répondit Shoshana.

Durant les quatre mois qui suivirent, elle enseigna à Grace sa philosophie de l'autodéfense et, sans la moindre pitié, lui mena la vie dure jusqu'à ce que les réactions de son élève deviennent quasiment des réflexes instinctifs.

Quasiment, mais pas totalement, prit la précaution d'ajouter Shoshana, parce que les réflexes s'appliquaient « aux animaux inférieurs, tandis que toi, tu ne dois jamais cesser de réfléchir ».

Ceinture noire en plusieurs arts martiaux, son approche était des plus simples : « s'attaquer aux points vulnérables de l'ennemi », ce qui, sur le plan pratique, se traduisait par des séances d'entraînement invraisemblables. Et Shoshana voyait les arts de l'autodéfense de la même façon qu'Alex Delaware : superbes comme exercices de remise en forme et bien meilleurs que pas d'entraînement du tout, mais probablement insuffisants face à un méchant muni d'une arme à feu, d'un couteau ou d'une matraque.

Lors de la deuxième séance, elle regarda les mains de Grace :

– As-tu des ongles solides ?

– Je pense.

– Débile comme réponse, ils sont trop courts pour que tu penses quoi que ce soit. Fais-les pousser un peu et vois s'ils tiennent le coup. Si c'est le cas, tu les limes pour les rendre plus effilés. Fabrique-toi une petite lame pointue à chaque extrémité, sans que ce soit trop voyant quand même. D'ici là, nous allons nous entraîner avec ce que tu as à ta disposition.

Elle poussa une porte latérale du studio et en ressortit avec un drôle de panneau en bois d'un mètre carré environ, perforé de trous circulaires. Son autre main serrait contre sa poitrine un bocal rempli d'un fluide marron épais et trouble. Lorsqu'elle l'ouvrit, il s'en dégagea une puanteur fétide qui envahit la pièce : des effluves d'égout mêlés à des relents… de viande de barbecue pourrie.

Révulsée, Grace cligna des paupières en voyant la main minuscule de Shoshana plonger à l'intérieur et en extraire des trucs ronds, gris et vitreux qui dégouttèrent sur la plancher.

– Des yeux de mouton.

Elle retourna sa planche et exposa la série de coupelles métalliques montées sur charnières sous chaque orifice. Elle en ouvrit une et y laissa tomber un œil de mouton avant de la refermer. Elle recommença avec six autres yeux qu'elle déposa au hasard, puis elle tint la planche devant Grace :

– Go ! lui dit-elle.

– Qu'est-ce que tu veux que je…

Saisissant le panneau d'une main, Shoshana réussit à passer son autre main par-dessus et frappa, doigts tendus. Les yeux semblaient pourtant hors de son champ de vision, mais l'un d'eux explosa à l'impact.

– Tu viens d'échouer, expliqua-t-elle à Grace. Le temps que tu poses ta question, je te tranchais la gorge.

Sans prévenir et avec la même violence, Shoshana frappa d'un atémi similaire qui s'arrêta exactement à la jonction du cou et du creux au-dessus du sternum, et son index chatouilla la gorge de Grace. Celle-ci recula tant bien que mal, mais Shoshana continua d'avancer sur elle en maintenant ce même contact horripilant. Grace essaya bien de chasser son bras d'une tape, mais Shoshana était déjà dans son dos et lui chatouillait l'apophyse mastoïde derrière l'oreille gauche.

Grace pivota sur elle-même.

Shoshana s'était mise hors de portée, debout, les membres relâchés, les mains enfoncées dans les poches de son pantalon cargo, parfaitement relax.

– D'accord, dit Grace. Je pige.

– J'en doute fort, docteur. Ne dis jamais rien pour me faire plaisir, à moi ou à n'importe qui.

Grace retint un sourire. *Tu peux être mortellement coriace, mais tu ne me comprends pas.*

Elle bondit vers la planche. Rata, cogna le bois en refrénant la douleur qui embrasa l'extrémité de ses doigts et fonça une nouvelle fois, en mettant tout son poids derrière son coup d'ongle-poignard.

Merde, ces petites saloperies étaient difficiles à toucher et Grace comprit immédiatement qu'elle avait tout faux. Malgré le risque d'une nouvelle et douloureuse collision, elle retint son coup, feinta vers la droite, choisit un autre œil et donna tout ce qu'elle avait.

Cette fois, son doigt s'écrasa contre une barrière momentanée, une peau comme du plastique qui céda avec un claquement, et elle le sentit s'enfoncer jusqu'à la première phalange dans une gelée froide. Quand elle le ressortit, une forte odeur se répandit dans la pièce.

Shoshana Yaroslav appuya la planche contre un chevalet et, toujours impassible, détruisit tous les yeux restants en moins de temps qu'il n'avait fallu à Grace pour en crever un seul.

– Ça, c'est utile, dit Grace, on continue.

– Ici, ce n'est pas toi qui définis les règles, lui répondit Shoshana. Ici, tu attends et je te montre ce que j'utilise en guise de testicules.

Grace n'avait pas pensé à Shoshana depuis un bon moment, mais, là, au volant de sa voiture qui s'éloignait du bungalow dans la nuit, sa voix fluette résonna dans ses oreilles.

Si tu ne réussis pas une chose dès le début, tu perds ton temps. Quelqu'un te cherche, tu attaques la première.

Elle retourna à Malibu par un itinéraire différent : Wilshire jusqu'à San Vicente, puis Channel Road jusqu'à la PCH, en ouvrant l'œil sur absolument tout, êtres et choses, pour arriver à La Costa Beach en se concentrant si fort que sa tête palpitait, une sensation magnifique.

Rien de particulier n'attira son attention au cours du trajet et elle ne remarqua aucun signe visible d'intrusion quand elle passa devant son domicile à toute vitesse. Ce qui ne voulait pas dire que quelqu'un ne s'était pas introduit chez elle après avoir forcé sa serrure. Si c'était le cas, le ou les intrus n'apprendraient rien qui puisse lui nuire.

Un rapide demi-tour à Trancas Beach, direction la ville et elle était de retour chez elle moins de soixante-dix minutes plus tard. En restant à bonne distance du bâtiment à son passage, mais toujours les yeux grands ouverts.

Sous un soleil qui filtrait timidement au travers de nuages gris duveteux, les résidents huppés de WeHo promenaient leurs chiens huppés et faisaient leur jogging. Aucun d'eux ne s'intéressait à autre chose qu'à sa forme physique et aux crottes de chien, et la Chrysler 300 restait invisible. Mais comme elle avait contraint la voiture à cogner dans une berme, peut-être avait-elle obligé M. Balèze à changer de véhicule.

Un petit jeu intéressant : analyse, élimination des variables.

Deux circuits supplémentaires la convainquirent que la côte ne présentait pas de danger. Elle roula jusqu'à Sunset, prit au nord sur Laurel Canyon et arriva à la Valley avant neuf heures du matin.

Son petit déjeuner consista en crêpes épaisses et œufs dans un café d'Encino. Parfois elle s'offrait ces galettes de sucre et d'hydrates de carbone quand elle voulait se sentir plus imposante qu'elle n'était.

Ou alors, qui sait, songea-t-elle pour la toute première fois, peut-être prenait-elle des crêpes parce que c'était ce que mangeait Malcolm lors de leur première rencontre.

Aussitôt, toutes mêlées, lui arrivèrent des couleurs – une eau verte, des pièces rouges puis la présence marron de Malcolm aux allures d'ours – et ses yeux se mirent à la brûler.

Son appétit disparut, elle laissa de l'argent sur la table et sortit.

Elle inspecta le parking du café, plus par habitude que par véritable inquiétude, puis se dirigea vers l'ouest sur Ventura Boulevard, rattrapa la 101 Ouest à Reseda Boulevard, sortit à Calabasas et descendit dans un Hilton Garden Inn qui offrait une promotion spéciale sur les chambres avec lit king size.

À vingt bons kilomètres de la plage, suffisamment loin pour se sentir apaisée.

Elle s'offrit une séance au gymnase de l'hôtel, se doucha dans sa chambre, enfila un peignoir, brancha son ordi et se connecta par le wi-fi.

Essayer d'identifier Andrew à partir de son pseudo était très vraisemblablement une perte de temps, mais juste au moment où on se croyait intelligente, la vie pouvait faire en sorte qu'on se sente stupide et, donc, il fallait qu'elle essaie.

Taper *andrew toner* se révéla être une demi-heure perdue et elle n'aboutit qu'aux informations inutiles déjà transmises par Eileen Henke.

Étape suivante : utiliser Roger, le nom qu'il lui avait donné à l'Opus, en le faisant suivre de « ingénieur génie civil », plus diverses villes du Texas en commençant par San Antonio. Résultat, une liste de dix-huit noms. Onze relevaient des listings de Facebook ou de LinkedIn dont les photos éliminèrent leurs propriétaires. Une heure plus tard, elle avait déniché les numéros de téléphone des sept restants, sur des sites de liens d'affaires. Se servant d'un de ses portables prépayés, elle commença ses appels.

Quatre hommes répondirent à leur numéro personnel. Trois secrétaires proposèrent des variantes de « Ne quittez pas, je vais voir si M. X est disponible ».

Autant d'impasses.

Elle accola le nom à *homicide*, *meurtre* et *viol*. Un nombre stupéfiant de Roger avaient commis des crimes graves et il lui fallut presque deux heures pour tous les éliminer.

Sa dernière entrée fut *roger* accolé à *frère* et *meurtrier*. Elle ne trouva qu'un prêtre catholique qui avait poignardé une nonne dix-huit ans auparavant à Cleveland.

Au temps pour les recherches de fond. Ses meilleures chances étaient encore de poursuivre ses poursuivants.

S'ils s'en prenaient une nouvelle fois à elle, ce serait au bungalow, probablement sous le couvert de l'obscurité. Elle vérifia le double verrou à sa porte, mit son masque de sommeil et s'endormit rapidement. Elle se réveilla à cinq heures du matin, s'habilla, sortit du Hilton par une porte qui permettait d'accéder au parc de stationnement et jeta un coup d'œil au voisinage immédiat.

Des blocs de commerces séparés par des zones industrielles. Une galerie marchande proche proposait une admirable variété de cuisines exotiques et elle choisit un café en façade nommé Bangkok Benny où elle prit un plat de *pad thaï* vite oublié, qu'elle fit passer avec du thé glacé et beaucoup d'eau.

Elle retourna dans sa chambre et attendit le coucher du soleil. Une heure plus tard, elle récupéra sa Jeep dans le garage et répéta le même circuit Malibu-WeHo que douze heures auparavant. Soit cent kilomètres quatre fois de suite et elle dut s'arrêter pour refaire le plein.

Elle varia son itinéraire autant que possible, mais ce fut en pure perte, elle finissait toujours par se retrouver sur l'autoroute de la côte.

Elle fit un dernier circuit.

Aucun signe incongru.

Pas bon ; ça ne pouvait pas continuer indéfiniment.

22

Puis tout changea.

Cinquième passage, deux heures cinquante-trois du matin, et elle était là, la forme familière et massive de la berline – effectivement une 300, gris foncé avec vitres teintées – garée à un demi-bloc à l'est du bungalow.

Pare-chocs avant plié, mais le reste intact.

Qu'ils utilisent le même véhicule lui parut étonnamment imprudent.

Ou arrogant ? Si oui, tant mieux.

Grace poursuivit sa route, les sens affûtés, mentalement prête. Elle venait de passer devant le bungalow dont les lumières étaient toujours éteintes et ne vit aucun signe d'effraction sur les deux grilles. Alors quel était leur plan cette nuit ? Forcer l'entrée, fouiller dans ses dossiers et repartir ? Ou se planquer et attendre qu'elle arrive ?

Ou les deux ?

Présumant le pire, elle contourna sa maison par l'est et se gara à deux blocs dans le dos de la Chrysler. Prit ce dont elle avait besoin dans la Jeep, sortit et s'étira. Poursuivit sur une longueur de pâté de maisons, chaussures de course à semelles de caoutchouc aux pieds, en se cachant de son mieux dans les zones d'ombre.

Vingt-trois minutes plus tard, une silhouette d'homme sortit de la berline et claqua la portière. Bruyamment, sans la moindre discrétion. Plus de doute dans son esprit :

l'ennemi la sous-estimait, mais elle ne commettrait pas la même erreur.

Elle observa sa démarche : il roulait des mécaniques en se dirigeant vers le bungalow. Un peu plus grand que la moyenne, sans plus, ni massif ni particulièrement large d'épaules.

Une certitude : ils étaient deux.

Lui aussi se cantonnait aux zones d'ombres.

Grace commença sa traque.

Il atteignit la propriété côté garage, jeta un bref coup d'œil alentour, sortit quelque chose de sa poche et s'avança jusqu'au portail du jardin. Où il s'agenouilla pour se mettre au travail.

Contrairement à ce qu'on voyait dans les films, il lui fallut un bon moment, mais il parvint finalement à entrer.

Il referma le portail en silence. Prudent désormais.

Ses instincts de chasseur affûtés en atteignant au but ?

S'assurant qu'on ne la suivait pas, elle s'approcha à petits pas feutrés et s'arrêta à un mètre du portail. Pas un bruit de l'autre côté de la clôture en cèdre. Il était probablement entré – comment s'était-il débrouillé pour court-circuiter son alarme ?

Un homme d'expérience. Elle ne bougea pas, prêta l'oreille, vérifia de droite et de gauche sur toute la longueur du pâté de maisons, sortit sa clé et entrouvrit le portail de deux centimètres. Puis deux centimètres de plus. S'immobilisa à nouveau.

Pas un murmure, pas même un bruissement d'herbe.

Plus de doute, il était bien dans la maison. Elle attendit, des lumières qui s'allument, un bruit, n'importe quoi.

Rien que le silence. Peut-être rôdait-il dans le noir ainsi qu'elle l'avait fait, guidée par le faisceau étroit de sa Maglite.

Elle poussa le portail juste assez pour se faufiler.

Un bras raide comme l'acier aux manches en polyester jaillit sur sa gauche et lui enserra la gorge. Grace frappa violemment du talon à l'endroit où, en toute logique, devait se trouver le cou-de-pied de son agresseur.

L'homme qui essayait de la tracter en arrière grogna et s'arrêta une seconde. Mais comme arme de défense, des semelles en caoutchouc ne valaient pas un talon aiguille. « Sale conne », dit-il. Elle sentit l'autre bras lâcher le creux de ses reins et, en entendant le déclic, comprit qu'il allait la poignarder.

Elle leva les bras derrière elle et, les mains comme deux serres, chercha ses yeux. Trop court, ils étaient hors d'atteinte. Néanmoins, le fait même qu'elle l'ait attaqué interrompit son mouvement. Il grogna, perdit l'équilibre et le second coup de griffes le toucha au visage.

Elle enfonça ses ongles dans la chair et ratissa sauvagement sa peau en l'écorchant de son mieux. Sentit l'épiderme se déchirer en libérant un liquide chaud.

Il cria de douleur, relâcha sa prise et Grace réussit à se dégager pour se mettre aussitôt hors de portée. Elle lui faisait maintenant face dans le jardin obscur.

C'est tout juste si elle distinguait quelque chose à la lumière chiche des étoiles. La quarantaine, visage anguleux, des traits épais déformés par la fureur et la douleur quand sa main gauche pressa les traînées sanglantes sur sa joue droite.

Sa main droite tenait un couteau à double tranchant, une sorte de dague ou de cran d'arrêt.

– Putain de salope, cracha-t-il en chargeant.

Le jardin – petit, masqué aux regards des voisins – avait dû lui paraître l'endroit idéal pour la tuer et, malgré la douleur, il souriait en continuant à avancer. Lentement, sans hésiter. Grace répondit délibérément à ses attentes en miaulant :

– Ne me faites pas de mal, je vous en supplie.

Tout en reculant.

Il s'enhardit et, faisant tourner sa lame en cercles concentriques, repoussa Grace vers le mur arrière du jardin. Une fois le dos au mur, plus d'échappée possible, juste une femme, aussi vulnérable qu'un rôti à découper. Rassuré, ses mouvements se relâchèrent.

Autant d'espérances que Grace réduisit à néant quand elle chargea droit sur lui.

En plein sur la lame, un mouvement incongru qui le prit au dépourvu au point de l'embrouiller, exactement comme elle l'espérait, et il regarda le couteau en se demandant pourquoi il ne faisait pas peur à sa proie.

Elle se porta sur la droite. Pas de couteau caché dans sa main droite, mais, depuis son entrée dans le jardin, son adorable petit Beretta calibre .22, trois cent vingt grammes de mort en mouvement.

Une arme que Shoshana avait dénigrée.

Autant claquer un méchant d'une gifle avait été son seul commentaire.

Mais une arme à feu minuscule avait sa place au moment choisi et penser par soi-même était toujours préférable.

Le tueur n'en avait pas suffisamment dans le crâne pour imaginer quoi que ce soit. Sans même se donner la peine de regarder sa main, il grogna et plongea en avant, mais Grace esquiva l'arc de cercle de la lame qui n'entailla que l'air.

Avant qu'il ait pu se reprendre et recommencer, elle fonça et lui colla le canon court du Beretta contre la poitrine. Juste à l'emplacement du cœur. Avant d'appuyer sur la détente et de reculer d'un pas de danseuse.

Les vêtements et le corps de son assaillant étouffèrent le bruit de la détonation, mais le claquement de pétard assourdi agressa malgré tout le silence de la nuit et Grace espéra qu'elle n'aurait pas à tirer de nouveau.

Il était toujours debout. Les traits défaits par la surprise. Ses bras se détendirent. Le couteau tomba dans l'herbe.

Le sang continuait à couler des profondes estafilades à sa joue. L'homme vacilla, fit une embardée et tomba au sol, le nez en avant.

Grace attendit puis, ne le voyant plus bouger, s'approcha de lui et lui écrasa le dos d'un coup de pied. Pas de réaction. Mort, à coup sûr. Elle lui prit le pouls. *Nada.* Elle le secoua violemment.

Out. Plus rien. Plus de bonhomme.

Elle se planta au-dessus de lui comme pour évaluer la situation. Les blessures à la joue et l'orifice d'entrée de la balle étaient en plein sur son joli gazon.

Elle allait devoir trouver le moyen de nettoyer l'herbe. Entre autres choses.

23

Un au tapis. En restait un.

Laissant le cadavre, Grace ressortit discrètement par le portail, le .22 toujours pressé contre son flanc. En s'attendant à une autre surprise vicieuse : cette fois, elle serait prête.

La rue était vide.

De nouveau, elle partit à pied vers l'ouest – loin de la Chrysler –, tourna le coin, longea la façade du bungalow et, s'assurant que personne n'était tapi là, continua jusqu'au coin suivant où elle prit à droite.

Il lui fallut un moment pour se repositionner à un demi-bloc derrière la berline carrée.

Animée d'une détermination viscérale et d'une énergie musculaire et sauvage, dont elle n'avait jamais encore fait l'expérience.

La gravité de son acte – mettre un terme à une vie humaine – reviendrait peut-être la hanter, mais pour l'instant, qu'il aille au diable, ce salaud qui avait peut-être fait passer Andrew de vie à trépas.

Et son gros tas de copain avec lui.

Elle était vivante.

Désormais, je ne suis plus simplement la fille d'une meurtrière.

Elle se rapprocha discrètement de la Chrysler, consciente qu'il pouvait y avoir quelqu'un derrière les vitres teintées, mais elle continua malgré tout pour se coller tout contre le pare-chocs arrière. L'arme à la main, elle lui donna un petit coup de pied.

Pas de réaction.

Son second coup fut plus violent. Mais le véhicule resta inerte.

Pliée en deux, elle se glissa jusqu'à la vitre côté passager, pointa le Beretta, toqua brutalement le carreau de ses jointures.

Silence.

Elle essaya la portière. Verrouillée. Idem pour l'autre, côté conducteur.

Si Balèze se trouvait à l'intérieur, il aurait réagi. Elle battit en retraite et attendit. Dix minutes, vingt trente quarante.

La voiture ne bougea pas.

Donc cette nuit, mission en solitaire. Peut-être que Balèze s'était blessé quand elle l'avait obligé à se cogner dans la berme.

Ou alors il allait bien et les deux hommes avaient probablement estimé qu'elle serait une proie facile à abattre.

Envahir son espace, fouiller ses dossiers, et si M. Taille Moyenne avait la chance de tomber sur elle, l'étriper, lui trancher la gorge et larguer son corps dans un endroit sordide.

Un plan bien préparé.

Désormais, il n'était plus rien.

24

De retour dans le jardin, Grace contourna le cadavre et gagna l'arrière du bungalow. Elle déverrouilla, coupa l'alarme – il n'était jamais entré – et se dirigea vers les toilettes des patients où elle prit une boîte de gants en caoutchouc sous le lavabo. Une partie de l'équipement dont se servait une fois par semaine sa femme de ménage, Smeralda.

Qui serait là dans trois jours, réalisa-t-elle.

Largement le temps.

Elle ressortit, enfila les gants et éclaira le corps de sa Maglite. Comme prévu, pas d'orifice de sortie de balle. Elle palpa néanmoins tout le dos, rien, pas même un renflement. Elle éclaira la pelouse, se mit à chercher la douille éjectée et la dénicha dans l'herbe, à quelques dizaines de centimètres du corps.

Elle l'empocha, s'agenouilla, retourna délicatement le corps et illumina le visage sans vie.

Son impression première ne l'avait pas trompée : la quarantaine, plus ou moins, des traits banals voire un peu grossiers, une barbe de deux ou trois jours, des cheveux en brosse irrégulière, sombres sur le dessus, grisonnant aux tempes. Les blessures qu'elle lui avait infligées à la joue semblaient profondes, mais ne saignaient presque plus. Elle pensait avoir fait plus de dégâts que ça. Avant de comprendre : comme il ne battait plus, le cœur avait cessé de pomper le sang jusqu'à l'épiderme.

Le blouson en polyester était d'une banalité exemplaire, n'était le trou de bonne taille au-dessus du pectoral gauche. Du sang ourlait les bords aux fibres éclatées, mais là encore, il y en avait peu.

Tout comme elle, il portait un pantalon cargo, probablement pour les mêmes raisons. Idem pour les Nike qu'il avait aux pieds.

Elle trouva son couteau, l'essuya, le posa sur l'herbe et ouvrit son blouson. Dessous, il portait un T-shirt en V. Pas de poches. Son pantalon lui en offrait suffisamment : elle dénicha un portable, un anneau en acier garni d'une douzaine de fins crochets pour forcer les serrures ainsi qu'une courte chaîne avec quatre clés et une commande à distance portant le logo Chrysler.

Elle s'attarda sur le couteau. Un méchant petit cran d'arrêt.

Elle chassa une pensée déplaisante : *Ça pourrait être lui, à cet instant, en train de me contempler de toute sa hauteur.*

Elle ressortit par la porte du jardin, balaya la rue du regard – elle était vide – revint auprès de la Chrysler. Elle coupa l'alarme et attendit.

Rien.

Le moment d'aller y voir de plus près.

L'intérieur était immaculé, mais la boîte à gants contenait un gros portefeuille ainsi qu'une grande enveloppe en kraft fermée par un œillet et une ficelle. Dans le coffre, elle trouva trois armes à feu sous étui en nylon noir : un fusil de chasse, une carabine et une arme de poing en acier gris, plus grosse et plus lourde que son propre Glock.

Il avait emporté son arsenal personnel, mais laissé toute sa puissance de feu dans son coffre de voiture.

En choisissant de se battre au couteau face à un pistolet…

Un trop-plein de confiance en soi ou la volonté de ne pas faire de bruit ?

Dans l'un et l'autre cas, Grace savait qu'elle avait eu de la chance. Il lui fallut faire deux voyages pour transporter les armes et le reste du contenu de la voiture jusqu'à son jardin, après quoi elle consacra un moment à essuyer les empreintes du véhicule.

Maintenant, face au cadavre, elle se sentait sereine. Un jour, elle pourrait s'interroger sur ce que ce sentiment révélait de celle qu'elle était. Pour le moment, l'introspection était l'ennemie ; il lui restait trois heures avant le lever du jour et elle devait faire bon usage de ce temps, avec sagesse.

Une nouvelle marche silencieuse dans la rue, direction sa Jeep de location. Elle n'alluma pas les phares et roula doucement jusqu'au garage dont elle ouvrit la porte à distance. Puis elle entra en marche arrière dans l'espace libéré par l'Aston et disparut aux regards par la grâce d'un autre *clic* de sa télécommande.

Une seconde inspection du corps ne révéla pas d'autres coulures de sang, mais quand elle le souleva par les épaules, apparut un carré d'herbe sombre, tassée et détrempée, de vingt-cinq centimètres de côté, là où la poitrine avait été en contact avec le sol. Au-dessus, une tache plus petite, là où les estafilades avaient saigné.

Rosée rouge.

Elle retourna au bungalow et en rapporta plusieurs sacs-poubelles noirs ultrarésistants – les préférés de Smeralda – ainsi qu'un rouleau d'adhésif industriel qu'elle avait utilisé des années auparavant pour étanchéifier de son mieux une fuite sous son évier – en attendant le plombier.

Enfilant deux sacs sur la tête de la victime, elle lui fabriqua un semblant de cagoule qu'elle ferma à l'adhésif. Les sacs étaient trop petits pour contenir le reste du corps, aussi en découpa-t-elle un en trois rectangles en guise de pansement triple épaisseur *post mortem*, qu'elle scotcha bien tendu sur la blessure à la poitrine. Deux autres sacs, serrés et fixés soigneusement autour des poignets et des biceps, couvrirent les mains et les bras.

Elle se redressa et inspecta son travail. La chose au sol ressemblait à un personnage tout droit sorti d'un film d'horreur : avec deux orifices dans la cagoule pour les yeux, ce serait lui, le tueur fou. En l'état, ce n'était que la malheureuse victime, ce qui ne la gênait en rien.

Et maintenant, le plus difficile. Malgré son gabarit, elle avait de la force, mais le poids mort à traîner était substantiel. Elle découpa un autre sac et mit un temps infini à en glisser les morceaux sous le cadavre. Quatre couches d'adhésif lui servirent à façonner deux boucles, une sur la poitrine, l'autre au niveau des genoux, deux poignées pour se saisir de son fardeau.

Ainsi qu'elle l'espérait, le plastique fit office de lubrifiant sous son traîneau de fortune quand elle entama les sept mètres qui la séparaient du garage. Mais il glissait aussi et le trajet jusqu'à la Jeep fut une belle galère. Ensuite elle revint sur ses pas et récupéra les armes ainsi que ce qu'elle avait trouvé dans la Chrysler pour déposer le tout derrière le siège avant. Elle rabattit également la banquette arrière pour deux raisons : un plus grand espace de rangement et une protection qui masquerait son butin aux regards de passage.

Redresser le corps et le hisser dans la voiture la laissa pantelante.

Elle reprit son souffle et, pleine d'une amère fierté devant la momie qu'elle venait de fabriquer, inspecta le tapis de sol arrière à la recherche de traces de sang, sans en trouver aucune. Elle ne se faisait pourtant aucune illusion : un relevé d'ADN sophistiqué saurait capter des indices quelconques.

Elle retourna dans le jardin et nettoya au jet les surfaces d'herbe humide, avec un minimum de pression pour éviter de faire trop de bruit. Finalement, les taches de sang s'écoulèrent dans les parterres de fleurs qui bordaient le mur est du bungalow. À l'aide d'une bêche trouvée dans le garage, elle remua délicatement la terre jusqu'à ce que tout ait l'air normal. Elle se mit à quatre pattes pour examiner de nouveau le gazon et trouva des petites taches de sang séché qui raidissaient quelques pointes d'herbe. En s'aidant de la Maglite, d'une paire de ciseaux à ongles et d'un sachet à sandwich, elle tailla et ébarba, déposant au fur et à mesure la récolte dans le sachet qu'elle glissa dans deux autres sachets, le tout bien scellé. Le paquet poids plume alla dans sa poche de pantalon. De même que le couteau qui avait failli la tuer, désormais compressé en un petit rectangle noir et trapu.

Elle poursuivit l'examen de son patio avec une attention extrême pendant encore quelques minutes, sans rien remarquer qui sortît de l'ordinaire.

La durée de sa rencontre avec l'agresseur se mesurait en secondes et non en minutes.

Une danse à deux, brève et coulée, chacun convaincu qu'il avait la main.

De retour dans le garage, elle referma le hayon de la Jeep, s'installa au volant et prit la route.

Elle retourna à la Valley par Benedict Canyon puis rejoignit la 101 en sortant bien avant le Hilton sur Calabasas pour se glisser sur Topanga Canyon Boulevard. Vers le nord, la banlieue. Le sud donnait immédiatement accès à un canyon tortueux et c'est là qu'elle devait se rendre.

La route en lacet qui se faufilait au-delà de la jonction entre Old Topanga et New Topanga était traîtresse quand on ne savait pas où on allait. Elle l'avait parcourue des centaines de fois la nuit, par pure distraction, poussant l'Aston à haute vitesse dans les virages en S qui donnaient au moteur une chance de respirer.

Sur sa gauche, un étalement ininterrompu de flancs de collines. Sur sa droite, la même chose, excepté quand le calcaire et la terre s'interrompaient sans prévenir en créant des ravins en à-pic de trois cents mètres.

Un tournant mal calculé et on était bon pour se transformer en toast.

Plus d'une fois, en faisant confiance à ses tripes et sa mémoire, elle avait fermé les yeux en filant comme l'éclair le long des frontières de l'oubli.

Là elle les garda bien ouverts.

Pendant tout le trajet, elle ne vit aucun véhicule, mais remarqua quelques cerfs immobiles comme des statues, dont un mâle à la ramure alambiquée qui semblait la regarder avec mépris. Elle approchait de sa première destination quand une sorte de petit chien, un bébé coyote ou un renard, s'enfuit par-dessus le précipice.

Elle ralentit, chercha un embranchement, en trouva un qu'elle délaissa pour le suivant et se rangea sur le bas-côté avant de faire demi-tour avec tout juste la place pour manœuvrer. Elle revint en arrière sur deux kilomètres et s'arrêta sur une bande étroite de terre parallèle à l'asphalte.

Pour se retrouver à quelques centimètres de l'abîme béant. Laissant le moteur tourner, mais phares éteints, elle descendit de la Jeep et sortit sa momie sous plastique qu'elle déposa à terre. En inspirant profondément, elle se servit des pointes de ses chaussures et de ses mains gantées pour la rapprocher du vide.

Elle avait bien choisi, la visibilité était excellente dans les deux directions et la falaise offrait toutes les chances d'une longue chute rectiligne sans obstacles.

Elle prit le temps de s'assurer qu'aucun phare n'approchait, banda ses muscles et poussa le corps dans le vide. Cognant avec un bruit sourd sur les aspérités, frottant et raclant la paroi, il chuta de plus en plus rapidement comme un roulement de batterie accéléré.

Finalement : silence.

Avec un peu de chance, son paquet resterait là longtemps. Ou même pour l'éternité. Sinon, elle ne voyait pas comment on pourrait un jour établir le lien entre lui et elle.

Elle remonta en voiture, avança de quelques mètres vers le nord et se gara à nouveau. Puis revint sur ses pas et éclaira de sa torche l'endroit où elle avait largué le cadavre. Elle n'avait pas laissé d'empreintes de pas, le sol était trop dur, mais de légères traces de pneus avaient formé des ornières en creusant la poussière et elle les lissa aussitôt.

Elle retourna à la Jeep, fit un nouveau demi-tour, roula vers le sud sur quelques kilomètres, s'arrêta et balança la carabine dans le ravin.

Dix minutes plus tard, même traitement pour l'arme de poing.

Encore cinq minutes et les coupes de gazon ensanglanté n'étaient plus que de l'histoire ancienne.

Elle poursuivit sa route vers le sud et arriva à la jonction du terminus de Topanga et de la PCH.

Apparemment, sa destination karmique.

Peut-être, au fond, n'était-elle rien d'autre qu'une California Beach Girl.

Elle roula plein nord pendant quatre-vingts kilomètres jusqu'à Oxnard, se laissant planer dans la nuit le long des lisières agricoles de la ville portuaire. Elle balança le couteau par-dessus le grillage dans un champ de fraises. Si ça se trouvait, un saisonnier un peu chanceux y gagnerait de quoi se défendre.

Une des six bennes à déchets alignées devant un importateur d'électronique dans une zone industrielle légèrement en retrait de Sturgis Road devint le nouveau refuge du fusil de chasse. La zone était déserte et Grace se hissa suffisamment haut pour en réarranger le contenu. Balançant plus loin cartons, papier et emballages divers comme autant d'ingrédients d'une salade sous celluloïd, elle masqua le fusil aux regards.

Elle gagna Camino del Sol qui la conduisit à Del Norte Boulevard d'où elle rejoignit la 101.

Elle était de retour dans sa chambre du Hilton à cinq heures quarante-huit.

25

Requinquée par une bouteille d'eau, quatre barres de caramel à la caféine et trois lanières de dinde séchée, Grace disposa les affaires de l'ennemi sur un petit bureau de l'autre côté du vaste lit.

Portefeuille, d'abord. Cuir noir bon marché, craquelé sur les bords, modèle standard et bien dodu.

Un permis de conduire de Californie valide au nom de Beldrim Arthur Benn était glissé dans un des compartiments – bien à l'abri, mais non caché. Les traits et l'âge correspondaient à l'homme qu'elle avait abattu. Des cheveux plus longs et une moustache grisonnante qui ne modifiait en rien son apparence, c'était bien lui.

Beldrim. Un nom vieillot et tarte pour un tueur.

Va l'écharper, cette salope, Beldrim.

On l'appelait comment au quotidien ? Bell ? Drim ? Bill ?

Grace se décida pour Bill.

Bill Benn, citadin branché.

Plus maintenant.

D'un coup, elle se sentit prise d'une grande colère. Qui culmina vite avant de se dissoudre pour laisser place à autre chose – un sentiment de vulnérabilité qui lui retourna l'estomac.

L'écho métallique persistant d'une mort évitée de justesse. Le méchant petit couteau qui pénétrait sa chair, la lame qui se vrillait, les dégâts qu'elle infligeait. Sans raison aucune.

Un grand froid l'envahit soudain. Ses mains se mirent à trembler et elle se sentit submergée par une vague de vertiges, du sommet du crâne jusqu'à ses pieds glacés, au point qu'elle dut se raccrocher aux accoudoirs de son siège en respirant lentement.

C'est le corps qui donne le top départ et l'esprit suit… voilà, c'était mieux… non, pas mieux du tout.

Vomir serait peut-être la bonne solution, mais elle s'y refusa obstinément.

Il lui fallut un moment pour redevenir presque normale.

Un petit mantra répété six fois l'aida :

Bill Benn, citadin complètement débranché.

Pourris en enfer.

L'adresse sur le permis correspondait à une boîte postale de San Francisco.

Dans le portefeuille, pas de cartes de crédit ni rien de personnel, il devait son épaisseur au seul argent liquide.

Soit neuf cent quarante dollars en billets de vingt et cinquante, qu'elle ajouta à sa propre cagnotte – au vainqueur le butin et tout ça – avant de reposer le portefeuille amaigri sur le côté droit de la table.

Ensuite, elle passa au téléphone portable, mais ses espoirs furent vite réduits à néant : un modèle bon marché prépayé, de la même marque que le deuxième qu'elle s'était acheté, sans appels récents enregistrés.

Pas le moindre cliché en mémoire dans l'appareil photo numérique.

Bill Assassin emportait un équipement vierge de toute trace pour sa mission. Pour autant qu'elle sache, le permis était bidon – la bonne photo accolée à de faux renseignements.

Elle passa *beldrim arthur benn* sur Google et n'obtint qu'un seul résultat, un vieillard de soixante-seize ans décédé deux ans auparavant à Collinsville, Illinois. Brève notice nécrologique dans le *Collinsville Herald*. Le cher disparu avait été charpentier. Il laissait une fille, Mona, et un fils, Beldrim A. Junior.

L'âge correspondait.

Aucune mention d'épouse ou de veuve. Aussi, probablement divorcé de la maman d'A. Junior.

Donc c'est peut-être ton véritable nom. Ou alors tu as volé l'identité d'un pauvre connard quelconque.

L'ajout de *junior* à ses mots-clés lui gagna deux entrées, l'une et l'autre ayant trait au poste occupé par Benn Junior comme directeur des opérations chez Alamo Adjustments à Berkeley, Californie. Aucune indication sur la spécialité de ladite société.

Une activité secrète ?

Alamo, comme en souvenir… d'anciens griefs ?

Quand elle se rendit compte, soudain, que le véritable monument était situé à San Antonio. Andrew aurait-il trouvé ce lieu par simple association ou avait-il réellement vécu là-bas ?

Elle tapa *alamo adjustments* en s'attendant à voir un site Internet, une référence dans les réseaux sociaux, un listing chez LinkedIn, n'importe quoi.

Rien du tout.

Elle se connecta alors à un site payant qui offrait l'accès en *pay-per-view* à d'anciens annuaires téléphoniques et dénicha une adresse vieille de cinq ans pour la compagnie installée sur Center Street à Berkeley. Donc elle avait bien existé.

Alamo. Forteresse. Bonnes intentions, cause perdue. Un désastre.

Adjustments… pour quoi ? La seule chose que le mot lui évoquait était la chiropractie et vingt minutes de recherches dans ce domaine se révélèrent infructueuses.

Retour à Benn en personne. Introuvable, bien caché, et donc, un truc secret – high-tech ? biotech ? Un danger toxique qu'Andrew aurait découvert en menaçant de l'exposer au grand jour ?

Berkeley, la quintessence de la ville universitaire, était bourrée de sociétés high-tech… mais Grace avait la conviction qu'Andrew était venu à elle à cause de ses problèmes avec un membre de sa famille. Un parent proche.

Pour l'instant, elle s'en contenterait.

Andrew mort. Probablement tué par Bill. Ou par un de ses complices, le baraqué qui l'avait filée sur la PCH.

Bill, mort.

Une bonne chose à propos de ce salopard qui voyageait léger et discret : il y avait de fortes chances que ses armes ne soient pas enregistrées et, donc, difficile de remonter jusqu'à leur propriétaire.

Grace inspecta les clés sur la courte chaîne. Trois Schlage[1] plus celle qui ouvrait la Chrysler. Pas de marques révélatrices.

Poubelle. Maintenant l'enveloppe.

Paquet mince. Quand elle l'ouvrit, un morceau de papier en tomba.

Une feuille blanche, neuve, tapée à l'ordinateur. Une collection de renseignements soigneusement présentés, la concernant : son nom, son adresse, ses numéros de téléphone, ses qualifications professionnelles, ainsi qu'une photo noir et blanc pas très nette téléchargée à partir de la page « personnel » du département de psychologie de l'USC.

Une photo d'identité qui remontait à sept ans, juste après son diplôme, quand on lui avait demandé de rester à la fac comme assistante. La plus jeune personne dans

1. Fabricant de clés et serrures.

toute l'histoire du département à atteindre ce statut, lui avait précisé Malcolm.

Ils étaient là tous les trois – Malcolm, Sophie et elle – et ils venaient de fêter la grande nouvelle par un dîner extravagant chez Spago à Beverly Hills. Sophie qui souriait discrètement comme à son habitude, Malcolm rayonnant qui vidait son troisième manhattan sur glace.

Grace grignotait un cocktail aux crevettes en s'émerveillant de constater qu'elle ne se sentait en rien différente, elle jouissait tout simplement de les voir ainsi tous les deux.

Elle méritait ce poste, mais l'enseignement universitaire ne l'attirait guère, elle avait toujours préféré la réalité.

N'empêche : voir Malcolm et Sophie heureux était un beau souvenir… ne t'égare pas, ma fille, reste sur ta piste. Elle serra les mâchoires et son cerveau suivit. Elle frissonna, sa nausée était de retour et elle se replongea dans sa recherche, examinant la photo que Bill avait utilisée pour l'identifier.

À l'époque, elle portait ses cheveux longs jusqu'aux fesses, séparés par une raie au milieu et naturellement plats, n'étaient les bouclettes incongrues à leurs extrémités. Elle avait accédé aux désirs du photographe et ramassé sa crinière en queue-de-cheval, « afin de mieux voir votre joli visage, docteur », lui avait-il dit.

Peu de différences entre cette photo vieille de sept ans et aujourd'hui : elle avait bien vieilli. Donc une belle ressemblance qui avait profité à Bill Benn Junior. Ainsi qu'à ceux qui avaient pris le relais après lui.

Elle déchiqueta la feuille préalablement découpée en quatre longueurs et ajouta le tas de confettis à sa pile de déchets. Elle secoua une nouvelle fois l'enveloppe, en pure perte, puis vérifia quand même l'intérieur. Repéra un petit carré de papier coincé dans le soufflet du fond.

Elle agita l'enveloppe sans parvenir à le déloger, aussi y glissa-t-elle la main, replia les doigts en pince et réussit à extraire un carré de papier journal d'environ quatre centimètres de côté.

Le papier brun se délitait et, une fois sorti de sa cachette, il se désagrégea partiellement en petites rognures ambrées comme la bière sur la table. Elle le posa bien à plat et l'étudia avec attention.

Un fragment de photo noir et blanc, de toute évidence découpé grossièrement dans une image plus grande.

Un cercle à l'encre bleue autour du visage d'un garçonnet de dix ou onze ans. Visage plutôt rond, joliment symétrique, dominé par de larges yeux pâles. Une énorme tignasse de cheveux blonds en broussaille lui couvrait le front et masquait ses sourcils. Quelques épaisses mèches bouclées descendaient jusqu'à sa poitrine.

Un garçon englouti sous ses cheveux.

Il regardait droit devant lui, mais pas l'objectif. Deux yeux profondément enfoncés dans leurs orbites comme ceux d'un vieillard, que la peur étirait au maximum.

Le résultat inspirait la pitié. Un regard d'animal sauvage.

Familier.

Grace savait maintenant où elle avait vu pour la première fois l'homme qui se faisait appeler Atoner.

26

Les neuvième et dixième anniversaires de Grace furent marqués par un gâteau des anges insipide et de la crème glacée menthe chocolat délicieuse, servis dans la cuisine du ranch sur des assiettes en carton brillamment colorées.

Elle savait que Mme Stage profitait de l'occasion pour tenter d'en faire une fête, mais chaque année, des enfants différents arrivaient au ranch, certains beaucoup trop jeunes pour comprendre ce qui se passait et d'autres qui pleuraient à chaudes larmes et n'étaient pas vraiment d'humeur à ça.

La première fois, une semaine avant ses neuf ans, Ramona lui avait demandé quel genre de gâteau elle préférait.

– Un gâteau des anges, s'il vous plaît, répondit-elle.

Sachant que Ramona en préparait souvent, et même si ça n'avait pas beaucoup de goût, elle était quasiment sûre de son coup.

– Mais évidemment, chérie, je peux te faire ça. Et que dirais-tu d'un glaçage spécial ? Chocolat, vanille ? Tout ce qui te ferait plaisir – tu me dis piña colada, je suis certaine que j'en trouverai.

Les parfums n'ont aucune importance. Les anniversaires n'ont aucune importance.

– Chocolat, ce serait très bien, répondit-elle.

Les pupilles du comté entraient et sortaient du ranch comme les voitures d'un parking de centre commercial. Beaucoup repartaient trop rapidement, toujours effrayés. Lorsque des nouveaux posaient des questions à Grace, elle faisait en sorte de les aider : quand on a du savoir, on vous considère plus âgée que dans la réalité. Elle veillait également à nourrir et changer les petits quand ils étaient trop nombreux pour que Ramona s'occupe de tout le monde à la fois et elle avait appris à fredonner et à roucouler pour calmer les bébés.

Mais ce n'était rien, tout ça, juste une charge de travail qu'elle avait elle-même choisi de s'attribuer, sans plus. Il ne servait à rien de vouloir connaître quiconque ; plus elle avait de temps à sa disposition, mieux c'était.

Pour l'essentiel, elle lisait et marchait. Quand le soleil commençait à baisser dans le ciel, le désert offrait toutes sortes de teintes et sa préférée était un rouge violacé brillant. Le nuancier dans son programme de science disait que la couleur s'appelait magenta.

Le seul élément permanent était Bobby Canova. Il ne pouvait pas manger de gâteau ni de glace, aussi, lors des « boums d'anniversaire », comme les appelait Ramona, elle collait sa chaise tout contre la table, le sanglait bien et lui servait un milk-shake nutritif. Il faisait alors son sourire énigmatique, accompagné de bruits divers, et Mme Stage disait :

– Il adore la fête.

Jour anniversaire ou pas, Grace le prenait sous son aile et le nourrissait à la paille. Parce que la fête, c'était en réalité pour Mme Stage, pas pour elle.

Elle avait une autre raison de vouloir lui apporter son aide, une chose qu'elle avait remarquée entre son neuvième et son dixième anniversaire : Mme Stage marchait et parlait plus lentement, toujours un peu courbée, et aussi, elle dormait davantage. Certains matins, Grace descendait pour trouver la cuisine vide. Seule à la table, elle jouissait du silence et attendait en dégustant son lait et son jus de fruits.

On aurait dit que Ramona avait beaucoup vieilli d'un seul coup. Grace espérait pouvoir l'empêcher de s'user complètement, à l'image d'une machine rouillée mise au rebut, afin que le ranch reste comme il était encore un moment. Elle se mit à faire le ménage dans les chambres autres que la sienne, à aider avec les lessives. Et même à appeler le nouvel exterminateur, Jorge, quand elle voyait trop d'insectes, des grosses araignées, des scarabées ou des termites.

– Grace, il est inutile que tu travailles tout le temps comme une forcenée. Tu grandis trop vite.

Mais Ramona n'empêcha jamais Grace de lui donner un coup de main.

Son onzième anniversaire approchait quand Grace remarqua que le travail qu'elle faisait ne semblait pas aider Ramona plus que ça : la vieille dame allait de plus en plus doucement et posait parfois sa main sur sa poitrine comme si elle avait mal quand elle respirait.

Conséquence logique : le ranch changea de statut aux yeux de Grace, ce n'était plus sa maison, juste un foyer d'accueil comme les autres.

Un jour, elle le savait, un assistant social allait débarquer pour lui dire d'emballer ses affaires.

D'ici là, elle allait marcher, lire et apprendre autant qu'elle pourrait.

À l'occasion de ces boums d'anniversaire, Ramona faisait tout un cinéma en apportant à table le gâteau piqué de bougies flamboyantes et demandait à Grace de se lever pendant que tout le monde chantait « Happy Birthday » parce que c'était elle qu'on « honorait ».

Elle enjoignait aux pupilles assez âgés de se joindre à son « Happy Birthday » entonné haut et fort d'une voix stridente et suivi par « Et bien d'autres à venir ! ». Pour ses peines, elle n'avait droit autour de la table qu'à un accompagnement de pure forme, juste quelques vagues fredonnements et des échanges de regards gênés qui n'apportaient pas grand-chose à sa mélodie criarde.

Quelques jours avant le onzième anniversaire de Grace, Ramona lui annonça :

– Que dirais-tu d'un glaçage au citron plutôt qu'au chocolat ?

Grace fit semblant de réfléchir à la question.

– Oui, bien sûr. Merci.

Ramona ouvrit un tiroir et sortit une boîte de glaçage qu'elle avait déjà achetée. *Mediterranean Lemon*.

– Cette année, il est possible qu'il vienne – le Pr Bluestone. Ce serait sympa, non ?

– Oui.

– Il pense que tu es un génie.

Grace hocha la tête.

– Il t'a dit qu'il te trouvait intelligente ?

Souvent.

– En quelque sorte, répondit Grace.

– Eh bien... je l'ai invité, s'il peut venir, il viendra.

Il ne pouvait pas. Il ne vint pas.

De temps à autre, l'assistant social qui déposait un nouveau pupille ou en emmenait un avec lui était Wayne Knutsen. Dès qu'il voyait Grace, il détournait la tête d'un air gêné et Grace se demandait bien pourquoi. Puis elle comprit : il lui avait annoncé qu'il quittait les services sociaux pour devenir avocat, il n'avait pas tenu parole et ne voulait pas qu'elle lui rappelle son échec.

C'était ça le problème quand on connaissait les secrets des gens. Ça pouvait les conduire à ne plus vous aimer.

Mais un soir, après avoir déposé une fillette du nom de Saraquina, une petite Noire métissée d'Asiatique absolument terrifiée, Wayne se dirigea droit sur Grace qui contemplait le désert en faisant mine de ne pas l'avoir vu arriver.

– Hé, là. Tu te souviens de moi ?

– C'est vous qui m'avez amenée ici.

– C'est bien ça, dit-il en souriant. Wayne. On me dit que tu fais ton chemin dans les programmes scolaires avancés. Donc tout se passe bien ?

– Oui, monsieur.

– C'est le pied, les livres – et aussi l'étude, hein ?

– Oui.

– Très bien, dit-il en tripotant sa queue-de-cheval. Va falloir que je commence à t'appeler *Amazing Grace*[1]. Stupéfiante Grace.

Il battit des paupières et tendit la main comme pour lui tapoter la tête avant de la retirer aussi vite.

– Eh bien, c'est super. Le fait que tu aimes étudier, je veux dire. Tu pourrais probablement m'aider.

– À quoi ?

– Non, je plaisantais, dit Wayne en riant.

– Vos études de droit ? demanda-t-elle.

Il se mit face au désert, le visage grave, et finit par hausser les épaules.

– Tu comprends vite… ouais, les études de droit, aller jusqu'au bout est un défi. Je travaille toute la journée, je suis des cours le soir, les livres ne sont pas aussi intéressants que ce que tu apprends.

Il soupira.

– À ton âge, j'étais exactement comme toi. J'adorais ça, apprendre quelque chose de nouveau. Mais aujourd'hui ? J'ai quarante-sept ans, Grace. Si je pouvais consacrer tout mon temps aux études, je serais probablement capable de faire mieux. Mais comme ce n'est qu'à temps partiel, je suis coincé dans une école non accréditée et je ne peux pas en changer. Ce qui signifie que ce n'est pas la meilleure, Grace, et donc bonne chance pour l'examen du barreau – l'examen pour devenir avocat.

1. Titre d'un des plus célèbres cantiques anglicans.

Il contemplait toujours les sables magenta.

– Il va me falloir un moment pour terminer. Si je termine.

– Vous y arriverez, dit Grace.

Il se gratta le nez, tourna la tête et regarda Grace avec attention.

– C'est ce que tu me prédis, hein ?

– Oui.

– Pourquoi ?

– C'est ce que vous voulez.

– Hum. Parfois, je n'en suis plus aussi sûr – en tout cas, continue à nous stupéfier, Miss Grace. Ça te donne un avantage dans ce monde de dingues même si… (Il secoua la tête.) L'essentiel, c'est que tu sois en pleine forme, petite.

Grace ne répondit pas.

– C'est ce qu'on appelle un compliment, dit-il.

– Merci.

– Ouais, bon… ça te plaît vraiment ici ?

– Oui.

– C'est quelqu'un de bien, Ramona. Elle ne sait pas dire non à un gamin dans le besoin et il n'y en a pas beaucoup comme elle. C'est pour cette raison que j'ai pensé qu'elle te ferait beaucoup de bien.

– Merci.

– J'avais le sentiment que tu le méritais, dit-il. Après tout ce que tu as traversé.

Mériter ça n'existe pas.

– Merci, répéta Grace.

– En tout cas, je suis heureux qu'on ait pu bavarder… Écoute, voici ma carte. Si jamais tu as besoin de quelque chose. Vu ce que je sais de toi, c'est peu probable, Ramona me dit que tu es bigrement autonome – tu sais prendre soin de toi-même.

Comme la plupart des adultes, il ne cessait de traduire les expressions qu'elle avait déjà comprises. Le seul à ne pas l'avoir jugée stupide était Malcolm. Encore que, au début, lui aussi expliquait trop. Mais il avait vite pigé ce qu'elle comprenait.

Comme Wayne tenait toujours la carte entre ses petits doigts boudinés, elle la lui prit en le remerciant pour la quatrième fois, avec l'espoir que son geste mettrait un terme à cette conversation et qu'elle pourrait rentrer pour retourner à son livre sur les papillons et les phalènes.

« Danaus plexippus ». Le monarque. Après avoir vu des photos d'une nuée de ces papillons sur un toit, un nuage d'orange et de noir, elle avait voulu vérifier le mot « monarque » dans son dictionnaire.

Un souverain régnant. Un roi ou une reine.

Elle ne voyait rien de royal ou de réginal à propos de ces papillons. Elle les aurait baptisés volants citrouille. Ou insectes flamme, quelque chose comme ça. Le scientifique qui leur avait donné ce nom devait avoir des rêves de grandeur quand il…

– Inutile de me remercier, lui disait Wayne, je ne fais que mon travail.

Mais il souriait, parfaitement détendu.

Fais en sorte que les gens soient contents d'eux et ils ne t'embêteront pas.

Grace lui rendit son sourire. Avec un clin d'œil, Wayne tourna les talons et regagna sa voiture d'un pas pesant.

Après son départ, Grace regarda la carte.

Wayne J. Knutsen, BA
Coordinateur des services sociaux.

La première poubelle qu'elle dénicha se trouvait dans le coin du salon et c'est là que finit la carte.

Malcolm Bluestone débarquait toujours à l'improviste, mais elle attendait sa venue avec impatience parce qu'à chacun de ses passages, il lui apportait des choses intéressantes : de nouveaux cours et manuels, des livres et, mieux que tout le reste, d'anciennes revues. Elle trouvait leurs publicités des plus intrigantes, toutes ces photos et peintures qui lui enseignaient ce que les choses avaient été jadis.

Des revues, il en avait de toutes les sortes. Lui aussi était grand lecteur, c'était peut-être pour ça qu'il la comprenait.

Réalités lui semblait destiné à des gens qui vivaient en France, avaient beaucoup d'argent et mangeaient des trucs bizarres.

House and Garden servait à rendre sa maison plus chic pour se faire apprécier des gens.

Popular Mechanics et *Popular Science* montraient comment construire des assemblages qu'on n'utiliserait probablement jamais et parlaient d'événements fantastiques qui étaient censés se produire, mais n'étaient pas encore arrivés, comme des voitures volantes et des films avec des odeurs sortant des murs du cinéma par des orifices.

Un jour, après avoir lu quatre exemplaires de *Popular Science* de la première à la dernière page, Grace passa une nuit pleine de beaux rêves en s'imaginant dans une voiture volante au-dessus du désert.

Le *Saturday Evening Post* offrait des peintures brillantes et colorées de gens souriants aux cheveux luisants, des grandes familles, des soirées d'anniversaire, de Noël ou de Thanksgiving, avec tellement d'invités qu'on pouvait à peine se trouver une place dans la pièce. Et aussi la dinde, il y avait toujours une énorme dinde rôtie sur le point d'être découpée par un homme très propre sur lui et armé d'un grand couteau. Parfois, un jambon, avec de petites choses noires piquées dans la peau et des tranches d'ananas sur le dessus.

Les gens souriants ressemblaient à des extraterrestres. Grace adorait les peintures de la même façon qu'elle aimait lire des textes sur l'astronomie.

Time et *Newsweek* traitaient de sujets tristes, méchants et ennuyeux et donnaient des avis sur les livres et les films. Grace ne voyait aucune différence entre les deux magazines et ne comprenait pas pourquoi quelqu'un préférait reprendre l'opinion d'un autre plutôt que de se fier à la sienne.

La revue la plus intéressante était *Psychology Today*. Malcolm commença à lui en apporter quand elle eut dix ans, comme si elle venait finalement de passer un cap méritoire. Immédiatement, elle fut intéressée par les expériences qu'on pouvait faire avec les gens, les choses qui les poussaient à se comporter intelligemment ou stupidement, à se haïr, s'apprécier ou s'ignorer.

Elle aimait particulièrement celles où les individus avaient des attitudes différentes selon qu'ils se trouvaient seuls ou en groupe.

Et aussi des expériences qui démontraient comment on pouvait mener les gens comme on le voulait selon qu'on les faisait se sentir très bien ou très mal.

Malcolm n'était pas venu depuis longtemps, mais lors de sa visite suivante, il lui demanda s'il pouvait lui faire passer quelques tests supplémentaires – « rien qui prenne beaucoup de temps, juste de nouvelles histoires à partir d'images ».

– Bien sûr, répondit-elle en agitant un numéro de *Psychology Today*. Vous en avez d'autres de ceux-là ?

– Je me demandais ce que tu allais en penser. J'ai piqué ton intérêt ?

– Oui.

– Bien sûr, Grace, tu peux avoir autant d'anciens exemplaires que je pourrai t'en dénicher. Il me semble que j'en ai justement dans le coffre de la voiture.

Grace lui emboîta le pas et l'accompagna jusqu'à son break Buick. Une femme était assise sur le siège passager, elle avait un visage mince et des cheveux qui semblaient blancs comme la neige.

Grace n'avait jamais pensé que Malcolm pût voyager avec quelqu'un.

Elle se reprit aussitôt : c'était stupide de croire une chose pareille. Malcolm avait le contact facile et il devait avoir des tas d'amis. Tout un monde existait hors des limites du ranch, mais les pupilles n'avaient droit qu'à des revues et des tests psychologiques.

Pour une raison inconnue, elle sentit son ventre se nouer, juste sous sa cage thoracique. Elle se détourna de la femme.

La vitre côté passager se baissa. Une voix douce, presque un murmure, dit :

– Hé, toi là-bas.

Grace, contrainte de se retourner pour faire face à l'étrangère, remarqua d'abord ses sourcils. Deux demi-cercles parfaits. La bouche qui lui souriait était couverte de rouge à lèvres d'un rouge violacé.

De belles dents blanches et régulières. Un menton pointu. Une fossette à la joue gauche. Une femme vraiment séduisante : elle semblait sortir tout droit de *Réalités*, habillée par un grand couturier, mangeant des escargots et buvant du bordeaux à Paris, à Cannes ou dans un grand château de la vallée de la Loire.

– Bonjour, dit Grace, d'une voix si étouffée qu'elle s'entendit à peine.

La dame aux cheveux blancs descendit de la voiture. Elle avait à peu près l'âge de Malcolm et elle était grande – rien à voir cependant avec la hauteur de gratte-ciel de Malcolm, mais certainement l'une des femmes les plus grandes qu'elle ait vues – et mince comme un échassier. Elle portait un chandail gris, un pantalon noir et des chaussures plates argentées avec des boucles dorées. Ses cheveux n'étaient pas blancs, la lumière du soleil les changeait complètement en un blond très clair, comme doré et argenté tout à la fois.

Ce que *Réalités* appelait « blond cendré ».

Une frange qui donnait l'impression d'avoir été coupée à l'aide d'une règle descendait jusqu'au milieu de son front lisse et pâle. Les yeux sous la frange semblaient légèrement bigles, très écartés, avec de minuscules ridules aux coins. Deux iris bleu foncé se posèrent très naturellement sur elle et, malgré son sourire toujours en place, Grace perçut la tristesse que cette femme portait en elle.

– Miss Grace Blades, dit Malcolm, voici le Pr Sophia Muller. Professeur, Grace.

La femme blonde lui tendit la main.

– Laisse tomber tous ces tralalas, je suis son épouse. Appelle-moi Sophie.

Ses doigts étaient longs, lisses et frais, avec des ongles nacrés aussi brillants que les chromes d'une voiture. Une vraie reine sortie d'un livre d'images. Une *monarque*.

Malcolm était imposant, mais il n'avait rien du monarque en lui. Plutôt Petit Jean dans *Robin des Bois*. Un géant gentil. Pas comme celui tout en haut de la tige de haricot…

– Grace est un joli nom, dit le Pr Sophia Muller… (son sourire s'élargit :) pour une jolie fille.

Grace sentit la chaleur monter à ses joues.

Le Pr Sophia Muller se rendit compte qu'elle venait de commettre un impair, car elle jeta un bref coup d'œil à son mari.

C'est son épouse, sois gentille avec elle.

– Merci du compliment, dit Grace. Heureuse de faire votre connaissance, professeur Muller.

C'est son épouse, mais elle n'utilise pas le nom de son mari ?

Personne ne dit plus rien pendant un moment. Ce fut Malcolm qui rompit le silence.

– Oh ouais, *Psych Today*, dit-il.

Il ouvrit le hayon du break et réapparut avec une brassée de revues.

– Il a trouvé le moyen de se décharger de sa collection sur quelqu'un, expliqua le Pr Muller. Grace, je serais prête à payer pour que mon grand ménage au printemps prochain soit plus facile.

Grace savait qu'on attendait d'elle qu'elle sourie et s'exécuta.

– Je te les apporte dans ta chambre, dit Malcolm.

– Je peux le faire, dit Grace.

– C'est un peu lourd, Grace.

– On fait ça ensemble, dit Sophia Muller. À trois, ce sera un jeu d'enfants.

Ils se partagèrent les revues et prirent la direction de la maison en file indienne, Grace ouvrant la marche, Malcolm et Sophie derrière.

Grace n'avait aucune idée de ce qui leur trottait dans la tête, mais elle se disait : *Il nous a présentées. Donc elle ne connaissait pas mon nom avant.*

Donc il ne lui a jamais parlé de moi.

Pour quelle raison ? Parce qu'il ne parlait pas des pupilles ?

Ou est-ce qu'elle n'était pas si importante pour lui ?

On aurait dit qu'il avait lu dans ses pensées, car à sa visite suivante, il lui demanda :

– Alors, ça te plaît la psycho ?

– Oui.

– Sophie a été ravie de faire ta connaissance.

– C'est pareil pour moi, mentit-elle.

Elle n'avait rien contre les nouvelles rencontres, mais ne s'en préoccupait pas vraiment.

Une fois installés tous les deux dans le salon pour terminer la seconde partie du test à images, il lui dit :

– Tu l'as probablement compris toute seule : je n'ai jamais parlé de toi à Sophie par confidentialité – pour respecter ton intimité. Au-delà de ça, je prends ce que nous faisons très au sérieux, ce n'est pas un sujet de conversation. De toutes les façons, ce n'est pas moi que ça concerne, la star c'est toi.

– La star de quoi ? demanda-t-elle, même si elle avait une bonne idée de ce que cela signifiait, mais, pour une raison inconnue, elle voulait qu'il continue à parler.

– De ce que nous faisons ensemble, Grace. Mon but est d'optimiser ton éducation.

Sans expliquer « optimiser ». C'était bien le seul adulte à ne pas la traiter comme une imbécile.

– Si je t'ai expliqué la raison pour laquelle je n'ai pas discuté de toi, c'est parce que je ne voulais surtout pas que tu te croies sans importance. Bien au contraire : tu es importante à mes yeux et c'est précisément la raison pour laquelle je tiens à préserver ton intimité. Même si tu n'as pas légalement le droit de revendiquer une clause de confidentialité. Tu sais pourquoi ?

– Parce que je suis une pupille ?

Il baissa tristement ses grands yeux bruns et doux.

– Non, mais c'est la réponse logique. La véritable raison, c'est qu'aucun mineur de moins de dix-huit ans n'a droit à la clause de confidentialité, y compris ce qu'ils peuvent raconter à un psychologue. J'estime que c'est une absurdité et une erreur absolue. Je pense que nous devons respecter les enfants bien plus que nous ne le faisons. Donc j'ignore délibérément les règles, je garde les secrets à cent pour cent et je ne note rien par écrit si les enfants ne sont pas d'accord.

Ses paroles sortaient de sa bouche en flot rapide et continu. Des points roses marquaient ses joues généreuses et une main s'était serrée en poing gros comme un gant de base-ball.

– Respecte tes aînés, mais respecte aussi les plus jeunes, dit Grace.

Interloqué, Malcolm la regarda fixement avant d'éclater de rire et son poing cogna la table.

– Ça, c'est brillant, Grace. Puis-je te l'emprunter de sorte que, moi aussi, je puisse passer pour brillant ?

– Bien sûr.

– Tu as absolument raison. Il faut que nous regardions tous les individus comme s'ils étaient respectables et intelligents. Même les tout-petits. Il y avait un psychologue célèbre, du nom de William James, qui vivait il y a longtemps et était considéré comme quelqu'un d'important, tout le monde écoutait ce qu'il avait à dire. Il était convaincu que les bébés vivaient « dans une confusion bruissante perpétuelle ». Comme si c'étaient des insectes, comme s'il n'existait aucun modèle qui aurait guidé leurs sensations, leurs pensées ou leurs actes. Du temps de William James, c'était un jugement qui paraissait des plus raisonnables. Tu sais pourquoi ?

– Les gens ne connaissaient rien au sujet.

– Précisément, Grace, et la raison pour laquelle ils ne connaissaient rien au sujet est simple : ils n'avaient pas la moindre idée de la manière dont on pouvait mesurer ce que ressentaient ou pensaient les bébés. Les psychologues ont gagné en intelligence, ils ont mis au point des tests, et pouf ! (il claqua des doigts) on s'en serait douté, mais les bébés sont devenus plus intelligents. Et cette tendance se poursuit, Grace. C'est ce qui rend la psychologie si excitante, tout au moins pour moi. Nous en apprenons tellement et ça ne s'arrête pas. Et pas simplement sur les bébés humains. Les animaux supérieurs aussi – les baleines, les dauphins, les singes, même les oiseaux – il se trouve que les corbeaux sont super doués. Plus on avance intelligemment dans leur compréhension, plus eux deviennent intelligents. Donc on pourrait peut-être présumer que tout le monde l'est, intelligent.

Il aimait toujours parler, mais même pour lui, d'un coup, ça faisait beaucoup de mots.

– Peut-être, répondit Grace.

Malcolm croisa ses grosses jambes.

– Probable que je deviens barbant à te raconter tout ça. Toujours est-il que ça explique pourquoi je n'ai pas parlé de toi à Sophie. Précisément parce que tu es importante.

Grace sentit son ventre refaire des siennes, exactement comme devant Sophie, quand elle lui avait dit qu'elle était jolie. Elle se couvrit la bouche d'une main pour s'empêcher de lâcher une nouvelle stupidité.

– Voici une revue à laquelle tu pourrais peut-être jeter un coup d'œil.

Il sortit de sa mallette un volume à jaquette orange, sans images, rien que des mots. En haut, le titre : *Journal de Psychologie appliquée et clinique*.

– Merci, dit-elle.

Il rit.

– Ne me remercie pas trop vite, Grace. Vois d'abord si ça te plaît. Ça n'a rien à voir avec *Psych Today* qui est destiné aux gens qui n'ont pas étudié la psychologie à un haut niveau. Cette revue est réservée aux psychologues en exercice, et pour te dire la vérité, certaines parties sont ardues et difficiles à comprendre. Moi-même je ne comprends pas toujours tout. Tu risques de t'apercevoir que c'est la quintessence de l'ennui.

Grace tourna une page. Des tas de mots, des petites lettres, un graphique tout en bas.

Il sortit ensuite le nouveau test à images.

– Bon, on se met au travail. Et merci de continuer à m'apporter ton aide.

– En faisant quoi ?

– Les tests.

– Ça ne m'ennuie pas.

– Je sais, Grace. Pour toi, les tests sont un exercice mental. Mais quand même, tu m'as aidé. Grâce à toi, je comprends mieux qu'avant les enfants ultradoués.

Une nouvelle fois, Grace n'eut aucune idée de ce qu'elle devait répondre.

Malcolm glissa un doigt dans son col roulé.

– Il fait chaud ici… Ce que j'essaie de te communiquer, Grace, c'est que tu es bien sûr unique, mais tu as beaucoup à nous apprendre sur la façon dont les enfants extrêmement brillants se confrontent aux défis qui se présentent à eux.

Le mot « défi » ressemblait à un de ces fers à marquer le bétail qu'elle avait vus dans les westerns de Steve Stage et il transforma son ventre en boule de feu. Elle ôta sa main de devant sa bouche, et une chose incroyable en jaillit malgré elle :

– Vous avez pitié de moi.

Mais bien pis que ses mots était la colère dans sa voix. Une méchante fille, un démon parlait par sa bouche.

Malcolm leva les mains, comme s'il ne savait plus qu'en faire.

Comme s'il ne voulait pas qu'on le frappe.

Grace se mit à pleurer.

– Je suis désolée, professeur Bluestone.

– Désolée de quoi ?

– D'avoir dit ça.

– Grace, tu as le droit de ressentir et de dire tout ce que tu veux.

Il lui tendit un mouchoir qu'elle saisit au vol pour s'en tamponner les yeux, tant elle se dégoûtait d'avoir réagi en petit bébé démoniaque.

Maintenant rien ne serait jamais plus pareil.

Une nouvelle coulée de larmes, qu'elle chassa d'une gifle, ravie de sentir son visage la piquer.

Malcolm attendit un moment avant de parler.

– Je crois savoir pourquoi tu te sens si mal. Tu ne veux pas que je te voie comme une enfant vulnérable. Est-ce que j'ai raison, Grace ?

Elle renifla, tapota ses yeux. Acquiesça.

– Eh bien, sache que je ne te vois pas comme ça, Grace. C'est tout le contraire, je te considère comme une enfant résiliente. Donc je suis désolé si je n'ai pas été plus clair.

Il attendit un peu plus. Grace garda le silence, le mouchoir en papier comprimé au creux de sa main.

– Au départ, je suis venu ici parce que Ramona m'avait dit combien tu étais intelligente et elle se faisait du souci, les programmes scolaires normaux ne t'étaient d'aucune utilité. Elle m'a aussi raconté ton histoire. Parce que je le lui ai demandé, car je tiens toujours à être le plus rigoureux possible. Plus j'en ai appris sur toi, plus j'ai compris à quel point tu étais remarquable pour ton âge. Néanmoins, ce serait malhonnête de ma part de faire comme si tu n'avais jamais eu à affronter des défis. C'est une chose qui arrive à tout le monde. Mais est-ce que j'ai pitié de toi ? Absolument pas.

Grace baissa la tête. Elle aurait voulu que cette journée se termine sur-le-champ.

– Oh, bon sang de bonsoir, dit Malcolm, voilà que je m'embourbe encore plus profond… alors, donne-moi une autre chance de m'expliquer.

Silence.

– Je peux ?

Un hochement de tête.

– J'aime à me considérer comme un individu soucieux d'autrui, mais la pitié ne fait pas partie de mon répertoire parce que la pitié rabaisse les gens. Cependant (il s'éclaircit la gorge) je m'intéresse vraiment aux gens qui, confrontés à des situations difficiles, s'en sortent bien. La façon dont ils donnent un sens à leur univers quand justement les choses deviennent difficiles. Parce que j'estime que la psychologie devrait être plus positive. Et en enseigner autant sur les forces que sur les faiblesses. Il est possible que cette façon de voir me vienne de Sophie, de ce que ses parents ont traversé. Ils ont enduré une expérience abominable qu'on appelle l'Holocauste – je n'arrive pas à me souvenir si une partie de ton programme a traité du sujet…

– Histoire, module dix-sept, dit Grace. Seconde Guerre mondiale et ses conséquences. Hitler, Himmler, nazis, commandos et troupes d'assaut, Auschwitz, Bergen-Belsen, Treb… linko ?

– Treblinka. Les parents de Sophie se sont retrouvés dans un camp du nom de Buchenwald. Ils ont survécu et sont venus en Amérique, ils ont eu le bonheur d'avoir Sophie et une vie merveilleuse. Lorsque je les ai rencontrés, leur approche joyeuse de la vie m'a surpris, car quand on fait des études pour devenir psychologue, il est surtout question de problèmes et de faiblesses, mais lorsque j'ai appris à mieux connaître les parents de Sophie, j'ai compris que j'avais raté beaucoup de choses. Puis ils sont décédés – rien à voir avec Buchenwald, ils ont vieilli et sont morts de maladie. Ce qui a encore plus renforcé mes convictions de vouloir comprendre les gens qui s'adaptent et s'adaptent bien. Ceux que j'appelle les survivants.

– Elle se sert d'un autre nom, dit Grace.

– Je te demande pardon ?

– Vous êtes Bluestone, elle est Muller. Est-ce parce qu'elle veut se souvenir de sa famille d'une façon spéciale ?

Malcolm cilla.

– Grace, c'est un privilège de te connaître.

De nouveau, le fer à marquer. Pourquoi était-elle incapable d'accepter les choses gentilles ?

Elle baissa les yeux sur la table, fixa la jaquette orange du *Journal de Psychologie appliquée et clinique*. Les articles qu'il contenait étaient présentés dans une liste et le premier titre qu'elle vit traitait du renforcement à intervalles variables avec troncature aléatoire dans un échantillonnage de rats communs stimulés neurologiquement.

Effectivement, ce serait la quintessence de l'ennui.

– Ouais, je sais, dit Malcolm en souriant. Malgré tout, tu en tireras certainement plus que mes étudiants en recherche.

Deux mois après la boum du onzième anniversaire de Grace, l'arrivée de trois nouveaux pupilles au ranch se déroula de façon bien étrange, très différente de la procédure normale.

Premier détail incongru : ils débarquèrent le soir, quand tout le monde était déjà couché à l'exception de Grace et de Ramona. Celle-ci devait probablement déjà dormir, car elle montait dans sa chambre de plus en plus tôt et gardait ses médicaments dans la poche de son tablier en marmonnant qu'elle devait absolument prendre du repos. Grace l'étudiait de très près en essayant de savoir quand le ranch allait fermer – quand elle finirait exilée dans un endroit qu'elle n'aimerait pas.

Elle ne dormait pas encore parce qu'elle avait tendance à se réveiller parfaitement reposée au beau milieu de la nuit et lisait un livre pour se rendormir. C'est exactement ce qu'elle faisait quand elle entendit Ramona descendre l'escalier.

Elle alla vérifier, la vit à la porte d'entrée, un peu nerveuse, consultant sans cesse sa grosse montre Hamilton, celle que portait jadis Steve Stage.

Ramona se retourna vers elle :

– On a des nouveaux qui débarquent, Grace. Tu ferais mieux de regagner ton lit et de te rendormir.

– Je peux aider.

– Non, tu vas dans ta chambre, répondit-elle d'un ton plus sec qu'à l'accoutumée.

Grace obéit et gravit l'escalier. Elle ouvrit sa fenêtre et se percha sur son lit pour mieux voir ce qui se passait en contrebas.

Une grosse voiture vert foncé et une voiture pie de la police s'étaient garées devant la maison.

De la voiture de police, elle vit sortir deux agents en uniforme beige. De la verte, un homme en costume avec un insigne épinglé à sa pochette. Trois grands moustachus costauds qui formèrent un demi-cercle devant Ramona. La conversation, dont elle ne put rien entendre, dura un moment, tous les visages étaient sérieux. Puis l'un des uniformes ouvrit la porte arrière de la voiture de police et fit un geste.

En sortirent trois enfants, deux garçons et une fille.

Le plus petit garçon était de son âge, le plus grand, plus vieux – treize ou quatorze ans. La fillette était la plus jeune des trois, peut-être huit ou neuf ans, et sa posture la faisait paraître plus petite qu'elle n'était.

Tous trois étaient blonds, d'un blond très clair, à peu près aussi clair que les cheveux de Sophia Muller. On aurait dit de la paille sous le vent, tout emmêlée et débordant de partout.

Des cheveux très longs, qui descendaient sous la taille, même chez les garçons.

Leurs vêtements étaient bizarres : des chemises noires sans col, trop grandes et flottant de partout, des pantalons noirs trop grands eux aussi dont le bas en accordéon ramassait la poussière.

Comme s'ils appartenaient au même club et avaient besoin d'un uniforme sauf que les uniformes n'étaient pas à leur taille.

La fillette se tenait à côté du plus jeune garçon, qui se rongeait les ongles et battait la mesure avec son pied. Ils avaient l'un et l'autre un visage doux et rond et on aurait presque cru des jumeaux si elle n'avait pas été aussi jeune. Quand il la toucha de l'épaule, elle se mit à sucer son pouce et lui, à taper du pied plus vite.

La figure de l'aîné était plus longue. L'air détendu, il se tenait à l'écart des deux autres, un peu avachi, une jambe pliée, des yeux sans cesse en mouvement qui furetaient partout. D'abord, il regarda la maison puis au-delà et enfin en direction du désert après un rapide coup d'œil à Ramona.

Avant de relever la tête. Avec Grace directement en ligne de mire. Elle ne s'était pas rendu compte qu'en laissant la lumière allumée, l'embrasure de la fenêtre l'encadrait comme un tableau.

Son regard se verrouilla au sien et il sourit. Il était beau, la mâchoire bien dessinée et un petit rictus en coin étirait ses lèvres. Son expression disait clairement que Grace et lui partageaient désormais un secret. Mais le sourire n'avait rien d'amical.

Tout au contraire, c'était un sourire de carnassier affamé. Comme un coyote devant sa proie.

Grace recula et tira les rideaux.

Elle crut, sans pouvoir en être sûre, entendre un rire en contrebas.

Le lendemain matin, comme d'habitude, Grace fut la première debout et Ramona entra dans la cuisine alors qu'elle se servait un deuxième verre de jus de fruits.

– Bonjour, Miss Blades, dit Ramona en s'affairant autour de la cafetière.

– Qui sont-ils ?

Les mains de Ramona s'arrêtèrent.

– Je me disais bien que tu te montrerais curieuse. Mais fais-moi confiance, Grace, abstiens-toi.

Elle lui tournait le dos, comme si toutes deux ne se connaissaient pas aussi bien que Grace le croyait.

Lorsqu'elle versa le café dans le percolateur, Ramona déclara :

– Je vais te dire leurs noms puisqu'il faut bien qu'ils en aient un si tu veux les appeler, c'est logique. Mais c'est tout, d'accord ?

C'est pas d'accord du tout, c'est stupide, songea Grace.

– Bien sûr, répondit-elle.

– Ils seront vite partis, de toute façon. C'est une faveur que je fais aux services sociaux parce qu'ils ont besoin… (Elle secoua la tête.) C'est tout ce que tu dois savoir, jeune dame.

Ramona alla jusqu'au frigo et en sortit beurre et œufs.

– Leurs noms… dit Grace.

– Quoi ?… oh, ouais. Bon, le plus grand, c'est Sam, son frère, Ty, et la petite sœur est Lily. Tu as compris ?

– Oui.

– Sam, Ty, Lily, répéta Ramona, à croire qu'elle voulait lui faire mémoriser une leçon.

Sam. Le sourire restait dans sa mémoire comme une mauvaise odeur. Ty et Lily s'étaient comportés en bébés effrayés et elle ne voulait pas passer de temps avec eux non plus.

Ramona commença à faire frire sa platée d'œufs fades. Le percolateur gargouilla et elle consulta sa montre.

– Oups, je ferais bien d'aller voir Bobby.

Elle monta au premier et réapparut, l'air épuisée, en guidant Bobby dans la cuisine. Il s'aidait de deux cannes spéciales qui lui enserraient les coudes et se déplaçait lentement, par à-coups et petits bonds. Au milieu de son trajet vers la table, il s'immobilisa et offrit à Grace un de ses sourires si énigmatiques. Qui peut-être ne lui était pas destiné, peut-être était-il tout simplement heureux… heureux d'être là. Mais elle préférait ça au rictus de Sam, aussi lui rendit-elle son sourire avant d'aider Ramona à l'asseoir, le sangla sur son siège et lui emplit sa tasse spéciale avec l'un des bidons de milk-shakes nutritifs qu'on gardait au frigo.

Pendant l'absence de Ramona, des coups avaient résonné au premier. Les trois nouveaux pupilles étaient réveillés mais ils n'étaient pas descendus.

Grace continua de donner son lait à Bobby dont la gorge gargouillait, sa tête roulant en tous sens quand il tétait sa boisson tant il se donnait de mal. Finalement, il réussit à tout boire.

Ramona se remit à cuisiner. Sa réaction devant l'aide que lui apportait Grace auprès de Bobby avait changé en trois ans. Au début, elle avait insisté, Grace n'avait pas besoin de travailler, c'était une petite fille, pas une soignante. Mais lorsque la petite fille avait continué à assumer ses tâches ménagères, Ramona l'avait remerciée.

Mais ça aussi s'était arrêté. Désormais, elle ne disait plus rien, elle attendait de Grace qu'elle continue à être partie intégrante de la routine du ranch.

Elle déposait une assiette d'œufs devant Grace quand les coups sourds au premier étage gagnèrent en puissance et en rapidité avant de se muer, quelques instants plus tard, en chocs rythmés, une cavalcade de pieds descendant l'escalier. Six pieds, ça faisait un sacré boucan. Aux oreilles de Grace, on aurait cru les grondements de sabots d'une horde de chevaux affolés dans un des vieux films de Steve Stage.

Sam fut le premier à apparaître, roulant des mécaniques dans la cuisine comme s'il y avait toujours vécu. Il balaya la pièce d'un regard acéré et s'arrêta sur la poêle à frire.

– Merci beaucoup, m'dame, mais je ne mange pas d'œufs. Aucun de nous n'en mange. C'est un produit animal.

Ty et Lily se cachèrent derrière lui, bâillant et se frottant les yeux. Ty avait un air encore plus doux vu de près, parfait petit garçon sans rien d'un homme. Sam, en revanche, avait déjà des muscles aux bras et un peu de duvet sur la figure, deux petits gribouillis un peu gras sur le menton et au-dessus de la lèvre.

Tous trois portaient les mêmes vêtements noirs si étranges qu'à leur arrivée. De près, Grace put constater que leurs uniformes avaient été cousus à la main, à voir les points maladroits et tordus et les morceaux de fil libres, taillés dans un tissu grossier qui évoquait plus un sac à pommes de terre qu'un vêtement.

Autre détail étrange qu'elle remarqua chez lui : il portait une boucle d'oreille, un petit anneau d'or lui perçait le lobe gauche.

Les ignorant tous les trois, Grace mangeait ses œufs quand, sentant un froid de glace soudain s'étendre à toute sa nuque, elle releva les yeux de son assiette. Sam la regardait. Ses lèvres auraient été jolies sur un visage de fille, mais sur lui, elles ressemblaient à… un déguisement.

Elle retourna à ses œufs. Il ricana sans bruit.

– Vous êtes donc végétariens, hein ? lui demanda Ramona.

– La plupart des végétariens mangent des œufs et boivent du lait. Nous sommes végétaliens.

– Ç'aurait été gentil qu'on me prévienne. Donc c'est quoi, votre petit déjeuner habituel ?

– De la verdure, répondit Sam.

– Des légumes ?

– Des légumes verts, m'dame. La manne de la terre.

– La manne, c'était pas des oiseaux ou quelque chose ?

– Non, m'dame, ça, c'est les cailles miraculeuses qui sont tombées sur les Hébreux pécheurs. La manne était un légume céleste.

– Des légumes verts, grogna Ramona en fouillant dans le frigo. J'ai de la laitue et des concombres qui étaient prévus pour le dîner, mais je suppose que je pourrais cuire autre chose ce soir. Asseyez-vous, le temps que je vous lave une platée de *verdure*.

Elle s'adressait aux nouveaux de manière différente. À croire qu'elle ne voulait pas de ces gamins chez elle.

– Où ? demanda Sam.

– Où quoi ?

– Où devons-nous nous asseoir, m'dame ?

– Où ? dit Ramona. À la table.

– Je comprends bien, m'dame, mais où ça à la table ? Donnez-nous nos places, s'il vous plaît…

Ramona planta les mains sur ses hanches. La tête de Bobby se mit à rouler. Sam rigola. De Bobby.

Ty et Lily n'avaient pas dit un mot, collés l'un à l'autre, exactement comme la veille au soir.

– Vos positions, hein ? Très bien, toi – le grand – tu t'installes là-bas, dit-elle en lui montrant le siège le plus éloigné de Bobby. Ensuite, ton petit frère se mettra à côté de ce monsieur, qui est Bobby, et toi, ma puce – Lily –, tu seras entre Ty et cette jeune dame qui s'appelle Grace. Elle est très intelligente et n'apprécie pas qu'on l'embête, elle aime sa solitude.

Un commentaire qu'elle destinait à Sam. Peut-être qu'elle aussi avait vu sa voracité.

Un large sourire barra le visage de Sam. D'habitude, Grace n'appréciait guère d'être protégée, mais ce matin, elle n'y trouvait rien à redire.

Sam se dirigea vers elle, changea de direction et suivit les ordres de Ramona. En disant à ses frère et sœur :

– Allez-y.

Ils obéirent.

Une fois assis, il donna une pichenette à sa boucle d'oreille.

– La solitude est une illusion, dit-il.

Ramona le fusilla du regard.

– Eh bien, en ce cas, tu continues à respecter les illusions de Miss Blades.

– Blades, répéta Sam comme si le nom l'amusait. Naturellement, m'dame. Nous sommes ici pour être respectueux. Et reconnaissants, dit-il avec un petit rire moqueur. Nous sommes ici pour être absolument parfaits.

Ce jour-là, Grace fit l'expérience d'une émotion toute nouvelle.

Malcolm Bluestone arriva au volant de son break marron, sortit ce qu'elle reconnut pour être de nouveaux tests, mais quand elle s'approcha, il lui annonça :

– Bonjour, toi. Je crois qu'on aura un peu de temps cet après-midi.

Elle regarda les tests.

– Oh ça, dit-il. Je vais passer un petit moment avec les nouveaux pupilles.

Il *allait* passer. Pas il *devait*. Ce qui en faisait sa décision, il préférait la compagnie des bizarros avec leurs habits bizarres.

Elle tourna les talons.

– Peut-être cet après-midi, à une heure. Je suis impatient de savoir si tu as aimé les textes d'anthropologie.

Elle ne répondit pas. Ses yeux la brûlaient et sa poitrine s'était serrée.

Elle avait lu des choses là-dessus et là, elle la sentait. La jalousie.

Elle allait faire en sorte d'être ailleurs à une heure.

Malcolm la trouva à deux heures et demie. Elle lisait, assise derrière un bouquet de vieux chênes de l'autre côté de la piscine verte et visqueuse, et sentait dans son dos les rugosités de l'écorce. Une partie du temps, Bobby était resté à proximité. Assis mollement sur le rebord, il riait en laissant tremper ses pieds dans l'eau tandis que Ramona lui maintenait le coude pour le garder droit.

Son livre préféré du moment était un épais volume sur les araignées rédigé par un biologiste de l'université d'Oxford en Angleterre. Elle se concentrait sur l'araignée-loup aux crocs pointus, avec ses cachettes à partir desquelles elle tuait ses proies. Les araignées-loups transportaient aussi leurs œufs – leurs bébés – sur leur ventre. Beaucoup des créatures qu'elles tuaient servaient à les maintenir en bonne santé pour faire d'elles de bonnes mères…

Plongée dans un passage sur les habitudes de reproduction de l'araignée-loup, elle n'avait même pas remarqué le départ de Ramona et de Bobby.

À deux heures et demie, elle eut soif. Malcolm avait dû repartir, aussi se dirigea-t-elle vers la maison pour boire un jus de fruits. Mais il sortait justement par la grande porte et il lui sourit.

– Te voilà ! Tu as un peu de temps pour l'anthropologie ?

– Je suis fatiguée, répondit-elle avant d'entrer.

Le lendemain, il arriva plus tôt que d'habitude, alors que tout le monde était encore dans la cuisine. Grace piquait ses œufs caoutchouteux, Bobby bataillait avec sa boisson nutritive et les nouveaux arrivants, toujours vêtus des mêmes habits bizarres, mangeaient d'énormes assiettes de salade.

Sam avait cessé ses sourires voraces à l'adresse de Grace en constatant qu'elle l'ignorait complètement. Leurs regards se croisèrent et il bâilla en ricanant. Ty et Lily avaient toujours leurs mêmes yeux pleins d'effroi et restaient collés l'un à l'autre. Comme un frère et une sœur, mais Sam était exclu du cercle.

Si Sam avait été son frère, Grace l'aurait exclu elle aussi.

À l'entrée de Malcolm dans la cuisine, la pièce devint plus petite.

– Encore ? demanda Sam d'une voix geignarde.

– Uniquement si tu le désires, répondit Malcolm. Mais pas maintenant, en tout cas. J'ai besoin de m'entretenir avec Grace.

– Vous entretenir, dit Sam.

– Ça veut dire…

– Je sais ce que ça veut dire. Je ne comprends simplement pas de quel sujet vous voulez vous entretenir avec elle.

Malcolm se redressa de toute sa hauteur. Ses lèvres remuaient comme s'il réfléchissait à une réponse. Au lieu de quoi il se tourna vers Grace.

– Si tu as le temps, Miss Blades.

– *Miss* Blades, répéta Sam.

Lily lâcha un petit gémissement et Sam tourna vivement la tête vers elle. Ce qui la fit taire immédiatement. Ty observait de ses yeux doux et mouillés et Grace eut envie de le rassurer en lui expliquant que tout allait bien se passer. Avant de se dire pour elle-même : *C'est probablement un mensonge.* Elle reporta son attention sur ses œufs.

– Grace ? dit Malcolm.

– Oui, monsieur ?

– Si tu as le temps…

– Bien sûr, répondit-elle sèchement avant de quitter la cuisine au pas de charge.

– Quelqu'un fait la tête, commenta Sam.

Il fut le seul à rire.

Une fois qu'ils furent installés dans le salon, Malcolm lui annonça :

– Ils seront bientôt partis.

– Qui ça ? demanda Grace.

Le filet de sourire que Malcolm lui offrit ne rayonnait pas vraiment de bonheur.

– Précisément, dit-il. Bon, les soi-disant tribus primitives de Bornéo et Sumatra. Qu'as-tu pensé de leur…

L'heure qui suivit, Grace écouta et commenta, en lui donnant les réponses qu'elle estimait être celles qu'il désirait entendre. La jalousie dont elle avait fait l'expérience avait diminué, mais elle s'ennuyait à écouter ses petits discours, elle voulait juste être seule.

Néanmoins, elle coopérait. Il avait fait des tas de choses gentilles pour elle et elle se disait qu'elle le trouverait de nouveau digne d'intérêt.

Le lendemain matin, elle se réveilla très tôt, à six heures, et lut un moment dans son lit avant de descendre à la cuisine. En passant devant la porte où dormaient les trois nouveaux, elle entendit une petite voix qui geignait ou pleurait – une fille de toute évidence, Lily – puis une voix plus grave qui la réduisit au silence.

Elle se versa du lait et attendit Ramona. À sept heures, comme elle était toujours seule, elle commença à se demander si sa tutrice allait bien, elle lui avait paru si fatiguée et semblait prendre encore plus de cachets. À sept heures et quart, elle eut envie d'aller frapper à sa porte. Contre les règles, mais quand même…

Elle y réfléchissait encore quand un bruit horrible à l'étage l'arracha à sa chaise et elle bondit sur place.

De nouveaux pleurs. Mais pas ceux de Lily.

La porte de la chambre de Bobby était grande ouverte. Ramona se tenait debout à côté de son lit, encore en tenue de nuit, la bouche affaissée en creux, une expression incongrue sur le visage, et Grace comprit qu'elle n'avait pas mis son dentier. Ses lunettes de lecture pendaient sur sa poitrine plate au bout d'une chaînette. Elle était pieds nus. Elle gémissait et se tirait les cheveux sans quitter Bobby de ses yeux exorbités pleins d'effroi.

Bobby gisait sur le dos, la bouche plus béante que jamais, ses yeux mi-clos voilés comme si une limace était passée dessus, le menton zébré par une traînée luisante. Son visage avait pris une couleur étrange, il était gris et verdâtre sur le pourtour. Plus comme une pierre moussue qu'une peau humaine.

Ramona gémit et dit :

– Oh, non ! en montrant Bobby du doigt, comme si Grace avait besoin d'une indication.

Le haut de pyjama de Bobby avait été déchiré, découvrant une tranche de chair grise. Aucun mouvement de respiration. Ni de rien d'autre.

Le tube qui l'alimentait en oxygène était tombé par terre à côté du lit et continuait à cracher son air. Ces derniers temps, Bobby s'était mis à se débattre dans son sommeil, il appelait et émettait des bruits qui pouvaient faire peur quand on ne connaissait pas son état. Il n'avait jamais déplacé le tube, mais Ramona, craignant que cela ne se produise, avait commencé à scotcher le tube jaunâtre à son haut de pyjama. Bien serré, Grace le savait pertinemment, puisqu'il lui arrivait de le lui défaire au matin et ça demandait un effort.

L'adhésif était toujours à sa place sur le tube qui sifflait au sol comme un serpent vaguement jaune.

Grace s'était figée. Ramona passa en courant à côté d'elle pour dévaler l'escalier quatre à quatre et elle entendit claquer la porte de la cuisine.

Elle resta auprès de Bobby sans raison aucune. Elle le regardait. Elle regardait la mort. Elle l'avait déjà vue, mais lui ne ressemblait pas aux inconnus dans la pièce rouge. Pas de sang, pas de torsions frénétiques du corps, rien de dégoûtant, rien.

Tout le contraire, en fait. Il avait l'air… en paix.

N'était l'étrange couleur de sa peau qui semblait verdir de plus en plus.

Elle descendit au rez-de-chaussée, longea la chambre où dormaient les nouveaux et entendit encore qu'on ordonnait aux petits de se taire.

Puis : un rire.

Ramona n'était plus dans la maison et il fallut un moment à Grace pour la retrouver : elle était dehors, debout à l'autre bout de la piscine, et faisait les cent pas en continuant à s'arracher les cheveux.

Grace s'approcha lentement. Lorsque les gens sont complètement à bout de nerfs, on ne peut jamais savoir ce qui risque d'arriver.

En la voyant, Ramona se mit à secouer la tête. Avec violence, comme pour déloger une chose douloureuse fichée dans son cerveau.

Grace s'immobilisa.

– Va-t'en ! aboya Ramona.

Grace ne bougea pas.

– Tu ne m'as pas entendue ? hurla Ramona. Rentre tout de suite !

Grace commença à pivoter, prête à repartir, mais avant d'avoir terminé son geste, elle entrevit un mouvement du coin de l'œil et s'arrêta sur place.

Juste à temps pour voir les traits de Ramona se vriller de souffrance avant que son visage ne vire *lui aussi* à une couleur bien trop pâle, ses mains serrant sa poitrine, sa bouche édentée ouverte en un O d'effroi et de douleur quand elle perdit l'équilibre et s'effondra tête en avant.

Les yeux révulsés, elle tomba dans l'eau verte et trouble.

Grace bondit vers elle.

Ramona s'enfonçait rapidement, mais Grace parvint à saisir une main et se mit à tirer. Mais comme elles étaient toutes deux couvertes de matière gluante, elle lâcha prise et Ramona commença à sombrer. Grace se jeta à plat ventre sur le bord en béton et réussit à la rattraper des deux mains avant de la tracter d'un coup sec. Une violente douleur lui laboura le dos, les épaules et le cou.

Aucune importance, elle ne lâcherait à aucun prix.

Le souffle court, grognant et serrant les dents, elle parvint à soulever Ramona suffisamment haut pour lui sortir la tête de l'eau.

À l'instant où elle la vit apparaître, zébrée de filaments d'algues, la bouche béante, des yeux qui ne voyaient plus, pareils à ceux de Bobby, elle sut qu'elle perdait son temps, c'était la seconde fois de la matinée qu'elle contemplait la mort en face. Mais elle s'accrocha à Ramona, réussit à se mettre à croupetons et la hissa de quelques centimètres supplémentaires. Ensuite, ce fut plus facile : le bas du corps sans vie encore dans l'eau flottait désormais et se prêtait à ses efforts. Toujours accroupie, elle avança en crabe en le tractant sur toute la longueur de la piscine jusqu'au petit bain où le cadavre surnagea au-dessus des marches avant qu'elle ne le sorte complètement de l'eau.

Grace se remit debout, trempée de la tête aux pieds et hors d'haleine. La mort de Ramona lui sembla pire que celle de Bobby. Son visage était tordu, comme si elle était morte bouleversée par une émotion violente.

Mais ce n'était pas aussi méchant que la pièce rouge…

Elle posa la main sur la poitrine de Ramona avant de vérifier en touchant son cou couvert d'algues vertes et gluantes. Elle ne s'était pas trompée.

Ramona n'était plus de ce monde.

Elle l'abandonna sur le bord de la piscine, laissant la dépouille de la vieille dame fatiguée baigner dans le grand soleil du désert, et courut dans la maison pour téléphoner.

L'opératrice du 911 lui demanda de ne pas quitter. Elle attendait toujours quand les trois nouveaux descendirent l'escalier, Ty en tête cette fois, puis Lily et enfin Sam fermant la marche.

Le regard de Ty croisa celui de Grace. Il secoua la tête et plissa le front, l'air terriblement déçu. Lily se frotta les yeux de ses phalanges et se mit à pleurer sans bruit. Le visage de Sam était sans expression.

Mais quand il tourna la tête pour regarder par la fenêtre de cuisine, le corps de Ramona dans son champ de vision, Grace vit un début de sourire infléchir ses lèvres trop jolies.

L'ambulance arriva en premier et Grace indiqua aux pompiers où se trouvait le corps. Quelques instants plus tard, ce fut au tour de trois voitures de police puis d'un véhicule vert identique à celui qui se trouvait là le jour où avaient débarqué les nouveaux pupilles. Lui-même suivi par deux autres, un bleu et un noir. Quatre hommes et deux femmes, tous arborant un insigne, regardèrent Ramona, discutèrent avec les pompiers et finalement se dirigèrent vers elle.

– Il y a un autre mort au premier étage, leur dit-elle.

Les quatre pupilles furent placés dans la cuisine sous la garde d'une des policières en uniforme qui se posta debout, les bras croisés sur sa poitrine.

Peu après, les quatre inspecteurs, deux hommes et deux femmes, entrèrent et se répartirent les enfants. Un inspecteur pour chacun.

Grace eut droit à un homme petit et mince qui se présenta comme étant Ray alors que son insigne disait *R. G. Ballance*. Il l'emmena dans le petit cellier jouxtant la cuisine. C'était le plus âgé des quatre, cheveux blancs et rides. Les vêtements de Grace étaient encore mouillés et marqués de taches vertes et de débris d'algues collés.

Il lui montra une chaise et dit :

– Assieds-toi, petite (tandis que lui-même restait debout).

Grace s'exécuta et il poursuivit :

– Je peux t'offrir un peu d'eau… (il vérifia son calepin) Grace ?

– Non, merci.

– Tu es sûre ?

– Oui, monsieur.

– Tu veux un chandail ? Tu sais, il serait peut-être préférable que tu te changes d'abord.

– Je suis très bien, monsieur.

– Tu es sûre ?

– Ça sèche vite.

– Hum… bon. Je ne veux pas te demander des choses que tu trouverais pénibles, Grace. Mais si tu pouvais m'expliquer ce que tu as vu – si tu as vu quoi que ce soit –, cela m'aiderait beaucoup.

Grace lui expliqua.

Bobby dans son lit, le tube à air par terre, Ramona debout dans la chambre, bouleversée, avant qu'elle ne s'enfuie au rez-de-chaussée.

Elle avait attendu, parce qu'elle voulait lui donner le temps de se remettre du choc. Et avait fini par partir à sa recherche.

Ramona qui lui avait hurlé de rentrer, ce qui ne lui ressemblait pas, elle ne hurlait jamais.

Elle qui allait obéir, mais à ce moment-là, Ramona s'était agrippé la poitrine juste avant de tomber.

Quand elle en arriva à la partie sauvetage, comment elle avait saisi la main de Ramona en s'accrochant pour finalement réussir à la tracter jusqu'au petit bain, elle offrit à R. G. Ballance la version courte.

– Eh bien, on devrait te donner une médaille – ce qui veut dire que tu as bien agi.

– Ça n'a pas marché.

– Oui… oui, c'est vrai, je le crains. Mais tu as fait tout ton possible. Quel âge as-tu ?

– Onze ans.

– Presque douze ?

– Mon anniversaire, c'était le mois dernier.

On a eu du gâteau des anges et de la crème glacée menthe chocolat pour la troisième fois et il n'y en aura pas de quatrième.

– Juste onze ans, dit Ray. Eh bien… C'est terrible pour une petite fille de voir une chose pareille. Mais tu as fait de ton mieux et c'est ce qui importe, Grace.

Le cerveau de Grace s'emplit d'éclairs et d'étoiles lumineuses accompagnés de grondements de tonnerre. Une voix perçante à l'intérieur d'elle : *Menteur menteur menteur ! Ce n'est pas ce qui importe ! Tout va changer !*

– Merci, monsieur.

– Bon, dit-il, ce sera tout, je pense. À mon avis, Mme Stage a dû faire une crise cardiaque. Apparemment, c'est le choc qui l'a déclenchée, quand elle a vu le petit garçon dans son lit.

– Bobby, dit Grace. Robert Canova.

– Robert Canova… et son histoire, c'est quoi ?

– Il est né avec des problèmes.

– Ça y ressemble, dit R. G. Ballance en refermant son calepin. Bon, tu te demandes probablement ce qui va arriver. De toute évidence, tu ne peux pas rester ici, mais nous ferons en sorte que tout se passe bien, ne t'en fais pas.

– Merci.

– De rien, Grace. Y a-t-il d'autres détails dont tu voudrais me parler ?

Grace pensa à trois choses :

1. Le tube à oxygène de Bobby, soigneusement scotché tous les soirs sans un faux pli, tombé au sol, sifflant comme un serpent jaune. Ce n'était pas logique.

2. L'expression sur le visage de Ty quand il était descendu dans la cuisine : triste – déçu, plus exactement. Mais pas surpris. Comme s'il s'attendait à un événement méchant et que celui-ci se soit produit.

3. Le sourire qui s'était dessiné sur les lèvres de Sam quand il avait vu le corps de Ramona par la fenêtre.

– Non, monsieur, c'est tout.

Une heure plus tard, les trois nouveaux étaient repartis dans la voiture bleue et Grace était installée sur la banquette arrière de la noire.

C'est une des femmes inspecteurs qui tenait le volant, cheveux bruns et taches de rousseur sur le visage. Au contraire de R. G. Ballance, elle ne se présenta pas quand elle démarra pied au plancher en mastiquant férocement son chewing-gum.

Au bout d'un moment, elle dit :

– Je m'appelle Nancy et je suis inspecteur de police, compris ? Je t'emmène dans un endroit qui pourra te sembler un peu effrayant. On appelle ça la maison pour mineurs et c'est surtout réservé aux enfants qui ont eu des ennuis. Mais il y a également une section du bâtiment pour des jeunes comme toi qui sont obligés d'attendre que leur situation soit éclaircie. Compris ?

– Compris.

– Comme je t'ai dit, tu trouveras ça un peu… presque comme une prison. Compris ? Mais je vais m'assurer qu'on te place dans un quartier sûr. Ce n'est pas une situation des plus agréables, je sais… en tout cas, tu sortiras de là. Compris ?

– Compris.

– Sincèrement, dit Nancy. Tout va s'arranger et tu seras bien.

27

Assise dans sa chambre du Hilton Garden Inn, Grace continuait à regarder la vieille photo du petit blond.

Ty.

Andrew.

Atoner.

En l'examinant, il n'était pas bien difficile de transformer le petit garçon en homme adulte. Il avait coloré ses cheveux tout comme elle et la puberté avait affermi son visage. Mais ses traits restaient les mêmes.

S'il s'était teint les cheveux, était-ce parce qu'il craignait que sa tignasse blonde ne réveille en elle des souvenirs ? Sachant qui elle avait été et partant à sa recherche, mais certainement pas à cause de son prétendu article ?

Et même si c'était bien l'article qui l'avait conduit jusqu'à elle, aurait-il lui aussi réveillé dans sa mémoire la fille qui vivait au Stagecoach Ranch ?

Celle qui était présente quand les malheurs étaient arrivés.

Puis elle se rendit compte que Malcolm avait passé du temps à tester les trois frères et sœur et, donc, c'était peut-être lui que Ty/Andrew avait voulu retrouver. Et c'était cette démarche qui l'avait conduit à Grace.

Dans un cas comme dans l'autre, c'est chez elle qu'il avait fini. Avec l'intention de mettre à nu d'anciens secrets malfaisants.

Et la mort de Robert Canova, alors ? Un frère vicieux au sourire carnassier ?

Un mobile un peu léger pour expliquer un meurtre. Essayez donc de prouver quoi que ce soit à propos de morts classées naturelles depuis plus de deux décennies. Donc il y avait autre chose.

Sam devenant adulte et commettant des actes affreux d'adulte.

Grace continuait à réfléchir quand une nouvelle éventualité tout aussi révoltante se fit jour : son prénom avait effectivement réveillé la mémoire d'Andrew et c'est alors qu'il avait téléchargé sa photo d'étudiante.

Et donc il savait qui elle était dans le salon de l'Opus.

Non, impossible. Si c'était vrai, jamais il n'aurait accepté de faire…

Arrête. Tourne la page. Avance.

Trouve l'ennemi avant qu'il ne te trouve.

Établir la date de l'arrivée au ranch des enfants aux cheveux fous ne fut pas bien difficile : deux mois après son onzième anniversaire.

Grace se connecta ensuite aux archives du *L.A. Times* pour ce jour-là et tapa *sam ty lily*. Rien. Le fait d'ajouter quatorze dates supplémentaires – une semaine avant et une semaine après – ne lui donna pas plus de résultats. Des végétaliens qui déversaient leur Bible à jet continu et leurs vêtements faits à la maison suggéraient une secte, un culte quelconque ou, à tout le moins, un lieu inhabituel où ils avaient grandi coupés du monde. Le trio arrivant de nuit avec deux voitures de police en guise d'escorte – des agents en uniforme et des inspecteurs – suggérait également un comportement criminel grave.

Mais le couplage de *culte* et *secte* associé aux quinze dates déboucha également sur une impasse et Grace décida qu'elle pourrait changer ses mots-clés à l'infini et rater malgré tout l'indice crucial. Mieux valait examiner de plus près la couverture presse pendant cette période, ce qui impliquait un travail laborieux, à savoir faire défiler des pages entières du journal.

Heureusement, les microfilms avaient été informatisés et le *Times* en offrait un libre accès jusqu'en 1980, les articles plus récents étant accessibles en *pay-per-view*. Grace était sur le point d'entrer sa carte de crédit quand elle se rendit compte qu'elle pourrait arriver au même résultat gratuitement, en utilisant son compte universitaire du département de psycho à la bibliothèque de la fac de médecine.

Sachant que dans un cas comme dans l'autre, elle laisserait des traces de sa recherche, mais elle ne voyait pas comment elle pouvait l'éviter. Pas plus que l'éventualité d'établir un lien avec Beldrim Benn, en présumant que son cadavre soit un jour découvert.

Elle se rappela le bruit sourd de sa chute avant qu'il ne roule dans le ravin.

Et elle opta pour la fac.

Se frayer un chemin au travers de plusieurs mois de microfilms fut un processus lent qui ne produisit rien pendant des heures.

Elle fit défiler les deux tiers d'une année avant de tomber sur ce qu'elle cherchait.

Un camp du désert abritant une secte
révèle des indices sinistres
Le chef, abattu par la police,
est peut-être un tueur en série

Par Selwyn Rodrigo
Rédacteur au *Times*

L'examen par la police scientifique des restes du Culte de la Forteresse, ainsi nommé parce que son chef avait construit une enceinte fermée constituée de camping-cars abandonnés et creusé des cavernes dans un lieu retiré du désert Mohave, a permis de trouver des preuves de meurtres anciens sur le site.

Il y a quatre mois, Arundel Roi, né Roald Leroy Arundel et portant le titre de *Grand Chieftain*, Grand Chef autoproclamé, a trouvé la mort lors d'une fusillade avec les shérifs du comté à l'issue de plaintes pour violences sur enfants qui ont conduit des représentants des services sociaux à pénétrer sur le site sordide qui abritait ce que les autorités ont qualifié de secte apocalyptique, répondant à un seul homme et fondée sur les prophéties bibliques, une « religion identitaire » raciste et la sorcellerie.

Cette visite s'est révélée fatale pour le travailleur social Bradley Gainsborough, abattu sans sommation peu après son entrée dans le campement. Une deuxième enquêtrice du même service, Candace Miller, blessée au cours des échanges de tirs, a réussi à s'échapper et à téléphoner aux autorités. La bataille rangée qui s'en est suivie a vu la mort d'Arundel Roi et de ses trois concubines.

Ces femmes, possédant toutes un casier judiciaire, avaient apparemment été recrutées par Roi, 67 ans, alors qu'il travaillait comme gardien à la prison pour femmes de Sybil Brand. Les quatre membres de la secte ont été retrouvés serrant entre leurs mains des fusils à haute vélocité et, dans le cas d'une des femmes, une grenade dégoupillée.

Une inspection des lieux et du terrain a permis de découvrir un bunker rempli d'armes et d'explosifs et un second abritant un assortiment de machettes, couperets et autres armes blanches ainsi que des brochures d'incitation à la haine et de pornographie. La présence de ce qui ressemblait à du sang, des fragments de tissus corporels et des cheveux sur certaines armes de coupe a déclenché une enquête du coroner et les résultats viennent d'être révélés.

Bien que la majeure part des matières organiques retrouvées sur les lames reste toujours non identifiée, des correspondances d'ADN avec des personnes disparues ont été établies. Les victimes étaient des sans-abri dont les noms n'ont pas été divulgués. Toutes avaient été vues en compagnie d'Arundel Roi ou d'une de ses femmes dans un bar de Saugus. Le mobile semble avoir été l'argent, dans la mesure où les chèques établis aux noms des victimes étaient adressés à une boîte postale louée par Roi.

Des examens supplémentaires seront effectués dans le sol et sur d'autres échantillons prélevés sur le site. Éloigné de tout, il occupe une parcelle de terrains fédéraux rarement visités par le public en raison de leur difficulté d'accès et aussi de rumeurs quant à la présence de déchets toxiques pour l'environnement : pendant la guerre de Corée, il avait servi de zone d'entraînement militaire pour le largage des bombes.

Grace composa une liste : *arundel roi, épouses, victimes, selwyn rodrigo, candace miller.*

Elle relut l'article pour vérifier qu'elle n'avait rien laissé échapper. Rodrigo avait cité des rapports à propos de violences sur enfants sans en nommer aucun.

Elle reprit sa recherche sur les quatre mois précédents et trouva l'original du compte rendu de l'attaque. Candace Miller avait quarante-neuf ans à l'époque, soit soixante-treize aujourd'hui. Des références aux pratiques du culte, « leurs étranges préférences en matière d'aliments, leurs tactiques de survie et leur habitude de se nourrir des produits de la terre » lui indiquèrent qu'elle était sur la bonne piste.

Puis l'argument décisif : Roi et ses épouses avaient été retrouvés vêtus « d'uniformes noirs grossièrement taillés de fabrication maison ».

Mais à l'exception de Roi, toujours pas d'autres noms. Parce qu'on était à L.A., seule la vedette importait.

Toujours la même histoire, supposa-t-elle. Un taré charismatique attire des fidèles au cerveau mort. Et il fait des enfants, naturellement, les mégalomanes ayant un besoin maladif de se reproduire.

L'article d'origine était accompagné d'un cliché : une photo d'identité d'Arundel Roi, la cinquantaine, à l'époque où il était le surveillant de prison Roald Leroy Arundel.

Le gourou du Culte de la Forteresse présentait sans doute assez bien quand il était jeune, avec une solide mâchoire carrée, de larges épaules qu'on devinait sous sa veste et des oreilles bien collées. Mais l'âge venant, il était devenu bouffi, avec un air de débauché aux chairs molles, cumulant bajoues, cou flasque et ventre proéminent, et des yeux en amande aux lourdes paupières qui brillaient d'arrogance.

Ses cheveux blancs étaient coupés en brosse, sans chichis, comme chez les flics. Une moustache broussailleuse poivre et sel obscurcissait complètement ses lèvres. Ses pattes touffues étalées en favoris laissaient entendre que ça l'amusait.

Un sourire de carnassier que Grace avait déjà rencontré.

Elle se représenta Roi dans toute sa morgue, roulant des mécaniques quand il passait, ivre de pouvoir et de testostérone, devant les cellules des détenues, incarnation même d'un trouble de la personnalité.

Renard, poulailler.

Encore quelques heures à la recherche d'informations sur le Culte de la Forteresse épuisèrent les ressources de trois agences de presse et de quatre journaux supplémentaires.

Tant d'énergie dépensée et elle n'était pas plus avancée : apparemment, être journaliste consistait à reformuler la copie d'un confrère. Même si dans ce cas on pouvait pardonner aux reporters leurs maigres livraisons : en termes de faits concrets bien établis, les autorités n'avaient quasiment rien lâché.

Elle alla voir un an plus tard. Pas de dépêches additionnelles sur les résultats de labo, pas un mot sur les épouses, les sans-abri disparus, l'impact sur les enfants qui avaient grandi dans la saleté et la folie furieuse.

En cherchant des renseignements personnels sur le signataire de l'article, Selwyn Rodrigo, elle trouva dans le *L.A. Times* une notice nécrologique vieille de sept ans. Le reporter était décédé à soixante-huit ans des suites d'une longue maladie.

La notice donnait un aperçu de sa carrière. Peu après son article sur la Forteresse, il était passé au journalisme économique et financier à Washington DC où il était resté. Une promotion, sans aucun doute, mais Grace se demanda s'il désirait tant que ça s'évader vers d'autres horizons, en passant comme il l'avait fait du bourbon au thé à peine infusé.

Il laissait derrière lui une épouse, Maryanne, et une fille, Ingrid. La première était décédée trois ans après son mari. Aucune donnée sur Ingrid et aucune raison de penser que son père ait pu se confier à elle.

Elle tourna son attention vers la travailleuse sociale blessée dans l'assaut, Candace Miller, trouva beaucoup de femmes portant le même nom, mais aucune dont l'âge correspondait.

Et maintenant quoi ?

Concentre-toi sur les gamins.

En supposant qu'il existait des renseignements sur la progéniture de la secte, ils seraient enterrés dans les entrailles inaccessibles des services sociaux. Elle envisagea très sérieusement de recourir aux contacts d'Alex Delaware dans la police pour voir s'il existait d'autres rapports officiels, mais elle élimina très vite cette solution : elle avait tué un homme et la dernière chose qu'elle désirait était de se mettre dans le collimateur des forces de l'ordre.

Et donc, que faire ? Jadis, il était un temps où, confrontée à une telle question, elle aurait eu ce réflexe : *Demande à Malcolm.* À un moment donné – elle entrait dans l'adolescence – elle avait décidé que grandir impliquait de prendre ses distances avec Malcolm, parfois au point de l'éviter. Mais le seul fait de le savoir vivant avait toujours été pour elle un baume apaisant.

Là, en cet instant… ses nerfs vibraient selon toutes sortes de fréquences dissonantes.

Elle s'approcha du minibar, en sortit une mignonnette de vodka. Y réfléchit à deux fois et remit l'alcool à sa place.

Que ferait Malcolm ?

Sa voix, en filet de basse à faible volume, envahit son cerveau : *Quand tout est devenu un absolu foutoir, Grace, il est parfois utile de commencer par le commencement.*

Grace respira profondément, relâcha ses muscles et se concentra sur sa galère suivante : aller chercher en profondeur les renseignements qu'elle évitait depuis si longtemps sur les trois enfants en noir. Résultat, néant, rien de neuf et sa frustration l'entraîna dans une séquence d'association d'idées complètement folle.

Sa propre vie au ranch.

Le soir où on l'avait conduite là-bas, sa peur dans la voiture qui fonçait à toute vitesse dans le paysage dénudé. En dépassant des panneaux qui indiquaient le lieu où la pièce rouge… l'avait encerclée.

Un trajet si différent de ses précédents transferts, tous ces conducteurs apathiques qui apparaissaient sans prévenir, leurs ordres cassants quand ils lui demandaient de faire son misérable baluchon. Avant de la larguer comme un paquet de linge sale, sans explication et souvent sans même la présenter.

L'assistant qui l'avait emmenée au ranch était différent.

Wayne Knutsen. Un peu grassouillet, avec une queue-de-cheval, avocat en devenir. Lors de leur dernière conversation, il lui avait tendu sa carte. Dont elle s'était débarrassée aussi vite. Petite morveuse.

Tout comme Candace Miller, il devait avoir au moins soixante-dix ans maintenant. Il ne paraissait pas resplendir de santé à l'époque et un grand âge dynamique paraissait peu probable.

Sans espérer grand-chose, elle retourna sur Google. Surprise, surprise.

Knutsen, DiPrimo, Banks & Levine
Avocats associés

Un cabinet d'importance du centre-ville, bureaux dans South Flower Street. Wayne Knutsen, fondateur et associé majoritaire, avec sous ses ordres plus de deux douzaines de juristes.

Un ancien travailleur social qui passait ses journées devant des contrats, des affaires immobilières et des contentieux financiers ? Était-ce possible ?

Grace cliqua sur le lien *L'équipe KDBL* et trouva les bios et les photos de tous les avocats de la compagnie.

L'associé majoritaire était âgé et mieux que bien nourri, complètement chauve, et une petite barbichette masquait vaguement ses deux doubles mentons et demi. Il posait en costume bleu marine rayé, chemise blanche comme neige avec col à épingle et cravate bleu ciel en soie brillante.

Son sourire irradiait d'autosatisfaction. Finies, les bagnoles compactes bruyantes pour Me Knutsen. Grace se l'imagina très bien au volant d'une grosse Mercedes.

Il s'était plaint de devoir fréquenter une école de droit non accréditée, mais il était diplômé de UC Hastings, sans compter des spécialisations en droit fiscal et en immobilier qui lui avaient permis de siéger dans de nombreux jurys pour le passage du barreau.

Si jamais tu as besoin de quelque chose.

L'heure était venue de mettre sa sincérité à l'épreuve.

28

Un avocat de renom devait s'abriter derrière la succession de boucliers que constituaient ses divers assistants, aussi décida-t-elle de se présenter en personne. Dans sa chambre d'hôtel, ses recherches l'avaient tenue jusqu'à un peu plus de cinq heures du matin et le trajet jusqu'au centre-ville serait extrêmement pénible, mais comment faire autrement ? Elle mangea une poignée d'un mélange noix et noisettes, mastiqua une tablette de bœuf séché et fit passer ce repas de gourmet avec de l'eau.

Elle quitta sa chambre en surveillant ses arrières, descendit l'escalier jusqu'au parking, démarra la Jeep et prit la route. Une heure vingt plus tard, elle passait devant l'immeuble qui abritait le cabinet Knutsen, DiPrimo, Banks et Levine en se disant qu'il était trop tard, tout le monde devait être parti.

Le grand bâtiment de six étages, majestueux et immaculé, était l'un des rares immeubles déjà anciens et élégants qui bordent une des avenues les plus présentables d'un centre-ville inélégant. Une fois garée dans un parking payant à un bloc de là, elle s'y rendit à pied, trouva les portes en laiton ouvertes et monta jusqu'au sixième par l'ascenseur. Knutsen, DiPrimo, Banks et Levine occupait la moitié de l'étage, le reste étant loué à un cabinet comptable. L'accès aux deux établissements se faisait par de vastes salles d'attente à l'opposé l'une de l'autre, vitrées et lumineuses, au sol couvert d'une somptueuse moquette couleur de myrtilles mûres.

Jeune, jolie et alerte, la femme à la réception de KDBL (en caractères gras dorés) fermait justement son poste de travail à clé.

– Me Knutsen, s'il vous plaît, dit Grace.

– Le bureau est fermé.

– Si Me Knutsen est là, il acceptera de me recevoir. Dr Grace Blades.

– Docteur, répondit la réceptionniste d'un ton dubitatif. Il est débordé.

– Pas de problème, je peux attendre.

Avant de s'asseoir, Grace sélectionna sur un présentoir mural une épaisse revue en papier glacé intitulée *Beverly Hills Dream Homes* et fit mine d'être fascinée par les nouveaux Xanadu vulgaires. Cette année, les cuisines étaient de la taille d'un ranch et les salles de projection format IMAX, le must absolu comme signe extérieur de richesse.

La réceptionniste appela un poste et donna le nom de Grace puis elle raccrocha, un peu étonnée.

– Il va falloir que vous attendiez, je pars dans cinq minutes.

Quatre-vingt-dix secondes plus tard, son téléphone bipa, elle décrocha, marmonna discrètement, fronça les sourcils.

– Suivez-moi, s'il vous plaît.

Comme prévu, le bureau occupait la suite en coin, deux murs en verre offrant une vue imprenable sur des kilomètres au nord et à l'est. Le bureau était un demi-cercle de trois mètres en érable cérusé avec téléphone et stations d'accueil pour ordinateurs incorporés. Divers diplômes et autres documents d'importance présentés sous des cadres en argent étaient artistiquement disposés sur le mur du fond couvert de toile de ramie beige et couronné par une corniche en bronze brillant.

Deux énormes photos, format soixante sur soixante, trônaient sur une console en érable assortie à la table de travail. La plus proche montrait Wayne Knutsen tel qu'il était aujourd'hui en compagnie d'un autre homme, plus jeune que lui, mais pas tout jeune, la soixantaine, mince, les cheveux gris. Le nez très rouge tous les deux, ils arboraient lunettes de soleil et casquette de base-ball. Le plus jeune tenait une canne à lancer. Un flétan de bonne taille était posé en équilibre sur les mains dodues de Wayne Knutsen.

La seconde photo représentait le même duo, toujours aussi heureux, en smoking, et ils se tenaient la main, debout devant une femme en tenue ecclésiastique portant un crucifix en collier. Le sol moquetté était couvert de riz et de confettis.

Personne dans le bureau, quand une voix dit dans le dos de Grace :

– Merci, Sheila, rentrez chez vous, vous travaillez trop.

Sans quitter Grace des yeux le temps de s'installer derrière son bureau, Wayne Knutsen se pencha au-dessus de la surface luisante et lui tendit une main charnue. Il avait le teint fleuri et son corps ressemblait à une collection de ballons élastiques librement assemblés. N'était sa minuscule barbichette, son visage était lisse et parfaitement glabre. Le Père Noël après une séance de soins de peau sophistiqués.

S'il avait souri, Grace aurait pu s'attendre à *Ho ho ho*.

Il était sérieux comme un pape et peut-être aussi un peu inquiet.

Quand sa main s'approcha de la sienne, Grace remarqua une large alliance en platine à son annulaire gauche. Sa poignée de main fut brève, chaude, sèche.

Ce qui l'avait retenu n'exigeait apparemment pas de cérémonial particulier : il était simplement vêtu d'un polo jaune vif et d'un pantalon en coton, une tenue qui n'avantageait guère son physique, les ourlets étroits touchant à peine les mocassins de bateau en daim bleu qu'il portait sans chaussettes. Un crâne chauve brûlé par le soleil et moucheté de brun. Grace remarqua la casquette qu'il portait sur la photo de pêche accrochée au-dessus d'une lampe.

– Ça me ramène bien loin en arrière. *Docteur* Grace Blades ? dit-il. Je ne suis pas surpris.

Ses yeux s'étaient faits inquisiteurs, mais sa voix semblait hésitante.

– Je ne suis pas surprise non plus, répondit-elle.

Il cligna des paupières. Glissa sa masse imposante dans un siège aux allures de trône et fit signe à Grace de s'installer dans un des trois fauteuils qui lui faisaient face.

– Grace Blades… c'est une énorme surprise. Quel genre de docteur êtes-vous ?

– Psychologue clinique.

– Ah, dit-il, hochant la tête comme si c'était le seul choix logique.

Il pense que j'ai fait ça par compensation.

– Quand avez-vous obtenu votre doctorat ?

– Il y a huit ans.

Ses yeux bougèrent à l'horizontale pendant le calcul mental.

– Vous aviez… ?

– Vingt-cinq, presque vingt-six ans.

– Jeune. (Sourire affectueux.) Vous l'êtes toujours. Eh bien, félicitations, c'est un véritable exploit. Alors, qu'est-ce qui vous amène ici ?

– J'ai besoin de vos services.

– Pour… ?

Elle ouvrit son sac et en sortit son portefeuille.

– Vous demandez combien d'avance sur vos honoraires ?

– Oh, oh, fit Wayne Knutsen. Je ne peux pas vous répondre tant que vous ne m'aurez pas dit de quoi vous avez besoin.

– Confidentialité d'abord.

– Ah… bon, pour cela, il est inutile que l'argent change de main, docteur… puis-je vous appeler Grace ?

– Vous feriez bien, sourit-elle Je tiens à vous payer.

– Vraiment, ce n'est pas nécessaire. Le simple fait de vouloir utiliser les services d'un avocat engage automatiquement celui-ci au secret professionnel.

– Je sais ça.

Le gros ventre de Wayne se souleva avant de retomber.

– Très bien… alors donnez-moi… un billet de dix.

– Je suis sérieuse.

– Moi aussi, je suis sérieux, Grace. J'essaie toujours de comprendre la raison de votre présence ici. Je dois avouer qu'en entendant votre nom, j'ai été un peu… surpris !

– Désolée de débarquer inopinément, mais qu'y avait-il de si surprenant ?

Il fit claquer ses dents, regarda le plafond et posa les yeux sur elle.

– Qui sait, vous nourrissiez peut-être à mon égard une sorte de ressentiment. Pour une chose que j'avais pu faire il y a bien longtemps. J'ai eu beau me creuser la cervelle, je n'ai pas réussi à imaginer de quoi il s'agissait.

Et pourtant, il avait accepté de la recevoir. Sa curiosité l'avait emporté sur ses petites inquiétudes. Grace reprit espoir.

– Tout au contraire. Vous étiez le seul assistant social digne de ce nom. C'est la raison de ma présence.

Elle détacha cinq billets de vingt dollars et les posa sur le bureau.

– Intéressante, votre version du billet de dix dollars, dit Wayne Knutsen. C'est drôle, il me semble me souvenir que les maths étaient votre point fort. Mais le fait est que tout était votre point fort. Vous avez été la gamine la plus brillante que j'aie jamais rencontrée dans mon métier.

– Alors appelons ça un calcul d'ordre supérieur.

Wayne Knutsen soupira.

– Très bien, je donnerai le reste à une association de charité. Des préférences ?

– À vous de voir.

– Nous possédons des chiens, des Lhasa apsos, mon partenaire et moi – rectification, mon mari et moi, je ne m'y suis pas encore habitué. Donc peut-être au refuge Lhasa Apso Rescue ?

– Ça me semble parfait, dit Grace.

– Très bien, Grace, vous m'avez engagé et vos secrets sont inviolables. Alors de quelle nature peuvent-ils bien être ?

– Tout d'abord, je vous dois des remerciements. Jadis, vous vous êtes senti suffisamment concerné pour me conduire au Stagecoach Ranch.

Elle vit sa peau passer de rose à écarlate quand il chassa son compliment du geste. Mais il l'avait apprécié.

– Je faisais simplement mon travail.

– Non, beaucoup plus. Ce qui a fait une énorme différence. J'aurais dû vous remercier il y a bien longtemps.

Un tic fit tressauter sa bouche avant qu'il ne réponde :

– Heureux d'apprendre que tout a fini par s'arranger. Oui, c'était une femme extraordinaire. Combien de temps êtes-vous restée au ranch ?

– Jusqu'à l'âge de onze ans. Ramona est morte.

– Oh, désolé. Elle était malade ?

– Problème cardiaque, dit Grace. Elle n'en a jamais rien dit aux enfants, mais visiblement, elle fatiguait de plus en plus et prenait des cachets. Un jour, elle s'est effondrée et elle est tombée dans la piscine.

– Mon Dieu, c'est affreux, dit Wayne Knutsen. Pour vous comme pour elle, ajouta-t-il en secouant la tête. Quelle tristesse. C'était une personne exceptionnelle.

– Tout à fait.

– Pauvre Ramona, dit-il. Si j'étais resté dans le service, je l'aurais appris, mais j'ai fini par partir.

– Études de droit à plein temps.

– Je suivais les cours d'une école non accréditée et c'était une perte de temps, une arnaque financière sans plus ni moins. Mais la véritable raison de mon départ a été que j'en avais assez. Du système tout entier, de la façon dont on traitait les enfants comme des biens meubles, expédiés d'un lieu dans un autre, avec une supervision minimaliste et sans jamais tenter de les connaître en profondeur. Ensuite il y a eu tous ces cas d'abus sexuels, pas en règle générale, plutôt des exceptions, mais quand même… je ne vais pas entrer dans les détails.

Il se frotta un œil.

– Je ne m'exempte pas de toute critique, Grace. J'étais partie prenante du système et, trop souvent, je suivais le règlement à la lettre. Le nombre de dossiers qui nous étaient confiés était tel qu'il rendait impossible tout travail digne de ce nom. Je suppose que cette excuse en vaut bien une autre.

– Néanmoins vous êtes parvenu à vous hisser au-dessus de la mêlée, dit-elle.

Il en resta interloqué. Sonda son visage pour y chercher une trace d'ironie. Elle fit en sorte qu'il comprenne qu'elle était sérieuse.

– Vous êtes gentille, mais je n'ai pas atteint les hauteurs aussi souvent que je l'aurais dû, loin de là. Dans votre cas, c'était facile. C'est vous-même qui avez facilité les choses. Parce que vous étiez d'une telle précocité, j'ai senti qu'il y avait un espoir… (Il sourit.) J'espérais. La dernière fois que j'ai téléphoné à Ramona pour savoir comment vous alliez – le jour qui a précédé ma démission –, elle a dit que tout se passait bien, mais que vous étiez timide, vous restiez sur votre quant-à-soi, morte d'ennui devant votre programme scolaire. J'avais l'esprit ailleurs, dans ma tête j'avais démissionné depuis longtemps et, donc, je lui ai dit que je ne pouvais rien faire. Ramona a répondu que ce n'était pas un problème, elle allait s'arranger toute seule et elle a raccroché. De toute évidence, elle s'est parfaitement débrouillée… (Un nouveau frémissement de lèvres.) Bien mieux que je n'aurais su le faire, assurément.

– C'était un métier, pas une peine à perpétuité, Wayne. La façon dont vous m'avez aidée me dit que vous avez également aidé bien plus d'enfants que vous ne voulez l'admettre.

Il lui offrit un large sourire, amusé par sa réponse.

– Je me rends compte que vous devez être une excellente thérapeute, docteur Blades – Seigneur, ça sonne vraiment bien. *Docteur*. Je suis content pour vous !… Eh bien, qu'est-ce qui vous amène ici ?

– Vous m'aviez donné votre carte en disant de vous contacter si jamais j'avais besoin de quelque chose.

Il tressaillit.

– C'est vrai ? Vous avez dû me surprendre dans un de mes moments de faiblesse. Faites-moi confiance, à ce stade, j'étais déjà parti. Et je me demandais comment j'allais m'y prendre pour joindre les deux bouts. J'ai dû recommencer à zéro et je me suis retrouvé à Hastings, j'ai déménagé dans le Nord en me disant que j'allais choisir le droit de la famille. Changer les choses de l'intérieur du système et toutes ces belles ambitions, vous voyez ? À la fin du premier semestre, je me sentais tellement libre d'être hors du système que j'ai changé complètement d'orientation et choisi la part la plus ennuyeuse.

Il éclata de rire.

– Ennuyeuse, lucrative et amorale. Aujourd'hui, je conduis une Jaguar, Grace. Parfois je me balade et je me moque de moi-même.

– Moi, je conduis une Aston Martin.

– Vraiment ? dit-il avant de siffloter. La psychologie clinique vous a bien réussi, je me trompe ? Donc de quoi s'agit-il ? Un patient dans une situation difficile ?

– Une thérapeute dans une situation difficile.

Il s'appuya à son dossier et posa les mains sur sa bedaine.

Grace ne lui dit que ce qu'il avait besoin d'entendre.

Trois enfants aux cheveux fous en uniformes noirs faits à la maison, la probabilité d'un meurtre d'enfant par le frère aîné, un second meurtre conséquence indirecte du premier.

Deux décennies plus tard, réapparition du plus jeune des deux frères, toujours chargé du fardeau de ses terribles secrets et cherchant l'expiation.

Probablement mort à cause de ses secrets.

Elle termina par deux références qui, espérait-elle, lui évoqueraient les sentiments qui avaient été les siens et l'avaient conduit à la traiter avec gentillesse deux décennies auparavant.

Sa recherche qui l'avait menée jusqu'au Culte de la Forteresse.

Ce sentiment d'un danger et d'une menace extrêmes omniprésents qui était désormais son quotidien.

Aucune mention de l'homme dans le jardin, du corps qu'elle avait balancé dans le ravin, des armes et du couteau dont elle s'était également débarrassée. De sa vie de fugitive.

Wayne Knutsen l'écouta sans l'interrompre et prit un moment pour réfléchir.

– Eh bien, Grace, c'est tout à fait… Je ne sais que dire, on dirait que ça sort tout droit d'un film.

– J'aimerais beaucoup. Mais c'est bien réel, Wayne. Et j'ai peur.

– Je comprends… il y a vingt-trois ans…

– Et quelques mois.

Il la regarda de la même façon qu'un médecin confronté à un nouveau patient.

– Soit la majeure part de votre existence, Grace. Et une part significative de la mienne… Je divague, tout ça est tellement inattendu – vous pensez vraiment que ce garçon plus âgé a tué le malade, Bobby ?

– J'en suis sûre. Il montrait déjà les premiers signes d'un comportement de psychopathe et il est absolument impossible que le tube à oxygène se soit détaché tout seul.

– Et si Bobby avait eu une attaque et l'avait tiré avec une violence suffisante – c'est l'avocat qui parle.

– C'est tout juste si Bobby pouvait marcher, où aurait-il trouvé la force d'arracher son pansement ? Ramona était toujours prudente, elle scotchait le tube bien à plat, sans faux plis. Je le sais parce qu'il m'arrivait de l'enlever au matin.

– Elle vous utilisait comme aide ?

– C'est moi qui avais insisté pour l'aider, je me sentais plus forte, aux commandes. Et je voyais clairement que ses forces l'abandonnaient.

– Je… ma question va vous paraître abominable, mais je suis avocat et je me dois de vous la poser… (Il changea de position.) Étant donné la santé faiblissante de Ramona, se sentant de plus en plus attachée à Bobby, y aurait-il la moindre possibilité qu'elle ait…

– Euthanasié un enfant ? dit Grace. C'est tout à fait exclu. Quand elle a trouvé Bobby sans vie, elle était horrifiée. Je suis certaine que c'est le choc qui l'a fait mourir.

– Mon Dieu, dit Wayne Knutsen. Quel cauchemar… pauvre Ramona. Pauvre enfant… et il n'y avait personne d'autre qui aurait pu…

– C'était lui, Wayne.

– Oui, oui, vous saviez. Vous dites qu'il s'appelait Sam ? C'est maigre comme point de départ. Quel âge avait-il ?

– Treize ans, quatorze, plus ou moins.

– Suffisamment âgé, je suppose… Avec tous les bruits dingues qui circulent… Très bien, c'est une chose affreuse à envisager, mais je me fie à votre jugement. Que s'est-il passé pour vous après que le ranch a fermé ? Même si je n'ai pas vraiment envie d'entendre ce que je subodore.

Il secoua la tête, ses bajoues tremblèrent. Il essaya maladroitement de se frotter les yeux.

Grace se pencha vers lui et lui prit la main, pour le réconforter comme elle l'aurait fait avec n'importe quel patient.

– En fait, répondit-elle, tout s'est arrangé pour le mieux.

29

Nancy, l'inspecteur de police, se dépêcha de rejoindre la maison pour mineurs et Grace comprit qu'elle n'attendait qu'une chose, en avoir terminé au plus vite. Le temps de franchir une série de portes verrouillées, elle avait déjà disparu et Grace se retrouva escortée par une énorme femme noire qui l'appelait « chérie » et la rassurait en disant que tout allait bien se passer.

Des mots gentils, certes, mais prononcés par une voix lasse, à croire qu'elle avait avalé un magnétophone et appuyé sur la touche *Play*.

On emporta ses affaires avant de lui donner une tenue orange vif, pantalon et chemise assortis. On enserra son poignet osseux d'un bracelet en plastique portant son nom mal orthographié, *Blande*. La minuscule pièce dans laquelle on la plaça sentait le pipi et le caca, il y avait plein de graffitis sur les murs et des barreaux en guise de porte. La seule fenêtre, tout en hauteur, était noire, car il faisait nuit dehors. Pour tout mobilier, une couchette, une commode et des toilettes métalliques sans abattant.

La grosse femme noire lui dit :

– Nous sommes désolés d'avoir dû te mettre dans une cellule d'isolement ce soir, chérie, mais c'est pour ton bien, inutile de te placer dans un dortoir, tu n'as rien fait pour mériter ça. Pas comme certains des gamins, inutile que tu saches, crois-moi sur parole, d'accord ?

– D'accord.

– C'est pour cette raison que je vais être obligée de te boucler, chérie. Pour ton propre bien. Essaie de dormir cette nuit et, demain matin, tu pourras poser des questions, les gens de jour y répondront, compris ?

– Compris.

– Je veux dire, chérie, que tu ne vas pas rester assez longtemps ici de toute façon, c'est juste en attendant qu'on ait statué sur ton cas. C'est-à-dire quand on t'aura trouvé une famille.

Je sais ce que ça veut dire. Appuie sur la touche Stop *de ton magnéto.*

– Chérie ? répéta la femme.

Grace entra dans la cellule.

Le lendemain matin, une autre Noire arriva avec le petit déjeuner et dit :

– Qu'est-ce que je peux t'apporter, ma petite ?

– Des livres, répondit Grace.

– Des livres, répéta-t-elle comme si elle avait demandé des pierres de lune. Quel âge as-tu ?

– Onze ans.

– Hum, je vais voir ce que je peux faire.

– Je lis des livres pour adultes.

– Tu lis des choses dégoûtantes ? demanda l'autre en fronçant les sourcils.

– Non, répondit Grace. Des livres que lisent les adultes. Psychologie, biologie.

La femme la fixa d'un œil sceptique.

– T'es quoi ? Une sorte de génie ?

– Je suis curieuse de nature.

– Par ici, c'est pas vraiment une qualité, ma petite.

Six heures plus tard, trois manuels de CM2 aux pages écornées atterrissaient dans sa cellule. Maths bébé, anglais bébé, sciences bébé.

On voulait la punir, décida-t-elle, pour s'être trouvée au mauvais endroit au mauvais moment. Elle se demanda où Sam, Ty et Lily avaient fini. Peut-être se trouvaient-ils dans des cellules différentes de cette même prison. Une fois qu'on la laisserait sortir, elle les verrait peut-être. Elle espérait que non.

Il se trouva au bout du compte qu'elle se faisait du souci pour rien. Pendant trois jours consécutifs, on ne la laissa jamais quitter sa cellule, le personnel semblait avoir oublié son existence. Elle ne dit rien, elle réfléchissait et dormait, en se sentant devenir de plus en plus stupide, comme si son cerveau était en train de pourrir et qu'elle se noyait dans sa propre vacuité.

Et elle n'avait rien fait. Exactement comme la pièce rouge.

Rester calme n'était pas toujours facile, cela exigeait de se couper des cris et des hurlements de prisonniers qui eux faisaient du bruit. Parfois des grands en combinaison orange, qui auraient pu déjà être des hommes, passaient devant sa cellule sous la vague surveillance de gardiens qui ne faisaient rien pour les empêcher de la reluquer, de se frotter le bas-ventre ou de lui dire des choses dégoûtantes. Par deux fois, ils avaient même sorti leur pénis en le caressant brutalement, un rictus sur la figure.

La première fois, elle fut trop surprise pour réagir. La seconde, elle éclata de rire.

Le garçon dont elle se moqua était grand et large, son visage boutonneux couvert d'une courte barbe noire. Lorsqu'elle rit, il redevint tout mou et se dépêcha de ranger son instrument. Son expression disait clairement que s'il avait pu arracher les barreaux, il l'aurait démolie.

À partir de cet instant, elle se roula en boule sur son lit, tournant le dos à l'univers étriqué au-delà des barreaux.

La veille du quatrième jour, une autre Noire – le personnel semblait exclusivement composé de femmes noires – déverrouilla sa cellule et dit :

– Tu sors, Miss… (elle consulta son bloc à pince) Miss Blades. Voici tes vêtements, habille-toi, je t'attends et je t'emmène.

– Où ça ?

– Ta prochaine destination.

– Et c'est quoi, m'dame ?

– On ne me le dit pas, je fais juste les ramassages et les livraisons.

Grace quitta son uniforme orange, sans se soucier de savoir si un garçon à l'esprit sale risquait de la voir en culotte. Elle enfila les habits qu'elle portait à son arrivée avant de suivre la femme pour franchir les mêmes portes verrouillées qui l'avaient conduite dans cet enfer. Jusqu'à la petite salle de réception où elle n'avait fait que passer.

Malcolm était là.

– Mon Dieu, dit-il. Je suis tellement, tellement navré. Il a fallu un moment pour te retrouver.

Il tendit un bras pour la serrer contre lui, un simple geste spontané de réconfort. Grace n'aimait pas qu'on la touche, elle n'avait jamais aimé ça, et à cet instant, son aversion l'emporta sur son bon sens.

Il est ici pour te sauver, alors fais tout ce qu'il te demande.

Mais elle ne voulait pas qu'il la serre dans ses bras, trois jours de cellule l'avaient endurcie encore plus contre tout contact humain. Elle ne bougea pas.

Pas intelligent ça. Okay. Essaie.

Elle avança péniblement d'un pas.

Malcolm laissa retomber son bras.

Maintenant il est furieux, pourquoi suis-je aussi stupide ?

Il se pencha en avant et lui murmura presque :

– Je suis tellement désolé, Grace, cela n'aurait jamais dû arriver. J'aimerais t'emmener avec moi, est-ce que ça te va ?

– Oui.

– Super, je suis garé dehors, le break est au garage alors j'ai pris la voiture de Sophie, c'est une deux-places, mais ça ira très bien.

En se dirigeant vers l'entrée, il continua de parler vite sans jamais s'interrompre et lui tint la porte pour la laisser sortir la première. Comme si on lui avait enfoncé sa touche *Play*.

Mais c'était un son que Grace voulait entendre.

La voiture de Sophie était une Thunderbird décapotable noire, vieille, mais étincelante, avec des sièges en cuir d'un blanc immaculé.

Grace avait vu des pubs pour des voitures de ce genre dans ses vieilles revues. Des gens beaux et riches dans leurs coupés, montant à cheval, assis sur des plages d'une beauté impossible.

Elle est riche, mais pas lui ? C'est peut-être pour ça qu'elle garde son propre nom. Pour qu'il se souvienne qu'ils sont des individus séparés, que c'est elle qui a l'argent.

– Plutôt sportive, non ? dit Malcolm. C'est Sophie la sportive.

Il déposa ses affaires dans le coffre, lui ouvrit la portière côté passager et attendit qu'elle soit installée avant de s'asseoir à son tour au volant. Même avec le siège reculé à fond, il avait l'air à l'étroit, comme un adulte dans une voiture pour enfant. Il inséra la clé dans le contact, mais ne démarra pas le moteur.

– Je regrette très sincèrement, Grace, dit-il en se retournant vers le bâtiment gris de la maison pour mineurs. Ç'a dû être sinistre.

– C'était okay.

– Eh bien, c'est courageux de dire ça. J'ai eu un mal de tous les diables à découvrir ce qui s'était passé. C'est scandaleux. Ramona est – était – ma belle-sœur et, en tant que seul parent survivant, toutes les responsabilités concernant ses affaires ne relèvent que de moi et moi seul. Elle me manque profondément… Personne ne m'a jamais informé de quoi que ce soit, Grace : quand je suis arrivé au ranch, je l'ai trouvé vide et j'ai commencé à appeler les autorités pour me heurter à un mur. Finalement, un responsable des services du shérif m'a expliqué ce qui s'était passé. Une fois remis du choc, je lui ai demandé ce qu'étaient devenus les enfants et c'est alors qu'il m'a expliqué pour Bobby. Une fois remis de ce choc-là, j'ai insisté pour savoir où étaient les autres pupilles et il a répondu qu'il ne savait pas. Alors que c'est bien ses subordonnés qui t'ont amenée ici, ces imbéciles. C'est de l'inconscience, Grace, ces stupides bureaucrates qui te traitent comme une criminelle.

Grace frissonna, sans trop savoir pourquoi. Elle voulait juste qu'il conduise, point.

– Pauvre petite, dit-il.

Il tendit un bras vers elle pour la réconforter, mais refréna son geste aussitôt. Il mit le contact et le moteur gronda. Macolm sortit du parking doucement, comme si la vitesse lui faisait peur. Jouer au timide ne collait pas bien avec cette voiture. Sophie la traitait peut-être comme il convenait, elle.

Lorsqu'il déboucha dans la rue, Grace lui demanda :

– Où va-t-on ?

Il freina, se claqua le front.

– Mais bien sûr, comment pourrais-tu le savoir ? Désolé, une fois encore. Je plaide un instant d'inattention à cause de… Je t'emmène chez moi. Dans notre maison, à Sophie et à moi. À condition que tu approuves, car je ne devrais jamais présumer de rien. Mais pour être honnête, Grace, il n'y a pas de meilleure solution pour l'instant…

– J'approuve, dit Grace. Roulez vite, s'il vous plaît.

Elle s'attendait à un long trajet après s'être convaincue que le quartier sinistre où se trouvait la maison pour mineurs devait se situer bien loin d'une maison suffisamment jolie pour Malcolm et la riche Sophie.

Elle ne se trompait qu'à moitié. La maison était belle et immense, à l'image de ses voisines, entourée de vastes pelouses vertes, de vieux arbres, de fleurs éclatant de couleurs. Mais il ne fallut pas bien longtemps pour y arriver : Malcolm emprunta une rue appelé Sixth qui traversait beaucoup de grisaille et de pauvreté.

Il s'engagea dans une allée et dit :

– *Voilà*[1].

La maison à un étage avait un toit pointu qui montait haut, couvert de ce qui ressemblait à des plaques de roche grise. La façade était en briques entrecoupées d'un grand nombre de poutres sombres. Grace reconnut le style grâce à ses lectures : Tudor, d'après le nom d'une famille de rois d'Angleterre. Elle n'aurait jamais imaginé qu'en Amérique, les gens habitaient des maisons du même type.

– Pour que tu te repères un peu mieux, dit Malcolm, ce quartier s'appelle Hancock Park et la rue se nomme June Street. On y trouve plus de banquiers et d'avocats que de professeurs, mais c'est ici que vivaient les parents de Sophie. Ils ont été parmi les premiers Juifs à être autorisés à acheter – inutile que je t'embête avec ça, désolé.

Un temps de silence.

– Sophie et moi sommes juifs, tu sais.

– Je sais.

– Oh, fit-il. C'est nos noms qui t'ont mis sur la piste ?

1. En français dans le texte.

– L'Holocauste.

– Ah… tu réfléchis bien. Toujours est-il que nous ne sommes pas religieux du tout et, donc, tu n'auras pas à apprendre les rituels et les prières, ce genre de choses.

Les rituels et les prières éveillèrent l'intérêt de Grace. Parmi les documents que Malcolm lui avait donnés, il y avait des articles sur toutes sortes de coutumes religieuses.

Il s'extirpa de la Thunderbird avant de sortir les affaires de Grace puis fit le tour de la voiture pour lui ouvrir la portière. Mais Grace était déjà descendue.

Il déverrouilla une lourde porte en bois munie d'un heurtoir de laiton en forme de lion. Grace le suivit dans une pièce vide dallée de marbre blanc et noir dont la seule fonction semblait être de donner accès à une pièce beaucoup plus vaste. Un grand espace rempli de meubles anciens, des canapés et des fauteuils bien rembourrés avec des tas de coussins, des tables en bois sombre aux pieds incurvés et de drôles de bibliothèques en bois sombre elles aussi bourrées de livres. D'autres livres s'empilaient par terre. Dans un coin se dressait une horloge encore plus grande que Malcolm. Sur le côté gauche, un escalier en bois sculpté aux larges marches conduisait à l'étage. Un long tapis bleu, rouge et blanc occupait le centre.

Le mur du fond de la vaste pièce était constitué de portes vitrées donnant sur un jardin.

Même si elle ne pouvait se comparer au ranch en termes de surface totale, cette propriété, bien que plus petite, ne l'était pas vraiment, avec sa piscine d'un bleu éclatant et de beaux arbres clairs aux ramures pendantes, des parterres de fleurs rouges, roses et blanches, ainsi qu'une pelouse du vert le plus vert qu'elle eût jamais vu. Elle en eut le souffle coupé.

Le Pr Sophia Muller apparut, comme par magie, vêtue d'un gilet bleu foncé par-dessus un haut de même couleur, un pantalon beige et des chaussures marron à talons plats. Ses cheveux blond cendré étaient noués en chignon et des lunettes pendaient à son cou au bout d'une chaînette.

Elle sourit et tendit la main à Grace. Un geste et une attitude un peu timides, à croire qu'elle n'avait pas l'habitude de recevoir des visiteurs.

Cette fois, Grace fit ce qu'il fallait et tendit la sienne.

– C'est un tel plaisir de t'avoir ici, Grace, dit Sophia Muller.

Elle prit les affaires que tenait Malcolm et lui annonça que le break était réparé : s'il le désirait, il pouvait appeler un taxi et aller voir le concessionnaire avant la fermeture.

– Tu es sûre ? dit-il.

– Oui, chéri. J'ai besoin de la Thunderbird demain.

Malcolm acquiesça, traversa la grande pièce, franchit une porte sur la droite et disparut.

– Viens, dit Sophia. Ta chambre est prête.

Elles montèrent toutes les deux à l'étage.

– *Voilà*[1], dit Sophie.

À l'évidence, le mot était une expression de famille. Grace se résolut à trouver un dictionnaire dès qu'elle le pourrait.

La chambre dans laquelle Sophie l'avait conduite était aussi grande à elle seule que trois chambres du ranch. Deux fenêtres ouvraient sur le superbe jardin.

Mais rien de particulièrement chic, bien au contraire. Un lit de taille adulte couvert d'une courtepointe blanche, mais sans motifs, des murs beiges un peu vieillots, sans photos ni décorations. Un sol en bois nu. Pas le moindre meuble.

– Tout s'est passé si rapidement, expliqua Sophie, le temps nous a manqué pour meubler ça correctement.

1. En français dans le texte.

Au contraire de Malcolm, elle expliquait mais ne s'excusait pas. Peut-être parce qu'elle était riche ?

– Ça me plaît, dit Grace.

– C'est bien aimable de ta part, mais nous savons l'une et l'autre que le travail est loin d'être terminé, alors écoute-moi bien, Grace. Très bientôt, toi et moi nous irons faire du shopping et nous arrangerons cette chambre de telle façon qu'elle corresponde à une jeune fille de ton âge et de ton intelligence.

Grace ne répondit rien.

– Ça te convient ?

– Oui.

– Mais j'imagine que tu dois avoir faim, je suis sûre que dans ce trou infernal, on ne t'aura servi que de la pâtée. Alors viens avec moi à la cuisine, nous allons te trouver une nourriture digne de ce nom.

Grace la suivit dans l'escalier. Sophie avançait vite, sans se soucier de savoir si elle était bien.

Elle présume que je suis bien. C'est une nouvelle sorte de personne.

Et c'est ainsi que commença la partie heureuse de la vie de Grace Blades.

30

Ne s'en tenant qu'aux faits sans entrer dans les détails, Grace offrit à Wayne Knutsen une version succincte de cette période.

– Dieu soit loué, il existe encore des gens comme ça, conclut-il.

Une réponse un peu triste, d'une voix presque piteuse, estima Grace, comme s'il avait loupé quelque chose, et elle profita de son avantage pour lui répéter :

– Toujours est-il que j'ai maintenant besoin de votre aide.

– Hum. Bon, mes contacts auprès de la police sont plutôt bien placés.

– J'aimerais mieux pas, répondit-elle. La police ne me prendra jamais au sérieux.

– Pourquoi donc ?

– C'est de l'histoire ancienne et ce ne sont que des suppositions, je n'ai pas la moindre preuve à leur offrir.

Wayne se remit péniblement debout et regagna son trône derrière le bureau. Très professionnel désormais.

– Vous avez raison. Objectivement, c'est maigre comme point de départ, que pourrais-je dire au chef…

Il s'empourpra du menton jusqu'au front et la rougeur gagna son crâne chauve.

– Oubliez mes petits côtés prétentieux, lui et moi avons participé aux mêmes dîners de collecte de fonds. En fait, c'est pour cette raison que je porte cette tenue.

Une journée de golf parfaite comme on peut en rêver au country-club. Mais j'arrête là mes références au grand monde, je vous le promets. Plus de noms importants.

– J'ai justement besoin de noms, Wayne. Les véritables noms de Sam, Ty et Lily. Afin de savoir ce qu'ils sont devenus.

Il lui lança un long regard inquisiteur.

– Il faut connaître son ennemi, Wayne. Je ne peux pas continuer à vivre de cette façon, à me demander sans cesse ce qui se tapit derrière chaque coin de rue.

Il joignit le bout de ses doigts, ses deux mains formant un petit chapiteau.

– Tout ça parce que vous croyez qu'il a tué son frère.

– Son frère il y a quelques jours et Bobby Canova il y a vingt-trois ans. Et qui sait combien d'autres entre les deux.

Et aussi moi, de peu.

– Pourquoi y en aurait-il d'autres ?

– Parce qu'un être qui se révèle malfaisant aussi jeune ne risque pas de consacrer le restant de sa vie à faire le bien.

Wayne ne répondit pas.

– Je n'ai jamais été aussi sûre de ce que j'avance.

– Ce garçon handicapé…

– Bobby Canova. Sa mort sera classée comme accidentelle dans les archives. Mais c'est Sam qui a arraché le tube à oxygène, il est impossible que ce tuyau ait pu se détacher d'une autre manière. J'ai vu Sam ce matin-là, Wayne. Il était fier de lui. Il souriait de satisfaction. Le même sourire qu'il a affiché devant le corps de Ramona en veillant à ce que je le voie bien. Car il voulait que je sache que cette mort-là, il la prenait aussi à son compte.

Wayne fit la grimace.

Un homme tendre, un homme qui avait du cœur. Grace en tira avantage.

– Il y a pris du plaisir. Ce genre d'appétit ne disparaît jamais, Wayne. Je suis sûre qu'il en a tué d'autres.

– Si calculateur à un si jeune âge…

– C'est exactement ce que je veux dire, Wayne. Nous parlons d'une psychopathie A plus. J'ai besoin que vous m'aidiez à le retrouver.

– Et une fois que vous aurez réussi ?

– Une fois que j'aurai rassemblé suffisamment de faits tangibles, vous pourrez parler au chef de la police ou à vos autres contacts haut placés. Jusque-là, sans données concrètes suffisantes, c'est uniquement moi qui serai dans le collimateur.

Wayne réfléchit un instant, de façon rationnelle et délibérée, exactement ce que l'on attend d'un bon avocat. Il sortit un stylo d'un tiroir de son bureau. Plaqué or, un Montblanc hors de prix.

– Et à votre avis, comment suis-je censé retrouver le vrai nom de ce petit monstre ?

– Je ne sais pas, répondit Grace. Mais vous êtes mon seul et unique recours.

En réalité, elle avait plein de suggestions. *Vous avez fait partie de ce foutu système alors bossez dessus, transformez toutes ces années en quelque chose de positif.*

Mais la vieille plaisanterie restait toujours vraie :

Combien faut-il de psys pour changer une ampoule ?

Un seul suffit, à condition que l'ampoule accepte d'être changée.

Mieux valait qu'il arrive à cette conclusion lui-même.

Néanmoins, au cas où il en serait incapable, elle ferait tout son possible pour le conduire jusque-là.

Le trône pivota. Wayne s'appuya contre son dossier et se pencha en arrière. Croisa les chevilles. Roula le stylo entre ses doigts dodus.

– Il y a vingt-trois ans de ça, dit-il. Les archives des services sociaux étaient aussi confidentielles à l'époque qu'elles le sont aujourd'hui.

– Officiellement, rétorqua Grace. Nous savons l'un et l'autre comment ça marche.

Il ne répondit pas.

– Officiellement, dit-elle, les foyers d'accueil étaient des endroits adorables droit sortis des sitcoms pour enfants, dirigés par des anges gardiens pleins de compassion au cœur gros comme ça. Officiellement, tout se finissait toujours bien.

Il baissa la tête. S'attarda sur le sous-main en cuir posé sur son bureau.

– En outre, Wayne, un critère comme la vie privée n'existe plus à l'âge d'Internet.

S'ensuivirent quelques instants supplémentaires de contemplation silencieuse.

– Très bien, pas de promesses, Grace. Je vais voir ce que je peux déterrer. Je suppose que c'est le moins que je puisse faire en guise d'expiation.

Il n'avait pas à se racheter. De rien. Mais qu'il continue donc à s'en convaincre. Elle ne fit rien pour l'en dissuader.

Il la raccompagna jusqu'à la porte et lui demanda si elle voulait autre chose.

– Les noms seraient un bon début.

– Au cas peu probable où je déterrerais effectivement quelques renseignements, où puis-je vous joindre ?

Elle était venue préparée, le numéro d'un de ses portables prépayés noté sur un petit Post-it rose.

– Votre bureau ? demanda-t-il en y jetant un œil.

– Mon bureau est fermé jusqu'à plus ample informé.

– C'est vraiment sérieux alors, dit-il, le visage défait.

– Je ne serais pas ici sinon, Wayne.

– Oui, oui, naturellement… Très bien, je ferai de mon mieux. Dans un cas comme dans l'autre, vous aurez de mes nouvelles… disons, d'ici deux ou trois jours. Je saurai à ce moment-là si c'est possible.

– Merci, Wayne, dit Grace en lui faisant une bise sur la joue.

Il toucha l'emplacement où s'étaient posées ses lèvres, avec solennité.

– Merci à vous. Pour être devenue celle que vous êtes.

Toujours sur ses gardes, tous les sens en éveil, Grace quitta l'immeuble, récupéra sa Jeep et retourna dans la Valley au milieu des encombrements, ce qui lui donna le temps de réfléchir.

Lorsqu'elle arriva enfin au Hilton, elle était fatiguée et elle avait faim. Il lui restait plein de viande séchée dans ses réserves et elle n'avait pas encore touché au salami. Mais les risques d'un vrai repas lui parurent bien minces, aussi descendit-elle au rez-de-chaussée, inspecta le hall d'entrée et gagna le restaurant de l'hôtel.

Elle s'installa à une table en coin qui lui offrait une vue dégagée sur toute la salle et commanda une soupe, de la salade et un steak de faux-filet de trois cents grammes, cuit à point, avec du thé glacé.

– Ce soir, le thé est au fruit de la passion.

– La passion, c'est parfait.

Une cuisine à peu près honnête, mais la salle très basique ne contenait pas grand monde. Des hommes d'affaires essentiellement, en trios et quatuors, qui faisaient semblant de bavarder alors qu'ils étaient tous vissés à leurs téléphones, tablettes et agendas personnels.

Un seul homme solitaire : un peu dégarni et légèrement bouffi, mais d'une beauté étrange, la quarantaine, chemise bleu foncé et pantalon gris, il lisait le *Times* en buvant de la bière dans un box voisin. Assez beau en tout cas pour s'attirer une rafale de sourires plus qu'engageants de la part de la serveuse omniprésente. Il réagit poliment avant de retourner à la page des sports de son journal.

Entre la soupe et la salade, Grace croisa son regard. Échange de brefs sourires. Amicaux, mais vaguement chargés de sous-entendus ?

Une expression que Grace connaissait bien.

Cadre parfait, un hôtel dont la clientèle n'habitait pas la ville.

Pas ce soir, mon grand.

Quelques instants plus tard, les suppositions de Grace furent sérieusement ébranlées par l'apparition d'une jolie blonde qui portait un gros diamant à l'annulaire gauche.

Baisers et sourires à foison. Monsieur termina sa bière et le couple s'en fut, la femme lui tapotant les fesses de temps en temps.

Aurait-elle fait fausse route ? Non, elle était sûre que son coup d'œil n'avait rien d'innocent. Blondie ne savait pas ce qui l'attendait.

Elle mangea son steak trop vite pour l'apprécier vraiment, retourna dans sa chambre et ferma le verrou à double tour.

Elle s'endormit immédiatement, sans même avoir le temps de se dire : Cette nuit, pas de rêves.

Une nuit réussie : elle se réveilla, l'esprit vide et plutôt bien reposée, à six heures du matin, prête à se remettre au travail.

Pas de message de Wayne, rien de surprenant. Il était beaucoup trop tôt pour qu'il ait essayé de se faufiler dans le labyrinthe des archives des services sociaux.

Une mauviette au cœur trop tendre, c'est ainsi que Ramona l'avait jugé, et Grace espéra que son muscle cardiaque était resté aussi guimauve. Néanmoins, la probabilité existait toujours qu'il ait reculé avant d'aller patauger dans un foutoir impossible. Ou qu'il ait simplement changé d'avis. Aussi dut-elle envisager l'hypothèse que Wayne ait pu revenir sur sa promesse.

Avec ou sans lui, de toutes les façons, elle allait continuer.

Ainsi qu'il en avait toujours été, ainsi qu'il en serait toujours.

Elle vérifia son service de messagerie au moyen d'un des portables prépayés.

Trois patients possibles. Ils allaient devoir attendre que le Dr Blades ait remis sa maison en ordre. Mais l'appel au secours d'une ancienne patiente, une dénommée Leona qui avait perdu un bras cinq ans auparavant – son petit ami complètement fêlé avait mis le feu à ses vêtements et elle avait brûlé comme une torche –, exigeait son attention immédiate.

Elle la joignit à son domicile de San Diego. La crise avait été déclenchée par un flash-back violent, le premier depuis trois ans, et il était inutile d'être grande thérapeute pour en comprendre les raisons : Leona avait fait la connaissance d'un autre homme et s'était s'autorisé de nouveaux espoirs jusqu'au moment où elle l'avait retrouvé complètement saoul et verbalement très agressif.

– J'ai cru, docteur Blades, qu'il allait m'attaquer. Il prétend qu'il ne ferait jamais une chose pareille, mais je ne sais plus.

Sûr que vous ne pouvez pas savoir.

– Vous avez bien fait de m'appeler, lui dit Grace.

– Vraiment ?... J'ai un peu honte. Je ne voulais pas vous déranger. Pour que vous pensiez que je craquais à nouveau.

– C'est juste le contraire, Leona. Demander de l'aide est un signe de force.

– Oh, d'accord. Oui, je sais que vous me l'aviez dit, mais jusqu'à présent, je n'ai pas eu besoin d'aide.

Les choses changent, chérie.

– C'est vrai. Mais maintenant vous en avez besoin et je suis là pour vous et vous avez agi comme il se devait. Ça s'appelle la flexibilité, Leona. C'est pour cette raison que vous vous êtes si bien remise et que vous continuerez dans cette voie. Et si vous commenciez par le commencement…

Mais il fallait être une grande thérapeute pour traiter une crise à longue distance, assise dans une chambre d'hôtel ordinaire, tout en se préoccupant de sa propre survie.

Grace passa quatre-vingts minutes au téléphone et, quand elle raccrocha, Leona lui parut raisonnablement réparée. Suffisamment en tout cas pour ne pas demander un nouveau face-à-face. Elle aurait détesté ne pas pouvoir répondre à sa requête.

Libérée de toute responsabilité professionnelle pour le moment, elle prit un long bain chaud, s'essuya et huma ses vêtements. Pas d'odeurs déplaisantes, bons pour une journée supplémentaire.

Elle trouva ce qu'elle cherchait sur Internet, emballa ses affaires et régla sa note. Elle fit le plein de la Jeep dans une station-service proche et en profita pour vérifier l'huile et la pression des pneus avant de nettoyer ses vitres à la raclette.

Au magasin d'articles de bureau le plus proche, elle se dirigea vers les automates en self-service.

Le camé au cou tatoué ne releva même pas les yeux quand elle paya comptant.

De retour dans la Jeep, elle ôta cinq cartes d'un joli paquet de cinquante et les glissa dans son sac. Le reste, elle le rangea dans la boîte à gants.

Le papier beige lisse et rigide qu'elle avait choisi était agréable au toucher et ses caractères gras en relief inspiraient confiance.

M. S. Bluestone-Muller
Sécurité industrielle et commerciale
Évaluation de risques

Dans le coin en bas à gauche de la carte étaient inscrites les références, totalement factices, car choisies au hasard, d'une boîte postale qui se voulait située à Fresno. Dans le coin en bas à droite, Grace avait noté un numéro de téléphone relié à une ligne terrestre aboutissant à un labo de psycho au sous-sol de Harvard qui ne répondait quasiment jamais. Des années auparavant, les étudiants en recherche auxquels il était affecté avaient planqué l'appareil au fond d'un tiroir afin de pouvoir l'ignorer et roupiller tranquillement après une gueule de bois.

Elle démarra la Jeep, régla la radio satellite sur un poste de musique classique et eut droit au début de la *Suite pour violoncelle n° 4* de Bach, avec Yo-Yo Ma au sommet de son talent.

Rien ne vaut la compagnie d'un génie quand on a de la route à faire.

31

Il fallait être chargé d'adrénaline pour couvrir en une journée les six cents kilomètres qui séparaient L.A. et Berkeley. Mais entre les limites de vitesse à respecter, les pauses pipi et les arrêts casse-croûte, Grace estima qu'elle n'arriverait pas à destination avant la fin de l'après-midi, voire en début de soirée.

Trop tard pour apprendre quoi que ce soit sur Alamo Adjustments.

Il fallait aussi tenir compte du facteur fatigue : un système nerveux parasympathique gonflé à bloc masquerait la tendance naturelle de son organisme à vouloir ralentir. Elle ne serait pas au meilleur de sa forme.

Le trajet se ferait donc sur deux jours, elle prendrait la route à l'intérieur des terres et passerait la nuit quelque part à mi-chemin, à Fresno ou dans les environs. Debout de bonne heure le lendemain, elle atteindrait la ville universitaire bien avant midi et aurait ainsi largement le temps de prendre ses marques.

Elle s'arrêta à un 7-Eleven pour regarnir son stock d'en-cas et s'attarda sur le parking, assise dans sa voiture, à repasser en revue le registre mental qu'elle avait déjà consulté en détail à deux reprises après avoir décidé d'entreprendre ce voyage.

Si M. Balèze continuait à la chercher – ce qui était plus que probable –, le fait d'avoir quitté son domicile et son cabinet la rendrait vulnérable aux effractions.

D'un autre côté, il n'y avait rien dans l'un et l'autre lieu susceptible d'être utile à l'ennemi et les objets, ça se remplace.

Pas comme elle.

Ensuite il y avait le problème des avantages – ou inconvénients – qu'elle retirerait de son déplacement : se contenter d'inspecter un quartier où se situait jadis une entreprise aujourd'hui disparue pouvait se révéler parfaitement futile. Pis encore, elle n'apprendrait rien sur Alamo Adjustments et, si l'ennemi vivait à proximité, elle risquerait de se trahir.

L'ennemi : l'heure était venue de mettre un visage sur sa proie.

Elle se l'imaginait : grand, désinvolte, probablement toujours séduisant à l'âge de trente-sept ou trente-huit ans. Un charmeur dont les secrets méritaient qu'on tue pour eux et, s'il n'était pas aussi intelligent qu'il le croyait, peut-être avec un casier judiciaire.

Mais s'il était effectivement intelligent, il était passé entre les mailles du filet deux décennies durant, menant peut-être une vie respectable en apparence, mais continuant à faire ses ravages en douce, à l'abri des regards.

S'il avait accédé à la respectabilité d'un poste public officiel, il est certain que ses secrets méritaient qu'il tue pour eux.

Grace avait dépassé Santa Barbara et approchait de Solvang, sans avoir eu la moindre nouvelle de Wayne. Il avait dit qu'il se donnait deux ou trois jours, mais elle pensait que c'était juste un garde-fou et sa foi dans les recherches qu'il était censé entreprendre diminuait à mesure que défilaient les sorties d'autoroute. Parce que, inutile de se voiler la face, il suffisait d'appeler la bonne personne. De deux choses l'une : ou il pouvait ou il ne pouvait pas, ou il voulait ou il ne voulait pas.

Elle augmenta le volume de la musique et consulta son compteur kilométrique journalier. Lui restaient quatre cent cinquante kilomètres à parcourir en roulant à cent à l'heure. Son pied la démangeait, elle avait envie d'appuyer sur le champignon et elle avait déjà repéré trois voitures de la patrouille des autoroutes. Mais elle se sentait revigorée et pleine d'entrain, peut-être arriverait-elle à faire le trajet d'une traite. Elle trouverait un hôtel d'affaires anonyme dans les bons quartiers d'Oakland à la limite de Berkeley, y passerait une nuit paisible, se lèverait tôt pour entamer sa chasse.

Elle approchait de Lompoc quand Wayne l'appela.

– Vous avez trouvé quelque chose, dit-elle.

– D'une certaine façon.

– Je suis tout ouïe.

– Hé, dit-il soudain jovial, super d'avoir eu des nouvelles de ma nièce préférée… Des réunions toute la journée ? Tsss, je compatis, ma chère… Sûr, ce serait magnifique, laissez-moi noter ça… le Red Heifer… Santa Monica… vers dix-huit heures, ça vous convient ?

Surpris à l'improviste par un importun ? Rapide à la détente, monsieur l'avocat : Grace était heureuse de l'avoir dans son camp.

Il fallait compter deux heures et demie au moins pour le trajet de retour, peut-être plus si l'heure de pointe devenait infernale. Mais même dans ces conditions, elle avait largement le temps de voir.

– À tout bientôt, Tonton Wayne.

Il raccrocha sans rire.

Le restaurant était vieux jeu : vaste salle à manger au plafond en voûte, papier peint floqué vert, lumières tamisées, box en cuir olive, moquette épaisse et isolante à motifs pseudo persans. Les murs étaient décorés d'un mélange de gravures de natures mortes flamandes, de dessins de BD sur le vin un peu ridicules et, à gauche du bar, d'une énorme affiche de boucher détaillant en steaks, côtelettes et rôtis un pauvre bouvillon qui n'en pouvait mais.

Grace arriva avec dix minutes d'avance, mais Wayne était déjà là, la moitié de ses rondeurs visibles, le reste masqué par les ombres d'un box en coin loin de l'entrée. En dépit d'un service de dîner qui allait bon train, la banquette voisine de la sienne restait inoccupée. Son martini et les trois olives piquées d'un cure-dent flottant à sa surface semblaient intacts. Il grignotait un morceau de pain et salua à peine Grace quand elle se glissa à son côté.

Ce soir, il s'était habillé pour faire impression : costume beige sans épaulettes, chemise orange pâle et la même cravate d'un bleu agressif que sur son portrait officiel. Il resta impassible mais lui prit la main pour la serrer brièvement.

– Tonton, dit-elle, merci d'avoir pris le temps.

– La famille, c'est la famille, répondit-il avec un faible sourire.

Un serveur en veste blanche s'approcha.

– Vous ne voulez toujours pas manger, monsieur Knutsen ?

– Non, uniquement boire, Xavier. Katie ? dit-il en se tournant vers elle.

– Un Coca, oncle Wayne.

– Il arrive, dit le serveur.

Wayne lui pressa un billet dans la main. Le serveur fit des yeux ronds.

– Vous m'avez déjà donné, monsieur.

– Considérez cela comme une prime, Xavier.

– Merci beaucoup, dit Xavier en repartant à petits pas pressés.

– Une prime pour le box vide d'à côté ? demanda Grace.

Wayne la fixa des yeux, poussa un soupir, détourna la tête et fit mine de se plonger dans la contemplation d'un dessin encadré, un lapin mort suspendu par les pattes au-dessus d'un assortiment de fruits, de fleurs et d'herbes.

Le soda de Grace arriva, porté par un Xavier traçant comme un marcheur aux JO. Elle but une gorgée, Wayne ne toucha pas à son martini. Elle attendit qu'il ait terminé tout le pain dans la corbeille. Mastiquant et chassant les miettes de sa manche, il marmonna :

– Des glucides. Je n'ai vraiment pas besoin de ça.

Xavier revint au petit trot avec une corbeille pleine, remplit les verres d'eau et demanda si tout allait bien.

– Parfait, dit Wayne.

Quand ils furent à nouveau seuls, Grace lui dit :

– Vous êtes un habitué.

– J'essaie de venir ici quand je suis dans le Westside. J'habite à San Marino.

Il avait traversé la ville malgré une circulation chargée, déterminé à ce que cette entrevue ait lieu à bonne distance de son domicile. Mais il était à l'aise, suffisamment en tout cas pour la présenter au serveur. Donc cet endroit lui servait à la fois pour le plaisir et les affaires.

– Eh bien, lui dit Grace, j'apprécie beaucoup que vous ayez pris le temps de…

– Mais naturellement, vous êtes ma cliente.

Il tendit la main vers son martini, en but une longue gorgée, mangea une des olives. Mastiquant plus que nécessaire, il regarda la salle alentour, resta une demi-minute sans bouger, glissa une main dans une poche intérieure de sa veste et en sortit une enveloppe.

Petit format, de celles qu'on pourrait utiliser pour répondre à une invitation. Elle masqua sa déception. Elle avait espéré un paquet substantiel de documents confidentiels.

Wayne baissa la main et lui tendit l'enveloppe sous la table. Un fichu bout de papier assez léger pour être vide. Un trajet de retour de plus de deux cents bornes pour… ?

– Rangez ça, vous le regarderez plus tard.

– Bien sûr. Vous avez fait vite. Impressionnant, merci.

– J'aimerais bien attribuer cela à ma seule vertu, mais c'est tout le contraire.

Perplexe, Grace le regarda de près.

– C'est par manque de vertu que j'ai acquis ces renseignements, ma chère. Plus que ça, par péché. De la variété capitale.

Grace déroula dans sa tête la classique liste des sept péchés capitaux.

– L'avarice, dit-elle.

Wayne frotta son pouce contre son index.

– Vous avez toujours été très vive, docteur Blades. Oui, ce sale vieux goût du lucre. En parlant d'iniquité, je n'ai rien pu trouver sur les fous furieux de la Forteresse. Même dans les archives judiciaires.

– Il n'y a pas eu de poursuites parce que tout le monde est mort lors de la fusillade.

Il piocha une deuxième olive.

– Et vous savez ça parce que…

Elle se rendit compte qu'elle n'en savait rien au juste et une des vieilles plaisanteries de Sophie lui revint à l'esprit : *Présumer, c'est faire de toi et de moi deux imbéciles*.

Grace fronça les sourcils.

– Je soulève cette question parce qu'un leader fou et trois acolytes ne constituent pas vraiment une secte.

Elle haussa les épaules, essayant toujours de chasser sa honte d'avoir réfléchi de façon aussi indigente.

– D'un autre côté, peut-être était-ce une mini-secte, dit Wayne.

Ils éclatèrent de rire l'un et l'autre. Difficile de savoir lequel des deux faisait le maximum d'efforts pour paraître le plus badin.

Grace but une gorgée de soda. Wayne termina son martini et en demanda un second d'un geste de la main. Dès que Xavier l'eut apporté, elle dit :

– S'il y en avait d'autres, pourquoi n'ont-ils pas été arrêtés ? Pourquoi n'était-il pas fait mention d'autres membres de la secte dans l'article ?

– Pourquoi, effectivement, Grace ? Et vous avez probablement raison. Ce qui m'a étonné, néanmoins, c'est l'absence totale de couverture médiatique après la fusillade. En général, la presse adore ce genre de faits divers – les autopsies psychologiques et autres analyses.

De nouveau, il se frotta les doigts.

– Quelqu'un aurait eu assez d'influence pour étouffer l'affaire ?

– Une possibilité qui vient à l'esprit.

Grace réfléchit.

– C'est logique, dit-elle – peut-être pour tirer d'affaire un membre de la famille. Mais pas Roi, il était gardien de prison, pas de relations. Donc une ou plusieurs des femmes.

– Exactement ce que j'ai pensé, dit Wayne. Et dans ma tête, je me suis représenté une fille riche et stupide, ayant probablement des problèmes de drogue. Je rencontre ça tout le temps, à force de travailler sur des testaments et des donations.

Encore une longue gorgée.

– Les implications, cela va sans dire, sont terribles.

– De nouvelles pierres à retourner.

Il tourna la tête et fixa le vide.

– Des pierres qui ne veulent pas qu'on les retourne.

Grace haussa les épaules.

– D'un autre côté, peut-être qu'ils n'étaient que quatre au total, une bien piètre pâture pour les médias comparée aux affaires Manson et Jim Jones, toujours dans les mémoires.

– Tout est possible, dit Wayne. Le seul fichu vrai problème est que, tout simplement, nous n'en savons rien, n'est-il pas vrai, ma chère ?

Grace ne répondit pas.

Il se concentra sur son martini, le mélangea, contempla son minuscule univers cristallin.

– Vous êtes réapparue dans mon existence et me voilà plus inquiet que je ne l'ai été depuis bien longtemps.

– Je suis désolée…

– Ce n'est pas votre faute, les choses sont ce qu'elles sont… Désolé moi aussi, je n'aurais pas dû dire ça.

Grace lui toucha la main.

– Wayne, j'apprécie du fond du cœur tout ce que vous faites, mais il est inutile de vous faire de souci. Tout ce dont j'ai besoin, c'est de renseignements.

Il rit.

– Et voilà, je me sens d'un coup tellement mieux d'apprendre que vous partez vous attaquer à Dieu sait quoi.

– Le fait que je vous aie contacté prouve que je m'en sortirai sans problème.

– Que voulez-vous dire ? demanda-t-il, le front plissé.

– Non seulement je sais me protéger, mais je sais aussi comment demander de l'aide.

Il se renfrogna, but une gorgée.

– Je suppose que j'apprécie.

– Apprécier quoi ?

– Le fait que vous soyez venue me trouver. Parce que Dieu sait que j'aurais pu faire tellement plus quand vous étiez gamine.

– Wayne, de tous ceux…

Il chassa ses explications d'un geste.

– Qu'ai-je réellement fait pour vous si ce n'est déléguer mes responsabilités ?

– Ramona a été…

– La meilleure solution, je vous l'accorde. Mais dès que je lui ai refilé le bébé, je m'en suis lavé les mains. Je veux parler de vous, entre toutes, entre tous les enfants du système. Bien sûr, je peux expliquer ça en toute logique par un burn-out, mais à votre avis, cela révèle quoi de ma personnalité ?

– Je pense que votre personnalité est au-delà…

– Lorsque Ramona m'a appelé pour m'apprendre que votre QI dépassait tout ce qu'elle avait rencontré, je lui ai fait mes adieux, ma chère. Comment pouvais-je savoir qu'elle prendrait soin de vous au mieux ? Et vous pensez vraiment que cela m'aurait tant coûté que ça de consacrer un peu de mon temps à rechercher des programmes scolaires plus évolués ? Et s'il vous plaît, ne venez pas me dire que tout a fini par s'arranger. Le problème n'est jamais le poteau d'arrivée, Grace, c'est toujours le parcours.

Grace exerça une légère pression sur sa main. Sa peau lui parut piquante, comme électrifiée.

– Je vous en prie, Wayne, ne vous fustigez pas. De tout le système, c'est vous et Ramona qui avez fait la différence. Une différence significative.

– Peu importe… et pour quoi vous ai-je vendue ? Pour un autre système tout aussi amoral – pis qu'amoral, vénal, je suis un chien d'attaque extrêmement bien payé.

Il termina son second martini. Sourit.

– Bien sûr, j'y gagne de m'habiller chez Brioni.

Xavier démarra depuis l'autre côté de la salle, mais Wayne l'arrêta d'un geste.

– Grace, s'il vous plaît, revenez sur votre décision, ne vous lancez pas dans votre quête. Il doit exister un meilleur moyen.

Grace lui pressa les doigts.

– Je n'ai rien d'une martyre, Wayne, mais il n'y a pas vraiment d'autre solution, nous savons l'un et l'autre que le savoir, c'est le pouvoir.

Elle laissa tomber sa main dans son sac et passa un doigt sur la petite enveloppe.

Le bruit qui en résulta – des doigts de poupée sur un petit tableau noir d'enfant – fit sursauter Wayne. Il arracha sa main à celle de Grace.

– Regardez-la après mon départ, Grace. Et s'il vous plaît, pas ici.

– Absolument, Wayne. Et je vous jure, vous ne serez jamais associé à tout ça.

– Eh bien… dit-il.

Au lieu de terminer sa phrase, il se dégagea maladroitement du box.

– Une soirée mondaine urgente à Pasadena à huit heures et je suis sûr que vous préférerez… faire ce que vous envisagez de faire plutôt que de bavasser inutilement avec un vieux schnock.

Détachant plusieurs billets d'une pince en or, il les déposa délicatement sur la table et s'en alla.

Grace arriva dans le parking du restaurant juste à temps pour le voir partir dans une berline Jaguar métallisée. Le voiturier décomptait ce qui ressemblait à un généreux pourboire.

Elle roula vers le sud sur une longueur de deux pâtés d'immeubles, se gara devant un bloc résidentiel tranquille et ouvrit la minuscule enveloppe d'un coup d'ongle. À l'intérieur, elle découvrit un petit carré de papier trop mince plié en deux. Le roi du papier bon marché, celui qu'on trouverait dans un mémo à en-tête *Du bureau de*… si la personne au bureau en question se situait au bas du totem hiérarchique de l'entreprise. Il l'avait probablement piqué dans le cagibi de l'homme à tout faire.

Elle le déplia et lut trois lignes tapées à la machine.

Samael Coyote Roi
Typhon Dagon Roi
Lilith Lamia Roi

Plus quelque chose au recto du repli :

Lilith : par Howell et Ruthann McCoy, Bell Gardens, Ca.
Typhon : par Theodore et Jane Van Cortlandt, Santa Monica, Ca.
Samael : par Roger et Agnes Wetter, Oakland, Ca.

Pas de dates pour les adoptions. En dépit de tout l'argent sale de Wayne, son indicateur trop nerveux n'avait pas voulu lui remettre de vraie copie papier.

Mais Wayne avait noté les noms deux fois. D'abord en page de garde, ceux qu'elle verrait logiquement en premier, uniquement les noms. Et ensuite, sur la page du milieu.

Il voulait qu'elle se concentre sur les noms.

Elle les relut. Des choix bizarres à tout le moins, elle allait chercher leurs origines. Mais ce qui attira son attention fut la variation dans la séquence. Sur la page extérieure, la liste allait du plus vieux au plus jeune, mais en inscrivant les adoptions, Wayne avait inversé l'ordre.

Parce que c'était le véritable ordre chronologique ? La petite Lily silencieuse et geignarde, tout sauf menaçante, avait été la première à trouver une famille ?

Et Typhon, le petit garçon paisible aux manières douces, avait eu la chance d'être le deuxième.

Ce qui avait laissé Samael, le premier-né, pourtant si confiant en son propre charisme, sur la touche ? Peut-être dans le trou infernal dont elle avait fait l'expérience…

La véritable surprise, supposa Grace, était surtout qu'on l'ait adopté malgré son âge. La plupart des parents adoptifs n'aspiraient qu'à un petit être chaud et câlin, pas un jeune ado au caractère déjà bien trempé.

En conséquence de quoi Roger et Agnes Wetter étaient peut-être des individus dignes d'intérêt ?

À Oakland, Californie.

Tout à côté de Berkeley.

Elle se rendit dans un café Internet quelques blocs plus loin vers l'ouest. En se disant que le thème qui se cachait derrière ces trois noms n'était plus qu'à quelques clics de souris.

Samael, hébreu pour « venin de Dieu », était un terme choisi chez les plus noirs des satanistes déjà sérieusement atteints. *Coyote* – qui sait ? – lui évoquait un diable chez les Indiens américains.

Typhon – un diable grec, *Dagon*, un démon marin chez les Philistins.

Lilith, selon la mythologie, avait été la première épouse d'Adam, une jeune femme désobéissante et lascive ensuite éliminée au profit d'Ève, plus accommodante et grande amatrice de fruits. Bien que son nom ait été adopté comme icône par certains cercles féministes, elle aussi faisait partie du panthéon satanique.

Dernier, mais non des moindres, *Lamia*. Un diable grec rôdant la nuit qui faisait des enfants ses proies.

Charmant.

Et donc Arundel Roi, ce cinglé ivre de puissance, avait embrassé le côté noir. Quoi d'étonnant ?

Il devait y avoir plus que ça… peut-être qu'en mettant l'accent sur ces noms, Wayne cherchait à lui faire comprendre de ne pas perdre son temps puisque les enfants en avaient changé.

Ou alors il avait réellement pris peur et essayait une nouvelle fois de la dissuader.

Si c'était le cas, désolée, Tonton.

Elle prit la 405 sud et se rendit dans une agence de location de voitures Enterprise située à Redondo Beach, où elle échangea sa Jeep contre une Ford Escape – la bien nommée. Le petit mensonge qu'elle tenait en réserve resta lettre morte. L'employé ne lui demanda rien, mis au défi de remplir les papiers nécessaires et impatient de retourner à ses textos.

Redondo était une jolie plage, mais trop ouverte, avec trop de maisons basses et des allures de station balnéaire qui ne lui convenaient pas. Grace prit à l'est pour rejoindre sa voisine plus pragmatique, Torrance, où elle choisit un hôtel Courtyard by Marriott dont la chambre se révéla être une copie quasi conforme de celle du Hilton Garden.

Le réconfort d'un lieu familier. Elle avait guidé un nombre impressionnant de ses patients dans cette direction.

Mais en sortant son ordinateur portable avant de se connecter au wi-fi si bienvenu des hôtels d'affaires, elle se mit en garde elle-même contre une trop grande familiarité avec quoi que ce soit.

Pour quelqu'un comme elle, elle n'en voyait pas l'utilité. Rien ne durait jamais.

32

Grace commença par rechercher *roger agnes wetter*.

Réponse instantanée : *San Francisco Examiner* – 1993 – un article de complément sur les conséquences du tremblement de terre de Loma Prieta de 1989.

Le séisme d'amplitude 6,9 avait détruit des villes entières entre San Francisco et Santa Cruz, fracassant les maisons, les bâtiments commerciaux et une belle partie de l'Oakland Bay Bridge. Soixante-trois morts, près de quatre mille blessés graves, plus de dix mille personnes jetées à la rue, panne de courant pour des millions d'habitants.

Pour les souscripteurs de polices d'assurance, un véritable cauchemar à hauteur des six milliards de dollars que les compagnies qui les couvraient avaient promis de prendre en charge et, pour celles-ci, un véritable désastre.

Quatre ans après le séisme, de nombreux sinistres avaient été remboursés, mais souvent après des délais substantiels et des manœuvres juridiques manipulatrices.

L'article décrivait des cas non réglés toujours en suspens. Les coupables étaient souvent des assureurs à la sauvette irresponsables qui préféraient se mettre en faillite plutôt que de régler les contentieux. Dans d'autres cas, des compagnies toujours en exercice qui continuaient à temporiser.

Certains statu quo durent depuis presque une demi-décennie. Ils ont été rendus possibles grâce à la rotation forcée d'experts en contentieux engagés en free-lance qui égaraient les dossiers constitués par leurs prédécesseurs, imposant de fait aux assurés de nouvelles demandes de remboursement en y adjoignant quantité de formulaires inutilement compliqués prêtant à confusion, qu'il fallait remplir en respectant des délais si courts qu'ils en devenaient impossibles à respecter. Ces experts à la sauvette prenaient également pour habitude de rater leurs rendez-vous ou de prétendre que les assurés ne s'étaient pas présentés en personne lors des inspections, avant de déclarer, à tort, que leur absentéisme rendait leurs polices nulles et non avenues. Même lorsque les dossiers parviennent à se frayer un chemin au travers du bourbier bureaucratique, les sinistres sont souvent et scandaleusement sous-évalués. Dans certains cas, afin de régler l'indemnisation au plus bas, il a été fait état de pressions psychologiques pour amadouer les sinistrés, au besoin par la menace.

« Ils m'ont dit, explique une octogénaire complètement démunie qui a perdu sa maison et demande instamment à rester anonyme, que si je n'acceptais pas six cents dollars pour tout le bazar, ils me poursuivraient en justice et je finirais par perdre mes droits à la sécurité sociale. »

Une compagnie dont le nom ne cesse de réapparaître comme acteur de premier plan dans certaines communautés parmi les plus pauvres et les plus touchées de la Bay Area a pour nom Alamo Adjustments, à Berkeley. Ce sont les représentants d'Alamo, que nombre d'assurés décrivent comme « des petits jeunes », qui ont soumis le plus grand nombre de refus de paiement des sinistres, à peu près quatre-vingts pour cent. Des accusations similaires contre Alamo quand la société était installée à San Antonio, Texas, sont remontées au grand jour. Le président d'Alamo, Roger F. Wetter, n'a jamais répondu aux demandes d'explications.

Samael, le dernier des orphelins Roi à avoir été adopté. Jusqu'à sa rencontre – la plus parfaite et la plus improbable qui soit – avec un psychopathe déjà sur le retour qui voulait être papa.

L'adoption avait-elle été un programme planifié de formation d'un acolyte davantage que la volonté d'éduquer un orphelin ? Roger Wetter, grand adepte des jeunes brutes pour assurer ses basses besognes, en avait-il conclu que M. Venin de Dieu serait une adjonction parfaite à sa famille ?

Roger et Fils…

Roger. Le nom qu'Andrew avait endossé en bavardant avec « Helen » dans le salon de l'Opus ?

Grace et Andrew s'étaient cachés l'un et l'autre derrière des noms d'emprunt, à ceci près que, dans le cas de Grace, c'était un choix des plus banals, juste le nom de la dernière femme avec laquelle elle s'était entretenue. Lui, en revanche, aurait-il fouillé un peu plus profond, devenant « Roger » ce soir-là parce que Roger l'obsédait ?

Parce que le frère qu'il avait connu sous le nom de Samael, le monstre qui lui faisait tellement peur, était maintenant Roger Junior ?

Elle poursuivit sa recherche et tomba dans le *L.A. Daily News* sur une notice nécrologique vieille de sept ans pour Roger et Agnes Wetter, d'Encino. Le couple, décrit comme « âgé », avait disparu au cours d'une balade en bateau au large de Catalina Island, leur catamaran de quarante pieds ayant été retrouvé vide en train de dériver. Les plongeurs n'avaient pas réussi à retrouver les corps.

Aucune mention de pratiques professionnelles brutales, Wetter était un « investisseur free-lance », son épouse, « femme au foyer et guide de musée bénévole ».

Donc Alamo n'avait rien à voir avec le Culte de la Forteresse, c'était simplement le recyclage d'une compagnie qui avait démarré à San Antonio. La ville qu'Andrew avait revendiquée comme étant son domicile parce qu'elle aussi l'obsédait ?

Fouillant le passé parce qu'il avait appris les péchés commis dans le temps présent. Non pas simplement ceux de son frère qu'il avait jadis connu sous le nom de Samael, mais ceux d'une entreprise familiale criminelle ?

Après avoir été adoptés par des familles séparées, les deux frères s'étaient-ils retrouvés ? De Berkeley à Encino. Juste une colline à franchir, la maison d'adoption où vivait Andrew était située à Santa Monica. Peut-être s'étaient-ils revus par hasard lors d'un match de football, pourquoi pas ? Tant d'autres occasions étaient possibles – peut-être aussi n'avaient-ils pas eu à se retrouver, s'ils avaient gardé le contact pendant toutes ces années.

Grace relut la notice nécrologique des Wetter. Un an avant l'accident en pleine mer, Alamo Adjustments opérait toujours à Berkeley. Avec Beldrim Benn Junior pour assurer la sécurité. Une organisation de ce type devait avoir besoin de gros bras et Grace n'eut aucun mal à se représenter un Benn beaucoup plus jeune effrayant de pauvres vieux assurés privés de leurs droits.

Mais peu après, la famille avait déménagé. Un départ motivé par un scandale trop important pour être étouffé ? Ou, comme l'impliquait son statut d'« investisseur freelance », Senior avait-il simplement pris sa retraite pour jouir des fruits du péché ?

Belle maison, beau bateau, une épouse qui pratiquait le bénévolat, autant de signes extérieurs d'une belle et douce vie.

Un fils que le couple avait élevé depuis l'adolescence ? Leur unique héritier ?

La plupart des comtés de Californie étaient heureux de vous offrir leurs rapports de décès établis par le coroner à condition de payer, de remplir des formulaires et d'attendre au besoin des semaines, sinon des mois. Plusieurs services en ligne, bien moins chers pour commencer, étaient aussi beaucoup plus rapides et, quelques secondes plus tard, Grace disposait d'un résumé sur les morts de Roger Wetter, soixante-quinze ans, et d'Agnes Wetter, soixante-douze.

Cause du décès : Inconnue, mais noyade probable. Modalités du décès : Accidentel.

Parent le plus proche : Roger Wetter Junior, Center Street, Berkeley. La même adresse que le quartier général d'Alamo.

Effectivement, Samael s'était transformé en Junior. Sept ans auparavant, il aurait eu une trentaine d'années. Avait-il décidé de procéder à une liquidation par anticipation ? Andrew l'aurait-il découvert, se sentant toujours coupable – *A. Toner* – d'avoir échoué à dénoncer le meurtre de Bobby Canova et combien d'autres encore, toujours bataillant contre la pensée d'exposer son frère au grand jour pour ses parricides ?

Approchant la trentaine lui aussi, il avait eu besoin d'encouragements pour faire ce qui était juste parce qu'il souffrait de vouloir à tout prix régler le problème d'un parent proche malfaisant.

En se tournant vers le grand oracle Internet en quête de bonne parole, il avait trouvé par hasard les recherches de Malcolm sur la survie et la culpabilité, appris que Malcolm était décédé, mais avait remarqué que, vers la fin de sa carrière, ses articles étaient fréquemment cosignés par Grace. Il avait alors changé son fusil d'épaule et était tombé sur le seul article qui avait emporté sa décision.

Cependant, une fois de plus, Grace fut contrainte de s'interroger. Avait-il d'une manière ou d'une autre soupçonné que Grace était à la fois auteur et sujet ? Personne ne l'avait jamais remarqué. Mais, dans le même temps, lui excepté, personne ne connaissait l'existence de la fillette qui vivait au Stagecoach Ranch la nuit où Bobby Canova était décédé.

Elle se creusa la mémoire – avaient-ils seulement échangé deux mots quand ils étaient gamins ? Dans son souvenir, non. Ramona aurait-elle dit autre chose que « Grace » quand elle l'avait présentée ?

Arrête. Reviens en arrière.

Les faits seuls importaient : Andrew s'était débrouillé pour la retrouver, tout était parti en vrille ensuite et il était mort de manière abominable quelque heures à peine après son départ du cabinet de consultation.

Elle chercha sur Google ses parents adoptifs, les Van Cortlandt, et s'arrêta aussitôt.

Une notice nécrologique vieille de six ans dans le *L.A. Times*.

Le Dr Theodore Van Cortlandt, soixante-dix-neuf ans, endodontiste à la retraite, et Jane Burger Van Cortlandt, assistante dentaire à la retraite, soixante-quinze ans, avaient péri six années auparavant lors d'une randonnée dans les montagnes de Santa Monica, victimes d'une chute catastrophique due à un aberrant éboulement de pierres.

Grace s'empressa de se connecter au service des certificats de décès.

Cause du décès : Traumatisme. Modalités du décès : Accidentel.

Unique héritier : Andrew Michael Van Cortlandt. Habitant à la même adresse de Tenth Street. Ingénieur de son état.

Il avait utilisé son prénom d'adoption. Ingénuité ou arrogance ?

Les similarités entre les décès entamaient sérieusement l'image que Grace s'était faite d'un Andrew combattant moral et ouvraient le champ à un scénario beaucoup plus révoltant.

Deux couples de parents riches, deux héritages substantiels.

Grand frère montre l'exemple, petit frère suit un an plus tard ?

Retour à leurs racines démoniaques en tant que Samael Coyote et Typhon Dagon ?

Mais si Andrew avait été impliqué dans l'assassinat de ses parents, pourquoi s'était-il présenté à son cabinet ?

Atoner.

Il était venu pour les mêmes raisons que la plupart des conspirateurs qui dénoncent leurs camarades : déchiré par la culpabilité, craignant pour sa propre peau, ou les deux à la fois.

Ou tracassé – non, terrifié – à cause d'une nouvelle menace de la part de son frère ?

Et si Roger Wetter Junior, assassin en série, avait découvert que sa poule mouillée de frangin avait l'intention de tout déballer à une thérapeute, il se serait assuré d'agir de manière définitive.

En venant chez elle, Andrew avait dessiné une cible dans son dos.

Elle s'obligea à rembobiner la soirée qu'elle préférait oublier, se repassant les détails du temps passé ensemble dans le salon de l'Opus. Le récit d'Andrew avait été un mélange de vérités et de mensonges.

Pas Roger, non, mais, ingénieur, oui.

Pas originaire de San Antonio. Mais à L.A. pour affaires, oui. Sauf que sa visite n'avait rien à voir avec son travail. Son affaire était très personnelle, c'était sa propre survie.

Se croyant metteur en scène et non acteur, elle avait tout gobé, jusqu'au dernier mot.

S'était-il montré si plein de talent ? Ou s'était-elle enfoncée trop profond dans le script de son propre film ? Tous ces merveilleux mensonges dévidés à d'innombrables hommes qu'elle avait pris dans ses rets pour qu'ils aient envie d'elle ?

Elle se mit à pleurer. Et ne trouva aucune raison logique pour tenter d'arrêter.

Une fois ses larmes taries, elle resta assise dans sa chambre d'hôtel, les yeux secs, en lâchant des plaintes qui finissaient en miaulements. Détestant sa faiblesse, elle se claqua le visage par deux fois et se tut. Une mignonnette de vodka du minibar avalée d'un trait la réchauffa par tout le corps et la laissa la gorge sèche et sur les nerfs. Elle vida deux bouteilles d'eau, respira profondément un long moment, avant de se sentir capable de retourner à son ordinateur.

Elle avait encore du travail. Les enfants d'Arundel Roi qui avaient débarqué ce soir-là au Stagecoach Ranch étaient au nombre de trois.

33

Avant même que ses doigts aient effleuré le clavier, Grace avait déjà une bonne idée de ce qu'elle allait apprendre au sujet de Howell et Ruthann McCoy de Bell Gardens.

Un vieux couple victime d'un prétendu accident. Sept ans auparavant, voire moins, si l'on envisageait quelque stratégie tordue inversant les dates de naissance.

C'est de cette façon que le premier scion du Culte de la Forteresse récompensait les familles qui les avaient pris en charge, lui et ses deux cadets, en les massacrant pour des raisons pécuniaires.

Face à la réponse immédiate d'Internet, la voix calme et érudite de Sophia Muller résonna dans la tête de Grace.

Deux imbéciles, toi et moi.

Pas sept ans auparavant, mais dix.

Et pas en Californie.

La notice nécrologique était parue dans un journal d'Enid, Oklahoma, *News & Eagle*.

Une famille périt dans l'incendie de sa maison à Waukomis

Les corps de trois personnes, toutes apparemment membres d'une même famille de Waukomis, ont été découverts ce matin dans les restes de l'incendie qui a réduit en cendres une maison sur Reede Road. L'enquête préliminaire a révélé que l'homme et les deux femmes qui ont péri étaient Howell McCoy, 48 ans, son épouse, Ruthann, 47 ans, et leur fille unique, Samantha, 21 ans. L'utilisation possible d'un accélérateur de feu a conduit les services de police de Waukomis à faire appel à des enquêteurs spécialisés dans les incendies d'Enid.

Il n'a été trouvé aucune trace de lutte, les trois victimes étaient encore dans leur lit. Selon les enquêteurs de Waukomis, les McCoy et leur fille étaient sourds, ce qui laisse présumer qu'ils dormaient peut-être tous lors d'une effraction à leur domicile. L'emplacement de la maison, sur un terrain de deux hectares dans un quartier isolé de la ville, aurait masqué toute activité criminelle aux regards éventuels. Comme il manque un pick-up Ford vieux de cinq ans, le mobile est peut-être le vol.

Les McCoy, originaires de Californie, se sont installés dans l'Oklahoma il y a quatre ans, occupant une propriété qui appartenait à la famille de Ruthann McCoy depuis trois générations. Les voisins déclarent que c'étaient des voisins agréables, mais très solitaires, probablement à cause de leur surdité, et ils n'avaient guère de contacts avec le reste de la communauté. Les parents comme leur fille n'avaient pas d'emploi et les registres du comté révèlent que les trois résidents recevaient des allocations d'invalidité.

« C'est terrifiant, déclare un voisin. Il ne se passe jamais rien ici, nos portes ne sont même pas verrouillées. »

Un article complémentaire, paru deux semaines plus tard, confirmait l'incendie criminel, de l'essence ayant été utilisée comme accélérateur. Le pick-up avait été retrouvé une semaine plus tard, à mille kilomètres de là, au Colorado, près du parc national des montagnes Rocheuses.

Grace sortit une carte. De Waukomis jusqu'au parc, le trajet était quasiment en ligne droite plein ouest, ce qui pouvait correspondre à un éventuel retour en Californie.

Samael, ou peut-être – Grace ne pouvait plus se voiler la face désormais – Samael et Typhon se seraient-ils offert un voyage en voiture pour accomplir leur premier massacre entre frères ?

Les chèques d'allocations du comté faisaient mentir tout mobile financier direct tel qu'un héritage. Pourquoi parcourir des milliers de kilomètres pour aller immoler une famille timide, inoffensive et pauvre ?

Trois individus sourds qui dormaient pendant une effraction nocturne.

Grace ne s'était jamais rendu compte du défaut d'audition de Lily. Le fait est qu'elle n'avait jamais prêté beaucoup d'attention aux enfants Roi, point final.

En y repensant, elle n'avait jamais entendu la petite fille prononcer le moindre mot. Mais c'était aussi le cas de Ty. Et la même chose s'appliquait à nombre des nouveaux arrivants au ranch, des enfants complètement éteints par les pratiques des services de placement en familles d'accueil ou paralysés par un nouvel environnement inconnu.

Lily, qui n'entendait pas. Ty, qui choisissait de ne pas parler. Tous deux obligés de se plier à une soumission muette par leur frère aîné ?

Serait-ce le même despotisme qui les avait conduits à ne rien dire sur la mort de Bobby Canova ?

Meurtrier sans remords dès l'adolescence, Samael/Roger avait disposé de deux décennies pour affûter ses talents. Pour une raison incertaine, Typhon/Andrew avait finalement décidé de faire quelque chose et il y avait perdu la vie, poignardé jusqu'à ce que mort s'ensuive.

Elle lança une recherche de l'adresse de Center Street que Roger Wetter avait déclarée être son domicile. Le bâtiment faisait l'objet d'un bref entrefilet dans un journal local : sa rénovation était prévue pour le transformer en un établissement à usage commercial et officiel, la plus grande part du financement des travaux étant assurée par des fonds fédéraux.

Un affichage par images révéla à l'écran une structure de cinq étages qui ressemblait à une vieille usine. Rien de résidentiel. Une belle possibilité de reconversion en lofts ? Ou Roger avait-il simplement menti parce que son lieu de vie était ailleurs ?

Elle entama une nouvelle recherche sur lui qui ne donna rien.

Mais *andrew van cortlandt ingénieur* lui fournit cinq réponses, toutes reliées à un projet de construction de pont et de barrage en Asie, sous contrat avec Schultz-McKiffen, une entreprise de bâtiment internationale. Dans chaque cas, le nom d'Andrew apparaissait comme donnée subsidiaire : il appartenait à une équipe d'une centaine de personnes en qualité d'ingénieur du génie civil spécialisé dans le calcul des structures.

Pas de détails personnels, pas de photos. Le quartier général de Schultz-McKiffen se trouvait à Washington DC avec des succursales à Londres, Düsseldorf et Singapour. Une des réponses disait qu'Andrew avait participé à une réunion en Allemagne.

Vivant officiellement chez ses parents, mais grand voyageur.

Grace supporta douloureusement un flash-back sur tous les moments qu'elle avait passés avec lui. Il lui fut difficile de faire endosser au jeune homme sérieux et mal dans sa tête sa nouvelle *persona*, celle d'un meurtrier de sang-froid qui, de plus, accomplissait ses forfaits sous la tutelle de son psychopathe de frère.

Mais n'importe qui pouvait être dupé et les faits lui disaient de ne pas se fier à ses instincts. La sœur d'Andrew était morte brûlée vive dix ans auparavant, mais lui, on l'avait autorisé à vivre jusqu'à la semaine précédente, ce qui laissait supposer une sorte de statut de faveur dans l'esprit de son conspirateur de frère.

En utilisant l'adresse des Van Cortlandt dans Tenth Street, elle essaya plusieurs sites spécialisés dans l'immobilier et trouva ce qu'elle cherchait dans la troisième entrée.

La propriété avait été vendue pour 2,7 millions de dollars à un trust familial représentant les intérêts de William et Bridget Chung. Le nom de William apparut avec la mention « président d'une start-up à Venise ».

Andrew avait vendu la propriété de famille deux ans après la disparition de ses parents et ramassé un beau pactole.

Grace ne voyait aucune raison pour que les Chung sachent quoi que ce soit des raisons qui avaient poussé Andrew à vendre, mais peut-être qu'ils – ou quelqu'un du voisinage – se souviendraient d'un détail qui pourrait lui être utile, à elle.

Demain, Berkeley. Aujourd'hui : Reste dans le coin.

Le trajet de Torrance à Santa Monica s'effectuait en une demi-heure quand les conditions étaient parfaites. Mais il n'y avait plus rien de parfait dès qu'il s'agissait de L.A. et il fallut à Grace une heure dix-huit minutes pour arriver à la maison à un étage de style Craftsman et peinte en vert sauge dans laquelle Andrew Van Cortlandt avait passé son adolescence privilégiée.

Une construction élégante et parfaitement entretenue, protégée par un avant-toit sur toute la longueur. En façade, un carré de gazon propret bordé par des parterres de fleurs tracés au cordeau et flanqué par deux magnolias adultes. Imposante et bien proportionnée par rapport au terrain étroit, mais les nouvelles bâtisses m'as-tu-vu en stuc de faux style espagnol qui avaient remplacé plusieurs anciennes demeures alentour la nanifiaient.

Une Volvo métallisée au pare-chocs orné d'un autocollant *Save The Bay*[1] occupait l'allée. Grace se gara six maisons plus loin vers le sud et coupa son moteur. Huit minutes plus tard apparaissait une blonde mince

1. « Sauvez la Baie ».

à queue-de-cheval d'une trentaine d'années, vêtue d'un chandail bleu en cachemire qui dénudait ses épaules et d'un jean blanc moulant. Elle portait un bébé aux yeux en amande qui ressemblait à une poupée ainsi qu'un sac de couches, et chancela sur ses talons de huit centimètres en direction de la Volvo.

Très vraisemblablement, Bridget Chung. Elle passa un temps infini à attacher le bébé dans son siège sécurisé à l'arrière, offrant à tout Tenth Street une vue imprenable sur son fessier enchanteur. En revanche, elle consacra une attention minimale à la circulation de la rue quand elle quitta l'allée en marche arrière, beaucoup trop vite.

Elle rata de très peu une Lexus blanche qui déboulait du nord en trombe et eut droit, de la part de la femme au volant, à un coup d'avertisseur tonitruant suivi d'un chapelet d'insultes, heureusement étouffées par les vitres de la voiture.

Aucune réaction de la part de Maman Bridget au corps pneumatique. Elle s'éloignait déjà, entièrement concentrée sur son téléphone portable.

Elle souriait, occupée à texter.

Grace resta dans l'Escape dix minutes supplémentaires. Plusieurs voitures passèrent, toutes des modèles de luxe. Une accalmie de deux minutes fut interrompue par une femme entre deux âges – elle aurait pu être la mère de Bridget – qui sortit de la maison voisine de style espagnol, ancienne et plutôt petite, et se mit à arroser les plantes en pots à côté de sa porte.

Grace descendit de voiture, s'avança jusqu'à la maison Craftsman verte et examina la façade.

La femme interrompit son arrosage.

– Je peux vous aider ?

Plissant les yeux, les lèvres pincées. Un de ces regards scrutateurs qui évoquaient les membres anglo-saxons de Neighborhood Watch, ces brigades de quartier qui avaient décidé de veiller à la sécurité du voisinage.

Tant mieux.

Grace lui sourit et s'approcha.

La femme resta sur ses gardes, les mains serrées sur l'anse de son arrosoir. Ses lèvres remuèrent quand elle lut la fausse carte de visite que lui tendit Grace.

– Sécurité commerciale et industrielle ? Comme les systèmes d'alarme ?

– Nous sommes consultants pour les personnes privées et les sociétés qui envisagent d'acheter un bien immobilier.

– Consultants dans quel domaine ?

– Les spécificités d'un quartier résidentiel donné, l'entretien des biens immobiliers, les problèmes civiques et environnementaux qui risquent d'apparaître.

– Apparaître quand ?

– Lors d'une éventuelle transaction, dit Grace avec un signe de tête vers la maison Craftsman.

– Ils vendent ? À une compagnie ?

– Là-dessus, je ne peux pas vous répondre, madame. J'ai une liste d'adresses, je me présente et je collecte les données.

– Eh bien, il faut que vous sachiez qu'il s'agit ici d'un quartier de tout premier ordre.

– Je n'en doute pas une seconde, madame… ?

– Dena Kroft, répondit la dame en lorgnant la maison verte. S'il n'y avait que moi, je les mettrais dehors demain.

– Des voisins à problèmes ?

– Bruyants. Des soirées sans discontinuer, à hurler autour de la piscine, et, à les entendre, bien chargées en alcool. Lui est un genre de crack en informatique, un Asiatique, plus riche que Crésus en personne. Elle, c'est une évaporée.

Les débinages fielleux constituaient un terrain fertile pour lier connaissance.

– C'est évident, à voir la façon dont elle conduit. Juste comme j'arrivais, elle est sortie en trombe de son allée et a failli emboutir une voiture qui passait. Avec son bébé à l'intérieur.

– Exactement, confirma Dena Kroft en lui rendant sa carte. Nous habitons ce pâté de maisons depuis trente-deux ans. Un quartier parfait jusqu'à ce qu'arrivent les premiers NR.

– NR ?

– Les nouveaux riches[1], dit Dena Kroft. Asiatiques, persans, peu importe. Ils démolissent des habitations ravissantes, obtiennent des permis de rénovation grâce à leurs relations et bâtissent des monstruosités sur chaque terrain. Quand on ne cherche que la surface intérieure, sans arbres ni verdure, pourquoi ne pas choisir un appartement ?

– Tout à fait, dit Grace.

– Avant eux, le quartier était surtout habité par des médecins, des spécialistes de haut niveau qui travaillaient à Saint John. Mon mari y est radiologue. C'est Peter Kroft.

Comme si Grace était censée reconnaître le nom.

– Un grand hôpital, dit-elle.

– Le meilleur de la ville, ajouta Dena Kroft. J'espérais vraiment que lui, il aurait conservé la maison. Le fils des gens qui vivaient là.

– C'est un médecin ?

– Non, il est ingénieur ou quelque chose dans ce genre, dit Dena Kroft en se penchant et en baissant la voix. Adopté, mais jamais on ne le croirait. Ils ont réussi à le faire entrer à Harvard-Westlake, dit-elle en jetant un coup d'œil inquisiteur à Grace. Seriez-vous allée à Buckley ? Vous ressemblez à une étudiante qui est dans la classe de ma fille.

– Non, madame, désolée. On ne croirait jamais qu'il a été adopté parce que… ?

– C'est comme d'aller à la fourrière et de choisir un chiot, on ne peut jamais savoir ce qu'on va récupérer.

1. En français dans le texte.

Mais Teddy et Jane ont eu beaucoup de chance avec Andy. Un garçon très bien élevé, tranquille, aucune malice, jamais un sale tour dans son sac.

– On dirait le voisin parfait.

– Les voisins parfaits seraient une famille qui ne fait pas de bruit, dit Kroft. Mais il est sûr qu'un jeune homme tranquille et silencieux serait préférable à ces gens-là. C'est une maison magnifique, mais assez sombre. Je dois admettre que je suis un peu dépitée qu'Andy n'ait pas été plus sentimental. En fait, il n'était jamais là. Il a fini par vendre.

– Peut-être estimait-il que c'était trop grand pour une seule personne.

– En ce cas, on s'adapte, répondit Dena Kroft. Mais il était toujours parti. En Orient, où il passe beaucoup de son temps. D'ailleurs, c'est là-bas qu'il se trouvait quand Teddy et Jane ont eu leur accident – ils sont tombés de la montagne lors d'une randonnée. Ils randonnaient sans arrêt, pour garder la ligne, de vrais fanas du fitness.

– Ç'a dû être dur pour lui, dit Grace. Le fait d'avoir été à l'étranger.

– Pour Andy ? J'en suis certaine. Il est arrivé deux jours plus tard. Je me souviens qu'un taxi l'a déposé, il portait ses bagages, l'air au trente-sixième dessous, littéralement effondré. On peut difficilement lui reprocher de n'avoir pas voulu se retrouver cloué à demeure par la charge de cette propriété, mais en tout cas, je regrette qu'il n'ait pas vendu à une personne convenable. Donc, dites-moi la vérité, jeune dame. Vous vérifiez la solvabilité des clients, n'est-ce pas ?

Elle désigna la maison verte d'un pouce retourné.

– Ils ont des ennuis, tout cet argent de l'informatique, c'est miroirs et fumée, rien que de la poudre aux yeux, et ils vont perdre leur maison.

– On ne sait jamais, sourit Grace.

Dena Kroft rit.

– On récolte toujours ce qu'on sème.

34

Avant de regagner Torrance, Grace dîna dans un endroit tranquille de Huntington Beach et elle était de retour dans sa chambre avant vingt et une heures.

Partant de l'hypothèse qu'Andrew devait avoir plus ou moins le même âge qu'elle, elle chercha les dossiers de son passage au lycée de Harvard-Westlake, mais l'école préparatoire protégeait ses pupilles : elle n'offrait rien du tout et une société de recherche en ligne exigeait trop de renseignements personnels pour justifier sa démarche.

Un fait impressionnant : il était entré dans une école prestigieuse préparant à l'entrée des universités de l'Ivy League, les plus prisées de la côte Est, après avoir passé son enfance au sein d'une secte sordide établie en plein désert. Après avoir été le témoin d'un bain de sang.

Nous sommes deux dans ce cas, Andy.

Curieuse de savoir si sa carrière universitaire s'était poursuivie, Grace appaira son nom à chacune desdites universités. En se demandant s'ils auraient pu en fait se trouver elle et lui à Harvard au même moment.

Mais rien ne sortit des collèges sacro-saints de Cambridge. Idem pour New Haven, Princeton, Philadelphie…

Puis elle pensa à *ingénieur* et essaya MIT et Caltech. *Nada.*

Pas grave, il existait des tas d'écoles de haut niveau parmi lesquelles choisir, en commençant par celles de la côte Ouest : USC où enseignait Malcolm et où elle-même avait obtenu son doctorat. Les collèges de Pomona, UCLA. Si aucun ne donnait quoi que ce soit, les autres UC à Berkeley.

Le campus de la plus vénérable université de Californie dominait la ville où le frère d'Andrew avait vécu et appris le côté noir du business des assurances.

Le seul business, songea Grace, qui propérait en ne fournissant pas de service. Un rêve pour un psychopathe.

Les retrouvailles des deux frères s'étaient-elles faites au hasard d'une rencontre sur Telegraph ou University Avenue ?

Appairer *andrew van cortlandt* à *berkeley* puis à d'autres campus d'UC produisit les mêmes résultats négatifs. La plupart des étudiants passaient leurs années d'études précédant le diplôme sans attirer l'attention, aussi son approche pourrait-elle bien être une perte de temps.

Elle fit un dernier essai. Stanford. Et devinez quoi.

Sept ans auparavant, Andrew Van Cortlandt, vingt-sept ans, avait reçu une récompense du département de génie civil pour avoir présenté avec succès sa thèse de doctorat explorant les dégâts structurels subis par l'Oakland Bay Bridge lors du séisme de Prieta.

Samael aide son père à tourmenter les victimes du désastre, Typhon cherche la lumière dans les sciences.

Palo Alto, la ville que Stanford avalait en guise de petit déjeuner, était située à moins de quatre-vingts kilomètres de Berkeley. Les deux universités étaient rivales, sur les plans académique et universitaire. Stanford avait été fondée par un homme riche, furieux que son fils ait été refusé à Berkeley.

Ce qui rendait une rencontre entre les deux frères, planifiée ou inopinée, sacrément plausible.

Grace se l'imagina : deux âmes meurtries, séparées à l'adolescence, tombent l'une sur l'autre au début de leur vie d'adulte. Les deux frères se reconnaissent aussitôt.

Ils prennent une ou deux bières ensemble, décident de raviver ce que les années avaient éteint. Mais le passage du temps n'a en rien altéré la dynamique originelle : Samael, le dominant à la parole facile ; Typhon, le soumis silencieux.

M. Venin aurait-il attiré son petit frère vers le côté noir ? L'avait-il convaincu de collaborer à son plan macabre ?

L'heure est venue de nous débarrasser des imbéciles qui nous ont adoptés et de nous ramasser un beau paquet de fric.

Un problème : cela ne cadrait pas avec l'assassinat de la famille McCoy, dix ans auparavant. Il était donc possible que Roger ait fait ça tout seul. Pour le plaisir, pour les frissons, une sorte de plaisanterie morbide de malade dépravé. La même raison pour laquelle il avait fait passer Bobby Canova de vie à trépas.

Ou : répétition de ce qui restait à venir.

Ou : après avoir localisé sa sœur en premier, Roger avait tenté de la convaincre de revenir au bercail, mais elle avait refusé. Peut-être même l'avait-elle menacé de tout révéler sur Bobby.

Mauvais choix, Lily.

Le goût du meurtre encore si doux à ses lèvres, il retrouve Andrew quelques années plus tard et échafaude un plan.

Peut-être va-t-il jusqu'à lui proposer un troc : *Je tue les tiens pour toi, tu tues les miens pour moi*.

Un arrangement parfait : deux accidents admirablement orchestrés, à première vue sans rien pour les relier entre eux, les deux uniques héritiers justifiant d'alibis parfaits au cas où les soupçons se porteraient sur eux. Ce qui n'était pas arrivé : les morts avaient été suffisamment convaincantes pour tromper deux coroners.

Sauf erreur de Dena Kroft, Andrew se trouvait en Asie le jour où ses parents étaient tombés de la montagne.

Dans l'esprit de Grace, pour autant qu'elle sache, Roger Wetter Junior pouvait très bien avoir été occupé à surfer à Maui pendant que ses parents se faisaient jeter à l'eau en plein océan.

Net, propre, bouclé sans une bavure.

Les accidents étaient la perte ultime de toute capacité à prévoir et de toute maîtrise. La Faucheuse maniait sa faux sans se soucier des meilleures intentions ni des projets personnels de quiconque. L'instabilité n'était pas étrangère à Grace. Chaque matin, elle se rappelait délibérément que n'importe quoi pouvait arriver à n'importe qui, n'importe où, n'importe quand. Malgré cela, elle sentit sa poitrine se serrer et sa tête s'emplir de pensées et d'images qu'elle croyait disparues depuis bien longtemps.

Elle éteignit la lumière dans la chambre grande comme un mouchoir de poche, se réfugia dans son lit et tira les couvertures au-dessus de sa tête. Elle se mit à sucer son pouce en s'intimant d'avoir une nuit sans rêves.

Cette fois, sa volonté lui fit défaut et elle rêva abondamment. Les ondes de sommeil paradoxal lui avaient offert les aventures d'une femme qui lui ressemblait comme deux gouttes d'eau, mais portait un collant noir et une cape et était capable de faire des miracles dans le temps, l'espace et la matière.

Elle se réveilla en super forme. Beaucoup moins quand elle comprit qu'elle était toujours une Terrienne.

À neuf heures et quart du matin, elle sortit du Marriott, flanqua ses affaires sales dans une benne à ordures de l'hôtel et roula jusqu'à un magasin de perruques sur Redondo Beach qu'elle avait repéré en chemin. Pulpeuses et enjouées, les vendeuses gloussèrent d'un air approbateur lorsqu'elle les informa qu'à la demande de son petit ami, il lui fallait un nouveau look. Quand elle ajouta que les prix importaient peu, elles devinrent ses nouvelles meilleures amies.

Elle voulait les convaincre que l'argent n'était pas un problème – question impôts, elle appartenait à la tranche supérieure – parce qu'un coup d'œil rapide aux marchandises exposées sur les mannequins en polystyrène l'avait beaucoup déçue. Pratiquement tous les articles, même ceux dont le prix atteignait quatre chiffres, lui avaient paru raides et non convaincants.

À cela, une seule exception : cinq perruques exposées dans un présentoir transparent en acrylique derrière le tiroir-caisse. Même de tout près, elle s'y serait laissé prendre.

Quelques secondes plus tard, Trudy et Cindy lui exposèrent tout ce qu'il y a à savoir sur la composition du « chef-d'œuvre capillaire le plus absolu, le nec plus ultra de tout ce qui se trouvait sur le marché ».

Des cheveux humains à cuticule européenne présélectionnés pour leur soyeux naturel et traités dans un atelier français « haut de gamme ». Monture en dentelle nouée main, méticuleusement tramée vers l'arrière, avec languettes hypoallergéniques placées stratégiquement aux « emplacements de peau nue et lisse », des racines, sur le front, dont le naturel ne s'acquérait qu'après « de longues années d'expérience et exigeait un absolu talent, en un mot un Rembrandt de l'art capillaire ».

Grace essaya deux des perruques du présentoir et les acheta, la première à mèches blondes superposées qui descendait sous ses épaules et la seconde, artistiquement méchée de brun, plus courte de quinze centimètres. Chacune était étiquetée deux mille cinq cents dollars, mais elle marchanda avec Cindy et Trudy qui lui consentirent un prix total de trois mille huit cents. Puis, faisant mine de balayer la boutique du regard, elle en montra une autre, coupe page et couleur bleu électrique, près de l'entrée.

– Ne prenez pas ça, c'est du bas de gamme, dit Trudy.
– C'est kitsch, juste pour le fun, dit Cindy. Nous les vendons aux adolescentes, pour les soirées, vous voyez.
Grace leur fit un clin d'œil.
– Todd peut être très kitsch parfois. Combien ?
– Ah, gloussa Cindy en regardant l'étiquette. Soixante-trois.
– Vous m'en faites cadeau ?
Les deux femmes se regardèrent.
– Bien sûr.
Quand Grace repartit, chargée de ses cartons, Cindy s'écria :
– Todd est un super veinard.
– Vous pouvez prendre des photos, ajouta Trudy, mais faites-moi confiance, ne les postez pas en ligne, ha ha ha.
Son prochain arrêt fut chez un petit opticien où elle abasourdit le propriétaire en lui demandant des montures à verres neutres.
– Je n'en ai que trois ou quatre. Nous nous en servons comme modèles d'exposition.
– Je les prends.
– Elles ne servent à rien.
– C'est pour un film.
– Lequel ?
Grace sourit et plaça un doigt sur ses lèvres.
L'homme lui sourit à son tour.
– Ah, je vois.
L'argent qu'elle lui tendit le rendit encore plus joyeux.
– Revenez quand vous voulez, dit-il. J'adorerais faire des films.

Onze heures du matin, une matinée californienne parfaite.
Grace entamait son périple plus tard qu'elle ne l'avait prévu, mais il lui restait amplement le temps néanmoins

d'arriver à destination et de passer une bonne nuit de sommeil, avec ou sans rêves.

Pendant le petit déjeuner, elle changea d'avis : elle ne prendrait pas la route de l'intérieur, mais l'autoroute de bord de mer afin d'éviter les petits coups de cafard. Quand elle s'engagea dans Malibu pour rejoindre La Costa, elle s'autorisa un bref coup d'œil à sa maison, résistant à l'envie violente d'y entrer et de s'attarder sur sa terrasse, à écouter l'océan et gratter les déjections des mouettes sur la rambarde.

Un jour, elle reviendrait. Bercée par les marées, chevauchant les vagues de sa solitude.

Une heure et demie plus tard, elle était parfaitement éveillée et grignotait de la viande séchée en dépassant Santa Barbara. Sur les flancs de collines à l'est restaient quelques zones calcinées, les cicatrices d'un incendie au printemps précédent qui avait ravagé quelque mille hectares avant que les vents ne se mettent de la partie. Rien d'insidieux, juste un accident : un feu de camp parfaitement légal avait échappé à tout contrôle.

Au contraire du brasier alimenté à l'essence qui avait détruit les McCoy.

La mort des McCoy était au-delà du mal. Un acte de malfaisance gratuite : pourquoi se donner cette peine alors qu'il n'y avait aucun profit à en tirer ?

Si Samael/Roger avait réalisé son fantasme de nettoyage familial, pourquoi tuer Lily et laisser Andrew en vie ?

Puis elle se souvint : Andrew avait été éliminé lui aussi.

Néanmoins, la chronologie des événements la tarabustait. Dix ans s'étaient écoulés entre Lily et Andrew. Sœurette en premier – avait-elle été une priorité ?

Grace se rappelait sa façon de se coller au plus près du garçon qu'elle connaissait sous le nom de Typhon. Le frère qui avait été gentil avec elle.

Pas comme Sam, qui se tenait bien à l'écart de ses deux cadets.

Absence d'attachement affectif, une autre caractéristique des psychopathes.

Les trois enfants avaient grandi en tétant un infâme brouet de mégalomanie et d'isolement. Et pourtant un seul des trois avait fait montre au ranch d'une évidente cruauté.

Dans le cas de Typhon, c'était tout le contraire. Grace l'avait vu traiter Lily avec tendresse. Et tout ce qu'elle avait appris sur l'homme que Typhon était devenu – ce qu'elle avait observé de près – allait à l'encontre de son hypothèse d'un assassin de sang-froid.

Et pourtant, les parents adoptifs d'Andrew avaient eux aussi connu une fin pour le moins inhabituelle.

Quelques kilomètres plus loin, elle prit conscience d'une ironie du sort intéressante. Les fils d'Arundel Roi avaient attendu plus longtemps que leur adorable petite sœur pour être adoptés, mais une fois intégrés à leur nouvelle famille, ils y avaient gagné le genre de placement chez des gens aisés dont les services sociaux rêvaient, mais qui ne se concrétisait que très rarement : ils avaient vécu comme des enfants de riches.

Lily, en revanche, était restée au bas de l'échelle sociale, dans la classe ouvrière.

Ce qui ramena Grace à l'adoption des deux garçons. Pourquoi les Van Cortlandt et les Wetter, qui avaient largement les moyens de passer par des agences d'adoption privées, avaient-ils traité avec les services sociaux ?

Ces gens-là n'avaient nul besoin de se rabattre sur de jeunes adolescents au passé plus que chargé.

Grace ignorait tout des Van Cortlandt, mais ce qu'elle avait appris de Roger Wetter Senior prouvait clairement que, pour cet individu, les pratiques altruistes étaient aussi utiles qu'une culotte en dentelle pour un serpent.

Un homme qui gagnait sa vie en escroquant les pauvres offrirait soudain son affection à un orphelin ? Impossible.

D'un autre côté, quelqu'un comme Wetter Senior risquait d'avoir été motivé par un mobile concret vieux comme le monde, l'argent, le bon vieux fric. Un argument en accord avec les petites réflexions de Wayne sur le Culte de la Forteresse qui aurait évité toute couverture médiatique trop poussée grâce à des relations haut placées.

Une des trois épouses de Roi aurait-elle été une fille de riches – l'enfant prodigue d'une famille ayant suffisamment d'influence pour jouer aux échecs avec des humains au niveau d'un grand maître ?

Deux petits-fils dont le géniteur était un fou furieux et mis au monde par une traînée dépravée ? Mais avec de l'argent, on pouvait tout arranger. Même ça, bon sang.

Il aurait fallu une somme substantielle pour appâter des cumulards rapaces comme Roger et Agnes Wetter et les convaincre de devenir parents. Quant aux Van Cortlandt… qui pouvait savoir ?

Pour un homme d'affaires véreux tel que Roger Wetter, le marché aurait été alléchant : un paquet de fric en échange d'une gérance à court terme, puisque Roger né Samael allait atteindre sa majorité quelques années plus tard.

Andrew né Typhon, pas très longtemps après.

Et pourtant, aucun des deux garçons n'avait coupé le cordon à dix-huit ans : Roger avait donné comme domicile personnel l'adresse d'Alamo et travaillait probablement avec Papa aux arnaques à l'assurance.

Andrew, étudiant brillant, obéissant, influençable, s'était parfaitement adapté à la vie d'une classe préparatoire à Santa Monica. Peut-être que Ted et Jane en étaient arrivés à l'aimer vraiment. Ou à établir un fac-similé plausible d'une famille aimante. Grace imaginait les Van Cortlandt se gargarisant d'une fierté toute parentale quand leur garçon avait été admis à Harvard-Westlake, puis dans un collège de premier choix – toujours non identifié – avant d'être accepté à Stanford.

Récompensé pour sa thèse à vingt-sept ans. Docteur en génie civil.

Mais une fois indépendant sur le plan financier, Andrew avait décidé de travailler à l'autre bout du monde : difficile d'aller plus loin s'il voulait réellement fuir le foyer familial.

Après tout, son affection pour ses nouveaux parents n'avait peut-être pas été si profonde.

Obtiens d'eux ce que tu veux et avance.

Des années plus tard : collaborer pour les balancer du haut d'une falaise ?

Grace revint à Roger Wetter Junior. Aucune preuve, pour l'instant, de réussite académique de sa part. Mais inutile d'obtenir des A dans la maison Wetter. D'autres qualités étaient mieux appréciées.

Celles-là mêmes que Venin possédait en quantité avant de rencontrer les Wetter.

Senior prend Junior dans l'entreprise familiale et lui enseigne les points pertinents à connaître. Puis Senior annonce son départ à la retraite, lui et M'man déménagent à L.A. – coupant ainsi l'herbe sous le pied de Junior ?

Maintenant, tu te débrouilles tout seul, fils.

Peu après, P'pa et M'man font l'expérience du baiser bleu et glacé de l'océan.

La tête en vrac, Grace quitta l'autoroute à la sortie suivante.

Un triste petit carrefour abritant deux stations-service, un Arby's et un Pizza Hut. Rien qui propose le wi-fi. Elle poursuivit vers l'est, repéra un ensemble de commerces d'aspect encore plus minable dont la plupart des devantures étaient barrées de planches, mais aussi un Wild Bill's Motor Hotel affichant un panneau avec une misérable illustration du fameux shérif[1] chevauchant un bronco hennissant, assorti de diverses pancartes annonçant télé satellite, lits masseurs et connexion Internet.

Elle régla comptant une chambre à quarante-trois dollars et gribouilla un nom illisible sur le registre en ignorant le petit sourire pincé qu'afficha le taré de la réception. « Ben voyons », semblait-il lui dire.

Elle se gara devant le bâtiment, emporta son sac et son ordinateur jusqu'à une chambre qui puait le lysol et les œufs durs. Elle ouvrit les rideaux sur une fenêtre constellée de chiures de mouches afin de garder l'Escape dans son champ de vision et s'assit sur un matelas qu'on aurait cru rembourré d'un mélange de noix, essaya de se connecter, échoua, réessaya, échoua de nouveau.

À son quatrième essai, le Monstre des Données s'annonça par un chœur de bips insipides.

roger agnes wetter theodore jane van cortlandt lui valut trois réponses immédiates.

Rectification : une réponse, réitérée deux fois.

Les deux couples avaient prêté leurs noms au comité directeur d'une réception de lever de fonds à fins politiques. Un grand raout qui remontait à quinze ans, au Biltmore Hotel, en centre-ville, en vue de la réélection de la sénatrice d'État Selene McKinney. Une ancienne info stockée en mémoire cache sur le site de l'organisme qui avait réglé tous les détails dudit raout.

McKinney représentait les riches citoyens du Westside, y compris le secteur chic de Santa Monica où vivaient les Van Cortlandt. Mais sa circonscription n'incluait pas la résidence des Wetter à Encino. De toute façon, à l'époque, le couple habitait en Californie du Nord et, par

1. « Wild Bill » Hickok, héros du folklore de l'Ouest américain, fut espion, shérif, joueur professionnel et acteur, surtout célèbre pour son habileté à manier les armes à feu.

conséquent, ce qui était en jeu allait bien au-delà d'une simple réélection locale.

Il n'était pas nécessaire d'être résident inscrit sur les listes d'une circonscription donnée pour bénéficier des bonnes grâces d'un politique.

Grace chercha McKinney sur Google et obtint une bio de Wikipédia. La législatrice, connue sous le nom de Miss Modérée, avait remporté cette élection, mais elle était décédée dix-huit mois plus tard, victime d'une crise cardiaque.

Née avec une cuillère d'or dans la bouche, elle devait à des décennies de service public son statut de politicienne chevronnée et les postes éminents qui en étaient la juste récompense. Au moment de sa mort, il y avait longtemps qu'elle présidait la Commission permanente du Sénat sur les assurances. Ce qui la mettait en charge des conventions sur les indemnités, sécurités et garanties.

Une femme qui méritait bien qu'on la soutînt, quand on s'appelait Roger Wetter Senior. Elle avait également siégé au comité d'attribution des licences de santé dentaire, ce qui avait pu la mettre en contact avec le Dr Van Cortlandt.

Grace poursuivit ses recherches, son regard passant de son clavier au SUV de location garé devant la fenêtre. À un moment, elle dut sortir de la chambre en voyant tourner autour de sa voiture un duo de garçons d'une quinzaine d'années qui s'étaient avancés, poussant leur vélo de prix à dix vitesses, pour reluquer à l'intérieur du hayon.

Motel bon marché, quartier bas de gamme, mais ces deux-là étaient bien habillés, bien nourris, propres sur eux. Deux gosses de riches descendus à bicyclette d'une des propriétés équestres qui se dressaient au-dessus de la ligne des arbres vers l'est ?

Un rapide regard peu amène de Grace les fit détaler. Des poules mouillées. Elle retourna à son ordi, associa *selene mckinney* avec *roger wetter, agnes wetter, alamo adjustments, arnaque assurance*. Aucun résultat. Elle y ajouta une série de délits : *corruption, extorsion, arnaque, tromperie, fraude*.

Toujours rien.

Elle téléphona à Wayne Knutsen.

Le message de sa boîte vocale était sec et bref, presque dédaigneux, et jamais elle ne l'aurait associé à l'homme qui, par deux fois, avait répondu avec succès à ses demandes.

C'est moi. Est-ce que Selene McKinney avait une fille ?

Elle venait de boucler son bagage quand elle surprit du coin de l'œil un mouvement à l'extérieur de la fenêtre. Les deux jeunes malandrins étaient revenus et l'un d'eux, l'air insolent, s'appuyait avec arrogance contre le phare droit du SUV.

Comme s'il en était le propriétaire.

Grace ouvrit brutalement la porte, alla jusqu'à l'Escape, balança ses affaires à l'intérieur, démarra, appuya sur le champignon et sortit en marche arrière comme un boulet de canon, déséquilibrant au passage le gamin, qui poussa un cri.

Elle quitta le parking du motel, les yeux sur son rétroviseur intérieur. Le môme était resté debout, mais il avait l'air secoué, bouche bée, et levait les bras au ciel comme s'il en appelait aux dieux.

Incapable de comprendre que quelqu'un ait pu faire une chose pareille.

Choqué de constater que le reste du monde ne se préoccupait pas de lui.

La réalité, ça s'apprend, alors habitue-toi, espèce de petit crétin trop gâté.

35

Grace avait douze ans et elle vivait avec deux inconnus dans une grande et belle maison à Hancock Park.

Tant que ça durait, très bien. Mais évidemment, ça ne durerait pas, elle comprenait la réalité. Quelques années dans un lieu, quelques-unes dans un autre, sans jamais savoir ce que le lendemain vous tenait en réserve.

Mais elle devait admettre au moins une chose : la décision de Malcolm et Sophie de la prendre avec eux était de loin son plus grand coup de veine. Et elle était déterminée à en apprendre autant que possible avant qu'ils ne se lassent d'elle.

Sans même parler de la grande et belle maison qui sentait toujours le propre et le frais, ni de la pièce devenue sa chambre à coucher – énorme et confortable et désormais joliment meublée –, Malcolm et Sophie étaient les êtres les plus gentils qu'elle eût jamais rencontrés.

Ils lui rendaient la vie facile en lui permettant de rester celle qu'elle était sans chercher à la plier à leurs préférences personnelles. Peut-être parce que Malcolm était psychologue et les enfants, sa spécialité. Même s'il n'en avait jamais eu lui-même.

Ou peut-être était-ce plus que ça : au bout d'un mois ou à peu près, Grace ne pouvait s'empêcher de penser que lui et Sophie semblaient véritablement se préoccuper d'elle, de son bien-être, de son alimentation et de son bonheur en général. Mais ils ne prétendaient jamais être ses parents, jamais ils ne lui avaient demandé de les appeler P'pa et M'man. Grace ne savait d'ailleurs pas bien comment elle aurait réagi le cas échéant. Elle n'avait jamais appelé quiconque M'man ou P'pa.

Elle réfléchit à la question et décida d'accepter tout ce qu'ils voulaient tant que cela ne lui faisait pas de mal.

N'importe quoi pour rester dans ce paradis.

Quelques mois plus tard, elle les appelait toujours Malcolm et Sophie, et cette dernière avait pris l'habitude de l'appeler « chérie ». Malcolm ne lui donnait aucun nom particulier, sauf, une fois de temps en temps, Grace. Il se contentait pratiquement toujours de lui parler sans la nommer. Comme s'il y avait entre eux une conversation en cours et que personne n'avait besoin d'être formel.

Grace commença à les considérer comme un couple d'amis. Ou peut-être de « connaissances » – elle aimait ce mot-là, il sonnait exotique et français. De même que « compatriotes ». « Associés » aussi, bien que plus officiel qu'exotique.

Donc aujourd'hui, elle avait des connaissances beaucoup plus âgées et intelligentes qui avaient beaucoup à lui apprendre. Et riches, en plus.

Un jour, Malcolm lui demanda si elle avait jamais songé à aller à l'école.

Sa question lui fit peur et la mit en peu en colère, comme si finalement il en avait déjà assez et envisageait de l'envoyer ailleurs, et quand elle répondit : « Jamais », une part de son irritation fut perceptible dans sa voix, au point qu'elle dut tenir ses mains pour les empêcher de trembler.

Malcolm se contenta de hocher la tête en se frottant le menton, comme il avait coutume de le faire quand il réfléchissait à un problème déconcertant.

– C'est logique, il serait difficile de te trouver un groupe à ta hauteur – pour quelqu'un d'aussi brillant que toi. Bon, d'accord, nous continuerons à étudier à la maison. Je dois te l'avouer, ça me plaît à moi aussi – te dénicher des matériaux pédagogiques est un sacré défi. Je voulais juste m'assurer que tu ne te sentais pas trop seule.

Je suis ma propre meilleure amie. Je ne sais pas ce que ça veut dire, être seule.

– Je suis prête pour la prochaine leçon, dit-elle.

Les presque treize années qu'elle avait passées sur cette planète lui avaient appris que la confiance ne signifiait pas grand-chose, excepté sa propre confiance en elle-même. Mais le plus drôle, c'est que Malcolm et Sophie semblaient sincèrement avoir confiance en elle. Jamais ils ne l'obligeaient à avaler un aliment qu'elle n'aimait pas, jamais ils ne lui disaient quand aller se coucher ni quand se lever. Grace se réveillait avant eux et lisait au lit et, lorsqu'elle était fatiguée, se contentait de les en informer avant de gagner sa chambre où elle lisait jusqu'à ce que le sommeil la prenne. À son arrivée dans la maison, Sophie avait voulu savoir si elle désirait être bordée.

Ramona lui avait demandé la même chose une seule et unique fois, après quoi elle l'avait fait, tout simplement, et la question de Sophie signifiait probablement qu'elle n'en avait pas vraiment envie, elle se montrait juste polie.

Et donc, plutôt que de l'obliger à cet effort particulier, elle avait répondu :

– Non, merci, je suis bien.

Et c'était la vérité. À jouir du silence de la chambre magnifique qu'ils la laissaient occuper. Même si, de temps à autre, elle aurait bien aimé qu'elle vienne la border.

– Comme tu veux, chérie, avait dit Sophie, et Grace s'était mise au lit seule.

Pour autant qu'elle pût en juger, être professeur n'était pas bien difficile : Malcolm se rendait à l'université en voiture, mais pas vraiment de bonne heure et, parfois, il rentrait alors que le soleil brillait encore. Certains jours, il n'y allait même pas, il travaillait dans son bureau lambrissé de bois, lisait et écrivait.

J'aimerais bien faire ce métier, songeait Grace.

Sophie était également professeur, mais elle, en revanche, ne partait jamais travailler, elle s'affairait dans la maison et faisait la cuisine pour elles deux. Elle attribuait aussi des tâches à Adelina, la gentille femme de ménage qui venait deux fois par semaine : celle-ci ne parlait pas anglais et travaillait dur et en silence.

Sophie partait également en « excursions » shopping, qui consistaient aussi bien à aller faire le marché qu'à rentrer à la maison chargée de sacs et de cartons de vêtements pour elle et pour Grace.

Néanmoins, elle devait probablement travailler à quelque chose puisqu'elle avait son bureau personnel – une petite pièce à côté de la chambre conjugale, pas de lambris, juste un ordinateur et un meuble de travail. Hormis des photos de fleurs sur les murs, rien de particulièrement raffiné. Quand elle s'y installait, elle laissait la porte ouverte mais restait à sa table de travail des heures entières, à lire et à écrire, avec pour fond sonore un morceau de musique classique en sourdine. Quand elle recevait du courrier, il était au nom du professeur Sophia Muller ou de Sophia Muller, Ph. D.

Lire et écrire, c'est ce qu'elle faisait elle-même, alors quelle était la nature de ce boulot de professeur, avec tous ces arrangements ? Grace commença à se dire qu'elle allait devoir sérieusement apprendre à faire ce métier-là.

Trois mois après l'arrivée de Grace, Sophie éclaircit ce mystère.

– Tu te demandes certainement pourquoi je suis toujours à la maison.

Grace haussa les épaules.

– L'année prochaine, je retourne sur le campus, comme Malcolm – j'enseigne et je dirige des étudiants en thèse. Mais cette année, je dispose de ce qu'on appelle une année sabbatique, c'est une sorte de racket réservé aux professeurs une fois qu'ils sont titulaires de leur poste – une fois que l'université a décidé qu'elle voulait les garder. Nous avons droit à une année tous les sept ans.

– Comme le sabbat, dit Grace.

– Pardon ?

– On travaille six jours, on se repose le septième.

Sophie sourit.

– Oui, c'est exactement le concept. Pour autant, je ne suis pas censée me tourner les pouces, il est entendu que je fais des recherches personnelles. C'est ma deuxième année sabbatique. Pendant la première, Malcolm et moi sommes partis nous balader en Europe et j'ai pondu des tonnes d'articles que personne ne lisait. Mais j'ai pris de l'âge et disons simplement que je préfère désormais demeurer chez moi en continuant à être payée. Tu ne le diras à personne, dis, chérie ?

Grace mit la main sur son cœur.

– C'est un secret… mais vous lisez et vous écrivez.

– J'écris un livre. Censément.

– Sur quoi ?

– Rien qui sera classé parmi les meilleures ventes, chérie. Que penses-tu de ce titre accrocheur : *Modèles d'interaction de groupe et de fluctuation d'emploi chez les femmes adultes émergentes*.

Grace estima que ça ressemblait à une langue étrangère, jamais elle ne choisirait de lire un livre comme ça.

– C'est plutôt long comme titre, dit-elle.

– Beaucoup trop. Peut-être que je devrais appeler ça *Nanas et petits boulots*.

Ce fut au tour de Grace d'éclater de rire.

– Le titre est le moindre de mes soucis, dit Sophie. C'est une véritable galère pour moi, chérie. Je ne suis pas un écrivain-né comme Malcolm – que voudrais-tu pour dîner ?

Malcolm rapportait à Grace des cours de plus en plus difficiles. Lorsqu'elle arriva aux premiers formulaires d'algèbre et de trigonométrie, elle eut besoin d'aide et put constater qu'il était capable de lui expliquer les choses clairement. Elle se dit alors : *Ses étudiants ont bien de la chance*.

Pratiquement tout le reste était facile, flottant vers ses neurones comme la limaille vers un aimant.

La vie dans la grande et belle maison était silencieuse et paisible, tout le monde lisait, écrivait, mangeait, dormait. Malcolm et Sophie ne recevaient jamais d'invités, pas plus qu'ils ne sortaient en laissant Grace toute seule. De temps à autre, un homme en costume, mince, les cheveux blancs, passait les voir et ils s'asseyaient à la table de la cuisine pour examiner ensemble des documents.

– C'est notre avocat, expliqua Malcolm. Il s'appelle Ransom Gardener[1]. Les seules choses qu'il cultive sont des honoraires.

Une fois de temps en temps, Gardener venait accompagné d'un homme plus jeune du nom de Mike Leiber. Au contraire de l'avocat, toujours tiré à quatre épingles et l'air sérieux, Leiber était barbu avec de longs cheveux et se présentait en jean et chemise flottante sans jamais dire grand-chose. Mais quand il prenait la parole, tout le monde autour de la table l'écoutait. Malcolm et Sophie n'expliquèrent jamais qui il était mais, après sa visite, ils affichaient un mélange étrange de sérieux et de décontraction.

1. Jardinier.

Comme s'ils venaient de passer un examen difficile et s'étaient bien débrouillés.

Deux fois par mois à peu près, Malcolm et Sophie emmenaient Grace dans un bon restaurant et elle portait les vêtements que Sophie lui avait achetés mais que, personnellement, elle n'aurait jamais choisis.

Elle prenait sur elle quand elle devait goûter un plat nouveau qu'ils lui proposaient. Même si quelque chose ne lui semblait guère engageant, elle ne se plaignait pas et répondait :

– Oui, s'il vous plaît. Merci.

Idem pour les vêtements. Ils arrivaient enveloppés de papier de soie et arboraient les logos de magasins de luxe, certains avec des noms français, et elle savait pertinemment que Sophie avait passé beaucoup de temps à les choisir.

Pour elle, c'étaient des déguisements. Le costume qu'on enfilait pour le rôle de la Gentille Fille. Elle commença à se demander à quel moment le spectacle allait s'arrêter, mais elle avait immanquablement des maux d'estomac quand elle y réfléchissait trop. Chassant ces pensées-là de son esprit, elle se concentrait sur les bonnes choses de l'instant présent. Parfois sa concentration était telle qu'elle en avait des migraines.

Pour mieux endosser le rôle qui lui était dévolu, celui d'une fille facile à vivre qui ne détonnait pas dans le cadre, elle se mit à se brosser les cheveux de plus en plus souvent afin qu'ils brillent comme ceux de Sophie. Un jour, Sophie lui fit cadeau d'une brosse venant d'Angleterre en lui expliquant qu'elle était en « soies de sanglier » et, devinez quoi, sa chevelure se mit à briller encore plus. Aussi décida-t-elle de prêter une attention toute spéciale à ce que Sophie lui disait.

Être propre et sentir bon était également important, et elle se douchait tous les matins, voire une seconde fois avant d'aller se coucher, nettoyait ses dents au fil dentaire et les brossait deux fois par jour, pour copier Sophie.

Peu après son arrivée chez eux, ils l'emmenèrent chez une pédiatre qui l'examina, lui fit quelques piqûres et déclara qu'elle se portait comme un charme.

Idem pour un dentiste très âgé qui lui détartra les dents et la félicita pour l'exceptionnelle qualité de son brossage.

Lorsque ses chaussures devinrent trop petites, Sophie l'emmena sur Larchmont Boulevard, dans un magasin dont le vendeur la traita en adulte en lui demandant quel style elle préférait.

– N'importe lequel, répondit-elle.

– Ça me change, dit-il, d'habitude les jeunes sont très exigeants.

Sa remarque visait plus Sophie que Grace.

– Elle est facile comme enfant, répondit Sophie.

À ces mots, Grace se sentit pleine d'un sentiment de bien-être chaleureux. Elle venait de réussir son examen personnel.

Lorsqu'ils étaient tous les trois ensemble, elle faisait en sorte de les regarder dans les yeux quand elle parlait et prétendait être intéressée par leur conversation même quand ce n'était pas le cas. Mais la plupart du temps, elle s'intéressait réellement à leurs discussions sur l'histoire et l'économie, la façon dont les gens se comportaient, seuls et en groupe. En règle générale, ils commençaient par la faire participer avant de l'exclure de leurs échanges en l'autorisant seulement à les écouter, ce qui ne la dérangeait en rien.

Ils parlaient d'art et de musique. De la vilenie de certaines formes de gouvernement, le nazisme, le communisme, Malcolm déclarant avec force que « le collectivisme n'était qu'une autre façon de contrôler les individus ». Ils discutaient du genre de sociétés qui produisaient toutes sortes d'artistes, de musiciens et de scientifiques et du fait qu'il n'existait pas suffisamment de « passerelles entre l'art et la science ».

À l'issue de chaque discussion, Grace se précipitait vers son dictionnaire et se disait qu'elle en apprenait plus en restant simplement avec eux que dans tous ses programmes éducatifs.

Lorsqu'ils lui demandaient son opinion, si toutefois elle en avait une, elle la proposait calmement et jamais bien longtemps. Lorsqu'elle n'avait aucune idée, Malcolm hochait la tête d'un air approbateur avant de dire :

– Si seulement mes étudiants en savaient suffisamment pour le reconnaître.

– Si seulement tout le monde en faisait autant, renchérit Sophie. En commençant par tous les soi-disant experts.

– Les experts sont des andouilles, pour la plupart, déclara Malcolm.

– Tout expert autoproclamé est par nature frauduleux, tu ne crois pas, Malcolm ? (À Grace :) Ce qui s'applique également à cet homme et à moi-même. Ce n'est pas parce que nous avons l'un et l'autre des titres universitaires ronflants que nous en savons plus que n'importe qui.

– Y compris toi, Grace, dit Malcolm.

Grace secoua la tête.

– Peut-être que j'en sais plus sur le fait d'avoir douze ans, mais vous, vous en savez plus sur pratiquement tout le reste.

Rires autour de la table.

– N'en sois pas si sûre, ma chérie, dit Sophie.

– On dirait qu'on l'a bien eue, gloussa Malcolm.

Il se pencha vers elle, comme s'il voulait lui ébouriffer les cheveux. S'arrêta. Il ne la touchait jamais. Grace avait treize ans et, depuis qu'elle vivait avec eux, les contacts physiques entre elle et Malcolm s'étaient limités à des frôlements accidentels quand ils se croisaient de trop près.

Il arrivait parfois que Sophie lui touche la main, mais c'était tout.

Ce qui lui convenait parfaitement.

Sophie posa sa fourchette en argent et dit :

– Honnêtement, ma chérie, ne te sous-estime pas, tu en sais plus que tu ne le penses. Oui, l'expérience, c'est important. Mais toute l'expérience du monde n'aidera pas un idiot.

– Amen, dit Malcolm en empalant une nouvelle côte d'agneau.

Tout particulièrement avec Sophie, Grace s'efforçait de ne pas en rajouter côté bonnes manières parce que Sophie avait l'art de flairer les faux-semblants. Comme pour les antiquités dans les revues auxquelles elle était abonnée. Parfois elle jetait un seul coup d'œil à une photo de meuble, de vase ou de sculpture et hochait la tête d'un air approbateur. À d'autres moments, elle disait :

– De qui se moquent-ils ? Si ça, c'est de la dynastie Tang, moi je suis Charlie Chaplin.

En général, Grace était polie, mais sans exagérer. Suivant une règle qu'elle s'était fixée dans un passé déjà lointain.

Si les gens t'aiment bien, peut-être qu'ils ne te feront pas de mal.

Parfois, surtout à la nuit tombée, dans son grand lit moelleux qui sentait si bon, blottie sous sa couette en duvet et suçant son pouce, elle pensait à Ramona.

À la piscine verte et visqueuse.

Inévitablement, connexion immédiate vers Bobby dans son lit, son tube à oxygène qui sifflait par terre.

Sam l'abominable. Son frère et sa sœur, effrayés comme deux écureuils fuyant un faucon.

Lorsque ces pensées-là prenaient possession de son cerveau, elle avait beaucoup de mal à les rejeter – à les expulser d'elle, un mot de sa leçon de vocabulaire qu'elle aimait bien parce qu'il sonnait dur, méchant, définitif et sans recours. Finalement, elle se dit que la meilleure façon de se laver le cerveau était de penser à des choses agréables.

Un dîner délicieux.

Le souvenir de Ramona lui disant qu'elle était brillante.

Le sourire de Sophie.

Le simple fait d'être ici.

Deux mois après son treizième anniversaire – un événement fêté dans le restaurant le plus chic qu'elle eût jamais vu, dans un hôtel du nom de Bel-Air –, elle découvrit autre chose qu'un pouce à sucer pour l'aider à trouver l'apaisement : se toucher entre ses cuisses, où les poils commençaient à pousser. D'abord un peu étourdie et inquiète, puis emplie d'une tiédeur et d'une mollesse qu'elle n'avait encore jamais expérimentées.

Et elle pouvait faire ça toute seule.

Ses pensées désagréables n'avaient plus aucune chance.

Bientôt, elle cessa de se souvenir de tout ce qui était arrivé avant sa vie à June Street.

Sophie savait très bien cuisiner, mais, ainsi qu'elle l'avait rappelé à Grace plus d'une fois, elle n'aimait pas ça.

– Pourquoi le faites-vous, alors ?

– Il faut bien que quelqu'un le fasse, chérie, et Dieu sait que Malcolm est un vrai désastre en cuisine.

– Je peux apprendre.

S'écartant de son gros fourneau Wolf à six brûleurs, Sophie se tourna vers Grace, assise à la table en train de lire un livre sur les oiseaux d'Amérique du Nord.

– Tu voudrais apprendre à faire la cuisine ?

– Si vous le voulez.

– Tu te proposes de me soulager de mes devoirs culinaires ?

– Euh, oui.

Les yeux de Sophie se mouillèrent. Elle posa le couvercle qu'elle tenait, s'approcha d'elle, lui prit le menton et se pencha plus près. Une seconde, Grace craignit qu'elle ne l'embrasse. Personne ne l'avait jamais embrassée, pas une seule fois.

Sophie constata peut-être que Grace était mal à l'aise, car elle s'écarta et lui dit :

– C'est une proposition charmante, ma chère Miss Blades. Un jour, je te prendrai au mot, mais s'il te plaît, ne va jamais t'imaginer que tu doives prendre soin de nous. Nous sommes ici pour prendre soin de toi.

C'était la première fois depuis son arrivée que quelqu'un la touchait volontairement pour un geste de tendresse délibéré.

– Ça va ? dit Sophie.

– Ça va.

– N'en parlons plus. Ce soir, nous nous libérerons des entraves de la vie domestique, et l'éminent mais sélectivement inepte Pr Bluestone nous emmènera dîner quelque part. Un endroit cher et plein de chichis. Ça te paraît bien ?

– Ça me paraît superbe.

Encore un mot magnifique.

– D'accord pour superbe, ma chérie. Je pense à quelque chose de français parce que personne ne comprend mieux la *haute cuisine*[1] que les Français.

– La haute couture également, dit Grace.

– Tu connais la haute couture ?

– Grâce à vos revues.

– Sais-tu ce que veut dire « haute » ?

– Chic.

– À proprement parler, ça signifie « élevé ». Les Français sont très soucieux de diviser leur monde en hauts et en bas. Avec eux, il n'y a pas simplement des restaurants, il y a des cafés, des bistrots, des brasseries et ainsi de suite.

– Et dans quel genre d'endroit on va ce soir ?

1. En français dans le texte.

– Oh, dans un restaurant, absolument. Malcolm se doit de nous soigner, comme les hautes nanas que nous sommes.

Ce soir-là, « Chez Antoine », Grace connut quelques moments difficiles. Elle portait une robe dont le tissu rêche la démangeait et elle avait un peu peur de la salle aux éclairages tamisés et à l'ambiance feutrée, avec ses serveurs tout de noir vêtus et très affairés.

Elle dit oui à tout, apprécia la viande, les pommes de terre et aussi certains légumes verts. Mais elle sentit son estomac se retourner quand un des serveurs à l'air ronchon sortit de petits poêlons de – était-ce possible, oui, c'était bien ça –, oh mon Dieu, des escargots ! Et comme si cela ne suffisait pas, un autre serveur apporta des assiettes de petites choses ossues qui ressemblaient à des pattes de poussin et Grace trouva horriblement méchant que l'on tue des poussins avant que Malcolm ne lui explique qu'il s'agissait de cuisses de grenouilles sautées !

Elle essaya de ne pas regarder lorsque Malcolm et Sophie enfoncèrent leur petite fourchette dans les coquilles d'escargot pour en extraire des boulettes dégoûtantes couvertes de persil avant de mastiquer, sourire et avaler. Elle essaya aussi de ne pas écouter quand les pattes de grenouilles craquèrent sous les mâchoires de Malcolm.

Regarde écoute apprends, regarde écoute apprends.

Lorsque Malcolm lui tendit une cuisse de grenouille en disant : « Ne te sens pas obligée, mais tu pourrais être surprise et apprécier », Grace aspira un bon coup, prit la plus minuscule bouchée possible et trouva le goût pas super, mais okay.

Fais comme si c'était un vrai poussin. Non, pas ça, c'est trop dégoûtant. Alors un poulet adulte, un poulet qui n'aurait pas grandi parce qu'il était malade ou quelque chose.

Un poulet ayant un problème à son hypophyse. Elle avait appris ça dans sa leçon de biologie deux semaines auparavant.

– Merci, Malcolm.

– Je suis content que ça te plaise.

J'aime tout de ce rêve.

À l'âge de quatorze ans et demi, Grace commença à se considérer comme étant à sa vraie place dans la belle et grande maison. Un sentiment dangereux, mais elle ne pouvait s'en empêcher, elle vivait là depuis une éternité, jamais elle n'était restée aussi longtemps au même endroit.

Sauf tout au début, mais cette période-là ne comptait pas.

Parfois, elle se laissait même aller à imaginer qu'elle appartenait à Malcolm et à Sophie. Mais certainement pas comme un bien exclusif, pas de cette manière insensée révélée par les poèmes qu'elle avait étudiés. Il s'agissait ici de quelque chose de plus… civilisé.

Trois mois auparavant, alors qu'elles faisaient des courses toutes les deux chez Saks, à Beverly Hills, elle avait pris un risque énorme en s'autorisant à frôler la main de Sophie du bout des doigts. En s'attardant assez longtemps pour que celle-ci puisse peut-être comprendre.

Sophie lui avait serré les doigts gentiment avant de lui prendre la main et elles avaient marché ainsi quelques instants jusqu'à ce que Grace se sente si nerveuse qu'elle l'avait lâchée.

Plus tard, alors qu'elles terminaient un déjeuner léger chez Saks dans le salon de thé, c'est Sophie qui avait pris l'initiative en laissant courir ses longs doigts délicats le long de sa joue.

En souriant, comme si elle était fière de son geste.

Arrivée à l'âge de quinze ans, Grace avait un duvet doux et souple sous les aisselles et un triangle de toison pubienne blond-roux qu'elle explorait tous les soirs de ses doigts pour se mettre en condition avant de se masturber. Les poils presque blancs sur ses jambes étaient pratiquement invisibles, mais Sophie lui montra malgré tout la bonne manière de les raser sans se couper.

– Utilise à chaque fois un rasoir jetable neuf et enduis-toi les jambes avec ça.

Elle lui tendit un flacon rempli d'une lotion dorée, à l'étiquette rédigée en français et en cursive.

– Elle contient de l'aloe vera, c'est une plante grasse pleine de piquants qui n'a rien d'impressionnant, mais à l'usage, elle a des vertus multiples, c'est impressionnant.

Grace connaissait l'aloe vera, elle connaissait toutes sortes de spécimens botaniques. Ses leçons étaient désormais du niveau d'un premier cycle universitaire, voire au-dessus, et Malcolm l'avait informée que son vocabulaire était celui « d'un doctorant dans une université d'excellent niveau, remarquable, vraiment ». Tout flottait aisément vers ses neurones, sauf les maths, mais si elle travaillait suffisamment, ça aussi elle le comprendrait.

Et tel était son univers : tous les trois, Ransom Gardener de temps à autre et, à l'occasion, Mike Leiber.

Et surtout ses études.

Un jour, tout au début, Malcolm et Sophie lui avaient demandé si elle voulait rencontrer d'autres enfants. Elle avait décidé de répondre aussi sincèrement que possible et dit : « J'aimerais mieux pas » et lorsqu'ils lui avaient reposé la question, des mois plus tard, pour obtenir la même réponse, le sujet n'avait plus jamais été abordé.

Puis…

C'était un dimanche. Grace avait quinze ans et deux mois.

Malcolm ratissait les feuilles dans le jardin du fond et Sophie lisait une pile de revues sous le cognassier géant. Étendue sur une chaise longue près des parterres de roses, Grace lisait le texte de Coleman sur les psychologies anormales, en essayant de ranger les gens qu'elle avait connus sous divers intitulés de diagnostics.

Brusquement, Malcolm cessa de ratisser, Sophie interrompit sa lecture, tous deux échangèrent un regard et ils s'approchèrent de Grace.

Deux géants convergeant vers elle.

– Ma chérie, tu as une minute ? demanda Sophie.

L'estomac de Grace – tout son système gastro-intestinal, en fait, elle avait appris l'anatomie et savait visualiser les différents organes – se mit à trembler.

– Bien sûr, répondit-elle, stupéfaite d'avoir gardé sa voix si calme.

Ou peut-être ne l'était-elle pas, finalement, parce que Malcolm et Sophie semblaient mal à l'aise et, quand les adultes étaient comme ça, c'était mauvais signe.

Un signe précurseur.

– Viens, entrons, dit Sophie.

C'était plié, une chose abominable allait se produire. Grace fut surprise, mais en même temps elle ne l'était pas, car on ne savait jamais à quel moment la vie allait se transformer en déception.

Quand elle lui prit la main, Sophie la trouva collante de sueur, mais la garda dans la sienne en conduisant Grace dans la maison avant de gagner la cuisine.

– J'ai envie d'une limonade, lui dit-elle pour se justifier, sans pour autant la convaincre un seul instant.

Malcolm suivait, toujours mal à l'aise – cette horrible expression préoccupée –, et ajouta :

– Limonade et cookies au gingembre. Au diable quelques grammes de plus.

Sophie déposa la limonade et trois sortes de cookies sur la table de cuisine. Voyant Malcolm en avaler deux coup sur coup, Sophie lui lança un regard, haussa un sourcil et tendit l'assiette à Grace.

– Non, merci, dit celle-ci d'une voix qui tremblait plus fort que son estomac.

– Quelque chose ne va pas, chérie ? demanda Sophie.

– Non.

– Tu as des antennes sensibles, Grace, dit alors Malcolm (il l'avait appelée par son prénom, alors ça devait être vraiment méchant).

Ils la viraient. Qu'est-ce qu'elle avait fait ? Où l'expédiaient-ils ?

Elle fondit en larmes.

Sophie et Malcolm se penchèrent vers elle pour lui prendre la main.

– Ma douce, qu'est-ce qu'il y a ? dit Sophie.

Grace était impuissante à contenir le torrent de larmes qui s'échappait de ses yeux. Elle ne maîtrisait plus rien. Hors contrôle, tout comme les psychotiques décrits dans les livres de psychologie de Malcolm.

– Grace ? dit Sophie en lui caressant la main. Tu n'as aucune raison de te mettre dans cet état.

Les larmes cessèrent alors de couler et les mots prirent leur place, comme si on l'avait secouée par les jambes pour les faire sortir de sa bouche.

– Je ne veux pas partir !

Derrière ses lunettes, les yeux bleu foncé de Sophie étaient grands comme des soucoupes.

– Partir ? Mais bien sûr que non – oh, mon Dieu, tu as cru que… Malcolm, regarde ce que nous avons fait, elle est terrifiée.

C'est à ce moment que le Pr Malcolm Bluestone, qui ne l'avait jamais touchée, s'avança dans son dos et plaça une énorme main charnue sur sa joue, l'autre, toute légère, sur son épaule, avant de déposer un bisou sur le haut de sa tête.

Un autre homme se serait adressé à elle d'une voix douce et gentille, Malcolm, lui, se mit à gronder de toute son autorité.

– Tu ne pars pas, Miss Grace Blades. Tu es parfaitement en sécurité ici pour aussi longtemps que tu choisiras de l'être en restant avec nous. Ce qui de notre point de vue est pour toujours.

Grace pleura un peu plus jusqu'à se vider de toutes ses larmes et dut chercher un peu d'air entre deux hoquets avant de reprendre une respiration normale. Elle se sentait soulagée, mais aussi totalement idiote.

Elle se fit le vœu de ne plus jamais perdre ses moyens de cette façon. En quelque circonstance que ce soit.

Sophie inspira profondément.

– Je te répète ce que Malcolm t'a dit : tu es ici chez toi, point final. C'est ta place. Mais il y aura du changement et il faut que tu saches de quoi il s'agit. Mon année sabbatique – mon année sabbatique que j'ai poussée à l'extrême limite, comme tu le sais je suis allée mendier dix-huit mois supplémentaires à ces crapules en renonçant à mon salaire – touche à sa fin. Comprends-tu ce que cela signifie ?

– Il va falloir que vous retourniez travailler.

– Quatre jours par semaine, chérie. Ils m'ont surchargée de cours, prétendument à cause des coupes budgétaires, que les profs titulaires aillent se faire voir, dit-elle avec un sourire en coin. Le fait que mon livre ne se soit pas matérialisé ne m'a pas vraiment aidée.

– Tu finiras quand tu seras prête, chérie, ils ont juste besoin… commença Malcolm.

Elle le fit taire d'un geste.

– C'est tellement gentil, et psychologiquement, j'apprécie ton soutien, Malcolm, mais nous devons regarder la vérité en face : je n'ai pas fichu grand-chose et, maintenant, il faut payer le joueur de flûte.

Elle se retourna vers Grace.

– L'année sabbatique de Malcolm n'arrivera pas avant trois ans. Ce qui veut dire que nous allons partir au travail tous les deux.

Grace ne dit rien.

– Tu comprends ? lui demanda Sophie.

– Non.

– Tu ne peux pas rester ici toute seule.

– Et pourquoi pas ?

Sophie soupira.

– Nous aurions dû t'y préparer. Quoi qu'il en soit, la réalité nous a rattrapés et nous devons y faire face. Pourquoi ne peux-tu pas rester ici sans personne ? Parce que s'il arrivait quelque chose – un incendie, à Dieu ne plaise, ou une effraction – alors que nous t'avions laissée seule, ce serait un véritable désastre, chérie. Tu pourrais parfaitement t'en sortir indemne, mais nous perdrions malgré tout ta garde et la justice pourrait même nous demander des comptes en nous accusant de négligence.

– C'est stupide, dit Grace. C'est de la folie.

– Peut-être bien, chérie, mais le fait est que tu es trop jeune pour rester livrée à toi-même toute la journée et nous devons impérativement te trouver une école. Nous devons travailler ensemble pour dénicher celle qui te conviendra le mieux.

Grace se tourna vers Malcolm. Il confirma d'un hochement de tête.

– Il n'y a pas une école sur votre campus ? lui demanda-t-elle. Celle où vos étudiants font des recherches sur les enfants ?

– Il s'agit d'enfants qui ont des problèmes d'apprentissage. Toi, c'est tout le contraire, tu es une super star dès qu'il s'agit d'apprendre. Après avoir étudié la question, nous avons rétréci le champ des possibilités à deux établissements, mais il nous faut ton avis.

– Merci, dit Grace, j'apprécie vos efforts, mais rien ne conviendra.

– Comment peux-tu en être si sûre, chérie ? demanda Sophie.

– La pensée de l'école me révulse.

Malcolm sourit.

– Elle te révulse, elle te répugne, elle te dégoûte et peut-être même crains-tu de régresser. Mais malheureusement, l'école est nécessaire.

– Il n'y a réellement pas d'autre choix, chérie, dit Sophie. Nous espérons que cette étape ne se révélera pas plus difficile qu'elle ne doit l'être. Que tu trouveras peut-être l'expérience enrichissante.

– Ou au moins intéressante, dit Malcolm.

Grace ne répondit rien.

– Il est bien possible que ce ne soit que pour une année, guère plus, dit Malcolm.

– Possible ? dit Grace.

– Vu ton niveau, tu pourrais aisément remplir les conditions requises pour te préparer à l'université. En fait, sur un plan purement intellectuel, tu pourrais entrer en premier cycle dès à présent. Mais nous pensons l'un et l'autre que ce ne serait pas une bonne idée de te faire passer directement d'une scolarisation à domicile à un cursus universitaire dès l'âge de quinze ans. Et je suis sûr que tu seras d'accord.

Grace réfléchit au problème. Et se rendit compte qu'elle n'avait jamais mis les pieds à l'USC, ni avec l'un ni avec l'autre. Mais elle avait vu des universités en photo. Lu des articles sur la vie des étudiants dans des livres et des revues. Des photos qui montraient de grands adolescents, presque des adultes, allongés sur les pelouses, d'énormes bâtiments en arrière-plan.

Aussi engageants qu'une planète extraterrestre…

– Alors ? Tu es d'accord ?

Grace acquiesça en silence.

– Très bien. On avance.

– Une année de lycée, même incomplète, pourrait être une excellente expérience pour te préparer à l'université.

– Une école préparatoire, dit Grace.

– Au sens propre et au sens figuré.

– Holden Caulfield[1] a détesté ça.

Sophie et Malcolm échangèrent un sourire.

– Effectivement, dit Malcolm, mais tu dois en convenir : fondamentalement, Caulfield était un crétin méprisant et trop gâté. Même l'arrivée du Messie ne l'aurait pas impressionné.

Bien malgré elle, Grace rit.

– Toi, en revanche, poursuivit-il, tu es une jeune personne qui ne manque pas de substance. Il est certain qu'une année, plus ou moins, passée en compagnie d'autres adolescents également très doués ne risquera pas de te faire trébucher.

– Une école pour les élèves très doués ?

– Pourquoi ? Tu préférerais la compagnie d'un groupe d'imbéciles ?

– Malcolm, dit Sophie. (Avant de s'adresser à Grace :) Nous avons réduit le nombre d'établissements à deux.

Ils apportèrent les brochures.

Brophy School était située à Sherman Oaks, dans la Valley, à quarante-cinq minutes en voiture, et elle mettait l'accent sur « un cursus d'études de haut niveau combiné à un développement personnel ». Uniquement lycée, cent vingt élèves au total.

– Un peu laxiste question niveau, mais sérieux quand même.

– Du développement personnel ? ricana Grace.

– Plutôt genre cajoleries et embrassades, effectivement. Échange et partage.

– Et la seconde ?

– Merganfield School, dit-il. De la septième à la terminale, mais des classes petites, le nombre d'élèves ne dépasse pas soixante-dix au total.

1. Héros imaginaire du roman de J. D. Salinger, *L'Attrape-cœurs*.

– Classes à petits effectifs et discipline extrêmement stricte, dit Sophie.

– Pas de développement personnel, hein ? dit Grace.

Malcolm sourit.

– En fait, j'ai posé la question au Dr Merganfield, et il m'a répondu que le développement venait avec la réussite. Il a un petit côté despote.

– Un peu autoritaire, chérie, dit Sophie.

– Ordre, rigueur et structure, dit Malcolm.

– Où se trouve cette école ? demanda Grace.

– En fait, pas très loin d'ici, répondit Sophie. C'est un de ces énormes hôtels particuliers situés près de Windsor Square.

– Et c'est cher ? voulut savoir Grace.

Silence.

– Inutile de te préoccuper de ça, déclara Sophie.

– Je pourrai vous rembourser, dit Grace. Un jour, quand j'aurai réussi.

Malcolm tendit la main vers un cookie et changea d'avis. Sophie renifla et se frotta les yeux.

– Ma chère petite, dit-elle, il ne fait aucun doute pour nous que tu seras une réussite. Ce qui sera en soi notre paiement.

– Et une récompense n'est pas à l'ordre du jour. Quelle qu'elle soit.

– J'espère que ce n'est pas trop cher, dit Grace.

– Pas du tout, dit Malcolm en clignant des yeux comme chaque fois qu'il essayait de lui cacher quelque chose.

– Il semblerait donc que Merganfield soit le choix optimal, dit Grace.

– Tu es sûre ? lui demanda Sophie. C'est véritablement un établissement très sérieux, chérie. Tu devrais peut-être visiter les deux.

Elle éclata de rire.

– Suis-je bête ! Cajoleries et embrassades, ce n'est pas vraiment toi. Si tu donnes ton accord, tu y feras des étincelles.

– D'abord, on visite, dit Malcolm.

– Naturellement, répondit Grace.

Finalement, ça ne s'était pas si mal passé. Elle prit un cookie et alla voir dans son coffre à vocabulaire.

– Va falloir que je me montre prosociale dorénavant.

Deux jours plus tard, elle passa le test d'entrée à Merganfield dans la salle de réception lambrissée d'acajou du bâtiment de couleur crème réservé aux salles d'enseignement, la seule dépendance étant un garage triple transformé en gymnase sans chichis.

Sophie avait parlé d'hôtel particulier, mais aux yeux de Grace, c'était un véritable palace : trois niveaux sur Irving Street, facilement le double de surface de la demeure Tudor où vivaient Malcolm et Sophie. Le bâtiment se dressait au centre d'un vaste terrain aux allures de parc, entouré par une clôture en métal noir. Les arbres énormes semblaient pour la plupart négligés. Pelouses, haies et massifs étaient à l'avenant, tout aussi miteux d'aspect.

Par ses lectures sur l'architecture, Grace reconnut le style de la demeure : méditerranéen mélangé à un soupçon de palladien. Vers le nord se dressaient les énormes demeures de Windsor Square, vers le sud, les immeubles de bureaux de Wilshire.

L'examen reprenait la plupart des tests de QI que Malcolm lui avait fait passer et, hormis une section de mathématiques, les autres parties ne représentaient véritablement un défi qu'aux niveaux les plus avancés.

– C'est toujours pareil, l'avait prévenue Malcolm. Impossible de répondre correctement à tout.

Peu importait qu'ils se connaissent tous les deux depuis longtemps, décida Grace, il ne cesserait jamais d'être un psychologue.

La lettre d'acceptation arriva une semaine plus tard. Le proviseur-propriétaire, le Dr Ernest K. Merganfield, était un homme petit et frêle et, s'il ne dégageait guère de chaleur humaine, il émanait de lui comme une aura de réconfort. Il portait une chemisette blanche, un pantalon écossais et des chaussures en toile bleue à semelles de caoutchouc, une tenue qui était son uniforme quotidien, apprit Grace par la suite.

Il était titulaire de deux doctorats : une thèse d'État en histoire soutenue à Yale et une thèse en pédagogie obtenue à Harvard. Les enseignants étaient tous docteurs, essentiellement d'anciens professeurs d'université à la retraite, à l'exception du Dr Mendez, le professeur de biologie, un ancien médecin légiste désormais à la retraite. Les étudiants des classes supérieures, seconde, première et terminale, avaient leurs salles de cours au dernier étage, dont certaines offraient de beaux panoramas. Les résultats de Grace à l'examen d'entrée lui donnaient le statut d'une élève de terminale à l'âge de quinze ans, mais à son arrivée dans sa classe, elle s'aperçut qu'elle n'était pas la plus jeune, et de loin.

Son voisin, Dimitri, était un prodige en mathématiques âgé de douze ans et derrière elle étaient assises des jumelles nigérianes de quatorze ans, filles de diplomate, qui parlaient couramment six langues.

Personne ne fit montre de la moindre curiosité à son arrivée au beau milieu de l'année scolaire et Grace comprit très vite pourquoi : ses tout nouveaux condisciples étaient, pour la plupart, timides, introvertis et obsédés par leur réussite scolaire. Des onze élèves de sa classe, sept étaient des filles, quatre très jolies, mais aucune avec des habits dernier cri. Là encore, elle comprit que, sans Sophie, elle n'aurait strictement rien su de la mode, du maquillage ou de la façon de se raser sans se blesser. Comment marcher et comment parler. Comment tenir une fourchette à poisson.

Les élèves de Merganfield avaient des parents biologiques qui ne devaient pas se préoccuper de grand-chose hormis de leur entrée dans une université haut de gamme. Les jumelles savaient déjà que, dans deux ans, leur admission à Columbia était garantie.

Le manque d'entretien que Grace avait remarqué à l'extérieur se retrouvait à l'intérieur. Dans les toilettes, vieilles et capricieuses, des affichettes prévenaient leurs usagers de ne tirer la chasse que sur « de faibles quantités » de papier.

Des quatre garçons de sa classe, l'un était obèse et bégayait, deux étaient timides au point d'être muets comme des carpes et le dernier, le plus âgé de tous, était un adolescent grand et élancé de dix-sept ans, un beau garçon du nom de Sean Miller, doué en maths et en physique. Il avait des cheveux sombres bouclés, des yeux noisette et de jolis traits gâtés par une acné virulente.

Et aussi timide, ce qui semblait être la marque de fabrique Merganfield. Mais incontestablement intéressé par Grace, elle le voyait clairement : chaque fois qu'elle levait les yeux de son cahier, elle le surprenait qui détournait la tête. Rien que pour vérifier son hypothèse, à la fin du cours de rhétorique, elle se faufila tout contre lui et sourit.

Sa peau autour de ses boutons vira au cramoisi et il s'écarta d'un sursaut, comme s'il cachait quelque chose.

Il cachait effectivement quelque chose. Le devant de son pantalon kaki formait une belle bosse.

Ce qui pourrait se révéler intéressant.

Trois semaines après son arrivée à Merganfield, n'ayant obtenu que des A à pratiquement tous ses contrôles et certaine qu'elle était désormais considérée comme « parfaitement intégrée », elle rencontra Sean Miller alors qu'il sortait du garage/gymnase – que pratiquement personne n'utilisait, l'éducation physique étant une option (bien que le Dr Merganfield revendiquât pour siens « les idéaux grecs d'intégration de la maîtrise mentale et physique »).

Ce n'était pas une rencontre de hasard. Grace avait observé Sean et il était aussi prévisible qu'une horloge bien réglée : il allait faire des haltères et s'exercer sur un tapis de course tous les mercredis après les cours. Elle avait réussi à persuader Malcolm et Sophie de la laisser regagner la maison à pied, soit deux kilomètres et demi, en leur promettant de rester sur Sixth Street, beaucoup de circulation et visibilité facile. Ce soir, ils allaient tous deux rentrer tard à cause de leurs réunions et Sophie lui avait cuit du thon braisé aux pâtes qu'elle pourrait réchauffer au micro-ondes.

Grace n'avait pas envie de pâtes et de thon en boîte.

Sean Miller ne tarda pas à s'en rendre compte en personne.

Très vite, ils remirent ça tous les mercredis, dehors derrière le gymnase, et Grace avait piqué suffisamment de préservatifs dans une pharmacie du quartier pour que tout se déroule au mieux, gentiment et sans risques.

La première fois que Sean avait voulu lui parler, après, elle l'avait fait taire d'un doigt sur sa bouche et il n'avait plus jamais essayé.

36

Il était treize heures lorsque Grace quitta le Wild Bill's, laissant les deux jeunes voyous complètement interdits. Elle pourrait faire le trajet en six ou sept heures à condition que son énergie ne lui fasse pas défaut. Et si elle commençait à sentir qu'elle n'était pas au top, elle s'arrêterait à Monterey.

Les premiers quatre-vingts kilomètres, elle essaya de se vider la tête en écoutant de la musique.

Sans succès : son cerveau continua de tinter, s'immisçant avec insolence dans Bach, doo-wop, rock et jazz alternatifs, à l'image d'un étudiant chahuteur pendant un cours.

Ses bruits parasites finirent par s'éclaircir pour se changer en une voix braillarde qui l'obligea à se souvenir.

Elle avait tué un homme.

Comment se sentait-elle après ce meurtre ?

Elle ne savait pas.

En toute logique, ses justifications étaient évidentes : mec dangereux, légitime défense incontournable. Mais son acte restait insolite et anormal. Elle avait ôté la vie à quelqu'un.

Permanence. Pas de retour en arrière possible.

Le bruit du cadavre, de sa victime rebondissant contre la paroi pendant sa chute au fond du canyon, se transforma en roulement de tambour.

Sa victime.

Rien de banal ni de quotidien dans l'acte de donner la mort à un autre humain.

Sa formation lui avait appris que certains soldats avaient du mal à s'y habituer.

Et elle alors, ça lui faisait quoi ?

Elle l'ignorait, vraiment, sincèrement.

Concentre-toi.

Parfait, en ce cas, commençons par ce bon vieux système affectif. Côté états d'âme, elle devait reconnaître qu'elle était calme et apaisée. En gros, elle allait bien.

Ce qui révélait quoi de la personne qu'elle était ?

Fille d'une meurtrière, elle serait prisonnière de ses gènes ? En perpétuant la tradition familiale ? Serait-elle parvenue à s'adapter plus facilement que la plupart des militaires ? S'adapter à quelque chose d'expressément homicide comme, disons, l'ouvrage d'un sniper ?

Elle avait travaillé avec d'anciens snipers et avait une assez bonne idée de ce que ça impliquait.

Rester assis sans bouger, retenir son souffle, se concentrer sur son adversaire avec pour seul but de réduire son organisme tout entier au petit rond rouge d'un carton à déchiqueter ?

Serait-elle capable de faire une chose pareille ?

Probablement. Pour survivre, elle aurait fait n'importe quoi. La survie qui avait toujours été son obsession première. Raison pour laquelle elle était toujours de ce monde.

Mais un peu de chance n'était pas non plus à dédaigner. Destin, karma, volonté divine, choisissez votre illusion.

Ce serait bien d'avoir la foi et un peu de religion, croire que la vie s'ajustait aussi exactement qu'un puzzle magnifique. En repensant à sa propre vie, Grace percevait combien une personne pourtant rationnelle à tous autres égards pouvait susciter délibérément en elle un modèle qui n'existait pas dans la réalité.

Une orpheline pas vraiment gâtée par la vie titulaire d'un doctorat et possédant une maison sur la plage. Vraiment miraculeux, quand on y songeait, appelez Hollywood !

Mais pour elle, c'était sa vie, sans plus ni moins.

N'empêche, ce serait bien d'avoir foi en quelque chose. De se convaincre qu'elle était destinée à être en ce bas monde.

Entre-temps, la survie impliquait qu'on s'occupe de ses affaires, donc la question était réglée, elle était bien, elle avait fait ce qu'il fallait faire.

À mesure qu'elle se répétait ce mantra, le pied bien calé sur la pédale d'accélérateur, le visage de Beldrim Benn commença à se dissoudre dans sa tête pour n'être rien de plus qu'une esquisse indistincte.

Elle continua sa psalmodie et il s'amincit encore plus en lignes aléatoires.

Un point.

Effacé.

Alors pourquoi avait-elle mal aux yeux ? Ce bruit… *bump bump bump*… Non, c'était l'Escape qui s'emballait, elle s'était laissée aller, elle roulait trop vite – presque cent cinquante – et ses amortisseurs se rappelaient à son bon souvenir. Un coup d'œil au rétroviseur, rien d'autre que de l'asphalte.

Tout se passerait bien.

Trente kilomètres plus loin, le visage mal rasé de Benn revint à sa conscience et rien ne put le faire disparaître.

Elle cessa de lutter et finit par l'accepter, en s'autorisant même quelques questions à son sujet.

Était-il marié ? Avait-il des enfants ? Ses parents étaient-ils encore en vie ? Et ses hobbies, c'était quoi ? À part poignarder les gens, que faisait-il ?

Elle se rabattit sur la voie de droite et réduisit encore sa vitesse. Mais c'était agaçant, son pouls s'était accéléré, elle sentait ses battements au niveau de son cou, ses poignets, ses chevilles, tous ces points de pression qui tapaient comme les tambours d'un groupe de musique jamaïcaine. Et voilà maintenant que ses yeux douloureux étaient humides…

L'Escape se cantonnait à quatre-vingt-dix. Le moment était venu de ralentir son moteur personnel.

Elle sortit deux languettes de bœuf séché et les mastiqua fort et longtemps. Ses mâchoires pareilles à deux machines prises de folie et, finalement, un cerveau purgé de tout souvenir.

Elle roulait paisiblement quand le téléphone jetable qu'elle avait utilisé pour appeler Wayne bipa.

– Tonton, dit-elle.

– Ça me plaît bien d'être votre oncle, mais il est inutile de faire semblant, je suis seul.

– Moi aussi. Quoi de neuf ?

– J'ai eu votre message concernant Selene McKinney. Parlez-moi d'un saut dans le passé. Il m'a fallu un peu de temps pour trouver la bonne personne à appeler, mais je crois bien avoir quelque chose.

– Elle avait un enfant, dit Grace. *Une fille, dites-moi que c'est une fille.*

– Apparemment, mais il y a un bon moment de cela, une fille vivait dans la maison de Selene, mais personne n'a jamais confirmé qu'elle était bien son enfant. En fait, on présumait qu'il devait s'agir d'une nièce ou d'une sorte de pupille parce que Selene ne la présentait jamais comme sa propre fille et, plus important encore, on ne lui avait jamais connu la moindre liaison avec un homme. Ou avec une femme. Sa seule relation sexuelle était la politique.

– Une femme seule qui vit avec une enfant qui n'est pas la sienne ?

– Ce n'était pas si rare que ça à l'époque, Grace. Les familles étaient plus soudées, il arrivait souvent que les gens accueillent à leur domicile des parents à eux.

– Et cela se passait il y a combien de temps exactement ?

– Peu après la première élection de Selene, ça fait au moins quarante ans.

– Quel âge avait la petite fille ?

– Ma source se souvient d'elle à six ou sept ans, mais elle n'en jurerait pas, honnêtement, elle ne se rappelle plus les détails. Quel que fût l'arrangement de Selene, ça n'a pas duré. La fillette a été vue dans la maison l'espace de deux ans puis elle a disparu.

Grace fit mentalement le calcul. Quarante-six ans, à peu de choses près, aujourd'hui, donc une femme d'une vingtaine d'années au moment de la fusillade du Culte de la Forteresse, et aucun problème pour avoir eu trois enfants.

Que c'était bon quand les choses se mettaient à leur juste place.

– Votre source a-t-elle des théories sur ce qui a pu arriver à cette gamine ?

– Elle soutient qu'elle n'y a jamais vraiment réfléchi et je la crois. Disons que la curiosité n'est pas son fort. Lorsque j'ai insisté, elle a déclaré que les jeunes dames d'un certain âge étaient fréquemment envoyées en internat, mais ce n'est qu'une simple hypothèse. Gardez toujours à l'esprit que Selene est née dans une famille très fortunée, la politique était son hobby. Nous parlons là de cercles sociaux que ni vous ni moi n'avons fréquentés au quotidien, Grace, mais je sais un certain nombre de choses sur les mégariches parce que mon père était chauffeur pour un clan de banquiers à Brentwood. Tous les enfants étaient envoyés ailleurs pour leur « développement ». C'était une pratique courante. Papa disait toujours en plaisantant que, s'il avait l'argent, il ferait la même chose avec mes frères et moi afin de pouvoir vivre tranquillement sa propre vie. Voudriez-vous me dire pour quelle raison vous vous intéressez à Selene McKinney, tant d'années après sa mort ?

– À ce stade, tout n'est que suppositions et conjectures.

– Les conjectures, ça me va, Grace.

Grace essaya de faire le tri avant de répondre. Wayne n'attendit pas.

– Très bien, en ce cas, avez-vous un moment pour écouter la mienne, de conjecture ? Vous pensez que la fille pourrait être la mère de ces enfants de la secte, une des cinglées qui ont péri lors de l'assaut de la Forteresse ?... (Un temps de silence.) Comment je me débrouille jusque-là, docteur Blades ?

– Très bien.

– Qu'est-ce qui vous a conduite jusque-là, Grace ?

– Selene est le seul lien que je puisse trouver entre les parents adoptifs des garçons.

– Quel genre de lien ?

– Les deux couples ont assisté à la levée de fonds pour sa réélection.

– Les garçons, pas la petite fille.

– D'après la chronologie que vous m'avez donnée, je présume que la petite a été adoptée en premier.

– C'est exact.

– Vous n'êtes pas parvenu à obtenir les dates exactes...

– Je n'ai pas pu faire plus que ce que je vous ai remis.

– Très bien, dit Grace. J'apprécie vraiment beaucoup. Toujours est-il que Lily a été adoptée par une famille de la classe ouvrière alors que les deux garçons ont fini par trouver des foyers très aisés. Je pensais qu'ils avaient pu connaître des moments difficiles dans le système, puisqu'ils étaient considérés comme des adoptés à haut risque, mais maintenant que vous avez avancé votre théorie de l'internat, peut-être s'en est-on débarrassé de cette façon ? D'une façon ou d'une autre, est arrivé le moment où il a bien fallu leur trouver un foyer d'adoption et c'est alors que Selene s'est fait rembourser ses dettes.

– Tout cela, dit Wayne, à cause d'une réception de levée de fonds ?

– Simple conjecture, lui rappela Grace, mais la chronologie correspond. C'est si fréquent que ça, des pupilles mâles à haut risque qui finissent chez des gens très aisés ?

La même chose était vraie des pupilles femelles. Le visage de Sophie lui apparut en premier, puis celui de Malcolm. Tous deux souriants, encourageants. Fiers.

– Vous allez bien ? demanda Wayne.

– Tout baigne.

– J'ai cru entendre votre gorge se nouer et vous n'avez pas répondu quand je vous ai parlé.

Pas bon, ça, petite.

– Désolée, j'ai le nez qui coule, Wayne. Mais c'est effectivement la théorie sur laquelle je travaille même si je suis à des lieues de pouvoir prouver quoi que ce soit. Vous avez été adorable, merci encore.

Wayne soupira.

– J'espère simplement vous avoir aidée.

– Bien sûr que vous m'avez aidée.

– J'aimerais en être aussi certain que vous, Grace.

– Vous êtes inquiet pour moi. J'apprécie, mais ne le soyez pas.

– Facile à dire pour vous, Grace. Je suis bien plus qu'inquiet, je suis effrayé. En particulier si vous avez raison. Ce que vous m'avez appris sur l'aîné – Samael – ne me sort plus de la tête, je pense sans cesse à cette pauvre Ramona, au petit garçon handicapé. Et pour couronner le tout, quelqu'un qui ferait une chose pareille à son propre frère ? C'est vous la psychologue, vous connaissez le genre de pathologie que cela implique.

– Je connais, Wayne. C'est pour cela que je suis prudente.

– Avec tout le respect que je vous dois, vous n'êtes peut-être pas le meilleur juge des précautions que vous prenez, Grace – et ne vous mettez pas en colère pour ce que je vais vous dire, mais il faut que je vous le dise. Il ne fait aucun doute dans mon esprit que la pensée de fuir devant quoi que ce soit heurte votre sensibilité. Mais parfois, la bonne stratégie est bien la fuite.

Et elle ne lui avait même pas parlé des deux parricides.

L'Escape recommença à s'emballer et elle retomba à cent trente. *Concentre-toi, concentre-toi.* Elle ralentit davantage.

– Je suis d'accord, Wayne. Je ne suis opposée à aucune stratégie en soi.

– Mais…

– J'ai besoin d'amasser des données pour pouvoir prendre des décisions intelligentes.

Wayne soupira.

– Je vous promets d'être prudente, dit-elle.

– Mon Dieu, dit-il, la gorge nouée. Oh, Grace, toutes ces choses qui reviennent nous hanter. Auront-elles jamais une fin ?

Il était au bord des larmes.

Pense à lui comme à un patient.

– Vous êtes quelqu'un de merveilleux, Wayne. Vous m'avez sauvée et je ne profiterais jamais de votre confiance pour me mettre en danger.

Ça va plus loin que ça, mon ami, je m'adore. D'où un cadavre d'homme dégringolant une paroi rocheuse jusqu'au fond d'un ravin.

– J'ai fait tout ce que j'étais censé faire, dit Wayne. Prenez soin de vous, Grace.

Clic.

Grace plaça son téléphone sur le siège passager, attrapa une bouteille d'eau et s'installa confortablement. Quelques instants plus tard, elle vit des couleurs en mouvement dans son rétroviseur.

Des flashs de lumière rouge et bleue.

Un bref coup de sirène. Une voiture pie qui la suivait.

Elle se gara sur l'accotement de l'autoroute.

37

La voiture de flic était une petite Mustang agressive à turbocompresseur et l'homme qui en descendit, un policier des autoroutes guère plus âgé qu'elle, voire plus jeune. Taille moyenne, solidement bâti, il s'approcha en roulant des mécaniques, bien sûr.

Avec son regard de flic soupçonneux presque parano.

Quand il arriva à sa vitre, Grace eut le loisir de le voir de plus près : type hispanique, cheveux sombres modelés au gel, joli teint doré n'était la cicatrice qui coupait l'arête de son nez en diagonale. Un badge au nom de *M. Lopez*.

Grace avait eu largement le temps d'affûter son meilleur sourire : minimal, un peu intimidé, mais pas nerveux.

Les yeux de M. Lopez étaient masqués par des lunettes miroir. Une bouche petite, presque pincée.

– Permis, carte d'immatriculation, assurance.

Grace l'obligea.

– C'est une voiture de location, désirez-vous mon assurance personnelle ?

Au lieu de répondre, il examina le permis.

– Malibu, dit-il. Vous êtes bien loin de chez vous.

– J'aime voyager par la route, dit-elle.

– Vous voyagez seule, ma'ame ?

– Je rejoins des amis à Carmel.

– Bel endroit.

– Je voudrais déjà y être.

– Hum… vous savez pourquoi je vous ai arrêtée ?

– Non, désolée.

– Je vous ai vue parler dans un portable. Je vous ai suivie et j'ai pu observer que vous aviez poursuivi votre conversation pendant un laps de temps prolongé.

Pas assez prolongé cependant pour m'avoir vue rouler à cent cinquante en changeant de file.

Il ne l'avait observée qu'un bref moment – à la fin de sa conversation –, mais c'était suffisant.

– Oh, dit Grace. C'est vrai, monsieur l'agent. J'avais pourtant demandé un kit mains libres à l'agence de location, ils n'en avaient pas.

– Cela ne vous excuse pas pour autant, ma'ame. Ce que vous avez fait est extrêmement dangereux, dit M. Lopez en se penchant vers elle. Les conducteurs distraits sont l'une des causes les plus fréquentes d'accidents mortels.

– Je sais, je me sens comme une idiote. Ma seule excuse était que je parlais avec un patient, une urgence.

– Vous êtes médecin ?

– Je suis psychologue.

Il la regarda avec attention.

– Vous pouvez le prouver.

Elle lui montra sa licence d'État.

– Eh bien, ça reste dangereux, docteur. J'imagine que votre patiente n'apprécierait pas beaucoup de voir sa thérapeute réduite en bouillie.

Patiente. Présumant que seules des femmes parlaient à une femme.

Grace laissa son sourire s'élargir.

– Non, cela ne l'aiderait pas, effectivement.

Sa petite tentative de faire de l'esprit tomba à plat et M. Lopez se contenta de la fixer sans mot dire. Pour mieux conserver son sang-froid, elle imagina que ses yeux de flic perdaient de leur froideur derrière ses lunettes.

– Thérapie collision, ce serait une première, dit-elle.

Et vit ses lèvres tressaillir. Luttant pour contenir un sourire. Il perdit la bataille et s'autorisa un petit sourire crispé.

Ils perdaient toujours.

Lorsqu'il commença à se montrer plus amical, son corps suivit le mouvement et sa posture perdit de sa raideur. Il ôta ses lunettes, révélant de grands yeux tendres de couleur marron.

– Une urgence avec un patient, hein ? Comme quoi ?

– Je ne peux pas vous le dire, monsieur l'agent. Strictement confidentiel.

Sa réponse parut lui plaire. Avec les flics, on ne cessait de passer des tests. Tous autant qu'ils étaient.

– Vous ne le diriez en aucun cas même si cela impliquait de recevoir un procès-verbal ?

– Même, dit Grace. Je suis coupable des faits que vous me reprochez et je prendrai mon médicament.

La petite bouche de M. Lopez se vrilla comme une queue de cochon. La radio à sa ceinture se mit à coasser. Il la décrocha, écouta et aboya : « Dix-quatre[1]. » Avant de dire à Grace :

– Faut que j'y aille, docteur. Grosse collision quelques kilomètres en arrière. Ambulances et tout. Peut-être à cause d'un conducteur distrait. Le désastre d'un autre est votre jour de veine.

– Merci, monsieur l'agent.

M. Lopez agita ses papiers avant de les lui rendre.

– Mais ne comptez plus sur un autre coup de chance. Plus de portable, même en cas d'urgence avec un patient. Vous sortez, vous vous mettez en sécurité et vous parlez. Compris, ma'ame ?

– Je vous le promets.

– Très bien.

1. Selon le code utilisé par les cibistes : message reçu.

Il avait besoin d'avoir le dernier mot, Grace le lui laissa volontiers.

Le flic regagna sa voiture au moteur gonflé, monta les tours et s'engagea sur la chaussée à une vitesse scandaleusement excessive, ses gyrophares en pleine action, sa sirène branchée au maximum.

Il disparut dès la sortie suivante à la vitesse d'un dragster.

Grace relâcha lentement son souffle, dit : « Tu te défends toujours, ma fille » et repartit.

Ou peut-être que son charme n'avait rien à voir dans l'affaire et M. Lopez avait raison : le malheur d'un autre était son coup de chance.

Si elle n'avait pas trouvé cela amoral et futile, elle aurait prié pour en avoir d'autres.

38

Merganfield School autorisait ses étudiants à apprendre selon leur propre rythme. Dans la plupart des cas, les chers petits sous pression qui avaient toujours entendu dire qu'ils étaient des génies se propulsaient eux-mêmes à une vitesse vertigineuse. Personne ne mettait la pression sur Grace, mais elle découvrit que son rythme d'apprentissage était aussi rapide que celui des plus névrosés de sa classe.

Arrivée à mi-année, elle avait quasiment terminé le programme Merganfield « grands livres » en n'obtenant que des A, mais elle essaya de cacher ses progrès à Malcolm et à Sophie, car dès qu'ils sauraient que l'université était le choix optimal, elle aurait droit à une nouvelle conférence à trois.

Puis, à mesure qu'elle se rapprochait de la fin de sa première année dans l'école, sa vision des choses changea. Elle allait avoir seize ans et aspirait à une solitude encore plus grande. Elle tolérait les conversations de Sophie et de Malcolm, elle les appréciait tous les deux, mais en secret, elle se surprit à souhaiter qu'ils la laissent seule pendant de longues périodes.

C'était ça, l'adolescence, supposa-t-elle. Même si à ses yeux, c'était bien plus être elle-même, tout simplement. Les livres de psychologie empruntés sur les rayonnages de Malcolm disaient que « l'émergence de l'âge adulte » consistait à établir son « autonomie » et un « sentiment d'identité ». Un sur deux n'était pas si mal : elle n'avait jamais totalement dépendu de quiconque, mais le sentiment d'identité restait pour elle un mystère. Pour l'essentiel, elle vivait au jour le jour, en essayant de faire les choses qu'elle aimait. Y compris ces moments volés avec le toujours-reconnaissant Sean Miller dont le teint était moins brouillé.

Elle était très satisfaite de ses progrès personnels en matière sexuelle. Sean était comme une pâte à modeler.

Elle considérait également que son départ pour l'université était désormais une option non tragique. Même s'il en existait une autre : rester à la maison et suivre les cours à USC où Malcolm et Sophie enseignaient.

En faisant le trajet en leur compagnie jusqu'au campus… non, ça, elle ne le sentait pas. C'était tordu.

Quand l'été arriva, avec la possibilité de suivre des cours à Merganfield pendant les vacances, elle donna son accord.

Tous ses camarades de classe étaient là. Même les jumelles nigérianes, qui avaient reçu des nouvelles de Princeton après avoir été acceptées à Columbia et devaient partir dans le New Jersey, se sentirent motivées pour étudier tout l'été.

Tout se passa très bien jusqu'à un matin de la mi-juin : Sophie s'affairait en cuisine avec une nervosité qui ne lui ressemblait pas et Malcolm toussotait nerveusement.

Ils s'installèrent autour de la table, devant les petits pains et le saumon fumé mariné à l'aquavit que Sophie avait préparé.

Cette fois, elle était prête.

Malcolm commença par un petit speech sur ses stupéfiants résultats scolaires, en mettant en avant son devoir de trente pages sur les dirigeants de la Russie prétsariste, ses notes absolument faramineuses, ses résultats aux tests SAT[1] qui la plaçaient dans les premiers dix pour cent à l'échelle nationale.

1. Scholastic Aptitude Test.

Grace ne fit aucun commentaire, mais elle était bien moins impressionnée que lui par ses propres résultats. À Merganfield, tout le monde obtenait des A, pourquoi les « surdoués » devraient-ils travailler à un niveau « rien de moins qu'exemplaire » ? Et les tests psychométriques que Malcolm lui donnait depuis des années incluaient diverses versions du SAT. Depuis bien longtemps, elle avait compris ce que les concepteurs dudit test recherchaient, les mots de vocabulaire prévisibles, les problèmes de mathématiques qui étaient prétendument destinés à vérifier les capacités d'abstraction.

Au stade où elle en était, elle aurait coché les bonnes réponses dans son sommeil. Aussi, quand Malcolm s'arrêta pour mordre dans un petit pain aux graines de pavot, elle lui dit :

– Je sais. Nous devons discuter de l'année prochaine. Ne vous en faites pas, le changement ne me dérange pas.

Malcolm mastiqua plus rapidement.

Sophie posa la main sur son sein gauche et sourit :

– Nous sommes donc tellement transparents, chérie ?

– Vous vous préoccupez de mon avenir. J'apprécie. J'ai mûri et le changement, ça me va.

Sophie cligna des cils.

– Oui, eh bien… je me sens soulagée. Mais tu sais, le changement risque d'être vertigineux – bien plus qu'avec Merganfield.

– Je suis prête, dit Grace. Et ça fait un moment que je me prépare. Le seul problème, c'est l'argent. Je ne peux pas continuer à vivre à vos crochets, il faut établir un plan de remboursement pour mes frais d'études.

Malcolm déglutit.

– Arrête tes bêtises, tu ne nous as jamais pris un centime, dit-il.

– En aucun cas, ajouta Sophie.

Grace tripota l'ourlet de son haut en cachemire et sourit.

– Alors comment décririez-vous ma situation ?

L'horloge de la cuisine égrenait ses secondes. D'habitude, c'était Sophie qui rompait les silences trop pesants. Cette fois, ce fut Malcolm.

– Je considère tes études – nous les considérons – comme un investissement. Quelqu'un de ton calibre a le potentiel d'accomplir Dieu seul sait quoi.

– C'est également un investissement dans notre bien-être. Nous t'aimons beaucoup, Grace. Nous voulons nous assurer que tu te sentes bien en phase de développement personnel – oh, ce jargon, laisse tomber –, nous sommes tellement heureux que tu grandisses, tout simplement.

Son sourire était bien fragile.

– Parfait, dans ce cas, dit Malcolm, nous sommes tous dans le même bateau, je ne veux plus entendre parler de remboursement. Néanmoins, il reste un problème majeur à régler…

– S'il te plaît, chérie, intervint Sophie, ne le prends pas mal, mais notre relation – non pas sur le plan émotionnel, mais légalement – est ambiguë.

Le ventre de Grace tressaillit et se chargea d'acide. Elle était pratiquement sûre de savoir où ils voulaient en venir. Elle l'espérait, en tout cas. Mais avec les gens – même les gens bien – on ne sait jamais.

En plus, elle avait lu suffisamment de *Bulfinch's Mythology* pour savoir que les fins heureuses étaient réservées aux bébés.

Donc, si elle se trompait, inutile de se faire honte et d'embarrasser tout le monde. Elle afficha son sourire le plus calme.

– Que dirais-tu d'officialiser la situation ?

– Il veut parler d'adoption, chérie, précisa Sophie. Si tu es d'accord, nous aimerions que tu deviennes légalement un membre de notre famille, Grace.

Ce même ventre qui s'était noué s'épanouit pour s'emplir d'une chaleur douce comme le miel. Comme si une belle lumière – une lumière apaisante et tamisée – venait de lui être implantée.

Elle ne s'était pas trompée ! Un rêve qui devenait réalité ! Elle eut envie de crier, d'applaudir et de hurler sa joie, mais ses mâchoires s'étaient verrouillées et tout ce qui sortit de sa bouche se limita à un petit :

– Si c'est ce que vous voulez.

Oh, quelle stupidité insigne !

– C'est ce que nous voulons, dit Sophie. Mais ce qui importe, c'est ce que toi tu veux.

Grace dut se forcer pour répondre :

– Oui. Bien sûr. C'est ça que je veux. Oui. Merci. Oui.

– Merci à toi, Grace. C'est une expérience magnifique de t'avoir ici avec nous.

Sophie se leva, la serra contre elle et l'embrassa sur le sommet de la tête. Malcolm lui aussi était venu se planter derrière elle et elle sentit sa main massive se poser délicatement sur son épaule avant de se retirer.

Grace savait que son corps s'était raidi, alors même qu'elle aurait dû réagir différemment – de façon plus appropriée –, mais quelque chose la retenait. Comme une barrière, une digue neurologique – quel nom lui donnait le livre de psychologie ? –, un *septum*, qui se serait inséré entre son cerveau et sa bouche.

– C'est magnifique pour moi aussi, dit-elle. (Avant d'ajouter :) Vous êtes deux êtres merveilleux.

– C'est tellement gentil, dit Sophie en lui embrassant les cheveux une fois encore.

– Allons, allons, dit Malcolm. Je veux un peu du gâteau qui reste d'hier soir.

Finalement, le sujet des études universitaires et de leur financement fut laissé de côté et Grace se demanda si Malcolm et Sophie avaient le sentiment qu'elle n'était pas encore suffisamment mature.

Quelques jours plus tard, au cours du dîner, Sophie annonça que Ransom Gardener, l'avocat, allait passer vers neuf heures.

– Le hippie aussi ? demanda Grace.

Sophie et Malcolm éclatèrent de rire et Sophie dit :

– Ce bon vieux Mike ? Non, pas ce soir.

Bien, se dit Grace. De toute façon, Leiber ne faisait jamais attention à elle. Ces temps derniers, il arrivait toujours avec son BlackBerry et levait rarement les yeux de son écran.

M. Gardener, en revanche, prenait toujours le temps de la saluer et de lui sourire. Grace se demanda si Leiber était son pupille, quelqu'un avec un handicap dont l'avocat s'occupait. Quelqu'un dont les parents biologiques n'étaient pas aptes. Ou complètement indifférents, ils avaient dû avoir l'impression de se débarrasser d'un mec un peu tordu.

Les avocats faisaient ça ? Grace supposa qu'ils faisaient n'importe quoi du moment que ça rapportait assez.

Gardener arriva à l'heure en costume trois-pièces noir et épaisse cravate en soie or, deux grandes mallettes à la main. Plutôt des valises en réalité.

– Bonsoir, Grace.

– Bonsoir, maître.

Il soupesa ses valises :

– Voilà ce que nous faisons, nous autres avocats, nous rendons compliquées les choses simples.

Sophie les entraîna vers la grande table de la salle à manger où elle avait posé des cookies et de l'eau minérale. Malcolm apparut, comme sur un signal, et tout le monde s'assit.

Ransom Gardener fut le premier à prendre la parole, tout en sortant une liasse de feuilles d'une de ses mallettes.

– Mes félicitations, Grace. J'ai ici tous les papiers pour votre adoption. Vous êtes mineure, mais quelqu'un de votre âge, doté d'un cerveau tel que le vôtre, a besoin de savoir à quoi il s'engage. Donc, s'il vous plaît.

Il glissa les papiers vers Grace.

– Je suis sûre que c'est parfait, dit-elle.

– Je les lirais si j'étais toi, dit Malcolm. Tu ne peux pas savoir si, en signant, tu ne fais pas don de tes livres et de tes habits à Hare Krishna.

Ransom Gardener gloussa. Sophie sourit, Grace également. Tout le monde était à cran, mais chacun veillait à feindre une insouciance de bon aloi.

Grace se saisit des papiers. Petits caractères, grands mots : quel ennui de devoir se taper tout ça.

– Oui, chérie, dit Sophie, je te l'accorde, c'est la barbe, mais apprendre à être méticuleux face à des documents est un talent utile.

– La rançon du succès, dit Malcolm. À moins que tu ne sois avocat.

– Allons, allons, intervint Gardener. Malheureusement, tu as raison, Malcolm.

– Maintenant et toujours.

Grace lut. Les documents étaient pires que ce qu'elle en attendait, répétitifs, verbeux, ennuyeux, dépourvus de toute humanité. Le tout aboutissant en conclusion, à la dernière page, au fait que Malcolm Albert Bluestone et Sophia Rebecca Muller (susnommés « les requérants ») désiraient adopter Grace Blades (susnommée « ladite mineure »).

Une déclaration d'évidence qui assassinait au passage la langue anglaise. Grace savait qu'elle ne serait jamais avocate.

Elle termina sa lecture et dit :

– Clair comme de l'eau de roche. Merci d'avoir pris le temps, maître.

Gardener sursauta sur son siège.

– Eh bien ça, c'est une première. Quelqu'un qui m'apprécie.

– Un petit manque émotionnel, peut-être, Ran ?

Gardener gloussa une nouvelle fois et fit mine de boxer l'épaule de Malcolm. Leur petit jeu suggérait des rapports étroits. Gardener avait les cheveux blancs et des joues creuses, comme si sa denture présentait des manques, et Grace l'avait toujours considéré comme un vieux. Mais en le voyant à côté de Malcolm, elle comprit qu'ils devaient avoir à peu près le même âge et pouvaient être amis depuis longtemps.

Ou alors elle venait juste d'assister à un échange de plaisanteries entre deux hommes sociables. Comme ils ne se fréquentaient pas en dehors de leurs rencontres à domicile, elle avait toujours présumé qu'ils ne parlaient que d'affaires, privilèges et obligations de gens riches.

Mais aussi, Malcolm et Sophie ne recevaient jamais personne chez eux. Absolument jamais.

Encore un détail qui rendait la vie avec eux idéale.

– Eh bien, dit Gardener, je vous en sais gré, jeune dame. Et comme je l'ai dit, vous êtes mineure, ce qui vous donne malheureusement bien peu de droits sur le plan légal. J'ai cependant rédigé un bref document que j'aimerais vous faire signer, si vous êtes d'accord. Il ne vous engage à rien, mais j'ai eu le sentiment que vous le méritiez, en raison de votre grande intelligence.

Une feuillet glissa sur la table.

Le même jargon juridique abscons. Mais une page qui disait que Grace savait ce qu'elle faisait et qu'elle consentait à devenir la fille adoptive de Malcolm et de Sophie.

Elle signa, de sa plus belle main, en grosses et belles lettres. En songeant : *Voici le document le plus important de toute mon existence, fais en sorte que ce soit lisible et élégant. Mémorable, à la façon de John Hancock*[1].

Ma déclaration de merveilleuse dépendance.

1. Le premier à avoir signé la Déclaration d'indépendance, en 1775.

Rien ne changea vraiment, pas la moindre pression pour qu'elle les appelle P'pa et M'man, aucune référence à son nouveau statut légal. D'un côté, elle appréciait. De l'autre, elle se sentait un peu déçue.

Qu'avait-elle espéré ? Des pantoufles de vair et un carrosse-citrouille ?

Les jours de semaine, le petit déjeuner était une affaire personnelle. Chacun se levait à son heure et Malcolm expédiait cette étape. Sophie essayait de trouver un peu de temps avant que Grace ne se rende à pied à Merganfield : elle s'asseyait avec elle et grignotait ses céréales en avalant un jus de fruits – des oranges du jardin pressées par ses soins –, mais ses horaires sur le campus rendaient souvent la chose impossible.

Plusieurs matins après la signature des papiers d'adoption, Grace descendit pour trouver la table du petit déjeuner dressée comme pour une grande occasion : nappe amidonnée, œufs mollets dans des coquetiers en porcelaine, plat de fromages français disposés avec soin et triangles de pain complet grillé alignés dans leur présentoir en argent. Café *et* thé, l'erreur n'était plus permise.

Malcolm et Sophie étaient déjà assis. Encore une séance plénière ? Oh, Seigneur. Grace savait très bien que sa réaction était d'une ingratitude cruelle, mais parfois, elle ne voulait qu'une chose, qu'on la laisse seule avec ses pensées et ses fantasmes.

Ce matin, c'était plus une question de fatigue : elle n'avait pas beaucoup dormi, alternant entre envolées d'allégresse et tourments d'angoisse. Que signifiait réellement son nouveau statut ? Est-ce qu'à un stade donné, ils voudraient qu'elle les appelle M'man et P'pa, attendaient-ils simplement le moment opportun ?

M'man et P'pa.

Mère et Père.

Mater et Pater.

Vos Seigneuries… Était-elle maintenant officiellement une princesse du Bullocks Wilshire et de Saks Cinquième Avenue ? Avait-elle jamais été autre chose depuis son arrivée à June Street ?

Un prince allait-il apparaître, maintenant qu'elle était socialement établie ?

Resterait-il prince ou se transformerait-il en grenouille quand elle l'embrasserait… pis encore, en crapaud ?

En lézard.

En serpent.

Qu'est-ce que tout ça signifiait ?

Et la question la plus terrifiante de toutes : *Est-ce que c'était un rêve ?*

Non, ce n'était pas possible.

Était-elle quelque chose de plus qu'une invitée d'honneur ?

Était-ce même important ?

Là, à la table du petit déjeuner, Grace se frotta les yeux et s'assit.

– Une nuit difficile ? demanda Sophie.

Comme si elle comprenait.

Peut-être était-ce le cas. Et Malcolm, lui aussi comprenait-il ? Il était psychologue, formé à déchiffrer les émotions, même si, à dire vrai, il lui arrivait parfois d'oublier complètement le monde alentour. C'était Sophie la clairvoyante. Celle qui avait commencé par lui choisir ses vêtements avant de se mettre en retrait progressivement pour lui permettre d'assumer ses propres choix.

Sophie prenait ses rendez-vous chez le médecin, le dentiste et le coiffeur. C'est Sophie qui avait trouvé la pédiatre, et maintenant, une gynécologue, une jolie jeune femme du nom de Beth Levine qui l'avait examinée avec délicatesse et lui avait proposé des pilules contraceptives.

C'est à Sophie qu'elle souriait en cet instant.

– Je vais très bien. Ç'a l'air appétissant.

Elle mangea un peu d'œuf, grignota un morceau de toast, but pratiquement sa tasse de café. Puis elle s'arrêta et leur sourit. Pour leur faire savoir qu'elle était patiente et attendait gentiment d'apprendre ce qu'ils avaient en tête.

Mais par pitié, pas de nouvel étalage d'émotions, je vous en prie, plus ça. Oui, le destin lui avait souri en lui faisant un avenir en or, mais à un moment donné, c'était comme lorsqu'on mange trop. Il y avait un prix à payer, brûlures d'estomac et sommeil agité.

– Nous nous sentons merveilleusement bien à tout point de vue.

– Moi aussi. Merci.

– Pour nous, ton bonheur est le seul remerciement qui vaille, Grace. C'est nous qui devrions te remercier…

– Oui, intervint Sophie, mais il faut que nous parlions de l'université. À la façon dont je vois les choses, il n'y a qu'une alternative : soit tu passes encore une année scolaire à Merganfield, à vrai dire pour retarder l'échéance, et si tu choisis cette option, tu es encore largement en avance sur le cursus. Soit tu fais une demande pour une entrée universitaire au printemps et, si tu es acceptée, il ne te reste qu'un seul semestre à Merganfield. Tu aurais tout juste seize ans à ton entrée à l'université, mais si cela te paraît intimidant, je… nous comprendrons. La seule chose que nous voulons, c'est que tu ne t'ennuies pas.

– Je pourrais trouver un boulot.

– Un boulot ? dit Malcolm. Laisse-moi te dire une chose, le travail est très surévalué.

Il gloussa et se tourna vers Sophie pour voir si elle appréciait. Mais elle resta impassible, les yeux fixés sur Grace.

– Quel genre de boulot ? demanda-t-elle.

– Je n'y ai pas vraiment réfléchi, je propose ça comme une possibilité, c'est tout.

– Voudrais-tu avoir un peu de temps pour y réfléchir, chérie ? Même si, franchement, je ne suis pas sûre que tu puisses trouver autre chose qu'un petit job dans un fast-food. Non parce que tu n'as pas de qualifications. C'est simplement que les choses se passent ainsi dans ce pays.

– Retourner des burgers, hum, dit Grace.

Quelques flashs de restes de restaurant dans un mobil-home la firent vaciller.

– Peut-être pas alors. C'est comment les entrées de fac au printemps ?

– C'est difficile à faire aboutir, chérie. Et socialement, tu peux te retrouver en difficulté parce que tu pénètres dans un environnement où tous les autres étudiants ont eu des mois pour faire connaissance.

Comme si j'allais chercher à me socialiser plus que vous ne le faites. Plus que je ne le fais aujourd'hui.

– Qu'est-ce qu'il y a de si difficile à faire aboutir ?

– Les collèges et les universités sont les institutions les plus procédurières qui soient et leur fonctionnement dépend essentiellement des entrées de septembre. Elles font des exceptions, mais celles-ci ne sont pas légion.

– Il doit bien y avoir des places qui se libèrent quand des étudiants abandonnent.

– Il y en a, effectivement, dit Malcolm, mais elles sont surtout prises par des transferts d'autres universités.

– Néanmoins, comme je l'ai dit, des exceptions sont faites. Pour des élèves comme toi, dit Sophie avant de se mouiller les lèvres. Je vais être franche, chérie : nous avons pris la liberté de nous renseigner et, bien que ce ne soit pas certain, il existe une possibilité. Mais il y a un problème.

– Lequel ?

– Tes choix seraient limités. Il n'y a que deux établissements dont Malcolm et moi ayons reçu des réponses positives : USC et Harvard.

– Où vous travaillez et où vous avez étudié, dit Grace.

– *Go Crimson*[1], dit Malcolm.

À l'entendre, on aurait cru que rien n'avait moins d'importance que d'étudier à Harvard. Cependant, il lisait tout ce que Harvard lui adressait et rédigeait de temps à autre un chèque pour diverses dotations.

– En fait, dit Sophie, je suis allée à Radcliffe, les femmes n'étaient pas acceptées à Harvard à l'époque, mais oui, ce sont des endroits où nous avons des contacts personnels. L'université de Princeton pourrait être une possibilité, mais aussi bien elle que celle de Stanford refusent de s'engager, à un niveau où, personnellement, cela ne me gênerait en rien de prendre le risque. Ce qui signifie que, si nous refusons USC et Harvard, il pourrait bien ne rien rester.

– USC et Harvard, dit Grace. Il existe des choix bien pires.

– Il faut que tu comprennes une chose, lui dit Malcolm. Si tu réussissais à supporter l'année entière à Merganfield et faisais ta demande pour la rentrée d'automne, il est très probable que tu serais prise partout. Les facs de l'Ivy League, Stanford, là où tu choisirais d'aller. Nom d'un chien, une fac qui serait assez stupide pour ne pas te prendre ne te mérite pas.

– Donc, dit Sophie, tu réduis tes options, considérablement.

Je vis dans un monde réduit. Les limites me gardent en sécurité.

– Je comprends, dit Grace. Mais, faites-moi confiance, c'est super, ça me convient parfaitement. Laquelle devrais-je choisir, à votre avis ?

– Nous ne pouvons pas prendre cette décision, chérie. Elle te revient de droit.

1. *Crimson*, littéralement « pourpre » ou « cramoisi », est devenu la couleur de Harvard. Go Crimson est le nom du site officiel de l'association sportive de l'université de Harvard, Harvard University Athletics.

– Très bien, donc. Que diriez-vous de quelques paramètres ?

Utilisant un mot qu'elle avait appris dans un des livres de statistiques de Malcolm. Un mot magnifique, elle le plaçait à Merganfield chaque fois qu'elle le pouvait. Même avec Sean Miller. *Le temps est venu de quelques nouveaux... hem... paramètres.*

– L'USC, dit Malcolm, est une superbe, vraiment superbe institution. Harvard, c'est… Harvard.

Il semblait avoir du mal à s'expliquer et Grace voulut lui sauver la face.

– Pourrais-je être candidate aux deux ?

– Désolé, mais non, l'une et l'autre insistent sur le fait que l'acceptation équivaut à un engagement ferme.

– C'est donc moi qui cours tous les risques.

– Bienvenue dans le monde des études supérieures, Grace.

– Revenons un peu en arrière, dit Sophie. En te donnant quelques paramètres. Bien au-delà du simple niveau académique, nous parlons là de deux réalités différentes. Ne se compare que ce qui est comparable. Dans un cas, tu resterais à L.A., tu aurais le choix entre être en dortoir ou continuer à vivre ici. Dans le second cas, tu serais à l'autre bout du pays et tu apprendrais à vivre sous un climat extrêmement froid… (Elle sourit.) Même si je suppose que l'occasion de porter de beaux vêtements chauds et agréables n'est pas si mal. Pense à la laine d'agneau, chérie.

Grace lui sourit en retour.

– Aurais-je la même qualité d'enseignement ?

– Tu recevrais un enseignement excellent dans les deux endroits, répondit Malcolm. Le lieu importe peu, en fait, l'ingrédient primordial c'est toujours l'étudiant, pas la faculté. Il y a plein de gamins intelligents à l'USC, mais c'est plus… hétérogène. Harvard a son lot de gens stupides, mais il est probable que tu y trouveras plus d'individualités proches de ton niveau.

Qui s'en soucie ?

– Il y a aussi, dit Sophie, et le seul fait de le dire me fait frissonner, la question du prestige. Employeurs et autres accordent beaucoup de poids à un diplôme de Harvard.

– Bien plus qu'il ne le mérite, dit Malcolm. Je n'en savais strictement rien quand j'ai eu mon diplôme. Ce qui n'a pas empêché les cabinets de recrutement de vouloir m'engager.

– Vous êtes resté là-bas pour votre thèse, dit Grace.

– En effet. J'avais envisagé d'aller à Chicago ou à Oxford, mais j'ai rencontré une superbe fille de Radcliffe qui faisait elle aussi sa thèse à Harvard, dit-il avant de hausser les épaules. Le reste, c'est de l'histoire domestique.

– C'est son petit côté romantique, dit Sophie. Il raconte cette histoire à tout le monde. La vérité, c'est qu'il avait pris sa décision bien avant de me rencontrer.

– Je conteste.

– Chéri, tu sais qu'on en a déjà discuté. Quand on a déménagé et que j'ai vidé l'appartement, j'ai vu la correspondance que tu avais échangée avec le Pr Fiacre.

– Les lettres de demande de renseignements, répondit Malcolm, ne sont pas des lettres de motivation.

Sophie lui fit signe de se taire. Leurs doigts se touchèrent. Parler de leurs années d'étudiants, même brièvement, leur avait rosi les pommettes.

Peut-être que Harvard était un endroit intéressant.

– Que diriez-vous si je restais à L.A. ?

– Nous serions bien sûr ravis, dit Sophie. Quoi que tu choisisses.

– La même chose est vraie de Boston ?

Un temps de silence.

– Absolument, répondit Sophie. Nous pourrions aller te rendre visite.

– Nous donner l'occasion de revoir nos vieux lieux de prédilection.

Grace attendit.

Sophie comprit son silence.

– Nous sentirions-nous insultés si tu partais ? dit-elle. En te jugeant bien ingrate ? Absolument pas. À ton âge, il est normal d'aspirer à son autonomie.

– Développer un sens de ta valeur personnelle, dit Malcolm. Non pas que tu n'en aies pas, cela va de soi. Mais… c'est un processus progressif. Tu vas grandir. L'image de toi que tu auras à vingt-cinq ans ne sera pas la même qu'à seize.

– Seize, dit Sophie. Je dois avouer que je n'arrête pas de penser à ça. Non seulement tu vas arriver au beau milieu d'une scène sociale déjà bien établie, mais tu seras aussi plus jeune que les autres.

– Mais elle sera également autrement plus intelligente qu'eux, dit Malcolm.

– De quoi aurais-je besoin pour poser ma candidature ? demanda Grace. Dans l'une ou l'autre de ces universités.

– Remplir un formulaire, envoyer tes relevés de notes et tes SAT, te présenter à un entretien avec un ancien étudiant.

Cela semblait si simple que c'en était presque pitoyable.

– Il reste le problème de l'argent, dit Grace.

– Tu vivrais à nos crochets, toujours ce vieux truc ? N'y songe même pas.

Grace ne répondit pas.

– Pourquoi ne pas nous intéresser au problème lorsque le moment sera venu ?

– Très bien, dit Grace. J'apprécie le fait que vous m'ayez exposé les incertitudes de chaque possibilité. Je peux prendre deux jours pour réfléchir ?

– De ta part, je n'attendrais rien de moins qu'une réflexion circonstanciée, dit Malcolm.

Grace termina son œuf mollet. Demanda un troisième jour pour paraître vraiment sérieuse.

Mais elle avait déjà pris sa décision.

39

Grace s'arrêta à Monterey, y dénicha un petit restaurant de poisson tout simple où, entourée de familles et de couples déjà âgés, elle refit le plein d'énergie avec du saumon, des frites au four et un pot de café digne de ce nom. Trente-cinq minutes plus tard, elle reprenait la route.

Requinquée, déterminée, sans flics à l'horizon, elle traça.

Juste avant vingt et une heures, sous un ciel clair mangé d'étoiles, elle roula vers le centre de Berkeley au fil de rues animées qu'elle n'avait pas revues depuis des années. Très vite, elle se trouva à nouveau en territoire connu, un sentiment qu'elle accueillit avec bienveillance. À l'époque, elle avait une vingtaine d'années et y faisait fréquemment des sauts en avion pour exposer des communications, coécrites avec Malcolm, à des symposiums d'un sérieux absolu.

Sur le plan professionnel, il n'avait aucun besoin de faire acte de présence, mais, de temps à autre, il s'accordait ce menu plaisir, sa petite contribution de sociabilité au milieu des spécialistes en colloques. Et Grace le suivait pour le plaisir d'être à ses côtés, car elle aimait sa compagnie. Un sourire aux lèvres, elle se souvenait des inévitables après-dîners, quand elle se postait en retrait, un verre de vin blanc à la main, pendant que Malcolm régalait un aréopage d'universitaires généralement aigris d'anecdotes tirées d'une vie pleinement vécue.

Il était tellement différent de tous ces individus, à l'image d'un grand séquoia au milieu d'herbes desséchées.

À ses moments de liberté, elle partait explorer la ville universitaire, intéressante matière pour étudier les faux-semblants. Car Berkeley bénéficiait d'une typographie enchanteresse toute en arrondis, bordée par des collines où arbres et buissons prospéraient sans guère d'entretien, sans oublier les points de vue magnifiques sur l'océan, la baie et le pont, le tout centré sur la vaste étendue vert émeraude d'un campus vénérable.

Les restaurants chics et chers y abondaient – le sobriquet de Shattuck Avenue était le Ghetto gourmet – et les superbes vieilles demeures des quartiers avoisinants, Berkeley Hills et Claremont, remontaient à une époque où la Californie du Nord était le centre financier de l'État. Mais en dépit de tous ces avantages, la ville semblait cultiver un côté miteux, à l'image de ces vieilles douairières issues de familles fortunées qui semblaient s'obstiner à nier la chance d'avoir hérité d'une vie de privilèges.

Le fait qu'elle soit envahie d'étudiants et d'anciens diplômés hippies anarcho-nihilistes qui se refusaient à quitter les lieux n'arrangeait pas les choses. Pas plus d'ailleurs que le climat politique qui tirait profit des jalousies de classe et du politiquement correct, ouvrant les bras aux sans-abri sans pour autant faire quoi que ce soit pour améliorer leur statut.

Mais c'est au volant d'une voiture que l'éthique propre à Berkeley vous frappait de plein fouet. Cinq minutes après s'être engagée dans la ville, Grace dut freiner brutalement pour éviter de pulvériser un piéton qui, d'un bond, venait de quitter le trottoir pour plonger dans le flot de la circulation nocturne.

Sa longue crinière flottant au-dessus d'un beau visage aux traits ciselés, caractéristique des morveux pourris gâtés, le gamin, probablement en deuxième année, lui offrit un large sourire accompagné d'un doigt d'honneur avant de poursuivre son sprint dans la voie opposée. Nouveaux arrêts intempestifs, nouveaux saluts d'un majeur dressé.

Deux blocs plus loin, elle eut droit au même rituel, de la part de deux filles cette fois.

Je marche donc je suis vertueux et les rues sont à moi et allez vous faire foutre avec vos bagnoles dévoreuses d'essence.

À Berkeley, même le moyen de locomotion le plus élémentaire était une déclaration d'intention politique.

Grace poursuivit son exploration vers les secteurs très fréquentés de Telegraph et University et leur vie nocturne encore plus intense avant de virer de bord dans un quartier moins animé en direction de l'immeuble sur Center Street où Roger Wetter Junior et son fils adoptif avaient établi leur quartier général des années auparavant.

Il faisait trop sombre pour distinguer les détails depuis le côté opposé de la rue. Le bâtiment de cinq étages se dressait face à un jardin public entouré d'arbres, mais avec bien peu de végétation en son centre. Au-delà se profilait la masse imposante et sombre de Berkeley High.

En voyant le lycée, elle se rappela que Roger Wetter Junior avait engagé de jeunes truands pour intimider les victimes déjà âgées du tremblement de terre. Est-ce là qu'il avait trouvé ses troupes de choc ?

Une autre idée la frappa. M. Benn, son agresseur au poignard, aurait été un jeunot à l'époque. La probabilité qu'il ait été partie prenante de l'arnaque se précisait.

Plongée dans ses réflexions décousues, elle entrevit du coin de l'œil une silhouette qui rôdait dans le parc.

Un homme ivre vacillant sur ses jambes qui serrait quelque chose dans un sac en papier. Elle continua, fit demi-tour et revint sur ses pas pour se garer près de l'immeuble.

Six niveaux d'appartements, façade en stuc d'un gris sombre indéfinissable. Des cadres noirs aux bords déchiquetés en lieu et place des portes et des fenêtres, un toit presque entièrement inexistant, des chevrons qui pointaient vers le ciel comme des os de poulet éclatés.

Une clôture en grillage bloquait l'entrée et, derrière les losanges du maillage, elle distingua une pelleteuse.

Le panneau blanc sur la clôture était trop éloigné pour qu'elle pût en lire l'inscription. Soudain, un mouvement sur sa gauche l'obligea à se retourner vivement. L'ivrogne se rapprochait. Elle se préparait à partir quand elle le vit se diriger vers l'extrémité du bloc de son pas vacillant.

Elle descendit de voiture et alla examiner le panneau de plus près. Un avis de démolition, un projet de rénovation financé par le gouvernement.

Si Alamo Adjustments existait toujours, elle allait devoir chercher ailleurs.

Ou peut-être pas. C'est surtout M. Venin qu'elle voulait retrouver et s'il était encore propriétaire de l'immeuble et passait de temps à autre pour surveiller l'avancement des travaux à la charge de l'État…

Un bruit de pas traînants dans son dos. La main dans son sac, elle pivota prudemment sur place.

L'ivrogne du parc était de retour et s'approchait d'elle, la main tendue.

Un vieux tout voûté qui puait la gnôle. Elle lui donna un dollar en lui disant : « Dieu vous garde » et poursuivit sa route.

Elle continua de tourner dans le secteur en prenant son temps pour trouver où dormir et fut intriguée de voir un bâtiment sinistre et délabré au beau milieu d'un quartier aussi couru que University Avenue. Elle vit des lettres en néon vert couronnant son entrée.

OLD HOTEL

Un lieu non destiné au jeunisme conquérant ? C'est en s'approchant qu'elle remarqua le S hors service qui manquait à OLD.

Le Olds Hotel occupait un immeuble à fonctions multiples, devantures de magasins en rez-de-chaussée et chambres dans les étages. Une flèche peinte en noir dirigeait le voyageur fatigué vers le haut d'un escalier en béton aux marches crasseuses.

Elle fit le tour du bloc. Le Olds disposait d'un parc de stationnement extérieur sur l'arrière, quasiment vide à cette heure et gardé par une fragile barre en bois. L'entrée était simple. Il suffisait d'appuyer sur un bouton et d'avancer. La sortie exigeait un jeton de l'hôtel.

Elle continua et regagna la façade où elle examina les commerces au rez-de-chaussée. Deux magasins sur la gauche, une boutique de vêtements vintage éventuellement digne d'intérêt. Contrairement au salon de coiffure à tarifs réduits qui la jouxtait.

À droite de l'entrée, bingo : un magasin qui proposait photocopies et impressions en self-service à prix réduits pour thèses et mémoires. Plus important encore : il était ouvert vingt-quatre heures sur vingt-quatre.

Elle se gara en stationnement interdit et y entra. Un garçon assez âgé pour être étudiant l'ignora totalement, absorbé qu'il était par *Game of Thrones*, et elle s'imprima une nouvelle série de cartes professionnelles sur un papier moins luxueux que celles de M. S. Bluestone-Muller, consultante en sécurité.

S. M. Muller, Ed. D.
Expert-conseil en pédagogie

proposait un numéro de téléphone qui correspondait à une cabine payante depuis longtemps défunte située dans le hall d'entrée du bâtiment principal de la bibliothèque publique à Cambridge. À l'époque où elle était étudiante, elle avait utilisé ladite cabine pour appeler un garçon d'Emerson, un aspirant metteur en scène de théâtre rencontré dans un rade de bas étage. Il avait gobé sans problème sa petite histoire – elle était de L.A. et voulait devenir actrice –, elle avait couché avec lui à trois reprises et se souvenait à peine de son visage. Mais le numéro de la cabine s'était gravé dans sa mémoire. C'est drôle, les choses auxquelles on restait accroché.

Elle reprit l'Escape, se gara à l'arrière du Olds Hotel et traîna sa valise dans l'autre escalier, en béton lui aussi et tout aussi crade.

Au sommet, elle déboucha sur un couloir peint en citron vert, aux relents de moisi et moquetté de polyester mal posé couleur kaki.

En façade du bâtiment se trouvait un bureau de réception dans un cagibi vitré. Celui qui l'occupait, indien, pakistanais ou bengali, n'était guère plus vieux qu'un étudiant de seconde année et, tout comme son homologue du magasin de photocopies, il se soucia comme d'une guigne de l'arrivée de Grace et continua de texter comme un fou furieux.

Lorsque celle-ci l'informa d'une voix geignarde qu'on lui avait volé son portefeuille avec toutes ses cartes de crédit, avant de lui demander très poliment s'il voulait bien accepter sa carte professionnelle en guise de pièce d'identité ainsi qu'un règlement en liquide, c'est tout juste si ses pouces lâchèrent le clavier quand il marmonna :

– Hum-mm.
– C'est combien, la chambre ?
Clic clic cli clic.
– Cinquante la nuit, cinq en plus pour le ménage. Nous n'avons que quelques chambres à l'étage.
– Très bien, et le ménage sera inutile, dit-elle en lui tendant deux cents dollars.
Le gamin ignora sa carte fraîchement imprimée.
– Comment vous appelez-vous ?
– Sarah Muller.
– Écrivez-le, okay ? dit-il en lui glissant le registre.
Elle y gribouilla un nom et il lui tendit une clé attachée à une bouteille de lait miniature en plastique.
– Vous voulez du jus d'orange demain matin ? Nous ne servons pas de petit déjeuner, mais je peux leur dire de vous laisser du jus de fruits sauf qu'il ne sera pas pressé de frais, juste une bouteille.
– Ce ne sera pas nécessaire non plus. Du café, c'est possible ?
Le gamin lança un regard désabusé vers l'escalier en façade tout en poursuivant son cliquetis.
– Peets, Local 123, Café Yesterday, Guerrilla Café, vous voulez que je continue ?
– Merci, dit Grace. Puis-je présumer que vous disposez du wi-fi ?
– Ici en bas c'est okay, répondit-il. Là où vous serez, ça craint parfois.
Ses doigts pianotèrent plus vite. Il s'arrêta pour lire une réponse. Ricana bizarrement.
Grace inspecta la clé et vit son numéro de chambre : 420.
– C'est juste la 42, expliqua-t-il. Je ne sais pas pourquoi ils y ajoutent un zéro.
– Dernier étage ?
– Il ne reste que celle-là, ou une autre.
Il continua de taper. Dit : « Clown », puis « Loser », puis « Connard ».

Étonnamment vaste, la chambre sentait le désinfectant mêlé à des relents éventés de pizza. Les lits jumeaux recouverts d'un dessus floral aux couleurs criardes étaient séparés par une table de nuit en aggloméré qui abritait une bible à laquelle manquaient la plupart des pages. Deux lits, mais sur le matelas de droite, un seul oreiller, aussi bosselé qu'une éruption cutanée et remis en forme au petit bonheur la chance.

Les murs en crépi étaient peints en vert. Les rideaux assortis aux couvre-lits ne se fermaient pas complètement, révélant un store jaune déchiré. Néanmoins, pas de lumière ni de bruit intempestifs. La fenêtre qui donnait sur le parking la protégeait du vacarme de University.

Une commode, du même faux bois fragile. Des cadavres de poissons d'argent dans le premier tiroir, les autres propres et doublés de papier kraft.

La salle de bains était étriquée, carrelée d'hexagones blancs fissurés avec des taches grises et jaunes et des traces de rouille. Une serviette blanche presque translucide était ornée d'un OH brodé. Le tub aurait parfaitement convenu à un garçon de huit ans. La douche crachota un liquide brun dont l'écoulement se dilua finalement en un filet d'eau claire. La cuvette des toilettes, sans couvercle, sifflait.

Parfait.

Elle s'endormit.

Elle se leva à sept heures trente le lendemain matin, parfaitement en forme. Elle alluma son portable et constata que le wi-fi était aussi déficient que prévu. Après une douche tiède et sans attrait, elle s'habilla, jean, bottes à semelles en caoutchouc et pull en coton couleur anthracite, en laissant ses perruques dans ses bagages. Elle flanqua son petit Beretta et ses munitions au beau milieu de sa valise avant de recouvrir le tout de vêtements.

L'arme n'était pas vraiment à l'abri d'un cambrioleur, mais un voyou de bas étage devrait d'abord ouvrir le bagage et y jeter un coup d'œil.

Le Glock et l'ordinateur se retrouvèrent dans le fond de son sac.

Il était temps d'aller manger un morceau.

Un matin frisquet, University déjà envahie par les piétons.

Un point commun entre les jeunes de l'université et les rebelles autoproclamés : leur gourmandise. Le choix entre les différents types de cuisine était sidérant et Grace finit par s'offrir un menu choisi : jambon de Parme, oignon doux, omelette au piment vert, épaisses tranches de pain au levain importé de l'autre côté de la baie de San Francisco, un verre de jus de mandarines fraîchement pressées, et du café honnête, dans un établissement qui se voulait local, bio, développement durable et opposé à toute forme d'activité militaire.

Une fois sustentée, elle rendit visite à la boutique de vêtements d'occasion voisine de l'hôtel et y dénicha un caban pas trop crasseux pour trente dollars. Elle passa à un carton de chapeaux pas très frais et se rabattit sur un bonnet de ski beaucoup trop grand, en laine grise et douce, qui avait échappé aux moisissures et ne sentait pas le rance. Mais son nez subtil perçut néanmoins un faible soupçon de laque et elle espéra que sa précédente propriétaire était une fille élégante et méticuleuse. Elle en inspecta l'intérieur à la recherche d'éventuelles lentes ou autres petites choses dérangeantes, ne trouva rien de fâcheux et marchanda avec le caissier un prix de cinq dollars.

Le bonnet lui couvrit la tête, masquant complètement ses cheveux courts. Sans le moindre maquillage et ainsi vêtue, elle était Berkeley Anonymous.

Elle laissa l'Escape dans le parking de l'hôtel, acheta un exemplaire de l'*Examiner* et se dirigea vers Center Street. En plein jour, le parc qui faisait face à l'immeuble condamné n'était pas si mal, l'herbe plus verte qu'elle ne l'aurait imaginé, les arbres en périphérie énormes, élégants et bien touffus. À l'arrière-plan, des bandes de jeunes près du lycée, criant et chahutant comme on l'attend de la part de jeunes adolescents.

Aucune activité derrière la clôture en grillage. Grace examina de plus près la déclaration de travaux. Le bâtiment avait été condamné et les permis accordés pour un projet intitulé Municipal Green WorkSpace[1]. Des tas de tampons officiels, ville, comté et État. Des ajouts au marqueur bleu donnaient le nom de l'entreprise, DRL-Earthmove[2]. Les travaux devaient censément se terminer dans les dix-huit mois, mais vu leur état d'avancement, la date inscrite sur le permis semblait des plus fantaisistes.

Les modifications prévues incluaient « un équipement antisismique ». Mais comme une chute trop prévisible à la fin d'une plaisanterie, l'ironie était trop facile et guère satisfaisante.

Grace traversa la rue pour s'installer dans le parc. Il n'y avait que trois bancs pour un aussi vaste espace, dont deux occupés par des sans-abri. Le dernier était libre, avec une vue oblique sur le chantier de rénovation.

Elle s'assit, se cacha derrière son journal et passa son temps à jeter de brefs coups d'œil, toujours infructueux.

Il s'écoula presque une heure et elle se préparait à partir en envisageant de revenir dans l'après-midi quand une voix derrière elle lança :

– Vous aideriez un ami ?

1. Espace de travail vert municipal.
2. Littéralement, qui remue la terre.

Elle se retourna lentement. L'homme debout derrière son banc était tout dépenaillé et sa peau avait cet aspect de steak saisi presque à vif caractéristique des gens qui vivent dans la rue.

Il tendait la main, comme de bien entendu, aucune subtilité de ce côté-là. Mais ce n'était pas le pochard titubant de la veille, celui auquel elle avait donné un dollar, qui revenait à la charge.

Celui-ci était plus petit, peut-être un mètre soixante, légèrement bossu, avec une barbe blanche de plusieurs jours, deux favoris maigrichons et un œil gauche laiteux.

Grace lui donna un dollar.

Il regarda le billet.

– Merci profondément, ma fille, mais cela ne me permettra même pas de m'offrir un café dans cette bourgade où les fêlés de grande cuisine règnent en maîtres.

Grace le regarda bien en face, prête à un duel de regards. Il sourit, lui offrit une petite gigue. Un clin de son œil valide. Dont l'iris était étonnamment vif, couleur d'un ciel clair au-dessus de Malibu. En y regardant de plus près, elle put constater que sa tenue trop grande pour lui et tout effilochée avait jadis été de qualité : veste à chevrons grise, gilet en shetland marron, chemise et T-shirt blanc sur blanc, pantalon en sergé vert olive cassé sur les chaussures, revers traînant au sol. Même d'aussi près, aucune odeur de gnôle.

Et il avait les ongles propres.

Il arrêta sa petite danse.

– Pas suffisamment impressionnée ? Un tango, ça vous dirait ?

Incliné bas vers la terre, il fit ployer une partenaire imaginaire et, bien malgré elle, Grace dut sourire. La première personne qui la distrayait depuis… bien longtemps.

Elle lui donna un billet de dix dollars.

– Tant que ça ! Pour ce prix, je vais chercher du café pour tous les deux.

– Moi, ça va, faites-vous plaisir.

Il lui fit une profonde révérence.

– Merci, ma grande.

Grace le regarda filer au trot et décida de rester encore un moment sur son banc. Comme si le vieux clodo avait remonté son obstination d'un cran.

Elle eut beau patienter, au bout de trente-cinq minutes, elle n'avait toujours rien. Elle repliait son journal en s'assurant que son Glock restait bien accessible à l'intérieur de son sac quand Petit Monsieur Borgne revint en lui fourrant quelque chose dans la main. Une petite boîte en carton contenant, posé sur un papier paraffiné, un croissant à l'arôme délicieux, tout juste sorti du four d'une boulangerie appelée Chez Machinchose.

– Merci, lui dit-elle, mais je n'ai vraiment pas faim.

– Tsss, lui dit M. Borgne. Gardez-le pour plus tard.

– D'accord, répondit-elle.

Elle commença à se lever.

– Pour quelle raison examinez-vous avec tant de soin ce trou infernal ? lui demanda le vieil homme voûté.

– Quel trou infernal ?

– Celui-là, cette filouterie, cette malversation absolue, cette aberration directement tétée au sein de la chose publique, la vache à lait de tous les escrocs. Vous l'observez depuis que vous êtes arrivée. Ou est-ce que je me trompe ?

– C'est une arnaque, hein ?

– Puis-je ? demanda-t-il en montrant le banc.

Grace haussa les épaules.

– Plutôt froid comme accueil, dit le petit homme, mais comme on dit, difficile de faire la fine bouche quand on mendie, et tout ce qui s'ensuit…

Il prit place aussi loin d'elle que possible et s'attaqua au croissant à petites bouchées, sans cesser un instant d'en brosser les miettes.

Un clodo maniaque. Ses chaussures étaient des richelieus très abîmées, ressemelées une multitude de fois.

Son croissant terminé, il lui demanda :

– C'était quoi votre spécialité à la fac ? Vous avez bien fait des études universitaires ?

– Effectivement.

– Ici ?

– Non.

– Qu'avez-vous étudié ?

À quoi bon mentir ?

– La psychologie.

– Dans ce cas, vous devez connaître le postulat de Hebb, Friedrich August von Hayek.

Grace fit non de la tête.

– Ah, les gamins d'aujourd'hui, dit-il en rigolant. Si je vous disais que j'ai étudié l'économie avec Hayek, vous ne me croiriez pas, donc inutile que je gaspille ma salive.

– Pourquoi ne vous croirais-je pas ?

– Eh bien, c'est la vérité, ma grande, dit-il avec un large sourire, résolu à poursuivre son monologue. Jamais eu le moindre problème avec l'accent du bonhomme – Frédéric le Grand. Pas comme certains. Essayez de démontrer la fausseté de ce fait avéré, ma fille, et vous finirez perdante, je ne vous dis que la stricte vérité. Vous pouvez vous montrer évasive quant à vos prétendues études, mais moi, je n'ai rien à cacher. J'ai suivi des cours dans un tourbillon d'éclectisme en planant dans mon pays imaginaire, les années 1960, avant que Leary et Laing ne rendent la folie socialement acceptable.

Il se tapota la tête.

– J'étais né trop tôt et, à ce stade, ils me parlaient déjà là-dedans en m'obligeant à les ignorer. Je fuyais comme la peste la nourriture et l'eau des jours d'affilée, je suis resté sans compagne pendant un siècle, je traversais le campus chaussé de sacs en papier et j'évitais le *I Jing*. Malgré un placard plein de vêtements pour hommes et une mère anglicane. Néanmoins j'ai appris ma science sociale.

Il attendit. Grace garda le silence.

– Oh, n'importe quoi, finit-il par dire. Oukla ? Palmiers et pédagogie ?

Grace le fixait sans dire un mot.

Il lâcha un profond soupir, il devait se sentir frustré.

– Oukla ? Campus numéro deux ? En présumant que c'est cet endroit-ci le numero *uno* ?

Il fallut un moment à Grace pour décoder.

– UCLA.

– Enfin ! *Sí*, *sí*, les terres sauvages de Westwood, avant que les hippies et les libertins n'en aient pris possession. Avant que tout le monde ne parle que de justice sociale sans que quiconque lève le petit doigt pour résoudre le problème. Plus exactement la prétendue justice. Nous connaissons tous la moralité des magnats manipulateurs du cinéma.

Sa main flétrie se tendit vers le chantier de construction.

– Une illustration parfaite.

– Vous n'approuvez pas.

– Il n'est pas de mon ressort d'approuver ou pas, ma fille, les dés sont jetés.

– En ce qui concerne le projet.

Il se rapprocha d'elle, brossant toujours ses miettes inexistantes.

– Il s'agit ici de perfidie fondée sur l'hypocrisie, le mensonge et l'imposture à double visage. Le propriétaire précédent de ce tas de boue sans vraiment de charme était un scélérat qui a eu l'élégance de mourir, non sans avoir fait auparavant preuve d'un bien piètre jugement en devenant le géniteur d'un scélérat de seconde génération qui se targue à tous vents désormais de justice sociale en graissant la patte aux politiciens engagés vers le progrès. Toujours la même histoire, non ? Caligula, Poutine, Aaron Burr, au hasard nommez n'importe quel conseiller municipal de seconde zone à Chicago.

– La politique corrompt…

– Imaginez un peu, ma fille. Vous héritez d'un gros tas de briques tout délabré, que devriez-vous en faire… ? Hum, dois-je vraiment réfléchir à la question ? Je sais, vendons-le à la municipalité pour une somme exorbitante avant de proposer un projet visant à bâtir des cagibis destinés à encore plus de bureaucrates et en nous débrouillant pour nous placer personnellement comme maître d'œuvre de l'ouvrage ?

Grace avait désormais toutes ses antennes déployées.

– Un espace commercial proposant plusieurs services, tous regroupés au même endroit, c'est ça ? Mais il semblerait qu'il n'y ait pas eu grand-chose de fait pour l'instant.

Il fronça les sourcils.

– Fut un temps où un homme pouvait y trouver refuge.

– Dans ce bâtiment ?

Trois hochements de tête secs et brefs.

– Fut un temps.

Donc cet endroit avait servi de squat.

– Quand cela s'est-il arrêté ? demanda-t-elle.

– Quand la tradition familiale a repris du poil de la bête.

– Quelle tradition ?

– N'avez-vous donc pas suivi attentivement ?

Grace lui adressa un regard impuissant.

– Très bien, dit-il, je vais aller doucement et m'exprimer clairement – où avez-vous dit que vous étiez allée à l'université ?

– À Boston U.

– Pas du niveau de Harvard, hein ? Très bien, vous êtes trop jeune pour vous rappeler, mais il était une fois, un glissement déplaisant de plaques tectoniques a provoqué une dévastation sans pareille à la surface de la terre sur laquelle nous sommes en ce moment assis. Des ponts se sont effondrés, un match de base-ball a été interrompu, et si ça ce n'est pas cracher à la figure de tout ce qui est patriotique et sacré, je ne sais pas ce qui pourrait l'être…

– Le séisme de Loma Prieta.

Le seul œil opérationnel du vieil homme s'écarquilla.

– On a étudié l'histoire. À BU, pas moins.

– Il ne s'agit pas vraiment d'histoire de l'Antiquité.

– Ma grande, aujourd'hui tout ce qui remonte à plus de cinq minutes est antique. Y compris les messages transférés ici même par les pouvoirs en place, dit-il en se tapotant le front une nouvelle fois.

Il se leva, lissa son pantalon, se rassit.

– Donc les plaques se sont déplacées et les assiettes se sont cassées. Eh, eh ! S'en est suivi un second désastre, l'arrivée des scélérats profiteurs, comme chaque fois que le collectivisme et l'inconscient collectif font collusion pour triompher de la volonté de l'homme… et par homme, j'entends les deux sexes, alors, s'il vous plaît, ma fille, ne venez pas gémir en me parlant de sexisme.

Grace regarda le chantier de construction.

– Les gens impliqués dans cette affaire ont tiré profit du séisme ?

– Les assurances, dit-il. Pour l'essentiel, un jeu de hasard avec de bien rares paiements. Alors que, même à Vegas, les machines finissent par payer, de temps à autre.

– Mais pas eux.

Il pointa un doigt crochu en direction du lycée.

– Dans l'absolu, les jeunes sont bien des sauvages non socialisés, exact ? Majestés, mouches[1], et cætera, s'il y a des gens qui ont les qualités requises pour être passibles de la peine capitale, ce sont bien les ados de quatorze ans. Mais les scélérats se reniflent aisément entre eux et ces majestés des mouches se sont vu confier la tâche de mettre la pression sur les gens ordinaires pour qu'ils ne demandent pas les indemnités auxquelles ils avaient droit.

– Le type en charge du projet a engagé des étudiants pour intimider…

– Ils auraient tout aussi bien pu porter des ceintures d'explosifs. C'étaient des terroristes, ni plus ni moins, et ils ont permis au scélérat en chef d'acheter des biens immobiliers en piteux état pour une bouchée de pain avant de les revendre à qui vous savez.

– Le gouvernement.

– Agence A, Agence B, Agence Zeta – celle-là a d'ailleurs implanté une électrode en iridium juste ici… (il se tapota la tempe droite)… et a essayé de me convertir à l'islam. Heureusement, j'ai vite pigé et j'ai réussi à la désactiver.

Il bâilla, laissa tomber la tête sur sa poitrine et se mit à ronfler.

– Ç'a été un plaisir de bavarder avec vous.

Elle avait fait quelques pas quand elle entendit :

– Quand vous voulez.

1. Référence au roman de William Golding, *Lord of the Flies*, traduit en français par *Sa Majesté des Mouches*.

40

Parfait, elle disposait désormais d'une source qui confirmait ses hypothèses.

À n'en pas douter, le bonhomme était psychotique, mais ses éclairs de lucidité – et d'intelligence d'avant la démence – étaient suffisamment fréquents pour qu'elle le prît au sérieux.

Elle trouva un café Internet sans trop de clients un peu plus loin sur Center Street, commanda un *latte* et un bagel qu'elle n'avait aucune intention de manger et les emporta dans un box en coin. Une gorgée plus tard, assise au milieu d'étudiants et d'autres qui prétendaient l'être, elle se connecta au vaste monde du savoir aléatoire.

Municipal green workplace lui donna une douzaine de réponses, pour l'essentiel des documents du gouvernement rédigés dans la langue de bois des spécialistes de com. Après avoir pataugé dans quelques sections choisies, elle en comprit le sens général : le projet de rénovation était passé sans délai entre les mains de multiples commissions et sous-commissions, il avait été accepté un peu plus d'un an auparavant et le contrat avait été attribué sur la « base contingente d'un appel d'offres spécialisé » à DRL-Earthmove, Inc., de Berkeley, Californie.

De ce qu'elle comprenait, « un appel d'offres spécialisé » signifiait qu'aucun autre concurrent n'était en lice : il avait été estimé que DRL présentait des qualifications uniques : « écosensibilité », « préconnaissance de l'histoire et de l'éthique du site » et « volonté affirmée de privilégier l'emploi local, à savoir les résidents de Berkeley avec contingents réservés pour les candidats des quartiers pauvres d'Oakland et d'autres secteurs proches économiquement désavantagés ».

Grace espérait voir apparaître le nom de Roger Wetter Junior dans les documents, mais le P-DG de DRL et son unique propriétaire était un certain Dion R. Larue. Déçue, elle le chercha sur Google et obtint trois réponses, des entrefilets sur les raouts de levées de fonds auxquels Larue avait participé.

Parmi les bénéficiaires de la générosité du promoteur, elle trouva une coopérative alimentaire locale nommée The Nourishment Conspiracy ; le Trust Trust, un programme de réhabilitation d'anciens membres de gangs ; et le festival du film expérimental de l'université de Berkeley qui s'était déroulé quatre ans auparavant, avec pour thème : « Libération nationale et personnelle ».

Les gens de la Nourishment avaient remercié leur donateur par un banquet végétalien et diffusé les photos sur leur page Facebook.

Grace fit défiler une série de clichés de visages radieux.

Et il était là.

La trentaine, grand, beau et bien bâti, il arborait une tunique en brocard de soie noir et or sur un jean noir. Cheveux blonds jusqu'aux épaules, séparés par une raie centrale, style Jésus anglo-saxon. Un chaume de barbe gris-blond aussi parfait que celui d'une star de cinéma.

Posture décontractée, un verre de liquide orange dans une main, l'autre bras drapé autour des épaules nues et maigres d'une brunette qui allait sur ses trente ans. Pas un canon, mais séduisante. Des pommettes spectaculaires, comme si elles avaient été mises en forme par une cuillère à glace demi-sphérique.

Azha Larue, épouse du grand patron. Nom exotique, mais des traits exclusivement celtes.

Son sourire semblait contraint. Celui de son époux flamboyait.

Mais l'émotion du moment ne le concernait pas : ses yeux le disaient clairement. Perçants, mais étrangement morts. Des yeux qu'elle avait déjà vus par le passé.

À mesure qu'elle examinait la photo, les années s'effacèrent une à une et la réalité finit par s'immiscer. Vingt-trois années s'étaient écoulées depuis le jour où Samael Roi, le Prince Venin adolescent, était arrivé au ranch de Ramona avec ses deux cadets pour y assassiner un garçon handicapé, causant ainsi indirectement la mort de Ramona et réduisant en miettes son propre équilibre.

Vêtu de noir, tout comme aujourd'hui.

Le salopard avait changé de nom. Pour se débarrasser du passif local de son père adoptif ? Si oui, il avait réussi, si on ne prenait pas en compte la mémoire trop lointaine et les associations libres de Petit Monsieur Borgne.

De Roger à Dion… ?

À croire qu'elle venait d'appuyer sur un bouton – le cerveau de Grace décoda, brouilla et rassembla les lettres comme les pièces d'un jeu de société.

Dion R. Larue

Arundel Roi.

Anagramme parfaite.

Oublie celui qui en a fait un homme riche, si Samael est là, c'est pour honorer l'identité de son géniteur. En donnant la priorité à son héritage génétique sur tout ce qui était arrivé depuis la fusillade au Culte de la Forteresse.

Il ne s'agissait plus seulement d'un psychopathe qui se débarrassait d'un passé inconfortable.

Ce qu'elle avait devant les yeux était une tentative de réincarnation.

Désormais, les meurtres de trois couples de parents prenaient un sens cruel bien étrange. Samael Roi en train de rebâtir une enfance passée avec un fou furieux et ses concubines. Dégagés, les vieux, bienvenue aux nouveaux.

Appel d'offres spécialisé, effectivement.

Un vieillard schizophrène pouvait peut-être se souvenir des jours anciens où les ponts s'effondraient et où la terre se fissurait, aussi bien que de l'exploitation des démunis par la famille Wetter, mais dans cette ville qui se targuait tant de défendre les droits civiques, personne d'autre que lui ne semblait être au courant ni s'en soucier.

Rien d'étonnant, supposa Grace, en cet âge d'opportunisme et de réinvention perpétuels.

Une vérité déplaisante lui saisit le ventre : *Moi aussi, j'en ai bénéficié.*

Elle fixait le sourire suffisant de Dion Larue et ne put s'empêcher de penser à lui comme à un compagnon de jeux, perché à l'autre extrémité d'un tape-cul cosmique.

Elle et lui, deux rivaux parfaits.

Elle n'avait pas choisi de livrer bataille. Mais maintenant…

Tout en buvant sa seconde tournée de café, elle modifia l'objet de sa recherche et se concentra sur Andrew né Typhon Roi. Plus convaincue que jamais de ne pas s'être trompée sur les raisons qui l'avaient poussé à chercher de l'aide.

Il avait besoin de nettoyer son propre lignage de malfaisance.

Mais la question restait : lui-même avait-il fait le mal ?

C'est vrai, la proximité entre Palo Alto et Berkeley pouvait aisément expliquer une rencontre fortuite entre les deux frères. Ou aurait-elle inversé la chronologie ? Les fils d'Arundel Roi s'étaient-ils retrouvés plus tôt, avant de se mettre d'accord pour s'installer dans la Bay Area ?

Samael affûtant ses talents de psychopathe.

Typhon, plus intelligent, manifestement moral, travaillant pour se bâtir une carrière professionnelle.

Une alliance déjà installée bien avant le massacre de leurs familles adoptives ? Cette pensée la révulsait, mais il fallait qu'elle l'affronte : l'homme qu'elle avait connu comme Andrew avait pu commettre des actes scandaleux et fini par comprendre que la culpabilité était trop lourde à porter.

Y compris la mort de sa sœur, parce qu'on l'avait jugée trop proche des McCoy pour être intégrée dans le nouveau clan que son frère envisageait de constituer.

La survie d'Andrew/Typhon des années durant après l'élimination de sa petite sœur impliquait-elle qu'il ait été partie prenante de la conspiration ? Ou simplement un témoin silencieux dont le frère aîné était convaincu qu'il ne parlerait jamais ?

Quoi qu'il en soit, il était mort à cause de ce qu'il savait et Grace supposa que ce n'était pas si important. Et pourtant… le moment était venu d'en apprendre plus sur cet homme plaisant et docile qu'elle avait rencontré dans un bar d'hôtel. Mais d'abord, elle devait se renseigner plus avant sur le seul survivant de sa famille.

Elle mordit dans son bagel et chercha tout ce qui pouvait se rapporter à la nouvelle société fondée par Dion Larue. Elle ne trouva aucun autre projet de construction de DRL-Earthmove à Berkeley, mais sept ans auparavant, la compagnie avait remporté un contrat similaire, lui aussi financé par l'État, près de Gallup, au Nouveau-Mexique : la réhabilitation d'un ensemble de magasins à l'abandon en un parc industriel « respectueux de l'environnement » visant à enrichir « la culture locale ».

Le partenaire de Larue avait été un dénommé Munir « Tex » Khaled, un marchand d'art indien. Un appel à Google lui révéla une affaire d'homicide. Khaled avait été retrouvé mort par balle dans le désert près de la frontière mexicaine. Comme le lieu avait des implications évidentes, les rumeurs d'un lien avec le trafic de drogue avaient perduré.

Pour autant qu'elle sache, le meurtre n'avait jamais été résolu. Et il lui fut impossible de trouver la moindre preuve que le projet Gallup fût jamais sorti de terre.

Et cela en dépit d'une cérémonie d'ouverture officielle, un premier coup de pelle en or, à laquelle avaient assisté des politiques coiffés d'un casque de sécurité. Tex Khaled lui aussi avait son casque. L'ancien marchand d'art était un homme petit aux cheveux foncés, la soixantaine, vêtu d'une chemise enfoncée dans un jean trop ample fermé par une énorme boucle de ceinturon en argent ouvragé, une cravate ficelle autour du cou fixée par un cabochon en turquoise disproportionné. À son côté se tenait un Dion Larue jeune qui jubilait, lui aussi avec un casque sur la tête, en chemise-tunique blanche de corsaire largement échancrée en V sur un thorax glabre parfaitement bronzé.

Mais ce ne sont pas les vêtements qui attirèrent l'attention de Grace, ni même la probabilité que Tex Khaled ait posé de son plein gré en compagnie de son meurtrier. Son attention se fixa sur une silhouette debout derrière Larue, légèrement sur la droite.

Tout juste la trentaine, un peu plus grand que la moyenne, des traits grossiers. Rien à voir avec le Beldrim Arthur Benn au crâne rasé qu'elle avait rencontré dans son jardin. Le visage, les longs cheveux et la moustache en broussaille correspondaient à la photo de Benn sur son permis de conduire.

Malgré les sourires de presque toutes les personnes présentes sur la photo, Benn semblait sur ses gardes, l'air presque sinistre. Presque toutes, car il y avait une autre exception : le voisin de Benn, à peu près du même âge et de la même taille, mais deux fois plus large.

Un rhino à la tête en forme d'obus et des cheveux blonds clairsemés, un visage comme un moule à tarte, des yeux bigles et de minuscules oreilles collées au crâne.

M. Balèze. Le truand typique d'un casting de cinéma. C'était peut-être la raison pour laquelle Benn, moins imposant physiquement, avait été envoyé à West Hollywood pour s'occuper d'elle. Laissant Rhino se charger d'éliminer Andrew.

Elle se demanda si le poids lourd était toujours à L.A. – en train de retourner son bureau, peut-être – ou bien ici, avec le boss.

Le portable prépayé qui lui avait servi à appeler Wayne pépia. Le numéro personnel de l'avocat. Elle l'éteignit et poursuivit ses recherches sur DRL-Earthmove.

Rien. Il était temps de changer de sujet pour s'engager en territoire bien connu. Le site Internet du journal interuniversitaire compilant les publications soumises à révision par des pairs lui cracha trois articles signés d'Andrew Van Cortlandt pendant son année de postdoctorat comme enseignant chercheur à Stanford. Trois traités surchargés de mathématiques, explorant les propriétés structurelles de métaux conducteurs sous diverses conditions thermiques et électrochimiques.

Ils étaient tous cosignés par Amy Chan, Ph. D., de Caltech.

Une brève recherche sur Chan révéla qu'elle avait fait son postdoc à Stanford la même année qu'Andrew avant d'accepter un poste d'assistante à Pasadena. Celui-ci n'avait duré que deux ans et elle était aujourd'hui maître-assistante de génie civil, ici même à UC Berkeley.

Le site Internet du département lui offrit le portrait d'une femme avenante qui aurait pu passer pour une élève de terminale, un visage à l'ossature menue encadré par de longs cheveux noirs et une frange rectiligne. Amy Chan avait continué à fouiller le domaine de l'intégrité structurelle et reçu des notes remarquables de la part de ses étudiants de premier cycle.

Grace savait que projeter trop de choses sur un visage – comme sur qui que ce soit, d'ailleurs – était une bêtise.

Mais du portrait de Chan se dégageait un mélange de défiance et de timidité à cause de ses yeux tendres et de son sourire pudique.

C'était le moment de prendre un risque. Elle téléphona au bureau de Chan. Si elle ne lui revenait pas, elle pourrait toujours raccrocher et jeter son portable.

La voix de la femme qui décrocha était un murmure un peu tremblotant.

– C'est bien le Pr Chan ?

Un temps de silence.

– Je suis Amy, dit-elle d'une voix de lycéenne.

– Je m'appelle Sarah Muller, je suis consultante en psychopédagogie à L.A. et j'étais une amie d'Andrew Van Cortlandt.

– Était ? dit Amy Chan. Vous n'êtes plus amis ? Ou… ?

– C'est compliqué, professeur Chan, et je sais que cela va vous paraître étrange, mais je m'inquiète pour Andrew et, si vous trouviez le temps, j'aimerais beaucoup vous parler.

– Vous vous inquiétez à quel propos ?

Grace attendit une seconde.

– Je me fais du souci pour sa sécurité.

– Il est arrivé quelque chose à Andrew ? Oh non…

Des paroles d'effroi énoncées d'un ton égal. Le trémolo avait disparu et Grace releva sa garde, mais la femme insista :

– Que dois-je comprendre exactement ?

– Pourrions-nous nous rencontrer pour en discuter, professeur ?

– Vous ne pouvez pas me le dire maintenant ?

– La dernière fois que j'ai vu Andrew, il m'a paru soucieux. Nerveux. Il a refusé de me dire pourquoi et je n'ai plus eu de ses nouvelles depuis. Il m'a parlé de son travail avec vous, et donc je… Professeur, je préférerais ne pas entrer dans les détails par téléphone, mais si une rencontre vous pose trop de problèmes, je comprendrai…

– Non, dit Amy Chan. Ce n'est pas un problème… (Le trémolo était revenu.) Je viens de terminer mon temps de présence, il me reste encore quelques petites choses à faire. Je suppose que je pourrais prendre une pause.

– Ce sera où vous voulez.

– Que diriez-vous des collines, près de Lawrence Hall – le musée des sciences ? Pas à l'intérieur du bâtiment, juste devant.

Grace connaissait l'endroit. Elle était venue à Lawrence lors d'un de ses voyages avec Malcolm et avait trouvé le musée rempli de gamins. Le site était sur les hauteurs des collines, au-dessus du campus. L'endroit choisi par Chan offrait une vue splendide sur le Golden Gate Bridge et les lignes d'horizon de San Francisco, un panorama propre à attirer les foules.

Le lieu idéal pour rencontrer une inconnue. Cette femme était prudente, mais cela jouerait aussi en faveur de Grace.

– C'est d'accord, dit-elle. Quand ?

– Que diriez-vous de quatorze heures ?

Avant même que Grace ait répondu, la communication fut coupée.

Elle retourna au Olds Hotel où elle reconnut l'arôme caractéristique de la marijuana dans le couloir chichement éclairé. Elle avait fait quelques pas quand la porte d'une des chambres s'ouvrit sur un couple d'une quarantaine d'années qui sortit d'un pas chancelant. Se cognant l'un à l'autre, ils se dirigèrent vers elle, lui mince et noir, elle blanche et épaisse. Grace prit son temps pour s'approcher d'eux, une main dans son sac.

Elle n'était plus qu'à quelques pas quand l'homme lui fit une courbette gracieuse, en disant « *S'il vous plaît*[1] ».

1. En français dans le texte.

La femme gloussa « Je suis d'accord » et s'écarta pour lui permettre de passer.

Dans sa chambre, Grace se changea et choisit une tenue qu'elle estimait convenir à une consultante en pédagogie : chemisier blanc cassé, pantalon gris, cardigan beige, chaussures plates marron. Elle se débarrassa de son bonnet et enfila le postiche brun, qu'elle brossa pour lui donner du gonflant. La perruque se prêta parfaitement au jeu : elle valait son prix, décida Grace, c'était une bonne idée d'avoir choisi de vrais cheveux.

Étape suivante : des lentilles de contact d'un bleu vif qui rendraient ses yeux mémorables, même derrière des verres de lunettes neutres.

Elle vérifia le portable sur lequel Wayne venait de l'appeler et ne trouva pas de message. Décidant que le téléphone avait dépassé son temps d'usage, elle souleva un coin du lit, le plaça sous un pied métallique robuste et s'assit brutalement. L'appareil avait beau être bon marché, il était plus costaud qu'elle ne l'avait imaginé et il lui fallut quatre tentatives de tout son poids avant qu'il n'éclate. Elle sortit les trois bâtonnets de dinde séchée de leur sachet, récupéra jusqu'au plus petit fragment de plastique visible et versa les débris dans le sachet. Elle n'avait pas vraiment faim, mais elle n'était pas non plus rassasiée, aussi décida-t-elle de manger la dinde avant de sortir de son bagage son second portable jetable, puis elle rappela Wayne.

Pas de réponse, pas de boîte vocale. Elle effaça toutes les traces de son appel et consulta sa montre. Plus de deux heures avant le rendez-vous avec Amy Chan. Il y avait un moment qu'elle n'avait pas couru ou fait de l'exercice sérieusement. L'heure de s'offrir une petite balade un peu vivifiante ?

Mais quand elle mit le pied dans University, la pensée de se replonger dans le rythme d'une ville universitaire – toute cette jeunesse, cette philosophie d'autocollants sur pare-chocs, cette rébellion calculée – fut soudain plus qu'elle ne pouvait en supporter.

Elle regagna sa chambre, mit l'alarme à sa montre et s'étendit à plat dos sur le lit affaissé.

Rien ne vaut la solitude pour nourrir l'âme.

41

Après une semaine à Harvard, Grace avait compris. Schématiquement, c'était Merganfield gonflé aux stéroïdes. Même si, pour dire les choses clairement, les petits surdoués de Merganfield étaient plus uniformément intelligents que le corps estudiantin de Harvard.

De ce qu'elle avait observé, ses collègues étudiants avaient deux manières distinctes de réagir à leur bonne fortune d'avoir été admis dans le parangon de l'éducation d'élite américaine. La première était de se montrer honnêtement odieux, glissant « putain » ou « bordel » dans la moindre phrase et arborant la couleur rouge partout où on allait. La seconde était de feindre la modestie. (« J'étudie à Boston. ») L'une comme l'autre de ces deux approches cachaient mal leur suffisance et leur autosatisfaction et, en passant un jour à côté d'un groupe de bizuths, elle avait entendu une fille déclarer :

– Voyons les choses en face, nous allons diriger le monde. Alors pourquoi ne pas le faire avec compassion ?

Elle décida d'adopter une troisième approche afin d'optimiser son temps à Cambridge : rester sur son quant-à-soi et partir de là le plus rapidement possible.

Ce qui impliquait en premier lieu de choisir une spécialité au plus vite – facile, elle s'était déjà décidée pour la psychologie parce que rien d'autre ne lui semblait présenter un quelconque intérêt et Malcolm était un homme heureux –, et ensuite, de régler rapidement le problème des matières obligatoires en s'inscrivant à plus de cours qu'il n'était raisonnable.

Elle pouvait accumuler des unités de valeur supplémentaires en comblant son temps de loisir par des cours Mickey Mouse appelés « GUTS[1] », Greater University Tutoring Service. Elle s'aperçut aussi, à la longue, que les cours prétendument importants ne présentaient pas de difficultés particulières. Le cliché sur Harvard n'était que la stricte vérité : le plus difficile était d'y entrer.

En revanche, si bonnes notes et examens allaient de soi, la façon dont l'université élaborait sa structure sociale était un vrai problème. Les étudiants de première année se voyaient systématiquement affectés à des dortoirs pour bizuths. Après quoi, les choses se compliquaient.

Le dortoir de Grace avait pour nom Hurlbut Hall et surplombait Crimson Quad. Elle eut la chance d'y obtenir une chambre individuelle de taille décente avec un vieux bureau branlant, une cheminée fatiguée et une belle vue sur la pelouse, les arbres et les murs de brique couverts de lierre. Sur le parquet de chêne couturé de cicatrices, quelqu'un avait délimité au ruban adhésif la silhouette d'un cadavre comme dans les séries policières et elle laissa son œuvre en place. Un autre étudiant avait pris le temps de coller des centaines de centimes sur le mur du couloir juste à l'extérieur de sa porte. Elle n'avait jamais compris ce que le message était censé signifier, mais de temps à autre, elle constatait qu'il manquait des pièces à cette installation saugrenue.

Malcolm et Sophie l'accompagnèrent dans l'avion pour l'aider dans son orientation et restèrent deux jours, le temps qu'elle s'installe. Lorsqu'ils virent sa chambre, ils échangèrent un regard en hochant la tête d'un air approbateur.

1. L'acronyme forme aussi le mot « tripes ».

– Bien, dit Grace.

– Hurlbut ? lui fit Malcolm. Super. Maintenant, il te reste plein de temps pour bâtir ton groupe.

– De quel groupe s'agit-il ? demanda-t-elle.

– Dès ta deuxième année, tu migres dans une maison en compagnie d'autres étudiants.

– Quelle est la différence entre un dortoir et une maison ?

– Eh bien… pas grand-chose, je suppose. Mais tu resteras dans ta maison pendant trois années, le but étant que tu t'en sentes propriétaire. Ma maison était Lowell.

– Vous aviez un groupe ?

– Absolument. Avec Ransom Gardener. Non seulement nous continuons à traiter des affaires ensemble, mais nous restons copains. C'est l'avantage du système, Grace. On y gagne des compagnons à vie.

– Mike Leiber est venu ici, lui aussi ?

Sa question surprit Malcolm.

– Non, Michael est diplômé du MIT, mais disons que nous utilisons ses compétences d'autodidacte.

C'était bien la preuve qu'on n'avait pas besoin de toutes ces fadaises sociales. Mais elle ne dit rien, se laissant distraire par la silhouette au sol. Un travail bien propre, peut-être l'œuvre d'un scientifique. Elle aimait bien cette géométrie.

– Ce n'est pas bien difficile, chérie, dit Sophie. Au bout d'un an, tu te constitues un groupe d'amis et vous emménagez ensemble.

– Et si je préfère rester seule ?

Nouveau long regard entre ses parents adoptifs.

– Hum, fit Malcolm. Habituellement, ça ne se passe pas comme ça.

– Je ne peux pas rester dans cette chambre l'année prochaine ?

– Les dortoirs sont exclusivement réservés aux bizuths.

– C'est un peu rigide comme système, non ?

– La tradition, Grace.

Voyant Malcolm froncer les sourcils, elle comprit qu'elle l'avait mis mal à l'aise et réfléchissait à ce qu'elle dirait ensuite quand Sophie s'adressa à son mari :

– Tu sais, Malcolm, je crois qu'il y a des chambres individuelles à Pforzheimer.

– C'est quoi ? demanda Grace.

– Une autre maison, chérie.

– Tout se passera bien, Grace, dit Malcolm. Ne te précipite pas, laisse le temps au temps.

Mais il lui parut plus nerveux qu'elle ne l'avait jamais vu et même Sophie ne semblait pas vraiment d'humeur égale. Déjà pendant le vol au départ de L.A., elle les avait trouvés tous deux bien plus fébriles qu'à l'accoutumée, à gigoter sans cesse, parler et boire plus qu'à leur habitude. Ni le trajet en taxi depuis l'aéroport Logan ni même le fait d'avoir remis les pieds sur le campus ne les avaient apaisés.

Elle se rendit compte que leur inquiétude risquait de devenir un vrai problème s'ils se sentaient obligés de rester auprès d'elle avec l'intention de la surprotéger. Elle les appréciait sans réserve, c'est un fait, mais l'objet de sa venue à Harvard était justement de commencer une nouvelle phase de son existence.

Elle sourit et leur donna l'accolade à tous les deux.

– Je suis sûre que tout s'arrangera pour le mieux. C'est fantastique d'être ici. J'adore ce lieu, merci, vraiment merci beaucoup.

– En termes de… commença à expliquer Malcolm. Je suis certain que tu te sentiras bientôt chez toi. Mais si jamais se présente le moindre problème et que tu éprouves le besoin de faire appel…

– Vous pouvez y compter, dit-elle.

Elle écarta les bras, sourit et toucha son matelas.

– D'ici là, ça, c'est parfait, déclara-t-elle avec conviction.

Avant de les serrer de nouveau dans ses bras, tous les deux, délibérément, pour leur seul bien-être, mais en sentant néanmoins quelque chose monter des profondeurs de son être. C'étaient des gens merveilleux. Deux anges, si les anges existaient dans la réalité.

Elle leur ferait honneur.

Et elle le leur dit. Malcolm rougit, Sophie fut si émue que ses yeux se mouillèrent avant qu'elle ne lui réponde :

– C'est toujours ce que tu fais, Grace.

Malcolm osa lui presser la main. Sophie lui frôla le visage.

Grace les serra contre elle une dernière fois en affichant le sourire le plus convaincant qu'elle parvînt à forcer à ses lèvres.

En son for intérieur, elle pensait : Pforzheimer.

Ce soir-là, dîner au Legal Seafood, où ils mangèrent tous à l'excès et où Malcolm but beaucoup trop, pour finir par porter une multitude de toasts aux « talents extraordinaires » de Grace. Le lendemain matin, elle assista à leur départ devant l'Inn à Harvard et, comme ils n'avaient pas l'air très tranquilles, elle leur donna de nouvelles assurances que tout se passerait bien en veillant à paraître désinvolte, une simple façade en vérité tant sa tension intérieure avait augmenté pendant sa première nuit à Hurlbut. Le sommeil était devenu un vrai défi, elle avait sans cesse été réveillée par les cris et les cavalcades dans les couloirs jusqu'au petit matin. Les meilleurs et les plus intelligents se comportaient comme n'importe quel groupe d'adolescents.

Le taxi qui les emmenait à Logan arriva enfin et Grace agita la main jusqu'à ce que le véhicule disparaisse sur Massachusetts Avenue.

Malcolm et Sophie avaient changé d'avis, ils ne repartaient plus directement à L.A. mais avaient choisi de faire un saut rapide jusqu'à New York pour s'y « gaver de musées ».

Boston ne manquait pas de grands musées et Grace savait qu'ils avaient décidé de rester à proximité jusqu'à ce qu'ils aient l'assurance qu'elle allait vraiment bien.

Une autre ado de seize ans n'aurait peut-être pas apprécié.

Elle, en revanche, aimait l'idée qu'on veille sur elle.

Au début d'un premier semestre tout en A+, Grace avait deviné à juste titre qu'à l'instar de la bureaucratie des services sociaux du comté de L.A., Harvard devait s'enorgueillir de sa capacité à satisfaire les « besoins particuliers ». Elle alla en discuter avec un conseiller résident des dortoirs, mentit en prétendant avoir besoin de solitude afin de s'accommoder au mieux « d'une ultrasensibilité innée à la lumière et au bruit » et obtint une chambre individuelle à Pforzheimer pour l'année suivante.

– Ce ne sera pas très vaste, lui dit le conseiller, un dénommé Pavel de type ectomorphe diplômé en littérature. Pas plus grand qu'un placard, en réalité.

– Un placard, ça m'ira comme un gant, répondit Grace. Une cintrée coincée au milieu de ses cintres. L'accord parfait.

Pavel fronça les sourcils.

– Pardon… oh, eh, elle est bien bonne celle-là. Oui, oui, très bonne. Eh.

Ce problème-là réglé, elle fut libre de continuer à aligner des A+ dans chaque matière et, avant même la fin de sa deuxième année, elle avait entrepris de flatter les profs de psycho spécialisés afin de préparer le terrain en vue d'obtenir un sujet de recherche pour son année de licence. Malcolm et Sophie lui avaient fait connaître l'alcool de façon optimale, mais elle avait décidé très tôt d'éviter toute substance psychotrope et s'était tenue à sa résolution.

Ne pas picoler ni se camer n'était guère aisé dans un environnement dépravé si l'on manquait de volonté ou si l'on faisait trop la fête. En plus d'une complaisance collective envers l'herbe, elle avait pu observer beaucoup d'amateurs de coke ou d'acide. Et même d'héroïne, surtout parmi les étudiants de théâtre à l'âme torturée.

Mais la drogue première de Harvard était l'alcool. Très fréquemment, le vendredi après-midi, des camions de bières livraient aux clubs-restaus – la version Harvard des fraternités – et y déchargeaient des caisses et des caisses de bières bon marché. L'université ne nommait pas officiellement ses maisons par des lettres grecques, mais ce n'était qu'une question de nomenclature. Comme beaucoup de choses à Harvard, l'entrée dans ces clubs se faisait uniquement sur invitation et les mâles prédominaient. Naturellement, il fallait des filles pour les soirées, mais le féminisme n'était plus vraiment d'actualité dès lors que bière et plaisir étaient à l'ordre du jour et, plus d'une fois, Grace avait été invitée par un prépa ivre en passant devant un club.

À mesure que sa carrière estudiantine progressait, elle voyait les corps de liane de belles diablesses s'arrondir en bedons de buveuses de bière et, dans les dortoirs et les maisons, la puanteur de vomi devenait *Eau de Monday*, le parfum d'après-bringue. Grace se trouva une autre forme de distraction : la chasse aux mâles appropriés avec lesquels elle pouvait avoir des rapports sexuels agréables sans implication émotionnelle.

« Approprié » excluait les sportifs et les élitistes ainsi que les personnalités trop grégaires, autant d'individus qui ne savaient pas se taire et auxquels il était impossible de se fier parce qu'ils étaient trop bavards. Le même principe s'appliquait aux professeurs lubriques et aux thésards perpétuellement excités, tous ces gens qui auraient été susceptibles d'exercer sur elle une forme de pouvoir quelconque. Le dernier groupe éliminé était le prolo du cru draguant la chatte sélecte des universités de l'Ivy League dans les bars qui encombraient tout Cambridge. Trop grand potentiel de jalousie de classe.

Ce qui lui laissait un groupe choisi de cibles, garçons timides et solitaires à son image, mais toujours en excluant les schizoïdes dont la non-acceptation des autres s'enracinait dans une hostilité de folie ancrée au plus profond. Un *Unabomber* suffisait.

Au cours des trois années et demie qu'elle passa à Harvard, Grace coucha avec vingt-trois garçons de Harvard, Tufts, Boston University, British Columbia et Emerson. Des jeunes gens plaisants qui, manquant d'assurance et d'expérience, avaient été ravis qu'elle les éduque.

Elle avait sa définition personnelle des « besoins particuliers ».

En chemin, elle en apprit beaucoup sur elle-même – ce qui l'ennuyait comme ce qui l'excitait le plus rapidement. La simple excitation et le relâchement par l'orgasme ne lui suffisaient pas : elle devait impérativement avoir la maîtrise des opérations. Un jeune mec plutôt mince, mais débordant d'énergie, qui étudiait l'histoire du cinéma américain avait résumé ça par : « Tu aimes mettre en pratique le choix ultime du réalisateur. »

Comme elle le chevauchait quand elle entendit ces mots, elle s'arrêta brutalement et put voir le visage crispé de son partenaire soudainement paniqué.

– Euh… désolé…

– Ça te pose un problème, Brendan ?

– Non, non, non, non…

Elle lui fit un clin d'œil et lui offrit un petit coup sec de son bassin.

– Tu ne me trouves pas trop autoritaire, tu es sûr ?

– Non, non, non, j'adore ça. Je t'en prie, n'arrête pas.

– Très bien, tant que nous sommes en parfait accord.

Tout en riant, elle lui prit les mains qu'elle plaqua sur ses seins avant de lui montrer comment tordre délicatement ses tétons, puis elle reprit son tangage et son roulis. Elle commença lentement, pour son propre bénéfice, puis prit de la vitesse. Brendan jouit quelques secondes plus tard. Resta dur jusqu'à ce qu'elle ait fini et jouit une seconde fois.

– Excellent, lui dit-elle, en se disant que celui-là serait encore bon pour deux séances de jambes en l'air.

Peu importait le partenaire, cinq fois, c'était son max, le plus souvent elle rompait toute relation après une ou deux séances. À quoi bon les laisser s'attacher ? En plus, elle s'ennuyait facilement.

Elle annonçait la rupture bien en face, mais refusait de donner des explications. Pour l'essentiel, quelques flatteries accompagnées de sa meilleure fellation résolvaient tout problème de transition.

À l'approche de son vingtième anniversaire, elle avait accumulé suffisamment d'unités de valeur pour obtenir son diplôme un semestre avant les autres et présenté un mémoire de soixante-sept pages sur les processus cognitifs qui lui valut une distinction de son département ainsi qu'une mention très bien sur son diplôme. Un de ses profs de psycho, une femme gentille et prévenante du nom de Carol Berk qui avait passé sa vie à étudier de minuscules corrélations dans les structures familiales, la guida pour rejoindre les rangs de la société d'honneur de psycho, Psi Chi, proposa avec succès sa candidature pour Phi Beta Kappa, la plus ancienne des sociétés d'honneur universitaires aux États-Unis, et lui suggéra de rester à Harvard pour son troisième cycle.

Grace la remercia et mentit.

– J'apprécie beaucoup le vote de confiance, professeur Berk, c'est peut-être ce que je ferai.

Mais elle en avait sa claque, du temps froid, de la suffisance et de la tendance à tout politiser, depuis les céréales du petit déjeuner jusqu'aux textes d'étude. Elle avait aussi perdu toute patience à force de devoir expliquer pourquoi elle préférait ne pas assister aux festivités universitaires. Et surpris par inadvertance un de ses trop nombreux prétendus pairs se référer à elle comme étant « différente », « bizarre », « asociale » ou « autiste ».

S'y ajoutait également le fait qu'elle commençait à se fatiguer des garçons timides, car elle s'était aperçue qu'elle avait désormais du mal à jouir.

Mais rien de tout ça n'était vraiment important.

Elle savait depuis longtemps quelle serait sa prochaine étape.

Son année universitaire touchait à sa fin quand elle téléphona à Malcolm pour lui apprendre qu'elle rentrait à la maison pour l'été. Lui et Sophie l'avaient vue un mois auparavant lors de la seconde de leurs visites semestrielles mais elle ne leur avait rien dit d'un éventuel retour.

– Pas de cours d'été cette fois ?

– Inutile, j'ai fini.

– Tu as terminé ta recherche ?

– J'ai quasiment tout terminé. Je vais avoir mon diplôme avec un semestre d'avance.

– Tu plaisantes ?

– Non, dit-elle. C'est réglé, *kaput*. J'aimerais vous parler de mon projet de faire de la recherche à L.A. et de mon troisième cycle.

– Donc tu as pris ta décision définitive ?

– Absolument.

Un temps de silence.

– C'est formidable, Grace. Psycho clinique ou cognitive ?

– Clinique et je veux faire ça à USC[1].

– Je vois.

1. University of Southern California.

– Ça pose un problème, Malcolm ?

– Bien sûr que non, Grace. Pas en termes de qualifications, des tiennes je veux dire. Avec tout ce que tu as accompli et le niveau de notes que tu obtiendras inévitablement à l'examen final, n'importe quelle école sera heureuse de t'avoir.

– Y compris USC ?

Nouveau temps d'arrêt.

– Mais à coup sûr, le département serait certainement très content.

– Grammaire intéressante, dit Grace.

– Pardon ?

– Non pas il sera, Malcolm. Il serait. Un conditionnel, donc effectivement soumis à condition.

– Eh bien, Grace… dois-je vraiment te l'expliquer en toutes lettres ?

– S'il s'agit d'autre chose que la simple évidence, dit-elle. Par exemple, vous et moi, népotisme et bla-bla-bla.

– Je crains que ce ne soit exactement ça.

– Dois-je comprendre que votre présence va me disqualifier ?

– Je souhaiterais que non… (Il rit.) Et revoilà un nouveau conditionnel… il faut que je t'avoue une chose, ce que tu m'as appris m'a tout à fait surpris, Grace.

– Pourquoi ?

– Pardon ?

– Pourquoi la surprise ? dit-elle. Il n'y a personne d'autre dont j'admire plus le travail.

– Eh bien, dit-il, c'est… c'est d'une bienveillance extrême… tu me dis que non seulement tu veux étudier à USC, mais que tu envisages d'être mon étudiante ?

– Si c'est possible.

– Hum… Je dois dire que ce n'est pas le genre de sujet que l'on traite lors des réunions de département.

Grace rit.

– Changement de paradigme. Vous dites toujours qu'ils peuvent être utiles.

Il rit à son tour.

– C'est exact, dit-il. Et je persiste et signe.

Elle n'était pas sûre de savoir ce qu'il avait été contraint de faire exactement, mais un mois plus tard, elle avait sa réponse. Officiellement, on lui demanderait de poser sa candidature comme n'importe qui. Mais la chaire de Malcolm, son statut et « d'autres facteurs » rendaient son acceptation inévitable.

Grace avait une idée de ce que signifiaient les autres facteurs : il n'était pas son père biologique. Donc, officiellement, pas de népotisme.

Ce qui, s'avoua-t-elle, lui serra un peu la poitrine et elle sentit ses yeux qui piquaient.

Mais tout bien considéré, les choses s'arrangeaient au mieux, exactement comme elle l'avait prévu.

42

Le petit somme de Grace dura vingt parfaites minutes. Elle remit ses lentilles de contact bleu vif et sa perruque brunette gonflée, se lava le visage et se brossa les dents, et se rassura en se convainquant qu'elle était bien Sarah Muller, consultante en pédagogie, experte en tests psychométriques.

La totale, plus ses deux pistolets dans son grand sac.

Elle quitta l'hôtel par la porte arrière et se rendit sur Center Street où elle longea une fois encore le chantier de construction. Toujours pas l'ombre d'une activité et son pote psychotique restait invisible. Mais quelques lycéens traînaient leurs guêtres dans le parc, pour la plupart des baraqués aux airs de petits durs. C'est peut-être eux qui avaient fait fuir les sans-abri.

Elle arriva à Lawrence Hall soixante-dix minutes avant son rendez-vous avec Amy Chan. Ce qui lui donna largement le temps de dénicher une place de stationnement idéale près de l'entrée du parking, de l'autre côté de la rue, à l'opposé du musée. Un emplacement parfait pour une sortie rapide et beaucoup de temps pour surveiller en détail l'esplanade.

La journée était superbe et lumineuse et un air frais soufflait par bouffées délicates sous un ciel d'azur éblouissant assorti à la teinte de ses lentilles. Au loin vers l'ouest, le Golden Gate Bridge était un éclair de brillance couleur de rouille. La baie de San Francisco ressemblait à un brouet d'étain bouillonnant, ses vagues hachées par les rafales de vent et ses eaux glacées aussi moussues qu'une meringue fraîchement montée au fouet sur laquelle tanguaient et roulaient remorqueurs, bateaux de touristes et chaluts de pêche. À l'occasion d'une de ses visites, Grace avait fait le tour de l'île d'Alcatraz et s'était demandé ce que ce serait de dormir dans une cellule – à condition toutefois de savoir qu'on pouvait en sortir.

L'esplanade immaculée était pratiquement vide, seules deux jeunes femmes joliment faites, mamans ou filles au pair, veillaient sur des bambins débordant d'énergie qui cavalaient, sautaient et bondissaient en faisant des cabrioles dans cet espace sans obstacle.

Grace savait qu'elle n'en aurait jamais, mais à distance, elle trouvait les enfants agréables et plaisants, pas encore bousillés par la vie. En troisième cycle, des occasions s'étaient présentées pour apprendre la thérapie infantile et, après trois semaines obligatoires à observer des élèves de maternelle, elle n'avait jamais voulu aller au-delà. Ce qu'elle avait appris, c'est que les petits étaient sacrément doués pour résoudre leurs propres problèmes, à condition que les soi-disant adultes n'interviennent pas pour leur imposer leur volonté.

En s'avançant vers le milieu de l'esplanade, elle faillit entrer en collision avec un mini-elfe déjà costaud à la longue crinière rousse qui fonçait tête la première, droit devant, sans rien regarder, en poussant de grands cris de joie.

Elle sourit, s'écarta de sa trajectoire et une des jeunes femmes hurla : « Cheyenne ! » Le gamin, imperturbable, poursuivit sa course folle.

Grace fit demi-tour, sortit de l'esplanade, traversa la rue et alla marcher en solitaire sur un chemin piétonnier qui s'enfonçait en lacet dans les vertes collines de Berkeley.

Elle revint à treize heures cinquante, mais le Pr Amy Chan était déjà là, dans une tenue qui n'était pas sans rappeler la sienne, chemisier, chandail et pantalon, le tout d'un bleu marine uniforme.

Assise sur un banc face à la baie, elle était plongée dans un livre et Grace voulait absolument éviter de la prendre par surprise. Aussi choisit-elle de s'approcher en dessinant une large courbe bien visible qui donnerait à Chan tout le temps de la voir arriver.

Mais celle-ci ne releva la tête qu'au dernier moment, alors qu'elle était à dix mètres d'elle. Son visage était indéchiffrable.

Grace la salua d'un geste amical, que lui rendit Chan en refermant son bouquin. Un roman cartonné intitulé *Le Génie*. Peut-être une réalité à laquelle Chan était sensible ?

Chan le glissa dans son sac et se leva. Son fourre-tout en macramé était encore plus vaste que le sien. Ce serait à mourir de rire si elle aussi y avait planqué son artillerie.

– Bonjour, je suis Sarah. Merci infiniment d'accepter de me rencontrer.

– Amy.

Elles se serrèrent la main. Celle de Chan était délicate et douce. Un mètre soixante-cinq, mince et toute en jambes, de longs cheveux tirés en queue-de-cheval. Pas de maquillage, pas de parfum. Elle tapota le banc et attendit que Grace soit installée pour se mettre à sa droite.

L'endroit avait été bien choisi : il leur offrait à toutes deux un point de vue magnifique sur la baie, mais aussi toute latitude de contempler l'océan pour éviter de croiser le regard de l'autre.

– Vous êtes dans l'enseignement, Sarah ? demanda Amy Chan.

– J'ai enseigné, mais aujourd'hui, je suis consultante auprès d'écoles privées – les gamins angoissés et leurs parents encore plus angoissés.

– Je vois ce que vous voulez dire, répondit Chan.

Grace lui jeta un coup d'œil en coin et saisit au vol une petite crispation fugace sur son visage. Peut-être quelque réminiscence d'une enfance non dépourvue de pression ? Grace résista à la tentation de poursuivre ses interprétations : les problèmes de Chan ne la concernaient en rien s'ils n'avaient pas directement trait à Andrew Van Cortlandt.

Convaincue qu'une physicienne préférerait aller droit au but, elle entra dans le vif du sujet sans préambule :

– Ainsi que je vous l'ai dit au téléphone, je me fais du souci pour Andrew.

Amy Chan ne répondit rien, les mains à plat sur ses genoux, mais paumes en l'air et ongles relevés, à croire que le contact de son propre pantalon la révulsait.

– Vous avez trouvé mon nom dans l'un des articles d'Andrew ?

– Oui. En fait, je n'ai trouvé personne d'autre avec qui Andrew ait publié.

– Pour que vous vous lanciez à ma recherche, Andrew doit être important pour vous.

– Je l'admire.

– C'est compréhensible, dit Amy Chan avant de se tourner brusquement vers elle. Soyez franche, s'il vous plaît : redoutez-vous un danger quelconque ? Ou pis encore ?

– Je ne sais pas, mentit Grace. Mais je le crains fort. Comme je vous l'ai dit, il avait l'air tendu comme un ressort – je dirais même qu'il paraissait effrayé et, ces dernières semaines, je n'ai pas pu le joindre. J'ai dû faire le trajet jusqu'ici et donc, quand j'ai lu votre nom…

– Il y a un moment que nous avons perdu le contact, Andrew et moi, dit Chan. Nous étions juste amis. En troisième cycle.

Elle cligna quatre fois des yeux et ferma un de ses poings.

– Une idée de ce qui le tracassait à ce point ? demanda-t-elle.

Grace souffla.

– J'ai bien essayé de le savoir, mais mes questions semblaient l'agacer. Il a cependant dit une chose : c'est en rapport direct avec sa famille. Dont j'ignore à peu près tout, au point d'ailleurs que je croyais qu'il n'avait personne, ni frère ni sœur, puisqu'il avait été adopté.

– Sa famille, dit Chan. Et c'est tout ?

– Il n'a pas voulu entrer dans les détails, docteur Chan. À dire vrai, même si j'aime beaucoup Andrew, je me rends compte que je n'ai jamais su grand-chose de lui. Il était… comment dire ?… secret ?

– Réticent, dit Chan.

– Oui, exactement.

– Vous le connaissez depuis combien de temps, Sarah ?

– Un an, à peu près. Comme vous l'aviez rencontré avant moi, j'ai pensé que vous risquiez d'en savoir plus.

– En fait, cela fait bien deux ans que je n'ai pas parlé à Andrew, dit Chan. Et même un peu plus – peut-être deux ans et demi, quand il est venu à San Francisco pour affaires : il m'a téléphoné et nous avons dîné ensemble.

Chan étira le cou et regarda Grace bien en face.

– Est-ce qu'Andrew et vous étiez… (Elle sourit.) La seule expression qui me vienne, c'est « ensemble ». Aussi guindé que cela puisse paraître. Et si c'est trop indiscret, pardonnez-moi.

Grace lui sourit en retour.

– Non, nous n'étions pas ensemble, docteur Ch…

– Amy, c'est parfait.

– Nous n'étions pas ensemble, Amy. Deux amis, sans plus. Tout comme vous.

– Intéressant, non ?

– De quoi parlez-vous ?

– Deux femmes qui l'admiraient, mais pas de relation sentimentale. Peut-être un modèle qui se répéterait ?

Grace fit mine de réfléchir à sa suggestion.

– C'est bien possible, dit-elle.

– Vous êtes-vous jamais posé des questions à propos d'Andrew ?

– À quel sujet précisément ?

– À propos de sa sexualité, Sarah.

– Vous avez pensé qu'il pouvait être gay ?

Tu te goures complètement, ma fille.

– À un moment donné, c'est très exactement la question que je me suis posée, dit Amy Chan. Parce que je ne l'ai jamais connu en relation intime avec une femme… Je ne dis pas qu'il n'en a jamais eu, juste que je ne l'ai jamais vu de mes yeux… (Un temps de silence.) Il est sûr qu'il ne m'a jamais fait la moindre avance. Et je dois avouer que j'ai vécu ça, au début tout au moins, comme une blessure d'amour-propre. Pour autant, je ne faisais aucune fixation sur lui comme compagnon, j'ai eu des petits amis et je suis désormais fiancée.

– Mes félicitations.

– Oui, je suis très heureuse… Toujours est-il qu'Andrew est quelqu'un d'intelligent, prévenant, attentionné et courtois. Soit à peu de chose près l'homme parfait, non ? Nous avons passé beaucoup de temps ensemble au labo et aussi lors de la rédaction de nos publications. Mais je n'ai jamais senti la moindre parcelle d'alchimie amoureuse entre nous et pas une seule fois il n'a essayé d'aller plus loin.

– Je comprends totalement, dit Grace. Je dirais que j'ai vécu la même expérience le concernant.

– Où l'avez-vous rencontré, Grace ?

Celle-ci réfléchit : *Garde tes mensonges au plus près de la vérité. Quand la distance est petite, il y a moins à se souvenir.*

– Je suis bien obligée de le reconnaître, répondit Grace, c'était dans un bar. Pas un lieu de bas étage, un endroit plaisant, le salon d'un hôtel de L.A. où nous nous trouvions en voyage d'affaires. J'avoue qu'il m'a paru immédiatement plein de charme et la conversation était facile avec lui. Nous avons fini par dîner ensemble et ça s'est arrêté là, on aurait dit qu'il était pressé de partir. Deux jours plus tard, nous nous sommes rencontrés par inadvertance et nous avons fait un peu de tourisme. Il m'a appris qu'il avait grandi à L.A. C'était agréable de partager la compagnie de quelqu'un qui connaissait la ville quand nous l'avons visitée.

De petites taches rosées marquaient la ligne délicate du maxillaire d'Amy.

– Et ensuite, vous vous êtes revus ?

– Pas très fréquemment. Lorsque nos déplacements coïncidaient… Je crois que je l'ai vu en tout et pour tout quatre fois l'année dernière. Une amitié agréable que je renouais avec plaisir. On peut se sentir très seule quand on voyage, alors un petit moment de partage est toujours le bienvenu.

– C'est exactement ce que je ressens lors des conventions, Sarah. Et donc il n'est jamais passé à l'étape suivante ?

– Jamais.

Le mot parut faire plaisir à Amy Chan. Pas aussi détachée qu'elle l'avait prétendu.

– Je crois que je m'y suis habituée, dit Grace. Le truc d'Andrew, c'était l'amitié. Je crois que, d'une certaine façon, je trouvais ça réconfortant – une compagnie agréable, pas de pression. Et pourtant, je me suis surprise à éprouver de l'affection pour lui et, quand il s'est mis à se comporter un peu différemment – les dernières fois que je l'ai vu –, je n'ai pas bien compris. Puis il a cessé de répondre à mes mails et j'ai commencé à me poser des questions.

– Quelque chose qui avait trait à sa famille.

– Il m'avait appris qu'il était un enfant adopté et je me suis demandé si cela avait un rapport quelconque – une recherche de ses vraies racines qui aurait tourné mal, j'ai vu ça chez deux de mes étudiants. Je savais qu'il était très proche de ses parents adoptifs, il m'a dit qu'il avait été anéanti par leur mort. Après leur disparition, peut-être a-t-il décidé de fouiller son passé.

Grace secoua la tête.

– C'est probablement stupide de ma part, je suis en train de me mêler de choses qui en toute logique ne devraient pas me concerner.

Chan resta un moment silencieuse avant de lui répondre :

– J'aimerais pouvoir vous dire que vos inquiétudes sont sans fondement. Mais la dernière fois que j'ai vu Andrew, il s'est produit un incident que j'ai trouvé des plus étranges.

Elle se retourna vers les eaux tempétueuses.

– Nous sommes allés dîner. C'est moi qui avais choisi le restaurant, le Café Lotus, il a fermé depuis. Je suis végétarienne et, bien qu'Andrew ne le soit pas, cela ne le dérangeait pas, bien sûr. Vous savez combien il est charmant.

Grace acquiesça.

– Tellement facile à vivre.

Si seulement vous saviez, Amy.

– Mais il ne manque pas de cran pour autant, dit Chan en clignant des yeux. Donc nous passions un moment parfait, à rattraper le temps perdu… (Elle sourit.) Pour être honnête, c'est surtout moi qui parlais et Andrew écoutait, c'était un de ses grands talents. Quand tout à coup, deux personnes se sont installées à une table voisine, juste en face de nous. Andrew a relevé la tête dans leur direction et son attitude a changé du tout au tout. Comme si on venait de basculer un commutateur d'humeur. Il a commencé à avoir du mal à se concentrer et s'est arrêté de manger. Son visage avait viré au rouge alors même qu'il n'avait rien bu – le restaurant ne servait pas de boissons alcoolisées. Je lui ai demandé ce qui n'allait pas, était-il allergique à quelque chose ? Il a répondu non, tout allait bien et il a fait tout son possible pour m'en convaincre. Mais il n'était pas bien du tout, Sarah. Il avait l'air… littéralement anéanti. Il ne cessait de lancer des coups d'œil aux clients installés en face de nous. Mais de façon si visible que j'ai regardé à mon tour ces personnes qui avaient déclenché en lui une réaction aussi violente. Il a prétendu que c'était anodin et nous avons essayé de poursuivre notre repas comme si de rien n'était. Ces gens avaient l'air parfaitement normaux. Un homme et une femme. Puis je me suis aperçu que l'homme lui aussi jetait des coups d'œil en coin à Andrew, lequel évitait désormais de croiser son regard et devenait de plus en plus nerveux. Puis, tout d'un coup, l'homme s'est levé, s'est approché de notre table et a souri à Andrew, sauf qu'il ne l'a pas appelé Andrew, mais Thai, ce que j'ai trouvé très étrange puisqu'à l'évidence, Andrew n'était pas asiatique. Puis j'ai réfléchi : Andrew travaille surtout avec l'Asie, peut-être y avait-il trouvé un surnom. En tout cas, Andrew ne l'a pas corrigé, il a juste dit « Excuse-moi » et s'est levé à son tour. Après quoi les deux hommes se sont dirigés vers un coin près de la porte et ont échangé quelques mots, la conversation a été brève, mais apparemment intense. Et moi, complètement interloquée, je les regarde de tous mes yeux, exactement comme la femme qui accompagnait l'homme – et je constate qu'elle est tout aussi surprise. Puis l'autre gars tape sur l'épaule d'Andrew, lui donne sa carte de visite professionnelle, Andrew revient à table et se comporte comme s'il ne s'était rien passé. Le problème, c'est qu'ensuite, il s'est montré véritablement distrait. Nous avions pour projet d'aller au cinéma sur le campus après le dîner et, d'un coup, le voilà qui s'excuse à profusion en me disant qu'il est complètement rincé, désolé d'être aussi rabat-joie, il fallait absolument qu'il dorme parce qu'il devait partir au petit matin.

Amy Chang haussa les épaules.

– C'est la dernière fois que je l'ai vu, Sarah. J'ai pensé qu'il devait s'agir d'un problème un peu déplaisant, peut-être lié à l'Asie. Ce n'étaient pas mes affaires, donc je n'y ai plus pensé.

– À quoi ressemblait l'autre gars ? demanda Grace.

– Rien qui fasse peur – plutôt beau gosse, en fait. De longs cheveux blonds, une barbe, à peu près le même âge qu'Andrew. Bien habillé, mais plutôt sur le mode riche hippie, genre super-Berkeley. Et contrairement à Andrew, leur rencontre ne semblait lui poser strictement aucun problème. C'était même l'inverse, il semblait détendu et serein.

Le niveau sonore venait soudain d'augmenter sur l'esplanade. De nouvelles jeunes femmes avec de jeunes enfants.

– C'est tout, Sarah, dit Amy Chan. Je crois que tout ce qu'on peut faire, c'est attendre et espérer pour le mieux.

– Je crois bien, répondit Grace. Merci d'avoir pris le temps de me rencontrer, Amy. Mais je dois régler une petite affaire à Atherton, quelques élèves de primaire trop enclins aux crises d'angoisse.

Chan sourit.

– Encore quelques années, et ils seront mon problème.

43

Grace s'éloigna du musée et descendit la colline jusqu'aux limites supérieures du campus. Elle se gara en marche arrière dans un emplacement réservé au personnel derrière un semblant de bâtiment industriel, inspira profondément à plusieurs reprises et essaya de se calmer.

Amy Chan devait probablement estimer que leur conversation n'avait guère porté ses fruits. Grace, en revanche, avait beaucoup appris. Deux frères se rencontrent par le plus grand des hasards. Un événement fortuit, totalement imprévisible et voilà que, d'un seul coup, un monde de ténèbres sordides renaît à la lumière avec, comme point d'orgue final, l'élimination physique d'Andrew.

Quelle avait été sa réaction en découvrant face à lui l'individu infâme connu désormais sous le nom de Dion Larue ? La surprise, après une si longue absence ? Ou l'effroi, pour avoir repoussé toutes ses tentatives de renouer le contact ?

Grace avait réussi sans grande difficulté à dénicher le lien entre Andrew et l'université de Stanford. Aucune raison pour que Big Brother, le grand frère, n'y soit pas parvenu lui aussi.

Les émotions décrites par Amy Chan étaient parlantes : Andrew sérieusement ébranlé, Petit Venin jouissant de l'instant.

Au point de le vanner en lui donnant son nom de culte.

Thai. Pas tout à fait, Amy. *Salut, Ty*. Une méchanceté à l'état pur. En guise de bonjour.

Deux ans auparavant, les meurtres des McCoy, des Wetter et des Van Cortlandt étaient déjà de l'histoire ancienne. Mais le choc d'Andrew en revoyant son aîné n'éliminait pourtant pas l'éventualité qu'ils aient pu collaborer auxdits meurtres par le passé. Néanmoins, Grace était de plus en plus convaincue de son innocence, car rien en lui ne laissait soupçonner la moindre cruauté et la description qu'en avait faite Amy Chan la confortait dans son impression.

En conséquence, c'était bien Big Brother, et lui seul, qui s'était chargé des massacres, ce qui correspondait parfaitement à l'adolescent déjà psychopathe confirmé qu'elle avait vu à l'œuvre au ranch. Et au jeune arnaqueur brutal que M. Borgne lui avait décrit.

Et si cela ne suffisait pas, l'anagramme à elle seule disait tout ce qu'il était nécessaire de savoir. Arundel Roi revient à la vie sous le nom de Dion Larue.

Elle se représenta l'individu qu'il était dix années auparavant, celui qui s'était rendu en Oklahoma pour faire périr par les flammes la pauvre petite Lily et sa famille avant de se débarrasser de leur pick-up et de rentrer, sa soif de sang apaisée, en Californie.

La même question restait toujours sans réponse : pourquoi éliminer sa sœur et autoriser son petit frère à poursuivre sa vie ?

Peut-être parce que la surdité de Lilith en faisait une handicapée alors que Ty, vu qu'il avait soutenu une thèse de doctorat à Stanford, était susceptible de lui être utile ?

Ingénieur en structure, gros chantiers en Asie. À l'opposé de Dion Larue qui se la jouait grand bâtisseur alors qu'il n'était qu'un promoteur au petit pied, qui arnaquait la ville de Berkeley avec pour seul projet la réhabilitation d'un trou à rats. Peut-être visait-il plus grand et plus haut, avec Andrew comme marchepied à la mesure de ses ambitions ?

Si Andrew l'avait envoyé paître, son refus avait entraîné une réaction en chaîne d'événements malheureux.

Ce qui ramenait une nouvelle fois aux meurtres des Van Cortlandt par Larue. Pourquoi se serait-il imaginé que son geste allait lui gagner les faveurs de son petit frère ?

Parce qu'à l'instar de tous les psychopathes, il se trouvait grandiose, si convaincu de son magnétisme personnel qu'il présumait de fait une véritable adulation de la part des autres.

Tu sais, cet argent dont tu vas hériter, frangin ? Devine un peu qui a fait ça pour toi ?

Personnellement, Samael/Dion aurait beaucoup apprécié ce genre de « faveur ». Au contraire de Ty/Andrew qui en avait eu la nausée, complètement horrifié. Suffisamment traumatisé pour se faire aider par une psychologue.

Une démarche qui l'avait fait passer aux pertes et profits. Un danger.

Qui à son tour avait transformé Grace en dommage collatéral.

Elle se rendit compte qu'elle était si concentrée qu'elle en avait perdu tout contact avec son environnement immédiat. Elle regarda alentour. Toujours pas de trolls ou d'ogres ni même de tueurs à gages baraqués. Mais un frisson d'effroi caractéristique courait le long de son échine.

Agis, ne réagis pas.

Elle ficha le camp, au plus vite.

Elle retourna au centre-ville, s'engagea sur Telegraph, trouva une place de stationnement payante et s'installa à une table bien à l'écart dans un nouveau café Internet. Un panneau signifiait aux clients que le prix d'une connexion n'était pas simplement une boisson, mais un repas. Elle commanda donc un thé glacé et un panini tomate-mozzarella prétendument à l'ancienne, qu'elle laissa dans son emballage de papier recyclé souillé de taches de gras.

Elle commença en partant de l'hypothèse que Beldrim Benn était du même âge ou à peu près que Roger Wetter Junior et qu'il avait fait ses études secondaires avec lui au lycée, à Berkeley High. Elle calcula l'année où il aurait eu son diplôme, tapa son nom et quelques mots-clés et attendit que l'ADSL surtaxé du café veuille bien lui répondre.

Rien de la part de l'école proprement dite, mais le site personnel rarement consulté (*Vous êtes le visiteur 0032*) d'un opticien de Stowe dans le Vermont apparut sur l'écran. La vedette de cet obscur spectacle était un dénommé Avery Sloat, aujourd'hui un type bedonnant aux épaules tombantes, qui adorait sa famille, son golden retriever et sa franchise LensMaster, mais dont les moments les plus précieux semblaient avoir été ses années de lycée, à l'époque où il faisait partie de l'équipe première de lutte des Yellow Jackets.

Pour preuve, Sloat avait posté une photo de groupe un peu floue desdits lutteurs en maillot rouge et or et entouré sa propre image au cas où on l'aurait ratée.

Grace essaya en vain d'agrandir le cliché et se contenta de s'approcher de l'écran pour faire correspondre les visages au petit listing en bas de page.

Roger Wetter n'avait pas fait partie de l'équipe. Ce n'était pas une surprise, supposa-t-elle. Un gamin mignon comme lui n'allait pas courir le risque de se blesser et moins encore de s'intéresser à un combat loyal. Mais elle dénicha B. A. Benn, sur la droite au deuxième rang, un poids moyen tout boutonneux à l'air maussade avec de longs cheveux embroussaillés.

Au-dessus de Benn, dans le rang supérieur, il ne restait la place que pour cinq élèves, car chacun d'eux était déjà une masse : la catégorie des poids lourds qui semblaient vouloir exploser leurs maillots XXXXL.

N'importe lequel d'entre eux aurait pu être le salopard auquel elle avait fait quitter la route.

Vraisemblablement le meurtrier d'Andrew.

Elle examina la photo en détail. Un Samoan, véritable montagne de muscles, un Noir… Restaient trois garçons blancs. Et parmi eux, la copie conforme en plus jeune de l'homme qui se tenait derrière Dion Larue sur la photo du Nouveau-Mexique.

Ses mains tremblaient et elle dut stabiliser un index pour trouver le nom dans le listing.

W. T. Sporn.

Nom de famille peu courant, un coup de veine. Elle se mit à pianoter.

Au contraire de Beldrim Benn, l'histoire criminelle de Walter Travis Sporn, même s'il ne s'agissait que de broutilles, avait attiré l'attention des journaux locaux à San Mateo et Redwood City. Aucune infraction au cours des quinze dernières années, mais avant ça, un joli petit modèle se répétait. Et son casier désormais vierge n'était en rien synonyme d'une conduite irréprochable, ce n'était pas possible. Il avait probablement appris à éviter d'être directement impliqué. Entre dix-huit et vingt-deux ans, il avait été arrêté trois fois pour ivresse et désordre sur la voie publique, deux fois pour coups et blessures, une fois pour agression caractérisée. De ce qu'elle put glaner des brefs procès-verbaux purement factuels des registres de police, c'étaient toujours les suites d'une arrestation dans un bar. Rien n'était dit des jugements qui s'en étaient suivis mais elle doutait fort qu'il eût écopé de peines de prison dignes de ce nom : dans un monde où la violence était omniprésente, casser quelques gueules n'allait jamais chercher bien loin.

Peut-être était-il parvenu à éviter de nouvelles arrestations en se soumettant aux ordres d'un vaurien autrement plus intelligent que lui.

Elle avait bien identifié Sporn, mais pour autant, inutile de se leurrer, elle n'était pas au bout de ses peines. Elle voulait le retrouver ainsi que Larue et n'était guère plus avancée.

L'heure était venue de contacter Wayne à nouveau : avec un peu de chance, il ne s'était pas juste contenté de veiller sur elle à distance, peut-être avait-il appris des choses. Mais toujours pas de réponse ni de message sur sa ligne personnelle. Elle finit son thé, emporta le sandwich et le tendit à une femme sans-abri au visage émacié qui fut très surprise par cette générosité spontanée.

De nouveau dans son Escape, elle tenta une nouvelle fois sa chance à Center Street, y passa et repassa une demi-douzaine de fois en l'espace d'une heure pour n'éveiller aucun soupçon. Rien.

L'heure de remettre les compteurs à zéro.

C'est alors qu'elle l'aperçut.

Une grande baraque qui essayait de s'extirper d'une Prius noire garée en stationnement interdit devant le chantier. Grace se rangea contre le trottoir et vit Walter Sporn défaire le cadenas qui sécurisait la clôture, entrer et le refermer derrière lui.

Le cigare au bec, il portait un chandail noir ras du cou sur un pantalon de survêtement noir et des tennis noires.

Il devait bien peser cent quarante kilos, mais n'avait rien d'une chiffe molle. Les muscles se devinaient sous le lard et, en dépit de sa démarche de gros lourdaud que lui imposaient ses cuisses épaisses comme des troncs d'arbres, il se déplaçait rapidement et avec assurance.

Une assurance telle qu'il ne prit même pas la peine d'inspecter les environs quand il réapparut quelques minutes plus tard, regagna sa Prius et reprit la route.

En passant tout à côté d'elle.

Pourquoi se serait-il montré vigilant ? Depuis des années – depuis des décennies –, lui et ses potes n'avaient jamais été inquiétés en rien.

Grace laissa passer devant elle un pick-up arborant l'emblème de la ville de Berkeley avant de déboîter.

Une couverture parfaite pour une filature. Manœuvre d'évitement, hein, Walter ?

L'heure était venue d'une petite balade en voiture suiveuse.

44

Walter Sporn, dont le gabarit s'accommodait mal de l'espace étriqué de la Prius, quitta le campus par le sud, s'engagea sur Claremont Boulevard et poursuivit sa route dans un quartier de vastes et élégantes maisons de styles Craftsman, Tudor et méditerranéen, par des rues ombragées d'arbres qui évoquèrent chez Grace le souvenir de Hancock Park.

C'était le district de Claremont, une des enclaves les plus riches de cette ville universitaire, et il abritait les fortunes de plusieurs générations, l'argent tout neuf de la Silicon Valley et les professeurs enrichis par leurs fonds de placement. Grace connaissait bien l'endroit. Malcolm avait souvent réservé des chambres au Claremont Hotel : un gigantesque monument de démesure architecturale, vieux d'un siècle, ornementé de pignons à redents et d'une tour devenue point de repère obligé, entouré d'une dizaine d'hectares au sommet d'une colline offrant un panorama extraordinaire. À l'époque, ils prenaient leur petit déjeuner ensemble dans la salle à manger. Les souvenirs d'alors avaient disparu de sa conscience – en règle générale, le passé ne présentait à ses yeux aucun intérêt –, mais en cet instant, en se rappelant l'appétit apparemment sans fin de Malcolm pour les grosses crêpes et les discussions d'intellos, elle sourit.

C'était une autre planète, à vrai dire, comparée à la piaule qu'elle occupait au Olds Hotel. Mais il fallait savoir s'adapter.

Le pick-up toujours entre elle et Sporn, elle déborda légèrement de sa file, juste à temps pour voir la Prius virer dans une rue du nom d'Avalina. Un panneau signalait *Sans issue*.

Elle se gara, courut jusqu'au coin et inspecta le pâté de maisons. Une rue courte avec vue parfaite jusqu'au fond du cul-de-sac. Elle vit la voiture s'engager dans une allée privative, compta les maisons qui l'en séparaient, retourna dans l'Escape et attendit.

Une heure plus tard, Sporn n'était pas réapparu et elle se hasarda à aller y voir de plus près à pied.

Les demeures qui s'alignaient des deux côtés d'Avalina étaient perchées au sommet de pelouses abruptes dont beaucoup étaient partiellement protégées des regards par une végétation développée. La propriété où était entré Sporn était pratiquement au bout de l'impasse.

Une imposante maison Tudor, toit en ardoises et pignons multiples, une façade en brique patinée par les ans et masquée presque totalement aux regards par des haies irrégulières hautes de trois mètres, trois séquoias massifs et deux cèdres presque aussi démesurés. Et, détail incongru, un massif de palmiers à longues feuilles en pointe. De minuscules fleurs d'un blanc bleuté parsemaient la haie, que l'on avait fait pousser et taillée en forme d'arche au-dessus de l'allée carrossable en terre et galets. La Prius était garée à côté de sa jumelle.

Deux voitures noires. Sporn en habits noirs, tout comme les enfants d'Arundel Roi le soir où ils avaient débarqué au ranch.

Grace poursuivit son chemin jusqu'au bout de la rue, fit demi-tour et traversa la chaussée en faisant semblant de ne plus s'intéresser à la demeure en brique. Pas le moindre reflet de lumière indiquant une fenêtre derrière l'écran de verdure, mais cela ne signifiait pas grand-chose.

Elle mémorisa l'adresse et s'obligea à repartir très lentement.

De retour dans sa chambre, elle essaya de nouveau le wi-fi du Olds et le trouva tout aussi inefficace que précédemment. Mais son mobile jetable marchait très bien et elle appela Wayne.

Cette fois, il décrocha.

– Où êtes-vous ?

– NoCal[1].

– Magnifique région. Puis-je espérer contre tout espoir que vous avez décidé de vous contenter d'un peu de tourisme ?

Grace éclata de rire.

– Quoi de neuf, Tonton ?

– Oui, bon, dit-il. Au moins vous allez bien.

– Je suis en pleine forme.

– Dois-je entendre que vous avez mené à terme ce que vous aviez l'intention de faire et que vous êtes sur le chemin du retour ?

– Je progresse.

Silence.

– Sérieusement, je vais bien, dit-elle.

– Donc vous dites… vous allez prendre soin de vous.

Un commandement, pas une requête.

– Naturellement, dit-elle.

– Si vous ne faites pas un vœu solennel à cet effet, je ne vous dirai pas ce que j'ai appris.

– Je prête allégeance au drapeau de Wayne…

– Je suis sérieux, Grace.

– Je vous le promets. Tout va très bien, vraiment. Qu'avez-vous appris ?

Wayne s'éclaircit la gorge.

– Permettez-moi de faire un petit préambule en vous rappelant que je ne peux pas garantir l'authenticité des

1. Californie du Nord.

faits que je vais vous communiquer. Mais ma source ne m'a jamais laissé tomber.

Avocat jusqu'au bout des ongles, Tonton Wayne.

– Je garderai cela à l'esprit, Wayne.

– Parfait… Comme vous vous y attendiez, j'imagine, tout ceci est en rapport direct avec feu Mme McKinney. Qui, nous en avons déjà parlé, semble ne s'être jamais laissée aller à quelque relation que ce soit, amoureuse ou sexuelle, avec quiconque, à aucun moment de sa vie.

Grace attendit.

– Néanmoins… dit Wayne. Et c'est un gros néanmoins, Grace, ma source – toute nouvelle, on ne peut pas toujours continuer à s'abreuver au même puits – prétend qu'à un moment donné, en pleine maturité, Selene s'est mise à regretter de ne pas avoir de famille. (Un temps de silence.) Cela se produit fréquemment, et elle a essayé de résoudre le problème par l'adoption.

– Essayé ? Une personne de son envergure, aussi influente, se serait vu opposer un refus ?

– Oh, que non, elle y a été autorisée, sans difficulté, dit Wayne. Elle s'est trouvé une fillette blanche – pas un bébé, elle n'avait pas le cœur assez bien accroché pour les couches et compagnie –, une gamine de huit ou neuf ans. Dont le nom commençait par Y… Yalta, Yetta, quelque chose comme ça.

Grace l'entendit soupirer.

– Voici maintenant le plus douloureux de l'histoire. Cette pauvre petite est restée avec elle pendant quelques années, jouissant de la vie que cette femme était à même de lui offrir jusqu'à ce que Selene se rende compte finalement qu'elle n'était pas faite pour la maternité. Elle a résolu ce problème-là en rendant la petite fille, tout simplement.

– Merde.

– Tout à fait, dit Wayne.

– À qui l'a-t-elle rendue ?

– Je ne sais pas, Grace, mais vraisemblablement à l'agence ou au collègue véreux qui lui avait trouvé cette pauvre enfant au départ. Pouvez-vous imaginer la blessure ? La souffrance ? Deux fois rejetée ? Doux Jésus. Il n'est pas surprenant que cela ait engendré des problèmes chez la gamine.

– Quel genre de problèmes ?

– Le genre qui conduit une jeune femme derrière les barreaux d'une prison, Grace.

– Sybil Brand. Et elle a rencontré Roi.

– C'est effectivement l'endroit où se retrouvaient les jeunes criminelles en ce temps-là, Grace. Ce n'est pas encore le pire. Elle a aussi donné naissance à deux enfants.

– Seulement deux ?

– Oui. Moi aussi je me suis posé la question, mais c'est tout ce que ma source a pu me dire. Voici maintenant un petit récit qui remonte à vingt-cinq ans. Selene avait organisé une réception à l'occasion de Noël avec une liste d'invités triés sur le volet, une belle soirée dans ses jardins, avec location de topiaires et tout le tralala. Ma source est une personne juste et bonne et voici ce qu'elle a pu… ce qui a été observé. À un moment donné, pendant la soirée, ma source a voulu se repoudrer le nez, mais la pièce était occupée et il lui a fallu chercher un autre lieu. Elle a fini par trouver des toilettes dans l'aile de l'office, à proximité de la cuisine, et en sortant de là, elle a entendu du grabuge.

Nouveau toussotement..

– S'en sont suivis coups d'œil indiscrets et oreilles fureteuses. Selene était dans la cuisine en robe de soirée, elle fumait comme une cheminée et échangeait des invectives avec une jeune femme vêtue de noir. Non pas le noir chic et élégant, juste des fringues élimées. Ma source n'a pas pu entendre ce qui se disait, mais l'hostilité était manifeste. La jeune femme était flanquée de deux garçons vêtus pareillement, pas des petits, ils avaient dix ou onze ans. Ils étaient assis côte à côte en silence, l'air bouleversé, face à Selene et leur mère en pleine dispute. Finalement, Selene a décroché son téléphone et convoqué son personnel de sécurité, mais avant que les gardes n'arrivent, la jeune femme avait attrapé ses deux fils et s'était enfuie avec eux au pas de course par la porte de service. Après leur départ, Selene a marmonné quelque chose du genre « Bon débarras, mauvaise graine ».

– Pas très affectueuse, comme grand-mère, dit Grace.

– Pas très humaine, vous voulez dire, répliqua Wayne d'une voix où perçait la colère. C'est vous qui avez un doctorat, Grace. Alors expliquez-moi : pourquoi l'évolution n'opère-t-elle pas ses sélections en éliminant les monstres ?

Une flopée de réponses envahit la tête de Grace. Parmi lesquelles : *Et où, sinon, trouverions-nous nos hommes politiques ?*

– Bonne question, répondit-elle. Il y a vingt-cinq ans, c'était un an avant la fusillade au Culte de la Forteresse.

– Exactement, Grace, exactement. Peut-être que Yalta, quel qu'ait été son nom, s'était rendu compte que les choses prenaient très mauvaise tournure et était venue demander de l'aide à Selene. Laquelle l'a envoyée paître sans l'ombre d'une hésitation.

– Et peu après, tous les gens du camp ont péri, à l'exception de trois enfants.

– Oui, trois. Alors où était la fille ce jour-là ? Je ne sais pas, Grace, mais ma source est tout à fait sûre : deux garçons, c'est tout.

– Lily n'était peut-être pas la fille de Yalta, Wayne. Le journaliste qui avait couvert l'événement disait que Roi avait trois épouses. C'est peut-être la raison pour laquelle elle n'a pas été adoptée par une famille riche. Selene n'en avait rien à faire.

Ce qui pourrait aussi expliquer pourquoi la petite n'avait pas été épargnée. Les demi-sœurs ne comptaient pas.

– Vous pourriez avoir raison, dit Wayne. En tout cas, nous connaissons la raison qui a poussé Selene à trouver au plus vite des foyers d'adoption aux garçons. Sans le moindre état d'âme et pas une once de culpabilité : quiconque agit comme elle l'a fait manque bien trop de cœur pour éprouver du remords, non ?

– Tout à fait d'accord, dit Grace.

– D'un autre côté, comme les garçons se trouvaient désormais à la merci des caprices du système, elle courait le risque que sa lâcheté en vienne à être connue de tous. Elle a donc demandé à des personnes qui lui étaient redevables de rembourser leur dette en les adoptant. Deux couples sans enfants qui accepteraient des gamins déjà âgés trimballant un lourd bagage.

– Tout particulièrement si sa proposition était assortie d'une belle somme en liquide. De quoi faire passer la pilule.

– Hum, fit Wayne. Il est sûr que Selene ne manquait pas de liquidités. Oui, ça me paraît parfaitement logique. Et maintenant, quel sens donnez-vous à tout ce que vous venez d'apprendre, Grace ?

– Je ne sais pas bien.

– Avez-vous réellement besoin de pousser plus loin encore ?

Grace ne répondit pas.

– Vous m'avez promis d'être prudente avec beaucoup d'assurance. Je voudrais bien avoir la certitude que vous n'avez pas dit ça juste pour me faire plaisir.

– Ce n'est pas le cas, affirma-t-elle à cet homme gentil et moral qui avait tant fait pour elle.

Un mensonge éhonté qu'elle lui servit sans le moindre regret.

Troisième café Internet, cette fois un petit restau vietnamien sans histoires au coin de la rue du Olds. Son accès à l'univers électronique se révéla être cette fois un bol de *pho* qui l'avait mise en appétit.

Elle goûta une cuillerée de soupe et apprécia la morsure des piments que le lait de noix de coco ne parvenait pas tout à fait à adoucir. Le porc, les crevettes ; les nouilles de riz vitreuses qui glissaient dans son gosier.

Tout se cristallisait. Elle pouvait le sentir.

Elle tapa l'adresse de la grande maison en brique sur Avalina et sortit un rapport vieux de trois ans de la Commission de préservation des sites de la ville de Berkeley.

> Demande de permis de modification structurelle (LM#5600000231) en vue de la réhabilitation d'un site emblématique de la ville, la Maison Krauss ; incluant le remplacement à l'identique de fenêtres à guillotine (historiques et non historiques) et de portes (historiques et non historiques) du bâtiment principal et le remplacement des gouttières, du toit composite – ardoises et bardeaux – et de la lucarne du toit de la remise à calèches (non historiques). Préparé par…

Cinq employés de la ville revendiquaient la propriété de cette prose ineffable. Venaient ensuite les paragraphes en caractères plus petits d'une chose intitulée décision CEQA[1] qui avait autorisé ledit projet.

> Catégoriquement exempt en vertu de l'article 15331 (Réhabilitation Restauration historique) des recommandations de CEQA.
>
> Propriétaire du bâtiment : DRL-Earthmove.

En feuilletant le reste du document, elle parvint à reconstituer l'histoire de la maison. Bâtie en 1917 pour un marchand de métaux du nom d'Innes Skelton, elle avait servi de résidence jusqu'en 1945, date à laquelle un professeur d'histoire de l'art collectionneur de céramiques

1. California Environmental Quality Act.

asiatiques en avait fait l'acquisition pour la transformer en musée privé.

De ce qu'elle réussit à comprendre, Krauss avait conclu un arrangement avec l'université par lequel il obtenait des dégrèvements d'impôts pour sa collection et un droit de jouissance sans astreinte aucune, à la condition qu'à sa mort, il la lègue ainsi que son bâtiment à l'UC Berkeley.

Krauss était décédé en 1967 et ses poteries avaient été vendues aux enchères peu de temps après. La maison était restée la propriété de l'université huit années supplémentaires et servait à loger des professeurs étrangers distingués, après quoi elle fut échangée auprès de la municipalité de Berkeley contre un bâtiment commercial en centre-ville que l'université souhaitait utiliser comme bâtiment administratif.

Ce que la ville avait fait de la maison restait un peu flou, mais quatre ans auparavant, elle avait vendu la propriété à DRL après avoir acheté l'immeuble de Center Street à Larue pour la somme de quatre millions de dollars. Une seule stipulation : « demande à établir dans les délais requis en vue de la préservation du site emblématique » de la maison d'Avalina.

L'année qui avait suivi, Dion Larue avait apparemment obtempéré et établi les dossiers nécessaires en faisant le serment de respecter ce que la ville exigeait de lui.

En jouant au bon petit garçon ?

Lorsque Grace découvrit le prix qu'il avait payé, elle comprit pourquoi.

Huit cent mille dollars. Elle n'était pas experte du marché immobilier à Berkeley, mais elle eut la conviction que c'était nettement inférieur aux prix du marché. Elle rechercha les ventes de demeures similaires dans la même rue et eut rapidement confirmation de ses doutes en faisant ses comparaisons. Les estimations allaient de 1,6 à 3,2 millions de dollars.

Petit Venin avait fait une drôlement bonne affaire. En particulier si on y ajoutait les quatre millions de dollars pour le trou à rats de Center Street, un prix astronomique, et le contrat exclusif dans l'appel d'offres sans concurrents en vue de sa démolition et reconstruction comme immeuble de bureaux pour le gouvernement.

Les petites tractations dans les coulisses étaient le miel de la politique, mais Dion Larue semblait être propriétaire d'un sacré grand rucher.

Un meurtrier en série acquérant la patine d'un homme d'affaires nouveau genre, conscience écolo, transculturel et pro-ethnique, engagement local renouvelable.

Surfant sur la vague des politiques New Age par le biais d'une juste combinaison entre relations, bagout et belles paroles au goût du jour.

Elle termina son *pho*, retourna au Olds et rumina l'abominable récit que Wayne avait déterré : une enfant rejetée deux fois. Trois fois : arrivée chez Selene McKinney avec ses fils à ses basques, cherchant un abri, une protection, elle avait été mise dehors sans ménagement.

Vingt-cinq ans auparavant, Ty avait neuf ans, Sam, onze. Bien assez âgés pour comprendre ce qui se passait.

Assis à côté de leur mère dans la cuisine, dociles et silencieux. Peu de temps après, elle, les coépouses et le démon qui les avait tenues sous sa coupe passaient de vie à trépas, laissant trois enfants à la merci du système.

Tragique. Pourrait-on en vouloir à un jeune garçon parce qu'il tourne mal ?

Absolument.

À force de repasser ce récit dans sa tête, Grace se sentit devenir un bloc d'acier de plus en plus insensible. Elle n'ignorait rien de la perte et du rejet, des blessures à l'âme si profondes qu'elles exigeaient d'être extirpées psychiquement avant d'être cautérisées, dans le bain acide de l'introspection.

La vie pouvait être une horreur.

Pas d'excuse.

45

Grace avait vingt et un ans et vivait à Los Angeles dans un studio sur Formosa Avenue, dans le district de Wilshire.

Elle avait soulevé le problème de son indépendance une fois Harvard rangé aux oubliettes, trois semaines après son retour à L.A. Ses cours de troisième cycle allaient commencer un mois plus tard et elle voulait être bien installée, dans la mesure du possible.

Elle attendit le moment propice pour aborder la question avec Malcolm et Sophie ; un dimanche matin, après un brunch agréable et paisible à la maison, en s'attendant bien sûr à leur surprise, peut-être un peu de ressentiment mal digéré, voire un débat de bon aloi.

Elle avait préparé avec précaution ses contre-arguments, en prenant avantage de sa gratitude à leur endroit comme de leur désir naturel de faire ce qui était le mieux pour elle.

Malcolm et Sophie n'affichèrent aucune surprise. Ils hochèrent la tête à l'unisson en lui assurant qu'ils prendraient à leur compte le loyer de tout logement raisonnable.

Trois ans et demi à Boston et je ne leur ai pas manqué ?

Ou alors… se dit-elle en infléchissant gentiment son jugement trop abrupt, peut-être qu'eux aussi, à l'image de tant de vieux couples, aspiraient à un peu de liberté.

Il n'empêche – pour imbécile que cela paraisse – qu'elle se sentait un peu… vide, vide de l'absence de débat. Jusqu'à ce qu'elle voie les beaux yeux bleus de Sophie se mouiller de larmes tandis que Malcolm évitait de croiser son regard, la mâchoire nouée.

Elle se pencha par-dessus la table de la cuisine et leur toucha la main.

– Dans tous les cas de figure, il est fort probable que vous me voyiez ici pratiquement tout le temps. À vous piquer de quoi manger et à trimballer mon linge sale chez vous, sans même parler des contacts que nous aurons tous les deux, Malcolm, au quotidien.

– C'est vrai, dit-il en se tortillant sur sa chaise.

– Tout le linge que tu voudras apporter ici sera le bienvenu, dit Sophie. Mais peut-être devrais-tu chercher un immeuble disposant d'un local avec des machines à laver. Pour ton propre confort.

– Trouve-toi un appart avec un équipement de premier ordre, dit Malcolm. C'est essentiel.

– Et bien sûr, renchérit Sophie en riant, il te faudra une voiture. Mais pas de nouveaux vêtements, cependant. Ta garde-robe actuelle est bien trop élégante pour tes futurs condisciples.

– Allons, fit Malcolm, les étudiants ne sont pas si nuls.

– Oh, ils sont sinistres à faire peur, répondit Sophie en riant à nouveau – juste un brin trop fort, profitant de l'occasion pour s'essuyer discrètement les yeux. Je te parle là de nos deux départements, du tien aussi bien que du mien, Malcolm. Quelles que soient les circonstances, nos jeunes lettrés mettent un point d'honneur à donner au monde une image de martyrs affamés.

Elle se tourna vers Grace.

– Donc, pas de cachemires, chérie. Et donc pas de convoitise, le dixième commandement et tout ça.

– Vous pouvez y compter, dit Grace.

Personne ne dit plus rien. Grace se surprit à gigoter et, devant le regard solennel de Sophie fixé sur elle, comprit qu'elle ne parlait pas seulement de vêtements.

Tu ne convoiteras pas. Rappelant à Grace qu'elle entrait en troisième cycle… avec des bagages.

De toutes les facs qui existent, il a fallu que le Pr Bluestone la fasse venir ici ?

Adoptée ou pas, elle est toujours de sa famille, c'est une corruption du système.

Son acceptation du poste signifie qu'un autre candidat pleinement qualifié a été rejeté. Si elle est aussi brillante qu'on le dit, elle aurait pu entrer dans des tas d'autres facs, alors pourquoi venir piquer une place ici ?

En plus, est-ce qu'un peu de distance entre eux n'aurait pas été plus sain ?

Et pis encore, on dit qu'elle va travailler directement avec lui. Parlez-moi après ça de limites à ne pas dépasser.

Malcolm la regardait à son tour, avec gravité.

Le même avertissement, jamais exprimé en ces termes, de la part des deux : Sois brillante et ne la ramène pas.

Un conseil de sagesse, assurément. Grace l'avait parfaitement compris, depuis bien longtemps.

Les ressentiments étaient inévitables. Les programmes de psycho clinique dans les universités accréditées étaient limités aux étudiants pouvant bénéficier de bourses d'études, ce qui donnait des promos minuscules – en première année, l'USC acceptait cinq étudiants sur cent demandes.

Le programme était rigoureux et clairement exposé : trois années de cours avec, pour thèmes d'étude, évaluation, psychothérapie, élaboration de recherche, statistiques, science cognitive, plus une option mineure relative à un champ non clinique de la psychologie.

En supplément, les étudiants assistaient le corps professoral dans sa recherche et voyaient des patients en présence d'un superviseur dans la clinique du département située sur le campus, soit un total de six journées de six à douze heures, parfois plus. Les stages en externe – pour lesquels les étudiants de l'USC étaient en compétition avec des candidats de tout le pays – étaient obligatoires. Une fois arrivé à la quatrième année, il fallait satisfaire à plusieurs exigences : la mise en place d'un comité doctoral, la réussite à des examens sur la totalité du programme et l'approbation des sujets de recherche.

Puis venait le dernier chapitre, absolument capital, l'étape qui pouvait se terminer par un désastre : conceptualiser et conduire une recherche originale et significative avant de la rédiger sous forme de thèse. C'est seulement à ce stade, une fois que tout était en place et déjà bien avancé, que les candidats étaient autorisés à faire acte de candidature pour un internat à plein temps dans un établissement approuvé par l'Association américaine de psychologie.

Grace estimait pouvoir faire le tout plus rapidement, sans trop se fatiguer.

Son plan d'attaque était simple, une copie conforme de ses expériences à Harvard : être polie et agréable avec tout le monde, mais éviter tout sac de nœuds émotionnel de quelque sorte que ce soit. En particulier maintenant : son admission était entachée de suspicion, elle ne pouvait donc pas se permettre, en plus, de se trouver mêlée à des histoires de conflits individuels.

Mais ses camarades de classe, toutes des femmes dont trois avaient obtenu leur licence dans une fac de l'Ivy League, se révélèrent être des plus agréables, sans jamais afficher la moindre animosité. Alors, de deux choses l'une : soit elle s'était rapidement gagné leur assentiment, soit tout le monde s'était fait des cheveux pour rien.

Le personnel enseignant était une autre paire de manches, et dans certains secteurs, elle sentait le froid souffler dans sa direction. Pas de problème : conformité, complaisance et subtiles flatteries marchaient très bien auprès des universitaires.

Elle ne manquait pas de vie sociale, entre les déjeuners avec ses camarades de promo, durant lesquels elle écoutait beaucoup et parlait peu, et les brunchs du dimanche chez Malcolm et Sophie, sans oublier, deux fois par mois, les dîners dans des restaurants à nappes blanches.

Ajoutez à cela un déjeuner en compagnie de Sophie à l'extérieur du campus, suivi parfois d'une virée shopping à la recherche « d'habits de tous les jours parfaitement adaptés » et elle avait sa dose de sociabilité.

Ses relations avec Malcolm changèrent à mesure que leurs rencontres se centraient sur la recherche et que les banalités personnelles cédaient le pas. Ce qui finit par leur convenir parfaitement à tous les deux. Elle n'avait jamais vu Malcolm aussi animé.

Des sorties en solo aux cinémas du campus et dans les musées – LACMA[1] n'était qu'à quelques minutes à pied de son appartement – lui fournissaient toute la culture extra-universitaire dont elle avait besoin.

Comme de bien entendu, le sexe joua un rôle pendant ces années : elle se cantonnait à ses routines familières, tout en diminuant leur fréquence parce qu'il lui en fallait moins pour être satisfaite. Elle ressortait cachemire, soie et talons hauts, plus tout ce qui avait déjà fait ses preuves par le passé, et n'avait aucun problème à prendre dans ses filets des hommes bien habillés dans les bars à cocktails et les hôtels.

Nombre de ses cibles se trouvaient être des étrangers à la ville en déplacement à Berkeley, ce qui lui convenait parfaitement. D'autres se distrayaient de mariages devenus sans attrait ou étaient simplement las de leurs obligations domestiques.

1. Los Angeles County Museum of Art.

Aux yeux de Grace, c'étaient tous des compagnons de jeux passagers et, la plupart du temps, tout le monde rentrait chez soi heureux et content.

Ayant ainsi habilement écarté toute éventualité de mélodrame sentimental, elle se trouvait libre de cartonner à chaque cours et de traiter deux fois plus de patients que quiconque à la clinique du campus. Il en allait de même pour ses projets de recherche et, avant la fin de sa deuxième année, elle avait copublié avec Malcolm trois articles sur la résilience et trois autres en solo sur les contrecoups du trauma, dont l'un vit le jour dans le *Journal of Consulting and Clinical Psychology*.

Dans le même temps, elle analysait les meilleurs postes en vue de son externat, avec l'idée de nouer des contacts par avance dans les établissements où elle voulait faire son internat. Le choix devint vite évident : l'hôpital de la VA, Veterans Administration, l'administration des anciens combattants, à Westwood, pour tous les problèmes inhérents au « système », un des tout premiers établissements de formation pratique en psychologie adulte.

Plus important encore, un poste dans cet hôpital lui donnerait l'expérience du traitement d'abominations bien réelles. Parce que les angoisses névrotiques – les dilettantes et les feignasses qui essayaient « de comprendre les choses de la vie » ou payaient pour avoir un ami – l'ennuyaient à mourir et l'agaçaient profondément.

Elle mourait d'envie de mordre à belles dents la viande rouge de la psychothérapie.

Au bout d'une année comme étudiante thérapeute, elle en était arrivée à connaître tout le monde dans l'établissement, était perçue comme la meilleure et la plus brillante, et sa demande d'internat passa comme une lettre à la poste.

Quatre ans après son entrée en troisième cycle, elle avait son doctorat, que lui remit Malcolm en personne, rayonnant dans sa toge d'apparat, lors de la cérémonie au

Town and Gown Hall. Elle avait également été acceptée en postdoctorat comme enseignante chercheuse dans ce même hôpital de la VA. Si ce n'est pas cassé, tu ne répares pas.

À l'âge de vingt-sept ans, elle vivait toujours frugalement dans son studio de Formosa et investissait dix pour cent de son traitement dans un fonds de placement pépère. Après avoir réussi ses examens pour l'obtention de sa licence d'exercice au niveau national et étatique, on lui demanda de rester à l'hôpital comme membre du personnel clinique, une invitation qu'elle accepta avec joie. Ce poste était exactement ce à quoi elle aspirait : poursuivre son éducation sur des sujets dont les existences avaient volé en morceaux, parfois littéralement.

L'hôpital de la VA était un établissement hyper efficace où les malfaisances de la guerre se manifestaient à chaque heure du jour et de la nuit. De beaux et jeunes Américains des deux sexes, mutilés et rendus infirmes dans des pays au sable brûlant par des fanatiques dont on leur avait dit au départ qu'ils venaient les libérer. Les blessures physiques étaient profondes. Les contrecoups affectifs pouvaient être aussi méchants ou pis encore.

Les patients qu'elle avait vus bataillaient pour se réajuster à leurs membres manquants, aux dégâts permanents infligés à leur cerveau, à leur cécité, surdité ou paralysie. La douleur des membres fantômes était un vrai problème, tout comme la dépression, les explosions de fureur, les risques suicidaires, l'addiction à la drogue.

Ce qui ne signifiait pas pour autant que tous les anciens combattants étaient de la marchandise endommagée – un jugement misérable qui suscitait sa colère, car elle respectait ceux qui avaient servi à un si haut niveau. De même que le stress post-traumatique n'était pas le défaut suprême. Ce n'était qu'une accusation sans preuve créée de toutes pièces par les dégonflés de Hollywood qui exploitaient les misères d'autrui dans le seul but d'en tirer un bon scénario.

Car même quand les dégâts étaient subtils, ils pouvaient gravement affecter la vie quotidienne.

Jamais Grace n'avait présumé que sa propre enfance pût soutenir une quelconque comparaison avec ce que ses patients traversaient. Mais elle savait qu'elle lui donnait un petit avantage.

Dès le départ, elle s'était sentie chez elle avec eux.

Ils le percevaient bien, en plus, et bientôt, fidèle à son modèle, elle traitait deux fois, puis trois fois plus de patients que toute autre personne dans l'hôpital.

Plus important encore, elle obtenait des résultats et les patients comme leurs familles demandaient de plus en plus fréquemment qu'elle devienne leur thérapeute. Le personnel de la VA le remarqua aussi, heureux d'avoir quelqu'un pour l'aider à porter cette charge considérable.

Ce qui n'empêchait pas certains de ses collègues de la considérer comme une névrosée du boulot un peu effrayante, qui débarquait dans les salles à toute heure, apparemment insensible à la fatigue. Était-elle, se demandaient-ils, bipolaire ? Une de ces adultes qui souffraient d'ADHD[1] ?

Et pourquoi ne la voyait-on jamais avec qui que ce soit ?

Mais les plus brillants se taisaient, appréciant combien elle leur facilitait la vie.

Une infirmière de nuit se mit à l'appeler « celle qui murmure à l'oreille des victimes ». Un collègue en post-doc, lui-même ancien combattant du Vietnam qui avait repris ses études dans la force de l'âge, dirigeait avec elle un groupe de soutien aux paraplégiques et s'attendait bien sûr à enseigner à la « jeune poulette sexy » tout ce qu'il y avait à savoir sur la souffrance.

Très vite il parla d'elle comme de la « Guérisseuse des Hantés ».

Ce nom-là avait bien plu à Grace.

1. Attention Deficit Hyperactivity Disorder, troubles déficitaires de l'attention avec hyperactivité.

Un soir, comme elle sortait de l'hôpital et se dirigeait vers la BMW3 d'occasion que Sophie et Malcolm avaient eue « pour des clopinettes », elle repéra une femme entre deux âges qui lui faisait signe.

Replète, blonde, bien habillée. Elle se donnait beaucoup de mal pour plaquer un semblant de sourire sur son visage.

– Docteur Blades ? Excusez-moi, vous auriez une seconde ?

– Que puis-je faire pour vous ?

– Je suis désolée de vous déranger – vous ne vous souvenez probablement pas de moi. Vous soignez mon neveu.

Le respect du secret professionnel excluait toute réponse de sa part, même si elle avait su de qui cette femme parlait.

– Oh, bien sûr, désolée, dit la femme. Mon neveu s'appelle Bradley Dunham.

Un garçon adorable, originaire de Stockton, des dégâts au lobe frontal qui lui avaient embrouillé toute sa vie émotionnelle. Mais toujours gentil, au point qu'elle lui avait demandé ce qui avait bien pu le conduire chez les marines. Au cours de leur sixième séance, il lui avait répondu :

J'ai obtenu mon diplôme d'études secondaires et je ne voyais pas ce que je pouvais faire d'autre.

Grace sourit et la femme s'excusa une nouvelle fois.

– Il ne s'agit pas de Brad. Mais de mon propre fils, Eli. Je m'appelle Janet.

Enfin quelque chose à quoi Grace pouvait répondre.

– Est-ce qu'Eli est patient ici, lui aussi ?

– Oh, non, ce n'est pas un ancien combattant, docteur. Loin de là. Il… Depuis deux ans, il a ce que vous appelez, dans votre profession, des problèmes ? Des peurs intenses ? Des crises d'angoisse ? Et aussi des comportements compulsifs qui empirent de jour en jour, au point où… non pas que je le lui reproche, docteur, moi aussi je peux être une vraie boule de nerfs par moments. À cause de ce qui est arrivé.

La femme ravala ses larmes.

– Que s'est-il passé ?

Sa question changea tout.

Les parents d'Eli, tous deux experts-comptables, avaient été victimes d'une agression à leur domicile : le père d'Eli était mort d'un coup de poignard et sa mère avait été violemment battue. À son retour à la maison, Eli avait découvert le massacre, appelé le 911 et s'était retrouvé premier suspect : il avait enduré des jours et des jours d'interrogatoire sévère, voire abusif, de la part de la police. Les soupçons des flics ne s'étaient en rien atténués jusqu'à ce que trois membres d'un gang qui tentaient une effraction similaire soient identifiés comme les sauvages responsables.

À ce stade, les dégâts étaient faits : Eli, qui avait toujours été un « enfant sensible », s'était réfugié dans sa chambre, en solitaire, complètement mutique, en adoptant des comportements maniaques, un catalogue toujours plus vaste de tics et d'habitudes étranges : il marchait et revenait sur ses traces de pas, tirait les rideaux, se récurait les mains avec du savon en poudre abrasif, se grattait compulsivement la peau, clignait des yeux presque constamment.

Vingt-deux mois durant, des tentatives de traitement, d'abord par un psychiatre, puis par un psychologue, n'avaient abouti à rien : aucun des deux médecins n'acceptait de faire des visites à domicile et les passages d'Eli dans leurs cabinets s'étaient raréfiés jusqu'à disparaître, tandis que son état empirait.

– Je ne sais plus vers qui me tourner, expliqua Janet. Je sais ce que vous avez fait pour Brad. Il dit que tout le monde parle de vous. L'argent n'est pas un problème, je vous le promets, docteur Blades. Si seulement vous pouviez trouver un moment pour au moins rencontrer Eli.

– À votre domicile ?

– Il refuse d'en sortir.

– Mais il accepte l'idée qu'une thérapeute vienne à lui.

– Vous feriez ça ? demanda Janet avant de faire la grimace, le visage soudain défait. Honnêtement, je ne sais plus, docteur, je me raccroche à des fétus de paille.

– Vous n'en avez pas discuté avec Eli ?

– Eli refuse obstinément que je discute de quoi que ce soit avec lui, il s'est transformé en prisonnier, délibérément. Je lui laisse sa nourriture dans le couloir et il attend que je sois repartie pour la prendre. Mais même si ça ne marche pas, je serais heureuse de vous payer pour votre temps. Même votre temps de trajet en voiture. Je vous avance l'argent, en liquide si vous le désirez…

– Nous verrons les détails plus tard, dit Grace. Où habitez-vous ?

Quatre mois plus tard, Eli, excentrique et bizarre depuis l'enfance, sans capacité aucune pour la vie en société, était capable de sortir de chez lui, avait cessé de massacrer sa propre peau et avait abandonné ses tics. Un mois plus tard, il avait trouvé un emploi à domicile en tant que commettant aux factures pour un site en ligne de vêtements vintage.

Deux mois plus tard, alors qu'il traversait un parc voisin, il rencontra une fille aussi timide que lui. Peu après, tous deux allaient manger une glace ensemble deux fois par semaine. L'histoire s'était terminée, mais Eli se voyait désormais capable de « sortir avec une fille » et se préparait à tenter sa chance sur les sites de rencontres.

– Je sais que ça peut présenter des risques, mais c'est un début ! s'exclama Janet. Vous avez accompli des miracles avec Eli, docteur Blades.

– J'apprécie ce que vous me dites, lui répondit Grace. Mais c'est lui qui a fait le plus dur du travail.

Trois semaines après, se présenta son deuxième patient privé. Une femme que Janet avait rencontrée dans un groupe de soutien aux victimes de crimes.

Pas besoin de visites à domicile cette fois, mais Grace ne disposait pas de bureau privé pour recevoir ses clients. Elle se renseigna auprès de son supérieur immédiat sur un point d'éthique, la possibilité d'utiliser son bureau à l'hôpital de la VA après les heures ouvrables. Sachant qu'il faisait lui aussi la même chose, au point de doubler ses revenus.

– Eh bien… lui répondit-il, c'est un peu flou… (Avant de baisser la voix :) Si vous n'exagérez pas et que vous faites correctement votre travail au quotidien…

À la fin de sa première année comme psychologue traitante, Grace avait amassé une clientèle de patients privés si importante qu'elle fut contrainte de procéder à quelques changements : la réduction de son temps de présence à l'hôpital à quinze heures par semaine, en abandonnant au passage tous ses avantages. Elle loua un bureau dans un bâtiment médical sur Wilshire, non loin de Fairfax, où elle pouvait se rendre à pied depuis son studio.

Son revenu doubla, puis tripla, puis doubla à nouveau. Ses patients voyaient leur état s'améliorer.

La libre entreprise. Cela lui convenait parfaitement.

Peu après son vingt-septième anniversaire, lors d'un brunch à Hancock Park en compagnie de Malcolm et de Sophie, une petite tradition qu'elle n'aurait ratée pour rien au monde, Malcolm lui demanda si elle serait intéressée par un enseignement à temps partiel à l'USC.

La proposition étonna Grace au plus haut point : à ses yeux, l'université devait être heureuse d'être débarrassée d'elle, car son départ mettait de fait un terme aux problèmes de limites et de bienséance liés à sa simple présence. À quoi s'ajoutait un fait important : ses relations avec les personnes qu'elle considérait comme ses parents avaient évolué de manière intéressante.

Si Sophie et elle continuaient, socialement parlant, à partager leurs préoccupations spécifiquement féminines, une distance certaine s'était instaurée dans ses rapports avec Malcolm.

Peut-être était-ce dû en partie au simple fait qu'une jeune femme et un vieil homme avaient peu de choses en commun. Mais elle se demandait si une des raisons de ce changement n'était pas la déception de Malcolm en apprenant sa décision de choisir une pratique privée en faisant une croix sur une carrière universitaire.

Si elle ne se trompait pas sur ce point, il avait déguisé son chagrin par des compliments qui pouvaient être à double tranchant.

Tu étais une chercheuse si brillante. Mais il est sûr que le fondement de notre discipline est bien l'aide qu'on peut apporter à autrui.

Elle pensait de son côté : *Tu n'as qu'à t'en prendre à toi-même. Il est bien possible que tout ait commencé comme ton projet personnel. Mais ta gentillesse et ton humanité ont emporté la donne et m'ont complètement remodelée.*

Lorsque Malcolm lui semblait par trop mélancolique, elle effleurait d'un baiser sa joue parfumée à l'after-shave *bay rum*. Ces petites marques physiques d'affection qu'elle réservait à tous les deux lui avaient demandé du temps et des efforts, mais elles ne la gênaient plus désormais.

Elle se disait qu'elle les aimait sans vraiment chercher à savoir ce que ce mot pouvait signifier.

Après tout, la clé, ce n'étaient pas les mots. Mais bien la façon dont elle se comportait avec eux et sa conviction d'avoir réussi en s'assurant de rester immanquablement de bonne humeur, courtoise et agréable.

Seize années s'étaient écoulées depuis le jour où Malcolm était venu la sortir de la prison pour mineurs et, en ce laps de temps substantiel, ils ne s'étaient quasiment jamais dit un mot plus haut que l'autre. Combien de familles pouvaient s'enorgueillir d'un tel exploit ?

Ce dimanche matin-là, quand Malcolm lui offrit le poste d'enseignante, elle sourit et pressa sa main désormais constellée de taches de vieillesse.

– Je suis flattée, dit-elle d'une voix égale. En premier cycle ?

– Non, uniquement en maîtrise. Peut-être des tests neuropsychologiques, si tu t'es tenue au courant de ce qui se faisait.

– Je sais de quoi il s'agit, répondit-elle. Chic !

– Personnellement, j'estime que tu es surqualifiée, s'il n'avait tenu qu'à moi, je t'aurais proposé ce poste dès la fin de ta licence. Mais tu sais… Toujours est-il que l'idée vient des autres enseignants cliniciens, moi, je ne suis que leur porte-parole désigné.

Il mangea un peu de saumon fumé.

– Tu te retrouveras peut-être en compagnie d'autres anciens. Nous essayons d'exploiter les capacités et l'expérience de nos étudiants les plus doués, dit-il en rougissant. Il y a aussi des problèmes de financement.

Grace gloussa.

– Ils croient que je vais travailler au rabais ?

– Ça coûtera toujours moins cher à la fac qu'un poste à plein temps de titulaire de chaire, dit Sophie.

– Oui, oui, intervint Malcolm. Mais ce n'est pas vraiment la question, en ce qui te concerne, toi personnellement. C'est ton nom qui a été le premier cité. Ta réputation est déjà bien établie.

– En termes de quoi ?

– D'efficacité.

– Hum, fit Grace. Et concrètement, cela impliquerait quoi pour ma petite personne ?

Malcolm relâcha ses larges épaules. Soulagé.

– J'espérais que tu allais dire ça.

À l'âge de vingt-huit ans, Grace avait un revenu substantiel à six chiffres grâce à sa pratique privée et tirait un grand plaisir de sa journée hebdomadaire sur le campus comme professeur assistant en psychologie clinique.

La BMW d'occasion tournait comme une horloge, son studio sur Formosa continuait à lui suffire et son portefeuille grossissait sagement et régulièrement.

Ses petites virées dans les bars à cocktails se poursuivirent à L.A. et également à l'étranger, quand elle commença à s'offrir des vacances de luxe deux fois l'an. Elle visitait les villes d'Europe et d'Asie et rentrait au bercail avec des vêtements haut de gamme et des souvenirs érotiques qui alimentaient ses heures de solitude.

La vie coulait et s'écoulait sans heurts. Grace se dit qu'elle pourrait continuer ainsi un bon moment.

Imbécile qu'elle était.

Peu avant son vingt-neuvième anniversaire, elle fut arrachée à son sommeil par des coups martelés à sa porte.

Elle reprit vite ses esprits, enfila un survêtement, choisit un couteau de boucher dans le présentoir de la cuisine et s'approcha prudemment du martèlement intempestif.

– Grace ! siffla une voix de l'autre côté de la porte.

Un murmure de souffleur au théâtre. Pour ne pas déranger les voisins ?

Quelqu'un qui connaissait son nom…

Le couteau à la main, elle ouvrit le verrou, mais garda la porte entrebâillée, juste retenue par la chaîne de sécurité.

Ransom Gardener était dans le couloir, l'allure d'une antiquité défraîchie, ses cheveux blancs en tous sens, les yeux rougis, les lèvres tremblantes.

Elle le fit entrer.

Il la serra violemment contre lui et éclata en sanglots.

Lorsqu'il finit par la lâcher, elle demanda :

– Lequel des deux ?

– Seigneur Dieu, brailla Gardener, tous les deux, Grace, tous les deux ! Sophie… sa Thunderbird.

Bouche bée, Grace recula en chancelant. Gardener était planté au milieu du salon, haletant, le corps secoué de sanglots.

Elle eut l'impression de se pétrifier sur place. Enveloppée d'une carapace dure – comme un insecte sous son armure de chitine.

Visualisant la petite décapotable noire à pleine vitesse sur une route.

Qui explosait en morceaux.

Elle essaya de parler. Son larynx, ses lèvres, sa langue avaient apparemment quitté son corps. Même sa trachée n'était plus à sa place, plus d'air dans sa gorge, plus de souffle, tout avait disparu, mais pourtant, sans trop savoir comment, elle… continuait à exister.

Ransom Gardener continuait à vaciller sur place, en pleurs. Grace sentit un vertige s'emparer d'elle et prit appui contre le mur. Elle réussit à tituber jusque dans la cuisine, s'empara de la première chaise venue et s'assit.

Gardener l'avait suivie, mais pourquoi ? Elle voulait juste qu'il parte.

– Putain de conducteur ivre, dit-il. Lui aussi a été tué. Qu'il aille se faire foutre en enfer.

Soudain, Grace voulut lui demander où, quand, comment, mais rien ne fonctionnait dans son cerveau.. Tout confus, tout mou et détrempé… en panne.

Elle était devenue un de ses patients.

Elle eut le sentiment que ça ne s'arrêterait jamais, en voyant Gardener se blottir dans ses bras croisés et pleurer, pleurer, alors qu'elle, assise, inerte, eut soudain un éclair de lucidité :

L'empathie était le plus gros de tous les mensonges.

46

Sentant la nécessité de se transformer en un être efficace, froid et cruel à la mécanique insensible, Grace, allongée sur le lit affaissé de sa chambre du Olds Hotel, parvint à convoquer juste assez de douleur, de furie et de chagrin pour amorcer la transition.

D'attaque, elle quitta Berkeley en voiture et prit au sud vers Ameryville. Dans un magasin de sport indépendant, elle régla ses achats en liquide : sandales de plage, répulsif anti-insectes, chaussures de marche à semelles en caoutchouc, cagoule de ski avec deux orifices pour les yeux. Le masque et les chaussures étaient les deux seuls articles pertinents, les autres, un stratagème destiné à les noyer dans le lot.

Elle rentra à l'hôtel, dîna de viande séchée et de son mélange noix-noisettes, but de l'eau et exécuta des séries d'étirements et de pompes avant de s'assoupir.

Inutile de mettre l'alarme. Elle ne sortirait qu'une fois la nuit tombée.

À sept heures du soir, elle était debout, pleine d'énergie, tous les sens en alerte. Trente-huit minutes plus tard, elle avait garé l'Escape à trois blocs de la maison d'Avalina et s'en approchait à pied.

Son blouson à quatre poches était parfaitement adapté à la fraîcheur de la nuit, tant du côté pratique que du côté esthétique. Elle avait laissé ses perruques au Olds et ses cheveux courts étaient dissimulés par le bonnet en laine acheté au magasin de surplus.

Lentilles de contact vertes cette fois. Comme une chatte.

Elle se mit à rôder.

Aucun bruit ne lui parvenait des grosses maisons au sommet de leurs talus, plongées pour la plupart dans l'obscurité. Rien de plus logique si ce qu'elle avait observé à L.A. était également vrai ici : plus les demeures étaient vastes, moins il y avait de chances qu'elles soient habitées à plein temps, les riches adorant voyager ou profiter de leur résidence secondaire.

Malcolm et Sophie avaient vécu dans leur grande demeure et étaient rarement partis bien loin. Leurs voyages à l'étranger, ils en avaient parlé, certes, mais dès que Grace était entrée dans leur vie, ils n'avaient plus jamais utilisé leurs passeports.

Je connais, j'ai déjà fait, c'était ça leur raison ? Ou était-ce parce qu'ils voulaient être là pour elle ?

Ses yeux commencèrent à la piquer et elle se sermonna : son ennemie, c'était la distraction. La grande maison en brique était proche et elle ralentit le pas. Arrivée à son niveau, elle se positionna légèrement au-delà de la haie. L'éclairage extérieur était des plus chiches, juste quelques ampoules de faible puissance placées au petit bonheur, qui dessinaient un patchwork incongru de zones illuminées et de plages d'obscurité.

La lumière était allumée dans une seule pièce de la maison : au dernier étage, sur la droite. Il y avait quelqu'un, ou alors, c'était juste un stratagème programmé par minuterie pour raison de sécurité. Pas d'autres signes apparents de protection du domicile : panneaux d'avertissement, caméras, interdictions d'entrer, détecteurs de mouvements.

La confiance régnait chez Dion Larue.

Une seule Prius dans l'allée. Même plaque minéralogique que la voiture de Walter Sporn. Est-ce que Sporn vivait là ? Si oui, ça collait parfaitement aux pratiques d'un culte. Mais là, Larue se démarquait de son père : Arundel Roi avait limité ses acolytes aux femmes et aux enfants qu'elles avaient eus de lui. D'un autre côté, l'époque prônait l'égalité des droits… ou peut-être avait-elle simplement trop d'imagination et Sporn n'était qu'un simple agent de sécurité à demeure lorsque le boss était absent.

Ou alors un baby-sitter. Une éventualité sinistre, mais de taille celle-là.

Est-ce que Larue et son épouse avaient des enfants ?

Seigneur Dieu, j'espère que non.

Le fait qu'elle n'en ait pas la moindre idée – qu'elle en sache si peu sur Larue – lui fit prendre la mesure du travail qu'il lui restait à faire.

Elle alla jusqu'au fond du cul-de-sac, se planqua dans la pénombre au pied du talus et examina la rue sous une autre perspective. Une fois assurée qu'on ne l'avait pas repérée, elle retourna à l'Escape, verrouilla les portières et attendit.

Quarante-huit minutes plus tard, sa patience fut récompensée quand une autre Prius noire tourna au coin et s'approcha de la maison en brique. Grace sortit de sa cachette et trottina sur ses traces.

Elle arriva juste à temps pour la voir se ranger derrière la voiture de Sporn.

Les phares et les feux arrière s'éteignirent et un homme sortit côté conducteur. L'éclairage noyait les détails de sa silhouette qui apparaissait par flashs dans son champ de vision.

Comme un show de lumières : à chaque éclair, les données se faisaient plus précises.

Grand.

Une crinière de cheveux.

Et aussi la barbe, plus fournie et plus longue que les poils ras qu'il arborait sur la photo de la levée de fonds : elle distingua ses contours sous un halo de fragments de lumière dissociés.

Des vêtements amples et flottants – une tunique qui s'arrêtait aux genoux. Par-dessus ce qui ressemblait à un collant.

Des jambes fines. Une corpulence mince. La tête droite – et de nouveau son profil, la pointe de sa barbe pointée vers l'avant comme un fer de lance sur un champ de bataille.

Le doute n'était plus permis, c'était bien lui. Grace l'observa qui remontait à grandes enjambées la longue allée conduisant à la porte d'entrée.

Il était à mi-chemin quand la portière passager de la Prius s'ouvrit sur une femme, presque aussi grande que lui, vêtue d'une robe qui s'arrêtait sous le genou.

Mais elle n'avait pas la même assurance – un peu voûtée, le dos rond.

Grace pria pour qu'elle passe dans une zone de lumière. Prière exaucée, elle put voir son profil.

Un éclair caractéristique de pommettes à la sculpture si étrange.

L'épouse, quel était son nom, déjà ?

Azha.

Ses chaussures crissant sur le gravier, elle emboîta le pas à son mari, mais Larue ne lui prêta aucune attention. Il ne se retourna pas, ne fit même pas mine de reconnaître sa présence, tout au contraire il accéléra l'allure.

De plus en plus distancée, elle le suivait toujours, comme si de rien n'était. Un rituel bien établi peut-être ?

Elle était encore loin quand Larue referma la porte derrière lui.

En la laissant dehors ? Une nuit tendue pour le couple en or ?

Azha poursuivit péniblement sa marche, à croire que c'était son lot quotidien qu'on lui claque ainsi la porte au nez et, à son arrivée, elle l'ouvrit d'un simple mouvement de la main.

Larue ne l'avait pas verrouillée. C'était peut-être sa façon de lui faire passer un message ? Ou alors un moyen d'affirmer son autorité en la laissant accomplir ce simple geste ?

Quelle qu'ait été sa motivation, une chose était certaine : de la part de Larue, les quelques instants que Grace avait pu observer puaient l'arrogance et l'hostilité.

Et de la part d'Azha, la soumission, un comportement qui pouvait se révéler pertinent.

Grace nota le numéro minéralogique de la seconde Prius puis, s'approchant à pas de loup, osa jeter un coup d'œil à l'intérieur du véhicule malgré le peu de lumière à l'extérieur. Heureusement, une ampoule fixée à un arbre éclairait directement le siège avant.

Elle battit en retraite dans la pénombre et surveilla la maison pendant encore quinze minutes. Puis elle regagna son SUV où elle resta encore une heure pour s'assurer d'éventuelles allées et venues avant de repartir pour son hôtel.

Le sommeil n'était plus à l'ordre de la nuit. Calculs et stratégie.

47

Les funérailles de Malcolm et de Sophie eurent lieu une semaine après leur mort, à la maison de Ransom Gardener sur la plage de Laguna. Une journée magnifique au bord du Pacifique, un ciel de cobalt envahi doucement par des nuages d'argent soyeux qui flottaient, venus du nord.

Laguna était à cent kilomètres au sud de L.A. et Grace se rendit compte que, chaque fois que Gardener était venu en visite, il avait roulé plus d'une heure. Un avocat dévoué.

Les choses auxquelles on pense.

Les choses qu'on évite.

Malcolm et Sophie avaient laissé des instructions explicites pour une crémation et Gardener s'en était occupé. Grace était debout en robe blanche, pieds nus dans le sable, tandis qu'il s'avançait vers elle, chargé de leurs deux urnes en argent. Il lui avait demandé si elle voulait disperser les cendres. Quand elle avait secoué la tête, son refus avait semblé lui faire plaisir.

Déposer des cendres humaines dans le Pacifique devait incontestablement violer tous les codes établis, municipalité, comté et État. Gardener se contenta de dire « Rien à foutre » et fit s'envoler leurs restes.

Il jurait beaucoup depuis cette nuit abominable dans l'appartement de Grace, révélant une facette bien cachée de l'avocat digne et mesuré qu'elle connaissait depuis des années.

À compter de ce jour, sous le prétexte de la réconforter, il s'imposait à elle au quotidien, débarquait avec des produits qu'elle n'avait aucune intention de manger et s'affalait sur le canapé du salon pour se perdre sans fin dans ses litanies de souvenirs. Que restait-il quand on se sentait vide ? Grace ne se joignait pas à lui, mais cela ne faisait aucune différence : Gardener ne pouvait s'empêcher de les partager.

Beaucoup de ses récits commençaient de la même façon : son premier jour à Harvard, petit prépa chouchouté de l'Upper East Side de Manhattan et diplômé de Groton, son assurance factice qui n'était qu'un vernis. Pataugeant dans la semoule, la peur au ventre, autant de manques qui avaient disparu peu après sa rencontre avec Malcolm – « la meilleure chose qui me soit arrivée de tout le temps que j'ai passé à Cambridge ». Qui pouvait savoir qu'un grand costaud juif de Brooklyn allait finir par devenir l'ami d'une vie ?

– Plus qu'un ami, Grace. Les mots me manquent, peut-être n'existe-t-il pas de mots pour l'exprimer, il était…

Pour la centième fois, les larmes perlaient en haut de ses joues creuses avant de perdre la bataille contre la gravité.

– En vérité, Grace, il était non seulement impressionnant au mental et au physique, mais on pouvait compter sur lui pour n'utiliser ses dons qu'avec parcimonie. Avec discrétion. Avec goût. Mais quand on avait besoin de lui, il était là, nom de Dieu. Les gars qui débarquaient ivres de la ville et croyaient pouvoir nous rosser à plate couture apprenaient vite leur leçon.

L'image de Malcolm en train d'en découdre dans un rade de Somerset aurait amusé Grace, si elle avait pu ressentir quelque chose.

Elle laissait Gardener bavasser en faisant semblant de l'écouter.

Sa formation professionnelle lui était d'une aide précieuse.

Depuis l'annonce du drame, elle s'était réfugiée dans un brouillard d'insensibilité, comme si on l'avait verrouillée à demeure dans une bulle de verre stérile, où ses yeux fonctionnaient mécaniquement sans pouvoir traiter la moindre information et ses oreilles lui faisaient l'effet de haut-parleurs débranchés. Lorsqu'elle faisait un pas, elle savait qu'elle bougeait, mais avec le sentiment qu'une autre qu'elle appuyait sur les boutons.

Son cerveau était plat et aussi vide qu'une feuille de papier vierge.

C'était tout ce qu'elle était capable de faire pour s'asseoir, se tenir debout et marcher.

Elle songea qu'elle se débrouillait plutôt bien pour feindre la normalité parce que personne aux funérailles ne semblait la considérer avec une pitié indue.

Les invités étaient des enseignants de la fac et des étudiants, Gardener et son épouse, une femme boulotte prénommée Muriel, et l'éternel, le silencieux Mike Leiber habillé comme un clodo et traînant derrière les autres, cette étrange expression rêveuse un peu déjantée sur son visage désormais gris de barbe. Un bref et émouvant discours de Gardener, étranglé par les larmes à chaque phrase, suivi des éloges funèbres trop longs prononcés par des professeurs des départements de Malcolm et de Sophie.

Ensuite, fromage et biscuits secs salés accompagnés de vin blanc sur la plage, sous un ciel qui avait fini par virer anthracite.

Après leur départ, une pensée assaillit brutalement Grace : elle était leur seule famille présente aux obsèques. Elle savait que ni Malcolm ni Sophie n'avaient de parents vivants, mais elle n'y avait jamais beaucoup réfléchi. Debout et solitaire, elle contemplait ce qu'il restait d'eux se rassembler en boue grise sur les eaux avant d'être emporté au loin, et elle comprit combien ils avaient dû être seuls avant son arrivée chez eux.

Était-ce là l'explication ?

Pourrait-on jamais expliciter pleinement un acte de noblesse – ou de malfaisance ?

Non, il fallait qu'il y eût plus, elle devenait pathologiquement analytique parce que, sacré bon Dieu, elle se sentait prête à exploser.

Malcolm et Sophie méritaient mieux qu'une analyse à dix sous.

Malcolm et Sophie l'avaient aimée.

Le lendemain des funérailles, seule dans son appartement, elle put finalement donner libre cours à ses larmes. Une semaine durant, elle ne fit quasiment que pleurer et quand Gardener se présenta, par deux fois, à sa porte, elle l'ignora. Au bout d'une quinzaine, elle cessa de prendre ses appels. Ainsi que ceux de ses patients et des nouveaux venus auxquels elle avait été recommandée. Elle laissa un message « urgence familiale » sur sa boîte vocale. Excellent moment pour que les Hantés pensent à quelqu'un d'autre qu'eux-mêmes.

Le matin du quinzième jour après le Cataclysme, Gardener réapparut et Grace supposa qu'elle parviendrait à tolérer sa présence. Elle entrouvrit la porte. Mike Leiber l'accompagnait et, brusquement, elle n'eut plus la moindre envie de les laisser entrer, ni l'un ni l'autre.

– Oui, Ransom ?

– Vous allez bien, ma chère ? Vous ne m'avez donné aucune nouvelle.

– Je fais mon possible.

– Oui, nous bataillons tous pour faire notre possible – pouvons-nous bavarder un moment ?

Elle hésita.

– C'est important, dit Gardener.

Elle ne répondit pas et il s'approcha.

– Je vous promets de ne pas donner dans le mélo, Grace. Désolé si j'ai pu abuser de votre patience.

Derrière lui, Mike Leiber fixait le vide et elle eut envie de le frapper.

– S'il vous plaît, Grace ? insista Gardener. C'est pour votre bien. Des affaires qu'il faut absolument régler.

De nouveau, cette voix, ce ton, ces mots d'avocat. Les yeux de Leiber restaient aussi plats que les galets d'une mare.

Gardener joignit les mains, comme pour une prière.

Elle dégagea la chaîne de sécurité.

Elle conduisit les deux hommes dans la cuisine, où Gardener déposa une grande valise en peau de crocodile sur la table avant d'en sortir une liasse de documents. Leiber s'assit face à elle et se détourna aussitôt pour consacrer tout son intérêt à la porte de son réfrigérateur. Une foule de diagnostics jaillit à l'esprit de Grace. Elle les bloqua aussi vite. Quel intérêt ?

Alors qu'il faisait le tri dans ses papiers, Gardener pinça le nez. La pièce sentait la graisse rance. Grace avait survécu grâce à des réserves oubliées dans ses placards et faisait frire, parfois jusqu'à les laisser brûler, des cochonneries qu'elle évitait de consommer d'habitude. Elle n'avait pas aéré la cuisine. Ne s'était pas douchée depuis deux jours.

– Bon, dit Gardener en tassant les rebords de l'épaisse liasse. Ainsi que vous le soupçonniez peut-être, vous êtes la seule héritière de Malcolm et de Sophie.

– Je ne soupçonnais rien. Ça ne m'a pas traversé l'esprit.

– Oui… naturellement – je suis tellement navré, Grace, c'est… Mais toujours est-il qu'il faut régler ces choses, et nous voici. Vous êtes leur seule héritière. Donc vous devez être informée de votre nouvelle situation.

– Très bien, informez-moi.

– C'est plus que très bien, dit Leiber.

Grace lui lança un regard peu amène. Mais il s'était déjà replongé dans la contemplation du grand frigo blanc.

– Eh bien, oui, intervint Gardener. Ce que Michael vous dit, Grace, c'est que Sophie et Malcolm étaient extrêmement riches, vous êtes la bénéficiaire de l'héritage personnel de Sophie combiné à des années d'investissements prudents depuis qu'ils s'étaient mariés.

Il jeta un coup d'œil à Leiber.

Ce dernier haussa les épaules.

– Michael ici présent est en quelque sorte un cerveau en termes de finances.

– Des conneries, tout ça, répondit Leiber. On achète à la baisse, on vend à la hausse, on évite les stupidités.

– Vous êtes d'une modestie excessive, Mike.

Leiber croisa les bras sur sa poitrine et son regard vide reprit sa place. Quand soudain, il se leva de sa chaise.

– Faut que j'y aille. Je dois choper des marchés de change étrangers.

– C'est moi qui conduis, dit Gardener. Comment allez-vous regagner le bureau ?

– En bus, dit Leiber. (Avant de se tourner vers Grace :) Désolé que vous ayez dû l'apprendre de cette façon. J'espère que vous ne foirerez pas votre coup.

Après son départ, Gardener dit :

– Ainsi que vous avez pu le remarquer, Michael est un individu inhabituel. Ses années au MIT ont été difficiles. Malcolm l'a aidé.

Grace ne bougeait pas.

– D'un autre côté, vous n'en êtes probablement pas étonnée – comme par tout ce que je pourrais vous dire concernant Malcolm ou Sophie… Donc… voici le détail.

En dépit de son babillage décousu de départ, Gardener réussit habilement sa transition vers le jargon efficace de l'homme de loi et lui communiqua les faits avec une admirable clarté.

La maison de June Street valait entre trois millions et demi et quatre millions de dollars. Le portefeuille boursier qu'ils avaient constitué à Grace quelques mois après son adoption avait grossi jusqu'à cinq cent soixante-quinze mille dollars.

– Le portefeuille vous appartient désormais intégralement, mais une partie de l'argent que vous retirerez de la vente de la maison, si vous choisissez de la vendre, partira aux impôts. Si nous utilisons toutes les flèches de notre carquois, j'estime que vous vous retrouverez à la tête de quatre millions de dollars, plus ou moins.

– Très bien, dit Grace, je vous paierai pour vous charger des papiers.

– J'ai commencé, ma chère. Je suis déjà l'exécuteur testamentaire, donc pas d'honoraires supplémentaires à envisager.

– Les exécuteurs ne facturent-ils pas leur temps à l'heure ?

– Pas de règles établies, Grace.

– Je ne demande pas l'aumône…

– Il ne s'agit pas de cela, Grace, c'est de l'honnêteté élémentaire, je ne peux pas vous dire ce qu'ils représentaient tous les deux pour moi.

– Merci, lui dit-elle, craignant qu'il ne retombe dans son trip nostalgie.

Elle lui ferait un cadeau, quelque chose d'extravagant. Dans sa maison, le jour des funérailles, elle avait remarqué une collection de verreries Art déco. Et elle avait vu sa femme caresser un vase au passage.

Gardener ne fit pas mine de vouloir se lever.

– Autre chose ? demanda Grace.

Gardener lui offrit un sourire triste.

– Comme ils disent dans ces pubs pour des couteaux bon marché : « Mais attendez, ce n'est pas tout ! »

Grace ferma les yeux. Les nerfs à vif, c'était tout ce qu'elle était capable de faire pour ne pas le virer de la cuisine.

– Donc, reprit-il, il y a les quatre millions. Ce qui représente déjà en soi une belle aubaine pour quelqu'un d'aussi jeune que vous, le potentiel de croissance est énorme. Mais (il s'autorisa un grand geste théâtral) il y a également un peu plus d'argent que Malcolm et Sophie avaient investi pour eux-mêmes. Et Mike a fait un travail superbe avec ces fonds. Avant lui, son père avait fait la même chose – Art Leiber était l'un des tout premiers gestionnaires d'investissement de la côte Est. Un autre copain à nous, de Lowell. Un homme merveilleux, il est décédé il y a des années, cancer de la vessie. Des questions se sont posées à l'époque quant aux capacités de Mike à gérer ces placements, mais il a fait très joliment ses preuves depuis.

Et c'est reparti pour un tour.

Gardener dut percevoir son impatience, car il se redressa sur son siège.

– Ce que vous allez voir, Grace, illustre la puissance des intérêts composés. Acheter des produits d'investissement solides et ne plus y toucher.

Il prit son inspiration. Détacha trois feuillets de la pile et les fit glisser sur la table.

Des colonnes, actions, obligations, fonds de placement, autant de choses auxquelles Grace ne connaissait rien. Lettres et nombres en tout petits caractères, et tout se brouillait devant ses yeux.

Elle détourna la tête.

– Parfait, merci, lui dit-elle.

– Grace ! dit Gardener d'une voix inquiète. Vous avez vu ?

– Vu quoi ?

Il reprit le dernier feuillet, le retourna pour que Grace puisse le lire et pointa le doigt vers le bas de la page.

Grand Total :
Vingt-huit millions, six cent cinquante mille dollars.

Plus quarante-neuf cents.

– Et ça, c'est après les prélèvements d'impôts, Grace. Vous êtes une femme très riche.

Grace avait lu toutes ces histoires de gagnants à la loterie, ces gens résolus à ne rien changer à leur mode de vie. Mais bien sûr qu'il changeait, prétendre le contraire était idiot. Ce serait une bêtise d'ignorer ses nouvelles conditions d'existence, la clé était simplement de s'assurer de rester aux commandes.

Elle téléphona à Mike Leiber pour lui dire qu'elle allait retirer de l'argent, mais voulait qu'il continue à gérer le gros de sa fortune comme par le passé.

– Si vous devez dépenser, lui dit-il, utilisez les revenus, pas le capital.

– De quels revenus s'agit-il ?

– Vous ne savez pas lire ? Vous avez des *muni bonds* – des obligations municipales exonérées d'impôts. L'intérêt annuel dépasse les six cent mille dollars. Ça devrait suffire pour des chaussures et des manucures, non ?

– C'est plus qu'assez. Donc nous continuons comme c'était ?

– Pourquoi pas ? Vous vous fichez bien que je vous fasse la totale avec mon grand numéro d'expert, j'imagine ?

– Pardon ?

– Pour la plupart des clients, je dois leur rendre visite deux fois par an avec des graphiques et des conneries pour leur montrer à quel point je fais du bon boulot avec leur pognon. Malcolm et Sophie savaient que c'était une perte de temps pour tout le monde. Mais Gardener insistait.

– Inutile, Mike.

– Un truc à savoir, aussi, dit-il. Je vous le dis dès le départ : certaines années, vous ferez plus d'argent, d'autres, moins, et quiconque vous dira le contraire est un sale con d'arnaqueur.

– C'est logique, Mike.

– Vous pouvez appeler si vous avez des questions, mais ça n'aurait guère de sens de les poser dans le vide, sans vous être informée au préalable. Lisez vos relevés mensuels, tout y est décrit en détail. Si vous voulez plus, je vous recommande un livre sur les principes élémentaires d'investissement. Le meilleur, c'est celui de Benjamin Graham.

– Je garderai ça à l'esprit, Mike.

– Bien, oh ouais, je vais vous envoyer quelques chèques, que vous puissiez retirer ce que vous désirez.

– Merci, Mike.

– Sans problème.

Dans le courant de l'année qui suivit, Grace vendit la maison de June Street, consigna les antiquités et les objets d'art les plus précieux chez un marchand de Pasadena et confia les papiers de Malcolm et de Sophie à un entrepôt spécialisé dans la sécurité des documents. Un jour, elle les lirait peut-être.

En utilisant les produits de la vente de la maison, elle évita d'être taxée sur les plus-values par un échange 1031 : elle liquida son bungalow de La Costa Beach à un bon prix, parce qu'il était minuscule et difficilement habitable par plus d'une personne, et la Commission côtière rechignait à donner des permis de construire. Avec l'argent ainsi obtenu plus un supplément, elle acheta un cottage à West Hollywood qu'elle convertit en nouveau bureau.

Le jour qui suivit la vente des deux propriétés, elle se rendit chez un marchand d'automobiles de Beverly Hills, revendit sa BMW et acheta l'Aston Martin noire, qui avait à peine servi. Le propriétaire précédent s'était aperçu qu'il était trop gros pour s'installer confortablement dans le cockpit. Le break Toyota, lui aussi quasiment neuf, était garé dans un coin du parking et c'était en fait le véhicule personnel du vendeur. Elle le choqua en lui faisant sa proposition, mais il finit par l'inclure dans la vente et elle s'offrit le doublé, la Toyota étant plus pratique comme voiture de rechange.

Elle avait toujours su qu'elle voulait une voiture de sport, au point même de considérer l'achat d'une T-Bird vintage avant de décider que ce serait d'une loyauté outrancière, un acte stupide et banal.

Aussitôt l'Aston en sa possession, elle parcourut à son volant plus de trois mille kilomètres au cours du premier mois et s'aperçut que la combinaison de vitesse excessive et de conduite dangereuse était une expérience étrangement rédemptrice.

Peut-être que le jour arriverait où elle cesserait d'imaginer le soir où on lui avait arraché ces êtres chers.

Elle n'avait rien appris au sujet de l'accident proprement dit. Par choix délibéré. S'abstenant d'en parler avec Gardener ou la patrouille des autoroutes, d'aller fouiller les constats établis par la police, refusant toute sorte de clarification.

Elle ne savait même pas si l'ivrogne irresponsable qui avait causé tant de destruction et de souffrance était un homme ou une femme.

En dépit de tout ce qu'elle répétait à ses patients sur une communication ouverte, elle n'aspirait qu'au baume de l'ignorance la plus totale. Elle supposait que cela pourrait changer.

D'ici là, elle allait rouler.

48

Le lendemain du jour où, pour la première fois, elle avait vu Petit Venin à l'âge adulte, Grace se rendit dans le district de Claremont.

À sept heures du matin, assise sous l'ombelle géante d'une variété d'arbre qu'elle était incapable d'identifier, elle surveillait les véhicules qui entraient et sortaient d'Avalina Street. Son arbre était le plus grand d'un bosquet centenaire qui bordait une pelouse revendiquant le nom de Monkey Island Park, le parc de l'île aux singes.

Pas le moindre représentant des simiens à l'horizon, pas d'eau, pas d'île. Tout juste un bon millier de mètres carrés d'herbe, entouré de troncs solides et surplombé de branches lourdes de chlorophylle.

Un gamin qui aurait débarqué là avec des images de chimpanzés plein la tête risquait fort de connaître la déception de sa vie. C'est peut-être pour cette raison qu'il n'y avait personne.

Ce qui convenait parfaitement à Grace.

Pas de lentilles de contact aujourd'hui, ses yeux se cachaient derrière des lunettes de soleil. Un peu au hasard, son choix s'était porté sur la perruque blonde, qu'elle avait peignée de manière à la débarrasser de ses vagues et de ses flips avant d'en faire trente centimètres d'une queue-de-cheval qui ressortait par l'orifice de sa casquette de base-ball noire sans inscription. Matinée chaude, donc pas de blouson, juste un jean et un T-shirt en coton beige, des chaussettes de sport et des tennis légères. Tout le reste de son équipement se trouvait dans son grand fourre-tout.

Elle ouvrit le *Daily Californian* édité par les étudiants de Berkeley qu'elle avait pris non loin de l'hôtel et fit semblant de s'intéresser à la vie du campus. Quelques personnes passèrent près du parc, mais aucune ne s'arrêta.

À huit heures quarante-cinq, Walter Sporn sortit d'Avalina dans une Prius noire et se dirigea vers le nord.

À neuf heures trente-deux, Dion Larue apparut à son tour. Il roulait trop vite pour qu'elle pût distinguer beaucoup de détails, mais à la lumière du jour, ses cheveux et sa barbe jetaient des éclairs d'or pareils à des reflets métalliques.

Comme s'il s'était redoré lui-même, à l'image d'une idole de sa petite personne.

Grace se rappela une technique qu'elle avait apprise en consignant les objets décoratifs de Malcolm et de Sophie : le chrysocale, un procédé par lequel on appliquait de la peinture dorée ou de la feuille d'or sur un métal plus vil tel que le fer ou le bronze.

Dans le but de faire paraître un objet plus précieux qu'il n'était dans la réalité.

Elle ferma les yeux et traita les données qu'elle venait d'enregistrer. À son passage, Walter Sporn fronçait les sourcils, l'air maussade. Le beau visage de Dion Larue, nez et mâchoire relevés, affichait le même profil hautain que la veille lorsqu'il avait abandonné son épouse dans le noir.

La même arrogance sans bornes et pourquoi pas ? Personne ne lui avait dit non depuis bien longtemps.

Grace se prépara à un nouvel examen de la grande maison en brique.

Mais prends ton temps, rien que pour être sûre. Aucune raison de te presser.

Vingt-deux minutes plus tard, deux piétonnes apparaissaient au coin d'Avalina pour se diriger droit sur elle.

Blondes l'une et l'autre, la plus grande derrière une poussette. À mesure qu'elles se rapprochaient, le disque rond et blanc du visage du bébé lui apparut. Blond lui aussi.

Les nouvelles arrivantes ne changèrent pas de trajectoire, mais s'arrêtèrent à bonne distance d'elle en s'installant près du centre de la pelouse. La femme de haute taille se plaça face à la poussette afin de libérer le bébé de ses sangles sous le regard de Grace, à des mètres de là, bien à l'abri derrière ses lunettes et son journal. Elle avait déjà deviné l'identité de la nouvelle venue. Quand celle-ci tourna la tête, elle put constater qu'elle ne s'était pas trompée.

Azha la soumise, chevelure un peu mollasse avec une raie au milieu, tenue en place par un bandeau en cuir, une copie remise au goût du jour de ceux qu'arboraient les hippies jadis. Sa tunique en coton noir était légèrement plus courte que sa robe de la veille et s'arrêtait aux genoux. Des sandales plates aux pieds, pas de montre, pas de bijoux.

À la lumière du jour, son visage était élégant, un rien aurait suffi pour qu'il soit joli. Mais alors ces pommettes…

Grace se représenta mentalement Dion Larue se préparant à remodeler son monde, avec, à la main, un de ces compas de sculpteur, taillant et creusant les chairs de son épouse. Azha assise immobile et muette pendant l'opération, tourmentée par une souffrance exquise à mesure que le psychopathe qui la dominait affinait ses creux et ses pleins avant de les polir et de les lisser en l'ensanglantant jusqu'à l'os.

Belle métaphore, mais Grace cessa de s'y complaire, elle n'avait pas de temps à perdre avec ces bêtises imaginaires.

Peut-être après tout était-ce une de ces femmes méduses sans échine qui aimaient qu'on leur claque la porte à la figure.

Elle releva son journal de deux centimètres, observa Azha qui sortait une couverture de l'arrière de la poussette et l'étendait sur l'herbe. Elle la tapota, saisit le bébé et, rayonnante de bonheur, le leva vers le soleil comme une offrande.

Un minuscule petit être, à peine âgé de quelques mois, ses jambes dodues battant l'air d'allégresse. Vêtu d'une longue tunique blanche, pas noire, Dieu merci. Azha le serra contre sa poitrine et s'installa sur la couverture, jambes croisées comme en posture de yoga.

Elle le garda pressé contre son sein un moment avant de le poser à côté d'elle. À en juger par son niveau d'équilibre, il devait avoir cinq, peut-être six mois.

Grace était trop loin pour entendre ce qu'elle disait, mais la voix mélodieuse d'Azha s'adressant à son fils flottait dans l'espace de Monkey Island Park.

Le bébé tendit la main vers elle et elle le laissa saisir son doigt avant de le balancer doucement en entamant avec lui un jeu d'équilibre.

Tout ce temps, la femme plus petite était restée debout sans dire un mot.

Comme si elle venait seulement de s'apercevoir de sa présence, Azha se retourna, leva la tête vers elle et lui montra l'herbe du doigt.

La femme s'avança comme un automate et s'assit.

À peu de chose près de l'âge d'Azha, un corps plus lourd et plus épais, un visage banal. Deux couettes de fillette bien trop puériles, une robe noire apparemment du même coton léger que la tunique d'Azha, mais taillée plus ample, un peu n'importe comment, à croire que l'attention du couturier s'était égarée ailleurs le temps qu'il arrive à elle.

À cette distance, les traits grossiers de son visage pâteux semblaient manquer de finesse, avec des yeux petits et bigles. Assise de l'autre côté du bébé, elle ne lui prêtait aucune attention, le regard fixe, perdu dans le lointain. Vide et sans vie. Une âme sœur de Mike Leiber ? songea Grace en continuant à l'espionner.

Seconde après seconde, elle vit son corps s'affaisser un peu plus jusqu'à se voûter complètement, ses bras mous comme deux chiffes, puis sa mâchoire se relâcher au point de la laisser bouche béante face au monde. Azha continuait à jouer avec le bébé, mais sa compagne semblait ne rien partager de son plaisir. Devant ces signes éloquents, Grace commença à se demander si cette femme n'était pas mentalement demeurée.

Ou peut-être qu'à l'image de tant d'individus attirés par les sectes, elle n'était plus vraiment normale – un cerveau endommagé par la dope ou autres agressions psychoneurologiques.

Quelle qu'en fût la raison, elle garda cette même posture avachie un long moment, sans qu'Azha ou le bébé lui prêtent la moindre attention. Puis Azha tourna la tête et se saisit délicatement du menton de sa compagne pour guider son visage et le placer face à elle.

De la même façon qu'elle manipulerait une marionnette ou un jouet en plastique mou. L'autre se prêta à son geste et la regarda sans ciller, mais sans réagir pour autant quand elle s'entendit dire quelque chose. Cependant, lorsque Azha lui tendit le bébé, la femme à la bouche bée l'accepta et Azha s'allongea sur le dos, son bras gauche sur ses yeux.

L'heure de la sieste pour Maman.

Azha savait en tout cas qu'elle pouvait confier son enfant à cette personne, malgré tous ses manques. Celle-ci connaissait la manière de tenir le bébé tout en soutenant sa nuque trop souple.

Azha somnolait maintenant, à voir sa poitrine se lever et retomber régulièrement pendant que sa baby-sitter prenait soin de l'enfant. Une bonne pâte que ce bébé d'humeur égale et enjouée ; un veinard, les dieux l'avaient béni en lui donnant ce tempérament.

Combien de temps cela durerait-il ?

Soudain, sa baby-sitter le posa sur l'herbe ventre en l'air. Elle se plaça au-dessus de lui et le regarda bien en face.

La respiration d'Azha Larue s'était faite plus lente. Sa compagne la regarda quelques secondes avant de reporter son attention sur le petit.

En agitant les mains devant lui – comme dans un spectacle de pantomime. Ou alors de simples gestes bizarres de la part d'une femme bizarre – non, il y avait une intention réelle derrière chacun d'eux, le bébé le savait, fasciné par les doigts qui volaient dans l'air.

Des mouvements rapides qui prenaient forme. Qui communiquaient.

Le bébé continuait à se concentrer sur les mains au-dessus de lui qui donnaient forme à l'air, pointaient, dessinaient des cercles.

Il comprenait. Ainsi qu'il est fréquent chez les bébés préverbaux quand on les entraîne à la langue des signes.

49

Était-ce possible ?

Bien sûr que c'était possible.

Lilith avait huit ou neuf ans lorsque Grace l'avait vue pour la première fois, elle devait donc avoir la trentaine aujourd'hui – l'âge de la plus petite des deux femmes.

Rien dans son apparence ne présentait de contradiction flagrante avec la fillette muette aux cheveux blonds qu'elle avait connue. C'était désormais une jeune femme muette aux cheveux blonds.

Non pas mentalement diminuée, mais simplement coupée d'Azha parce que celle-ci ne connaissait pas – ou ne se souciait pas d'apprendre – la langue des signes.

Lis sur mes lèvres.

Azha qui avait totalement ignoré Lilith jusqu'au moment où elle avait eu besoin d'elle – *surveille le bébé, que je puisse faire un somme.* Rien à voir avec le comportement d'une amie, mais bien plutôt un rapport maîtresse-servante.

Comme dans toutes les sectes, la famille de Dion Larue obéissait à une stricte hiérarchie de commandement : le gourou en haut de l'échelle, suivi par l'épouse du gourou, puis par les abeilles ouvrières de la ruche.

Sa surdité et sa passivité faisaient de Lilith l'esclave idéale. Une passivité parfaitement destructrice, si l'on prenait en compte le meurtre de ses parents adoptifs par Larue.

Larue se serait-il déniché une autre femme approximativement du même âge et de la même taille comme substitut au sacrifice de sa sœur ? Une auto-stoppeuse ou une fille de la rue qu'il aurait ramassée pendant son trajet entre la Californie et l'Oklahoma ? Et il aurait réduit la maison en cendres parce que c'était le meilleur moyen de faire disparaître toute preuve matérielle ?

Grace songea qu'un jour, peut-être, elle déciderait de s'y intéresser de plus près…

Les impressions premières sont souvent les plus proches de la vérité, peut-être parce qu'elles jaillissent spontanément d'un nœud d'intelligence niché au plus profond de la conscience, et Grace se rendit compte que les siennes avaient toujours été d'une précision effrayante.

Désireux de faire revivre les jours glorieux de son géniteur fou à lier, Petit Venin avait avancé lentement mais sûrement vers cet objectif pendant toute une décennie. Massacrant les McCoy en plein sommeil dans leur petite maison de l'Oklahoma après en avoir fait sortir sa petite sœur Lilith pour l'emmener avec lui.

Assuré qu'elle ne lui offrirait aucune résistance. Et si elle s'opposait à lui, il saurait régler le problème, la preuve en était son frère Typhon.

Amy Chan avait perçu la rencontre au restaurant comme purement fortuite, un simple accident du hasard, mais c'était peut-être tout à fait le contraire. Big Brother surveillait Andrew depuis un moment, avait appris que son frère serait en ville et l'avait suivi au volant de sa Prius.

Il l'avait vu entrer au restaurant végétalien en compagnie d'Amy – un endroit qu'il fréquentait peut-être lui-même, s'il continuait à refuser tous produits animaux dans son alimentation. Avant d'annoncer à Azha, immobile et silencieuse à la place du passager, qu'il l'invitait à dîner en ville.

De sa part à elle, aucune protestation. Jamais.

Scénario élémentaire, voir la mouche et l'araignée.

Parce que Andrew n'avait pas bien réagi, rien à voir avec la passivité de Lily.

Bien au contraire, il avait été révulsé.

Cet idiot de Typhon avait viré moral.

En y réfléchissant, Grace se surprit à frissonner. Elle tourna une page du *Californian* et balaya rapidement du regard un paragraphe de journalisme estudiantin bien-pensant. Quelque chose à propos de microdéclencheurs d'« inconfort » post-traumatique dû à une longue liste de -ismes.

Des cris en provenance de la pelouse l'arrachèrent à sa lecture.

Il était là.

Doré, le dos droit, son beau visage enlaidi par la fureur.

Grace observa la scène. Incapable de réagir, elle le vit lever le pied et frapper la semelle de la sandale d'Azha, désormais réveillée, les yeux écarquillés. Quand elle se redressa, une expression paniquée sur le visage, Larue retourna toute sa hargne contre Lily qui tenait le bébé dans ses bras. En l'accusant d'un doigt comme un poignard. Et lui hurlant quelque chose toutes dents dehors.

À son tour, il agita les mains en vitupérant contre elle – parodie caricaturale de la langue des signes.

Le bébé, parfaitement heureux jusque-là, devint écarlate et se mit à hurler. Larue l'arracha aux bras de Lily avec assez de violence pour que la tête minuscule du bambin bascule violemment, en avant puis en arrière. Si ce petit jeu se poursuivait trop longtemps, l'école deviendrait un vrai défi quand le gamin serait plus grand.

Quand le bébé hurla plus fort, Larue le regarda comme un vulgaire insecte.

Avec dans l'idée de commettre quelque acte abominable ? Qui contraindrait peut-être Grace à agir ? Quel désastre.

Elle se préparait à bondir de sa cachette dans les arbres quand, heureusement, Larue déposa le bébé dans les mains tremblantes de sa mère. Qu'il se mit alors à agresser verbalement, en la menaçant du poing comme s'il s'agissait d'un gourdin.

Trop loin pour qu'elle puisse distinguer ses paroles, mais les phrases du dialogue lui traversèrent le cerveau comme des sous-titres.

Tu t'es endormie ? Tu le lui as donné, à elle ?

Ton boulot, pas le sien.

Elle lui faisait ses signes, imbécile. Depuis quand autorisons-nous ça ?

Azha baissait la tête. Larue plaqua ses mains sur ses hanches, se redressa et fusilla du regard les deux femmes.

Le bébé hurla plus fort.

Larue s'avança sur lui, le poing dressé, et Azha mit la main sur sa bouche.

Larue resta là sans bouger, incarnation du droit divin.

Azha parvint à faire tenir son enfant au creux de ses seins en tendant ses deux mains à son mari, sa tête inclinée encore plus bas.

Pardonne-moi, parce que j'ai péché.

Larue contempla son épouse qui s'humiliait devant lui, aboya un ordre bref et se retourna sur Lily et donna un violent coup de pied sur son tibia nu. Azha grimaça par sympathie. Lily ne réagit pas.

Le visage de Larue s'assombrit. Il se balançait sur les talons, ses doigts battant la mesure sur ses hanches.

Son pied se leva plus haut.

Jusqu'où encore pouvait-elle laisser faire sans réagir ? se demanda Grace. Une nouvelle fois, Lily lui évita d'intervenir en singeant la posture de pénitente d'Azha.

Sauf qu'elle se contentait de répéter les gestes, estima Grace, sans y mettre une once d'intention.

Sur ce point, Larue fut d'accord avec elle : il aligna Lily d'un nouveau coup de pied, encore plus violent, et elle se plia en deux, le visage dans l'herbe, ce qui devait être la réaction attendue. Après quoi Larue tourna le dos aux deux femmes et traversa Monkey Island Park comme un coq à la parade, dont l'arrogance et le pas allègre donnaient la chair de poule.

En se dirigeant à l'opposé de l'endroit où Grace s'était assise. C'est seulement à cet instant qu'elle repéra la voiture noire, sa carrosserie miroitant de reflets sous le soleil.

Sa Prius était garée juste en bordure. Elle ne l'avait pas vue arriver.

Elle allait devoir se montrer plus prudente.

50

Grace poursuivit sa surveillance encore deux jours et fut récompensée : un rituel se répétait.

Les deux matins, Walter Sporn et Dion Larue reprirent la même routine approximative : deux Prius quittant Avalina vers le nord, Sporn en tête. Le premier matin, seulement dix minutes séparèrent leurs départs respectifs et Grace suivit Larue, surprise de le voir se diriger vers le chantier de reconstruction sur Center où il se gara en stationnement interdit derrière Sporn.

Sporn attendit son boss avant de sortir pour déverrouiller le cadenas qui fermait la clôture en grillage. Les deux hommes pénétrèrent sur le terrain et, comme la fois précédente, Sporn remit le cadenas en place et le ferma. Puis ils contournèrent l'immeuble éventré par la droite avant de réapparaître vingt-quatre minutes plus tard. Le temps pour un nazi de Berkeley de coller deux P-V à deux autres véhicules, mais sans toucher aux deux Prius.

Le prince avait des relations.

Larue fut le premier à ressortir, la démarche toujours aussi allègre, précédant Sporn qui portait une valise bon marché. Ils se séparèrent et Larue repartit en direction d'Avalina tandis que Sporn s'éloignait vers l'est. Grace prit une décision rapide et suivit Sporn.

Celui-ci n'alla pas bien loin, il longea quelques blocs et s'engagea dans un quartier d'appartements minables. Il s'arrêta contre le trottoir sans couper le moteur et prit son téléphone. Quelques instants plus tard, un gamin qui aurait pu être un étudiant ou juste un de ces parasites traînant leurs guêtres sur les campus sortit d'un taudis en stuc bleu à deux étages avec, en façade, un panneau affichant ses tarifs à la semaine, au mois et à l'année.

Une vingtaine d'années, blanc, coiffé de dreadlocks dont la couleur s'étageait de bronze à noir, le nouvel arrivant portait un bermuda de skateur, un T-shirt vert trop ample orné du slogan *Free Palestine* et des baskets noires sans chaussettes. Un peu à cran, vérifiant de gauche et de droite trois fois de suite avant de traverser la rue vide de circulation. Tout en se grattant, avec des yeux inquiets qui tressautaient en tous sens.

Grace, un demi-bloc plus haut, vit Sporn remettre la valise à Dreadlocks. Quelques paroles furent échangées. Dread glissa quelque chose dans la grosse paluche de Sporn.

Ainsi donc… une source de financement d'appoint non réglementée pour les petites arnaques et manigances de Larue. Le site du chantier sans cesse remis à plus tard était l'endroit parfait pour planquer des substances interdites. Ou des armes. Ou les deux à la fois.

Non seulement Larue avait roulé dans la farine les génies qui dirigeaient la municipalité en leur vendant la propriété et en obtenant le contrat de rénovation, mais il s'était également déniché un entrepôt de stockage gratuit sans loyer à payer.

Avec son mignon qui vendait sa came en plein jour. Question confiance en soi, il se plaçait là.

Sporn repartit, laissant Dread se tirailler la peau, sauter sur place sur la pointe des pieds et se gratter le cuir chevelu en tenant sa valise de la même façon qu'Azha et Lily avaient tenu le bébé. Finalement, il traversa la rue et rentra dans l'immeuble bleu.

Bourré de tics par habitude, fourgueur de came par nécessité. Peut-être qu'une partie de sa méthédrine arriverait jusqu'à ses clients.

Le second matin, Grace resta dans l'Escape garée à l'oblique d'Avalina et vit les Prius refaire le même cirque, cette fois à quinze minutes d'intervalle.

De ce qu'elle avait pu voir jusque-là, personne d'autre n'habitait la grande maison en brique – la secte de Larue n'en serait-elle qu'à ses balbutiements ? –, mais elle ne pouvait être sûre de rien.

Si elle n'avait pas observé la scène à Monkey Island Park, elle n'aurait jamais appris la présence des deux femmes et du bébé et donc, théoriquement, Larue pouvait parfaitement garder un harem chez lui. Mais une journée entière de surveillance la convainquit qu'il n'y avait probablement que lui, Sporn, Azha et Lily.

Et le pauvre bébé.

Les hommes allaient et venaient à leur guise, mais depuis la crise de Larue au parc, les femmes n'avaient pas remis le nez dehors.

Grace se surprenait à penser au bébé plus qu'elle ne pouvait se le permettre. La rapidité avec laquelle la simple présence de Larue avait transformé un enfant jovial et heureux en petit être terrifié. Ce que l'avenir lui tenait en réserve… mais inutile d'épiloguer plus avant, elle avait du travail.

Ce soir-là, Sporn resta invisible, mais Larue sortit juste avant dix heures du soir et Grace le suivit tous phares éteints jusqu'à Claremont Boulevard où elle laissa s'interposer deux véhicules entre eux.

Larue se dirigea vers le Claremont Hotel et franchit la limite qui séparait Berkeley d'Oakland. Puis il emprunta les rues jadis élégantes de l'autre ville de la baie et poursuivit sa route jusqu'à ce que tous les symptômes d'un quartier devenu pourri deviennent flagrants : lampadaires bousillés, ordures sur les trottoirs, néons clignotants des magasins d'alcool ouverts toute la nuit, officines d'encaissement de chèques, prêteurs pour cautions, boutiques de prêteurs sur gages. Les quelques piétons visibles étaient à l'évidence des oiseaux de nuit, y compris les femmes en débardeurs et en shorts à peine plus larges que des ceinturons, perchées sur des talons de douze centimètres.

Larue s'arrêta et se gara le long du trottoir d'un pâté de magasins d'occasions plongés dans l'obscurité. Les phares de la Prius clignotèrent une fois avant de s'éteindre et une des prostituées se dirigea vers la voiture. Plus jeune que les autres, petite et bien roulée, elle portait de la dentelle blanche qui était peut-être des dessous et des chaussures d'un rose explosif. En dépit de sa jeunesse, sa démarche était raide et douloureuse. Les chaussures y étaient peut-être pour quelque chose, mais Grace soupçonnait que ce n'était pas tout : cette femme avait vécu trop rapidement et ses os étaient devenus vieux et cassants.

La racoleuse vint à hauteur de portière et monta sans négocier. Elle resta à l'intérieur un peu moins de dix minutes et ressortit chancelante en s'essuyant la bouche de son bras nu.

Larue se dépêcha de faire demi-tour et il était déjà loin avant même qu'elle ne soit repartie.

Une fois garé devant sa grande maison en brique, Larue marcha vers la gauche de la bâtisse imposante plongée dans l'obscurité.

Grace attendit que tout soit immobile et silencieux et suivit le même chemin. L'allée carrossable s'élargissait en contournant la demeure – un revêtement d'asphalte fissuré, mais laissant assez d'espace pour une voiture et demie de front, qui conduisait à un jardin de proportions généreuses apparemment envahi par la végétation. L'arrière de la maison était aussi sombre que la façade et la première impression aurait été qu'il n'y avait personne à l'intérieur.

Mais une faible lueur vacillait et clignotait au travers des lourdes branches de conifères et de sycomores et des énormes buissons laissés à l'abandon.

Cela venait de l'arrière de la propriété. Un second bâtiment se trouvait là.

La demande de permis de construire pour la réhabilitation de la maison Krauss revint à l'esprit de Grace.

... remplacement des gouttières bla-bla-bla *de la remise à calèches.*

Une construction jadis utilisée pour abriter des voitures à chevaux expliquerait la largeur de l'allée, dont l'accès était aujourd'hui complètement bloqué par la végétation.

Pourtant, cette lueur... Grace se changea en statue lorsqu'une fenêtre au-dessus d'elle commença à s'entrouvrir au premier étage.

Nouveau bruit : un homme qui houspillait une femme.

Il sort, se fait tailler une pipe par une racoleuse, rentre à la maison et engueule son épouse ?

Un autre bruit : le claquement sec d'une peau sur une autre. Puis un rire d'homme. Suivi par un bâillement théâtral beaucoup trop long.

J'en ai tellement marre de toi.

Un couinement de gond, puis un autre ; la fenêtre s'ouvrit plus large.

Sa Seigneurie avait besoin d'air.

Grace, toujours immobile et retenant sa respiration, se demanda bien pourquoi on avait laissé des lumières allumées dans la remise à calèches alors que Larue, en famille, était confortablement installé dans la grande maison.

Il ne se passa rien, pendant un long moment.

Puis : un bruit de ronflement par la fenêtre entrouverte.

Grace ficha le camp vite fait.

51

Le lendemain soir, elle était préparée.

T-shirt en coton noir, jean noir en stretch, chaussures de marche noires silencieuses, le blouson pour sa capacité de stockage.

Dans une poche supérieure, elle plaça des gants en latex achetés dans une pharmacie sur Telegraph, dans une autre sa cagoule de ski noire. Les poches inférieures étaient déjà opérationnelles.

Elle traversa les rues silencieuses de Berkeley et se gara à quatre blocs de sa cible. Une distance qui n'était pas sans risque : sa fuite serait plus longue. Mais mettre son SUV hors de la vue des voisins immédiats emporta sa décision.

En se cantonnant aux zones d'ombre chaque fois qu'elle le pouvait, elle se dirigea vers Avalina sans croiser personne en chemin, pas même un chat errant, et gagna le fond du cul-de-sac où elle attendit en inspectant les lieux.

Les deux Prius dans l'allée. La même fenêtre illuminée, le même éclairage faiblard.

Après une demi-heure de calme plat, elle enfila sa cagoule et ses gants et pénétra dans la propriété. En s'arrêtant plusieurs fois pour évaluer la situation avant de poursuivre.

Tout comme lors de sa précédente visite, elle n'eut aucune difficulté à contourner la maison. La fenêtre que Larue avait entrouverte était fermée.

La même lumière clignotait sur l'arrière, juste assez puissante pour éclairer les vestiges d'une grandeur depuis longtemps disparue.

Ne restaient que des carrés de terre damée là où jadis fleurissaient des pelouses, des parterres de fleurs délimités en cercles et en hexagones par des murets de brique cassés ; des buis auxquels il manquait des morceaux entiers, des arbres morts réduits à des chaumes de brindilles qui avaient perdu la bataille contre des concurrents plus agressifs.

Elle poursuivit son chemin en respectant la même routine, quelques pas en avant, stop, demi-tour, examen des environs. Elle n'avançait pas très vite, mais il n'y avait aucune urgence. Elle finit par s'approcher de la remise à calèches et constata que les branches qui barraient sa façade en diagonale n'étaient pas assez grosses pour masquer la bâtisse.

Aussi grande qu'un garage pour deux voitures, un toit en ardoises trop lourd pour la structure et un ceinturage de brique sur la moitié inférieure. Le haut était constitué de vitraux au plomb. Bien plus un jardin d'hiver ou une serre qu'une remise pour voitures à chevaux. L'intérieur confirmait son usage horticole : des rangées de pots en céramique depuis longtemps vides de toute plantation s'alignaient sur des étagères en bois gauchies. Des éclats de poteries et des débris divers jonchaient le sol en béton déformé.

La plupart des panneaux vitrés étaient couverts de chiures de mouches et de coulures de fientes ou juste voilés par la crasse faute d'entretien. Mais les vitres de la porte avaient été nettoyées et c'est à travers elles que Grace put voir.

Lily allongée sur le ventre, étendue sur une table à rempoter peinte en vert, face à la porte.

Sa robe noire informe remontée au-dessus de sa taille. Ses deux bras pendant dans le vide.

Aucune expression sur son visage, n'étaient ses lèvres aux commissures tombantes.

Planté derrière elle de toute sa hauteur, Walter Sporn la fouaillait avec violence à grands coups de reins.

Vu l'angle de pénétration, de toute évidence, ce n'était pas du sexe vaginal. Sporn était nu à l'exception d'un T-shirt noir, sa peau couleur et consistance de suif ranci, caleçon, pantalon et chaussettes remisés en tas dans un coin.

La lueur que Grace avait aperçue venait d'un lustre à six lampes auquel il manquait trois ampoules.

Les yeux plissés, ses traits porcins tordus en grimace par une sorte de furie, Sporn s'enfonça en elle. La table trembla. Le visage de Lily resta aussi impassible que celui d'une poupée gonflable.

Sporn commença à frapper le cul de Lily avec assez de force pour qu'il vire au rouge violacé puis lui agrippa les cheveux en tirant sa tête en arrière. Des gestes brutaux et rapides, dont chacun était une punition. La moue renfrognée de Lily ne changeait pas, tout le reste n'était que vide.

Résignée.

Grace réfléchissait à ce qu'elle devait faire quand Sporn libéra les cheveux de Lily et repoussa sa tête si violemment qu'elle cogna la table. L'énorme main qu'il venait de libérer agrippa son cou et encercla sa gorge. Quelque chose changea dans le regard apathique de Lily.

Ses yeux soudain plus grands, plus brillants. L'incandescence de la peur.

Puis, de nouveau, plus rien.

Soumission.

Grace aspira une goulée d'air, dents serrées, et glissa la main dans la poche inférieure droite de son blouson à l'instant où l'autre battoir de Sporn se mettait à frapper les fesses de Lily suffisamment fort pour que le bruit traverse les vitres.

Elle poussa la porte, la sentit céder et bondit en avant, son entrée silencieuse facilitée par les paupières fermées de Sporn et son ricanement rauque pendant qu'il frappait et étranglait sa victime.

Lily vit Grace. Elle écarquilla les yeux. Sa bouche s'arrondit de surprise.

Partenaire consentante ? Seigneur Dieu, Grace espérait que non.

Non, effectivement. La pauvre petite hochait la tête dans sa direction. Elle l'encourageait. Mais quand l'énorme main de Sporn se resserra autour de son cou, son visage se changea en masque de terreur, langue pendante, lèvres gonflées, yeux révulsés.

Grace se lança en avant, le Glock à la main. Sporn, toujours en pleine extase sadique, ne remarqua rien. Jusqu'à ce que le pied de Grace chasse au passage quelque chose au sol – un fragment de terre cuite qui roula sur le béton, aussi insistant qu'un roulement de caisse claire.

Sporn rouvrit les yeux, ses iris rougis par la furie, ses babines retroussées, prêt à mordre.

Ce n'était plus un porc, mais un sanglier sauvage, féroce et roublard.

Plein d'une rage jouissive en constatant que son agresseur était une femelle mince et frêle. Un regard lubrique, comme celui du lutteur qui monte sur le ring grand favori, prêt à démolir.

Il lâcha Lily et se rua sur Grace, les lèvres retroussées encore plus haut sur des dents mal implantées et pointues comme des crocs. Sous le bord de son T-shirt, son bide montait et retombait en rythme tel un sac de gelée. Les cuisses comme des troncs d'arbres, en revanche, étaient fermes et musclées. Son pénis, brillant de lubrifiant et rougeâtre au gland, rentrait comiquement dans sa coquille au-dessus de couilles déjà rétrécies par les stéroïdes.

La tentation était forte de lui expédier une balle dans le bas-ventre, mais il était inutile de substituer le symbolisme au bon sens commun.

Grace recula comme si elle craignait son attaque, attendit qu'il se soit éloigné de la table où Lily gisait amorphe et tira par trois fois dans sa bouche ouverte.

Deux projectiles touchèrent leur cible, le troisième fit exploser l'espace entre son nez et sa lèvre supérieure. Il fut surpris – décontenancé –, ses yeux s'agrandirent et il continua d'avancer sur elle, comme un séquoia abattu.

Puis il s'arrêta, fixa le visage masqué de Grace. Dit « Heu » et ce fut au tour de ses yeux de se révulser dans leurs orbites. Ses genoux cédèrent sous sa masse et il s'écroula, le nez sur le béton.

Du sang s'étala par terre pendant ses derniers sursauts avant qu'il ne s'immobilise, complètement inerte.

Pour faire bonne mesure, Grace lui tira une quatrième balle à l'arrière du crâne. Directement dans le bulbe rachidien, là où une balle était assurée d'arrêter toute respiration. Qui aurait cru que ses cours de neuropsycho se révéleraient aussi utiles ?

Elle se tourna vers Lily, qui n'avait toujours pas bougé.

Était-elle réellement une partenaire consentante de pratiques bondage déjà anciennes plutôt qu'une victime ? Grace n'avait aucune envie de se confronter à un ennemi imprévu.

Le Glock collé à la hanche, elle s'approcha de la table, mais resta à bonne distance en essayant d'accrocher le regard de Lily.

Lily ne fit rien. Puis sa bouche articula quelque chose.

Merci.

Grace acquiesça et lui montra sa robe noire remontée à la taille. Gênée soudain, Lily roula sur le flanc et remua les épaules pour tenter de lever les bras et rabaisser son vêtement.

En vain. Elle parvint juste à les hausser. Ses bras refusaient de coopérer.

Paralysée ? L'étranglement infligé par Sporn lui aurait-il aussi abîmé les cervicales ?

Puis sa main droite se mit à remuer et elle réussit à la secouer. Puis la gauche. Elle se réveillait après avoir été engourdie par la pression de toute cette masse.

Elle commença à se couvrir, non sans que Grace remarque ses fesses à vif écorchées et pleines de minuscules indentations en forme de croissant – des marques d'ongles. D'autres marques similaires étaient cicatrisées. Là où elle n'avait pas été griffée, sa peau était bleu-noir.

Du sang suintait au sortir des plaies les plus récentes et un filet écarlate courait d'entre ses fesses sur sa cuisse gauche.

Lily essaya de se lever, sans y parvenir. Grace se prépara à lui venir en aide.

Le visage de Lily changea brutalement.

Bouleversé d'horreur, les lèvres en mouvement et les yeux qui cillaient plus vite que Grace ne l'aurait cru possible.

Elle arqua le cou. Pointa de la tête.

Un avertissement.

Quelque chose dans le dos de Grace. Trop tard.

52

Deux points d'impact irradiant d'éclairs de souffrance.

Au bas des reins et aussi à la nuque, quand il avait essayé de lui arracher sa cagoule par-derrière. Elle se vrilla sur place pour éviter d'autres coups, mais tomba lourdement, s'écorchant la figure, les genoux et les coudes au contact du sol dur et froid de la serre. Le Glock échappa à sa main avant de retomber avec un bruit sourd à la droite de la table où Lily s'était maintenant assise, les mains sur sa bouche, geignant comme une enfant.

À voir l'accoutrement de Larue, Grace comprit qu'elle n'avait pas foiré son coup, c'était juste un hasard malencontreux.

Un peignoir en soie noire avec revers châle en fourrure rouge, lâchement noué à la taille.

La force des coups qu'il lui avait assenés en avait écarté les pans. Le corps dur et ferme, uniformément hâlé, les muscles bien définis, Larue était une espèce animale très différente de celle de Sporn. De près, elle distingua les détails de son visage. Celui du garçon meurtrier qui avait débarqué au ranch et lui avait tellement pris en si peu de temps.

Plus dur, plus anguleux, mais toujours aussi beau. Sans oublier les yeux, froids mais actifs. Évaluation non-stop.

Malgré un semblant de consternation quand il jeta un œil à Sporn étalé au sol comme une baleine échouée, son assurance n'avait en rien diminué, à voir son sourire de loup affamé.

Son expression était à elle seule un essai sur le thème de la violence calculée. Ce même engagement déterminé et destructeur qui se lisait sur le visage des chasseurs quand ils se verrouillaient sur leur proie.

Grace s'obligea à ne pas regarder en direction du Glock, mais essaya de se rappeler à quelle distance il avait pu glisser. Était-il toujours à portée de plongeon si elle s'y risquait ? Elle en doutait. Est-ce que cela en valait la peine, d'abord ?

Dion Larue ricana sans bruit. Un grondement sourd jaillit d'entre ses lèvres et il s'avança vers elle, les mains griffues, toujours moqueur, gonflant ses pectoraux, ses génitoires en balancier.

Son pénis toujours flamboyant, pas de risque qu'il rétrécisse, son corps tout entier reprenait vie dès lors que le sang était sa récompense.

– Une nana, dit-il. Mais t'es fêlée ou quoi, putain ?

Il rit – un caquètement plutôt, qui seyait mal à un étalon. Quand il serra un poing, Grace remarqua l'objet qu'il tenait dans l'autre main. Un petit tube, rouge, avec le mot *Love* à peine visible.

Son tube personnel de lubrifiant ; le boss était venu se joindre à la fête.

Mais désormais, il allait pouvoir s'offrir une variante de fun bien différente.

De la même façon qu'il avait frappé la sandale de son épouse à Monkey Island Park, il décocha un coup méchant de son pied nu. Mais avec une force bien plus grande et, lorsque le coup la toucha aux côtes, Grace comprit qu'il lui avait cassé quelque chose.

Roulant sur sa droite, elle voulut se saisir du Glock.

Larue avait anticipé son geste et chassé le pistolet plus loin avant de se ployer bas pour tenter de toucher Grace une seconde fois d'un pied en pointe – une attaque d'art martial, elle se souvenait que Shoshana lui avait montré un truc du même genre.

Elle battit en retraite à petits pas pressés et esquiva le coup. Dion Larue grogna, se baissa de nouveau et s'avança sur elle plus rapidement, mais au lieu d'aller au contact, il feinta d'un côté puis de l'autre.

Et se releva, le Glock à la main.

– Connasse débile. Mais t'es qui, putain ?

Une érection en plein champ.

– Tu ne devrais pas achever d'abord Walter ?

Rien de bien profond, rien d'une manœuvre habile, mais une seconde, il perdit les pédales, il avait présumé que Sporn était mort. Mais Sporn était bien mort, alors à quoi elle jouait, bordel, cette conne stupide – juste avant de comprendre qu'elle s'était fichue de lui et il attaqua alors avec un rugissement de bête féroce.

Mais la fraction de seconde nécessaire pour remettre ses idées en place avait suffi : Grace glissa la main dans une autre poche de son blouson, un geste difficile vu qu'elle était droitière, et ce qu'elle tenait maintenant était son adorable petit Beretta, qu'elle transféra aussitôt dans sa main dominante en le pointant vers le haut.

– Putain de salope, gronda Larue toutes dents dehors.

Exactement les mêmes paroles que Beldrim Benn avait prononcées dans son jardin.

Quel manque d'originalité, ces psychopathes.

Grace lui vida le chargeur dans le corps. L'érection disparut en premier, le reste n'avait plus d'importance.

Au contraire de Sporn, il mourut en silence, immédiatement, tombant sur le flanc avant de basculer sur le dos.

Pas de doute le concernant. Son corps de bronze dur avait été changé en passoire.

Grace récupéra toutes les douilles et s'approcha de Lily, assise sur la table à rempoter, tremblant de tous ses membres.

Grace posa délicatement un doigt sur ses lèvres et tourna doucement sa tête face à elle, comme l'avait fait Azha.

Une fois sûre que Lily la regardait bien, Grace haussa un sourcil brun. Articula lentement.

– Ça restera entre nous ?

Sourde, muette, violentée au-delà du possible, Lily parla. Projetant un seul et unique mot aussi clairement que le premier venu.

– Oui.

Décidant de la croire parce qu'elle n'avait pas d'autre choix, Grace repartit comme elle était venue.

53

EAST BAY MESSENGER

L'Autre Hebdomadaire de Berkeley-Oakland

14 mars 2015

Double meurtre lié à la méth

Par Fatima Card, Rédactrice au *Messenger*

Selon une source des services de police de Berkeley, les meurtres de deux hommes abattus par balles il y a dix jours dans le quartier chic de Claremont ont été attribués à des conflits d'intérêts entre des trafiquants de méthamphétamines. Tout en gardant sous le coude la majeure part des détails de l'affaire, les policiers laissent entendre que c'est un informateur anonyme qui les a conduits à découvrir que les deux victimes étaient des « participants actifs » au business du speed et que les meurtres présentaient toutes les caractéristiques d'exécutions par des professionnels, peut-être des gangs mexicains.

Les homicides – en l'absence de tout témoin – ont eu lieu dans l'annexe réservée aux invités d'une résidence d'Avalina Street, un quartier où la violence est rare : les victimes sont le propriétaire légitime de la maison, Dion Larue, 38 ans, entrepreneur de travaux publics, dont l'entreprise, DRL-Earthmove, Inc., est soupçonnée d'avoir bénéficié de relations indues avec des politiciens, parmi lesquels au moins trois conseillers municipaux de Berkeley. La seconde victime, Walter Sporn, également âgé de 38 ans, travaillait pour Larue comme chef de travaux et on l'a vu entrer et sortir d'un des chantiers immobiliers de son patron, un bâtiment de Center Street en instance d'écoréhabilitation, où une cache « significative » de méth a été découverte.

Aucun de nos glorieux élus n'a daigné faire le moindre commentaire.

Quel choc.

54

Grace est suspendue à un filin d'acier.

Huit cents mètres en contrebas, le sol de la jungle verte et dense semble lui ouvrir les bras et, si elle s'étire légèrement d'un côté, elle réussit à distinguer des tranches d'océan au-dessus des arbres.

Il fait trente-quatre degrés et l'air est humide. On pourrait lui pardonner quelques gouttes de sueur.

Mais elle est aussi sèche que la poussière.

Il ne s'agit plus cette fois des tyroliennes accessibles aux touristes qu'elle avait essayées deux ans auparavant à Puerto Vallarta et trouvées bien fades : une demi-douzaine de stations intermédiaires suspendues à une soixantaine de mètres au-dessus du vide, les touristes accrochés à un guidon ergonomique en forme d'oméga sous les regards de guides souriants qui les encourageaient, en anglais s'il vous plaît, tout en veillant scrupuleusement au bon fonctionnement de la mécanique, chaque arrivée à chaque nouvel arbre fêtée par des acclamations et de la limonade glacée.

Aujourd'hui, il s'agit de leur variante hardcore, les tyroliennes du Costa Rica, là où les surfeurs prétendent que ce sport a vu le jour. « Une expérience de la canopée » à vous retourner les tripes ainsi qu'il se doit, enfouie dans la luxuriance de ce beau petit pays de la côte pacifique.

Les installations sont tout sauf banales et n'ont rien pour séduire le touriste : vingt plateformes en bois clouées à des arbres parmi les plus hauts de la forêt tropicale, certaines de leurs planches gauchies affichant bien leur âge, d'autres même cassées laissant entrevoir l'infini dans toutes les directions.

La plupart de ces stations ne s'atteignent qu'au prix d'une randonnée ardue sur des rubans de terre tout juste assez larges pour un mannequin de mode ou d'une marche élastique et bondissante sur des ponts en cordages suspendus qui donnent l'impression d'avoir été conçus pour se rompre.

Le nombre de segments ainsi défini équivaut à plus de deux heures consécutives sous le filin, à condition toutefois que personne ne rencontre de réelle difficulté.

Le centre nerveux de toute l'opération est une cahute au fin fond de la forêt qu'aucun GPS ne peut localiser. De minuscules et magnifiques grenouilles arboricoles venimeuses sautillent sans la moindre crainte, leurs corps pareils à des joyaux teintés de rouge corail, vert citron et bleu roi, leurs couleurs mêlées de taches aussi noires que l'encre de Chine et si parfaitement rondes qu'elles en paraissent fausses.

Le personnel se résume à une demi-douzaine de surfeurs embrumés de nationalités diverses qui tous, comme un seul homme, regrettent amèrement d'être contraints de travailler pour l'argent. Les bouteilles vides de tequila, vodka et mescal abondent dans le « bureau ». Le questionnaire médical exhaustif se résume à une seule et unique question : « Vous êtes okay ? »

Dans le groupe de Grace, personne, pas même ceux qui ont abordé la journée le ventre noué par l'angoisse, n'admet ne pas être okay. Ils sont quatre, plus elle : deux jeunes mecs – un peu trop ouvertement remuants, le signe probable qu'ils sont à cran – et un couple marié, une femme et un homme d'une cinquantaine d'années qui ne se sont pas encore décidés sur ce qu'ils vont faire.

Elle : (souriant) Tu ne crois pas que ça va être marrant ?

Lui : (renfrogné) Tout dépend de ta définition.

L'entraînement consiste à montrer à chacun les épais gants en cuir qu'il faudra enfiler avant de positionner ses deux bras maladroitement derrière sa tête autour du câble, mais sans le toucher, la seule façon de ralentir ou de freiner étant de l'agripper : sans gants, une main peut être sectionnée aussi aisément qu'un steak au déjeuner.

Tout est une question de pression, explique le surfeur-en-charge, un Africain aux paupières lourdes doté d'un superbe accent britannique.

Trop « délicate » et on se bousille les poignets sans pour autant s'arrêter.

Trop « brutale » et on s'arrête prématurément pour se retrouver coincé, pendu au-dessus de huit cents mètres de vide et sans personne pour vous venir en aide. Le cas échéant, un seul remède, s'aider soi-même : inverser la position de ses mains, ce qui vous fait pivoter dans la direction opposée, dos à votre destination.

Puis, laborieusement, une main après l'autre, en avançant à l'aveugle, vous réussirez à vous tracter jusqu'à un lieu sûr en espérant que tout se passera bien. Et si vous commencez à fatiguer ?

L'Africain cligne de l'œil et hausse les épaules.

Grace reste en arrière et attend que les quatre autres aient commencé, puis elle s'approche d'un autre surfeur, un Latino aux yeux vitreux de défoncé.

– Je veux le faire seule.

– *Señorita*...

– Combien ?

– Nous ne faisons pas ça.

Grace répète la question. Le Latino plisse le front. Il consulte deux autres surfeurs, cite un prix outrageusement élevé.

Grace éclate de rire et nomme le sien.

Les surfeurs réagissent en feignant d'être scandalisés.

Quatre-vingt-dix secondes plus tard, un accord est conclu.

Elle attend que le message arrive : le groupe a achevé son circuit de dix stations, un peu ralenti par plusieurs opérations d'« aide-toi toi-même ».

– Allons-y, dit l'Africain, et il part en compagnie de Grace.

Tout se passe à merveille jusqu'à son dernier parcours en direction de la vingtième station où les attendent tequila et champagne, lorsqu'elle agrippe violemment le filin à mi-chemin de sa descente.

Elle pendouille dans le vide.

Ne bouge plus.

Une bouffée de silence plane sur la jungle. Puis : des chants d'oiseaux. Puis un avion à hélices dans le lointain.

– Quoi ? hurle finalement l'Africain derrière elle.

Grace ne répond pas.

Il hurle plus fort. De même que le surfeur blond, probablement un Scandinave, qui l'attend à l'autre extrémité.

Elle pendouille toujours.

Les deux hommes crient à pleins poumons. Elle entend le mot « cinglée ».

Elle rit.

Le Suédois, le Scandinave, peu importe, est maintenant debout au bord de la vingtième plateforme et tend le bras vers elle d'un air suppliant.

– Change tes mains.

Grace fouette l'air de ses jambes, à peine, presque rien. Le filin fredonne. Elle bouge d'avant en arrière, chasse ses jambes devant elle comme un gamin sur une balançoire. Elle joue du filin, trouve sa note de musique.

Les surfeurs hurlent.

La musique bloque tout.

Elle pense à des pièces rouges, beaucoup de pièces rouges, à un labyrinthe écarlate.

À une petite décapotable noire filant sur une route qui vire au rouge elle aussi.

Elle relève les yeux, examine les attaches qui la tiennent au harnais relié au filin. Comme ce serait facile…

L'Africain hurle.

Le Suédois hurle.

C'est seulement quand les derniers restes de réalité ont été complètement effacés que Grace se décide à agir.

Elle ferme les yeux, change la position de ses mains.

Pivote.

Et si elle libérait un mousqueton ?

Quelle sensation éprouverait-elle en se laissant chuter d'aussi haut à aussi grande vitesse ?

Quelqu'un s'en soucierait-il seulement ?

Aucune importance, elle s'en soucierait.

Souriante, chacun de ses muscles fonctionnant aussi précisément qu'il se devait, elle se tracte jusqu'en lieu sûr.

DU MÊME AUTEUR

Double Miroir
Plon, 1994

Terreurs nocturnes
Plon, 1995

La Valse du diable
Plon, 1996
et « Pocket », n° 10282

Le Nid de l'araignée
L'Archipel, 1997

La Clinique
Seuil, 1998
et « Points Policier », n° P636

La Sourde
Seuil, 1999
et « Points Policier », n° P755

Billy Straight
Seuil, 2000
et « Points Policier », n° P834

Le Monstre
Seuil, 2001
et « Points Policier », n° P1003

Dr la Mort
Seuil, 2002
et « Points Policier », n° P1100

Chair et Sang
Seuil, 2003
et « Points », n°1228

Le Rameau brisé
Seuil, 2003
et « Points Policier », n° P1251

Qu'elle repose en paix
Seuil, 2004
et « Points Policier », n° P1407

La Dernière Note
Seuil, 2005
et « Points Policier », n° P1493

La Preuve par le sang
Seuil, 2006
et « Points Policier », n° P1597

Le Club des conspirateurs
Seuil, 2006
et « Points Policier », n° P1782

La Psy
Seuil, 2007
et « Points Policier », n° P1830

Tordu
Seuil, 2008
et « Points Policier », n° P2117

Fureur assassine
Seuil, 2008
et « Points Policier », n° P2215

Comédies en tout genre
Seuil, 2009
et « Points Policier », n° P2354

Meurtre et Obsession
Seuil, 2010
et « Points Policier », n° P2612

Habillé pour tuer
Seuil, 2010
et « Points Policier », n° P2681

Les Anges perdus
Point Deux, 2011
et « Points Policier », n° P2920

Jeux de vilains
Seuil, 2011
et « Points Policier », n° P2788

Double meurtre à Borodi Lane
Seuil, 2012
et « Points Policier », n° P2991

Les Tricheurs
Seuil, 2013
et « Points Policier », n° P3267

L'Inconnue du bar
Seuil, 2014
et « Points Policier », n° P4050

Guitares d'exception
L'art et la beauté des guitares de collection
Nuinui (Chermignon, Suisse), 2014

Un maniaque dans la ville
Seuil, 2015
et « Points Policier », n° P4341

De petits os si propres
Seuil, 2016
et « Points Policier », n° P4560

Les Sœurs ennemies
Seuil, 2017
et « Points Policier », n° P4781

Exhumation
Seuil, 2018

AVEC FAYE KELLERMAN

Double Homicide
Seuil, 2007
et « Points Policier », n° P1987

Crimes d'amour et de haine
Seuil, 2009
et « Points Policier », n° P2454

AVEC JESSE KELLERMAN

Le Golem d'Hollywood
Seuil, 2015
repris sous le titre
Que la bête s'éveille
« Points Thriller », n° P4406

Que la bête s'échappe
Seuil, 2016
« Points Thriller », n° P4667

RÉALISATION : NORD COMPO À VILLENEUVE-D'ASCQ
IMPRESSION : CPI FRANCE
DÉPÔT LÉGAL : JUIN 2019. N° 140987 (3033592)
IMPRIMÉ EN FRANCE